Bei Bastei Lübbe Taschenbücher erschienen:

Bd. 20327   Das Licht in den Schatten
Bd. 20353   Der Gott der Dunkelheit
Bd. 20415   Unter dem Verrätermond

Über die Autorin

Lynn Flewellings erster Roman, *Das Licht in den Schatten*, wurde von Locus als besonders empfehlenswert zu einer *Recommended First Novel* erklärt und kam bis ins Finale des *Compton Crook Awards*. *Unter dem Verrätermond*, das dritte Buch der Schattengilde-Reihe, landete in der Endausscheidung für den *2000 Spectrum Award*. Die Bücher der Schattengilde-Reihe erlangten weltweite Popularität und sind derzeit in acht Ländern, einschließlich Russland und der Tschechischen Republik, erhältlich.

Lynn Flewelling lebt zurzeit mit ihrer Familie in East Aurora, New York. Ihre Webseite erreichen Sie unter: www.sff.net/people/Lynn.Flewelling.

LYNN FLEWELLING

Das Orakel von Skala

Roman

Ins Deutsche übertragen
von Frauke Meier

BASTEI
LÜBBE

BASTEI LÜBBE TASCHENBUCH
Band 20 467

1. Auflage: August 2003

Vollständige Taschenbuchausgabe

Bastei Lübbe Taschenbücher
ist ein Imprint der
Verlagsgruppe Lübbe

Deutsche Erstveröffentlichung
Titel der amerikanischen Originalausgabe: The Bone Doll's Twin
© 2001 by Lynn Flewelling
© für die deutschsprachige Ausgabe 2003 by
Verlagsgruppe Lübbe GmbH & Co. KG, Bergisch Gladbach
This book was negotiated through
Literary Agency Thomas Schlück GmbH; 30827 Garbsen
Lektorat: Dr. Lutz Steinhoff/Stefan Bauer
Titelillustrationen: Geoff Taylor
Umschlaggestaltung: QuadroGrafik, Bensberg
Satz: Fanslau, Communication/EDV, Düsseldorf
Druck und Verarbeitung: Maury Imprimeur, Frankreich
Printed in France
ISBN 3-404-20467-2

Sie finden uns im Internet unter
http://www.luebbe.de

Der Preis dieses Bandes versteht sich einschließlich
der gesetzlichen Mehrwertsteuer.

Kritikerstimmen

»*Das Orakel von Skala* ist ein überaus spannendes Beispiel moderner Fantasy. Es hat mich von der ersten Seite an gefesselt und bis zur letzten nicht mehr losgelassen. Ich freue mich schon jetzt auf die Fortsetzung.«

George R. R. Martin

»Lynn Flewellings *Das Orakel von Skala* überflügelt sogar das strahlende Versprechen, das ihre drei vorangegangenen Bücher gegeben haben. Die Erzählung hat mich überwältigt und in eine schonungslose Geschichte entführt, die sich mit der Frage beschäftigt, ob der Zweck wirklich immer die Mittel heiligen kann.«

Robin Hobb

»Spritzig und originell. Eine Welt, die nach meinem Eindruck sauber und stimmig in Szene gesetzt wurde. Ich denke, wir haben es hier mit einem echten Hit zu tun. Meinen Glückwunsch an Lynn. Bücher wie dieses sind zu gut, um unbeachtet zu bleiben.«

Katherine Kurtz

»*Das Orakel von Skala* ist großartiger Lesestoff. Lynn Flewelling hat sich mit dieser kraftvollen Erzählung von unheilvoller Magie, einem versteckten Kind und seinem Jäger, einem dämonischen Geist, selbst übertroffen. Sie baut eine überzeugende Welt auf, angefüllt mit auserlesenen Details, und ihre Charaktere sind besonders einprägsam, weil ihre Erlebnisse so lebendig und herzergreifend glaubwürdig dargestellt sind. Dies ist genau die Art von Fantasyroman, die den Leser nicht zur Ruhe kommen lässt.«

Kate Elliot

»Eine faszinierende Geschichte, gut durchdacht und mitreißend zugleich.«

Barbara Hambly

»Ein Buch von einem düsteren, verwunschenen Zauber, eine Geschichte von Täuschung, Loyalität und Heldentum, die ihre Leser mit ihren Charakteren in ihren Bann schlägt.«

Louise Marley

»Lynn Flewelling gehört zu den Besten, wenn es darum geht, komplizierte Geschichten, bevölkert von den verschiedenartigsten Gestalten, zu kreieren, die alle ihr eigenes Leben führen und samt und sonders absolut glaubwürdig sind. Diese Erzählung von einem Mädchen, das durch Magie getarnt und als Junge aufgezogen wird, ist ebenso spannend wie stark darin, ehrbare Absichten hinter unehrenhaften Taten zu untersuchen – und die düsteren Konsequenzen, die einer einzigen Verzweiflungstat folgen können. Flewelling schmückt ihre Erzählkunst mit einem gepflegten Maß an Details, die ihre ganze Welt zum Leben erwecken. Für Leser, die bereits mit ihren Schattengilde-Romanen vertraut sind, dürfte auch diese Geschichte absolut zufriedenstellend sein – für andere liefert sie einen exzellenten Einstieg in den Genuss der Fantasy einer Lynn Flewelling.«

Sharon Shinn

»Die Schattengilde-Romane haben Ihnen gefallen? Dieser ist sogar noch besser. *Das Orakel von Skala* ist eine ausgefeilte und kraftvolle Geschichte, in der Gut und Böse mit dem Leben zweier Kinder verknüpft sind, deren Erlösung einen hohen Preis fordert. Sehr empfehlenswert.«

Anne Bishop

»Ein faszinierender Auftakt zu den großartigen Schattengilde-Romanen und der solide Anfang einer neuen Fantasy-Trilogie aus der Feder einer der begabtesten Fantasy-Autorinnen. *Das Orakel von Skala* wird die alten Fans zufrieden stellen und viele neue in seinen Bann schlagen.«

Patrick O'Leary

Die Schattengilde-Romane:

Das Licht in den Schatten

»Denkwürdige Charaktere, eine fesselnde Handlung und ein wahrhaft beängstigendes Böses ... Die Charaktere springen dem Leser entgegen, nicht wie gut ausgearbeitete Schöpfungen einer Autorin, sondern wie lebendige Personen ... Die Magie ist erfrischend kompliziert, mysteriös und unvorhersehbar. Lynn Flewelling hat auf die einfache Methode klischeehafter Charaktere und altbekannter Rahmenhandlungen verzichtet und eine einzigartige Welt geschaffen ... Ich kann dieses Buch nur empfehlen.«

Robin Hobb

»Teils ausgefeilte Fantasy, teils eine politische Intrige. *Das Licht in den Schatten* bietet eine nette Abwechslung zu der großen Masse zeitgenössischer Mantel-und-Degen-Fantasy. Besonders hat es mir Lynn Flewellings Liebe zu ihren Charakteren angetan. Zudem offenbart sie gerade dann, wenn man es am wenigsten erwartet, ihre Begabung für das Makabre.«

Stephen R. Donaldson

»Ein neuer Stern leuchtet am Fantasy-Firmament ... Ich bin beeindruckt von dem Umfang dieser anspruchsvollen Welt ... Sie strotzt nur so vor Magie und ist erfüllt von realistischen Figuren und einem Gänsehaut erregenden Maß spannender Gaunereien.«

Dave Duncan

»Ein fesselndes und unterhaltsames Debüt ... voller Magie, Intrigen und faszinierender Charaktere. Gewitzt und charmant, ein Buch, das Sie sich zu Gemüte führen sollten, wenn Sie sich nach einem ausgiebigen Leservergnügen sehnen.«

Michael A. Stackpole

»Außerordentlich gut gelungen und unterhaltsam.«

LOCUS

»Lynn Flewelling hat einen fantastischen Erstling vorgelegt, ein spannender Beginn für eine Serie ... sehr empfehlenswert.«

STARLOG

Der Gott der Dunkelheit

»Flewelling ... bringt neue Kraft in die traditionelle Fantasy. In dieser vereinnahmenden Geschichte entsteht die machtvollste Magie aus Freundschaft und Loyalität. Die Autorin hat eine besondere Begabung, Charaktere zu schaffen, die den Leser in ihren Bann schlagen.«

Terry Windling
The Year's Best Fantasy and Horror
Eleventh Annual Collection

»In diesem zweiten Abenteuer werden die Handlungsfäden weitergesponnen ... Vier Gefährten haben es sich zum Ziel gesetzt, Mardus aufzuhalten. Ungestüm geht es weiter, starke Emotionen begleiten die Geschichte ... eine amüsante Variante der altbekannten »Jungfern-in-Not«-Szenarien.

LOCUS

»Während die Fans ... genug Zauberei, Nekromantie, Schwerter, Dolche und teuflisch geschickte Fallen vorfinden werden, damit auch die größte Leidenschaft befriedigt wird, bietet dieses Buch zudem einen Zugang zu einer vollständigen und reichhaltig angelegten Welt, die auch die Leser anderer Genres überzeugen dürfte.«

BANGOR DAILY NEWS

Unter dem Verrätermond

»Was die meisten Fantasygeschichten anstreben, erreicht *Unter dem Verrätermond* mit viel Geschick, Witz und Herz. Dies ist ein Fest der Fantasy – gut ausgedacht, elegant aufgebaut und spannend zu lesen. Eine berauschende Mischung aus Fremdem und Vertrautem, Schrecken und Schrullen, Wollust und Spannung, Intrigenspiel und Ehre, großen Schlachten und größerer Liebe. Dies ist eine Reise durch eine Welt, die gleichzeitig so fremd und real ist, dass man sie beinahe fühlen kann, eine Welt, deren Bewohner so mysteriös und denkwürdig sind, dass Sie sie nie vergessen werden. Lynn Flewelling ist eine begabte Geschichtenerzählerin, die all ihre Versprechen erfüllt, sich dem einfachen Weg verweigert und den Leser verblüfft, bewegt und begierig nach mehr zurücklässt. *Unter dem Verrätermond* ist ein wunderbares Buch.«

Patrick O'Leary

Für l.e. und die Knapp Kids
vor langer Zeit hoch oben auf der magischen Treppe

Danksagung

Wie stets danke ich meinem Ehemann Doug
und unseren Jungs für ihre Liebe, ihre Unterstützung
und ihr Feedback. Matt nannte dieses Buch
»beunruhigend, aber auf eine gute Art«.
Ziemlich gut getroffen, denke ich.

Weiter gilt mein Dank meinen Eltern.
Außerdem Pat York und Anne Bishop für ihre Kritik an
den ersten Kapiteln. Anne Groell und Lucienne Diver
für ihre Hilfe und ihre Geduld. Nancy Jeffers für ihre
grenzenlose Begeisterung für dieses Projekt.
All den lieben Leuten von der
Internet Fantasy Writer's Association
für ihre schnellen und wertvollen Antworten auf
eilige Fragen in letzter Minute.
Dem verstorbenen Alan M., der Autoren so ein
guter Freund war, wenn ich ihn auch nur viel zu kurz
gekannt habe.

Und Mike K., wo immer er sein mag, weil es ihn gibt.

Das skalanische Jahr

I. Wintersonnenwende – Nacht der Trauer und Fest des Sakor; Heilung der längsten Nacht und Feier der bevorstehenden längeren Tage.

1. Sarisin: Zeit des Kalbens.
2. Dostin: Heckenschnitt, Reinigung der Bäche und Wassergräben. Aussaat von Erbsen und Bohnen als Rinderfutter.
3. Klesin: Aussaat von Hafer, Weizen und Gerste (zur Malzherstellung). Beginn der Fischfang- und Schifffahrtssaison.

II. Frühlingsäquinoktium – Fest der Blumen in Mycena. Vorbereitungen zum Pflanzen. Feier der Fruchtbarkeit.

4. Lithion: Herstellung von Butter und Käse (bevorzugt aus Schafmilch), Aussaat von Hanf und Flachs.
5. Nythin: Pflügen der Brachflächen.
6. Gorathin: Unkraut wird gejätet, Schafe werden gewaschen und geschoren.

III. Sommersonnenwende

7. Shemin: Monatsanfang – Heumaat. Monatsende bis in den Lenthin hinein – Getreideernte.

8. Lenthin: Getreideernte.
9. Rhythin: Ernte wird eingebracht. Felder werden umgepflügt, und Winterweizen oder Roggen wird gesät.

IV. Erntedankfest – Ende der Ernte, Zeit der Dankbarkeit.

10. Erasin: Die Schweine werden zur Mast mit Eicheln und Bucheckern in den Wald geführt.
11. Kemmin: Felder werden für das Frühjahr umgepflügt. Ochsen und anderes Mastvieh werden geschlachtet, das Fleisch wird haltbar gemacht. Ende der Fischfangsaison. Stürme gefährden die Schifffahrt.
12. Cinrin: Zeit für Innenarbeiten und Dreschen.

Teil eins

Fragment eines Dokumentes aus dem Ostturm des Orëska-Hauses

Ein alter Mann blickt mich aus dem Spiegel an. Selbst unter den anderen Zauberern hier in Rhíminee bin ich ein Relikt aus einer vergessenen Zeit.

Mein neuer Schüler, der junge Nysander, kann sich nicht vorstellen, was es bedeutet hat, ein freier Zauberer der Zweiten Orëska gewesen zu sein. Als Nysander geboren wurde, blickte diese Stadt schon zwei Jahrhunderte lang auf ihren Hafen hinab. Doch für mich wird sie für alle Zeiten die »neue Hauptstadt« bleiben.

In den Tagen meiner Jugend hätte ein Hurenbengel wie Nysander keine Ausbildung erhalten. Mit viel Glück hätte er es vielleicht irgendwo auf dem Land bis zum Wetterhexer oder Wahrsager gebracht, aber vermutlich hätte er irgendwann unabsichtlich jemanden getötet und wäre wegen Hexerei gesteinigt worden. Nur der Lichtträger weiß, wie viele von Gott berührte Kinder vor Anbeginn der Dritten Orëska den Tod gefunden haben.

Bevor diese Stadt erbaut wurde, bevor uns dieses großartige Haus der Wissenschaft von ihrer Gründerin gestiftet wurde, sind wir Zauberer der Zweiten Orëska unsere eigenen Wege gegangen und haben nach unseren eigenen Gesetzen gelebt.

Nun aber, zum Lohn für unsere Dienste an der Krone, besitzen wir dieses Haus mit seinen Bibliotheken, seinen Archiven und seiner großen Geschichte, und ich bin der einzige noch lebende Zauberer, der weiß, welchen Preis wir dafür haben bezahlen müssen.

Zwei Jahrhunderte, drei oder vier Lebensspannen für die meisten Menschen; gerade ein paar Wochen für jene unter uns, die mit der Gabe des Lichtträgers beschenkt wurden. »Wir Zauberer sind anders, Arkoniel«, so sagte meine eigene Lehrerin, Iya, als ich kaum älter war als Nysander heute. »Wir sind die Steine im Fluss und sehen zu, wie das Leben an uns vorbeiströmt.«

Als ich heute Nacht in Nysanders Tür stand und seinen Schlaf beobachtete, stellte ich mir Iyas Geist neben mir vor, und für einen Augenblick schien es, als würde ich mein eigenes jüngeres Selbst ansehen; den einfachen, schüchternen Sohn eines Edelmannes, der eine besondere Gabe im Umgang mit Tieren offenbart hatte. Als Iya auf dem Besitz meines Vaters als Gast weilte, erkannte sie die Magie in mir und enthüllte sie auch meiner Familie. Ich weinte an dem Tag, an dem ich mein Zuhause gemeinsam mit ihr verließ.

Wie leicht es doch wäre, diese Tränen als Vorahnung zu bezeichnen – ein Thema, von dem die Dramatiker unserer Tage sehr angetan sind. Aber ich habe nie an das Schicksal geglaubt, trotz all der Prophezeiungen und Orakel, die mein Leben bestimmt haben. Es gibt immer eine Wahl. Zu oft habe ich gesehen, wie Menschen ihre eigene Zukunft von dem Gleichgewicht der kleinen Nettigkeiten und Grausamkeiten des Alltags haben bestimmen lassen.

Ich hatte entschieden, mit Iya zu gehen.

Später entschied ich, an die Visionen zu glauben, die das Orakel ihr und mir beschert hat.

Es war meine eigene Entscheidung, dabei zu helfen, die Macht dieses guten, starken Landes wieder aufzubauen, und darum darf ich mit Recht behaupten, dazu beigetragen zu haben, dass sich die schönen weißen Türme von Rhíminee vor dem blauen Himmel im Westen erheben dürfen.

Aber in den seltenen Nächten, in denen ich wirklich tief schlafe, wovon träume ich da?

Von dem abgeschnittenen Schrei eines Kindes.

Ihr mögt denken, dass das alles nach so vielen Jahren leichter zu akzeptieren wäre; dass ein notwendiger Akt der Grausamkeit den Lauf der Geschichte verändern kann wie ein Erdbeben den Lauf eines Flusses. Doch jene Tat, jener Schmerz liegt im Herzen all des Guten, das ihnen folgte, wie ein Sandkorn im Perlmutt-kern einer schimmernden Perle.

Ich allein trage während all dieser Jahre die Erinnerung an den kurzen Schrei eines Kindes.

Ich allein weiß von dem Schmutz im Herzen dieser Perle.

Kapitel 1

Iya nahm ihren Wanderhut aus Stroh ab und fächerte sich Luft zu, während sich ihr Pferd den steinigen Pfad gen Afra hinaufkämpfte. Die Sonne stand im Zenit und brannte unbarmherzig von dem wolkenlosen blauen Himmel herab. Dies war erst die erste Woche des Gorathin, und es war viel zu früh für diese Hitze. Wie es schien, wollte die Dürre noch eine weitere Saison anhalten.

Dennoch lag auf den Gipfeln noch immer Schnee. Dann und wann stieg eine windgetriebene weiße Wolke vor dem leuchtend blauen Himmel empor und schuf eine quälende Illusion von Kälte, doch hier unten in der engen Schlucht regte sich nicht ein Lüftchen. An jedem anderen Ort hätte Iya ein bisschen Wind herbeibeschwören können, doch innerhalb eines Umkreises von einem Tagesritt um Afra war jegliche Zauberei verboten.

Vor ihr schaukelte Arkoniel wie ein langbeiniger Storch im Sattel hin und her. Die Leinentunika des jungen Zauberers war am ganzen Rücken durchgeschwitzt und fleckig nach einer schweren Woche auf staubigen Straßen. Er hatte sich nie beklagt; sein einziges Zugeständnis an die Hitze war, dass er seinen stoppeligen schwarzen Bart, den er kultiviert hatte, seit er im letzten Erasin einundzwanzig geworden war, geopfert hatte.

Armer Junge, dachte Iya liebevoll; die frisch rasierte Gesichtshaut war bereits arg von der Sonne verbrannt.

Ihr Ziel, das Orakel von Afra, lag mitten im gebirgigen

Kernland von Skala und erforderte zu jeder Jahreszeit einen beschwerlichen Ritt. Iya hatte diese lange Pilgerreise schon zweimal hinter sich gebracht, doch nie im Sommer.

Die Flanken des Passes beengten den Weg, und Tausende Suchender hatten ihre Namen und demütige Bittgebete an Illior, den Lichtträger, in das dunkle Gestein geritzt. Manche hatten auch nur die schmale Mondsichel im Namen des Gottes hinterlassen; Letztere säumten den Pfad wie unzählige lächelnde Münder. Arkoniel hatte selbst an diesem Morgen ein solches Mal zum Gedenken an seinen ersten Besuch hinterlassen.

Iyas Pferd tat einen kleinen Fehltritt, und der Grund für ihre Reise schlug schmerzhaft gegen ihre Hüfte. In dem abgenutzten Lederbeutel, der an ihrem Sattelhorn baumelte, überhäuft mit Magie, lag eine grob gefertigte Schale aus gebranntem Ton. An dem Gefäß war nichts Bemerkenswertes, abgesehen von der enorm feindseligen Aura, die es ausstrahlte, wenn es nicht verhüllt war. Im Laufe der Jahre hatte sich Iya mehr als einmal vorgestellt, sie einfach von einer Klippe oder in einen Fluss zu werfen; in der Realität jedoch konnte sie das ebenso wenig tun, wie sie sich selbst einen Arm abhacken konnte. Sie war die Wächterin; der Inhalt dieses Beutels war ihr vor mehr als einem Jahrhundert anvertraut worden.

Es sei denn, das Orakel ist anderer Meinung. Iya steckte sich das dünne, ergrauende Haar in einem Knoten auf dem Hinterkopf fest und fächelte sich Luft in den schweißnassen Nacken.

Arkoniel drehte sich im Sattel um und warf ihr einen besorgten Blick zu. Seine wilden schwarzen Locken troffen unter der schlappen Hutkrempe vor Schweiß. »Dein Gesicht ist gerötet. Wir sollten Halt machen und uns ausruhen.«

»Nein, wir sind beinahe dort.«

»Dann trink wenigstens noch etwas Wasser. Und setz den Hut wieder auf!«

»Du gibst mir das Gefühl, alt zu sein. Aber ich bin erst zweihundertdreißig, weißt du?«

»Zweihundertzweiunddreißig«, korrigierte er mit einem schiefen Grinsen. Das war ein altes Spiel zwischen ihnen.

Sie verzog das Gesicht. »Warte nur, bis du in mein Alter kommst, mein Junge. Dann wird es dir auch schwerer fallen, deine Lebensjahre im Auge zu behalten.«

Doch in Wahrheit fiel ihr der harte Ritt schwerer als damals, Anfang der Hunderter, wenngleich sie nicht die Absicht hatte, das zuzugeben. Sie nahm einen tiefen Schluck aus dem Wasserschlauch und dehnte die Schultermuskeln. »Du warst heute ziemlich still. Hast du dir inzwischen eine Frage überlegt?«

»Ich denke schon. Ich hoffe, das Orakel befindet sie einer Antwort für würdig.«

Seine Ernsthaftigkeit entlockte Iya ein Lächeln. Diese Reise war, soweit es Arkoniel betraf, lediglich eine weitere Lektion. Von ihrem wahren Anliegen hatte sie ihm nichts erzählt.

Der Lederbeutel schlug gegen ihre Hüfte wie ein nörgelndes Kind. *Vergib mir, Agazhar,* dachte sie, wohl wissend, dass ihr längst verstorbener Lehrer, der erste Wächter, ihr Vorhaben nicht gebilligt hätte.

Das letzte Stück des Weges war besonders schwierig. Zu ihrer Rechten fiel der Fels steil ab, derweil sie sich links während des Ritts immer wieder die Knie an dem Steilhang stießen.

Arkoniel ritt um eine scharfe Biegung und rief: »Ich kann Illiors Schlüsselloch erkennen, genau wie du es beschrieben hast.«

Als sie die Biegung ebenfalls hinter sich gebracht hatte, sah auch Iya den bunten Torbogen, der dort, wo er den Pfad überspannte, wie eine grelle Erscheinung aus dem Nichts erglühte. Stilisierte Drachen schimmerten rot, blau und golden jenseits der schmalen Öffnung, die gerade breit genug war, einen einzelnen Reiter passieren zu lassen. Afra war nun weniger als eine Meile entfernt.

Schweiß brannte in Iyas Augen und zwang sie zu blinzeln. Als Agazhar sie zum ersten Mal hergebracht hatte, hatte es geschneit.

Iya war später als die meisten anderen zur Zauberkunst gekommen. Sie war auf einem gepachteten Gut an der Grenze des skalanischen Festlandterritoriums aufgewachsen. Die nächste Marktstadt lag jenseits des Flusses Keela in Mycena, und genau dort pflegte auch Iyas Familie zu handeln. Wie die meisten Grenzländer hatte auch ihr Vater eine Mycenerin zur Frau genommen und bot seine Opfer eher Dalna, dem Schöpfer, als Illior oder Sakor dar.

So kam es, dass sie, als sich erste Zeichen ihrer magischen Begabung zeigten, über den Fluss geschickt wurde, um bei einem alten Dalna-Priester zu studieren, der versuchte, eine drysische Heilerin aus ihr zu machen. Für ihr Geschick im Umgang mit Kräutern erntete sie Lob, doch kaum merkte der ignorante alte Mann, dass sie allein mit der Kraft ihrer Gedanken Feuer entfachen konnte, da knotete er ihr ein Hexenamulett um das Handgelenk und schickte sie in Ungnade zurück nach Hause.

Mit diesem Makel behaftet, fand sie wenig Zuspruch unter den Dorfbewohnern, noch weniger einen Ehemann.

Sie war eine Jungfrau von vierundzwanzig, als Agazhar ihr auf dem Marktplatz begegnete. Später erzählte er ihr, dass es ihr Hexenamulett war, was seine Aufmerksamkeit erregt hatte, als sie mit einem Händler um den Preis für ihre Ziegen feilschte.

Sie hatte gar nicht auf ihn geachtet, hatte geglaubt, er wäre nur einer von vielen alten Soldaten, die aus dem Krieg zurück gen Heimat zogen. Agazhar war so zerlumpt und hohlwangig wie all die anderen, und der linke Ärmel seiner Tunika war leer.

Erst als er auf sie zukam, ihre Hand ergriff und ihr ein süßes, erkenntnisreiches Lächeln schenkte, sah sich Iya veranlasst, ihn einer genaueren Betrachtung zu unterziehen. Nach einem kurzen Gespräch verkaufte sie ihre Ziegen und folgte dem alten Zauberer die Straße des Südens hinunter, ohne sich auch nur noch ein einziges Mal umzusehen. Alles, was von ihr noch zu finden war, hätte es denn jemanden interessiert, war das Hexenamulett, das neben dem Markttor im Dreck lag.

Agazhar hatte nicht über ihre Fähigkeit, Feuer zu entfachen, gespottet. Stattdessen hatte er ihr erklärt, dies sei das erste Zeichen dafür, dass sie eine der von Gott Berührten war. Dann hatte er sie gelehrt, diese unbekannte Gabe, die sie besaß, zu beherrschen und zu der machtvollen Magie der Orëska-Zauberer zu formen.

Agazhar war ein freier Zauberer und niemandem verpflichtet. Da er die Sicherheit eines einzelnen Gönners verschmäht hatte, wanderte er nun durch die Welt, wie es ihm gefiel, und wurde in den Häusern der Edelleute genauso freundlich aufgenommen wie in denen der Gemeinen. Gemeinsam waren er und Iya durch die Drei Länder und darüber hinaus gereist, waren gen Westen nach Aurënen gesegelt, wo die Lebensspanne der ganzen Bevölkerung so groß war wie in Skala nur die der

Zauberer. Hier erfuhr sie, dass die Aurënfaie die Erste Orëska waren; es war ihr Blut, das sich mit dem von Iyas Rasse vermischt und die Magie an die Auserwählten von Skala und Plenimar vererbt hatte.

Die Gabe jedoch forderte ihren Preis. Menschliche Zauberer konnten weder Kinder empfangen noch zeugen, doch Iya fühlte sich großzügig entschädigt, sowohl durch die Magie als auch, später, im Umgang mit Schülern, die so begabt und umgänglich waren wie Arkoniel.

Agazhar hatte ihr auch mehr über den Großen Krieg erzählt, als es ihres Vaters Balladen oder die Legenden je getan hatten, denn er war unter jenen Zauberern gewesen, die unter dem Banner Königin Ghërilains für Skala ins Feld gezogen waren.

»Es hat nie einen anderen Krieg wie diesen gegeben, und ich bete zu Sakor, dass es auch niemals wieder einen solchen Krieg geben wird«, hatte er gesagt, während er bei Nacht in das Lagerfeuer gestarrt hatte, als sähe er dort seine gefallenen Kameraden. »Für eine kurze Zeit haben sich die Zauberer Seite an Seite mit den Kriegern dem Kampf gegen die finsteren Totenbeschwörer von Plenimar gestellt.«

Die Geschichten aus jenen Tagen, die Agazhar erzählte, bescherten Iya Albträume. Der Dämon eines Totenbeschwörers – *Dyrmagnos* hatte Agazhar ihn genannt – hatte ihm den linken Arm abgerissen.

Doch so grausam die Erzählungen waren, Iya wollte sie dennoch nicht vergessen, denn nur durch sie hatte sie von Agazhar andeutungsweise etwas über die Herkunft der seltsamen Schale erfahren.

Damals hatte er sie getragen; in all den Jahren, in denen sie bei ihm gewesen war, hatte er sie nie aus den Händen gegeben. »Kriegsbeute«, hatte er mit einem humorlosen Lachen erklärt, als er zum ersten Mal den Beutel geöffnet hatte, um sie ihr zu zeigen.

Doch darüber hinaus wollte er ihr einfach nichts verraten, außer, dass die Schale nicht zerstört werden konnte und dass ihre Existenz niemandem außer dem nächsten Wächter offenbart werden durfte. Stattdessen hatte er sie umfassend in das komplexe Netz der Banne eingeweiht, welche die Schale umgaben, hatte sie angeleitet, die Banne zu weben und zu lösen, bis sie fähig war, diese Aufgabe im Handumdrehen zu lösen.

»Du wirst nach mir die Wächterin sein«, ermahnte er sie jedes Mal, wenn sie sich über seine Geheimnistuerei ereiferte. »Dann wirst du verstehen. Achte nur darauf, dass auch du deinen Nachfolger weise erwählst.«

»Aber wie werde ich wissen, wen ich auswählen soll?«

Er hatte gelächelt und ihre Hand ergriffen, wie damals, als sie einander zum ersten Mal auf dem Marktplatz begegnet waren. »Vertraue dem Lichtträger, und du wirst es wissen.«

Und das tat sie.

Zuerst konnte sie sich nicht zurückhalten, ihn mit immer neuen Fragen zu bedrängen – wo er sie gefunden hatte, wer sie gemacht hatte und warum, doch Agazhar blieb stur. »Nicht, bevor die Zeit gekommen ist, da du die Verantwortung für sie übernehmen wirst. Dann werde ich dir alles erzählen, was es zu wissen gibt.«

Traurigerweise hatten beide diesen Tag nicht vorhergesehen. Agazhar war auf den Straßen von Ero an einem schönen Frühlingstag tot zusammengebrochen, als sie gerade ihr erstes Jahrhundert hinter sich gebracht hatte. Gerade noch hatte er sich über die Schönheit eines neuen Verwandlungszaubers ausgelassen, den er soeben entwickelt hatte, da fiel er auch schon zu Boden, eine Hand an die Brust gepresst und einen Ausdruck milder Überraschung in den starren toten Augen.

Iya, die gerade erst ihre zweite Altersstufe erreicht hatte, fand sich plötzlich in der Rolle der Wächterin wieder, ohne überhaupt zu wissen, was sie bewachte und warum sie es tat. Doch sie hielt an dem Eid fest, den sie ihm geschworen hatte, und wartete geduldig darauf, dass Illior ihr ihren Nachfolger offenbaren würde. Sie wartete zwei Lebensspannen, während derer viele viel versprechende Schüler kamen und gingen, ohne ein Wort über den Beutel und seine Geheimnisse zu verlieren.

Und wie Agazhar versprochen hatte, erkannte sie Arkoniel in dem Moment, in dem sie ihn vor nunmehr fünfzehn Jahren beim Spiel im Obstgarten seines Vaters erspäht hatte. Schon damals konnte er einen Apfel frei in der Luft schweben oder eine Kerze allein durch die Kraft seiner Gedanken erlöschen lassen.

Obwohl er noch jung war, hatte sie ihn bereits das Wenige gelehrt, was sie über die Schale wusste, kaum dass er sich ihr angeschlossen hatte. Später, als er stark genug war, hatte sie ihm gezeigt, wie die Schutzbanne gewoben wurden. Dennoch hatte sie die Bürde stets auf ihren Schultern getragen, wie Agazhar ihr aufgetragen hatte.

Über die Jahre hinweg hatte Iya begonnen, die Schale als eine Art geheiligte Plage wahrzunehmen, doch das hatte sich vor einem Monat geändert, als das erbärmliche Ding sich in ihre Träume geschlichen hatte. Die scheußlichen verflochtenen Albträume, lebhafter als alles, was sie zuvor erlebt hatte, hatten sie schließlich hierher getrieben, denn in allen sah sie die Schale in den Händen einer monströsen schwarzen Gestalt auf einem Schlachtfeld, einer Gestalt, für die sie keinen Namen kannte.

»Iya? Iya, ist alles in Ordnung?«, fragte Arkoniel.

Iya erwachte aus ihren Gedanken und schenkte ihm ein beruhigendes Lächeln. »Ah, wie ich sehe, sind wir endlich da.«

Eingeklemmt in eine tiefe Felsenschlucht, war Afra kaum groß genug, die Bezeichnung »Dorf« zu verdienen. Der ganze Ort existierte nur, um dem Orakel zu dienen und die Pilger zu versorgen. Ein Gasthaus für Reisende und die Kammern der Priester waren wie Schwalbennester an der Küste in die Klippen zu beiden Seiten des kleinen gepflasterten Platzes getrieben worden. Die Türen und tief liegenden Fenster schmückten sich mit Schnitzereien und Pfeilern von altertümlicher Form. Der Platz lag zu diesem Zeitpunkt verlassen da, doch aus den in tiefem Schatten liegenden Fenstern winkten ihnen einige Leute zu.

Im Zentrum des Platzes stand eine rote Jaspisstele, etwa von der Größe Arkoniels. Eine Quelle sprudelte an ihrem Fuß und ergoss sich in ein steinernes Becken und weiter in einen Trog.

»Im Namen des Lichts!« Arkoniel glitt aus dem Sattel, ließ sein Pferd bei dem Trog zurück und begann, die Stele eingehend zu untersuchen. Mit der Handfläche strich er über die in vier Sprachen eingemeißelte Inschrift und las die Worte, die vor drei Jahrhunderten den Verlauf der Geschichte Skalas verändert hatten. »›Solange eine Tochter aus dem Geschlecht Thelátimos' das Land schützt und regiert, soll Skala nie unterjocht werden.‹« Ehrfürchtig schüttelte er den Kopf. »Das ist der ursprüngliche Wortlaut, nicht wahr?«

Iya nickte bekümmert. »Königin Ghërilain hat die Stele als Dankesopfer gleich nach dem Krieg persönlich hier aufstellen lassen. Seither hat man sie die Orakelkönigin genannt.«

In den dunkelsten Tagen des Krieges, als es aussah, als würde Plenimar Skala und Mycena vernichten, hatte der skalanische König Thelátimos das Schlachtfeld verlassen und war hierher gekommen, um das Orakel zu befragen. Als er in den Krieg zurückkehrte, nahm er seine Tochter Ghërilain mit, die damals gerade sechzehn Jahre alt war. Gemäß den Worten des Orakels salbte er sie vor den Augen seiner erschöpften Soldaten und übergab ihr die Krone und das Schwert.

Nach Agazhars Erzählung hatten die Generäle von der Entscheidung ihres Königs nicht viel gehalten. Doch von Beginn an hatte sich das Mädchen als von Gott begünstigte Kriegerin erwiesen und die Verbündeten binnen eines einzigen Jahres zum Sieg geführt. Den plenimaranischen Befehlshaber streckte sie gar in der Schlacht von Isil eigenhändig nieder. Auch in Friedenszeiten zeigte sie sich als gute Königin, und sie regierte über fünfzig Jahre. Als sie starb, war Agazhar unter den Trauernden.

»Solche Gedenktafeln standen früher überall in Skala, richtig?«, fragte Arkoniel.

»Ja, sie standen an jeder wichtigen Straßenkreuzung des Landes. Du warst noch ein kleines Kind, als König Erius sie niederreißen ließ.« Iya stieg ab und berührte ehrfurchtsvoll den Stein. Er fühlte sich heiß an und so glatt wie an dem Tag, an dem er die Werkstatt des Steinmetzes verlassen hatte. »Nicht einmal Erius hat gewagt, sich an diesem hier zu vergreifen.«

»Warum nicht?«

»Als er Anweisung gab, ihn niederzureißen, haben die Priester sich geweigert. Den Abriss zu erzwingen hätte bedeutet, dass er in Afra hätte einfallen müssen, was einen Angriff auf das heiligste Fleckchen Erde in ganz Skala bedeutet hätte. Also ließ sich Erius huldvoll erweichen und gab sich damit zufrieden, zumindest alle anderen im Meer versenkt zu haben. Es gab auch eine goldene Tafel mit der Inschrift im Thronsaal des Alten Palastes. Ich frage mich, was aus ihr geworden ist.«

Aber der junge Zauberer hatte derweil dringendere Fragen. Die Augen vor der Sonne abgeschirmt, ließ er seinen Blick über die Felsen schweifen. »Wo ist der Schrein des Orakels?«

»Weiter oben in der Schlucht. Trink ausreichend. Wir werden den Rest des Weges zu Fuß hinter uns bringen müssen.«

Während die Pferde bei der Herberge zurückblieben, folgten sie dem ausgetretenen Pfad in die enge Felsenschlucht. Mit jedem Schritt wurde der Weg steiler und beschwerlicher. Es gab keine Bäume, die ihnen hätten Schatten spenden können, keine Feuchtigkeit, die den Staub in der Mittagshitze gebunden hätte. Bald war der Weg kaum mehr als ein Trampelpfad, der sich zwischen Felsbrocken hindurchschlängelte und über steinernen Boden führte, der unter den Füßen der Pilger vieler Jahrhunderte glatt und schlüpfrig geworden war.

Zwei Gruppen Suchender kamen ihnen entgegen. Junge Soldaten unterhielten sich lachend, bis auf einen Mann, der mit Todesangst in den Augen hinter seinen Kameraden hertrottete. Die zweite Gruppe gehörte zu einer älteren Marktfrau, die leise weinte, während die jüngeren Begleiter sie auf dem gefahrvollen Pfad stützten.

Arkoniel beäugte die Passanten voller Nervosität. Iya wartete, bis die Marktfrau mit ihren Leuten um die nächste Biegung verschwunden war, ehe sie sich auf einen Felsen setzte, um auszuruhen. Der Weg war hier kaum breit genug, dass zwei Menschen nebeneinander gehen konnten, und es war heiß wie in einem Ofen. Sie trank einen Schluck aus dem Wasserschlauch, den Arkoniel an der Quelle aufgefüllt hatte. Das Wasser war immer noch kalt genug, um ihr die Tränen in die Augen zu treiben.

»Ist es noch weit?«, fragte ihr Schüler.

»Nur noch ein bisschen.« In Gedanken versprach sich Iya ein kühles Bad in dem Gasthaus, dann erhob sie sich und setzte ihren Weg fort.

»Du kanntest die Mutter des Königs, nicht wahr?«, erkundigte sich Arkoniel, während er hinter ihr herstolperte. »War sie so schlimm, wie man sagt?«

Die Stele musste ihn zum Nachdenken angeregt haben. »Zuerst nicht. Agnalain, die Gerechte, wurde sie einst genannt. Aber sie hatte eine düstere Ader, die mit den Jahren immer stärker wurde. Manche sagen, es wäre ein Erbe ihres Vaters gewesen. Andere behaupten, es würde an den schweren Geburten liegen, die sie überstanden hat. Ihrem ersten Gemahl schenkte sie zwei Söhne. Dann schien es über Jahre, als wäre sie unfruchtbar. Gleichzeitig entwickelte sie allmählich eine Vorliebe für junge Liebhaber und öffentliche Exekutionen. Erius' eigener Vater wurde als Verräter auf das Schafott gezerrt. Danach war niemand mehr sicher. Bei den Vieren, ich kann mich immer noch an den Gestank aus den Krähenkäfigen erinnern, die die Straßen um Ero säumten. Wir alle haben gehofft, es würde besser werden, wenn sie endlich eine Tochter hätte, aber das wurde es nicht. Stattdessen wurde alles noch schlimmer.«

In jenen finsteren Tagen war es Agnalains ältestem Sohn, dem Prinzen Erius – zu der Zeit bereits ein erfahrener Krieger und Liebling des Volkes – nicht schwer gefallen, die Menschen zu überzeugen, dass die Worte des Orakels falsch interpretiert worden seien, dass sich die Prophezeiung nur auf die Tochter des damaligen Königs Thelátimos bezogen habe, nicht aber auf eine matrilineare Thronfolge. Und ohne Zweifel war der tapfere Prinz Erius besser geeignet, den Thron zu besteigen, als die einzige direkte Nachfahrin; seine Halbschwester Ariani hatte damals gerade ihren dritten Geburtstag gefeiert.

Wen interessierte da schon, dass Skala unter den Königinnen eine nie da gewesene Blüte erlebt hatte oder dass der einzige andere Mann, der den Thron an sich gerissen hatte, während seiner kurzen Herrschaft Seuchen und Dürre über das Land gebracht hatte. Erst als seine Schwester ihn auf dem Thron ersetzt hatte, hatte auch Illior wieder seine schützende Hand über Skala gehalten, wie es das Orakel prophezeit hatte.

Bis jetzt.

Als Agnalain so plötzlich verschieden war, machten Gerüchte die Runde, dass Erius und sein Bruder Aron die Hände im Spiel gehabt hätten. Doch das Gerede hatte eher erleichterte denn anklagende Züge getragen; jeder wusste, dass Erius inoffiziell während der letzten schrecklichen Jahre des geistigen Verfalls seiner Mutter längst die Macht übernommen hatte. Das neuerliche Gepolter aus Plenimar war viel zu laut, als dass die Edelleute um einer kindlichen Regentin willen einen Bürgerkrieg riskiert hätten. Die Krone wurde kritiklos an Erius weitergereicht. Plenimar griff noch im selben Jahr die südlichen Häfen an, und Erius trieb die Invasoren zurück aufs Meer und verbrannte ihre schwarzen Schiffe. Dieses Mal schien sich die Prophezeiung nicht zu erfüllen.

Nichtsdestotrotz hatte die Verwahrlosung während der letzten neunzehn Jahre zugenommen. Es hatte mehr Dürren und Seuchenausbrüche gegeben, als selbst die ältesten der Zauberer je gesehen hatten. Die derzeitige Dürre hielt in einigen Teilen des Landes schon das dritte Jahr an. Ganze Dörfer waren ausgelöscht worden, nachdem die Bevölkerung so oder so schon durch verheerende Brände und Krankheiten, die sich über die nördlichen Handelsrouten verbreitet hatten, dezimiert worden war. Während einer dieser Epidemien waren auch Arkoniels Eltern gestorben. Ein Viertel der Bevölkerung von Ero war innerhalb weniger Monate aus dem Leben geschieden, eingeschlossen Prinz Aron, Erius' Gemahlin, seine beiden Töchter und zwei seiner drei Söhne, wodurch nur noch der zweitjüngste Knabe, Prinz Korin, am Leben war. Seither wurden die Worte des Orakels in gewissen Kreisen wieder öfter zitiert.

Iya hatte ihre eigenen Gründe, Erius' Staatsstreich zu bedauern. Seine Schwester Ariani hatte Iyas Patron, den mächtigen Herzog Rhius von Atyion, geheiratet. Im Herbst erwartete das Paar sein erstes Kind.

Beide Zauberer schwitzten und keuchten, als sie endlich die beengte Sackgasse erreicht hatten, in der sich der Schrein befand.

»Das ist nicht so ganz das, was ich erwartet hatte«, murmelte Arkoniel, während er das Gebilde musterte, das wie ein schlichter Steinbrunnen aussah.

Iya lachte. »Urteile nicht zu schnell.«

Zwei stämmige Priester in staubigen roten Roben und silbernen Masken saßen im Schatten eines Holzschuppens neben dem Brunnen. Iya gesellte sich zu ihnen und ließ sich schwer auf die steinerne Bank sinken. »Ich muss meine Gedanken ordnen«, sagte sie zu Arkoniel. »Geh du zuerst.«

Die Priester trugen ein aufgewickeltes Seil zu dem Brunnen und winkten Arkoniel zu, ihnen zu folgen. Jener bedachte Iya mit einem nervösen Grinsen, als sie ihm eine Schlinge um die Hüften banden. Noch immer schweigend wiesen sie ihn an, in die steinerne Umfriedung des Eingangs zur Orakelkammer zu klettern. Von oben schien dieser Eingang lediglich aus einem Loch im Boden von etwa vier Fuß Durchmesser zu bestehen.

Dieser Akt des Vertrauens und der Hingabe war stets beängstigend, umso mehr beim ersten Mal. Doch wie gewohnt zögerte Arkoniel auch jetzt nicht. Als seine Füße bereits über den Rand baumelten, ergriff er das Seil und nickte den Priestern zu, ihn hinabzulassen. Er verschwand außer Sicht, und die Priester gaben Seil nach, bis es erschlaffte.

Iya blieb im Schuppen und bemühte sich, ihren rasenden Puls zu besänftigen. Sie hatte tagelang ihr Bestes getan, nicht zu genau über das nachzudenken, was sie nun gleich tun würde. Jetzt, da sie hier war, bedauerte sie ihre Entscheidung plötzlich. Müde schloss sie die Augen und versuchte, ihre Furcht zu ergründen, doch sie konnte ihren Ursprung nicht ausmachen. Sicher, sie verstieß gegen die Anweisungen ihres Meisters, aber das war es nicht. Hier, an der Schwelle des Orakels, überfiel sie eine Vorahnung von etwas Finsterem, das direkt vor ihr lauerte. Im Stillen betete sie um die Kraft, allem standzuhalten, was Illior ihr auch offenbaren würde, denn sie konnte sich nicht einfach abwenden.

Arkoniel zupfte schneller als erwartet an dem Seil, und die Priester zogen ihn wieder herauf. Sofort eilte er zu Iya und ließ sich ziemlich verwirrt neben ihr auf den Boden fallen.

»Iya, das war unglaublich seltsam ...«, setzte er an, doch sie hob mahnend die Hand.

»Dafür ist später noch Zeit«, sagte sie in dem sicheren Wissen, dass sie sofort gehen musste, oder sie würde es nie tun.

Sie nahm ihren Platz am Seil ein, und der Atem schien einen Kloß in ihrer Brust zu bilden, als sie ihre Füße über den Rand des Loches baumeln ließ. Das Seil in der einen, den Lederbeutel in der anderen Hand, nickte sie den Priestern zu und sank in die Tiefe.

Als sie in die Dunkelheit hinabgelassen wurde, empfand sie das vertraute nervöse Kribbeln im Bauch. Es war ihr nie möglich gewesen, die tatsächliche Größe dieser unterirdischen Kammer auszumachen; die Stille und der sanfte Lufthauch, den sie im Gesicht wahrnahm, ließen auf eine weitläufige Höhle schließen. Dort, wo das Sonnenlicht bis auf den steinernen Boden drang, zeigte sich jene glatt polierte Wellenform von Gestein, das vor langer Zeit von einem unterirdischen Wasserlauf ausgespült worden war.

Wenige Augenblicke später berührten ihre Füße wieder festen Boden, und sie befreite sich von dem Seil und verließ den sonnenbeschienenen Bereich unter der Öffnung. Als sich ihre Augen an die Dunkelheit gewöhnt hatten, entdeckte sie einen fahlen Lichtschimmer und ging darauf zu. Das Licht schien jedes Mal, wenn sie die Höhle aufsuchte, aus einer anderen Richtung zu kommen. Als sie das Orakel dann aber erreicht hatte, war alles genauso, wie sie es in Erinnerung hatte.

Eine Kristallkugel auf einem silbernen Dreifuß verströmte ein sanftes Licht. Das Orakel saß gleich daneben auf einem niedrigen Elfenbeinhocker von der Form eines zusammengekauerten Drachen.

Dieses Mal ist es so jung!, dachte Iya mit einem unerklärlichen Gefühl der Trauer. Die letzten beiden Orakel waren alte Frauen gewesen, deren Haut von den Jahren in tiefer Dunkelheit gebleicht war. Dieses Mädchen war nicht älter als vierzehn, aber ihre Haut war schon jetzt recht blass. Gekleidet in ein schlichtes Leinenhemd, das Arme und Unterschenkel unbedeckt ließ, saß sie auf dem Hocker, die Hände entspannt auf den Knien. Ihr Gesicht war rund und unscheinbar, und ihre Augen blickten ins Nichts. Wie die Zauberer ließ die Berührung Illiors auch die Seherinnen von Afra nicht unversehrt.

Iya sank zu Füßen des Orakels auf die Knie. Ein maskierter Priester trat mit einem großen Silbertablett in Händen in den Lichtkegel. Die Stille in der Kammer schien Iyas Seufzer aufzusaugen, als sie die Schale auspackte und auf das Tablett legte.

Der Priester legte dem Orakel das Tablett auf den Schoß. Das Gesicht des Mädchens blieb ausdruckslos.

Fühlt sie denn das Böse in dem Ding nicht?, fragte sich Iya, deren Kopf unter dem Einfluss der unverschleierten Macht der Schale bereits schmerzte.

Endlich regte sich das Mädchen und sah die Schale an. Silbriges Licht, strahlend wie Mondschein auf frischem Schnee, verbreitete sich in einem Nimbus um ihren Kopf und ihre Schultern. Iya befiel ein ehrfürchtiges Schaudern. Illior war in das Mädchen gefahren.

»Ich sehe Dämonen, die sich an den Toten weiden. Ich sehe den Gott, dessen Name nicht genannt wird«, sagte das Orakel leise.

Iyas Herz schien in ihrer Brust zu versteinern, als ihre schlimmsten Befürchtungen Bestätigung fanden. Dieser

Gott war Seriamaius, der dunkle Gott der Nekromantie, den die Plenimaraner, die Skala in dem Großen Krieg beinahe zerstört hatten, anbeteten. »Ich träumte so etwas. Krieg und Katastrophen, schlimmer, als Skala sie je erleben musste.«

»Du siehst zu weit, Zauberin.« Mit beiden Händen hob das Orakel die Schale, und durch ein seltsames Spiel des Lichts verwandelten sich die Augen in ihrem Gesicht in eingesunkene schwarze Höhlen. Der Priester war nirgends zu sehen, obwohl Iya ihn nicht gehen gehört hatte.

Langsam drehte das Orakel die Schale in den Händen. »Schwarz wird Weiß. Unrein wird rein. Böses schafft Größe. Aus Plenimar kommt heute Heil und morgen Gefahr. Dies ist eine Saat, die mit Blut getränkt werden muss. Doch du siehst zu weit.«

Nun kippte das Orakel die Schale nach vorn, und helles Blut ergoss sich aus ihr, viel zu viel für so ein kleines Gefäß. Auf dem steinernen Boden zu Füßen des Orakels sammelte es sich in einer runden Pfütze, und als Iya hineinsah, erblickte sie den Widerschein eines Frauengesichtes, umrahmt von dem Visier eines blutbefleckten Kriegerhelms. Iya erkannte zwei strahlend blaue Augen und einen angespannten Mund über einem spitzen Kinn. Zuerst wirkte das Gesicht schroff, dann besorgt und so vertraut, dass es im Herzen wehtat, obwohl Iya nicht zu sagen wusste, an wen sie diese Augen erinnerten. Flammen spiegelten sich in dem Helm, und von irgendwo aus der Ferne hörte Iya Schlachtenlärm.

Langsam verblasste die Vision und wurde durch das Bild eines schimmernden weißen Palastes mit einem glänzenden Kuppeldach und Türmen an allen vier Ecken ersetzt, der hoch oben auf einer Klippe thronte.

»Siehe die Dritte Orëska«, flüsterte das Orakel. »Hier magst du deine Bürde niederlegen.«

Mit einem ehrfürchtigen Keuchen beugte sich Iya vor. Der Palast hatte Hunderte von Fenstern, und an jedem Fenster stand ein Zauberer und blickte ihr direkt in die Augen. Im höchsten Fenster des nächststehenden Turmes erkannte sie Arkoniel in einer blauen Robe. Er hielt die Schale in seinen Händen. Ein kleines Kind mit dichten blonden Locken stand neben ihm.

Obwohl sie weit entfernt war, konnte sie Arkoniel recht deutlich sehen. Er war ein alter Mann mit tiefen Runzeln, in dessen Zügen sich eine unaussprechliche Müdigkeit abzeichnete. Dennoch erfüllte sein Anblick ihr Herz mit Freude.

»Stell deine Frage«, flüsterte das Orakel.

»Was ist die Schale?«, rief sie Arkoniel zu.

»Sie ist nicht für uns, doch er wird es wissen«, antwortete Arkoniel und gab dem Knaben die Schale. Das Kind sah Iya mit den Augen eines alten Mannes an und lächelte.

»Alles ist miteinander verwoben, Wächterin«, sagte das Orakel, als die Vision sich erneut veränderte, dunkler wurde. »Dies ist das Legat, das dir und deinesgleichen geboten wird. Eins mit der wahren Königin. Eins mit Skala. Du wirst im Feuer geprüft werden.«

Iya sah das Symbol ihrer Kunst – die schmale Sichel des Mondes von Illior – vor einem Kreis aus Feuer und der Zahl 222, die direkt darunter in weißen Flammen erglühte, so hell, dass es in ihren Augen schmerzte.

Dann breitete sich Ero unter einem aufgedunsenen Mond vor ihr aus, brennend vom Hafen bis zur Zitadelle. Ein Heer unter der Flagge von Plenimar umgab die Szenerie, Soldaten, zu zahlreich, um sie zu zählen. Iya fühlte die Hitze der Flammen auf ihrem Gesicht, als

Erius seine Armee gegen die Feinde führte. Doch seine Soldaten hauchten hinter ihm ihr Leben aus, und seinem Schlachtross fiel das Fleisch in Fetzen von den Knochen. Die Plenimaraner umzingelten den König, bis er nicht mehr zu sehen war. Wieder veränderte sich die Vision, und Iya sah die skalanische Krone, nunmehr verbeult und besudelt, auf einem kahlen Feld.

»Solange eine Tochter aus dem Geschlecht Thelátimos' das Land schützt und regiert, soll Skala nie unterjocht werden«, wisperte das Orakel.

»Ariani?«, fragte Iya, doch noch während sie den Namen aussprach, wurde ihr klar, dass das Gesicht, das sie unter diesem Helm gesehen hatte, nicht das der Prinzessin gewesen war.

Das Orakel fing an, sich klagend zu wiegen. Das Mädchen hob die Schüssel hoch und ließ den endlosen Strom wie ein Trankopfer über ihren Kopf fließen. Sie badete sich in dem Blut, fiel auf die Knie, ergriff Iyas Hand, und ein Wirbelwind, der Iya die Sicht raubte, erfasste sie beide.

Kreischende Winde umgaben sie, drangen in ihren Kopf ein und bohrten sich mit der Macht göttlicher Prophezeiung tief in ihr Innerstes. Bilder jagten vorbei wie windgetriebenes Laub: die sonderbare Nummer auf einem Schild und die Frau mit dem Helm in verschiedenen Stadien – alt, jung, zerlumpt, gekrönt, nackt am Galgen, gekränzt zu Pferde auf einer breiten Straße, die Iya fremd war. Inzwischen konnte sie die Frau ganz deutlich sehen, ihre blauen Augen, das schwarze Haar und die langen Beine erinnerten an Ariani. Aber dies war nicht die Prinzessin.

Die Stimme des Orakels drang durch das Chaos. »Dies ist deine Königin, Zauberin, die wahre Tochter des Thelátimos. Sie wird ihr Gesicht gen Westen wenden.«

Plötzlich fühlte Iya, wie ihr ein Bündel in die Arme gedrückt wurde, und sie blickte auf den toten Säugling hinab, den das Orakel ihr gegeben hatte.

»Andere sehen, doch sehen sie nur durch Rauch und Finsternis«, sagte das Orakel. »Durch den Willen Illiors geriet diese Schale in deine Hände; dies ist die lange Last deiner Art, Wächterin, und es ist die bitterste von allen. Doch in dieser Generation wird das Kind zu euch kommen, das der Gründer dessen ist, was kommen wird. Sie ist dein Legat. Zwei Kinder, eine Königin, gezeichnet vom Blut des Übergangs.«

Das tote Kind sah Iya aus schwarzen, starren Augen an, und ein sengender Schmerz wollte ihr das Herz zerreißen. Sie wusste, wessen Kind sie hielt.

Dann war die Vision vorüber, und Iya fand sich mit dem ungeöffneten Lederbeutel auf den Armen vor dem Orakel kniend wieder. Da war kein totes Kind, kein Blut auf dem Boden. Das Orakel saß noch immer auf dem Hocker, Hemd und Haar so rein wie zuvor.

»Zwei Kinder, eine Königin«, wisperte das Orakel und sah Iya mit den schimmernden weißen Augen Illiors an.

Iya erzitterte vor diesem Blick, versuchte, sich an all das zu klammern, was sie gesehen und gehört hatte. »Die anderen, die von diesem Kind träumen, Ehrwürdiges Orakel – wollen sie ihr Gutes oder Böses? Werden sie mir helfen, sie großzuziehen?«

Doch der Gott war fort, und das Mädchen, das auf dem Hocker kauerte, hatte keine Antworten für sie.

Das Sonnenlicht blendete Iya, als sie wieder aus der Höhle gezogen wurde. Die Hitze raubte ihr den Atem, und ihre Beine wollten sie nicht tragen. Arkoniel fing sie auf, als sie gleich neben dem Brunnen zusammenbrach.

»Iya, was ist passiert? Was ist los?«

»Gib . . . gib mir einen Augenblick Zeit«, krächzte sie, während sie den Beutel an ihre Brust presste.

Eine Saat, die mit Blut getränkt werden muss.

Arkoniel hob sie mühelos hoch und trug sie in den Schatten. Dann führte er den Wasserschlauch an ihre Lippen. Iya trank und lehnte sich dabei schwer an seine Schulter. Es dauerte eine Weile, bis sie sich stark genug fühlte, den Rückweg zu der Herberge anzutreten. Arkoniel legte einen Arm um ihre Hüfte, und sie ließ sich seine Hilfe klaglos gefallen. Die Stele war bereits in Sichtweite, als sie in Ohnmacht fiel.

Als sie die Augen aufschlug, lag sie auf einem weichen Bett in einem kühlen, abgedunkelten Raum in der Herberge. Sonnenlicht strömte durch eine Ritze im Fensterladen herein und malte Schatten auf die gemauerte Wand neben dem Bett. Arkoniel saß neben ihr und sah sehr besorgt aus.

»Was ist bei dem Orakel passiert?«, fragte er.

Illior sprach zu mir, und meine Frage wurde beantwortet, dachte sie verbittert. *Wie ich mir wünsche, ich hätte auf Agazhar gehört.*

Sie ergriff die Hand des jungen Zauberers. »Später, wenn ich mich besser fühle. Erzähl mir von deiner Vision. Wurde deine Frage beantwortet?«

Er war sichtlich enttäuscht von ihrer Antwort, doch er kannte sie viel zu gut, um sie zu drängen. »Ich bin nicht sicher«, sagte er. »Ich habe gefragt, welche Art Zauberer aus mir werden wird, wie mein Weg aussehen soll. Sie hat mir eine Vision in der Luft gezeigt, aber alles, was ich sehen konnte, war ein Bild von mir, wie ich einen kleinen Jungen im Arm halte.«

»Hatte er blondes Haar?«, fragte sie, und ihre Gedanken weilten bei dem Kind in dem wundervollen weißen Turm.

»Nein, es war schwarz. Um ehrlich zu sein: Ich war enttäuscht. Der ganze lange Weg, und dann nur das. Ich muss bei meiner Frage irgendetwas falsch gemacht haben.«

»Manchmal dauert es eine Weile, bis die Bedeutung offenbar wird.« Iya wandte sich von seinem ernsten Gesicht ab und wünschte im Stillen, der Lichtträger hätte ihr einen solchen Aufschub gegönnt. Der Platz vor dem Fenster lag noch immer in strahlend hellem Sonnenlicht, doch sie sah nur die Straße zurück nach Ero vor sich und die Finsternis am Ende der Straße.

Kapitel 2

Ein roter Erntemond tauchte die schlafende Hauptstadt in ein gewaltiges Mosaik aus Licht und Schatten in jener neunzehnten Nacht des Erasin. Buckeliges Ero, so nannten die Menschen die Stadt. Sie war auf einem Hügel erbaut, der die Inseln der Inneren See überragte. Die Straßen führten wie ein wirres Stoffgewebe von den Mauern des Palastkreises zu den Kais und Werften und den verschachtelten Wohnvierteln am Fuß des Hanges. Arm und Reich lebte hier Tür an Tür, und jedes Haus in Sichtweite des Hafens verfügte über mindestens ein Fenster, das wie ein wachsames Auge gen Osten, in Richtung Plenimar, wies.

Die Priester sagen, der Tod kommt durch die westliche Pforte, dachte Arkoniel gequält, als er hinter Iya und der Hexe durch das Westtor ritt. Heute Nacht sollte der Albtraum, der seinen Beginn fünf Monate zuvor in Afra genommen hatte, seinen Höhepunkt erreichen.

Die beiden Frauen ritten schweigend dahin, die Gesichter tief unter ihren Kapuzen verborgen. Im Herzen krank angesichts der Aufgabe, die sie nun zu bewältigen hatten, wünschte Arkoniel sich, Iya würde sprechen, würde ihre Meinung ändern, kehrtmachen, doch sie sagte nichts, und er konnte ihre Augen nicht sehen, um in ihnen zu lesen. Seit mehr als der Hälfte seines jungen Lebens war sie seine Lehrerin, sein Mentor und wie eine zweite Mutter für ihn gewesen. Seit Afra jedoch hatte sie sich in ein Haus voller verschlossener Türen verwandelt.

Auch Lhel gab sich inzwischen recht schweigsam. Ihre Art war hier schon seit Generationen unerwünscht. Nun, da der Gestank der Stadt sie umgab, rümpfte sie die Nase. »Eure große Stadt? Ha! Zu groß. Zu viele.«

»Nicht so laut!« Nervös blickte Arkoniel sich um. Wandernde Zauberer waren hier nicht mehr so gern gesehen wie früher. Mit einer Berghexe erwischt zu werden würde ihnen allen nicht gut bekommen.

»Riecht wie *Tok*«, murmelte Lhel.

Iya schob ihre Kapuze zurück und überraschte Arkoniel mit einem schwachen Lächeln. »Sie sagt, es stinkt wie Scheiße, und das tut es auch.«

Das muss Lhel gerade sagen, dachte Arkoniel. Er jedenfalls hatte seit der ersten Begegnung mit dieser Frau darauf geachtet, dass der Wind nicht aus ihrer Richtung wehte.

Nach dem denkwürdigen Besuch in Afra waren sie zunächst nach Ero gereist, um den Herzog und seine liebliche, zierliche Prinzessin zu besuchen. Bei Tag vertrieben sie sich die Zeit mit Ausritten und Spielen, doch in den Nächten sprach Iya vertraulich mit dem Herzog.

Danach verbrachten Arkoniel und Iya den Rest dieses heißen, ermüdenden Sommers in den abgelegenen Bergschluchten der nördlichen Provinz auf der Suche nach einer Hexe, die ihnen helfen konnte, denn kein Orëska-Zauberer besaß die Magie, die für die Aufgabe, die Illior ihnen zugedacht hatte, notwendig war. Als sie schließlich eine gefunden hatten, trug das Espenlaub bereits goldene Ränder.

Weil sie durch das Eindringen der ersten skalanischen Siedler aus den fruchtbaren Niederungen vertrieben wurden, waren die dunkelhäutigen, kleinwüchsigen Bergvölker, die sich auf die Hochebenen zurückgezogen hatten, auf Fremde nicht gut zu sprechen. Wann immer Iya und Arkoniel sich einem Dorf näherten, hörten sie vielleicht das Gebell wachsamer Hunde oder Mütter, die ihre Kinder zu sich riefen; hatten sie die Außenbezirke einer Siedlung erreicht, waren üblicherweise nur ein paar bewaffnete Männer zu sehen, die sie zwar nicht bedrohten, doch auch keineswegs willkommen hießen.

Lhels gastfreundliche Haltung hatte sie beide überrascht, als sie über ihre einsame Hütte gestolpert waren. Nicht nur, dass sie ihnen einen anständigen Empfang bereitet und sie mit Wasser, Apfelwein und Käse bewirtet hatte, sie behauptete sogar, sie erwartet zu haben.

Iya beherrschte die Sprache der Hexen, und Lhel hatte irgendwo ein paar Brocken Skalanisch aufgeschnappt. Nach allem, was Arkoniel den Gesprächen der Frauen entnehmen konnte, war die Hexe nicht überrascht über das Anliegen der Zauberer. Stattdessen erklärte sie, ihre Mondgöttin hätte ihr die Besucher bereits in einem Traum angekündigt.

Arkoniel war in der Nähe der Frau unbehaglich zumute. Ihre Magie umgab sie wie die Moschushitze ihres Körpers, doch es war mehr als nur das. Lhel war eine Frau in der Blüte ihrer Jahre. Ihr schwarzes Haar fiel in wirren Locken bis auf ihre Taille, und das lockere Wollkleid konnte die üppigen Kurven ihrer Brüste und Hüften nicht verbergen, wenn sie durch ihre kleine Hütte spazierte und ihm Essen und Bettzeug brachte. Er brauchte wahrlich keinen Übersetzer, um genau zu wissen, dass sie sich bei Iya erkundigt hatte, ob sie in dieser Nacht mit ihm schlafen dürfe, oder dass sie einerseits gekränkt, andererseits amüsiert reagiert hatte, als Iya ihr das Konzept des Zölibats der Zauberer erklärte. Die Orëska-Zauberer setzten all ihre Vitalität allein für ihre Magie ein.

Arkoniel fürchtete, die Hexe könnte ihre Meinung nun doch noch ändern, aber als sie am nächsten Morgen erwachten, wartete sie bereits vor der Tür auf die Zauberer. Ihr Reisebündel hatte sie längst hinter dem Sattel ihres zottigen Ponys festgeschnallt.

Die lange Reise zurück nach Ero war für den jungen Mann zu einem peinlichen Martyrium geworden. Lhel fand Vergnügen daran, ihn zu reizen, und achtete stets darauf, dass er sie sah, wenn sie ihre Röcke lüpfte, um sich zu waschen. Außerdem ließ sie keine Gelegenheit aus, ihn zu berühren, wenn sie zur Nacht ihr Lager aufschlugen und sie mit ihren kurzen, dreckigen Fingern die letzten Kräuter des Jahres pflückte. Gelübde hin oder her, Arkoniel kam nicht umhin, ihre Annäherungsversuche zu bemerken, und etwas in ihm regte sich voller Unruhe.

Wenn sie ihre Arbeit in Ero in dieser Nacht beendet hatten, würde er sie nie wieder sehen, und dafür war er schon jetzt überaus dankbar.

Als sie über einen großen Platz ritten, deutete Lhel auf den rot leuchtenden Vollmond und schnalzte mit der Zunge. »Mond ruft Kinder, ganz groß und blutig. Wir schnell machen. Nicht *Shaimari*.«

Sie legte mit anmutiger Geste zwei Finger an ihre Nase und tat, als würde sie tief einatmen. Arkoniel erschauerte.

Iya legte eine Hand über ihre Augen, und für einen Moment regte sich neue Hoffnung in dem jungen Zauberer. Vielleicht würde sie nun doch noch weich werden. Aber sie hatte lediglich einen Zauber zum Palastkreis vor ihnen geschickt, der ihr verraten sollte, wie die Dinge standen.

Gleich darauf schüttelte sie den Kopf. »Nein. Wir haben Zeit.«

Eine kalte, salzige Brise zupfte an ihren Mänteln, als sie die Seeseite der Zitadelle erreicht hatten und sich dem Tor des Palastkreises näherten. Arkoniel holte tief Luft, bemüht, die Spannung in seiner Brust abzubauen. Eine Gruppe fröhlicher Zecher kam des Weges, und als sie den Fackelträger passierten, nahm Arkoniel die Gelegenheit wahr, noch einen verstohlenen Blick auf Iya zu werfen, doch das blasse Gesicht der Zauberin verriet rein gar nichts.

Es ist der Wille Illiors, wiederholte Arkoniel in Gedanken. Dieser Aufgabe konnten sie sich nicht verweigern.

Seit dem Tod der weiblichen Erben des Königs waren alarmierend viele nahe Verwandte dieses Geschlechts verstorben. Kaum jemand in der Stadt wagte, laut darüber zu sprechen, doch in zu vielen Fällen hatten nicht Krankheit oder Hunger die Mädchen und Frauen zu Bilairys Tor geführt.

Die Cousine des Königs erkrankte nach einem Bankett in der Stadt und wachte am nächsten Morgen nicht mehr auf. Eine andere hatte es irgendwie fertig gebracht, aus einem Turmfenster zu fallen. Seine beiden Nichten, Töchter seines eigenen Bruders, waren beim Segeln an einem sonnigen Tag ertrunken. Kleinkinder entfernterer Verwandter, ausschließlich Mädchen, fand man tot in ihren Wiegen. Ihre Ammen sprachen furchtsam von Nachtgeistern. Und während eine potenzielle Thronanwärterin nach der anderen aus dem Leben schied, konzentrierte sich die nervöse Aufmerksamkeit der Menschen in Ero auf die Halbschwester des Königs und das ungeborene Kind unter ihrem Herzen.

Ihr Gemahl, Herzog Rhius, war fünfzehn Jahre älter als seine hübsche junge Frau und besaß mehrere Schlösser und ausgedehnte Ländereien, deren größte in Atyion lag, etwa einen halben Tagesritt nördlich der Stadt. Manch einer munkelte, die Hochzeit sei eine Liebesheirat zwischen den Besitztümern des Herzogs und dem königlichen Schatzamt gewesen, doch Iya war anderer Ansicht.

Das Paar lebte in dem großen Schloss zu Atyion, außer Rhius hielt sich im Dienste des Königs bei Hofe auf. Als Ariani schwanger wurde, zogen sie jedoch in ihr Haus neben dem Palast von Ero um.

Iya vermutete, dass diese Entscheidung eher die des Königs denn ihre eigene gewesen war, und Ariani hatte diesen Verdacht im Sommer bestätigt.

»Mögen Illior und Dalna uns einen Sohn schenken«, hatte Ariani geflüstert, die Hände schützend an den Bauch gelegt, als sie und Iya gemeinsam im Gartenhof ihres Hauses gesessen hatten.

Als Kind hatte Ariani ihren attraktiven älteren Bruder bewundert, der für sie beinahe wie ein Vater gewesen war. Nun aber wusste sie zu gut, dass sie nur noch am Leben war, weil es ihm gefiel; in diesen unsicheren Zeiten stellte jedes Mädchen, in dessen Adern das Blut Ghërilains floss, eine Gefahr für die männliche Erbfolge dar, sollten die Anhänger Illiors versuchen, die heilige Autorität Afras gewaltsam wieder einzusetzen.

Und bei jedem neuen Ausbruch von Seuchen und Hungersnöten wurden die geflüsterten Zweifel lauter.

In einer dunklen Seitenstraße außerhalb der Mauern des Palastkreises hüllte Iya sich und Lhel in einen Schleier der Unsichtbarkeit, und Arkoniel näherte sich den Wachen, als wäre er allein unterwegs.

Auch zu dieser Stunde waren noch viele Menschen unterwegs, dennoch wurde der Feldwebel am Tor auf sein silbernes Amulett aufmerksam und winkte ihn zur Seite.

»Was habt Ihr hier so spät noch zu tun, Zauberer?«

»Ich werde erwartet. Ich bin gekommen, meinen Patron, den Herzog Rhius, zu besuchen.«

»Euer Name?«

»Arkoniel von Rhemair.«

Ein Schreiber notierte den Namen auf einer Wachstafel, und Arkoniel spazierte in das Labyrinth aus Häusern und Gärten innerhalb der königlichen Anlagen. Zur Rechten erhob sich der Neue Palast, dessen Bau unter Königin Agnalain begonnen und unter der Herrschaft ihres Sohnes beendet worden war. Zur Linken lag das verschachtelte Gemäuer des Alten Palastes.

Iyas Magie war so stark, dass auch Arkoniel nicht sagen konnte, ob sie und die Hexe noch bei ihm waren, aber er wagte nicht, sich umzudrehen oder die Frauen anzusprechen.

Arianis Haus war von eigenen Mauern und Gärten umgeben; Arkoniel trat durch das Tor und verschloss es hinter sich, kaum dass er Iyas Hand auf seinem Arm fühlte. Nervös sah er sich um. Halb erwartete er, Gardisten Seiner Majestät zu sehen, die hinter den Bäumen und Statuen in dem dunklen Garten lauerten, oder die vertrauten Gesichter der persönlichen Garde des Herzogs. Aber es war niemand hier, nicht einmal ein Wachmann oder ein Pförtner. Im Garten herrschte Stille, erfüllt von dem Duft der Blumen, die zäh genug waren, auch im Herbst noch zu blühen.

Iya und die Hexe erschienen neben ihm, und sie gingen gemeinsam durch den Gartenhof auf das Eingangsportal des Hauses zu. Sie hatten noch keine drei Schritte getan, als eine Ohreule herabstieß und nicht einmal zehn Fuß von ihnen entfernt eine junge Ratte schlug. Während sie mit ihrem Flügelschlag das Gleichgewicht hielt, beförderte sie ihre Beute geschickt ins Jenseits. Dann blickte sie auf und sah die Menschen aus Augen an, die wie goldene Münzen schimmerten.

»Ein gutes Omen«, murmelte Iya, als die Eule davonflatterte und die tote Ratte zurückließ.

Mynir, der Diener des Herzogs, öffnete auf ihr Klopfen. Der dürre, ernste alte Mann mit den buckligen Schultern erinnerte Arkoniel stets an eine Grille. Dieser Mann gehörte zu den wenigen, die dem Herzog in den kommenden Jahren helfen würden, seine Bürde zu tragen.

»Dem Schöpfer sei Dank!«, flüsterte der alte Mann und ergriff Iyas Hand. »Der Herzog ist halb von Sinnen...« Dann sah er Lhel und verstummte augenblicklich.

Arkoniel konnte sich gut vorstellen, was im Kopf des Mannes vorging: Hexen, unrein, Führer der Toten, eine Totenbeschwörerin, die Dämonen und Geister beschwören konnte.

Iya berührte ihn sacht an der Schulter. »Es ist alles in Ordnung, Mynir. Dein Herr weiß Bescheid. Wo ist er?«

»Oben, gnädige Frau. Ich werde ihn holen.«

Iya hielt ihn noch auf. »Und Hauptmann Tharin?«

Tharin, Kommandant der Garde Rhius', wich selten von der Seite seines Herzogs. Illior hatte nicht für ihn gesprochen, doch Iya und Rhius waren nicht dazu gekommen, einen Plan auszuarbeiten, um ihn in dieser Nacht fern zu halten.

»Der Herzog hat ihn und seine Männer nach Atyion geschickt, um die Pacht einzutreiben.« Mynir führte die Besucher in den Empfangssaal. »Die Frauen wurden zur Nachtruhe in den Palast geschickt, damit niemand die Prinzessin in den Wehen stört. Heute Nacht sind nur Nari und ich hier, gnädige Frau. Ich werde den Herzog herholen.« Damit stieg er die prachtvolle Treppe hinauf.

In dem Kamin auf der anderen Seite des Raumes brannte ein Feuer, doch war keine Lampe entzündet worden. Arkoniel drehte sich langsam um die eigene Achse und versuchte, die vertrauten Umrisse der Möbel und Vorhänge auszumachen. Dieses Haus war stets von Musik und Frohsinn erfüllt gewesen, doch heute erschien es ihm wie eine Gruft.

»Seid Ihr es, Iya?«, rief eine tiefe Stimme. Rhius schritt die Stufen hinab, um sie in Empfang zu nehmen. Er ging inzwischen auf die vierzig zu, ein breitschultriger Krieger mit muskulösen Armen und schwieligen Händen, die von den langen Jahren gezeichnet waren, in denen sie Schwert oder Zügel hatten führen müssen. In dieser Nacht war seine Haut unter dem schwarzen Bart sichtlich blass, die kurze Tunika durchgeschwitzt, als hätte er ein Rennen oder einen Kampf hinter sich. Obwohl er ein Krieger war, stank er geradezu nach Furcht.

Als er Lhel betrachtete, schien er in sich zusammenzusacken. »Ihr habt eine gefunden.«

Iya reichte dem Diener ihren Mantel. »Gewiss, Mylord.«

Von oben erklang ein abgerissener Aufschrei. Rhius presste eine Faust an sein Herz. »Wir haben die Kräuter nicht gebraucht, um die Wehen einzuleiten. Sie hat schon am Vormittag das Fruchtwasser verloren. Seit Sonnenuntergang liegt sie in den Wehen, und sie hört nicht auf, nach ihrer eigenen Amme zu fragen . . .«

Lhel flüsterte Iya etwas zu, worauf diese sich an den Herzog wandte.

»Sie fragt, ob Eure Gemahlin Blut verloren hat.«

»Nein. Eure Amme sagt, alles wäre in Ordnung, aber . . .«

Oben schrie Ariani erneut, und Arkoniels Magen schlug Purzelbäume. Die arme Frau hatte keine Ahnung, wer in dieser Nacht in ihr Haus gekommen war. Iya hatte dem Paar das feierliche Versprechen gegeben, eine Tochter des königlichen Geschlechts zu beschützen, doch sie hatte der Mutter des Kindes nicht verraten, welche Mittel der Lichtträger ihr zu diesem Zweck zugestanden hatte. Nur Rhius wusste Bescheid. Sein Ehrgeiz hatte seine Zustimmung garantiert.

»Kommt. Es ist Zeit.« Iya ging auf die Treppe zu, doch Rhius hielt sie am Arm fest.

»Seid Ihr sicher, dass es keinen anderen Weg gibt? Könnt Ihr nicht einfach eines von ihnen mitnehmen?«

Iya musterte ihn mit kaltem Blick. Sie stand zwei Stufen über ihm. In dem fahlen Licht sah sie aus wie eine steinerne Statue. »Der Lichtträger will eine Königin. Ihr wollt, dass Euer Kind herrscht. Dies ist der Preis. Die Gunst Illiors steht uns zur Seite.«

Rhius ließ sie los und seufzte schwer. »Nun gut, dann kommt, bringen wir es hinter uns.« Rhius folgte den beiden Frauen die Stufen hinauf. Arkoniel hielt sich hinter ihm, nahe genug, um den Herzog murmeln zu hören: »Es wird andere Babys geben.«

Es war stickig in Prinzessin Arianis Schlafgemach. Während die anderen an das Bett traten, blieb Arkoniel auf der Schwelle stehen, überwältigt von dem Geruch in dem Geburtszimmer.

In diesem Teil des Hauses hatte er sich noch nie zuvor aufgehalten. Unter anderen Umständen hätte er den Raum als schön empfunden. Die Wände und das geschnitzte Bett waren mit hübschen Vorhängen und Wandteppichen geschmückt, bestickt mit fantasievollen Unterwasserszenarien, und die marmorne Kamineinfassung war mit eingemeißelten Delphinen verziert. Ein vertrauter Korb stand neben dem Fenster. Aus dem halb offenen Deckel lugten ein Kopf und ein Arm aus Stoff hervor – eine der Puppen der Prinzessin, die noch nicht ganz fertig war. Ariani war berühmt für ihre Handarbeiten, und alle Damen von Rang und Namen in Ero und sogar einige der Herren nannten eines ihrer Werke ihr Eigen.

Heute aber bereitete der Anblick Arkoniel üble Magenschmerzen.

Durch die halb geöffneten Bettvorhänge konnte er Arianis gwölbten Bauch und eine verkrampfte Hand, an der kostbare Ringe prangten, erkennen. Eine dralle Dienstmagd mit einem niedlichen Gesicht stand über Ariani gebeugt und murmelte vor sich hin, während sie der Gebärenden das Gesicht abwischte. Die Magd war Nari, eine verwitwete Verwandte Iyas, die als Amme für das Kind auserwählt worden war. Iya hatte gehofft, Nari könnte ihr eigenes Baby mitbringen, auf dass Arianis Kind Gesellschaft habe, doch die Götter hatten andere Pläne. Naris Kind war an einer Lungenentzündung gestorben. Trotz ihrer Trauer hatte Nari in treuer Hingabe die Milch aus ihren Brüsten gepresst, um sie im Fluss zu halten. Die Vorderseite ihres weiten Kleides war von Milchflecken gesprenkelt.

Lhel machte sich an die Arbeit und erteilte mit leiser Stimme Anweisungen, während sie die Dinge, die sie brauchte, am Fuß des Bettes ausbreitete: Kräuterbündel, ein schmales Silbermesser, Nadeln aus Knochen und eine Spule mit unvorstellbar feinem Seidenfaden.

Ariani bäumte sich wehklagend auf, und Arkoniel konnte einen Blick auf ihr Gesicht werfen, glasige Augen, von Drogen umnebelt, unter einem Wirrwarr glänzenden schwarzen Haares.

Die Prinzessin war nicht viel älter als er selbst, und wenn er sich nur selten solche Gedanken gestattete, hatte er doch eine geheime Bewunderung für sie gehegt, seit er durch ihre Heirat mit Rhius in ihren Wirkungskreis gekommen war. Ariani war die schönste Frau, die er je gesehen hatte, und sie hatte sich ihm gegenüber stets freundlich gezeigt. Eine Woge der Scham spülte über ihn hinweg; so wurde ihr nun ihre Freundlichkeit vergolten.

Allzu schnell wandte sich Iya um und winkte ihn zum Bett. »Komm, Arkoniel, wir brauchen dich jetzt.«

Er und Nari hielten Arianis Füße, als die Hexe die Hand zwischen ihre Oberschenkel führte. Ariani stöhnte, machte einen schwachen Versuch, sich der Berührung zu entziehen. Arkoniel hielt das heftig errötende Gesicht abgewandt, bis Lhel ihre Untersuchung abgeschlossen hatte. Dann zog er sich eilends zurück.

Lhel wusch sich die Hände in einer Waschschüssel, beugte sich über Ariani und tätschelte ihre Wange. »Alles gut, *Keesa*.«

»Es . . . es sind zwei, nicht wahr, Amme?«, keuchte Ariani entkräftet.

Arkoniel warf Iya einen besorgten Blick zu, doch sie zuckte nur mit den Schultern. »Eine Frau braucht keine Amme, um zu wissen, wie viele Babys sie unter dem Herzen trägt.«

Nari braute Tee aus den Kräutern der Hexe und half Ariani, ihn zu trinken. Nach einer Weile wurde die

Atmung der Frau gleichmäßiger, und ihr Körper erschlaffte. Lhel kletterte auf das Bett und massierte Arianis Bauch, während sie gleichzeitig mit besänftigender, singender Stimme unverständliche Worte murmelte.

»Das erste Kind muss in die richtige Position gedreht werden, um in die Welt zu treten, damit ihm das andere folgen kann«, übersetzte Iya für den gepeinigten Rhius, der schweigend am Kopf des Bettes stand.

Lhel verlagerte ihre Position, bis sie zwischen Arianis Beinen kniete, ohne dabei die Bauchmassage zu unterbrechen. Einige Augenblicke später stieß die Hexe einen leisen Triumphschrei aus. Arkoniel, der die Vorgänge aus den Augenwinkeln verfolgte, sah, wie sie mit einer Hand einen kleinen Kopf in sein Blickfeld hob, während die andere Mund und Nase zuhielt, bis der Geburtsvorgang abgeschlossen war.

»Mädchen Keesa«, verkündete sie und hob die Hand vom Gesicht des Kindes.

Arkoniel atmete auf, als das Mädchen den ersten Atemzug tat. Dies war der *Shaimari*, der »Seelenhauch«, um den sich die Hexe viele Sorgen gemacht hatte.

Lhel schnitt die Nabelschnur mit ihrem Silbermesser durch und hielt das Kind hoch, damit alle es sehen konnten. Das blutverschmierte Baby war wohlgeformt und hatte dichtes schwarzes Haar, das feucht glänzte.

»Dem Lichtträger sei Dank!«, rief Rhius und beugte sich zu seiner schlafenden Frau hinab, um ihre Stirn zu küssen. »Ein erstgeborenes Mädchen, genau, wie es das Orakel versprochen hat.«

»Und seht«, sagte Nari und deutete auf ein weinrotes Muttermal auf dem linken Unterarm des Kindes. »Sie trägt ein Glücksmal, beinahe wie eine Rosenknospe.«

Iya bedachte Arkoniel mit einem angespannten, aber

zufriedenen Lächeln. »Dort siehst du unsere zukünftige Königin, mein Junge.«

Freudentränen verschleierten Arkoniels Blick und legten sich erstickend auf seine Kehle, und doch war der Augenblick durch das Wissen, dass ihre Arbeit noch nicht beendet war, vergiftet.

Während Nari das Mädchen wusch, fing Lhel an, den Zwilling herauszulocken. Arianis Kopf rollte kraftlos auf dem Kissen zur Seite. Rhius zog sich an den Kamin zurück, die Lippen zu einer schmalen Linie zusammengepresst.

Eine andere Art der Tränen brannte nun in Arkoniels Augen. *Vergib uns, meine liebliche Schöne*, betete er, unfähig, den Blick abzuwenden.

Trotz Lhels Bemühungen drängte das zweite Kind mit einem Fuß voran in die Welt. Leise in ihrer eigenen Sprache murmelnd, befreite Lhel das andere Bein, und der kleine Körper glitt heraus.

»Knabe Keesa«, sagte Lhel leise, eine Hand über dem Gesicht des Kindes, kaum dass es zu sehen war, um diesen wichtigen ersten Atemzug zu verhindern, damit die Seele nicht an das Fleisch gebunden sein würde.

Plötzlich erklang Hufgetrappel von der Straße vor dem Haus, und jemand brüllte: »Öffnet im Namen des Königs!«

Lhel erschrak, so wie alle anderen auch. In diesem Augenblick löste sich der kleine Kopf aus dem Geburtskanal, und das Kind tat seinen ersten kraftvollen Atemzug.

»Im Namen des Lichts!«, zischte Iya und wirbelte zu der Hexe herum. Lhel schüttelte den Kopf und beugte sich über das zappelnde Baby. Arkoniel wich hastig noch weiter zurück. Was nun kommen musste, konnte er nicht mit ansehen. Er schloss die Augen so fest, dass er

Lichtpunkte hinter den Lidern aufblitzen sah, aber er konnte sich dem Geräusch des lauten, kraftvollen Schreis des Kindes ebenso wenig entziehen wie der plötzlichen Stille, in die der Laut mündete und die ihm eine niederschmetternde Übelkeit bereitete.

Was nun folgte, schien lange zu dauern, obwohl tatsächlich nur Minuten vergingen. Lhel nahm Nari das lebende Kind ab und legte es auf das Bett neben den toten Zwilling. Während sie einen leisen Singsang anstimmte, zeichnete sie seltsame Muster in die Luft, und das lebende Kind wurde ganz still. Als Lhel Messer und Nadel ergriff, musste sich Arkoniel erneut abwenden. Hinter sich hörte er Rhius leise weinen.

Dann war Iya neben ihm und schob ihn auf den kalten Korridor hinaus. »Geh hinunter, und halte den König hin. Du musst ihn so lange wie möglich aufhalten! Ich werde Nari hinunterschicken, wenn wir sicher sind.«

»Ihn hinhalten? Wie?«

Doch da wurde ihm schon die Tür vor der Nase zugeschlagen, und er hörte, wie sich der Schlüssel im Schloss drehte.

»Nun gut.« Arkoniel trocknete sich das Gesicht an seinem Ärmel ab und strich sich mit den Fingern durch das Haar. An der Treppe blieb er kurz stehen und wandte das Gesicht dem unsichtbaren Mond zu, um ein stilles Gebet zu Illior zu sprechen. *Hilf meiner unsicheren Zunge, oder vernebele dem König die Sicht. Oder beides, wenn das nicht zu viel verlangt ist.*

Nun wünschte er, Hauptmann Tharin wäre da. Der große, stille Edelmann hatte etwas Beruhigendes an sich. Zudem war er nach einem Leben voller Jagdausflüge, Kämpfe und höfischer Intrigen weit besser geeignet als ein unerfahrener Zauberer, einen Mann wie Erius zu unterhalten.

Mynir hatte die Bronzelampen entzündet, die zwischen den steinernen Säulen in der Eingangshalle hingen, und den Kamin mit Zedernscheiten und süßen Harzen beschickt, um das Feuer um einen wohlriechenden Duft zu bereichern. Erius stand neben der Feuerstelle, ein großer Mann, der im Flammenschein einschüchternd wirkte. Arkoniel verbeugte sich tief vor ihm. Wie Rhius war auch der König durch ein Leben auf dem Schlachtfeld geformt worden, doch sein Gesicht war noch immer attraktiv und erfüllt von jugendlich guter Stimmung, die selbst die Kindheit am Hofe seiner Mutter nicht hatte auslöschen können. Erst in den letzten Jahren, als sich die königliche Gruft mit immer mehr sterblichen Überresten weiblicher Angehöriger gefüllt hatte, begannen die Menschen hier und da das nette Gesicht als Maske eines finsteren Herzens zu betrachten, ein Herz, das die Lektionen der Mutter am Ende nur zu gut begriffen hatte.

Wie Arkoniel befürchtet hatte, war der König nicht allein gekommen. Sein Hofzauberer, Lord Niryn, war bei ihm und klebte am König wie dessen eigener Schatten. Er war ein reizloser Bursche, irgendwo in der zweiten Lebensspanne. Seine Gaben, welcher Art sie auch sein mochten, hatten ihn rasch in eine hohe Position gebracht. Viele Jahre hatte Erius für Zauberer etwa so viel übrig gehabt wie seine Mutter, doch nach dem Tod seiner Gemahlin und seiner Kinder war Niryns Stern bei Hofe stetig höher gestiegen. In jüngster Zeit hatte er sich einen gegabelten Bart mit zwei Spitzen stehen lassen und eine Vorliebe für kostbare weiße Roben mit silbernen Stickereien entwickelt.

Arkoniels Auftauchen nahm er mit einem knappen Nicken zur Kenntnis, und der junge Zauberer verbeugte sich respektvoll.

Erius hatte auch einen Priester Sakors mitgebracht, zusammen mit einem Dutzend Gardisten mit spitzen Sporen und goldenen Spangen. Als er das Glitzern der Kettenhemden unter den roten Tuniken und die langen Dolche an den Gürteln erblickte, drehte sich Arkoniel der Magen um. Diese Männer schienen eine gar merkwürdige Begleitung für einen Besuch in einem königlichen Hause zu solch einer Gelegenheit zu sein.

Er rang sich ein respektvolles Lächeln ab, während er sich im Stillen erbittert fragte, wer wohl Erius alarmiert haben mochte. Eine der Frauen des Haushalts vielleicht? Offensichtlich war Erius trotz der späten Stunde auf seinen Auftritt vorbereitet gewesen. Der grau melierte Bart und das gelockte schwarze Haar des Königs waren ordentlich gekämmt. Seine Samtrobe sah aus, als wäre er auf dem Weg in den Thronsaal, und das Schwert Ghërilains, Symbol skalanischer Regentschaft, hing an seiner Hüfte.

»Mein König.« Arkoniel verbeugte sich erneut. »Eure geehrte Schwester liegt noch in den Wehen. Herzog Rhius entbietet Euch Grüße und bittet mich, Euch Gesellschaft zu leisten, bis er sich Euch persönlich widmen kann.«

Erius zog verwundert eine Braue hoch. »Arkoniel? Was tut Ihr hier? Soweit mir bekannt ist, übt weder Ihr noch Eure Meisterin Euch in Geburtshilfe.«

»Nein, mein König. Ich kam als Gast und habe mich nützlich gemacht.« Plötzlich war sich Arkoniel des bohrenden Blickes des anderen Zauberers bewusst. Niryns hellbraune Augen schienen stets ein wenig aus den Höhlen zu treten, was ihm einen Hauch milder Überraschung eintrug, den der jüngere Zauberer als beunruhigend empfand. Sorgsam schirmte er seinen Geist ab und betete, dass er stark genug sein würde, Niryn von seinen

Gedanken fern zu halten, ohne das Misstrauen des anderen Mannes zu erregen.

»Eure geehrte Schwester erduldet eine schwere Geburt, fürchte ich, aber sie wird es bald überstanden haben«, fuhr er fort, nur um sich gleich darauf zu wünschen, er hätte geschwiegen. Erius war bei all seinen drei Kindern bei der Geburt zugegen gewesen. Sollte er nun beschließen hinaufzugehen, gab es außer Magie nichts, was er tun könnte, um ihn daran zu hindern. Und in Niryns Anwesenheit blieb ihm auch dieser riskante Ausweg verschlossen.

Doch vielleicht hatte Illior sein Gebet erhört, denn Erius zuckte nur mit den Schultern und setzte sich an einen Spieltisch neben dem Kamin. »Wie gut seid Ihr mit den Steinen?«, fragte er und winkte Arkoniel, sich auf den anderen Stuhl zu setzen. »So eine Geburt dauert stets länger als erwartet, besonders die erste. Da können wir uns die Zeit ebenso gut beim Spiel vertreiben.«

In der Hoffnung, seine Erleichterung möge sich nicht gar zu offensichtlich zeigen, schickte Arkoniel Mynir nach Wein und Gebäck, ehe er sich an den Tisch setzte, um so gut er nur konnte zu verlieren.

Niryn nahm neben den beiden Männern Platz und gab vor, das Spiel zu verfolgen, doch Arkoniel fühlte noch immer den Blick des Zauberers auf sich lasten. Schweiß kribbelte unter seinen Armen und auf seinem Rücken. Was wollte der Kerl? Wusste er womöglich etwas?

Beinahe hätte er die Spielsteine fallen lassen, als Niryn plötzlich fragte: »Träumt Ihr, junger Mann?«

»Nein, Mylord«, entgegnete Arkoniel. »Und falls ich es tue, kann ich mich nach dem Erwachen nicht erinnern.«

Er sagte die Wahrheit; er träumte schon sehr selten

61

auf normale Weise, hellsichtige Träume hatten sich ihm bisher völlig entzogen. Er wartete, dass Niryn ihm weitere Fragen stellen würde, doch jener lehnte sich lediglich zurück und strich sich mit gelangweilter Miene über die Spitzen seines gabelförmigen Bartes.

In der dritten Runde des Gänse-und-Pferche-Spiels kam Nari die Treppe herunter.

»Herzog Rhius entbietet Euch seine Grüße, Euer Majestät«, sagte sie mit einem tiefen Knicks. »Er fragt, ob Ihr wünscht, dass er Euren neuen Neffen zu Euch bringt.«

»Unsinn!«, rief Erius und schob die Spielsteine zur Seite. »Sag deinem Herrn, sein Bruder freut sich, zu ihm zu kommen.«

Wieder hatte Arkoniel das unbehagliche Gefühl, dass sich mehr hinter den Worten des Königs verbarg, als es schien.

Das Gefühl wurde stärker, als Niryn und der Priester nach oben vorangingen. Während sie den Männern folgten, nickte Nari ihm verstohlen zu; Iya und Lhel mussten bereits in Sicherheit sein. Als sie Arianis Gemach betraten, konnte Arkoniel keine Spur von Magie erkennen, sei es nun Orëska-Magie oder eine andere.

Herzog Rhius stand auf der anderen Seite des Bettes und hielt die Hand seiner Gemahlin. Die Prinzessin war zu Arkoniels Erleichterung noch immer ohne Bewusstsein, zweifellos eine Folge gewisser Arzneien. Mit dem zurückgekämmten schwarzen Haar und den hektischen Flecken auf den Wangen erinnerte sie an eine ihrer eigenen Puppen.

Rhius hob das frisch gewickelte Kind vom Bett und brachte es zum König. Inzwischen hatte er sich weit genug erholt, um eine würdevolle Haltung einzunehmen.

»Euer Neffe, mein König«, sagte er und legte das Kind in Erius' Arme. »Mit Eurer Erlaubnis soll sein Name Tobin Erius Akandor lauten, zu Ehren des Geschlechts Eures Vaters.«

»Ein Sohn, Rhius!« Sacht und mit geübten Bewegungen löste Erius die Windel.

Arkoniel hielt den Atem an und verhüllte seinen Geist, als Niryn und der Priester die Hände über das schlafende Kind führten. Keiner von ihnen schien irgendetwas zu merken; Lhels Magie hatte jede Spur der Gräuel verborgen, die dieser kleine Körper hatte erdulden müssen. Zudem, wer würde schon im Schlafgemach der Schwester des Königs die Magie einer Berghexe vermuten?

»Ein hübscher Knabe, Rhius. Er wird dem Namen Ehre machen«, sagte Erius, als sein Blick auf das Muttermal fiel. »Und sieh nur, das Glücksmal an seinem linken Arm. Niryn, Ihr wisst derlei Dinge zu lesen. Was bedeutet es?«

»Weisheit, Euer Majestät«, sagte der Zauberer. »Eine wahrlich wünschenswerte Eigenschaft für den künftigen Waffenbruder Eures Sohnes.«

»In der Tat«, sagte der König. »Ja, Bruder, Ihr habt meine Erlaubnis und meinen Segen. Und ich habe einen Priester mitgebracht, um ein Opfer im Namen Eures kleinen Kriegers darzubringen.«

»Ich schulde Euch Dank, Bruder«, sagte Rhius.

Der Priester trat an den Kamin und fing an, ein Gebet herunterzuleiern, während er Harze und kleine Wachsopfer in die Flammen warf.

»Der Flamme sei Dank, er wird in ein paar Jahren einen großartigen Spielgefährten für meinen Korin abgeben«, fuhr der König fort. »Stellt Euch die beiden nur vor, wie sie gemeinsam jagen und den Schwertkampf erlernen, wenn Euer Tobin zu den Gefährten stößt. Genau wie Ihr und ich, was? Aber gab es nicht noch einen Zwilling?«

Also hatten die Spione des Königs in der Tat ganze Arbeit geleistet, wie Arkoniel im Stillen feststellte.

Nari bückte sich und hob ein zweites Bündel hinter dem Bett hervor. Der Prinzessin den Rücken zugewandt, brachte sie es dem König. »Ein armes kleines Mädchen, mein König. Sie hat nie geatmet.«

Erius und die anderen untersuchten das tote Kind ebenso gründlich wie zuvor das lebende, bewegten die leblosen Glieder, kontrollierten das Geschlecht, tasteten Brust und Hals nach Lebenszeichen ab. Aus den Augenwinkeln sah Arkoniel, wie der König seinem Zauberer einen raschen fragenden Blick zuwarf.

Sie wissen etwas. Sie suchen etwas, dachte Arkoniel benommen. Niryns Frage nach seinen Träumen bekam plötzlich einen bedrohlichen Nachhall. Hatte der Mann selbst eine Vision gehabt, eine Vision von diesem Kind? Doch falls das der Fall war, so leistete Lhels Magie erneut gute Dienste, denn der ältere Zauberer antwortete mit einem unauffälligen Kopfschütteln. Was auch immer sie gesucht hatten, hier hatten sie es nicht gefunden. Arkoniel wandte das Gesicht ab, ehe eine allzu erleichterte Miene ihn verraten konnte.

Der König gab Nari den Leichnam zurück und legte seine Hände auf Rhius' Schultern. »Es ist schwer, ein Kind zu verlieren. Sakor weiß, wie sehr ich noch immer um meine verlorenen Kinder und ihre liebe Mutter trauere. Es mag ein schwacher Trost sein, doch es ist besser, wenn es so rasch geschieht, und nicht erst dann, wenn Ihr bereits zu sehr an ihm hängt.«

»Wie Ihr meint«, antwortete Rhius leise.

Nach einem letzten brüderlichen Schulterklopfen

trat Erius an das Bett und küsste seine Schwester sanft auf die Stirn.

Der Anblick brachte Arkoniels Blut ebenso in Wallung wie der Gedanke an die Gardisten, die unten in der Eingangshalle warteten. Dieser Thronräuber, dieser Mörder von Mädchen und Frauen, mochte seine Schwester genug lieben, ihr Leben zu verschonen, doch wie der Lichtträger nun offenbart hatte, galt diese Nachsicht nicht für ihre Kinder. Als der König und seine Begleiter hinausstolzierten, starrte er angestrengt zu Boden, gebannt von der Vorstellung, wie anders dieses kleine Drama verlaufen wäre, hätte Erius in diesem Raum ein lebendes Mädchen vorgefunden.

Kaum hatte sich die Tür hinter den Besuchern geschlossen, bekam Arkoniel weiche Knie, und er sank matt auf einen Stuhl.

Doch die Tortur war noch nicht vorüber. Ariani schlug die Augen auf und sah das tote Kind auf Naris Armen. Mühsam stemmte sie sich hoch und streckte die Hände nach ihm aus. »Dem Licht sei Dank! Ich wusste, ich hörte einen zweiten Schrei, aber ich hatte einen schrecklichen Traum . . .«

Die Amme wechselte einen Blick mit Rhius, und Arianis Lächeln erlosch. »Was ist los? Gib mir mein Kind!«

»Es wurde tot geboren, meine Liebe«, sagte Rhius. »Lass ab. Schau, dies ist dein Sohn.«

»Nein! Ich habe es schreien gehört!«, beharrte Ariani.

Rhius brachte den kleinen Tobin zu ihr, doch sie ignorierte ihn und starrte weiter das Kind auf den Armen der Amme an. »Gib ihn mir, Weib! Ich befehle es dir!«

Sie ließ sich nicht von ihrer Forderung abbringen. Während sie das leise Weinen des lebenden Kindes mit

Missachtung strafte, nahm sie das tote Kind in die Arme, und ihr Gesicht wurde noch blasser als zuvor.

In diesem Augenblick erkannte Arkoniel, dass Lhels Magie die Mutter nicht so sehr täuschen konnte wie die anderen. Als er seinen Geist bemühte, durch ihre Augen zu sehen, erhaschte er einen Blick auf die Hautstreifen, die Lhel aus der Brust jedes Säuglings geschnitten und mit feinen Stichen in die Wunde des jeweiligen Zwillings knapp über dem Herzen genäht hatte. Durch diesen Austausch war die Transformation besiegelt worden. Das Mädchen würde seine männliche Erscheinung behalten, solange Iya es für notwendig hielt, so wie ihr toter Bruder die Gestalt des Mädchens erhalten hatte, um den König zu täuschen.

»Was habt ihr getan?«, keuchte Ariani und starrte Rhius an.

»Später, meine Liebe. Wenn du ausgeruht bist ... Gib das Kind Nari und nimm deinen Sohn zu dir. Siehst du, wie kräftig er ist? Er hat deine blauen Augen ...«

»Sohn? Das ist nicht mein Sohn!«, fiel ihm Ariani mit wütendem Blick ins Wort. Sie war keinerlei Argumenten zugänglich. Als Rhius versuchte, ihr das tote Kind wegzunehmen, sprang sie aus dem Bett und flüchtete in die entfernteste Ecke des Zimmers, den kleinen Leichnam fest an ihr fleckiges Nachtgewand gepresst.

»Das ist zu viel!«, flüsterte Arkoniel, ging zu der verzweifelten Frau und sank vor ihr auf die Knie.

Überrascht sah sie ihn an. »Arkoniel? Seht nur, ich habe einen Sohn. Ist er nicht hübsch?«

Arkoniel versuchte sich an einem Lächeln. »Ja, Eure Hoheit, er ist ... perfekt.« Sanft berührte er ihre Stirn und umwölkte ihren Geist, um sie erneut in einen tiefen Schlaf zu versetzen. »Vergebt mir.«

Er streckte die Hände nach dem kleinen Körper aus, doch plötzlich erstarrte er vor Entsetzen.

Die Augen des toten Kindes waren offen. Im einen Moment noch blau wie die eines Kätzchens, färbten sich die Regenbogenhäute vor seinen Augen schwarz und fixierten ihn anklagend. Der kleine Leib strahlte eine unmissverständliche Kälte aus, die den Zauberer langsam einzuhüllen drohte.

Dies war der Preis für jenen ersten Atemzug. Die Seele des ermordeten Kindes war in seinen Leib gezogen worden, gerade lange genug, um sich festzusetzen und zu einem Geist zu werden. Oder zu Schlimmerem.

»Bei den Vieren, was geschieht hier?«, krächzte Rhius und beugte sich über ihn.

»Ihr habt nichts zu fürchten«, sagte Arkoniel schnell, obwohl ihn diese winzige widernatürliche Kreatur bis ins tiefste Innere mit schrecklicher Furcht erfüllte.

Nari kniete neben ihm und flüsterte: »Die Hexe hat gesagt, wir sollen ihn rasch fortbringen. Sie hat gesagt, Ihr müsst ihn unter einem großen Baum vergraben. Im hinteren Hofgarten neben der Sommerküche gibt es einen großen Haselnussbaum. Die Wurzeln werden den Dämon festhalten. Schnell! Je länger er hier bleibt, desto stärker wird er!«

Arkoniel musste allen Mut zusammennehmen, um den toten Säugling auch nur zu berühren. Noch während er ihn aus Arianis Armen nahm, bedeckte er dessen Gesicht mit einem Zipfel der Leintücher, in die der kleine Körper eingewickelt war. Dann eilte er hinaus. Nari hatte Recht; die Kältewogen, die von dem leblosen Leib ausstrahlten, wurden von Augenblick zu Augenblick stärker, schmerzten sogar in seinen Gelenken, als er den Leichnam die Treppe hinunter und durch den Hintereingang aus dem Haus trug.

Der Mond blickte wie ein anklagendes Auge auf ihn herab, als Arkoniel die verwünschte Bürde am Fuß des Haselnussbaumes ablegte und noch einmal tonlos um Vergebung bat. Doch im Grunde erwartete er keine Vergebung für die Arbeit dieser Nacht, als er weinend seinen Zauber wirkte. Seine Tränen fielen auf das kleine Bündel, als er sich bückte und zusah, wie das tote Kind in die kalte Umarmung der Erde zwischen den knorrigen Wurzeln sank.

Das leise Weinen eines Kindes drang in der kalten Nachtluft an sein Ohr, und er schauderte, nicht wissend, ob es von dem lebenden oder dem toten Kind stammte.

Kapitel 3

Wie dumm doch diese Orëska-Zauberer bei all ihrer Macht sind. Und arrogant dazu, dachte Lhel, als Iya sie über eine Hintertreppe und aus dem verfluchten Haus scheuchte.

Dreimal spuckte die Hexe nach links aus, in der Hoffnung, dem Unglück, das sie während all dieser Wochen aneinander gebunden hatte, ein Ende zu bereiten. Eine echte Nebelkrähe, diese Zauberin. Warum war ihr das nicht früher aufgefallen?

Lhel hatte kaum genug Zeit gehabt, den letzten Stich an dem lebenden Kind zu vollenden, als die ältere Zauberin sie schon zum Aufbruch drängte. »Ich nicht fertig. Der Geist . . .«

»Der König ist unten!«, zischte Iya, als würde ihr das irgendetwas bedeuten. »Wenn er dich sieht, werden wir alle zu Geistern. Ich zwinge dich, wenn es notwendig ist.«

Was hatte sie schon für eine Wahl gehabt? Also war Lhel ihr gefolgt. *Auf deine Verantwortung,* hatte sie gedacht.

Doch je weiter sie sich von dem Haus entfernten, desto schwerer wurde ihr ums Herz. Das tote Kind so brutal zu behandeln war ein gefährlicher Affront gegenüber der Mutter und gegenüber Lhels eigener Kunst. Diese Zauberfrau hatte keine Ehre, weil sie den Geist eines Kindes einfach so im Stich ließ. Arkoniel hätte vielleicht auf sie gehört, doch Lhel hatte längst erkannt, dass er in dieser Sache nichts zu sagen hatte. Ihr Gott hatte zu Iya gesprochen, und auf eine andere Stimme würde Iya nicht hören.

Lhel spuckte noch einmal aus, für alle Fälle.

Schon bevor die beiden Zauberer in ihrem Dorf aufgetaucht waren, hatte Lhel einen ganzen Monat lang von ihrer Ankunft geträumt: ein junger Mann und eine alte Frau, die eine sonderbare Last in einem Beutel mit sich herumtrug. Jede Weissagung, um die sie sich bemüht hatte, während sie auf das Eintreffen der Zauberer gewartet hatte, gab ihr zu verstehen, dass es der Wille der Mutter war. Lhel musste ihnen geben, was immer sie verlangten. Als Iya und Arkoniel schließlich eintrafen, behaupteten sie, eine Vision ihres eigenen Mondgottes hätte sie zu ihr geführt, was Lhel als gutes Zeichen gewertet hatte.

Dennoch hatte die Art ihrer Bitte sie verblüfft. Orëska musste eine arg klägliche Magie sein, wenn zwei Zauberer mit so machtvollen Seelen nicht imstande waren, einen einfachen Hautbann zu formen. Hätte sie jedoch damals schon begriffen, wie unwissend diese beiden waren, so hätte sie vielleicht versucht, ihr Wissen mit ihnen zu teilen, ehe sie es zum Einsatz gebracht hätte.

Doch das war ihr erst klar geworden, als es zu spät war, in dem Augenblick, da ihre Hand abgeglitten war und dem Knaben seinen ersten Atemzug gestattet hatte. Iya wollte das notwendige Reinigungszeremoniell nicht abwarten. Es war keine Zeit für irgendetwas geblieben, was über die Vervollständigung des Zaubers und ihre Flucht hinausging, also war der wütende junge Geist allein und verloren zurückgeblieben.

Als das Stadttor in Sicht kam, zögerte Lhel erneut. »Ihr nicht zurücklassen dürfen so eine Geist gebunden an Erde!«, sagte sie nicht zum ersten Mal und versuchte, sich aus Iyas Griff zu befreien. »Er zu Dämon heranwachsen, und Ihr nichts ahnen, und was dann tun? Was Ihr tun, wenn nicht einmal können machen so einfache Magie?«

»Ich werde mich darum kümmern.«

»Ihr sein Närrin.«

Iya drehte sich um und brachte ihr Gesicht ganz nahe an das der Hexe heran. »Ich rette Euer Leben, Frau, und das des Kindes und seiner Familie! Wenn der Zauberer des Königs Wind von dieser Sache bekommt, dann werden wir alle hingerichtet werden, das Baby als Erstes. Sie ist jetzt das Einzige, was zählt, nicht Ihr oder ich oder sonst jemand in diesem ganzen erbärmlichen Land. Das ist der Wille Illiors.«

Und wieder fühlte Lhel die enorme Macht, die durch die Gestalt der Zauberin strömte. Iya mochte anders sein, beherrscht von einer fremden Magie, aber es stand außer Frage, dass sie von Gott berührt und Lhel mehr als ebenbürtig war. Also ließ sich die Hexe von ihr wegführen, ließ das Kind und seinen durch seine Haut gebundenen Zwilling in der stinkenden Stadt zurück, während sie im Stillen hoffte, dass Arkoniel einen Baum gefunden hatte, der stark genug war, den Geist zu bändigen.

Sie kauften Pferde und reisten zwei Tage lang gemeinsam. Lhel gab sich schweigsam und betete im Stillen zu der Mutter um geistige Führung. Als sie die Ausläufer des Hochlandes erreicht hatten und Iya sie der Obhut einer Karawane auf dem Weg nach Westen in das Gebirge anvertrauen wollte, erhob sie keine Einwände, und als sie sich schließlich verabschiedeten, versuchte Iya sogar, ihren Frieden mit ihr zu machen.

»Ihr habt Eure Sache gut gemacht«, sagte sie mit einem traurigen Ausdruck in den haselnussbraunen Augen, als sie Lhels Hand ergriff. »Bleibt in Euren Bergen, und alles wird gut werden. Wir müssen einander nie wieder begegnen.«

Lhel beschloss, die dürftig verschleierte Drohung, die sich in Iyas Worten verbarg, zu ignorieren. Sie suchte in der Tasche an ihrem Gürtel herum und förderte ein kleines silbernes Amulett zutage, ein silberner Vollmond, flankiert von je einer schmalen Mondsichel auf jeder Seite. »Für Kind, wenn wieder eine Mädchen werden.«

Iya streckte die Hand aus. »Das Schild der Mutter.«

»Gut verstecken. Sein nur für Frauen. Wenn Knabe sie das tragen.« Dann reichte sie Iya einen kurzen Haselzweig, der zu beiden Seiten mit poliertem Kupfer gefasst war.

Iya schüttelte den Kopf. »Das ist zu gefährlich. Ich bin nicht die einzige Zauberin, die Eure Kunst studiert hat.«

»Dann Ihr müssen für sie bewahren!«, drängte Lhel. »Diese Kind viel Magie brauchen, damit am Leben bleiben.«

Iya schloss die Hand um die beiden Amulette, umfasste Holz und Silber gemeinsam. »Das werde ich. Ich verspreche es. Lebt wohl.«

Drei Tage bleib Lhel bei der Karawane, und jeden Tag lastete die schwarze, kalte Bürde des Geistes des toten Kindes schwerer auf ihrem Herzen. Jede Nacht wurde sein Schrei in ihren Träumen lauter. Sie betete zu ihrer erhabenen Mutter, sie möge ihr zeigen, warum sie hergeschickt worden war, so ein schreckliches Etwas zu schaffen, und was sie tun musste, um die Welt wieder in Ordnung zu bringen.

Die Mutter antwortete, und in der dritten Nacht tanzte Lhel den Traumschlaftanz für ihre Begleiter, schmeichelte gerade genug Gedanken aus ihren Hirnen, um jede Erinnerung an sie und die Dinge, die sie mit sich nahm, auszulöschen.

Unter der Führung eines abnehmenden Silbermondes warf sie ihr Reisebündel auf den Rücken ihres Pferdes und machte sich wieder auf den Weg in die stinkende Stadt.

Kapitel 4

In den unruhigen Tagen nach der Geburt waren nur Nari und der Herzog bei Ariani. Rhius hatte Tharin eine Nachricht zukommen lassen und ihn auf sein Anwesen in Cirna geschickt, um ihn noch eine Weile vom Haus fern zu halten.

Stille legte sich über den Haushalt; schwarze Banner flatterten auf dem Dach und kündeten von der Trauer um die angebliche Totgeburt. Auf dem Hausaltar stellte Rhius eine Schüssel mit Wasser auf und verbrannte Kräuter zu Ehren von Astellus, der die Wege zu Geburt und Tod glättete und junge Mütter vor dem Kindbettfieber bewahrte.

Nari jedoch, die jeden Tag am Bett Arianis saß, wusste, dass kein Fieber die Frau schmerzte, sondern ein tiefer Kummer, der auf ihrem Herzen lastete. Nari war alt genug, um sich an die letzten Tage der Königin Agnalain zu erinnern, und sie betete, dass die Tochter der Königin nicht ebenso von dem Fluch des Wahnsinns heimgesucht würde.

Tag um Tag, Nacht um Nacht warf sich Ariani auf ihren Kissen hin und her und erwachte schreiend: »Das Kind, Nari! Hörst du ihn denn nicht? Er friert so schrecklich.«

»Dem Kind geht es gut, Eure Hoheit«, sagte Nari dann zu ihr. »Seht doch, Tobin liegt gleich neben Euch in der Wiege. Schaut nur, was für ein properer Junge er ist.«

Doch Ariani wollte das lebende Kind nicht einmal ansehen. »Nein, ich höre ihn«, beharrte sie stattdessen und rollte die Augen. »Warum habt ihr ihn ausgesperrt? Hol ihn sofort herein!«

»Da draußen ist kein Kind, Eure Hoheit. Ihr habt nur geträumt.«

Nari sprach die Wahrheit, denn sie hatte nichts gehört, obwohl einige der anderen Bediensteten behauptet hatten, draußen in der Dunkelheit ein Kind schreien gehört zu haben. Bald verbreitete sich im Haus das Gerücht, das zweite Kind sei tot, aber mit offenen Augen auf die Welt gekommen; jeder wusste, dass auf diese Weise Dämonen geboren wurden. Schon jetzt waren etliche Dienstmädchen zurück nach Atyion geschickt worden, nicht ohne die ausdrückliche Anweisung, ihren Tratsch für sich zu behalten. Nur Nari und Mynir kannten die Wahrheit um den Tod des zweiten Kindes.

Seine Loyalität gegenüber dem Herzog gewährleistete Mynirs Schweigen. Nari hingegen war Iya etwas schuldig. Die Zauberin hatte sich über drei Generationen als Wohltäterin für ihre Familie gezeigt, und in jenen ersten chaotischen Tagen hatte es Zeiten gegeben, in denen allein dieses Band die Amme davon abgehalten hatte, in wilder Flucht in ihr Heimatdorf zurückzukehren. Als Nari zugestimmt hatte, Iya diesen Dienst zu erweisen, war von Dämonen nicht die Rede gewesen.

Am Ende jedoch blieb sie schon um des Kindes willen. Ihre Milch floss üppig, kaum dass sie das schwarzhaarige kleine Würmchen an ihre Brust legte, und mit ihr all die Zärtlichkeit, von der sie gedacht hatte, sie hätte sie mit dem Tod ihres Gemahls und ihres Sohnes verloren. Und der Schöpfer wusste, dass weder die Prinzessin noch ihr Ehemann irgendwelche Zärtlichkeit für das Kind erübrigten.

Alle mussten nun von Tobin als von einem Knaben

sprechen. Und dank der fremden Magie, welche die Hexe mit ihren Messern und Nadeln gesponnen hatte, erschien Tobin jedermann als kleiner Junge. Er schlief gut, trank mit gutem Appetit und schien sich darüber hinaus an jeglicher Aufmerksamkeit zu erfreuen, die ihm zuteil wurde, was, zumindest seitens seiner Familie, so oder so nicht gerade viel war.

»Sie werden dich schon noch lieb gewinnen, du süßer kleiner Schatz«, pflegte Nari leise zu raunen, wenn er zufrieden in ihren Armen schlummerte. »Wie sollten sie auch so einem süßen Kerlchen widerstehen?«

Während Tobin prachtvoll gedieh, versank seine Mutter immer tiefer in den finsteren Gefilden ihrer Seele. Das Fieber ließ nach, doch Ariani blieb in ihrem Bett. Noch immer wollte sie ihr lebendes Kind nicht berühren, wollte ihren Gemahl oder ihren Bruder, wann immer er nach ihr sehen wollte, nicht einmal anschauen.

Herzog Rhius war der Verzweiflung nahe. Zahllose Stunden saß er bei ihr und ertrug ihr Schweigen. Dann wieder rief er die begabtesten drysischen Heiler aus dem Tempel Dalnas herbei, doch sie fanden keine körperliche Krankheit, die sie hätten kurieren können.

Am zwölften Tag nach der Geburt zeigte die Prinzessin erste Zeichen der Genesung. An diesem Nachmittag fand Nari sie zusammengerollt auf einem Lehnsessel neben dem Kamin mit einer unfertigen Puppe in den Händen. Der Boden um sie herum war mit Musselinfetzen, Wollresten und Schnipseln von Stickgarn übersät.

Am Abend war die neue Puppe fertig – ein Knabe ohne Mund. Eine weitere der gleichen Art folgte am nächsten Tag, und dann noch eine. Sie machte sich nicht die Mühe, die Puppen zu bekleiden, sondern legte sie zur Seite, kaum dass der letzte Stich vernäht war, und fing sofort mit der nächsten an. Am Ende der Woche säumte ein halbes Dutzend dieser Dinger die Kamineinfassung.

»Sie sind wunderschön, meine Liebe, aber warum machst du die Gesichter nicht fertig?«, fragte Herzog Rhius, als er wie an jedem Abend ergeben an ihrem Bett saß.

»So können sie nicht schreien«, zischte Ariani, und ihre Nadel flog förmlich über den Stoff, als sie einen Arm an den mit Wolle ausgestopften Körper nähte. »Das Schreien macht mich wahnsinnig.«

Nari wandte den Blick ab, um den Herzog nicht dadurch zu brüskieren, dass sie seine Tränen erblickte. Dies war das erste Mal seit der Geburt, dass Ariani mit ihm gesprochen hatte.

Den Herzog schien dieser Umstand zu ermutigen. Er schickte noch in derselben Nacht nach Hauptmann Tharin und fing an, das Fest zur Vorstellung des neuen Lebens zu planen.

Ariani erzählte niemandem von den Träumen, die sie quälten. Wem hätte sie auch davon erzählen sollen? Ihre eigene Amme, Lachi, die ihr volles Vertrauen genoss, war schon vor Wochen fortgeschickt und durch die Fremde ersetzt worden, die ihr nicht von der Seite weichen wollte. Nari war eine Verwandte von Iya, wie Rhius ihr gesagt hatte, und das schürte Arianis Hass auf die Amme nur noch mehr. Ihr Gemahl, ihr Bruder, die Zauberer, diese Frau – sie alle hatten sie verraten. Wenn sie an jene schreckliche Nacht dachte, war alles, woran sie sich erinnern konnte, ein Kreis der Gesichter, die ohne jedes Erbarmen auf sie herabblickten. Sie verachtete jeden Einzelnen von ihnen.

Erschöpfung und Trauer hatten zunächst wie ein Stapel schwerer Wolldecken auf ihr gelastet, und ihr Geist war durch einen undurchdringlichen grauen Nebel getrieben. Tageslicht und Dunkelheit schienen sich über sie lustig zu machen; sie wusste nie, was sie zu erwarten hatte, wenn sie die Augen aufschlug, genauso wenig wie sie wusste, ob sie wach war oder träumte.

Erst hatte sie geglaubt, die schreckliche Hebamme, die Iya hergebracht hatte, wäre zurückgekehrt. Aber bald war ihr klar geworden, dass es sich um eine Vision handeln musste, ob nun im Traum oder nicht, welche die dunkelhäutige, kleinwüchsige Frau jede Nacht zurück an ihr Bett brachte. Stets erschien sie in einem Kreis wabernden Lichts, sprach tonlose Worte zu Ariani und bedeutete ihr mit ihren schmutzigen Fingern, sie möge essen und trinken. So ging es tagelang, eine stumme Pantomime, und Ariani gewöhnte sich allmählich an sie. Schließlich konnte sie sogar einen Teil dessen verstehen, was die Frau flüsterte, und die Worte brachten das Blut in ihren Adern zum Kochen.

Das war der Zeitpunkt, da Ariani wieder zu nähen begonnen hatte und sich zwang, das Brot und die leichten Suppen zu essen, die Nari ihr brachte. Die Aufgabe, die die Hexe für sie vorgesehen hatte, würde Kraft erfordern.

Das Fest zu Ehren des Kindes fand vierzehn Tage nach der Geburt statt. Ariani weigerte sich, ihr Gemach zu verlassen, was Nari nur recht sein konnte. Die Prinzessin schien zwar langsam zu genesen, doch ihr Gebaren war noch zu merkwürdig, um gesellschaftlichen Anlässen zu genügen. Sie wollte sich nicht ankleiden und sprach nur selten. Ihr sonst so glänzendes schwarzes Haar war durch den Mangel an Pflege stumpf geworden, und ihre blauen Augen wirkten starr, als sähe sie etwas, das sich den Blicken der anderen verschloss. Sie schlief, sie aß, sie nähte eine mundlose Puppe nach der anderen. Herzog Rhius sorgte dafür, dass das Gerücht von einem schweren Wochenbett ebenso die Runde über den Palasthügel machte wie das Gerede über die fortdauernde Trauer seiner Gemahlin ob des Verlustes des toten Mädchens.

Ihre Abwesenheit schadete der Festlichkeit wenig. All die wichtigen Edelleute von Ero hatten sich in jener Nacht in der großen Halle versammelt, und der ganze Raum schien vor lauter Juwelen und glänzender Seide im flackernden Lampenschein zu glühen. Nari, die zusammen mit der Dienerschaft am Weintisch verweilte, sah hier und da Gäste hinter vorgehaltenen Händen flüstern, hörte, wie andere über Agnalains Wahnsinn sprachen und sich fragten, wie die Tochter der Mutter auf diesem Wege nur so schnell und ohne jede Vorwarnung hatte folgen können.

Die Nacht war ungewöhnlich warm, und das leise Prasseln des Herbstregens drang durch die offenen Fenster herein. Die Männer aus der persönlichen Garde des Herzogs hatten zu beiden Seiten der Treppe Haltung angenommen und waren in ihren grün-blauen Uniformen prachtvoll anzusehen. Sir Tharin stand zur Linken der Treppe in seiner feinen Tunika und den kostbaren Juwelen, und er sah so zufrieden aus, als ginge es um sein eigenes Kind. Nari hatte auf Anhieb Gefallen an dem hoch aufgeschossenen blonden Mann gefunden, und nun, da sich seine Miene so erhellte, kaum dass er Tobin zum ersten Mal auf seines Vaters Armen erblickte, mochte sie ihn sogar noch mehr.

Der König stand auf seinem Ehrenplatz zur Rechten der Treppe und hielt seinen eigenen Sohn auf seinen breiten Schultern. Prinz Korin war ein dralles, munteres Kerlchen von drei Jahren, der die dunklen Locken und die hellbraunen Augen seines Vaters geerbt hatte. Derzeit zappelte er aufgeregt herum und verrenkte sich den Hals, um einen Blick auf den neuen Cousin zu erhaschen, als Rhius am Kopf der Treppe auftauchte. Der Herzog bot in seiner reich bestickten Robe ebenfalls einen überwältigenden Anblick. Tobins dunkler Schopf war in der Fülle der seidenen Decken hingegen kaum zu sehen.

»Seid mir gegrüßt und willkommen, mein König, meine Freunde!«, rief Herzog Rhius, ehe er die Stufen zum König hinabstieg, sich auf ein Knie sinken ließ und das Kind in die Höhe hielt. »Mein König, hier präsentiere ich Euch meinen Sohn und Erben, den Prinzen Tobin Erius Akandor.«

Erius setzte Korin neben sich auf dem Boden ab, nahm Tobin in seine Arme und zeigte ihn den Priestern und dem versammelten Adel. »Euer Sohn und Erbe ist vor ganz Ero anerkannt, mein Bruder. Möge seinem Namen in der königlichen Familie von Skala Ehre zuteil werden.«

Und das war es auch schon, obwohl die Unterhaltungen und Trinksprüche noch die halbe Nacht fortdauerten. Nari trat ruhelos von einem Bein auf das andere. Die Zeit zum Füttern war längst vorbei, und ihre Brüste schmerzten. Als sie einen vertrauten Schluckauf nebst einem zugehörigen Wimmern vernahm, musste sie lächeln. Wenn Tobin erst anfing, nach seinem Abendessen zu verlangen, so würden sie ihn bald gehen lassen, und sie konnte sich in ihr ruhiges Zimmer im Obergeschoss des Hauses zurückziehen.

Dann plötzlich kreischte eines der Dienstmädchen auf und deutete auf den Tisch. »Bei den Vieren, er ist einfach umgefallen!«

Der silberne Kelch für Rhius' Trinkspruch lag auf der Seite, und sein Inhalt ergoss sich über das dunkle, polierte Holz neben dem Honigkuchen.

»Ich habe es genau gesehen«, fuhr das Dienstmädchen fort, und ihre Stimme wurde gefährlich schrill. »Da war keine Seele in der Nähe.«

»Das sehe ich auch!«, flüsterte Nari und brachte sie mit einem Zwicken und einem finsteren Blick zum Schweigen. Hastig nahm sie ihre Schürze ab und benutzte sie, um den verschütteten Wein aufzutupfen. Er färbte das Leinen blutrot.

Mynir nahm ihr die Schürze ab und packte sie fest unter seinen Arm, sodass der Fleck nicht zu sehen war. »Im Namen des Lichts, lasst das nur niemanden sehen!«, flüsterte er. »Das war Weißwein!«

Ein Blick auf ihre Hände verriet Nari, dass auch sie überall dort, wo sie mit dem Wein in Berührung gekommen waren, rote Flecken aufwiesen, obwohl die Tropfen, die noch am inneren Rand des Kelches hingen, von einer fahlgoldenen Farbe waren.

Ihnen blieb gerade noch genug Zeit, das zitternde Mädchen wegzuschicken, um einen frischen Kelch zu besorgen, bevor die hohen Herren herbeikamen, um ihre Trinksprüche abzuliefern. Tobin quengelte inzwischen ein wenig. Nari hielt ihn auf den Armen, während der Herzog den Kelch hob und ein paar Tropfen Wein auf das Kind träufelte. Dann folgten als traditionelles Trankopfer an die Vier noch einige Tropfen für den Honigkuchen. »Für Sakor. Möge er mein Kind zu einem großen und gerechten Krieger mit Feuer im Herzen heranwachsen lassen. Für Illior. Möge er meinem Kind

Weisheit und Weitsicht schenken. Für Dalna. Möge mein Kind viele Nachfahren und ein langes Leben haben. Für Astellus. Möge mein Kind auf seinen Reisen sicher sein und ein schneller Tod dareinst sein Leben beenden.«

Nari und der Diener wechselten einen erleichterten Blick, als die Tropfen in den Kuchen sickerten, ohne Flecken auf der klebrigen Oberfläche zu hinterlassen.

Kaum war die kurze Zeremonie beendet, trug Nari Tobin hinauf ins Obergeschoss. Das Baby zappelte ein wenig und schmiegte sich dann an ihr Mieder.

»Ja, du bist mein kleiner Liebling«, murmelte Nari geistesabwesend, nach wie vor erschüttert ob der Geschehnisse, deren Zeugin sie geworden war. Sie dachte an die Zauberstöcke, die Iya ihr gegeben hatte, und fragte sich, ob sie einen dazu nutzen sollte, um die Zauberin zurückzurufen. Aber Iya hatte sich unmissverständlich ausgedrückt: Nari sollte diese Stöcke nur im äußersten Notfall einsetzen. Seufzend zog sie Tobin an sich und überlegte, wohin derartige Vorzeichen sie wohl führen würden.

Als sie im oberen Korridor an Arianis Tür vorüberkam, bemerkte Nari einen kleinen roten Fleck an der Wand knapp über den Binsen, die den Boden bedeckten. Sie bückte sich, um sich ihn genauer anzuschauen. Im nächsten Moment presste sie eine Hand an die Lippen.

Es war der blutige Abdruck einer Kinderhand mit gespreizten Fingern. Die Form erinnerte ein wenig an einen Seestern, und das Blut schimmerte feucht und rot.

»Erbarmen, Schöpfer, es ist im Haus!«

Von unten erklangen Jubelschreie, und sie hörte, wie der König einen Segen für Tobins Gesundheit sprach. Mit zitternden Fingern rieb Nari mit dem Saum ihres

Kleides über den Abdruck, bis er zu einem konturlosen rosaroten Fleck verwischt war. Dann häufte sie Binsen auf, um die Stelle zu verdecken, ehe sie in Arianis Zimmer schlüpfte, gepeinigt von der Furcht vor dem, was sie dort erwarten mochte.

Die Prinzessin saß am Kamin und nähte so wirr und wild wie eh und je. Zum ersten Mal seit der Geburt hatte sie ihr Nachtgewand abgelegt, ein schlichtes Kleid angezogen und ihre Ringe wieder übergestreift. Der Saum des Kleides war nass und mit Schlamm verschmiert. Arianis Haar klebte in feuchten Strähnen an ihrem Kopf. Das Fenster war wie stets fest verschlossen, aber Nari konnte die kalte Nachtluft an der Prinzessin riechen, und da war noch etwas anderes. Nari schnüffelte angestrengt, versuchte, diesen unerfreulichen, derben Geruch einzuordnen.

»Ihr wart draußen, Eure Hoheit?«

Ariani lächelte auf ihre Handarbeit hinab. »Nur ein bisschen, Amme. Ist das nicht schön?«

»Ja, Mylady, aber Ihr hättet warten sollen, dann hätte ich Euch begleitet. Ihr seid nicht kräftig genug, um allein hinauszugehen. Was wohl der Herzog dazu sagen würde?«

Noch immer lächelnd nähte Ariani ungerührt weiter.

»Habt Ihr da draußen etwas . . . etwas Ungewöhnliches gesehen, Eure Hoheit?«, wagte Nari schließlich zu fragen.

Ariani zog einen Bausch Wolle aus einem Beutel neben ihrem Bett und stopfte ihn in den Musselinarm, den sie gerade genäht hatte. »Nein, gar nichts. Nun ab mit dir, besorg mir etwas zu essen. Ich verhungere.«

Nari misstraute der plötzlichen Hochstimmung. Als

sie ging, hörte sie Ariani leise summen und erkannte die Melodie eines Wiegenliedes.

Sie hatte bereits den halben Weg zur Küche hinter sich, als sie den Geruch endlich einordnen konnte und vor lauter Erleichterung leise lachen musste. Morgen würde sie den Dienern sagen, sie sollten einen der Hunde hereinbringen, um die tote Maus aufzustöbern, die irgendwo in der Nähe des oberen Korridors verrottete.

Kapitel 5

Arkoniel verließ Ero, ohne zu wissen, wann er Ariani oder ihr Kind wiedersehen würde. In Sylara traf er in einer Taverne wieder mit Iya zusammen, und sie machten sich auf, alles für die nächsten Schritte ihrer Mission vorzubereiten.

Trotz Arkoniels tiefer Zweifel entschied Iya, dass es für alle am sichersten wäre, wenn sie sich von dem Kind fern hielten. Als Arkoniel ihr von seiner seltsamen Unterhaltung mit Niryn erzählte, stärkte das nur ihre Entschlossenheit. Nari und der Herzog konnten jederzeit Boten zu diversen Tavernen schicken, die Iya auf ihren Reisen regelmäßig besuchte. Für Notfälle hatte sie Nari ein Pfand zurückgelassen; bunte Stäbe, die einen schlichten Rufzauber freisetzten, sobald sie zerbrochen wurden. Egal wie weit Iya auch entfernt sein mochte, sie würde die Magie fühlen und so schnell wie nur möglich zurückkehren.

»Aber was, wenn wir zu weit entfernt sind, um rechtzeitig zu ihnen zu stoßen?«, sorgte sich Arkoniel, dem die ganze Situation nicht behagte. »Wie können wir sie überhaupt so zurücklassen? Am Ende ist doch alles schief gegangen. Du hast den Dämon in den Augen des toten Kindes nicht gesehen. Was, wenn der Baum ihn nicht festhalten kann?«

Aber Iya gab sich unerbittlich. »Es ist sicherer für sie, wenn wir so weit wie möglich von ihnen entfernt sind.«

Und so begannen sie mit ihrer ausufernden Suche nach all jenen, die auch nur einen Funken Magie in sich trugen, sondierten Loyalitäten, lauschten ihren Ängsten und gewährten ein paar wenigen Auserwählten einen vagen Einblick in Iyas Vision. Gemeinsam sollten sie einen neuen Bund der Orëska-Zauberer begründen. Iya wandte viel Geduld auf und ging sorgfältig zu Werke. Die Wahnsinnigen, die Gierigen und all jene, die dem König in Treue verbunden waren, wurden aussortiert. Doch selbst denen, die sie für vertrauenswürdig hielt, offenbarte sie ihre wahre Absicht nicht, sondern hinterließ ihnen ein Pfand – einen Kiesel, den sie am Straßenrand aufgelesen hatte – und das Versprechen, sich wieder bei ihnen zu melden.

Während der nächsten Jahre sollten Niryns Worte sie noch lange verfolgen, denn wie es schien, waren sie nicht die Einzigen, die den Gedanken an ein neues Bündnis verbreiteten. Von anderen, die ihnen auf ihren Reisen begegneten, hörten sie, dass der Zauberer des Königs ein eigenes Gefolge bei Hofe um sich scharte. Arkoniel fragte sich oft, welche Antworten diese Zauberer auf Niryns verstohlene Fragen gegeben hatten und welcher Art ihre Träume sein mochten.

Die Dürre, die Tobins Geburt begleitet hatte, ließ nach, nur um im nächsten Sommer von einer weiteren Trockenperiode abgelöst zu werden. Je weiter sie nach Süden kamen, desto häufiger sahen sie leere Kornkammern und halb totes Vieh. Krankheiten breiteten sich im Fahrwasser des Hungers über das Land aus, streckten die Schwachen nieder, wie ein Wolf eine Schafherde plündern würde. Das Schlimmste war ein Fieber, das die reisenden Händler eingeschleppt hatten. Das erste

Anzeichen war blutiger Schweiß, oft gefolgt von schwarzen Beulen in den Achselhöhlen und der Leistengegend. Nur wenige derer, die beide Symptome aufwiesen, überlebten. Der rot-schwarze Tod, wie die Seuche bald genannt wurde, entvölkerte über Nacht ganze Dörfer und ließ zu wenige am Leben, um die Toten zu verbrennen.

Eine Plage ganz anderer Art traf die Ostküste: Plenimaraner. Städte wurden geplündert und niedergebrannt, alte Frauen gemordet, die jüngeren samt der Kinder als Sklaven auf den schwarzen Schiffen der Stoßtruppen abtransportiert. Die Männer, die die Kämpfe überlebten, erwartete dagegen oft ein schlimmeres Schicksal.

Iya und Arkoniel betraten ein Dorf kurz nach einem solchen Überfall und fanden ein halbes Dutzend junger Männer, deren Hände an die Wände eines Kuhstalls genagelt worden waren; die Angreifer hatten allen den Bauch aufgeschlitzt. Ein junger Bursche war noch am Leben und bat mit einem Atemzug um Wasser, mit dem nächsten um seinen Tod. Iya gab ihm beides.

Während ihrer Reise setzte Iya Arkoniels Ausbildung fort und war erfreut zu sehen, wie seine Gabe erblühte. Er war der beste Schüler, den sie je gehabt hatte, und der neugierigste dazu; für Arkoniel gab es stets neue Perspektiven zu entdecken, neue Banne zu meistern. Iya übte mit ihm, was sie im Scherz als »tragbare Magie« bezeichnete, Zauber, die weniger von gewichtigen Inhaltsstoffen und Instrumenten denn von Zauberstab und Worten abhängig waren. Arkoniel besaß ein natürliches Talent für diese Art der Magie und fing bereits an, eigene Zauber zu entwerfen, was für einen so jungen Schüler recht ungewöhnlich war. Von seiner Sorge um Rhius und Ariani getrieben, experimentierte er ruhelos mit Suchzaubern und versuchte, ihre begrenzte Wirkfähigkeit zu vergrößern, doch ohne Erfolg.

Iya erklärte ihm wieder und wieder, dass auch die Magie von Orëska Grenzen habe, doch er ließ sich nicht entmutigen.

In den Häusern der reicheren sesshaften Zauberer, insbesondere jener, die sich hoch gestellter Patrons erfreuten, sah sie ihn sehnsüchtig durch gut ausgestattete Arbeitszimmer geistern und die seltsamen Instrumente und Alchemistenwerkzeuge untersuchen, die er dort vorfand. Manchmal blieben sie lange genug, sodass er auch von diesen Zauberern lernen konnte, und Iya war hocherfreut zu sehen, mit welchem Eifer er sich den Gebieten widmete, die sie ihm nicht erschließen konnte.

Iya, die von jeher mit ihrem Wanderleben zufrieden gewesen war, hätte beinahe vergessen können, welche Verantwortung auf ihren Schultern lastete.

Beinahe.

Das Leben auf der Straße trug eine Menge Neuigkeiten an sie heran, doch die meisten berührten sie nur wenig. Als die ersten Gerüchte über die Häscher des Königs sie erreichten, stufte Iya sie als Märchen ein. Das allerdings fiel ihr weniger leicht, als sie einen Priester Illiors trafen, der behauptete, sie mit eigenen Augen gesehen zu haben.

»Der König billigt ihre Existenz«, erzählte er Iya und fingerte nervös an dem Amulett an seiner Brust herum, das den ihren so ähnlich war. »Die Häscher sind eine spezielle Gardetruppe, beides, Soldaten und Zauberer, beauftragt, Verräter gegen den Thron zur Strecke zu bringen. Sie haben zu Ero einen Zauberer verbrannt, und in den Gefängnissen sitzen Priester Illiors.«

»Zauberer und Priester?«, schnaubte Arkoniel ungläubig. »Seit den nekromantischen Säuberungen während des Großen Krieges ist in Skala kein Zauberer mehr exekutiert worden! Und nun Zauberer, die ihresgleichen jagen?«

Aber Iya schien erschüttert. »Denk immer daran, mit wem wir es zu tun haben«, warnte sie ihn, als sie wieder sicher in ihrem gemieteten Zimmer waren. »Der Sohn Agnalains, der Wahnsinnigen, hat bereits seine eigenen Verwandten umgebracht, um seine Thronfolge zu schützen. Vielleicht hat er mehr von seiner Mutter, als wir befürchtet haben.«

»Niryn führt sie«, sagte Arkoniel, während er wieder einmal daran denken musste, wie der Zauberer ihn in der Nacht von Tobins Geburt gemustert hatte. Hatte er damals schon Gefolgsmänner gesucht? Und was hatte er in seinen Häschern gefunden, was er in Arkoniel nicht gesehen hatte?

Teil zwei

Aus den persönlichen Aufzeichnungen von Königin Tamir II, die kürzlich in den Archiven des Palastes entdeckt wurden

[Notiz des Archivars: Aufzeichnung undatiert]

Mein Vater brachte uns zu dieser einsamen Festung in den Bergen, nicht lange nach meiner Geburt. Er hat behauptet, die Gesundheit meiner Mutter würde diesen Umzug erforderlich machen, aber ich bin überzeugt, zu diesem Zeitpunkt wusste bereits ganz Ero, dass sie wahnsinnig geworden war, genau wie ihre Mutter vor ihr. Wenn ich heute über sie nachdenke, erinnere ich mich an ein blasses Gespenst von einer Frau mit nervösen Händen und den Augen einer Fremden, die doch dieselbe Farbe wie die meinen hatten.

Die Vorfahren meines Vaters hatten die Festung in jenen Tagen erbaut, als das Bergvolk noch über die Pässe kam, um die Niederungen zu überfallen. Sie hatte dicke Steinmauern und kleine Fenster, die von rot-weißen Fensterläden aus rissigem Holz bedeckt wurden. Ich erinnere mich, mir die Zeit damit vertrieben zu haben, Splitter aus den Läden vor meinem Schlafgemach zu zupfen, als ich am Fenster stand und auf die Rückkehr meines Vaters wartete.

Ein großer, quadratischer Wachturm überragte die Rückseite der Festung nahe dem Fluss. Ich glaubte damals, der Dämon würde dort lauern und mich aus den Fenstern beobachten, wann immer Nari oder die Männer mich zum Spielen in einen der Hofgärten oder auf die Wiese unterhalb des Quartiers der Gardisten ließen. Aber meistens musste ich sowieso im Haus bleiben. Ich kannte jedes staubige, dunkle Zimmer, das von den unteren Korridoren abzweigte, kaum, dass ich laufen konnte. Dieses zerfallene alte Gebäude war alles, was ich während meiner ersten sieben Lebensjahre von der Welt zu sehen bekam – meine Amme und eine Hand voll Diener waren meine einzigen Spielkameraden, wenn mein Vater und seine Männer fort waren, was allzu oft geschah.

Und natürlich der Dämon. Ich bekam erst Jahre später eine dumpfe Ahnung, dass nicht alle Haushalte dem meinen glichen – dass es außergewöhnlich war, von unsichtbaren Händen gekniffen und gestoßen zu werden, dass Möbel sich nicht von selbst durch den Raum bewegen. Eine meiner frühesten Erinnerungen ist die, wie ich auf Naris Schoß sitze, und sie mich lehrt, meine kleinen Finger zu einem Zeichen des Schutzes zu formen ...

Kapitel 6

Tobin kniete auf dem Boden in seinem Spielzimmer und schob gelangweilt ein Schiff durch den gemalten Hafen der Spielzeugstadt. Es war die Galeone mit dem geknickten Mast, den der Dämon zerbrochen hatte.

Aber im Grunde spielte Tobin gar nicht richtig. Er wartete und beobachtete die geschlossene Tür zu seines Vaters Zimmer auf der anderen Seite des Korridors. Nari hatte die Tür zugezogen, als sie mit seinem Vater hineingegangen war, um mit ihm zu reden, und Tobin so jede Möglichkeit zum Lauschen genommen.

Tobin atmete eine Wolke weißen Dampfes aus, als er seufzte und sich bückte, um das Segel des Schiffes glatt zu ziehen. Es war kalt an diesem Morgen; er konnte den Frost in der frühmorgendlichen Brise schmecken, die zum offenen Fenster hereinwehte. Nun öffnete er den Mund und atmete einige Male abgehackt aus, worauf sich über der Zitadelle kleine Wölkchen bildeten.

Die Spielzeugstadt, ein Geschenk seines Vaters zu seinem letzten Namenstag, war sein meistgehüteter Besitz. Sie war beinahe so hoch wie Tobin selbst und nahm über die Hälfte des ungenutzten Schlafgemaches neben seinem eigenen ein. Und sie war mehr als ein Spielzeug. Es war eine Miniaturausgabe von Ero, die sein Vater für ihn angefertigt hatte.

»Da du noch zu jung bist, nach Ero zu reisen, habe ich Ero zu dir gebracht!«, hatte er gesagt, als er ihm die Stadt gegeben hatte. »Vielleicht wirst du eines Tages dort leben oder die Stadt sogar verteidigen, und dann musst du sie kennen.«

Seither hatten sie viele glückliche Stunden zusammen verbracht, während derer er die Straßen und Stadtviertel kennen gelernt hatte. Häuser aus Holzklötzen drängten sich an die Hänge der Zitadelle, und es gab freie Stellen, grün bemalt, die öffentliche Gärten und Weideland kennzeichneten. Auf dem großen Marktplatz stand ein Tempel der Vier, umgeben von Marktständen aus Zweigen und bunten Stofffetzen. Alle Arten von Vieh aus gebranntem Ton bevölkerten die kleinen Pferche, und in dem blau bemalten Hafen, der sich an einer Seite der Stadt noch jenseits der von vielen Toren durchbrochenen Stadtmauern ausdehnte, drängten sich winzige Schiffe, die er mit einem Stock hin und her schieben konnte.

Der Gipfel des Hügels war flach und von einer weiteren Mauer umgeben, die Palastkreis genannt wurde, obwohl sie gar nicht richtig rund war. Im Inneren gab es eine Fülle verschiedener Häuser, Paläste und Tempel, die alle verschiedene Namen und Geschichten ihr Eigen nannten. Es gab Gärten und Fischteiche aus silbernen Spiegeln und einen Exerzierplatz für die Königlichen Gefährten. Letztere waren in Tobins Augen besonders interessant: Die Gefährten waren Knaben, die zusammen mit seinem Cousin, Prinz Korin, im Alten Palast lebten und das Handwerk eines Kriegers erlernten. Sein Vater und Tharin waren gemeinsam mit König Erius ebenfalls Gefährten gewesen, als sie noch jung waren. Als Tobin das erfahren hatte, wollte er auch sofort ein Gefährte werden, doch man hatte ihm gesagt, er müsse erst warten, bis er alt genug sei.

Das größte Gebäude auf dem Palasthügel war der Alte Palast. Er hatte ein abnehmbares Dach und viele Räume.

Es gab einen Thronsaal mit einem winzigen hölzernen Thron, neben dem eine Tafel aus echtem Gold in einem Rahmen aus Holz hing.

Tobin nahm sie heraus und starrte aus zusammengekniffenen Augen angestrengt auf die zarte Gravur. Er konnte die Worte nicht lesen, aber er kannte den Text längst auswendig. »Solange eine Tochter aus dem Geschlecht Thelátimos' das Land schützt und regiert, soll Skala nie unterjocht werden.« Tobin kannte auch die Legende von König Thelátimos und dem Orakel auswendig. Das war eine der Lieblingsgeschichten seines Vaters.

Die Stadt war von unzähligen kleinen Holzfiguren bevölkert, die er mehr als alles andere liebte. Manchmal schmuggelte er ganze Familien in sein Bett, um sich am Abend unter der Decke mit ihnen zu unterhalten, während er darauf wartete, dass Nari ebenfalls zu Bett ging. Tobin legte die goldene Tafel zurück, reihte ein Dutzend Holzmenschen auf dem Exerzierplatz auf und stellte sich vor, er selbst wäre einer der Gefährten. Dann öffnete er die flache, mit Samt ausgeschlagene Schatulle, die sein Vater von einer anderen Reise mitgebracht hatte, nahm die besonderen Figuren heraus und stellte sie auf dem Dach des Palastes auf, von wo aus sie die Gefährten bei ihren Übungen beobachten konnten. Diese Leute – die, die früher lebten – waren viel bunter und hübscher als die anderen; eine der Figuren war sogar aus purem Silber. Sie hatten bemalte Gesichter und Kleider, und alle trugen gleiche Schwerter, das Schwert der Königin Ghërilain. Sein Vater hatte ihn ihre Namen und Geschichten gelehrt. Der Silbermann war König Thelátimos, neben ihm in der Kiste lag seine Tochter, Ghërilain, die Gründerin – die durch die goldenen Worte des Orakels zur Königin von Skala wurde. Nach Ghërilain kam

Königin Tamír, die von ihrem Bruder vergiftet worden war, der selbst König sein wollte, dann eine Agnalain und noch eine Ghërilain, dann sechs andere, die er immer noch durcheinander brachte, und dann Großmutter Agnalain die Zweite. Ghërilain hatte die schönste Krone, Großmutter Agnalain die hübschesten Muster auf ihrer Robe.

Die letzte Figur in der Schatulle war ein Mann aus Holz. Er hatte einen schwarzen Bart wie Tobins Vater, eine Krone und zwei Namen: Onkel Erius und der derzeitige König.

Tobin drehte den König in seinen Händen. Der Dämon zerbrach ihn besonders gern. Der kleine hölzerne Mann stand vielleicht auf dem Dach des Palastes oder lag ordentlich an seinem Platz in der Schatulle, und plötzlich flog sein Kopf ab oder er wurde in der Mitte gespalten. Nach all den vielen Reparaturen war der Onkel nun ziemlich missgestaltet.

Tobin seufzte noch einmal und legte die Figuren sorgfältig zurück in die Schatulle. Nicht einmal die Stadt konnte ihn heute ablenken. Er drehte sich um, starrte die Tür an und wünschte aus tiefster Seele, sie würde sich öffnen. Nari war schon vor einer Ewigkeit dort hineingegangen! Schließlich, unfähig, der Spannung länger standzuhalten, schlich er über den Korridor, um an der Tür zu lauschen.

Die Binsen auf dem Boden waren alt und knirschten unter seinen Schritten, sosehr er sich auch auf die Zehenspitzen stellen mochte. Rasch sah er sich auf dem Korridor um. Zu seiner Linken befand sich die Treppe, die in die große Halle hinunterführte. Von dort hörte er Hauptmann Tharin und den alten Mynir über irgendetwas lachen. Zur Rechten, neben der Tür zum Zimmer seines Vaters, war eine weitere verschlossene Tür, von der er hoffte, sie würde sich nicht öffnen; seine Mama hatte gerade wieder einen ihrer schlechteren Tage.

Zufrieden, für den Augenblick allein zu sein, drückte er das Ohr an das mit Schnitzereien verzierte Eichentürblatt und lauschte angestrengt.

»Was kann ihm denn schon Böses widerfahren, Mylord?« Das war Nari. Tobin zappelte aufgeregt. Seit Wochen hatte er schon gebohrt, um sie dazu zu bringen, diesen Kampf an seiner Stelle auszufechten.

Sein Vater grummelte etwas, dann hörte er wieder Naris Stimme. Dieses Mal klang sie schmeichlerisch, wie er es schon manchmal erlebt hatte: »Ich weiß, was sie gesagt hat, Mylord, aber bei allem Respekt, er wird sonderbar werden, wenn er auf diese Weise heranwächst. Ich kann mir nicht vorstellen, dass sie das will!«

Wer wird sonderbar?, fragte sich Tobin. Und wer war diese mysteriöse »Sie«, die etwas dagegen haben könnte, dass er mit seinem Vater in die Stadt ging? Immerhin war dies sein Namenstag. Heute wurde er sieben Jahre alt; gewiss alt genug für diese Reise. Und so weit war der Weg nach Alestun nicht; wenn er mit Nari auf dem Dach ein Picknick machte, konnte er über das Tal im Osten schauen und die Dächer jenseits des Waldes erkennen. An kalten Tagen konnte er sogar Rauch von den Herdfeuern in der Stadt sehen. Tobin fand seinen Wunsch, in die Stadt zu gehen, als Geschenk ziemlich bescheiden, und etwas anderes wollte er gar nicht.

Die Stimmen sprachen weiter, doch zu leise, sodass er nichts mehr verstand.

Bitte!, flehte er in Gedanken und bat die Vier durch ein Glückszeichen um Hilfe.

Kalte Finger an seiner Wange erschreckten ihn zutiefst. Als er herumwirbelte, sah er mit Bestürzung seine Mutter, die direkt hinter ihm stand. Sie war selbst beinahe wie ein

Geist, ein Geist, den Tobin sehen konnte. Dünn und blass, mit nervösen Händen, die ständig wie sterbende Vögel zu flattern schienen, wenn sie nicht gerade eine ihrer hübschen Stoffpuppen nähte oder die hässliche alte Puppe umklammerte, ohne die sie keinen Schritt tat. Auch jetzt steckte sie unter ihrem Arm und schien ihn anzustarren, obwohl sie gar kein Gesicht hatte.

Wie stets, wenn er ihr irgendwo im Haus begegnete, war er verwundert, sie zu sehen. Wenn Tobins Vater zu Hause war, zog sie sich immer zurück und ging ihm aus dem Weg, und das gefiel Tobin besser.

Es war ihm zu einer zweiten Natur geworden, rasch einen verstohlenen Blick auf den Ausdruck in Mamas Augen zu werfen; Tobin hatte früh gelernt, die Stimmungen der Menschen um ihn herum, vor allem aber die seiner Mutter, einzuschätzen. Meistens behandelte sie ihn wie einen Fremden, kühl und distanziert. Wenn der Dämon Gegenstände nach ihm warf oder ihn zwickte, drückte sie nur die hässliche alte Puppe an sich und wandte den Blick ab. Sie drückte Tobin nur ganz selten, aber an ihren besonders schlimmen Tagen behandelte sie ihn, als wäre er immer noch ein Baby oder als wäre er ein Mädchen. An solchen Tagen sperrte sein Vater sie in ihrem Zimmer ein, und Nari bereitete irgendeinen besonderen Tee für sie zu.

Jetzt aber waren ihre Augen klar, das konnte er sehen. Sie lächelte sogar beinahe, als sie ihm die Hand entgegenstreckte. »Komm, kleiner Liebling.«

So hatte sie noch nie mit ihm gesprochen. Nervös blickte sich Tobin zur Tür seines Vaters um, aber sie bückte sich und packte seine Hand. Ihr Griff war nur ein kleines bisschen zu fest, als sie ihn zu der verschlossenen Tür am Ende des Korridors zog, der Tür, die zur Treppe nach oben führte.

»Ich darf da nicht raufgehen«, widersetzte sich Tobin, und seine Stimme war kaum mehr als ein Piepsen. Nari sagte, der Boden dort oben wäre morsch, und dass es dort Ratten gäbe und Spinnen, so groß wie seine Faust.

»Mit mir darfst du«, entgegnete sie, zog einen großen Schlüssel aus den Falten ihres Kleides hervor und öffnete die verbotene Tür.

Stufen führten hinauf zu einem Korridor, der dem unteren sehr ähnlich war. Zu beiden Seiten zweigten Türen ab, doch es war sehr staubig und roch muffig, und die schmalen, hohen Fenster waren fest verschlossen.

Im Vorübergehen schaute Tobin durch eine offene Tür und sah ein durchgesacktes Bett mit zerlumpten Vorhängen, aber keine Ratten. Am Ende dieses Korridors öffnete seine Mutter eine kleinere Tür und führte ihn eine sehr steile, enge Treppe hinauf, die nur durch das wenige Tageslicht, das durch die vereinzelten Schießscharten hereindrang, beleuchtet wurde. Das reichte kaum, die ausgetretenen Stufen zu erkennen, aber Tobin wusste trotzdem, wo er war.

Sie befanden sich in dem Wachturm.

Er legte eine Hand an die Mauer, um das Gleichgewicht zu bewahren, doch als er etwas Schuppiges unter seiner Hand fühlte, zog er sie schnell wieder weg. Inzwischen hatte er Angst und wollte am liebsten zurück in den hellen, sicheren Teil des Gebäudes laufen, aber seine Mutter hielt immer noch seine Hand fest.

Als sie immer höher hinaufstiegen, flatterte über ihnen plötzlich etwas in den Schatten – der Dämon, ganz sicher, oder etwas noch Schrecklicheres. Tobin versuchte, sich loszureißen, aber sie hielt ihn fest und lächelte ihm über die Schulter zu, während sie ihn weiter zu einer schmalen Tür am Kopf der Treppe zog.

»Das sind nur meine Vögel. Sie haben ihre Nester hier, und ich haben meines, aber sie können herein- und hinausfliegen, wann immer sie wollen.«

Sie öffnete die schmale Tür, und Sonnenlicht flutete die Stufen, so hell, dass er blinzeln musste, als er über die Schwelle stolperte.

Er hatte immer geglaubt, der Turm wäre leer und verlassen, von dem Dämon vielleicht abgesehen, aber nun stand er in einem behaglichen kleinen Salon, der hübscher möbliert war als all die Räume in den unteren Stockwerken. Staunend sah er sich um. Nie hätte er gedacht, dass seine Mutter so ein wunderbares Geheimversteck hatte.

Verblasste Wandteppiche verdeckten an drei Seiten die Fenster, aber die Westmauer war kahl und die schweren Fensterläden geöffnet. Tobin konnte erkennen, wie sich das Sonnenlicht auf den schneebedeckten Gipfeln in der Ferne brach, und er hörte den Fluss in der Tiefe rauschen.

»Komm, Tobin«, drängte sie und ging zu einem Tisch neben dem Fenster. »Setz dich eine Weile zu mir. Heute ist doch dein Namenstag.«

Ein winziger Hoffnungsschimmer lebte in Tobins Herz auf, und er ging weiter in das Zimmer hinein. Früher hatte sie nie an seinen Namenstag gedacht.

Der Raum war behaglich. Ein langer Tisch, auf dem sich alle möglichen Materialien zum Puppennähen stapelten, stand an der gegenüberliegenden Wand. Auf dem anderen Tisch saßen zwei Reihen fertiger Puppen nebeneinander an die Wand gelehnt – dunkelhaarig und ohne Mund wie immer, aber in Tuniken aus feinem Samt und Seide gewandet, die viel schöner waren als alles, was Tobin besaß.

Vielleicht hat sie mich hergebracht, um mir eine davon zum

Namenstag zu schenken, dachte er. Selbst ohne Mund waren die Puppen wunderschön. Hoffnungsvoll wandte er sich zu seiner Mutter um. Für einen Augenblick glaubte er zu sehen, wie sie ihn anlächeln und ihm sagen würde, er solle sich die Puppe aussuchen, die ihm am besten gefiel, und sie als besonderes Geschenk von ihr an sich nehmen. Aber seine Mama stand nur neben dem Fenster und zupfte mit den Fingern ihrer freien Hand an ihrem Mieder herum, während sie auf den leeren Tisch vor sich hinabstarrte. »Hier sollte es Kuchen geben, nicht wahr? Honigkuchen und Wein.«

»So was haben wir immer in der großen Halle«, sagte Tobin mit einem weiteren sehnsüchtigen Blick auf die Puppen. »Letztes Jahr warst du dort, weißt du noch? Bis der Dämon den Kuchen auf den Boden geworfen hat und ...«

Er verstummte, als andere Erinnerungen an jenen Tag in sein Bewusstsein drangen. Seine Mutter war in Tränen ausgebrochen, als der Dämon aufgetaucht war, und dann hatte sie angefangen zu schreien. Sein Vater und Nari hatten sie fortgebracht, und Tobin hatte sein zerbröseltes Kuchenstück mit Mamsell und Tharin in der Küche essen müssen.

»Der Dämon?« Eine Träne rann über die blasse Wange seiner Mutter, und sie drückte die Puppe noch fester an sich. »Wie können sie ihn nur so nennen?«

Tobin sah sich auf der Suche nach einem Fluchtweg zu der offenen Tür um. Wenn sie jetzt anfing zu schreien, konnte er einfach fortlaufen, die Treppe hinunter und zurück zu den Menschen, die ihn liebten, auf die er zählen, sich verlassen konnte, wenn er sich auch fragte, ob Nari böse mit ihm sein würde, weil er hier heraufgekommen war.

Aber seine Mutter schrie nicht. Sie sank lediglich auf

einen Stuhl und weinte, die hässliche Puppe fest an ihre Brust gepresst.

Tobin wollte sich zur Tür zurückziehen, doch seine Mama sah so furchtbar traurig aus, dass er, statt wegzulaufen, zu ihr ging und seinen Kopf an ihre Schulter legte, so, wie er es stets tat, wenn Nari traurig war oder Heimweh hatte.

Ariani legte den Arm um ihn und zog ihn an sich, streichelte sein aufsässiges schwarzes Haar. Wie gewöhnlich drückte sie ihn zu sehr, streichelte zu ruppig, doch er blieb bei ihr. Selbst für dieses bisschen Zuwendung war er dankbar, und dieses eine Mal mischte sich der Dämon nicht ein.

»Meine armen kleinen Babys«, flüsterte sie, während sie Tobin wiegte. »Was sollen wir nur tun?« Dann griff sie in ihr Mieder und zog einen kleinen Beutel daraus hervor. »Streck deine Hand aus.«

Tobin gehorchte, und sie schüttelte zwei kleine Gegenstände aus dem Beutel: einen silbernen Mondtalisman und ein kleines Stück Holz, dessen Enden mit dem roten Metall verkapselt waren, das er auf der Rückseite von Schilden gesehen hatte.

Sie ergriff erst den einen, dann den anderen Gegenstand und drückte beide gegen Tobins Stirn, als wartete sie auf etwas Bestimmtes. Als nichts geschah steckte sie beides seufzend wieder weg.

Tobin noch immer fest im Arm, erhob sie sich und schleifte ihn zum Fenster. Dort hob sie ihn mit überraschender Kraft hoch und stellte ihn auf den Sims. Tobin blickte zwischen seinen Zehenspitzen hindurch in die Tiefe und sah den Fluss, dessen weiße Gischt die Felsen umspülte. Von neuerlicher Furcht ergriffen, hielt er sich mit einer Hand am Fensterrahmen und mit der anderen an der zarten Schulter seiner Mutter fest.

»Lhel!«, brüllte sie den Bergen entgegen. »Was sollen wir tun? Warum bist du nicht gekommen? Du hast versprochen, du würdest kommen!«

Sie packte die Rückseite von Tobins Tunika und schob ihn vorwärts. Tobin konnte nur mühsam das Gleichgewicht halten.

»Mama, ich will wieder hinuntergehen!«, flüsterte Tobin und klammerte sich fester an sie.

Er drehte den Kopf und starrte in Augen, die nun wieder kalt und hart schimmerten. Für einen Moment sah sie aus, als wüsste sie nicht, wer er war und warum sie so hoch oben am Fenster standen. Dann riss sie ihn zurück, und beide stürzten zu Boden. Tobin stieß sich den Ellbogen und schrie vor Schmerz.

»Armes Baby! Mama tut es so Leid!«, schluchzte seine Mutter, aber es war die Puppe, die sie am Boden kauernd in ihren Armen wiegte, nicht er.

»Mama?« Tobin krabbelte zu ihr, doch sie ignorierte ihn.

Verwirrt und mit gebrochenem Herzen rannte er aus dem Zimmer, nur noch darauf bedacht, ihrem Schluchzen zu entkommen. Fast hatte er das Ende der Treppe erreicht, als er einen kräftigen Stoß in den Rücken erhielt und die restlichen Stufen hinabstürzte, sich die Schienbeine anstieß und die Handflächen aufschürfte.

Tobin schlug verzweifelt um sich. »Ich hasse dich! *Ich hasse dich, ich hasse dich!*«

Hasse dich! hallte aus den Schatten über ihm zurück.

Tobin humpelte die Treppe hinab zurück zu seinem Spielzimmer, doch sogar dort schien ihm das Tageslicht getrübt. Das angenehme Kribbeln seiner Aufregung war fort, und seine Schienbeine und Hände schmerzten. Alles, was er jetzt noch wollte, war, sich mit der Familie freundlicher kleiner Holzfiguren, die unter seiner Decke auf ihn wartete, zu verkriechen. Gerade als er den ersten Schritt Richtung Bett tat, betrat sein Vater den Raum.

»Hier bist du!«, rief Rhius, hob Tobin mit seinen starken Armen hoch und gab ihm einen Kuss. Sein Bart kitzelte, und plötzlich schien der Tag wieder freundlicher zu sein. »Ich habe dich überall gesucht. Wo hast du gesteckt? Und wie hast du es geschafft, dich so schmutzig zu machen?«

Scham brodelte in Tobins Brust, als er an seinen furchtbaren Ausflug zurückdachte. »Ich habe nur gespielt«, sagte er und starrte hinab auf die schwere silberne Brosche an der Schulter seines Vaters.

Rhius legte einen rauen, schwieligen Finger unter Tobins Kinn und untersuchte einen Schmutzfleck an seiner Wange. Tobin wusste, dass sein Vater an den Dämon dachte; zumindest in diesem Punkt verstanden sich die beiden auch ohne Worte.

»Nun gut, belassen wir es dabei«, sagte er, während er Tobin durch die Tür in sein Zimmer trug, wo Nari gerade frische Kleider auf dem Bett bereitlegte. »Nari sagt, du bist alt genug, um mit mir zusammen nach Alestun zu reiten und nach einem Geschenk für deinen Namenstag Ausschau zu halten. Was meinst du dazu?«

»Darf ich?«, rief Tobin, und plötzlich waren all die trübsinnigen Gedanken, zumindest für den Augenblick, vergessen.

»Nein, so wie du aussiehst, darfst du nicht!«, empörte sich seine Amme und schüttete Wasser in die Schüssel neben dem Waschständer. »Wie hast du es nur geschafft, dich so früh am Tag schon so schmutzig zu machen?«

Sein Vater blinzelte ihm zu und ging zur Tür. »Wir sehen uns dann im vorderen Hofgarten, wenn du vorzeigbar bist.«

Tobin vergaß sein schmerzendes Schienbein und den aufgeschrammten Ellbogen, als er brav sein Gesicht und seine Hände wusch und dann stillhielt, während Nari die Knoten aus seinem Haar kämmte, die sie immer als Rattennester bezeichnete.

Schließlich, in einer frischen, feinen Tunika aus blassgrüner Wolle und einer sauberen Hose, rannte er hinaus in den Garten. Sein Vater wartete wie versprochen auf ihn, und mit ihm fast alle anderen Mitglieder des Haushalts.

»Den Segen des Tages, kleiner Prinz!«, riefen sie und lachten und herzten ihn.

Tobin war so aufgeregt, dass er Tharin zunächst gar nicht bemerkte, der ein wenig abseits stand, in der Hand die Zügel eines braunen Wallachs, den Tobin noch nie zuvor gesehen hatte.

Das Pferd war kleiner als der Zelterrappe seines Vaters, und auf seinem Rücken lag ein Kindersattel. Das dichte Winterfell und die Mähne waren so lange gestriegelt worden, bis das Haar glänzte.

»Meinen Segen, mein Sohn«, sagte Rhius und hob Tobin in den Sattel. »Ein Bengel, der alt genug ist, in die Stadt zu reiten, braucht auch ein eigenes Pferd. Nun ist es an dir, dich um ihn zu kümmern und ihm einen Namen zu geben.«

Grinsend zog Tobin an den Zügeln und führte den Wallach im Schritt durch den Garten. »Ich werde ihn Haselnuss nennen, weil er die Farbe einer Haselnussschale hat.«

»Dann könntest du ihn ebenso gut Gosi nennen«, sagte sein Vater mit einem Funkeln in den Augen.

»Warum?«

»Weil dies nicht irgendein Pferd ist. Er ist den ganzen weiten Weg aus Aurënen gekommen, genau wie mein

106

Rappe. Bessere Pferde gibt es nicht. Alle Edelmänner in Skala reiten heutzutage Pferde der Aurënfaie.«

Aurënfaie. Eine vage Erinnerung drang in sein Bewusstsein. In einer stürmischen Nacht waren Aurënfaie-Händler an ihre Haustür gekommen – wunderbare, fremdartig aussehende Gestalten mit langen roten Schärpen, die sie um ihre Köpfe gewickelt hatten, und Tätowierungen an den Wangen. Nari hatte ihn in dieser Nacht viel zu früh nach oben geschickt, aber er hatte sich am Kopf der Treppe versteckt und zugesehen, wie sie ihre bunte Magie vorgeführt und auf seltsamen Instrumenten musiziert hatten. Der Dämon hatte sie vertrieben, und Tobin hatte gesehen, wie seine Mutter sich lachend mit ihrer Puppe in den Schatten des unbenutzten Musikantenbalkons verborgen hatte. Damals war ihm zum ersten Mal klar geworden, dass er sie hassen könnte.

Tobin verscheuchte die düsteren Gedanken; das war schon lange her, beinahe zwei Jahre. Aurënen bedeutete Magie und seltsame Leute, die Pferde für den skalanischen Adel züchteten. Weiter nichts.

Er beugte sich vor, um den Hals des Wallachs zu streicheln. »Danke, Vater! Ich werde ihn Gosi nennen. Kann ich auch irgendwann nach Aurënen gehen?«

»Jeder sollte irgendwann Aurënen besuchen. Es ist ein wunderschönes Land.«

»Hier, nimm das, damit du ein Opfer zu deinem Namenstag im Tempel darbringen kannst.« Nari reichte ihm mehrere kleine Päckchen, die in einem sauberen Tuch verschnürt waren. Tobin verstaute sie stolz in den neuen Satteltaschen.

»Ich habe auch ein Geschenk für dich, Tobin.« Tharin zog einen langen, in ein Stück Stoff gewickelten Gegenstand aus seinem Gürtel und gab ihn dem Jungen.

In der Stoffhülle entdeckte Tobin ein hölzernes Schwert, beinahe so lang wie sein Arm. Die Klinge war dick und stumpf, aber das Heft war wunderschön geschnitzt und mit einer Parierstange aus echter Bronze ausgestattet. »Das ist schön! Danke!«

Tharin blinzelte ihm gut gelaunt zu. »Wir werden sehen, ob du mir auch noch dankst, wenn wir angefangen haben, damit zu üben. Ich werde dein Schwertmeister sein, und ich nehme an, wir werden eine Menge von diesen Dingern abnutzen, bis wir fertig sind, aber das hier wird das erste sein.«

Das Geschenk war für Tobin ebenso wertvoll wie das Pferd, obwohl die Klinge nicht echt war. Er versuchte, seine neue Waffe zu schwingen, aber sie war schwerer, als er erwartet hatte.

Sein Vater lachte leise. »Nur keine Sorge, mein Sohn. Tharin wird dir bald alles beibringen. Aber für den Augenblick lässt du deine Waffe besser bei Mynir. Wir wollen ja nicht gleich bei deinem ersten Ausflug in die Stadt in ein Duell verwickelt werden.«

Tobin fügte sich widerwillig und übergab das Schwert dem alten Diener, doch auch das vergaß er, kaum dass er hinter Tharin und seinem Vater zum Tor hinaus und über die Brücke ritt. Zum ersten Mal in seinem Leben musste er nicht am anderen Ende stehen bleiben und sich verabschieden. Als sie den Weg über die Wiese fortsetzten, kam er sich bereits wie ein großer Krieger vor, der aufgebrochen war, die weite Welt zu erobern.

Dennoch fühlte er plötzlich einen kalten Schauer über seinen Rücken rinnen, kurz bevor sie in den Wald ritten. Als wäre eine Ameise in seine Tunika gefallen. Als er sich nach der alten Festung umwandte, glaubte er zu sehen, wie sich die Fensterläden am Südfenster des Wachturmes bewegten. Hastig wandte er den Blick ab.

Blätter, die an goldene Münzen erinnerten, pflasterten die Waldstraße. Andere hatten die Form von Händen und leuchteten orange-rot über ihnen auf, das glänzende Eichenlaub schimmerte braun wie poliertes Leder.

Tobin vergnügte sich damit, sich in der Führung des Pferdes durch Zügel und Knie zu üben und Gosi dazu zu bringen, auf sein Kommando in Trab zu fallen.

»Tobin reitet jetzt schon wie ein Soldat, Rhius«, bemerkte Tharin, und Tobins Herz tat vor lauter Stolz einen Sprung.

»Hast du dein Pferd im Kampf gegen die Plenimaraner geritten, Vater?«, fragte er.

»Wenn die Kämpfe an Land stattfanden. Aber ich habe ein großes schwarzes Schlachtross namens Sakors Feuer. Es hat schwere Hufeisen, die der Schmied vor jedem Kampf schärft.«

»Warum habe ich das Pferd noch nie gesehen?«, wollte Tobin erfahren.

»Es steht in Atyion. Diese Art Pferd taugt nur zum Kampf. Es ist stark und schnell und hat keine Angst vor Blut oder Feuer, aber es ist, als würdest du einen Wagen mit eckigen Rädern lenken. Der gute alte Majyer hier und dein Gosi sind als Reitpferde viel besser.«

»Warum darf ich nie nach Atyion?«, fragte Tobin nicht zum ersten Mal.

Die Antworten variierten von Mal zu Mal. Heute lächelte sein Vater und sagte: »Eines Tages wirst du Atyion besuchen.«

Tobin seufzte. Vielleicht war »eines Tages«, nun da er alt genug für ein eigenes Pferd war, nicht mehr gar so weit entfernt.

Der Ritt zur Stadt dauerte bei weitem nicht so lange, wie Tobin es sich vorgestellt hatte. Die Sonne hatte sich kaum zwei Stunden über den Himmel bewegt, als sie bereits die ersten Häuser am Straßenrand passierten.

Hier standen die Bäume, vorwiegend Eichen und Espen, nicht mehr so dicht, und Tobin konnte unter ihrem Geäst Schweine im Mastfutter schnüffeln sehen. Etwa eine Meile weiter wich der Wald offenem Weideland. Schaf- und Ziegenherden grasten unter den wachsamen Augen der Hirten, die nicht viel älter als Tobin waren. Sie winkten ihm zu, und er erwiderte die Geste schüchtern.

Bald trafen sie mehr Menschen auf ihrem Weg. Sie fuhren Wagen, die von Ziegen oder Ochsen gezogen wurden, oder trugen ihre Güter in langen Körben auf dem Rücken. Drei junge Mädchen in kurzen schmutzigen Kleidern starrten Tobin an, als er an ihnen vorüberritt, und unterhielten sich hinter vorgehaltener Hand, während ihre Blicke ihm unverwandt folgten.

»Geht heim zu euren Müttern«, grollte Tharin in einem Tonfall, den Tobin noch nie zuvor von ihm gehört hatte. Die Mädchen zuckten wie verschreckte Kaninchen zusammen und flüchteten über den Straßengraben, aber Tobin konnte ihr Lachen immer noch hören.

Ein Fluss schlängelte sich aus den Bergen zur Stadt, und die Straße beschrieb eine Kurve, um seinem Verlauf nach Alestun zu folgen. Streifenförmige Felder umgaben die Stadt. Einige waren bereits für das Frühjahr umgepflügt, andere von gelb-braunen herbstlichen Stoppeln bedeckt.

Sein Vater deutete auf einige Gestalten, die auf einem Gerstenfeld damit beschäftigt waren, die letzten Garben zu ernten. »Wir haben es hier gut getroffen. In manchen

Teilen des Landes hat die Seuche so viele Menschen dahingerafft, dass die Felder brachliegen, weil niemand mehr da ist, der sie bestellen könnte. Und die, die nicht an der Krankheit zugrunde gehen, verhungern.«

Tobin wusste von der Seuche. Er hatte die Männer im Gardehof darüber sprechen hören, wenn sie geglaubt hatten, er könne sie nicht hören. Sie brachte die Haut zum Bluten und ließ schwarze Beulen unter den Armen wachsen. Er war sehr froh, dass sie nicht hierher gekommen war.

Als sie sich den hölzernen Palisaden näherten, die die Stadt umgaben, waren Tobins Augen ganz groß und rund vor Staunen. Hier gab es so viele Menschen, und er winkte ihnen allen zu, weil er sich so freute, so viele Leute auf einmal zu sehen. Viele winkten zurück oder salutierten respektvoll vor seinem Vater, aber ein paar von ihnen starrten ihn an, wie es die Mädchen am Straßenrand getan hatten.

Direkt vor der Stadtmauer stand eine Mühle am Flussufer. Neben ihr wuchs eine große Eiche. Sie war voller Kinder, Mädchen und Jungen gleichermaßen, die an langen Seilen, welche an den Ästen befestigt waren, über das Wasser schwangen.

»Werden die gehängt?«, fragte Tobin fassungslos, als sie vorbeiritten. Er hatte schon von solchen Strafen gehört, aber so hatte er sie sich nicht vorgestellt. Die Kinder schienen eine Menge Spaß zu haben.

Sein Vater lachte. »Nein. Sie schaukeln.«

»Kann ich das auch machen?«

Die beiden Männer wechselten einen komischen Blick, den Tobin nicht zu deuten wusste.

»Würdest du das gern?«, erkundigte sich Tharin.

Tobin sah sich nach den lachenden Kindern um, die wie Spatzen durch das Geäst tobten. »Vielleicht.«

Am Tor trat ein Pikenier vor und verbeugte sich vor seinem Vater, eine Hand auf sein Herz gelegt. »Einen guten Tag wünsche ich, Herzog Rhius.«

»Auch dir einen guten Tag, Lika.«

»Sagt, dieser hübsche junge Bursche wird doch nicht etwa Euer Sohn sein?«

»In der Tat, das ist er. Heute möchte er endlich einmal die Stadt besuchen.«

Tobin drückte im Sattel den Rücken durch.

»Seid willkommen, junger Prinz«, sagte Lika und verbeugte sich vor Tobin.

»Seid Ihr gekommen, die Attraktionen unserer Stadt kennen zu lernen? Heute ist Markttag, da gibt es viel zu sehen.«

»Heute ist mein Namenstag«, verkündete Tobin schüchtern.

»Dann seid gesegnet im Namen der Vier.«

Alestun war nur eine kleine Handelsstadt, doch in Tobins Augen war sie riesig. Niedrige, strohgedeckte Häuser säumten die schlammigen Straßen, und überall gab es Kinder und Tiere. Schweine jagten Hunde, Hunde jagten Katzen und Hühner, und kleine Kinder jagten sich gegenseitig und alles, was sich sonst noch jagen ließ. Tobin konnte den Blick nicht abwenden, denn er hatte noch nie so viele Kinder auf einem Haufen gesehen. Diejenigen, die ihn bemerkten, blieben stehen und erwiderten seinen Blick oder deuteten auf ihn, und schon fühlte er sich wieder furchtbar unbehaglich. Ein kleines Mädchen, das eine Holzpuppe unter dem Arm trug, glotzte ihn an, worauf er sie mit dem finstersten Blick maß, dessen er fähig war, bis sie sich endlich abwandte.

Auf dem Marktplatz war es zu voll zum Reiten, also ließen sie ihre Pferde in der Obhut eines Stallknechts und gingen zu Fuß weiter. Tobin umklammerte die Hand seines Vaters so fest er konnte, weil er fürchtete, er könnte in dem Gedränge für alle Zeiten verloren gehen, sollten sie voneinander getrennt werden.

»Geh aufrecht, Tobin«, mahnte sein Vater leise. »Schließlich besucht nicht jeden Tag ein Prinz den Markt von Alestun.«

Zuerst gingen sie zu dem Schrein der Vier, der sich in der Mitte des Marktplatzes befand. Der Schrein in der Feste war nur eine steinerne Nische in der Halle, bemalt mit den Symbolen der vier Götter Skalas. Er sah eher wie Mamsells Sommerküche aus. Vier Pfosten stützten ein Strohdach, und jeder war in einer anderen Farbe gestrichen worden: Weiß für Illior, Rot für Sakor, Blau für Astellus und Gelb für Dalna. Eine kleine Opferschale mit glühenden Kohlen stand am Fuß eines jeden Pfostens. In dem Schrein saß eine alte Priesterin, umgeben von Töpfen und Körben, auf einem Hocker. Sie nahm Tobins Opfergaben entgegen und warf kleine Portionen Salz, Brot, Kräuter und Weihrauch unter den entsprechenden Gebeten in die Opferschalen.

»Möchtet Ihr ein besonderes Anliegen vortragen, mein Prinz?«, fragte sie, als sie fertig war.

Tobin sah seinen Vater an, der ihm aufmunternd zulächelte und der Priesterin einen Silbersester gab.

»An welchen der Vier möchtet Ihr Eure Bitte richten?«, erkundigte sie sich und legte eine Hand auf Tobins Kopf.

»Sakor, damit ich ein großer Krieger werde wie mein Vater.«

»Tapferer Junge! Nun gut, dann müssen wir ein Kriegeropfer darreichen, um die Gunst des Gottes zu erringen.«

Die Priesterin schnitt Tobin eine Haarsträhne mit einer stählernen Klinge ab und knetete sie in ein Wachsklümpchen, zusammen mit Salz, einigen Tropfen Wasser und seltsamen Pülverchen, die das Wachs leuchtend rot färbten.

»Hier«, sagte sie und legte das weiche Wachs in Tobins Hand. »Nun formt daraus ein Pferd.«

Tobin mochte das Gefühl des Wachses unter seinen Fingern, während er es angestrengt knetete und formte. Er dachte an Gosi, als er die Gestalt des Tieres herausarbeitete. Dann nutzte er seine Fingernägel, um die Linien von Mähne und Schweif in das Wachs zu drücken.

»Ach!«, machte die Priesterin und drehte das fertige Werk in den Händen. »Das ist eine gute Arbeit für einen so kleinen Kerl. Ich habe schon erwachsene Männer gesehen, die das nicht geschafft haben. Sakor wird zufrieden sein.« Mit ihrem eigenen Fingernagel drückte sie Symbole in das Wachs und gab es ihm zurück. »Nun sprecht Euer Gebet und opfert dem Gott.«

Tobin beugte sich über die Opferschale am Fuß des Sakor-Pfostens und inhalierte den beißenden Rauch. »Mach mich zu einem großen Krieger, einem Beschützer Skalas«, flüsterte er, ehe er die kleine Figur auf die Kohlen warf. Giftgrüne Flammen züngelten hoch, als das Wachs schmolz.

Danach verließen sie den Schrein und stürzten sich erneut in das Getümmel auf dem Markt. Tobin hielt noch immer die Hand seines Vaters fest, aber seine Neugier besiegte alsbald die Furcht.

Ein paar Gesichter kannte Tobin, Leute, die zur Feste kamen, um Mamsell im Küchengarten ihre Waren zu verkaufen. Balus, der Scherenschleifer, sah ihn und grüßte freundlich.

Bauern boten ihre Früchte und ihr Gemüse auf der

Ladefläche ihrer Wagen feil. Da gab es große Haufen mit weißen Rüben, Zwiebeln und Kürbissen und Körbe voller Äpfel, die Tobin das Wasser im Munde zusammenlaufen ließen. Auf einem streng riechenden Wagen lagen Stapel gewachster Käselaibe neben Kübeln mit Milch und Butter. Der nächste war voller Schinken. Ein Kesselflicker verkaufte neue Töpfe und reparierte die alten. Metallisches Klappern beherrschte seinen Standplatz neben dem Stadtbrunnen. Händler trugen Waren in Körben an einem Joch über ihren Schultern und brüllten: »Frische Milch!« oder: »Gute Markknochen!«, »Kerzen und Feuersteine!«, »Korallenperlen!«, »Nadeln und Garne!«

So muss Ero auch aussehen, dachte Tobin staunend.

»Was für ein Geschenk wünscht du dir?«, fragte sein Vater mit lauter Stimme, um den allgegenwärtigen Lärm zu übertönen.

»Ich weiß nicht«, antwortete Tobin. Alles, was er sich wirklich gewünscht hatte, war, in die Stadt zu gehen, und nun war er hier und hatte noch ein Pferd und ein Schwert dazubekommen.

»Dann komm, wir sehen uns ein wenig um.«

Tharin ging seiner eigenen Wege, und sein Vater traf Menschen, die mit ihm sprechen wollten. Tobin blieb geduldig daneben stehen, als einige der Gutspächter seines Vaters ihn mit Neuigkeiten und Klagen überhäuften. Er hörte nur mit halbem Ohr zu, als ein Schäfer sich über entzündete Zitzen seiner Mutterschafe ereiferte, als er plötzlich einen Haufen Kinder entdeckte, die sich um einen Tisch ganz in der Nähe versammelt hatten. Inzwischen nicht mehr gar so ängstlich, überließ er seinen Vater seinen Geschäften und schlenderte hinüber, um nachzusehen, was da so interessant sein mochte.

Eine Spielzeughändlerin hatte ihre Waren auf dem

Tisch ausgebreitet. Da gab es Kreisel und Windrädchen und Bälle, Säcke mit roten Murmeln und ein paar plump bemalte Spielbretter. Aber was Tobins Aufmerksamkeit wirklich fesselte, waren die Puppen.

Nari und Mamsell hatten ihm gesagt, dass seine Mutter die hübschesten Puppen in ganz Skala anfertigte, und er sah hier nichts, was ihn an ihren Worten hätte zweifeln lassen. Einige waren aus flachen Holzstücken zusammengesetzt, so wie die, die das Mädchen unter dem Arm getragen hatte. Andere waren aus Stoff, wie die seiner Mutter, aber sie waren nicht so schön geformt und hatten keine hübschen Kleider. Nichtsdestotrotz hatten ihre bestickten Gesichter Münder – lächelnde Münder – die ihnen eine freundliche, beruhigende Ausstrahlung verliehen. Tobin ergriff eine von ihnen und drückte sie zusammen. Die grobe Füllung knirschte lustig unter seinen Fingern. Lächelnd stellte er sich vor, diesen fröhlichen kleinen Gesellen zusammen mit der Holzfamilie unter seine Decke zu holen. Vielleicht konnte Nari Kleider für ihn anfertigen …

Als er aufblickte, sah er, dass die anderen Kinder und die Händlerin ihn aus großen Augen anstarrten. Einer der älteren Jungen kicherte.

Und dann war sein Vater wieder neben ihm und nahm ihm wütend die Puppe aus den Händen. Sein Gesicht war bleich, der Blick hart und zornig. Tobin wich zurück, bis er an den Tisch stieß. So hatte er seinen Vater noch nie erlebt. Das war die Art Blick, die er von seiner Mutter an ihren allerschlimmsten Tagen zu erwarten hatte.

Dann veränderte sich seine Miene, und er setzte ein steifes Lächeln auf, das sogar noch schlimmer war. »Was für ein albernes Ding!«, rief sein Vater und warf die Puppe zurück auf ihren Haufen. »Das hier haben wir gesucht!« Dann schnappte er sich irgendetwas von dem

Tisch und drückte es Tobin in die Hände – einen Beutel mit Murmeln. »Hauptmann Tharin wird Euch bezahlen, gnädige Frau. Nun komm, Tobin, es gibt noch mehr zu sehen.«

Dann packte er Tobin mit schmerzhaft festem Griff am Arm und führte ihn weg. Tobin glaubte hinter sich ein gemeines Gelächter der Kinder zu vernehmen, und ein Mann murmelte: »Ich hab doch gesagt, das Kind ist schwachsinnig.«

Der junge Prinz hielt den Kopf gesenkt, um die Tränen der Scham zu verbergen, die in seinen Augen brannten. Dies war schlimmer, viel schlimmer als die Geschichte mit seiner Mutter an diesem Morgen. Er konnte sich nicht vorstellen, was seinen Vater so aufgebracht hatte oder warum die Menschen in der Stadt plötzlich so böse waren, aber er wusste mit der unfehlbaren Überzeugung eines Kindes, dass es an ihm lag.

Sie gingen schnurstracks zurück zu dem Stallknecht um ihre Pferde zu holen. Der Ausflug in die Stadt war beendet. Als Tobin in den Sattel steigen wollte, sah er, dass er noch immer die Murmeln in der Hand hielt. Er wollte sie nicht, aber er wagte nicht, seinen Vater noch weiter zu verärgern, indem er sie einfach wegwarf, also stopfte er sie in den Halsausschnitt seiner Tunika. Sie rutschten bis zum Gürtel herab und lagen dann schwer und unbequem an seiner Seite.

»Komm, wir reiten nach Hause«, sagte sein Vater und gab seinem Pferd die Sporen, ohne auf Tharin zu warten.

Während des ganzen Heimwegs lastete die Stille schwer zwischen Vater und Sohn. Tobin fühlte sich, als würde eine Hand ihm die Kehle zudrücken, bis sie schmerzte. Er hatte schon vor langer Zeit gelernt, still zu weinen. Erst, als sie den halben Weg hinter sich hatten, blickte sich sein Vater um und sah seine Tränen.

»Ach, Tobin!« Er zügelte sein Ross und wartete, bis Tobin neben ihm war. Als er nun vage in Richtung Stadt deutete, sah er nicht mehr wütend aus, nur müde und traurig. »Puppen ... Das sind alberne, furchtbare Dinger. Jungen spielen nicht damit, besonders nicht solche, die einmal tapfere Krieger werden wollen. Verstehst du das?«

Die Puppe! Eine Woge frischer Scham wallte in Tobin auf. Deshalb also war sein Vater so wütend gewesen. Er schämte sich noch mehr, als ihm etwas anderes bewusst wurde. Das war auch der Grund, warum seine Mutter ihm an diesem Morgen keine Puppe gegeben hatte. Es war schändlich von ihm, sich überhaupt eine zu wünschen.

Er war viel zu sehr über sich selbst erschrocken, um sich zu fragen, warum niemand, nicht einmal Nari, je daran gedacht hatte, ihm das zu sagen.

Sein Vater klopfte ihm auf die Schulter. »Gehen wir nach Hause und essen Kuchen. Morgen wird Tharin dann mit deiner Ausbildung beginnen.«

Doch als sie endlich wieder zu Hause angekommen waren, war ihm viel zu übel, um Kuchen oder Wein zu sich zu nehmen. Nari legte ihm die Hand auf die Stirn, erklärte ihn für erschöpft und schickte ihn ins Bett.

Er wartete, bis sie gegangen war, ehe er unter seinem Kopfkissen nach den vier Holzgestalten suchte, die er dort versteckt hatte. Was noch vor kurzer Zeit ein angenehmes kleines Geheimnis gewesen war, trieb ihm nun die Röte ins Gesicht. Auch das waren Puppen. Er sammelte sie ein, kroch zur Tür und legte alle auf einen der Marktplätze der Spielzeugstadt. Dort gehörten diese Dinger hin. Sein Vater hatte sie gemacht und dorthin getan, also musste es in Ordnung sein, wenn er dort mit ihnen spielte.

Als er wieder zurück in seinem Zimmer war, versteckte Tobin die ungewollten Murmeln ganz hinten in seinem Kleiderschrank. Dann krabbelte er unter die kalte Decke und sprach ein neues Gebet zu Sakor, in dem er gelobte, ein besserer Junge zu werden und seinem Vater Ehre zu machen.

Doch danach musste er wieder weinen, und es fiel ihm schwer, einzuschlafen. Sein Bett kam ihm nun so leer vor. Schließlich holte er sich das hölzerne Schwert, das Tharin ihm geschenkt hatte, und kuschelte sich mit ihm unter die Decke.

Kapitel 7

Tobin vergaß die schlimmen Erfahrungen von seinem Namenstag nicht, sondern beschloss – ähnlich wie bei dem ungeliebten Beutel voller Murmeln, der sein Dasein nun ganz hinten im Kleiderschrank als Staubfänger fristete –, sie ganz einfach von sich zu schieben. Die anderen Geschenke, die er erhalten hatte, beschäftigten ihn dagegen während des folgenden Jahres.

Von Tharin lernte er den Schwertkampf und das Bogenschießen auf dem Exerzierplatz, und er ritt jeden Tag mit Gosi aus. Nun aber wanderte sein Blick nicht mehr voller Sehnsucht zu der Straße nach Alestun. Die wenigen Händler, die ihnen auf der Gebirgsstraße begegneten, verbeugten sich respektvoll; hier deutete niemand mit dem Finger auf ihn oder flüsterte hinter seinem Rücken.

Der Gedanke an den Spaß, den es ihm bereitet hatte, das Wachspferd in dem Schrein zu modellieren, brachte ihn dazu, Mamsell nach heruntergebrannten Kerzen aus ihrem Schmelztopf zu fragen, und bald war das Fensterbrett in seinem Schlafgemach von kleinen gelben Vierbeinern und Vögeln bevölkert. Nari und sein Vater lobten sein Geschick, doch Tharin war derjenige, der ihm immer wieder Klumpen frischen Wachses brachte, sodass er auch größere Tiere modellieren konnte. Entzückt benutzte Tobin gleich den ersten Klumpen, um sich ein Pferd zu machen.

An seinem achten Namenstag besuchten sie erneut die Stadt, und er achtete sorgsam darauf, sich zu verhalten, wie es sich für einen jungen Krieger geziemte. Im Schrein modellierte er besonders hübsche Wachspferde, und als er später ein anständiges Jagdmesser als Geschenk wählte, lachte niemand über ihn.

Nicht lange danach entschied sein Vater, es wäre an der Zeit, dass Tobin Lesen und Schreiben lernte.

Zuerst erfreute sich Tobin an den Lektionen, doch das lag vor allem daran, dass er sich so gern in seines Vaters Räumen aufhielt. Dort roch es nach Leder, und an den Wänden hingen Karten und ausgefallene Dolche.

»Kein skalanischer Edelmann sollte auf die Gnade der Schreiber angewiesen sein«, erklärte sein Vater, während er Pergament ausbreitete und ein Tintenfass auf dem kleinen Tisch neben dem Fenster bereitstellte. Dann spitzte er die Gänsefeder an und hielt sie so, dass Tobin sie betrachten konnte. »Dies ist eine Waffe, mein Sohn, und manche wissen sie ebenso geschickt zu führen wie ein Schwert oder einen Dolch.«

Tobin konnte sich zwar nicht vorstellen, was er damit meinte, aber er war wie immer erpicht darauf, seinem Vater zu gefallen. In diesem Fall hatte er damit jedoch wenig Glück. Sosehr er sich auch bemühte, er konnte einfach keine Verbindung zwischen den seltsamen schwarzen Gebilden, die sein Vater auf das Pergament schrieb, und den Lauten, die sie angeblich darstellten, schaffen. Schlimmer noch, seine Finger, die so geschickt im Umgang mit dem Wachs oder Ton vom Flussufer waren, erwiesen sich als vollkommen unfähig, die kratzende, rutschige Feder zu führen. Sie tropfte. Sie schweifte umher. Sie verfing sich in dem Pergament und spuckte Tinte in alle Richtungen. Seine Linien waren krumm wie Ringelnattern, die Bögen fielen zu groß aus, und am Ende standen ganze Wörter auf dem Kopf oder waren spiegelverkehrt. Sein Vater war geduldig, Tobin nicht. Tag um Tag kämpfte er sich tropfend und kratzend durch die Lektionen, bis die ständige Enttäuschung ihm die Tränen in die Augen trieb.

»Vielleicht sollten wir das auf später verschieben«, gab sich sein Vater schließlich geschlagen.

In dieser Nacht träumte Tobin davon, alle Federn im Haus zu verbrennen, nur für den Fall, dass sein Vater es sich noch einmal anders überlegte.

Glücklicherweise hatte Tobin keine Probleme beim Erlernen des Schwertkampfes. Tharin hatte sein Versprechen gehalten; wann immer er sich in der Festung aufhielt, trafen sie sich auf dem Exerzierplatz oder in der Halle zum Üben. Mit Hilfe hölzerner Schwerter und Schilde lehrte Tharin seinen Schüler die Grundlagen der verschiedenen Angriffs- und Abwehrschläge, zeigte ihm, wie er attackieren und wie er sich schützen konnte. Tobin arbeitete grimmig an diesen Techniken, ohne je sein Versprechen an die Götter und seinen Vater zu vergessen: Er würde eines Tages ein großer Krieger sein.

Diesem Versprechen nachzueifern fiel ihm nicht schwer, denn er liebte die Waffenübungen. Als er noch kleiner gewesen war, war er oft mit Nari hinausgegangen, um zuzusehen, wenn die Männer sich miteinander im Kampf übten. Nun versammelten sich diese Männer, um ihm zuzusehen, lehnten sich aus den Fenstern ihres Quartiers oder hockten auf Kisten oder grob gezimmerten Hockern vor dem lang gezogenen Gebäude. Sie erteilten ihm Ratschläge, scherzten mit ihm und traten vor, um ihm ihre eigenen besonderen Tricks und Winkelzüge vorzuführen. Bald hatte Tobin so viele Lehrer, wie er sich nur wünschen konnte. Tharin ließ ihn manchmal gegen die Linkshänder Manies oder Aladar antreten, um ihm zu demonstrieren, wie anders es war, gegen einen Mann zu kämpfen, der die Waffe auf der gleichen Seite führte wie er selbst. Klein, wie er noch immer war, hatte er beiden wenig entgegenzusetzen, und so ahmten sie Kämpfe nach und zeigten ihm, was sie konnten. Koni, der Pfeilmacher und außerdem der zierlichste und jüngste der Gardisten, kam ihm in Bezug auf Größe und Statur am nächsten. Auch hegte er selbst ein besonderes Interesse an Tobin, denn beide stellten gern Dinge her. Tobin modellierte Wachstiere für Koni, der ihm im Gegenzug beibrachte, Pfeilschäfte zu fiedern und Flöten aus Zweigen zu schnitzen.

Wenn Tobin seine Schwertübungen beendet hatte, ergötzte er sich gemeinsam mit den anderen beim Schießen mit Pfeil und Bogen oder hörte sich die Geschichten der Männer von den Schlachten an, die sie gegen die Plenimaraner ausgefochten hatten. In diesen Erzählungen war Tobins Vater stets ein großer Held, immer in vorderster Front, immer der tapferste Mann im Feld. Auch Tharin wurde als großer Kämpfer gewürdigt, der stets an der Seite seines Vaters in die Schlacht gezogen war.

»Wart Ihr immer bei Vater?«, fragte er Tharin an einem Wintertag während einer Pause zwischen den Übungen. In der Nacht hatte es geschneit, und Tharins Bart war um den Mund herum ganz weiß von dem gefrorenen Atem.

Er nickte. »Mein ganzes Leben lang. Mein Vater war Lehnsmann deines Großvaters. Ich wurde als sein dritter Sohn zu Atyion geboren, im selben Jahr wie dein Vater. Wir sind zusammen aufgewachsen, fast wie Brüder.«

»Dann seid Ihr also beinahe mein Onkel?«, sagte Tobin, sichtlich erfreut ob dieser Vorstellung.

Tharin verwuschelte Tobins Haar. »So gut wie, mein Prinz. Als ich alt genug war, wurde ich sein Schildknappe, und später hat er mich zum Ritter geschlagen und mir Land in der Nähe von Falkenhorst zugeteilt. In der Schlacht waren wir nie getrennt.«

Tobin dachte eine Weile nach, ehe er fragte: »Warum habe ich keinen Knappen?«

»Oh, dafür bist du noch ein bisschen zu jung. Aber ich bin sicher, du wirst einen bekommen, wenn du etwas älter bist.«

»Aber keinen, mit dem ich aufgewachsen bin«, stellte Tobin düster fest. »Kein Junge wurde hier geboren. Es gibt hier überhaupt keine anderen Kinder. Warum können wir nicht in Atyion leben, so wie Ihr und Vater? Warum starren die Kinder in der Stadt mich an und zeigen mit den Fingern auf mich?«

Fast fürchtete Tobin, Tharin würde versuchen, das Thema zu wechseln, so wie es sein Vater und Nari immer taten. Stattdessen schüttelte er seufzend den Kopf. »Wegen dem Dämon, vermute ich, und weil deine Mama so unglücklich ist. Dein Vater hält es so für das Beste, aber ich weiß nicht...«

Während er sprach, sah er so traurig aus, dass Tobin beinahe damit herausgeplatzt wäre, was an jenem Tag im Turm geschehen war. Darüber hatte er noch nie mit irgendjemandem gesprochen.

Doch ehe er Gelegenheit dazu hatte, kam Nari, um ihn hereinzuholen, also nahm er sich im Stillen fest vor, er würde Tharin während des Ritts am nächsten Tag davon erzählen. Aber Koni und der alte Lethis ritten mit ihnen, und ihm war nicht danach, vor anderen von seinem Erlebnis zu sprechen. Dann verging noch ein weiterer Tag oder auch zwei, und er dachte nicht mehr daran, aber sein Vertrauen zu Tharin blieb.

Während des Cinrin fiel nur wenig Schnee, kaum genug, die Wiese mit einem weißen Schleier zu bedecken, aber es wurde bitterkalt. Tharin beschäftigte seine Männer damit, Feuerholz aus dem Wald zu holen, und alle Bewohner der Festung schliefen gemeinsam in der großen Halle, wo Tag und Nacht ein Feuer im Kamin brannte. Tobin trug auch im Haus zwei Tuniken und seinen Mantel. Während des Tages stellte ihm Mamsell eine Kohlenpfanne in sein Spielzimmer, damit er sich ein wenig Ablenkung verschaffen konnte, aber seinen Atem konnte er trotzdem in der kalten Luft sehen.

Bald bedeckte den Fluss eine Eisschicht, die dick genug war, um darauf zu gehen, und einige der jüngeren Soldaten und Diener gingen zum Schlittschuhlaufen, aber Nari ließ Tobin nur vom Ufer aus zusehen.

An einem strahlenden Morgen spielte er allein in seinem Zimmer, als er ein Pferd über die gefrorene Straße galoppieren hörte. Bald kam ein einsamer Reiter mit einem flatternden roten Umhang über die Wiese und die Brücke auf das Haus zu. Als Tobin sich zum Fenster hinauslehnte, sah er, wie sein Vater hinausging, um den Mann zu begrüßen. Das rot-goldene Wappen kannte er nur allzu gut; dies war ein Bote des Königs, und das konnte nur eines bedeuten.

Der Mann blieb nicht lange. Bald war er wieder draußen auf der Straße und zog seiner Wege. Kaum hörte Tobin die Hufe auf der Brücke klappern, stürmte er auch schon die Treppe hinunter.

Sein Vater saß neben dem Kamin auf einer Bank und studierte ein Schriftstück, geziert von Bändern und dem königlichen Siegel. Tobin setzte sich neben ihn, starrte auf das Pergament und wünschte sich von Herzen, er könnte lesen. Nicht dass das notwendig gewesen wäre. Er wusste auch so, wie die Botschaft lautete. »Du musst wieder fort, nicht wahr, Vater?«

»Ja, und sehr bald, fürchte ich. Plenimar nutzt die Trockenheit für Raubzüge an der mycenischen Küste. Die Mycener haben Erius um Hilfe gebeten.«

»Aber zu dieser Jahreszeit kannst du nicht segeln! Die See ist doch viel zu stürmisch, oder nicht?«

»Ja, wir werden reiten müssen«, entgegnete sein Vater geistesabwesend. Tobin kannte diesen versonnenen Ausdruck in seinen Augen, und er wusste, dass sein Vater bereits über die notwendige Ausrüstung, die Pferde und die Männer nachdachte. Das würde auch das Einzige sein, worüber er und Tharin des Abends am Kamin bis zu ihrem Aufbruch noch sprechen würden.

»Warum müssen die Plenimaraner dauernd Krieg führen?«, fragte Tobin. Er war wütend auf diese Fremden, die ständig Schwierigkeiten machten und ihm immer wieder den Vater wegnahmen. Das Fest Sakors fand bereits in wenigen Wochen statt, und sein Vater würde gewiss schon vorher abreisen.

Rhius blickte auf. »Erinnerst du dich an die Karte, die ich dir gezeigt habe? Wie die Drei Länder das Binnenmeer umschließen?«

»Ja.«

»Nun, einst war das alles nur ein Land, das von Priesterkönigen regiert wurde, die Hierophanten genannt wurden. Ihre Hauptstadt war Benshâl in Plenimar. Vor langer Zeit hat der letzte Hierophant das Land in drei Staaten unterteilt, aber damit waren die Plenimaraner nie einverstanden, deshalb haben sie immer versucht, das ganze Territorium für sich zu beanspruchen.«

»Wann kann ich mit dir in den Krieg ziehen?«, quengelte Tobin. »Tharin sagt, ich stelle mich mit dem Schwert geschickt an.«

»Ich habe davon gehört.« Sein Vater nahm ihn in die Arme und lächelte auf eine Art, die schlicht und einfach nein bedeutete. »Ich sag dir was. Sobald du groß genug bist, meine zweite Rüstung zu tragen, darfst du mich begleiten. Komm, lass uns nachsehen, ob sie schon passt.«

Der schwere Kettenpanzer hing auf einem Ständer im Schlafgemach seines Vaters. Natürlich war er viel zu groß. Die Kettenglieder sammelten sich auf dem Boden um ihn herum und nagelten ihn durch ihr Gewicht an Ort und Stelle fest. Der Helm hing ihm bis über die Augen ins Gesicht und fühlte sich an, als hätte er sich einen von Mamsells Suppenkesseln auf den Kopf gesetzt; der Bügel, der unter der Nase hätte enden sollen, reichte bis unter sein Kinn. Trotzdem schlug sein Herz schneller, als er sich den großen, starken Mann vorstellte, der er eines Tages sein würde und der diese Rüstung ausfüllen konnte.

»Nun, wie ich sehe, wird es nicht mehr lange dauern, bis du die Rüstung brauchen wirst«, sagte sein Vater lachend. Dann zerrte er den Ständer über den Korridor zu Tobins Schlafgemach und verbrachte den Rest des Nachmittags damit, seinem Sohn zu zeigen, wie man die Rüstung pflegen musste.

Tobin klammerte sich noch immer an die Hoffnung, sein Vater und die anderen würden bis nach dem Fest Sakors bleiben können, aber die Lehnsmänner seines Vaters, Lord Nyanis und Lord Solari, trafen schon wenige Tage später samt ihren eigenen Männern ein. Ein paar Tage lang war die ganze Wiese voller Soldaten und Zelte, aber schon nach einer Woche waren sie alle nach Atyion weitergezogen, und Tobin und die Dienerschaft mussten sich ohne sie auf das Fest vorbereiten.

Der junge Prinz blies eine Weile Trübsal, bis Nari seine düsteren Gedanken vertrieb und ihm auftrug, beim Schmücken des Hauses zu helfen. Girlanden aus Fichtenzweigen wurden über jeder Tür aufgehängt; hölzerne Schilde in Gold und Schwarz zierten die Pfeiler in der großen Halle. Tobin füllte die Opferschale des hauseigenen Schreins mit einer ganzen Herde Wachspferde für Sakor. Am nächsten Morgen aber fand er sie kreuz und quer über den mit Binsen bedeckten Boden verstreut, während die Schale mit der gleichen Anzahl schmutziger gekrümmter Wurzeln gefüllt war.

Das war eines der Lieblingsspiele des Dämons und eines, das Tobin besonders verabscheute, weil sein Vater sich jedes Mal darüber aufregte. Beim Anblick der Wurzeln pflegte der Herzog zu erbleichen. Dann verbrannte er süße Kräuter und sprach Gebete, um den Schrein zu reinigen. Wenn Tobin die Wurzeln zuerst entdeckte, warf er sie einfach weg und säuberte die Schale mit seinem Ärmel, damit sein Vater den Frevel nicht bemerken und traurig werden konnte.

Mit finsterer Miene schüttete Tobin nun den ganzen Schmutz ins Feuer und ging in sein Zimmer, um neue Pferde zu modellieren.

In der Nacht der Trauer löschte Mamsell alle Feuer bis auf eine Kohlenpfanne, um den Tod Sakors zu symbolisieren, während alle anderen im Mondschein auf dem verlassenen Exerzierplatz Blindekuh spielten.

Tobin versteckte sich hinter einem Haufen Heu, als sein Blick zufällig auf den Turm fiel. Durch die Fensterläden erkannte er den schwachen Schimmer eines verbotenen Feuers. Er hatte seine Mutter schon seit Tagen nicht mehr gesehen, und er war zufrieden. Dennoch schlich nun ein Schauer über sein Rückgrat, als er sich vorstellte, dass sie dort oben stand und ihn beobachtete.

Plötzlich fühlte er einen heftigen Schlag und einen brennenden Schmerz an der rechten Wange knapp unter dem Auge, und er fiel zu Boden. Der unsichtbare Angreifer verschwand so schnell er gekommen war, und Tobin stürzte schluchzend vor Angst und Schmerz hinter dem Heuhaufen hervor.

»Was ist passiert, Kind?«, rief Nari erschrocken und nahm ihn in die Arme.

Zu entsetzt, um einen Ton herauszubekommen, drückte er die pulsierend schmerzende Wange an ihre Schulter, als sie ihn zurück in die große Halle trug.

»Jemand soll eine Kerze anzünden!«, befahl sie.

»Nicht in der Nacht der Trauer ...«, wandte Sarilla, das Hausmädchen, ein und ging neben ihr in die Knie.

»Dann hol die Kohlenpfanne und blas hinein, bis sie stark genug aufflammt, dass ich etwas sehen kann. Der Junge ist verletzt!«

Tobin drückte sich ganz fest an sie und kniff die Augen zu. Der Schmerz hatte inzwischen schon nachgelassen und fühlte sich eher dumpf an, aber er zitterte noch immer unter dem Schock des Angriffs. Dann hörte er, wie Sarilla zurückkehrte, gefolgt vom Knarren des Deckels der Kohlenpfanne.

»Nun komm, mein Schatz, lass Nari sehen, was los ist.«

Tobin hob den Kopf und ließ zu, dass sie seine Wange ins Licht drehte. Mynir und die anderen standen im Kreis um sie herum und sahen schrecklich besorgt aus.

»Im Namen des Lichts, er wurde gebissen!«, rief der alte Diener entsetzt. »Geh, Mädchen, hol eine Waschschüssel und sauberes Leinen.« Und Sarilla eilte davon.

Tobin tastete mit einer Hand nach seiner Wange und fühlte etwas Feuchtes, Klebriges.

Nari ergriff das Leinen, das Sarilla geholt hatte, und wischte ihm Finger und Wange ab. Danach war der Stoff mit Blut besudelt.

»Kann das einer der Hunde gewesen sein, Tobin? Vielleicht hat einer von ihnen im Heu geschlafen«, sagte Mynir besorgt. Die Hunde konnten Tobin nicht leiden; sie knurrten ihn an und mieden seine Gegenwart. Zurzeit gab es in der Festung nur ein paar alte Hunde, und Nari ließ sie niemals ins Haus.

»Das ist kein Hundebiss«, wisperte Sarilla. »Seht doch, da könnt ihr es sehen . . .«

»Es war der Dämon!«, schrie Tobin. Der Mondschein hatte vollkommen ausgereicht, um zu sehen, dass sich hinter dem Heu nichts mit einem richtigen, soliden Körper verborgen hatte. »Er hat mich geschlagen und gebissen!«

»Schon gut«, sagte Nari besänftigend, während sie das Leinen faltete und ihm mit einem sauberen Zipfel die Tränen vom Gesicht tupfte. »Mach dir keine Gedanken. Wir werden morgen früh darüber sprechen. Nun gehst du erst mal zu Bett, und Nari wird den bösen alten Dämon von dir fern halten.«

Als sie ihn zur Treppe führte, konnte Tobin die anderen immer noch tuscheln hören.

»Es ist wahr, was alle sagen!«, jammerte Sarilla. »Wen sonst greift der Dämon auf diese Weise an? Über seiner Geburt liegt ein Fluch!«

»Das reicht, Mädchen«, zischte Mynir. »Da draußen gibt es eine kalte, einsame Straße für alle, die ihren Mund nicht halten können.«

Tobin schauderte. Also flüsterten die Leute sogar hier.

Mit Nari neben sich schlief er tief und fest. Als er aufwachte, war er allein, aber fest in die Decke eingewickelt. Das Sonnenlicht, das durch die Fensterläden drang, verriet ihm, dass es bereits später Vormittag war.

Enttäuschung vertrieb all den Schrecken der vergangenen Nacht. Zur Morgendämmerung am Feiertag Sakors pflegten er und Mynir stets das ganze Haus mit dem großen Gong neben dem Schrein zu wecken, um das neue Jahr zu begrüßen. Dieses Jahr musste der Diener den Gong ohne ihn geschlagen haben, und er hatte es nicht einmal gehört.

Barfuß tapste er über den kalten Boden zu dem Bronzespiegel über seiner Waschschüssel und untersuchte seine Wange. Ja, da war es; eine doppelte Reihe roter Zahnabdrücke, deren Form an die Umrisse eines Auges erinnerte. Tobin biss sich in den Unterarm, gerade fest genug, um einen Abdruck in der Haut zu hinterlassen, und er sah, dass beide Abdrücke einander sehr ähnlich waren. Erneut blickte er in den Spiegel, starrte in seine eigenen blauen Augen und fragte sich, welche Art unsichtbaren Körper der Dämon wohl haben mochte. Bis jetzt war er nur ein dunkler Schemen gewesen, den er manchmal aus dem Augenwinkel gesehen hatte. Nun stellte er sich ihn als einen dieser Kobolde aus Naris

Gute-Nacht-Geschichten vor – einen, von denen sie immer sagte, sie sähen aus wie ein von Kopf bis Fuß verbrannter Junge. Ein Kobold mit Zähnen, die wie seine eigenen waren. War es das, was die ganze Zeit am Rand seiner kleinen Welt gelauert hatte?

Nervös sah sich Tobin im Zimmer um und schlug gleich dreimal ein Bannzeichen, ehe er den Mut fasste, sich anzuziehen.

Er saß bereits auf dem Bett und verschnürte die Lederbänder an seinen Hosenbeinen, als er hörte, wie die Türklinke gedrückt wurde. Überzeugt, Nari wäre gekommen, blickte er auf.

Stattdessen stand seine Mutter mit ihrer Puppe in der Tür. »Ich habe Mynir und Mamsell über das reden hören, was gestern Nacht geschehen ist«, sagte sie mit sanfter Stimme. »Du hast heute lange geschlafen, obwohl dies der Tag Sakors ist.«

Dies war seit mehr als einem Jahr das erste Mal, dass er mit ihr allein war. Seit jenem Tag im Turm.

Er konnte sich nicht rühren. Er saß einfach nur mit großen Augen da, und die Lederschnüre schnitten in seine Finger, als sie auf ihn zukam und die Hand ausstreckte, um seine Wange zu berühren.

Heute war ihr Haar gekämmt und geflochten, ihr Kleid sauber, und sie roch vage nach Blumen. Ihre Finger fühlten sich kühl und sanft an, als sie sein Haar zurückstrich und das geschwollene Fleisch rund um die Bisswunde untersuchte. Auch konnte Tobin heute keine Schatten in ihrem Gesicht erkennen. Sie sah nur traurig aus, als sie die Puppe auf das Bett legte, sein Gesicht mit beiden Händen umfasste und ihm einen Kuss auf die Stirn drückte.

»Es tut mir so Leid«, murmelte sie. Dann schob sie seinen linken Ärmel hoch und küsste das Weisheitsmal an seinem Unterarm. »Wir leben in einem bösen Traum, der unter keinem guten Stern steht, du und ich. Ich muss mich besser um dich kümmern. Was haben wir sonst schon, außer uns selbst?«

»Sarilla sagt, ich bin verflucht«, murmelte Tobin, überwältigt von ihrer Zärtlichkeit.

Die Augen seiner Mutter verengten sich zu gefährlich schmalen Schlitzen, aber ihre Berührung blieb sanft. »Sarilla ist ein dummer kleiner Bauerntrampel. Du darfst auf so ein Gerede nicht hören.«

Dann nahm sie die Puppe wieder an sich und griff nach Tobins Hand. »Kommt, meine Lieben«, sagte sie lächelnd, »sehen wir mal, was Mamsell zum Frühstück für uns hat.«

Kapitel 8

Seit jenem seltsamen Morgen am Tage Sakors hatte seine Mutter aufgehört, sich wie ein Gespenst im eigenen Haus zu benehmen.

Zuerst entließ sie Sarilla und schickte Mynir in die Stadt, um einen passenden Ersatz zu suchen. Am nächsten Tag kehrte er mit einer schweigsamen, gutmütigen Witwe namens Tyra zurück, die Tobins Mutter zu ihrem persönlichen Dienstmädchen auserkor.

Sarillas Entlassung ängstigte Tobin. Das Mädchen bedeutete ihm nicht viel, aber sie war, so lange er sich erinnern konnte, ein Mitglied des Haushalts gewesen. Es war kein Geheimnis, dass seine Mutter Nari nicht mochte, und nun fürchtete er, dass sie die Amme womöglich auch fortschicken würde. Aber Nari blieb und kümmerte sich um ihn wie eh und je, ohne dass sich irgendetwas störend in den Weg gestellt hätte.

Seine Mutter kam nun beinahe jeden Morgen herunter, anständig gekleidet, das glänzende schwarze Haar zu einem Zopf geflochten oder seidig gekämmt und offen über den Schultern. Sie trug sogar ein Parfüm, das wie die Frühlingsblumen auf der Wiese roch. Zwar verbrachte sie immer noch viel Zeit damit, neben dem Kamin in ihrem Schlafgemach Puppen zu nähen, doch nun nahm sie sich auch die Zeit, gemeinsam mit Mynir die Wirtschaftsbücher durchzusehen und in den Küchengarten zu gehen, wo Mamsell die Bauern und Hausierer der Umgebung traf, die ihre Waren feilbieten wollten. Tobin begleitete sie und war überrascht zu hören, dass Hunger und Seuche auch Städte in der Nähe heimsuchten. Bisher hatte sich dieser Schrecken immer sehr weit entfernt abgespielt.

So wohlgelaunt sie während des Tages auch war, sobald die Schatten am Nachmittag länger wurden, schien auch ihre Stimmung düsterer zu werden, und sie zog sich in das verbotene dritte Stockwerk zurück, was Tobin zunächst bekümmerte, obwohl er nie auch nur in Versuchung kam, ihr zu folgen. Am nächsten Morgen würde sie wieder da sein, und sie würde wieder lächeln.

Auch der Dämon schien mit dem Tageslicht zu kommen und zu gehen, doch in der Dunkelheit war er besonders aktiv.

Die Zahnabdrücke, die er auf Tobins Wange hinterlassen hatte, heilten schnell und waren bald verblasst, seine Furcht nicht. Wenn er des Nachts neben Nari im Bett lag, konnte sich Tobin einfach nicht von der Vorstellung von einer verschrumpelten schwarzen Gestalt befreien, die im Schatten lauerte und mit langen, klauenbewehrten Fingern nach ihm griff, um ihn zu kneifen und ihn zu sich zu zerren, die scharfen Zähne zum nächsten Biss gefletscht. Stets zog er sich im Bett die Decke bis über die Nase, und er achtete sorgfältig darauf, nach dem Abendessen nichts mehr zu trinken, damit er nicht in der Dunkelheit aufstehen musste, um den Nachttopf zu benutzen.

Der zerbrechliche Frieden mit seiner Mutter dauerte an, und als Tobin ein paar Wochen später in sein Spielzimmer ging, erwartete ihn seine Mutter bereits an einem neuen Tisch.

»Für deinen Unterricht«, erklärte sie ihm und winkte ihm zu, sich auf den anderen Stuhl zu setzen.

Zutiefst verzagt erkannte Tobin die Pergamente und Schreibmaterialien. »Vater hat schon versucht, mich zu unterrichten«, sagte er. »Ich konnte es nicht lernen.«

Bei der Erwähnung seines Vaters runzelte seine Mutter ein wenig die Stirn, doch nur für einen Augenblick. Dann tauchte sie die Feder in das Tintenfass und reichte sie ihm. »Versuchen wir es noch einmal. Wollen wir? Vielleicht bin ich eine bessere Lehrerin für dich.«

Noch immer zweifelnd ergriff Tobin die Feder und versuchte, seinen Namen zu schreiben, das einzige Wort, das er halbwegs beherrschte. Seine Mutter sah seinen krampfhaften Bemühungen kurze Zeit zu, ehe sie ihm sacht die Feder wieder aus den Fingern nahm.

Mucksmäuschenstill wartete Tobin, ob sie nun in irgendeiner Weise aufbrausen würde, doch sie erhob sich und ging zum Fensterbrett, wo seine Wachsfiguren und Holzschnitzereien in einer Reihe aufgebaut waren. Sie griff nach einem Fuchs und sah sich nach ihm um. »Die hast du gemacht, nicht wahr?«

Tobin nickte.

Seine Mutter betrachtete jedes der Stücke eingehend: den Falken, den Bär, den Adler, ein galoppierendes Pferd und seinen Versuch, Tharin mit einem Holzspan als Schwert zu modellieren.

»Das sind nicht meine besten«, erzählte er scheu. »Die verschenke ich.«

»An wen?«

Er zuckte die Schultern. »An alle.« Die Diener und Soldaten hatten seine Arbeit immer gelobt und sogar nach speziellen Tieren gefragt. Manies hatte sich einen Otter gewünscht, Laris einen Bären. Koni mochte Vögel; zum Dank für einen Adler hatte er Tobin eines seiner kleinen scharfen Messer gegeben und Weichholzstücke für ihn gesammelt, die einfacher zu bearbeiten waren.

136

So gern Tobin ihnen allen auch zu Gefallen war, seine besten Stücke sammelte er doch immer für seinen Vater und Tharin. Allerdings war ihm nie in den Sinn gekommen, auch seiner Mutter eine seiner Figuren zu schenken, und nun fragte er sich, ob er ihre Gefühle verletzt haben könnte.

»Willst du das haben?«, fragte er und deutete auf den Fuchs, den sie noch immer in der Hand hielt.

Sie verbeugte sich mit einem Lächeln vor ihm. »Oh, vielen Dank, Mylord.«

Dann kehrte sie zu dem Stuhl zurück, stellte den Fuchs vor sich auf den Tisch und reichte Tobin noch einmal die Feder. »Kannst du ihn für mich zeichnen?«

Tobin war nie auf den Gedanken gekommen, irgendetwas zu zeichnen, wenn es doch so einfach war, die Figuren zu modellieren. Er starrte auf das leere Pergament und strich sich mit dem Ende der Feder über das Kinn. Etwas in Wachs nachzubilden war einfach; die gleiche Form auf diese Weise wiederzugeben war etwas vollkommen anderes. Er stellte sich die Füchsin vor, die er eines Morgens auf der Wiese gesehen hatte, und versuchte, einen Strich zu ziehen, der die Form ihrer Schnauze und ihre wachsam aufgestellten Ohren bei der Mäusejagd im tiefen Gras einfangen sollte. Vor seinem geistigen Auge konnte er sie deutlich sehen, doch sosehr er sich auch bemühte, er konnte die Feder nicht dazu bringen, sie abzubilden. Das Gekritzel, das sie auf dem Pergament hinterließ, hatte nicht die geringste Ähnlichkeit mit einem Fuchs. Niedergeschlagen warf er die Feder zu Boden und starrte auf seine tintenfleckigen Hände.

»Mach dir nichts daraus, mein Schatz«, sagte seine Mutter zu ihm. »Deine Schnitzereien können es mit jeder Zeichnung aufnehmen. Ich war nur neugierig.

Aber jetzt wollen wir sehen, ob wir dir das Schreibenlernen ein bisschen erleichtern können.«

Sie drehte den Bogen Pergament um, schrieb eine Weile, löschte die Tinte mit Sand und drehte sie so, dass Tobin sehen konnte, was sie geschrieben hatte. Ganz oben stand dreimal hintereinander ein sehr großes »A«. Nun tauchte sie die Feder erneut ein und gab sie ihm. Dann stand sie auf, stellte sich hinter ihn und führte seine Hand mit der ihren, um ihm zu zeigen, wie er den Buchstaben schreiben musste. Das wiederholten sie einige Male, und als er es dann allein versuchte, stellte er fest, dass seine eigene Kritzelei allmählich dem Buchstaben nahe kam, den er zu schreiben versuchte.

»Schau, Mama, ich hab's geschafft!«, rief er erfreut.

»Genau wie ich es mir dachte«, murmelte sie, während sie weitere Buchstaben zur Übung für ihn niederschrieb. »Ich war genauso, als ich so alt war wie du.«

Tobin sah ihr zu und versuchte, sie sich als junges Mädchen mit Zöpfen vorzustellen, das nicht schreiben konnte.

»Ich habe auch kleine Figuren angefertigt, wenn sie auch nicht so hübsch waren wie deine«, fuhr sie fort, ohne mit dem Schreiben aufzuhören. »Dann hat meine Amme mir gezeigt, wie man Puppen macht. Du kennst ja meine Puppen.«

Der Gedanke an die Puppen bereitete Tobin Unbehagen, aber er wollte nicht unhöflich sein, also raffte er sich zu einer Antwort auf. »Sie sind sehr schön«, sagte er. Sein Blick fiel auf ihre Puppe, die in Form eines plumpen Stoffbündels auf der Truhe neben ihnen lag. Seine Mutter blickte auf und sah, dass er die Puppe anstarrte. Jetzt war es zu spät. Sie wusste, was er anstarrte, und vielleicht sogar, was er dachte.

Ein zärtliches Lächeln erhellte ihre Züge, als sie die

hässliche Puppe auf ihren Schoß legte und die missgestalteten Glieder ordnete. »Das ist die beste von all meinen Puppen.«

»Aber . . . na ja, warum hat sie kein Gesicht?«

»Dummes Kind, natürlich hat sie ein Gesicht!« Sie lachte und strich mit den Fingern sanft über das nichts sagende Oval aus Stoff. »Das hübscheste kleine Gesicht, das ich je gesehen habe!«

Für einen Augenblick sahen ihre Augen wieder so wild und wirr aus wie damals im Turm. Tobin zuckte zusammen, als sie sich vorbeugte, aber sie tauchte lediglich die Feder ein und schrieb weiter.

»Mit den Händen konnte ich alles formen, aber ich konnte weder lesen noch schreiben. Mein Vater – dein Großvater, der fünfte Gemahl Tanaris – zeigte mir, wie ich meiner Hand beibringen konnte, die Zeichen zu schreiben, so wie ich es jetzt dir zeige.«

»Ich habe einen Großvater? Werde ich ihn irgendwann kennen lernen?«

»Nein, mein Liebling. Deine Großmutter hat ihn schon vor vielen Jahren vergiftet«, sagte seine Mutter eifrig schreibend. Bald darauf drehte sie das Pergament wieder so, dass er die Buchstaben erkennen konnte. »Hier hast du eine neue Reihe, die du nachmachen kannst.«

Den Rest des Vormittags verbrachten sie über Pergamenten. Als er schließlich imstande war, den Linien der Buchstaben ausreichend genau zu folgen, ließ sie ihn die Laute sprechen, die die einzelnen Buchstaben darstellten, während er sie kopierte. Immer und immer wieder folgte er den Linien, wiederholte die Laute, bis er anfing, sie durch das schlichte Auswendiglernen zu begreifen. Als Nari ihnen das Mittagessen auf einem Tablett hereinbrachte, hatte er das seltsame Los seines Großvaters längst wieder vergessen.

Von diesem Tag an verbrachten sie einen Teil jedes Vormittags in seinem Spielzimmer, wo seine Mutter ihm mit verblüffender Geduld all die Buchstaben beibrachte, die er vorher trotz aller Mühe nicht hatte erfassen können. Und so begann er Stück für Stück zu lernen.

Herzog Rhius blieb den ganzen Winter über fort, um an der Seite des Königs in Mycena zu kämpfen. Seine Briefe waren angefüllt mit Beschreibungen der geschlagenen Schlachten, geschrieben als Lehrmaterial für Tobin. Manchmal schickte er auch Geschenke, Trophäen vom Schlachtfeld: den Dolch eines Feindes, um dessen Heft sich eine Schlange wand, einen silberner Ring, einen Beutel mit Spielsteinen, einen kleinen Frosch aus Bernstein. Einmal brachte ein Bote Tobin einen verbeulten Helm mit einem Busch aus purpurrotem Pferdehaar.

Tobin reihte die kleineren Schätze auf einem Regalbrett in seinem Spielzimmer auf und überlegte, was für Menschen sie früher wohl besessen haben mochten. Den Helm legte er auf die Lehne eines Sessels, der mit einem Umhang drapiert war, und focht Duelle mit seinem hölzernen Schwert gegen ihn aus. Manchmal stellte er sich vor, er würde an der Seite seines Vaters und des Königs kämpfen. Dann wieder verwandelte sich der Sessel in seinen Schildknappen, mit dessen Unterstützung er seine eigenen Heere in die Schlacht führte.

Diese Spiele verstärkten die Sehnsucht nach seinem Vater, aber er wusste, dass er eines Tages mit ihm in den Kampf ziehen würde, so wie sein Vater es versprochen hatte.

Während der letzten grauen Winterwochen fing Tobin langsam an, sich an der Anwesenheit seiner Mutter ehrlich zu erfreuen. Zuerst trafen sie einander nach seinem morgendlichen Ausritt mit Mynir in der großen Halle. Ein- oder zweimal ritt sie sogar mit ihnen, und er war erstaunt, wie sicher sie im Sattel saß, einem Männersattel, während ihr langes Haar wie ein seidenes Banner im Wind flatterte.

Sosehr sich ihre Beziehung zu ihm verbessert hatte, ihre Haltung gegenüber den anderen Mitgliedern des Haushaltes war unverändert. Sie sprach nur selten mit Mynir und fast überhaupt nicht mit Nari. Die neue Frau, Tyra, kümmerte sich um ihre Bedürfnisse und war auch nett zu Tobin, bis der Dämon sie die Treppe hinabstieß und sie ohne ein Wort des Abschieds das Haus verließ. Danach verzichteten sie darauf, ein neues Dienstmädchen anzuheuern.

Die größte Enttäuschung für Tobin war die Kälte, die seine Mutter seinem Vater entgegenbrachte. Sie sprach niemals von ihm, verschmähte alle Geschenke, die er ihr schickte und verließ die Halle, wenn Mynir des Abends seine Briefe am Kamin vorlas. Niemand konnte ihm sagen, warum sie seinen Vater sosehr zu hassen schien, und er wagte nicht, sie selbst zu fragen. Dennoch regte sich eine milde Hoffnung in ihm. Wenn sein Vater nach Hause käme und sähe, wie viel besser es Tobins Mutter ging, könnte sich die Lage vielleicht wieder entspannen. Schließlich hatte sie nun auch angefangen, Tobin zu lieben. Immer, wenn er noch wach im Bett lag, stellte er sich vor, wie sie zu dritt durch das Gebirge ritten und glücklich lächelten.

Kapitel 9

An einem kalten Morgen Ende Klesin waren Tobin und seine Mutter gerade beim Unterricht, als sie hörten, wie sich ein Reiter im Galopp der Festung näherte.

Tobin rannte zum Fenster, in der Hoffnung, endlich seinen Vater nach Hause kommen zu sehen. Seine Mutter folgte ihm und legte die Hand auf seine Schulter.

»Das Pferd kenne ich nicht«, sagte Tobin und hielt sich die Hand über die Augen, um sie vor der Sonne abzuschirmen. Der Reiter selbst war zum Schutz vor der Kälte viel zu dick vermummt, sodass Tobin ihn aus der Entfernung nicht erkennen konnte. »Darf ich gehen und sehen, wer kommt?«

»Ich denke schon. Wie wäre es, wenn du auch gleich nachschaust, ob Mamsell etwas Leckeres für uns in ihrer Speisekammer hat? Ich könnte jetzt einen Apfel vertragen. Aber beeil dich. Wir sind noch nicht fertig für heute.«

»Ist gut«, rief Tobin und stürzte aus dem Zimmer.

In der Halle war niemand, also ging er gleich weiter zur Küche und stellte erfreut fest, dass Nari und die anderen gerade Tharin begrüßten. Sein Bart war während des Winters ziemlich lang geworden, seine Stiefel schmutzig und voller Schnee, und an einem seiner Handgelenke prangte ein Verband.

»Ist der Krieg vorbei? Kommt Vater zurück nach Hause?«, kreischte Tobin und warf sich in die Arme des Mannes.

Tharin hob ihn hoch, bis sich ihre Blicke begegneten.

»Ja und noch mal ja, kleiner Prinz, und er bringt einen Gast mit. Sie sind direkt hinter mir.« Er stellte Tobin wieder auf die Füße und rang sich ein Lächeln ab, doch Tobin las noch etwas anderes in den kleinen Fältchen um die Augen des Soldaten, als jener sich Nari und dem Diener zuwandte. »Sie werden bald hier sein. Geh spielen, Tobin. Mamsell kann es nicht brauchen, wenn du ihr jetzt zwischen den Füßen herumtobst. Es gibt viel zu tun.«

»Aber . . .«

»Das reicht!«, sagte Nari in scharfem Ton. »Tharin wird später mit dir ausreiten. Und nun fort mit dir.«

Tobin war es nicht gewöhnt, abgeschoben zu werden. Schmollend schlich er zurück in die Halle. Tharin hatte ihm nicht einmal verraten, wen Vater mitbrachte, aber Tobin hoffte, es war Lord Nyanis oder Herzog Archis. Die beiden mochte er von all den Freunden seines Vaters am liebsten.

Er hatte die Halle schon halb durchquert, als ihm einfiel, dass seine Mutter um einen Apfel gebeten hatte. Wenn er deswegen noch einmal zurückginge, konnten die Erwachsenen es ihm kaum verübeln.

Die Küchentür stand offen, und als er näher kam, hörte er Nari sagen: »Was will der König nach all diesen Jahren hier?«

»Jagen, so sagt er jedenfalls«, erwiderte Tharin. »Wir waren auf dem Heimweg, beinahe in Sichtweite von Ero, als Rhius zufällig die gute Hirschjagd hier draußen erwähnte. Der König hat seine Worte als Einladung aufgefasst. Er entwickelt allmählich immer mehr seltsame Marotten . . .«

Der König! Tobin vergaß den Apfel und hastete wieder hinauf, in Gedanken ausschließlich mit der kleinen Holzfigur in seiner Schatulle beschäftigt – der derzeitige

König, sein Onkel. Tobin fragte sich aufgeregt, ob er wohl seine goldene Krone tragen würde und ob er Tobin das Schwert Ghërilains anfassen lassen würde.

Seine Mutter stand noch immer am Fenster. »Was ist denn da draußen los, Kind?«

Tobin rannte zum Fenster, konnte aber niemanden kommen sehen. Dann ließ er sich atemlos keuchend auf den Stuhl fallen. »Vater hat Tharin vorausgeschickt ... der König ... der König kommt! Er und Vater sind ...«

»Erius?« Ariani wich an die Wand zurück und umklammerte ihre Puppe. »Er kommt hierher? Bist du sicher?«

Die kalte, wütende Präsenz des Dämons senkte sich über Tobin, so schwer, so drückend, dass er glaubte, kaum noch atmen zu können. Pergamente und Tintenfässer flogen in hohem Bogen vom Tisch und verteilten sich auf dem Boden.

»Mama, was ist denn?«, flüsterte er voller Furcht vor dem Ausdruck, der sich plötzlich in den Augen seiner Mutter zeigte.

Mit einem erstickten Aufschrei stürzte sie sich auf ihn und zerrte ihn aus dem Zimmer. Der Dämon wütete um sie herum, wirbelte die trockenen Binsen auf und schlug Lampen von ihren Haken. Auf dem Korridor blieb Ariani stehen und sah sich hektisch um, als suche sie nach einem Fluchtweg. Tobin unterdrückte ein Wimmern, als sich ihre Finger in seinen Arm bohrten.

»Nein, nein, nein!«, murmelte sie. Das schmuddelige leere Gesicht der Stoffpuppe lugte unter ihrem Arm hervor.

»Mama, du tust mir weh. Wohin gehen wir?«

Aber sie hörte ihm gar nicht zu. »Nicht noch einmal! Nein!«, flüsterte sie und zog ihn zu der Treppe, die in den dritten Stock führte.

Tobin versuchte, sich zu befreien, aber sie war zu stark für ihn. »Nein, Mama, ich will nicht da hinauf!«

»Wir müssen uns verstecken«, zischte sie und packte ihn an beiden Schultern. »Letztes Mal konnte ich nicht, aber ich hätte! Im Namen der Vier, ich hätte, aber sie ließen mich nicht! Bitte, Tobin, komm mit Mama. Wir haben keine Zeit!«

Dann zerrte sie ihn die Treppe hinauf und über den Korridor zum Turmaufgang. Als Tobin erneut versuchte, sich zu befreien, schoben ihn unsichtbare Hände von hinten weiter. Die Tür flog vor ihnen auf und krachte so heftig gegen die Mauer, dass eine der Füllungen splitterte.

Verängstigte Vögel flogen auf und kreischten lauthals um sie herum, als Ariani Tobin die Stufen zu ihrem Turmzimmer hinaufschleifte. Hinter ihnen krachte die Tür ins Schloss und der Weintisch flog quer durch den Raum. Beinahe hätte er Tobins Schulter getroffen, bevor er gegen die Tür prallte und den Rückweg blockierte. Staubige Gobelins flogen von den Wänden, und die Fensterläden wurden weit aufgerissen. Tageslicht flutete von allen Seiten herein, trotzdem blieb der Raum düster und eiskalt. Von draußen war inzwischen eine große Gruppe Reiter zu hören, die die Straße heraufritten.

Ariani ließ Tobin los und fing an, wie wild im Raum auf und ab zu gehen, eine Hand auf den Mund gepresst, während ihr die Tränen über das Gesicht liefen. Tobin kauerte sich neben den zerschmetterten Tisch. Dies war die Mutter, die er am besten kannte – verletzend und unberechenbar. Alles andere war nur eine Lüge gewesen.

»Was sollen wir nur tun?«, jammerte sie. »Er hat uns wieder gefunden. Er kann uns überall finden. Wir müssen fliehen! Lhel, du Hexe, du hast mir versprochen ...«

Das Klirren der Rüstungen wurde lauter, und sie stürzte an das Fenster, das zum vorderen Hof hinausführte. »Zu spät! Er ist hier. Wie kann er nur? Wie kann er nur?«

Tobin schlich zu ihr, gerade nahe genug, um einen Blick über die Fensterbrüstung zu werfen. Sein Vater und eine Gruppe fremder Männer in scharlachroten Mänteln stiegen soeben von ihren Pferden. Einer von ihnen trug einen goldenen Helm, der in der Sonne funkelte wie eine Krone.

»Ist das der König, Mama?«

Sie riss ihn zurück, presste ihn an sich, so fest, dass die Puppe gegen sein Gesicht drückte. Sie roch muffig.

»Fürchte ihn«, flüsterte sie, und er fühlte, dass sie zitterte. »Fürchte ihn, den Mörder! Dein Vater hat ihn hergebracht. Aber dieses Mal wird er dich nicht bekommen.«

Sie zerrte ihn zum gegenüberliegenden Fenster, dem, das auf die Berge im Westen hinausblickte. Der Dämon warf einen weiteren Tisch um und verteilte mundlose Puppen im ganzen Raum. Der Lärm ließ seine Mutter herumfahren, und Tobins Kopf prallte gegen den steinernen Fenstersims, hart genug, sodass ihm schwindelig wurde. Er fühlte, wie er fiel, fühlte, wie seine Mutter erneut an ihm zerrte, fühlte Sonnenschein und Wind auf seiner Haut. Als er die Augen wieder aufschlug, erkannte er, dass er aus dem Fenster hing und auf den zugefrorenen Fluss hinunterstarrte.

Genau wie beim letzten Mal, als sie ihn hergebracht hatte.

Aber dieses Mal hockte sie neben ihm auf dem Sims und sah mit tränenüberströmtem Gesicht zu den Bergen hinüber, während sie sich im Stoff von Tobins Tunika verkrallte und versuchte, ihn hinauszuziehen.

Er verlor das Gleichgewicht und schlug um sich, griff nach irgendetwas – dem Fensterrahmen, dem Arm seiner Mutter, ihren Kleidern –, aber seine Füße ragten bereits steil in die Luft. In der Tiefe konnte er das dunkle Wasser unter dem Eis sehen, das wie Tinte durch das Flussbett strömte. Seine Gedanken überschlugen sich; würde das Eis brechen, wenn er hinabstürzte?

Dann schrie seine Mutter auf und stürzte an ihm vorbei, Röcke und Haar plusterten sich um ihre Gestalt herum auf, als sie fiel. Für einen Augenblick sahen sie einander direkt in die Augen, und Tobin fühlte sich, als würde ein Blitz zwischen ihnen hin und her fahren, sie für eine Sekunde Auge in Auge vereinen.

Dann packte jemand Tobin am Fuß und zerrte ihn grob zurück in das Zimmer. Sein Kinn schlug auf dem äußeren Fenstersims auf, und er stürzte in tiefe Dunkelheit, den Geschmack von Blut auf seiner Zunge.

Rhius und der König glitten gerade aus dem Sattel, als sie einen Schrei von der Rückseite der Festung vernahmen.

»Im Namen der Flamme! Ist das dieser Dämon?«, rief Erius und sah sich aufgeschreckt um.

Aber Rhius wusste, dass der Dämon keine Stimme hatte. Hastig schob er sich an den anderen Reitern vorbei und rannte zum Tor hinaus, während er vor seinem geistigen Auge bereits sah, womit er hätte rechnen müssen, was er in seinen Träumen für den Rest seines Lebens wieder und wieder würde erleben müssen: Ariani an einem der oberen Fenster, die fest verschlossen sein sollten, wie sie das Funkeln des goldenen Helms ihres Bruders am unteren Rand der Wiese erkannte, sich vorstellte …

Er stolperte am Ufer entlang, folgte der Festungsmauer um die letzte Ecke. Dann blieb er stehen und stieß einen gequälten Schrei aus, als er die nackten weißen Beine sah, die seltsam verdreht zwischen zwei Felsbrocken am Flussufer lagen. Er rannte zu ihr und zog ihre Röcke herunter, die beim Sturz über ihren Kopf gerutscht waren. Als er aufsah, fiel sein Blick auf den Turm, der sich düster über ihnen erhob. Auf dieser Seite gab es nur ein einziges Fenster, direkt über ihnen. Die Läden standen offen. Ein Felsen hatte ihr Rückgrat zerschmettert, und ihr Kopf war auf das Eis geprallt, der Schädel gebrochen. Schwarzes Haar und rotes Blut breiteten sich wie ein schauriger Strahlenkranz um ihr Gesicht aus. Ihre wunderschönen Augen waren offen und in einem Ausdruck der Furcht und der Entrüstung erstarrt; selbst im Tod klagte sie ihn an.

Entsetzt ob dieses Blickes wich Rhius stolpernd zurück, direkt in die Arme des Königs.

»Im Namen der Flamme«, keuchte Erius und starrte auf Ariani herab. »Meine arme Schwester. Was habt Ihr nur getan?«

Rhius presste die geballten Fäuste gegen die Schläfen und unterdrückte das Bedürfnis, auszuholen und dem Mann einen Hieb mitten ins Gesicht zu verpassen.

»Mein König«, brachte er hervor, als er neben Ariani zu Boden sank, »Eure Schwester ist tot.«

Tobin erinnerte sich an den Sturz. Als sein Bewusstsein allmählich zurückkehrte, fühlte er den harten Boden unter seinem Körper, fühlte, wie er den Bauch instinktiv an ihn presste, zu verängstigt, um sich zu rühren. Irgendwo in der Nähe redeten hallende Stimmen durcheinander, aber er konnte sie nicht verstehen. Er wusste nicht einmal, wo er war oder wie er dort hingekommen war.

Als er endlich die Augen aufschlug, erkannte er, dass er im Turmzimmer war. Um ihn herum war es bedrückend still.

Der Dämon war bei ihm. Er fühlte seine Anwesenheit so deutlich wie nie zuvor. Aber etwas war anders, wenn er auch nicht sagen konnte, was.

Tobin fühlte sich sehr seltsam, als würde er träumen, aber der Schmerz an Kinn und Mund verriet ihm, dass er wach war. Als er versuchte, sich daran zu erinnern, wie er hier heraufgekommen war, fing sein Kopf wie verrückt an zu brummen, als wäre sein Schädel voller Bienen.

Seine Wange schmerzte an der Stelle, an der sie den Boden berührte. Er drehte seinen Kopf in die andere Richtung und starrte direkt in das leere Gesicht der Puppe seiner Mama, die nur ein paar Zentimeter von seiner ausgestreckten Hand entfernt lag.

Wo war seine Mama? Sie hatte die Puppe nie irgendwo zurückgelassen. Niemals.

Vater wird mir nicht erlauben, sie zu behalten, dachte er. Aber plötzlich wollte er sie mehr als irgendetwas anderes auf der ganzen Welt. Sie war hässlich, und er hatte sie Zeit seines Lebens gehasst, doch nun griff er nach ihr und dachte daran, was seine Mutter so zärtlich gesagt hatte: *Das ist die beste von all meinen Puppen.* Und es war beinahe, als hätte sie die Worte direkt neben ihm laut ausgesprochen.

Wo war sie?

Das Brummen in seinem Kopf wurde lauter, als er sich aufsetzte und die Puppe an sich drückte. Sie war klein, grob und klumpig, aber auch irgendwie beruhigend. Als er sich benommen umblickte, sah er voller Überraschung sich selbst neben einem zertrümmerten Tisch auf der anderen Seite des Raumes kauern. Aber dieser

Tobin war nackt und schmutzig und wütend, und sein Gesicht war tränenüberströmt. Dieses andere Ich hielt keine Puppe; es bedeckte lediglich die Ohren mit beiden Händen, um etwas abzuwehren, woran keiner von beiden sich erinnern wollte.

Nari schrie auf und presste eine Hand auf die Lippen, als der Herzog mit Arianis zerschmettertem Leib auf den Armen in die Halle stolperte. Auf den ersten Blick erkannte sie, dass die Prinzessin tot war. Blut lief aus den Ohren und dem Mund der Frau, und ihre Augen waren offen und so starr wie Steine.

Tharin und der König folgten dem Herzog auf dem Fuß. Erius versuchte immer wieder, nach dem Gesicht seiner Schwester zu greifen, aber Rhius ließ das nicht zu. Er kam bis zum Kamin, ehe seine Knie nachgaben. Dann sank er zu Boden, drückte Arianis Leichnam an sich und vergrub sein Gesicht in ihrem schwarzen Haar.

Dies war vermutlich das erste Mal seit Tobins Geburt, dass er Gelegenheit hatte, sie zu umarmen, wie Nari im Stillen feststellte.

Erius ließ sich schwer auf eine der Bänke am Herd fallen. Dann sah er auf, und sein Blick fiel auf Nari und den Teil seines Gefolges, der mit ihm den Raum betreten hatte. Sein Gesicht war blass, beinahe grau, und seine Hände zitterten.

»Hinaus«, befahl er, ohne irgendjemanden direkt anzusehen. Das war auch nicht nötig. Alle außer Tharin sausten davon. Als Nari ihn zum letzten Mal sah, stand er ein wenig abseits und beobachtete die beiden Männer mit ausdrucksloser Miene.

Nari war schon halb die Treppe hinaufgegangen, als

ihr einfiel, dass Tobin an diesem Morgen Unterricht von seiner Mutter erhalten hatte.

Nun hastete sie hinauf, immer zwei Stufen auf einmal nehmend. Dann rannte sie, so schnell sie konnte, den Korridor hinunter. Ihr Herz tat einen schmerzhaften Satz, als sie die zertrümmerten Lampen am Boden erblickte. Tobins Schlafgemach und sein Spielzimmer waren verlassen. Die Schreibutensilien verteilten sich über den Boden, und einer der Stühle war umgeworfen worden.

Furcht legte sich wie eine eiserne Faust um Naris Herz. »Oh, lllior, bitte, lass das Kind in Sicherheit sein.«

Als sie auf den Korridor zurückkehrte, sah sie, dass die Tür zu der Treppe, die hinauf in den dritten Stock führte, offen stand.

»Erbarmen, Schöpfer!«, flüsterte sie und hastete weiter.

Oben fand sie überall auf dem Boden Fetzen zerrissener Wandteppiche. Sie schienen nach Naris Füßen zu greifen, als sie zu der geborstenen Turmtür rannte und die Stufen dahinter erklomm. Sie war hier nie willkommen gewesen, als Ariani am Leben war, und auch jetzt fühlte sie sich wie ein Eindringling. Doch was sie sah, als sie das obere Ende der Treppe erreicht hatte, vertrieb auch den letzten Zweifel.

Das Turmzimmer war angefüllt mit zertrümmerten Möbelstücken und zerstückelten Puppen. Alle vier Fenster standen offen, trotzdem war der Raum düster und muffig, und in der Luft hing ein Geruch, der ihr beängstigend bekannt vorkam.

»Tobin? Bist du hier, Kind?«

Ihre Stimme schien den kleinen Raum kaum zu durchdringen, aber sie konnte deutlich ein ersticktes

Schluchzen hören und folgte ihm in den Winkel, der am weitesten von dem schicksalhaften Fenster entfernt lag. Halb unter einem herabgefallenen Gobelin begraben, hockte Tobin zusammengekauert an der Wand, die dünnen Arme um die Knie geschlungen, und starrte mit riesigen Augen ins Nichts.

»Oh, mein armer Liebling!«, keuchte Nari und fiel neben ihm auf die Knie.

Gesicht und Tunika des Knaben waren mit Blut verschmiert, und sie fürchtete, Ariani hätte ihm vor ihrem Selbstmord die Kehle aufgeschnitten und er würde hier in ihren Armen sterben, all der Schmerz, die Lügen und die Geduld wären umsonst gewesen.

Sie versuchte, ihn auf ihre Arme zu heben, aber Tobin wich vor ihr zurück und kauerte sich noch fester an die Wand, und in seinen Augen zeigte sich nicht die Spur des Erkennens.

»Tobin, mein Kind, ich bin's. Komm, lass uns hinunter in dein Zimmer gehen.«

Das Kind rührte sich nicht und gab durch nichts zu erkennen, ob es sich ihrer Anwesenheit bewusst war. Nari setzte sich neben ihn und streichelte sein Haar. »Bitte, mein Liebling. Das hier ist ein scheußlicher Ort. Komm mit hinunter in die Küche, dann gibt Mamsell dir eine Tasse mit leckerer Suppe. Tobin? Sieh mich an, Kind. Bist du verletzt?«

Schwere Schritte donnerten über die Turmstufen, und Rhius stürzte zur Tür herein, dicht gefolgt von Tharin.

»Habt Ihr ...? Oh, dem Licht sei Dank!« Rhius stolperte über die zertrümmerten Möbel und ging neben ihr in die Knie. »Ist er schwer verletzt?«

»Nein, nur verängstigt, Mylord«, flüsterte Nari, die immer noch sacht über Tobins Schopf streichelte. »Er muss gesehen haben ...«

Rhius beugte sich vor, fasste sanft nach Tobins Kinn und versuchte, den Kopf des Knaben zu heben, doch Tobin zuckte wieder zurück.

»Was ist passiert? Warum hat sie dich hergebracht?«, fragte Rhius leise.

Tobin sagte nichts.

»Seht Euch um, Mylord!« Nari strich Tobins schwarzes Haar aus dem Gesicht und untersuchte die große Schwellung. Das Blut auf seinem Gesicht und den Kleidern stammte von einer sichelförmigen Wunde an der Kinnspitze. Sie war nicht groß, aber tief. »Sie muss gesehen haben, wie der König zusammen mit Euch zur Festung geritten ist. Das ist das erste Mal, seit ... Nun, Ihr wisst selbst, wie sie war.«

Nari betrachtete Tobins blasses Gesicht. Keine Tränen, aber weit aufgerissene Augen, die ins Leere starrten, als würde er immer noch sehen, was hier oben geschehen war.

Er wehrte sich nicht, als sein Vater ihn auf die Arme nahm und hinunter zu seinem Schlafgemach trug. Aber er entspannte sich auch nicht, sondern blieb zu einem winzigen Knäuel zusammengerollt. Ihm gerade jetzt die schmutzigen Kleider auszuziehen kam nicht in Frage, also zog ihm Nari nur die Schuhe aus, wusch sein Gesicht und steckte ihn mit einer zusätzlichen Decke ins Bett. Der Herzog kniete neben dem Bett, hielt eine von Tobins Händen und sprach mit leiser Stimme zu ihm, während sein Blick in dem bleichen Gesicht auf dem Kissen nach einer Antwort suchte.

Als Nari sich umwandte, sah sie Tharin gleich neben der Tür stehen. Er war blass wie eine frisch getünchte Wand. Sie ging zu ihm und ergriff seine kalte Hand.

»Ihm ist nichts passiert, Tharin. Er hat nur schreckliche Angst.«

»Sie hat sich aus dem Turmfenster gestürzt«, flüsterte Tharin, ohne den Blick von Rhius und dem Knaben abzuwenden. »Sie hat Tobin mit hinaufgenommen ... Seht ihn nur an, Nari. Denkt Ihr, sie hat versucht ...?«

»Keine Mutter könnte so etwas tun!« Doch tief im Herzen war sie nicht so überzeugt.

Eine Weile rührte sich nichts, als wären sie alle Teil einer eingefrorenen Theaterszene. Schließlich erhob sich Rhius und strich sich geistesabwesend mit der Hand über die Vorderseite seiner blutverschmierten Tunika. »Ich muss mich um den König kümmern. Er hat vor, sie in der königlichen Gruft von Ero beizusetzen.«

Nari verkrampfte wütend die Hände in ihrer Schürze. »Sollten wir nicht um des Kindes willen noch warten ...?«

Rhius bedachte sie mit einem Blick, der so bitter war, dass ihr die Worte im Halse stecken blieben. »Der König hat gesprochen.« Wieder strichen seine Hände sinnlos über seine Tunika, als er den Raum verließ, und Tharin folgte ihm mit einem letzten traurigen Blick auf das Kind.

Nari zog sich einen Stuhl zum Bett und tätschelte Tobins Schulter. »Mein armer kleiner Schatz«, seufzte sie. »Sie lassen dich nicht einmal um sie trauern.«

Dann streichelte sie die Stirn des Kindes und stellte sich vor, wie es wohl wäre, wenn sie ihn einfach nehmen und weit fort von diesem Haus des Jammers bringen würde. Wie es wäre, ihn in ihrem eigenen kleinen Häuschen aufzuziehen, weit weg von Königen und Geistern und verrückten Frauen.

Tobin hörte ein Wehklagen und rollte sich noch fester zusammen, als das Geräusch langsam lauter wurde. Dann, allmählich, verwandelte sich die schluchzende Stimme in das Pfeifen eines kräftigen Ostwindes, der an den Mauern der Festung rüttelte. Über sich fühlte er die Last schwerer Decken, und doch war ihm immer noch furchtbar kalt.

Er schlug die Augen auf und starrte blinzelnd zu der kleinen Nachtlampe, die flackernd auf dem Nachttischchen neben seinem Bett brannte. Gleich daneben schlief Nari auf einem Stuhl.

Sie hatte ihn ins Bett gesteckt, ohne ihm die Kleider auszuziehen. Ganz langsam streckte Tobin seinen verkrampften Leib, drehte sich mit dem Gesicht zur Wand und zog die Stoffpuppe aus seiner Tunika hervor.

Er wusste nicht, warum er sie bei sich hatte. Etwas furchtbar Schlimmes war geschehen, etwas, das so schrecklich war, dass er sich nicht erinnern konnte, was es war.

Meine Mama ist ...

Er kniff die Augen zu und drückte die Puppe fest an sich.

Wenn ich die Puppe habe, dann ist meine Mama ...

Er konnte sich nicht erinnern, die Puppe unter seinen Kleidern versteckt zu haben, er konnte sich an überhaupt nichts erinnern, aber nun versteckte er sie erneut tief unter der Decke, schob sie mit den Füßen immer weiter hinunter, wohl wissend, dass er schnell ein besseres Versteck für sie finden musste. Er wusste, dass es unanständig war, sie haben zu wollen, eine Schande für einen Knaben, der einmal ein Krieger werden wollte, trotzdem versteckte er sie, erfüllt von Scham und Sehnsucht.

Vielleicht hatte seine Mama sie ihm geschenkt.

Als er schließlich wieder in den Schlaf glitt, träumte er immer wieder, seine Mutter hätte ihm die Puppe gegeben. Und jedes Mal lächelte sie und erzählte ihm, es sei die beste, die sie je gemacht hätte.

Kapitel 10

Tobin musste zwei Tage lang im Bett bleiben. Zuerst verschlief er den größten Teil der Zeit, eingelullt von dem Regen, der gleichmäßig gegen die Fensterläden prasselte, und von dem Ächzen und Grollen der aufbrechenden Eisfläche auf dem Fluss unter seinem Fenster.

Manchmal, im Halbschlaf, dachte er, seine Mutter wäre bei ihm im Zimmer, stünde am Fuß seines Bettes, die Hände verkrampft, wie in jenem Moment, da sie den König den Hang hatte hinaufreiten sehen. Er war so sehr von ihrer Gegenwart überzeugt, dass er glaubte, sie atmen zu hören, doch wenn er die Augen aufschlug, war sie nicht da.

Der Dämon dagegen schon. Tobin konnte ihn nun ununterbrochen in seiner Nähe fühlen. Bei Nacht drängte er sich dicht an Nari und versuchte so zu tun, als würde er nicht spüren, dass der Dämon ihn beobachtete. Doch so intensiv er dessen Anwesenheit auch wahrnahm, der Dämon rührte weder ihn noch irgendwelche Gegenstände an.

Am Nachmittag des zweiten Tages war er wach und unruhig. Nari und Tharin hatten während des Tages an seinem Bett gesessen, ihm Geschichten erzählt und kleine Spielsachen gebracht, als wäre er noch ein Baby. Auch die anderen Diener hatten ihn besucht, seine Hand getätschelt und ihn auf die Stirn geküsst.

Jeder war gekommen, außer seinem Vater. Als Tharin ihm schließlich erklärte, dass sein Vater zusammen mit dem König für eine Weile nach Ero gereist war, fühlte

Tobin einen schmerzhaften Kloß in seiner Kehle und hatte doch keine Tränen zu weinen.

Niemand sprach von seiner Mutter. Er fragte sich, was mit ihr geschehen war, nachdem sie zum Turm gegangen war, aber er brachte es nicht über sich, nach ihr zu fragen. Tatsächlich wollte er überhaupt nicht sprechen, also ließ er es sein, selbst als die anderen sich nach Kräften bemühten, ihm ein paar Worte zu entlocken. Stattdessen spielte er mit seinem Wachs oder vergrub sich unter der Decke und wartete, bis alle gegangen waren. Zu den wenigen Gelegenheiten, zu denen er sich selbst überlassen blieb, zog er die Puppe aus ihrem neuen Versteck hinter dem Schrank. Dann hielt er sie einfach nur fest und starrte auf das leere Oval aus Stoff, wo das Gesicht hätte sein sollen.

Natürlich hat sie ein Gesicht. Das hübscheste . . .

Aber sie war überhaupt nicht schön. Sie war hässlich. Die Füllung war klumpig, und er konnte scharfe Kanten wie von Splittern in den ungleichmäßigen Armen und Beinen fühlen. Die dicke Haut aus Musselin war schmutzig und an mehreren Stellen geflickt. Und er entdeckte noch etwas, was ihm bisher nicht aufgefallen war: Eine dünne, glänzende schwarze Kordel war fest um den Hals geschlungen, so fest, dass er sie nur sehen konnte, wenn er den Kopf der Puppe weit zurückbog.

So hässlich sie auch war, Tobin glaubte, den Blumenduft an ihr zu riechen, den seine Mutter während jener letzten glücklichen Wochen getragen hatte, und das reichte ihm voll und ganz. Er bewachte die Puppe eifersüchtig, und als ihm am dritten Tag endlich gestattet wurde, das Bett zu verlassen, brachte er sie in sein Spielzimmer und versteckte sie ganz unten in der alten Truhe.

Draußen war es wieder kalt geworden, und Graupelschauer fielen vom Himmel. Das Spielzimmer wirkte düster und trostlos. Auf dem Boden und auf den flachen Dächern der hölzernen Häuser der Stadt lag Staub; die kleinen Holzleute lagen wie die Seuchenopfer, von denen sein Vater in seinen Briefen erzählt hatte, überall innerhalb des Palastkreises. Der plenimaranische Stuhlkrieger in der Ecke schien ihn zu verspotten, also nahm er ihn auseinander, schleuderte den Umhang in den leeren Schrank und legte den Helm in seine Truhe.

Dann schlenderte er träge zu dem Schreibtisch unter dem Fenster und berührte vorsichtig all die Dinge, die er mit seiner Mutter geteilt hatte – die Pergamente, Löschsand, Federklingen und Federn. Sie hatten fast die Hälfte des Alphabets geschafft. Bögen mit neuen Lettern, geschrieben in ihrer sicheren, deutlichen Schrift, lagen für weitere Lektionen bereit. Er nahm einen zur Hand und schnüffelte an dem Pergament, in der Hoffnung, auch hier ihren Duft wahrzunehmen, doch der Bogen roch lediglich nach Tinte.

Der Schneeregen war dem ersten Frühlingsregen gewichen, zwei Tage später sein Vater kehrte zurück. Er sah verändert und traurig aus, und niemand schien zu wissen, wie Tobin mit ihm umgehen sollte, nicht einmal Tharin. Nach dem Abendessen schickte Rhius alle bis auf Tobin fort und nahm seinen Sohn vor dem Kamin auf den Schoß. Dann schwieg er lange Zeit.

Nach einer Weile hob er Tobins zerschlagenes Kinn und sah ihm ins Gesicht. »Kannst du nicht sprechen, Kind?«

Tobin war erschrocken, Tränen über das schwarz-silberne Barthaar seines Vaters rinnen zu sehen. *Nicht weinen! Krieger weinen nicht*, dachte er voller Furcht, da er nun seinen tapferen Vater weinen sehen musste. Tobin konnte die Worte in seinem Kopf hören, aber er bekam immer noch keinen Ton über die Lippen.

»Nun gut.« Sein Vater drückte ihn an sich, und Tobin legte den Kopf an seine Brust und lauschte dem beruhigenden Pochen seines Herzens, dankbar, die Tränen nicht länger sehen zu müssen. Vielleicht hatte sein Vater deswegen alle anderen fortgeschickt; damit sie es nicht sehen würden.

»Deine Mutter ... es ging ihr nicht gut. Früher oder später wirst du die Leute reden hören, sie wäre wahnsinnig gewesen, und das war sie auch.« Er unterbrach sich, und Tobin fühlte sein Seufzen. »Was sie dort oben im Turm getan hat ... das war der Wahnsinn. Ihre Mutter hat auch schon darunter gelitten.«

Was war im Turm geschehen? Tobin schloss die Augen und fühlte sich ganz und gar nicht wohl. Die Bienen in seinem Kopf hatten wieder angefangen zu summen. Wurde man womöglich wahnsinnig, wenn man Puppen nähte? Er erinnerte sich an die Spielzeugmacherin, die er in der Stadt gesehen hatte. Ihm war nicht aufgefallen, dass irgendetwas mit ihr nicht in Ordnung gewesen wäre. Hatte seine Großmutter auch Puppen genäht? Nein, sie hatte ihren Gemahl vergiftet ...

Rhius seufzte erneut. »Ich glaube nicht, dass deine Mama dir wehtun wollte. Wenn sie einen schlechten Tag hatte, wusste sie nicht, was sie tat. Verstehst du, was ich dir zu erklären versuche?«

Tobin verstand überhaupt nichts, trotzdem nickte er in der Hoffnung, seinen Vater zufrieden zu stellen. Er wollte jetzt nicht an seine Mutter denken. Immer, wenn er das tat, schien es, als sähe er zwei verschiedene Menschen, und das machte ihm Angst. Die böse, distanzierte Frau, die mit den »schlechten Tagen«, hatte ihn stets geängstigt. Die andere – die, die ihm beigebracht hatte, Buchstaben zu schreiben und die im Herrensattel mit im Wind flatternden Haar geritten und nach Blumen gerochen hatte –, die war eine Fremde, die für eine Weile zu Besuch gekommen war, nur um ihn dann wieder zu verlassen. In Tobins Vorstellung war sie aus dem Turm verschwunden wie einer ihrer Vögel.

»Eines Tages wirst du verstehen«, sagte sein Vater, richtete Tobin auf und sah ihm in die Augen. »Du bist etwas ganz Besonderes, mein Kind.«

Der Dämon, der sich die ganze Zeit ruhig verhalten hatte, zerrte einen Gobelin von der Wand auf der gegenüberliegenden Seite des Raumes, riss ihn in der Mitte entzwei und brach den hölzernen Rahmen. Das ganze Ding fiel mit lautem Klappern zu Boden, doch Tobins Vater achtete gar nicht darauf. »Du bist noch zu jung, um das alles zu verstehen, aber ich verspreche dir, dass du einmal ein großer Krieger werden wirst. Du wirst in Ero leben, und alle werden sich vor dir verbeugen. Alles, was ich getan habe, Tobin, habe ich für dich getan. Für dich und für Skala.«

Tobin brach in Tränen aus und presste den Kopf mit aller Gewalt erneut an seines Vaters Brust. Ihm war egal, ob er irgendwann in Ero leben würde oder ob irgendetwas von dem eintreffen würde, was sein Vater versprochen hatte. Er wollte einfach nur diesen seltsamen Ausdruck in den Zügen seines Vaters nicht mehr sehen. Er erinnerte ihn zu sehr an seine Mutter.

An ihren schlechten Tagen.

Am nächsten Tag sammelte Tobin all die Pergamente, Federn und Tintenfässer ein und verstaute sie in einer unbenutzten Truhe in seinem Schlafgemach. Dann packte er die Puppe in einen alten Mehlsack, den er im Küchengarten gefunden hatte, und versteckte sie unter den Pergamenten. Er wusste, dass es riskant war, die Puppe zu behalten, aber er fühlte sich ein wenig besser, solange sie in seiner Nähe war.

Danach fühlte er sich stark genug, seine eigenen, von dunklen Ringen umrahmten Augen in dem Spiegel über seinem Waschtrog zu betrachten und tonlos mit den Lippen die Worte: *Meine Mama ist tot* zu formulieren, ohne irgendetwas zu fühlen.

Doch wann immer sein Geist zu der Frage wanderte, warum sie tot war oder was an jenem Tag im Turm geschehen war, schien es, als würden seine Gedanken sich wie eine Hand voll fallen gelassener Bohnen in alle Richtungen zerstreuen, und in seiner Brust fing ein glühender Schmerz zu wüten an, brannte so schrecklich, dass er kaum noch atmen konnte. Besser, er dachte überhaupt nicht mehr darüber nach.

Die Puppe war eine ganz andere Geschichte. Er wagte nicht, irgendjemandem von ihr zu erzählen, konnte aber auch die Finger nicht von ihr lassen. Das Bedürfnis, sie zu berühren, weckte ihn mitten in der Nacht und zog ihn unwiderstehlich zu der Truhe. Einmal schlief er auf dem Boden wieder ein und wachte gerade noch rechtzeitig auf, um sie zu verstecken, ehe Nari am nächsten Morgen erwachen würde.

Danach suchte er nach einem neuen Versteck und entschied sich schließlich für eine Truhe in einem der alten, unbenutzten Gästezimmer im Obergeschoss. Inzwischen schien es niemanden mehr zu kümmern, wenn er sich dort oben aufhielt. Sein Vater verbrachte die meiste Zeit allein in seinem Zimmer, und nun, da die meisten Diener davongelaufen oder entlassen worden waren, hatte Nari während des Tages eine Menge zu tun.

Sie machte sauber und half Mamsell in der Küche. Tharin war wie immer für ihn da, aber Tobin hatte keine Lust zum Reiten oder Schießen, nicht einmal den Schwertkampf mochte er üben.

Sein einziger Gefährte während dieser langen, tristen Tage war der Dämon. Er folgte Tobin überallhin und lauerte in den Schatten des staubigen Zimmers im dritten Stock, wann immer er die Puppe besuchte. Tobin konnte fühlen, dass der Dämon ihn beobachtete, und er wusste, dass er sein Geheimnis kannte.

Ein paar Tage später schob Tobin eine der kleinen Holzfiguren durch die Straßen seiner Stadt, als Tharin in der Tür auftauchte.

»Wie sieht es in Ero heute aus?« Tharin setzte sich zu ihm und half ihm, einige der Tonschafe in ihrem Verschlag auf dem Marktplatz wieder auf die Beine zu stellen. In seinem kurzen blonden Bart hingen Regentropfen, und er roch nach Laub und frischer Luft. Es schien ihm nichts auszumachen, dass Tobin nichts sagen wollte. Stattdessen führte er die Konversation gleich für beide, als würde er wissen, was Tobin dachte. »Du musst deine Mutter vermissen. Sie war in ihrer Blüte eine wunderbare Frau. Nari hat mir erzählt, es wäre ihr in den letzten Monaten wieder besser gegangen. Ich habe gehört, sie hat dir das Alphabet beigebracht.«

Tobin nickte.

»Ich bin froh, das zu hören.« Tharin unterbrach sich und stellte ein paar Schafe nach seinem Geschmack um. »Vermisst du sie?«

Tobin zuckte die Schultern.

»Im Namen der Flamme, ich tue es.«

Tobin blickte überrascht auf, und Tharin nickte. »Ich

163

habe gesehen, wie dein Vater sie umworben hat. Er hat sie geliebt und sie ihn. Oh, ich weiß, dir muss das ganz anders vorgekommen sein, aber so war es früher. Sie waren das schönste Paar in ganz Ero – er, ein Krieger im besten Mannesalter, und sie, eine junge Prinzessin, die gerade erst die Schwelle zur Frau überschritten hatte.«

Tobin fummelte an einem der Spielzeugschiffe herum. Er konnte sich nicht vorstellen, dass seine Eltern sich zueinander je anders verhalten hatten, als er es erlebt hatte.

Tharin stand auf und streckte eine Hand aus. »Komm, Tobin, du hast dich lange genug drinnen verkrochen. Es hat aufgehört zu regnen, und die Sonne scheint. Gutes Jagdwetter. Geh, hol deine Stiefel und deinen Mantel. Deine Waffen warten unten auf dich, wo du sie zurückgelassen hast.«

Tobin ließ sich von ihm hochziehen und folgte ihm hinaus zum Exerzierplatz, wo die Soldaten in der Sonne herumlungerten und Tobin mit falscher Herzlichkeit begrüßten.

»Da ist er ja endlich!«, rief der graubärtige Laris und setzte Tobin auf seine Schulter. »Wir haben dich vermisst, Bursche. Wird Tharin dich jetzt wieder unterrichten?«

Tobin nickte.

»Was ist los, junger Prinz?«, tadelte Koni scherzhaft und rüttelte an Tobins Fuß. »Sprich mit uns.«

»Das wird er, wenn er so weit ist«, sagte Tharin. »Hol das Schwert des Prinzen, dann schauen wir, wie viel er behalten hat.«

Tobin salutierte Tharin mit der Klinge und ging in Position. Er fühlte sich steif und unbeholfen, als sie die verschiedenen Schritte durchgingen, aber als sie schließlich zu den letzten Stößen und Paraden kamen, jubelten ihm die Männer zu.

»Nicht schlecht«, sagte Tharin. »Aber ich will dich von jetzt an wieder jeden Tag hier draußen sehen. Die Zeit wird kommen, da du für diese Übungskämpfe dankbar sein wirst. Nun lass uns prüfen, wie gut dein Schussarm ist.«

Er verschwand im Kasernengebäude und kehrte mit Tobins Bogen, den Übungspfeilen und einem Sack mit Sägespänen, den sie als Ziel benutzten, zurück. Den Sack warf er mitten auf dem Platz auf den Boden, etwa zwanzig Schritte von Tobin entfernt.

Tobin prüfte die Sehne, legte einen Pfeil an und spannte. Der Pfeil flog hoch in die Luft und landete in der Nähe der Mauer im Schlamm.

»Achte auf deine Atmung und nimm die Füße weiter auseinander«, ermahnte ihn Tharin.

Tobin atmete tief ein und langsam wieder aus, als er die Sehne das nächste Mal spannte. Dieses Mal traf der Pfeil sein Ziel, bohrte sich in den Sack und schleuderte ihn einige Fuß weit über den Exerzierplatz.

»Genau so. Und noch einmal.«

Tharin gestattete ihm nur drei Pfeile zur Übung. Wenn er sie alle verschossen hatte, sollte er, während er die Pfeile wieder einsammelte, darüber nachdenken, wie er seine Schießkünste verbessern konnte.

Doch bevor er sie dieses Mal einsammeln konnte, drehte sich Tharin nach Koni um. »Hast du die neuen Pfeile für den Prinzen gefiedert?«

»Sie sind hier.« Koni griff hinter das Fass, auf dem er hockte, und brachte einen Köcher mit einem halben Dutzend neuer, mit Gänsefedern gefiederter Pfeile zum Vorschein. »Ich hoffe, sie bringen dir Glück, Tobin«, sagte er und reichte sie dem Knaben.

Als er einen der Pfeile aus dem Köcher zog, sah Tobin, dass die Spitze aus einem runden Stein bestand. Grinsend sah er zu Tharin auf; es waren Jagdpfeile.

»Mamsell hat Sehnsucht nach einem Hasen oder einem Waldhuhn«, erklärte Tharin. »Willst du mir helfen, etwas zum Abendessen zu besorgen? Gut. Laris, geh und frag den Herzog, ob er uns zur Jagd begleiten möchte. Manis, du sattelst Gosi.«

Laris eilte davon, nur um ein paar Augenblicke später kopfschüttelnd zurückzukehren.

Tobin verbarg seine Enttäuschung, so gut er konnte, als er gemeinsam mit Tharin und Koni die schlammige Gebirgsstraße hinaufritt. Die Bäume waren noch kahl, aber ein paar grüne Sprösslinge streckten bereits die Köpfe durch das Laub des letzten Jahres. Der erste Hauch des Frühjahrs lag in der Luft, und der Wald roch nach moderndem Holz und feuchter Erde. Als sie ein in Tharins Augen vielversprechendes Gehölz erreicht hatten, stiegen sie ab und gingen zu Fuß einen verschlungenen Trampelpfad entlang.

Dies war das erste Mal, dass Tobin so tief in den Wald vorgedrungen war. Längst war die Straße außer Sichtweite, und die Bäume wuchsen immer dichter, der Boden wurde unwegsamer. Nur ihre eigenen Schritte durchbrachen die Stille, und Tobin hörte das schaurige Knarren der aneinander scharrenden Äste hoch über seinem Kopf und das Rascheln winziger Kreaturen im Unterholz. Aber das Beste an dem Ausflug war, dass der Dämon ihnen nicht gefolgt war. Er war frei.

Tharin und Koni zeigten ihm, wie man ein neugieriges Waldhuhn herauslocken konnte, indem man den lustigen *Pakpakpak*-Ruf imitierte. Tobin schürzte die Lippen wie die Männer, doch aus seinem Mund drang nur ein schwacher Pufflaut.

Einige Vögel antworteten auf Tharins Ruf und streckten die Köpfe aus dem Unterholz oder hüpften auf Äste und umgestürzte Baumstämme, um nachzusehen, was da vor sich ging. Die Männer ließen Tobin auf sie schießen, und schließlich traf er eines der Tiere, schoss es von seinem Baumstamm herunter.

»Gut gemacht!«, lobte Tharin und klopfte ihm voller Stolz auf die Schulter. »Geh und hol dir deine Beute.«

Den Bogen fest umklammert, rannte Tobin zu dem Baum und sah sich dahinter um.

Das Waldhuhn war auf der Brust gelandet, aber es war noch nicht tot. Sein gestreifter Kopf war zur Seite gedreht, und es starrte ihn aus einem pechschwarzen Auge an. Das Schwanzgefieder bewegte sich schwach, als er sich vorbeugte, doch der Vogel konnte nicht mehr aufstehen. Ein Tropfen leuchtend roten Blutes rann über den Schnabel, rot wie ...

Tobin hörte ein seltsames Summen wie von Bienen, aber dafür war das Jahr noch nicht weit genug fortgeschritten. Das Nächste, was er wahrnahm, war, dass er auf dem feuchten Boden lag und in das besorgte Gesicht von Tharin starrte, der seine Handgelenke und seine Brust massierte.

»Tobin? Was ist los mit dir, Junge?«

Verwirrt setzte Tobin sich auf und sah sich um. Sein Bogen lag auf dem Boden, aber das schien niemanden zu kümmern. Koni saß neben ihm auf einem umgestürzten Baumstamm und hielt das tote Waldhuhn hoch.

»Ihr habt es erwischt, Prinz Tobin. Ihr habt das alte Waldhuhn von seinem Thron geschossen. Warum werdet Ihr einfach ohnmächtig? Seid Ihr krank?«

Tobin schüttelte den Kopf. Er wusste nicht, was passiert war. Dann griff er nach dem Vogel, breitete die

Schwanzfedern aus und bewunderte den Fächer aus gestreiftem Gefieder.

»Das war ein guter Schuss, aber ich denke, es ist genug für heute«, sagte Tharin.

Tobin schüttelte wieder den Kopf, dieses Mal weit lebhafter, und sprang auf, um den Männern zu zeigen, wie gut es ihm ging.

Tharin zögerte einen Augenblick. »Na schön, wenn du es sagst!«

Tobin schoss vor Anbruch der Dämmerung noch ein weiteres Huhn, und als sie schließlich den Rückweg antraten, hatten sie alle die dumme Ohnmacht vergessen, sogar Tobin selbst.

Während der nächsten Wochen wurden die Tage spürbar länger, und sie verbrachten mehr Zeit im Wald. Das Frühjahr hielt Einzug im Gebirge, hüllte die Bäume in frisches Grün und trieb zarte Schösslinge und bunte Pilze durch den braunen Lehmboden. Damwild zeigte sich auf den Lichtungen, um die gefleckten Kitze das Äsen zu lehren. Auf sie schoss Tharin nicht, er begnügte sich mit Hasen und Waldhühnern.

Manchmal blieben sie den ganzen Tag draußen, brieten ihre Beute an Stöcken über einem Feuer, wenn die Jagd gut gelaufen war, oder aßen Brot und Käse, die Mamsell ihnen auf den Weg mitgegeben hatte, wenn sie keine Beute erlegt hatten. Tobin war es gleich, ob die Jagd erfolgreich verlief oder nicht, solange er nur draußen sein konnte. Er hatte noch nie in seinem Leben so viel Spaß gehabt.

Tharin und Koni lehrten Tobin, wie er seine Position im Wald durch den Stand der Sonne über den Bäumen bestimmen konnte. Als sie ein Schlangennest in einem

Steinhaufen entdeckten, dessen Bewohner noch ganz benommen von ihrem Winterschlaf waren, erklärte Koni, wie Tobin an der Form ihrer Köpfe erkennen konnte, ob es sich um Giftschlangen handelte. Tharin zeigte ihm die Fährten der verschiedenen Waldbewohner. Die meisten stammten von Hasen, Füchsen und Hirschen. Als sie eines Tages einen Wildpfad entlanggingen, bückte sich Tharin plötzlich neben einem Flecken weicher Erde.

»Siehst du das?«, fragte er und deutete auf einen Abdruck, der breiter war als seine Hand. Er sah ein wenig wie der Pfotenabdruck eines Hundes aus, nur runder. »Der stammt von einem Berglöwen. Darum darfst du nur im Innenhof spielen, mein Junge. Eine große Löwin mit Nachwuchs würde dich bestimmt für eine gute Jagdbeute halten.«

Als er Tobins erschrockene Miene sah, lachte er und zerzauste dem Knaben zärtlich das Haar. »Bei Tag wirst du kaum einen Berglöwen zu sehen bekommen, und wenn der Sommer anfängt, ziehen sie sich sowieso zurück ins Gebirge. Aber bei Nacht solltest du nie allein hier draußen sein.«

Tobin nahm all die Lektionen begierig auf und machte auch einige eigene Entdeckungen: eine einladende Mulde unter einem umgestürzten Baum, ein geschützter Felsenkreis, eine schattige Vertiefung unter einem großen Felsen – alles schöne Verstecke und groß genug für die Puppe, die ihm immer noch Sorge bereitete. Zum ersten Mal fragte er sich, wie es wohl sein würde, ohne Begleitung hierher zu kommen und diese wunderbaren Verstecke ganz allein zu erkunden.

Dann und wann ging sein Vater mit ihnen auf die Jagd, aber er war so still, dass Tobin sich in seiner Nähe nie so richtig wohl fühlen konnte. Meistens blieb er allein in seinen Räumen, so wie es zuvor auch Tobins Mutter getan hatte.

Manchmal stahl sich Tobin zu seines Vaters Tür und presste das Ohr dagegen, getrieben von dem Wunsch, alles wäre wieder wie früher. Früher, vor dem Tag im Turm.

Nari entdeckte ihn eines Tages an der Tür, ging neben ihm in die Knie und legte den Arm um ihn. »Sei nicht traurig«, flüsterte sie und strich mit dem Finger über seine Wange. »Männer trauern allein. Er wird bald wieder der Alte sein.«

Doch als sich die Wildblumen wie ein Teppich im jungen Gras der Wiese ausbreiteten, war Rhius noch immer nur ein Schatten im eigenen Haus.

Gegen Ende des Lithion waren die Straßen trocken genug, um mit einem Wagen zum Markt zu fahren. Am Markttag nahmen Mamsell und Nari Tobin mit nach Alestun, weil sie dachten, er hätte Freude daran, mit Gosi neben dem Wagen herzureiten. Er aber schüttelte den Kopf und versuchte, Nari zu erklären, dass er nicht in die Stadt reiten wolle, doch sie schnalzte nur mit der Zunge und beharrte darauf, dass der Ritt ihm Spaß machen würde.

Auf den Weiden rund um die Stadt gab es ein paar neue Lämmer und Kinder zu sehen, und die Felder mit jungem Hafer und Gerste sahen aus wie weiche Wolldecken, die auf dem Boden ausgebreitet worden waren. Wilde Krokusse säumten die Straße in dichten Reihen, und sie hielten an, um eine Hand voll Blumen für den Schrein zu pflücken.

Alestun hatte seinen Reiz für Tobin verloren. Er ignorierte die anderen Kinder und gestattete sich nicht einen einzigen Blick auf irgendwelche Puppen. Stattdessen legte er seine Blumen auf die duftenden Gaben rund um den Pfeiler Dalnas und wartete stoisch darauf, dass die Erwachsenen mit ihren Geschäften fertig wurden.

Als sie am Abend nach Hause zurückkehrten, waren Rhius und die anderen bereits im Innenhof damit beschäftigt, ihre Pferde für eine weitere Reise zu bepacken. Tobin glitt von Gosis Rücken und rannte zu seinem Vater.

Rhius packte ihn mit beiden Händen an den Schultern. »Ich werde bei Hof gebraucht, aber ich komme zurück, so schnell ich kann.«

»Das Gleiche gilt für mich, kleiner Prinz«, sagte Tharin, der angesichts der bevorstehenden Abreise noch trauriger aussah als Tobins Vater.

Ich brauche euch aber!, wollte Tobin rufen, aber noch immer wollte seine Zunge keine Worte formen, und er musste sich abwenden, damit niemand seine Tränen sah. Bei Einbruch der Dunkelheit waren die Männer fort, und er blieb einsamer denn je zurück.

Kapitel 11

Iya und Arkoniel verbrachten die Wintermonate außerhalb von Ilear als Gäste einer Zauberin namens Virishan. Diese Frau besaß keine hellseherischen Fähigkeiten, folgte jedoch stets ihren Überzeugungen, weshalb sie auszog, um den von Gott berührten Kindern der Armen Zuflucht zu gewähren. Derzeit hatte sie fünfzehn Schüler, von denen viele schon von ihren eigenen ungebildeten Leuten übel zugerichtet worden waren. Die meisten von ihnen würden es als Zauberer nie weit bringen können, doch die bescheidenen Kräfte, die ihnen geblieben waren, wurden unter Virishans geduldiger Anleitung gehegt und gepflegt. Iya und Arkoniel unterstützten sie zum Dank für die Unterkunft nach Kräften, und als sie schließlich ihre Reise fortsetzten, ließ Iya Virishan einen ihrer Kiesel zurück.

Als das Wetter besser wurde, machten sie sich auf den Weg nach Sylara, um sich von dort aus gen Süden einzuschiffen. Kurz vor Sonnenuntergang trafen sie auf der Straße auf eine ungewöhnlich große Menschenmenge, die in die kleine Hafenstadt strömte.

»Was ist denn dort los?«, erkundigte sich Arkoniel bei einem Bauern. »Findet ein Fest statt?«

Der Mann betrachtete misstrauisch die silbernen Amulette der Zauberer. »Nein, nur ein großes Feuer, beschickt mit solchen Eurer Art.«

»Die Häscher sind hier?«, fragte Iya.

Der Mann spuckte über seine Schulter. »Ja, Herrin, und sie haben ein Rudel Verräter hergebracht, das es gewagt hat, gegen die Gesetze des Königs zu verstoßen. Ihr solltet Euch heute lieber von Sylara fern halten.«

Iya dirigierte ihr Pferd an den Straßenrand, und Arkoniel folgte ihr. »Vielleicht sollten wir uns seinem Rat beugen«, murmelte er und sah sich nervös in der Menge um. »Hier sind wir Fremde. Niemand würde sich an diesem Ort für uns verbürgen.«

Womit er natürlich Recht hatte. Dennoch schüttelte Iya den Kopf. »Der Lichtträger hat uns eine Gelegenheit geboten, und ich möchte sehen, was sie tun, solange wir ihnen noch unbekannt sind. Trotzdem sollten wir sicher sein. Nimm dein Amulett ab.«

Sie verließen die Straße, und Iya ritt voran zu einem nahen Hügel. Dort, beschützt durch einen Steinkreis und magische Siegel, ließen sie ihre Amulette und alle anderen Gegenstände bis auf den Lederbeutel zurück, die sie als Zauberer kennzeichneten.

Überzeugt, dass ihre schlichte Reisekleidung kein Misstrauen erwecken würde, ritten sie weiter nach Sylara.

Auch ohne sein Amulett fühlte sich Arkoniel mehr als unsicher, und so sah er sich nervös um, als sie in die Stadt ritten. Konnten diese Häscher einen Zauberer allein durch seine Gaben erkennen? Einige der Gerüchte, die ihnen zu Ohren gekommen waren, kündeten von den außergewöhnlichen Kräften der weiß gekleideten Zauberer. Sollte das Gerede zutreffen, so hatten sie sich jedoch einen seltsamen Ort gesucht, ihre Fähigkeiten zur Schau zu stellen. Sylara war weiter nichts als eine verschachtelte, schmutzige Hafenstadt.

In Ufernähe drängten sich schon jetzt die Schaulustigen. Arkoniel konnte ihre Pfiffe und ihr höhnisches Johlen über das Wasser hallen hören, als sie über die schlammigen Straßen auf die Gestade zuhielten.

Das Gedränge war zu dicht, um weiter nach vorn zu kommen, also bezahlte Iya einen Tavernenwirt für eine heruntergekommene Kammer im Obergeschoss, von der aus sie den Hafen sehen konnten. Dort, zwischen zwei steinernen Landungsbrücken, war ein breites Podest errichtet worden. Soldaten in dunkelgrauen Waffenröcken, die in Brusthöhe mit den roten Umrissen eines fliegenden Falken bestickt waren, hatten auf der Landseite in zwei Reihen vor dem Podest Stellung bezogen. Insgesamt zählte Arkoniel vierzig Männer.

Hinter ihnen erhob sich ein hoher Galgen, daneben stand ein Häufchen Zauberer zwischen zwei großen hölzernen Rahmen, die an übergroße Bettgestelle erinnerten.

»Weiße Roben«, murmelte Iya mit Blick auf die Zauberer.

»Niryns Stil. In der Nacht, in der Tobin geboren wurde, hat er auch eine weiße Robe getragen.«

Schon jetzt hingen sechs Menschen an dem Horizontalbalken des Galgens. Die vier Männer baumelten reglos an ihren Stricken; einer trug noch die Robe eines Priesters von Illior. Die beiden anderen, eine Frau und ein Knabe, waren so zierlich, dass ihr Gewicht nicht gereicht hatte, ihnen das Genick zu brechen. Nun zuckten sie, an Händen und Füßen gefesselt, halb erstickt wild hin und her.

Kämpfen sie um ihr Leben oder um den Tod?, fragte sich Arkoniel voller Entsetzen. Auf eine perverse Art erinnerten sie ihn an jenen Schmetterling, den er zum Winterende beobachtet hatte, als er sich aus seiner Puppe befreit hatte, in der Luft flatternd, nur durch einen seidenen Faden mit dem Ast über sich verbunden, hatte er sich aus seiner schimmernden braunen Hülle geschält. Der Kampf dieser beiden Menschen sah ganz ähnlich aus, doch er würde nicht mit leuchtend bunten Flügeln enden.

Schließlich packten Soldaten die Beine der Gehängten und zerrten an ihnen, um ihnen die Hälse zu brechen. Hier und da erklangen einige wenige Jubelrufe aus der Menge, doch die meisten Schaulustigen sahen nur schweigend zu.

Arkoniel klammerte sich am Fensterrahmen fest. Ihm war schon übel genug, doch es sollte noch schlimmer kommen.

Die Zauberer hatten die ganze Zeit still in der Nähe der hölzernen Rahmen verharrt. Kaum aber war der Todeskampf des letzten Gehängten zu Ende, verteilten sie sich in einer Linie über das Podest und gaben den Blick auf die beiden nackten knienden Männer frei, die sie zuvor in ihrem Kreis verborgen hatten. Einer war ein alter Mann mit schlohweißem Haar, der andere jung und dunkelhaarig. Beide trugen stabile Eisenringe um Hals und Handgelenke.

Arkoniel starrte blinzelnd zu den Häschern hinüber und gab ein bestürztes Stöhnen von sich. Aus der Entfernung konnte er die Gesichter nicht erkennen, aber der gabelförmige rote Bart des Mannes, der den Rahmen am nächsten stand, war unverkennbar.

»Das ist Niryn persönlich!«

»Ja. Mir war nicht klar, dass es so viele sein würden, aber ich nehme an, es musste so sein ... Diese Gefangenen sind Zauberer. Siehst du die Eisenringe? Eine sehr mächtige Magie. Sie vernebeln den Geist.«

Soldaten zerrten die Gefangenen auf die Beine und fesselten ihre ausgebreiteten Arme mit silbernen Drahtseilen an die Rahmen. Nun erkannte Arkoniel das komplexe Muster der Banne, die die Brust beider Männer bedeckten. Ehe er noch Iya nach deren Bedeutung fragen konnte, umklammerte die Zauberin ächzend seine Hand.

Kaum waren die beiden Opfer an die Rahmen gefesselt, stellten sich die Zauberer in zwei Reihen neben ihnen auf und fingen an, Beschwörungsformeln zu zitieren. Der alte Mann richtete seinen Blick stoisch gen Himmel, aber sein Leidensgenosse geriet in Panik, schrie und bettelte um Hilfe, flehte die Menge und Illior an, ihn zu retten.

»Können wir denn nicht . . .« Arkoniel schwankte, als ein glühender Schmerz sich hinter seinen Augen ausbreitete. »Was ist das? Fühlst du das auch?«

»Ein Bann«, flüsterte Iya und presste eine Hand an die Stirn. »Und eine Warnung an jeden von uns, der Zeuge dieser Vorgänge wird.«

In der Menge herrschte nun absolute Stille. Arkoniel konnte hören, wie der Singsang der Zauberer lauter und lauter wurde. Die Worte blieben unverständlich, aber das schmerzhafte Pulsieren in seinem Kopf wurde stärker und breitete sich in seiner Brust und seinen Armen aus, bis sich sein Herz anfühlte, als würde es zwischen schweren Steinen zerquetscht. Ganz langsam sank er vor dem Fenster auf die Knie, konnte jedoch den Blick nicht von dem Podest lösen.

Beide Gefangenen hatten angefangen, heftig zu zittern. Plötzlich schrien sie auf, als weiße Flammen aus ihren Leibern züngelten und sie vollständig einhüllten. Es gab keinen Rauch. Das weiße Feuer brannte so heiß, dass schon nach wenigen Augenblicken nur noch die zusammengeschrumpelten schwarzen Hände und Füße in ihren silbernen Fesseln an den Rahmen baumelten.

Iya flüsterte heiser, und Arkoniel schloss sich ihrem Gebet für die Toten an.

Als es vorbei war, sank Iya auf das schmale Bett und wob mit zitternden Fingern einen Bann der Stille um sie herum. Arkoniel, unfähig, sich zu rühren, blieb, wo er war. Lange Zeit brachte keiner von ihnen einen Ton heraus.

Schließlich ergriff Iya flüsternd das Wort: »Wir hätten nichts tun können. Nichts. Nun erkenne ich ihre Macht. Sie haben sich miteinander verbunden, ihre Kräfte vereint. Der Rest von uns ist in alle Winde zerstreut . . .«

»Und sie haben die Zustimmung des Königs!«, fiel ihr Arkoniel ins Wort. »Er ist eben doch der Sohn seiner wahnsinnigen Mutter.«

»Er ist schlimmer. Sie war wahnsinnig, er ist skrupellos und intelligent genug, Zauberer gegen ihre eigene Art aufzuhetzen.«

Die Furcht hielt sie in der Kammer fest, bis am Abend der Wirt erschien und sie hinausscheuchte, um Platz für eine Hure und ihren Freier zu schaffen.

Die Tavernen waren geöffnet, und noch immer waren viele Menschen auf den Straßen, doch niemand näherte sich freiwillig dem Podest, das von brennenden Fackeln beleuchtet wurde. Arkoniel sah die Leichen am Galgen in der nächtlichen Brise schaukeln. Die Rahmen jedoch waren verschwunden.

»Sollen wir sehen, ob wir an dem Podest noch etwas in Erfahrung bringen können?«

»Nein.« Aufgeschreckt zog ihn Iya in die andere Richtung. »Das ist zu gefährlich. Sie könnten die Hinrichtungsstätte beobachten.«

Durch die dunkelsten Gassen schlichen sie aus der Stadt hinaus, ritten zurück zu dem Gehölz auf dem Hügel und sammelten ihre Sachen zusammen. Als

Arkoniel nach den Amuletten greifen wollte, schüttelte Iya den Kopf, also ließen sie sie, wo sie waren, und ritten schweigend von dannen, bis die Stadt weit hinter ihnen lag.

»Acht Zauberer waren nötig, um das zu bewirken, Arkoniel, nur acht!«, platzte Iya schließlich mit vor Wut bebender Stimme heraus. »Und wir konnten nichts dagegen tun. Langsam fange ich an zu verstehen. Die Dritte Orëska, die mir in der Vision offenbart wurde – das war ein großer Zusammenschluss der Zauberer in einem prachtvollen Palast im Herzen einer großen Stadt. Wenn acht reichen, um all das Böse zu wirken, dessen Zeuge wir geworden sind, was könnten dann hundert für das Gute vollbringen? Und wer könnte sich uns noch entgegenstellen?«

»Wie im Großen Krieg«, sagte Arkoniel.

Iya schüttelte den Kopf. »Dieses Bündnis dauerte nur so lange wie der Krieg, und es hat sich im Angesicht schrecklicher Kämpfe und beängstigender Umwälzungen formiert. Denk nur, was wir in Zeiten des Friedens leisten könnten, wenn uns genug Zeit für unsere Arbeit bliebe! Stell dir vor – all das Wissen, das du und ich auf unseren Reisen gesammelt haben, vereint mit dem Hunderter anderer Zauberer. Und denk an die armen Kinder von Virishan. Stell dir vor, sie könnten früher gerettet und an so einem Ort aufgezogen werden, umsorgt von Dutzenden von Lehrern anstelle eines einzigen, und umgeben von einer umfassenden Bibliothek des Wissens, aus der sie sich bedienen können.«

»Aber stattdessen dient eben jene Macht dazu, die unseren zu entzweien und gegeneinander in den Kampf zu treiben.«

Im Sternenschein starrte Iya mit verschlossener Miene in endlose Ferne. »Hungersnot. Krankheit. Überfälle. Nun das. Manchmal, Arkoniel, kommt mir Skala wie ein Opfertier Sakors vor. Doch statt durch einen sauberen Schwertstreich getötet zu werden, wird immer und immer wieder mit winzigen Dolchen auf Skala eingestochen, bis es geschwächt auf die Knie fällt.« Grimmigen Blickes wandte sie sich zu Arkoniel um. »Und dort drüben, gleich jenseits des Wassers, lauert Plenimar und nimmt wie ein Wolf die Witterung des Blutes auf.«

»Es ist beinahe, als hätte Niryn die gleiche Vision gehabt, sie aber nach seinem Gutdünken verdreht«, murmelte Arkoniel. »Warum mag der Lichtträger so etwas tun?«

»Du hast doch den Priester am Galgen gesehen, mein Junge. Denkst du wirklich, es ist Illiors Wille, dem Niryn folgt?«

Kapitel 12

Dem Frühjahr folgte der Sommer, und ein Teppich aus Gänseblümchen bedeckte die Wiese unterhalb der Festung. Tobin sehnte sich danach, auszureiten, aber Mynir war zu kränklich, und sonst war niemand da, der ihn hätte begleiten können, also musste er sich auf die gemeinsamen Spaziergänge mit Nari beschränken.

Inzwischen war er zu alt, um zufrieden unter den wachsamen Augen der Frauen in der Küche zu spielen, aber Nari erlaubte ihm nicht, auf den Exerzierplatz zu gehen, um mit dem Schwert zu üben, solange keiner der Diener Zeit hatte, mit ihm zu gehen. Mamsell war die Einzige im Haus, die irgendetwas vom Schießen oder vom Schwertkampf verstand, aber sie war zu alt und zu fett, um ihm mit mehr als guten Ratschlägen zur Seite zu stehen.

Natürlich besaß er noch die Pergamente und die Tinte, die seine Mutter ihm gegeben hatte, aber sie brachten zu viele düstere Erinnerungen mit sich. Immer öfter zog er sich in das Zimmer im zweiten Stockwerk zurück, nur begleitet von der Puppe und dem Dämon. Manchmal benutzte er das scharfe kleine Messer, das Koni ihm geschenkt hatte, um aus weichem Pinien- oder Zedernholz, das er aus dem Feuerholzstapel stibitzt hatte, Figuren zu schnitzen. Das duftende Holz unter seinen Händen schien eine Gestalt zu verbergen, die er mit seiner Klinge bloßlegen musste, und während er sich mühte, herauszufinden, wie er dem Material ein Bein, eine Flosse oder ein Ohr entlocken konnte, vergaß er für eine Weile, wie einsam er war.

Dennoch saß er oft mit der Puppe auf dem Schoß da, wie es seine Mama getan hatte, und fragte sich, was er mit ihr anstellen sollte. Sie war nicht nützlich wie ein Schwert oder ein Bogen. Ihr leeres Gesicht machte ihn traurig. Er erinnerte sich, wie seine Mama mit ihr gesprochen hatte, doch nicht einmal dazu war er fähig, denn seine Stimme war noch immer nicht zurückgekehrt. Wie oft er auch so dasaß, seine Finger in die ausgestopften Glieder drückte und die seltsamen Knoten und scharfen Splitter in dem Puppenleib spürte, konnte er sich doch nicht erinnern, warum seine Mama ihm dieses merkwürdige, missgestaltete Spielzeug gegeben hatte. Trotzdem klammerte er sich daran und den damit verbundenen Gedanken, dass seine Mutter ihn am Ende doch wenigstens ein bisschen lieb gehabt hatte.

Jemand hatte die Tür zum Turm durch eine neue, solidere Tür ersetzt, und darüber war Tobin froh, obwohl er gar nicht so genau wusste, warum. Aber wann immer er in den zweiten Stock hinaufging, vergewisserte er sich, dass die Tür fest verschlossen war.

Als er eines Tages vor dieser Tür stand, hatte er plötzlich das seltsame Gefühl, dass seine Mutter auf der anderen Seite stand und ihn durch das Holz hindurch anstarrte. Der Gedanke erfüllte ihn mit Sehnsucht und Furcht gleichermaßen, und die Vorstellung wurde mit jedem Tag stärker, bis er glaubte, er könnte sie im Turm hören, wie sie die steinernen Stufen hinauf- und hinabstieg und ihre Röcke leise über den Boden fegten oder wie sie mit den Händen über das Türblatt strich, auf der Suche nach einer Klinke. Tobin gab sich alle Mühe, sich einzureden, dass sie lieb und glücklich war, aber meistens dachte er tief im Inneren doch, dass sie wütend auf ihn war.

Diese düstere Idee schlug Wurzeln und wuchs wie ein Nachtschattengewächs in seiner Fantasie. Eines Nachts träumte er, dass sie unter der Tür hindurchgriff und ihn wie einen Bogen Pergament auf ihre Seite zog. Auch der Dämon war dort, und sie zerrten ihn gemeinsam die Stufen hinauf zu dem offenen Fenster, von dem aus man die Berge sehen konnte, um ...

Zuckend vor Angst erwachte er in Naris Armen und war doch nicht fähig zu sprechen, um ihr von seinem Kummer zu erzählen. Aber er wusste, dass er lieber nicht mehr in das zweite Stockwerk hinaufgehen wollte.

Am nächsten Nachmittag schlich er mit pochendem Herzen ein letztes Mal hinauf, doch dieses Mal ging er nicht einmal in die Nähe der Tür zum Turm. Stattdessen schnappte er sich die Puppe aus ihrem Versteck und rannte, so schnell er nur konnte, die Treppe hinunter, überzeugt, er könne hören, wie der Geist seiner Mutter versuchte, unter der Turmtür hindurchzukriechen, um ihn zu packen.

Nie wieder, schwor er sich im Stillen, während er sich vergewisserte, dass die Tür am Fuß der Treppe fest verschlossen war. Dann raste er in sein Spielzimmer und kauerte sich in die Ecke neben dem Schrank, die Puppe mit beiden Armen an sich gedrückt.

Tagelang überlegte Tobin, wo er die Puppe nun verstecken konnte, aber er fand keinen sicheren Ort. Wie gut er sie auch verbarg, er konnte nicht aufhören, sich ihretwegen zu sorgen.

Schließlich beschloss er, sein Geheimnis mit Nari zu

teilen. Sie liebte ihn mehr als jeder andere Mensch, und vielleicht würde sie gar nicht so schlecht von ihm denken, schließlich war sie eine Frau.

Er nahm sich vor, ihr die Puppe zu zeigen, wenn sie heraufkäme, um ihn zum Abendessen zu rufen. Geduldig wartete er, bis er ihre Schritte auf dem Korridor hörte. Dann nahm er die Puppe aus ihrem jüngsten Versteck unter dem Schrank im Spielzimmer und drehte sich zur Tür um.

Für einen Augenblick glaubte er, jemanden auf der Schwelle stehen zu sehen, dann krachte die Tür ins Schloss, und der Dämon spielte verrückt.

Gobelins flogen von den Wänden und stürzten sich wie lebendige Wesen auf ihn. Staub legte sich erstickend auf seine Lunge, als ihn mehrere Lagen des schweren Gewebes auf die Knie zwangen und in Dunkelheit hüllten. Er ließ die Puppe fallen und kämpfte sich gerade rechtzeitig unter den Wandteppichen hervor, um zu sehen, wie der Schrank mit lautem Krachen nur wenige Zentimeter neben ihm zu Boden stürzte. Die Truhe fiel um und verteilte Spielzeuge und Tintenfässer auf dem Boden. Das Siegel eines der größeren Tintenfässer brach, und eine Pfütze schwarzer Flüssigkeit breitete sich auf den Steinplatten aus.

Wie Mamas Haar auf dem Eis . . .

Der Gedanke kam und ging, huschte vorüber wie eine Libelle über der schimmernden Wasseroberfläche eines Flusses.

Dann griff der Dämon seine Stadt an.

Er riss die hölzernen Häuschen von ihren Plätzen und schleuderte sie durch die Luft. Figuren flogen krachend gegen die Wand. Winzige Schiffe barsten, als würde ein Sturm über sie niedergehen.

»Nein! Hör auf!«, kreischte Tobin, befreite sich endgültig von den Teppichen und versuchte, das geliebte Spielzeug zu beschützen. Eine Herde Tonschafe segelte an seinem Kopf vorüber und zerbrach an der Wand hinter ihm. »Hör auf! Das gehört mir!«

Tobins Blickfeld schien sich zu einem langen, dunklen Tunnel zu verengen, und alles, was er an dessen Ende sehen konnte, war, wie sein liebster Besitz in Stücke gerissen wurde. Wild um sich schlagend versuchte er, den verhassten Geist zu vertreiben. Irgendwo in seiner Nähe erklang ein lautes Donnern, und er schlug noch heftiger um sich, blind vor Zorn, bis seine Hand gegen etwas Festes prallte und er einen erschrockenen Aufschrei vernahm. Starke Hände ergriffen ihn und zwangen ihn zu Boden.

»Tobin! Tobin, hör auf!«

Um Atem ringend, sah Tobin zu Nari auf. Tränen rannen über ihre Pausbacken, und aus ihrer Nase tropfte Blut.

Ein roter Tropfen auf dem Schnabel eines Waldhuhns – das gleiche leuchtende Rot auf dem vereisten Fluss . . .

Tobin wurde schwarz vor Augen. Schmerz breitete sich wie Feuer in seiner Brust aus und trieb ein ersticktes Schluchzen über seine Kehle.

Die Vögel seiner Mutter flogen gegen die Wände des Turmes, als er hinabblickte auf . . .

Nein, nicht denken . . .

. . . ihren zerschmetterten Leib am Flussufer.

Schwarzes Haar und rotes Blut auf dem Eis.

Der grausame Schmerz verschwand und ließ ihn kalt und leer zurück.

»Oh, Tobin, wie konntest du nur?« Nari weinte und hielt ihn am Boden fest. »All deine schönen Sachen! Warum nur?«

»Das war ich nicht«, flüsterte er, viel zu müde, um sich zu regen.

»Oh, mein armer Liebling – gnädiger Schöpfer, du hast gesprochen!« Nari zog Tobin in ihre Arme. »Oh, mein Liebling, endlich hast du deine Stimme wiedergefunden.«

Sie trug ihn ins Nebenzimmer zu seinem Bett und steckte ihn unter die Decke, doch er bemerkte es kaum. Er lag nur bewegungslos wie die Puppe und erinnerte sich.

Er erinnerte sich, wie er in den Turm gekommen war.

Er erinnerte sich, warum seine Mama tot war.

Warum er die Puppe hatte.

Sie hatte sie ihm nicht gegeben.

Noch einmal spürte Tobin einen stechenden Schmerz in der Brust, und er fragte sich, ob es das war, was Nari gemeint hatte, wenn sie ihm bei der Gute-Nacht-Geschichte von einem gebrochenen Herzen erzählt hatte.

Sie legte sich neben ihn, hielt ihn samt der Decke in den Armen und streichelte sein Haar, wie sie es stets zu tun pflegte, und Tobin wurde allmählich schläfrig.

»Warum?«, brachte er schließlich mühevoll hervor. »Warum hat Mama mich gehasst?« Aber falls Nari eine Antwort auf diese Frage hatte – er war schon eingeschlafen, ehe er noch einen Ton vernommen hatte.

Mit einem heftigen Schrecken erwachte Tobin mitten in der Nacht, als ihm noch im Schlaf klar wurde, dass er die Puppe irgendwo im Spielzimmer hatte liegen lassen.

Er schlüpfte aus dem Bett und hastete im Nacht-hemd in den Nebenraum, nur um festzustellen, dass das Zimmer inzwischen aufgeräumt worden war. Die Gobelins hingen wieder an den Wänden, Schrank und

Truhe standen an ihren Plätzen. Die Tinte war verschwunden und die verstreuten Spielzeuge ebenfalls. Seine Stadt lag in Trümmern mitten im Zimmer, und Tobin wusste, er musste sie reparieren, ehe sein Vater nach Hause zurückkehrte und die Zerstörungen sah.

Die Puppe war nirgends zu sehen. Tobin verließ den Raum und durchsuchte das ganze Haus, Zimmer für Zimmer, selbst die Soldatenunterkünfte und die Ställe stellte er auf den Kopf.

Außer ihm war niemand im Haus, und das machte ihm ganz besondere Angst, denn er war noch nie so allein gewesen. Schlimmer noch, er wusste, dass der einzige Ort, an dem er noch nicht gesucht hatte, der Turm war. Zitternd stand er im Hofgarten und starrte zu den verschlossenen Fensterläden hinauf.

»Ich kann nicht«, sagte er laut. »Ich will nicht da hinaufgehen.«

Wie zur Antwort öffnete sich das Hoftor mit kreischenden Angeln, und Tobin erhaschte einen Blick auf etwas Dunkles, Kleines, das draußen über die Brücke huschte.

Er lief hinterher, aber kaum hatte er das Tor passiert, fand er sich schon tief im Wald wieder, auf einem Pfad, der sich am Flussufer entlangschlängelte. Weit vor ihm, halb hinter Zweigen verborgen, bewegte sich etwas, und er wusste, dass es der Dämon war.

Auf einer Lichtung verschwand der Dämon. Der Mond war inzwischen aufgegangen, und Tobin sah zwei Damhirsche, die im taufeuchten Gras ästen. Als er näher kam, stellten sie die Ohren auf, liefen aber nicht davon. Tobin ging zu ihnen und streichelte ihre weichen braunen Nüstern. Die Tiere senkten die Köpfe unter seiner Berührung, ehe sie sich gemächlich in den dunklen Wald zurückzogen. Vor ihm, genau an der Stelle, an der die Damhirsche gegrast hatten, befand sich ein Loch im Boden, beinahe wie der Eingang zu einem Fuchsbau. Es war gerade groß genug, dass er hineinkrabbeln konnte, und das tat er.

Als er sich hindurchgewunden hatte, fand er sich in einem Raum wieder, der dem Turmzimmer seiner Mutter ähnelte. Die Fenster waren offen, doch von Erde und Wurzelwerk blockiert. Trotzdem war es nicht dunkel. Ein lustiges Feuer flackerte hell in dem Kamin in der Mitte des Raumes. Gleich daneben stand ein Tisch, auf dem Honigkuchen und Milch angerichtet waren, und vor dem Tisch stand ein Sessel. Obwohl der Sessel mit dem Rücken zu ihm stand, konnte Tobin erkennen, dass dort jemand saß, jemand mit langem schwarzen Haar.

»Mama?«, fragte Tobin, gefangen zwischen Freude und Furcht, und die Frau begann, sich umzudrehen ...

Und Tobin erwachte.

Einen Augenblick lang blieb er blinzelnd, mit Tränen in den Augen, liegen und lauschte dem leisen Schnarchen seiner Amme, die neben ihm lag. Der Traum war so real gewesen, und er wünschte sich sosehr, seine Mutter wiederzusehen, wünschte sich, mit ihr am Tisch neben dem Feuer zu sitzen und Honigkuchen zu essen, so wie er es sich an jedem seiner Namenstage vergeblich gewünscht hatte.

Er rutschte tiefer unter die Decke und überlegte, ob er wohl in den Traum zurückkehren konnte, als ein Fragment eben jenes Traumes ihn plötzlich hellwach werden ließ.

Er *hatte* die Puppe im Spielzimmer zurückgelassen.

Leise schlüpfte er aus dem Bett, nahm die Nachtlampe vom Tisch und ging in den Nebenraum, wobei er sich im Stillen fragte, ob er dort alles so vorfinden würde, wie er es im Traum gesehen hatte.

Aber das Zimmer war noch immer ein einziger Trümmerhaufen. Alles lag genau dort, wo es hingefallen war. Eifrig bemüht, die zerstörte Stadt nicht anzusehen, zerrte er die schweren Gobelins zur Seite, um die Puppe zu suchen.

Aber sie war nicht da.

Tobin kauerte sich zu Boden, die Arme um die Knie geschlungen, und stellte sich vor, wie jemand – vielleicht Nari oder Mynir – die Puppe finden und mit tadelndem Kopfschütteln fortbringen würde. Würden sie es seinem Vater erzählen? Würden sie ihm die Puppe zurückgeben?

Etwas prallte gegen seinen Kopf, und er fiel mit einem mühsam unterdrückten Schreckensschrei auf den Lippen zur Seite.

Neben ihm lag die Puppe auf dem Boden, an einer Stelle, an der sie noch einen Augenblick zuvor nicht gewesen war, dessen war sich Tobin ziemlich sicher. Zwar konnte er den Dämon nicht sehen, aber er fühlte, dass er ihn aus der entferntesten Ecke des Raumes beobachtete.

Langsam und vorsichtig ergriff Tobin die Puppe und flüsterte: »Danke.«

Kapitel 13

Da er auf keinen Fall riskieren wollte, die Puppe noch einmal zu verlieren, brachte Tobin sie wieder in sein Zimmer, stopfte sie in den Mehlsack und vergrub ihn tief in der Kleidertruhe, die nun der Aufbewahrung seiner Pergamente, älterer Spielsachen und seines zweitbesten Mantels diente.

Danach fühlte er sich ein wenig besser. Dennoch kehrte der Traum von dem Ausflug in den Wald in der folgenden Woche dreimal zurück, und er erwachte jedes Mal, bevor er die Frau in dem Sessel erreicht hatte.

Bis auf ein Detail war der Traum unverändert: In diesen Träumen brachte er die Puppe zu seiner Mutter, in dem Wissen, dass sie sie sicher für ihn in dem Raum unter der Erde verwahren würde.

Eine weitere Woche verging, und der Traum kehrte zurück und wurde für ihn so real, dass er schließlich beschloss, loszuziehen und nachzusehen, ob es wirklich so einen Ort gab. Das bedeutete, ungehorsam zu sein und sich heimlich davonzustehlen, aber der Traum war zu übermächtig, um sich ihm zu verweigern.

Geduldig wartete er auf den rechten Augenblick, und am Waschtag Mitte Gorathin war die Gelegenheit gekommen. An diesem Tag waren alle Haushaltsmitglieder den ganzen Tag im Küchengarten beschäftigt. Am Vormittag arbeitete auch Tobin mit, schleppte kübelweise Wasser aus dem Fluss herbei, um die Waschkessel zu füllen, und zerrte Reisigbündel aus dem Holzschober hinter sich her, um Feuer zu entzünden. Der Osthimmel, der am frühen Morgen noch blau und klar gewesen war, färbte sich über den Bäumen bedrohlich dunkel, und jedermann hatte es eilig, mit der Arbeit fertig zu werden, ehe der Regen käme.

Gemeinsam mit den anderen aß Tobin zu Mittag und bat dann, sich zurückziehen zu dürfen.

Nari zog ihn an sich und küsste ihn auf den Scheitel. In jenen Tagen schien sie ihn ständig umarmen zu wollen. »Was hast du denn vor, Kind? Bleib doch bei uns, und leiste uns Gesellschaft.«

»Ich will an meiner Stadt arbeiten«, sagte Tobin und drückte sein Gesicht an ihre Schulter, weil er fürchtete, sie könnte ihm ansehen, dass er log. »Denkst du ... denkst du, Vater wird wütend werden, wenn er sie sieht?«

»Natürlich nicht. Ich kann mir überhaupt nicht vorstellen, dass dein Vater je wütend auf einen so braven Jungen sein könnte, wie du es bist, nicht wahr, Mamsell?«

Die Frau nickte über ihrem Teller mit Brot und Käse. »Du bist für ihn Sonne und Mond.«

Die Aschenschaufel am Kamin fiel mit lautem Klappern zu Boden, doch alle taten, als hätten sie es gar nicht bemerkt.

Tobin befreite sich aus Naris Umarmung, rannte die Treppe hinauf in sein Spielzimmer und wartete neben dem Fenster, bis er hören konnte, dass die anderen wieder draußen im Küchengarten waren. Dann, die Puppe unter seinem längsten Mantel verborgen, schlich er die Treppe wieder hinunter und schlüpfte zum vorderen Tor hinaus. Beinahe erwartete er, auf magischem Wege mitten in den Wald getragen zu werden, so wie es in seinen Träumen stets der Fall war, aber nichts dergleichen geschah. Als das Tor hinter ihm zuschwang, erstarrte er für einen Moment, überwältigt von der Ungeheuerlichkeit seines Vorhabens. Was, wenn Nari herausfand, dass er fort war? Was, wenn er einem Berglöwen oder einem Wolf begegnete?

Die auflebende Brise strich über sein Gesicht und trug den Geruch des Regens an seine Nase, als er zwischen dem Flussufer und der Mauer des Küchengartens in Richtung Wald schlich. Rotkehlchen sangen von dem Sturm, der irgendwo in der Nähe wütete, und der klagende Ruf der Tauben hallte durch die Bäume.

Das Tor des Küchengartens stand noch offen. Im Vorbeigehen konnte Tobin Nari und Mamsell bei der Arbeit sehen, als sie lachend mit ihren hölzernen Kellen in den Waschtrögen rührten. Irgendwie war es ein seltsames Gefühl, draußen zu stehen und hineinzublicken.

Tobin ging weiter, immer an der Mauer entlang, bis er den Turm passiert hatte. Als er an der Stelle vorüberging, an der seine Mutter den Tod gefunden hatte, heftete er den Blick angestrengt auf den Boden direkt vor seinen Füßen.

Dann endlich erreichte er den Schutz der Bäume, und erst jetzt wurde ihm klar, dass er keine Ahnung hatte, wohin er gehen sollte; in seinen Träumen hatte der Dämon ihn geführt. Aber in diesen Träumen hatte es einen Fluss gegeben, und hier war ebenfalls ein Fluss, also beschloss er, ihm zu folgen und das Beste zu hoffen. Kurz blieb er stehen, um die Position der Sonne zu prüfen, wie Tharin es ihm beigebracht hatte, doch das war an diesem Tag gar nicht so einfach. Die Sonne war kaum mehr als ein hellerer Fleck hinter einem Dunstschleier.

Der Fluss ist so gut wie eine Straße, dachte er. *Ich muss weiter nichts tun, als ihm nachher wieder nach Hause zu folgen.*

In diesem Teil des Waldes war er noch nie gewesen.

Das Ufer war steil, und die Bäume wuchsen bis dicht an das Wasser heran. Um dem Fluss zu folgen, musste er über Felsen klettern und sich durch Erlen- und Weidendickicht kämpfen. Dann und wann sah er Fährten im Schlamm, die er voller Nervosität und Furcht auf Spuren umherstreifender Berglöwen untersuchte. Er fand keine, trotzdem wünschte er, er hätte seinen Bogen mitgenommen.

Der Himmel über ihm wurde immer dunkler, während er sich weiter vorankämpfte, und der Wind fegte wütend durch das Geäst. Nun hörte er keine Tauben oder Rotkehlchen mehr, nur das schaurige Krächzen einiger Raben erklang irgendwo in der Nähe. Tobins Arm verkrampfte sich unter der Last der Puppe. Er dachte an all die schönen Verstecke, die er während seiner Ausritte gesehen hatte, doch die wenigen Löcher, die er hier fand, waren alle zu feucht. Und selbst wenn er ein trockenes Fleckchen finden sollte, wusste er nicht, ob er es wagen würde, allzu häufig herauszukommen, um die Puppe zu besuchen. Diesem Gedanken folgte die Erkenntnis, dass er sich überhaupt nicht von der Puppe trennen wollte.

Besser, er ging einfach weiter und suchte nach dem verborgenen Raum, ermahnte er sich in Gedanken.

Aber nichts hier draußen sah so aus wie in seinem Traum. Es gab keine Lichtung, keine freundlichen Rehe warteten auf ihn, nur Felsen und Wurzeln, die nach seinen Füße griffen, blutdurstige Mücken, die an seinen Ohren summten, und Schlamm, der seine Schuhe tränkte. Er wollte schon fast aufgeben, als er auf einen gut passierbaren Pfad traf, der vom Ufer zu einem etwas höher gelegenen Pinienhain führte.

Hier kam er viel leichter voran. Duftende rostrote Piniennadeln bildeten einen dicken, weichen Teppich unter seinen Füßen und dämpften das Geräusch seiner Schritte, sodass kaum ein Laut zu hören war. Aufgeregt folgte er dem Pfad, fest davon überzeugt, dass dieser ihn zu der Lichtung und dem Damwild führen würde. Doch er wurde allmählich schmaler und verschwand schließlich zwischen den dicken, geraden Stämmen der Pinienbäume. Als er sich umdrehte, konnte er nicht mehr erkennen, woher er gekommen war. Seine Füße hatten keine Abdrücke in der Schicht aus Piniennadeln hinterlassen. Selbst den Fluss konnte er nicht mehr hören, nur das Prasseln des Regens im Geäst. Wohin er sich auch wandte, es war überall das gleiche Bild, und das bisschen, was er vom Himmel zu sehen bekam, war nur noch eine gleichmäßig graue Decke, die es ihm unmöglich machte, den Stand der Sonne zu bestimmen.

Der Wind hatte sich gelegt, und es war schwül geworden. Fliegen mit großen grünen Augen gesellten sich zu den Schwärmen kleiner Mücken, die ihn umschwirrten und ihn in den Hals und hinter den Ohren stachen. Das große Abenteuer war vorbei. Der schwitzende Held hatte sich verirrt, und er hatte schreckliche Angst.

Aufgeregt sah er sich auf der Suche nach dem Pfad in alle Richtungen um, vergebens. Schließlich gab er auf, setzte sich auf einen Felsen und überlegte, ob Nari inzwischen wohl gemerkt hatte, dass er fort war.

Um ihn herum war es bis auf das wütende Fiepen eines Eichhörnchens und das leise Rascheln winziger Kreaturen, die um ihn herum durch das Unterholz huschten, beängstigend still. Kleine schwarze Ameisen mühten sich zu seinen Füßen durch den Nadelteppich, beladen mit ihren Eiern und kleinen Laubfetzen. Erschöpft beugte er sich vor, um sie zu beobachten. Eine trug das schimmernde Bein eines Käfers. Eine lange schwarze Schlange, so dick wie Tobins Unterarm, kroch aus einem Loch unter einem Baum hervor und glitt an seinen Füßen vorüber, ohne ihm die geringste Aufmerksamkeit zu schenken. Regen fiel leise durch das Geäst, und er erkannte die unterschiedlichen Laute, die die Tropfen verursachten, wenn sie auf Laub, Äste, Felsen oder die Nadeln am Boden trafen. Furchtsam überlegte Tobin, wie sich wohl die Pranken eines Berglöwen auf diesem Untergrund anhören und ob sie überhaupt ein Geräusch verursachen würden.

»Ich gedacht, du heute kommen vielleicht.«

Tobin wäre beinahe von seinem Felsbrocken gefallen, als er herumwirbelte. Eine zierliche schwarzhaarige Frau saß nur ein paar Meter entfernt auf einem moosbewachsenen Baumstamm, die Hände im Schoß gefaltet. Sie war furchtbar schmutzig und trug einen zerlumpten braunen Fetzen von einem Gewand, der mit allerlei Tierzähnen geschmückt war. Auch ihre Hände und die nackten Füße waren dreckig, und in ihrem langen, lockigen Haar hingen Blätter und andere Pflanzenteile. Sie grinste ihn an, doch ihre schwarzen Augen zeigten keinen Spott.

Tobin verbarg die Puppe hinter seinem Rücken. Er schämte sich, mit ihr erwischt zu werden, selbst gegenüber einer Fremden. Und Angst hatte er auch, umso mehr, als sein Blick auf das lange Messer fiel, das in einer Scheide an ihrem Gürtel steckte. Außerdem sah die Frau nicht aus wie die Pächter seines Vaters, und sie sprach sonderbar.

Nun bedachte sie ihn mit einem breiten Lächeln, das ihre lückenhaften Zahnreihen offenbarte. »Sieh, was ich haben, *Keesa*.« Sie bewegte ihre Hände, und er sah, dass sie einen jungen Hasen auf dem Schoß hielt. Sanft streichelte sie seine Ohren und seinen Rücken. »Du kommen? Sehen?«

Tobin zögerte, aber dann überdeckte seine Neugier jegliche Vorsicht. Er stand auf, ging langsam zu der Frau und blieb vor ihr stehen.

»Du streicheln«, sagte die Frau und zeigte ihm, wie er mit dem Tier umgehen sollte. »Es mögen.«

Tobin streichelte den Rücken des Hasen. Das Fell fühlte sich warm und weich an, und das Tier schien, ähnlich wie das Damwild aus seinem Träumen, nicht die geringste Furcht zu verspüren.

»Es dich gern haben.«

Ja, dachte Tobin, diese Frau sprach vollkommen anders als alle Menschen, denen er in Alestun begegnet war. Inzwischen war er ihr nahe genug, um festzustellen, dass sie auch nicht gerade gut roch, aber aus irgendeinem unerfindlichen Grund empfand er keine Furcht mehr vor ihr.

Die Puppe unter dem Mantel versteckt, ging er in die Knie und streichelte das Häschen noch ein bisschen. »Es ist so lieb. Hunde lassen sich von mir nicht streicheln.«

Die Frau schnalzte mit der Zunge. »Hunde nicht verstehen.« Ehe Tobin fragen konnte, was sie meinte, sprach sie schon weiter: »Ich lange gewartet auf dich, Keesa.«

»Mein Name ist nicht Keesa. Ich bin Prinz Tobin. Ich kenne Euch nicht, oder?«

»Aber ich dich kennen, Keesa, der Tobin genannt wird. Kennen auch dein arme Mama. Du hast, was ihres war.«

Also hatte sie die Puppe gesehen. Errötend zog Tobin sie unter dem Mantel hervor. Die Frau nahm sie an sich und gab ihm den kleinen Hasen.

»Ich Lhel. Du keine Angst vor mir.« Sie setzte die

195

Puppe auf ihren Schoß und streichelte sie mit ihren schmutzigen Händen. »Ich wissen du geboren. Nach dir gesehen.«

Lhel? Irgendwo hatte er diesen Namen schon einmal gehört. »Warum seid Ihr nie in der Festung?«

»Dort gewesen«, sagte sie und blinzelte ihm zu. »Nicht sehen lassen.«

»Warum sprecht Ihr nicht richtig?«

Lhel stupste seine Nase spielerisch mit dem Finger. »Vielleicht du mich lehrst? Ich auch lehren. Gewartet, dich zu lehren, so lange unter Bäumen. Einsam, aber ich gewartet. Du bereit, etwas lernen?«

»Nein, ich wollte . . . wollte . . .«

»Mama?«

Tobin nickte. »Ich habe sie in einem Traum gesehen. In einem Raum unter der Erde.«

Lhel schüttelte traurig den Kopf. »Nicht sie. Ich gewesen. Mama jetzt nicht wird gebraucht.«

Plötzlich fühlte sich Tobin unendlich traurig. »Ich will nach Hause!«

Lhel tätschelte seine Wange. »Nicht weit. Aber du nicht nur gekommen, dass du dich verirren, nein?« Sie drückte die Puppe. »Das dir Probleme machen.«

»Äh . . .«

»Ich wissen. Du kommen, Keesa.«

Sie stand auf und ging mit der Puppe im Arm davon. Tobin hatte keine Wahl, als ihr durch den Wald zu folgen.

Solange Rhius und seine Männer fort waren, dauerte das Waschen nicht gar so lang. Da es zudem bald zu regnen drohte, beeilten sich Nari und Mamsell noch mehr bei ihrer Arbeit mit Kleidern und Leintüchern, während

Mynir in der Halle Wäscheleinen spannte, um die Wäsche zum Trocknen aufzuhängen.

Rechtzeitig zu den Vorbereitungen für das Abendessen waren sie fertig.

»Ich kümmere mich um das Brot«, sagte Nari mit einem zufriedenen Blick auf die tropfnasse Wäsche auf den Leinen. »Lasst mich nur erst nachsehen, ob Tobin uns vielleicht helfen möchte.«

Die Wahrheit allerdings lautete, dass sie sich nicht wohl dabei fühlte, das Kind so lange allein zu lassen, nicht nach dem Vorfall im Spielzimmer. Zwar war es durchaus möglich, dass der Dämon den Raum verwüstet hatte – der Gedanke, Tobin könnte den schweren Kleiderschrank umgeworfen haben, trieb ihr den Angstschweiß auf die Stirn –, aber es war Tobin, den sie dabei erwischt hatte, mit Spielzeug herumzuwerfen und zerfetzte Gobelins durch die Gegend zu zerren, und er war auch derjenige, der sie angegriffen und ihr die Nase blutig geschlagen hatte, bevor sie ihn endlich hatte festhalten können. Es wurde immer schwerer zu erkennen, wann der Dämon etwas angestellt und wann Tobin einen seiner Anfälle gehabt hatte. Schon seit dem Todesfall war er so merkwürdig, zog sich zurück und benahm sich, als hätte er ein großes Geheimnis zu bewahren.

Nari seufzte, als sie die Treppe hinaufstieg. Ariani hatte als Mutter nie viel getaugt, vielleicht mit Ausnahme jener letzten ruhigen Monate. Und Rhius? Nari schüttelte bekümmert den Kopf. Sie war noch nie imstande gewesen, diesen Mann zu verstehen, noch weniger seit dem Tod seiner Frau. Und wenn Tobin ein wenig seltsam war – nun, wie sollte man ihm das zum Vorwurf machen?

Tobin kniete neben seiner Spielzeugstadt, und sein Haar hing in wirren Strähnen von seinem Kopf. Er reparierte ein kaputtes Schiff.

»Möchtest du mir beim Backen helfen, Kind?«, fragte sie.

Er schüttelte den Kopf, während er sich abmühte, den winzigen Mast wieder an seinen Platz zu setzen.

»Soll ich dir dabei helfen?«

Wieder schüttelte er den Kopf und wandte sich ab, um nach irgendetwas am Boden neben sich zu greifen.

»Na, dann mach, was du willst, Meister Schweigsam.« Mit einem letzten liebevollen Blick verließ Nari den Raum. Auf dem Weg zurück in die Küche überlegte sie bereits, welche Brotsorte sie für das heutige Abendessen backen sollte.

Sie hörte nicht, wie das kleine Schiff in dem leeren Zimmer hinter ihr zu Boden fiel.

Tobin hielt den Hasen auf seinen Armen, als er Lhel tiefer in den Wald hinein folgte. Er konnte keinen Pfad entdecken, doch sie schritt so forsch und sicher voran, als sähe sie einen Weg vor sich. Der Wald wurde immer dunkler, und die Bäume waren größer als alle, die Tobin bisher gesehen hatte. Bald waren sie von gewaltigen Eichen und Hemlocktannen umgeben. Gelber Frauenschuh, Moosbeeren und violette Waldlilien bedeckten den Boden wie ein kunterbunter Flickenteppich.

Tobin betrachtete Lhel eingehend, während er ihr folgte. Sie war nicht viel größer als er selbst. Ihr Haar war schwarz wie das seiner Mama, aber ungepflegt und lockig und von dicken silbernen Strähnen durchzogen.

Lange Zeit schritten sie so voran. Tobin wollte nicht so tief in den Wald vordringen, nicht mit ihr, aber sie hatte die Puppe, und sie sah sich nicht ein einziges Mal zu ihm um. Während ihm erneut die Tränen in die Augen stie-

gen, gelobte er im Stillen, nie wieder allein hinauszugehen.

Schließlich blieb Lhel neben der größten Eiche stehen, die Tobin je gesehen hatte. Hoch wie ein Turm und
mit beinahe ebenso dickem Stamm ragte sie vor ihnen in
die Höhe. Der Baum war mit Tierschädeln, Geweihen
und Fellen behängt. Auf einem Trockengestell gleich
neben der Eiche hingen ein paar kleine Fische, und da
waren Körbe aus Weidengeflecht und Gras. Gleich
dahinter ergoss sich eine Quelle in einen klaren, runden Tümpel, von dem aus sich ein Bächlein den Hang
hinabschlängelte. Mit den Händen schöpften sie Wasser
zum Trinken aus dem Tümpel, ehe Lhel ihn zurück zu
dem großen Baum führte.

»Mein Haus«, sagte sie und verschwand in dem mächtigen Stamm.

Tobin starrte ihr mit weit aufgerissenen Augen hinterher und überlegte, ob der Baum sie wohl gefressen hatte, aber dann tauchte sie wieder auf und winkte ihm zu,
ihr zu folgen.

Als er näher trat, sah er, dass sich ein Spalt in dem
Stamm befand, gerade groß genug, dass er hindurch-
schlüpfen konnte, ohne sich dabei zu bücken. Das Innere des Stammes war ausgehöhlt, beinahe so groß wie
Tobins Schlafzimmer, mit einem Boden aus fester, trockener Erde. Das silbrige Holz der Wände verlor sich
über ihm in tiefer Dunkelheit, und durch einen weiteren Spalt, nur wenige Meter über der Tür, drang genug
Licht ein, dass Tobin eine Pritsche mit Felldecken, eine
Feuerstelle und einen kleinen Eisentopf erkennen
konnte. Der Topf sah genauso aus wie einer, den Mamsell zum Kochen benutzte.

»Habt Ihr das gemacht?«, fragte er, während er sich
staunend umblickte. Erneut schien seine Furcht völlig

vergessen. Dieser Baumstamm war sogar noch besser als der Raum unter dem Boden.

»Nein. Alte Großmütterbäume öffnen Herzen, machen schöne Plätze im Stamm.« Sie küsste ihre Handfläche und presste sie gegen das Holz, als wollte sie dem Baum danken.

Lhel setzte Tobin auf die Pritsche und entzündete ein kleines Feuer. Tobin setzte den Hasen ab, worauf jener sich neben ihn hockte und anfing, sein Gesicht mit den Pfoten zu säubern. Derweil machte sich Lhel im Schatten neben der Tür zu schaffen und brachte einen Korb mit wilden Erdbeeren und einem Hefezopf zum Vorschein.

»Das sieht aus wie das Brot, das Mamsell gebacken hat«, stellte Tobin fest.

»Sie gut backen«, antwortete Lhel und stellte das Essen vor ihm ab. »Ich dir sagen, ich gewesen in deine Haus.«

»Ihr habt das Brot gestohlen?«

»Mir verdient. Gewartet auf dich.«

»Warum habe ich Euch dann nie gesehen?«, fragte Tobin erneut. »Warum habe ich nie von Euch gehört, wenn Ihr so nah bei der Festung wohnt?«

Die Frau schaufelte eine Hand voll Beeren in ihren Mund und zuckte die Schultern. »Ich nicht mögen, Leute mich sehen, Leute mich nicht sehen. Jetzt wir gesund machen *Hekka*, ja?«

Ehe Tobin Einspruch erheben konnte, zog Lhel ihr Messer und schnitt die schimmernde schwarze Kordel um den Hals der Puppe entzwei. Kaum durchtrennt, löste sich die Kordel zu einem Strang aus schwarzen Haaren auf.

»Mamas.« Lhel kitzelte Tobins Wange mit dem Haar, ehe sie es ins Feuer warf. Dann öffnete sie mit ihrem

Messer einen Saum auf der Rückseite der Puppe, schüttelte einige dürre braune Splitter ins Feuer und ersetzte sie durch winzige Kräuterzweige aus einem der Körbe, darunter, wie Tobin erkannte, die stacheligen Spitzen von Rosmarin und Rauke.

Gleich darauf zog sie eine Silbernadel samt Faden aus ihrer Gürteltasche und streckte die Hand nach Tobin aus. »Tropfen von deine Rot, Keesa. Wichtig für Zauber. Dann das dein Hekky.«

»Es ist schon meins«, protestierte Tobin und wich zurück.

Lhel schüttelte den Kopf. »Nein.«

Da er nicht wusste, was er sonst tun sollte, gestattete Tobin ihr, ihm in den Finger zu pieksen und einen Tropfen seines Blutes in den Puppenkörper zu träufeln. Dann nähte sie die Puppe wieder zu, setzte sie aufrecht auf ihr Knie und verzog das Gesicht zu einer komischen Grimasse. »Sie braucht Gesicht, aber du das machen. Ich alles getan, jetzt. Nur noch kleine Sache bleiben.«

Vor sich hin summend schnitt Lhel Tobin eine Locke seines Haares ab, rieb die Strähne mit Wachs ein wie eine Bogensehne und verzwirnte sie zu einer neuen Kordel für den Hals der Puppe. Tobin sah zu, wie ihre Finger die Kordel mit einem merkwürdigen Knoten sicherten, der die Enden der Kordel miteinander zu verweben schien. »Seid Ihr eine Zauberin?«, fragte er.

Lhel schnaubte und reichte ihm die fertige Puppe. »Was du denken, das sein?«

»Nur ... nur eine Puppe?«, antwortete Tobin, obwohl er bereits ahnte, dass dem nicht so war. »Ist sie jetzt magisch?«

»Immer gewesen magisch«, erklärte Lhel. »Mein Volk das nennen *Hekkamari*. Haben Geist. Du kennen diese Geist.«

»Der Dämon?« Tobin starrte verblüfft die Puppe an.

Lhel bedachte ihn mit einem traurigen Lächeln. »Dämon, Keesa? Nein. Seele. Geist. Das sein deine Bruder.«

»Ich habe keinen Bruder.«

»Du haben Bruder, Keesa. Geboren mit dir, aber gestorben. Ich lehren deine Mama machen das für seine arme *Mari*. Er auch warten. Lange Zeit warten. Du sagen ...« Sie unterbrach sich und presste die Handflächen unter dem Kinn zusammen, während sie überlegte. »Du sagen: ›Blut von meinem Blut, Fleisch von meinem Fleisch, Bein von meinem Bein.‹«

»Was passiert dann?«

»Binden ihn an dich. Du dann sehen. Er dich brauchen. Du ihn brauchen.«

»Ich will das nicht sehen!«, schrie Tobin. Er dachte an all die Monster, die er im Geiste zum Leben erweckt hatte, wann immer er versucht hatte, dieser Präsenz, die sein Leben überschattete, eine Gestalt zu verleihen.

Lhel streckte die Hand aus und umfasste sein Kinn mit ihrer rauen Handfläche. »Du lange genug Angst. Nun tapfer sein wie Krieger. Da Dinge, die von dir kommen, die du nicht wissen. Und du immer tapfer gewesen, ganze Zeit.«

Immer tapfer gewesen, wie ein Krieger, dachte Tobin, und obwohl er sich alles andere als tapfer fühlte, schloss er die Augen und flüsterte: »Blut von meinem Blut, Fleisch von meinem Fleisch ...«

»Bein von meinem Bein«, half Lhel milde nach.

»Bein von meinem Bein.«

Und schon fühlte er, wie der Dämon den Baum betrat und ihm so nahe kam, dass er ihn hätte berühren können, hätte er es denn gewagt. Derweil hielt Lhels kalte Hand die seine umfangen.

»Sehen, Keesa.«

Tobin öffnete die Augen und keuchte auf. Ein Knabe, der genauso aussah wie er, kauerte wenige Fuß entfernt. Aber dieser Knabe war nackt und schmutzig, und das stumpfe schwarze Haar hing in verfilzten Strähnen von seinem Kopf.

Ich habe ihn an dem Tag gesehen, als Mama . . . Tobin verdrängte den Gedanken. Er wollte nicht an diesen Tag denken. Niemals.

Der andere Junge sah Tobin aus Augen an, die so schwarz waren, dass er die Pupillen nicht erkennen konnte.

»Er sieht aus wie ich«, flüsterte Tobin.

»Er sein du. Du sein er. Gleich.«

»Ihr meint Zwillinge?« In Alestun hatte Tobin schon Zwillinge gesehen.

»Zwillinge. Ja.«

Der Dämon bleckte die Zähne zu einem geräuschlosen Fauchen und zog sich hastig auf die andere Seite des Feuers zurück. Der kleine Hase hoppelte auf Tobins Schoß neben die Puppe und fuhr fort, sich zu putzen.

»Er mag Euch nicht«, sagte Tobin zu Lhel.

»Hassen mich«, stimmte Lhel zu. »Deine Mama ihn gehabt. Jetzt du ihn haben. Du gut auf Hekkamari aufpassen. Er sonst verloren. Er dich brauchen, dir auch helfen.«

Durch den starren Blick des Dämons verängstigt, rutschte Tobin näher zu Lhel. »Warum ist er gestorben?«

Lhel zuckte die Schultern. »Keesa manchmal sterben.«

Der Geist kauerte sich noch tiefer zu Boden, offenbar

bereit, sich auf sie zu stürzen, doch Lhel achtete nicht auf ihn.

»Aber ... aber warum ist er dann nicht zu Bilairy gegangen?«, fragte Tobin. »Nari sagt, wenn wir sterben, gehen wir zu Bilairy, und er bringt uns zu Astellus, der uns in das Land der Toten führt.«

Wieder zuckte Lhel die Schultern.

Tobin krümmte sich vor Unbehagen. »Wie heißt er denn?«

»Tote keine Namen.«

»Ich muss ihn doch irgendwie nennen!«

»Nennen Bruder. Das er sein.«

»Bruder?« Der Geist starrte ihn nur an, und Tobin erschauerte. Das war noch schlimmer, als wenn er den Dämon gar nicht sehen könnte. »Ich will nicht, dass er mich die ganze Zeit so ansieht. Außerdem hat er mir wehgetan und meine Stadt kaputtgemacht!«

»Er nicht mehr so sein, solange du Acht geben auf Hekkamari. Du ihm sagen ›Geh fort!‹, er verschwinden. Du ihn auch zurückrufen. Ich dich die Worte gelehrt. Du wiederholen, dann ich weiß, du sie verstanden.«

»Blut von meinem Blut. Fleisch von meinem Fleisch. Bein von meinem Bein.«

Der Geisterjunge zuckte zusammen und kroch näher an Tobin heran, der sofort zurückwich und den Hasen losließ.

Lhel umarmte ihn lachend. »Er dir nicht wehtun. Du ihm sagen, er weggehen.«

»Geh fort, Bruder!«

Der Geist verschwand.

»Kann ich auch machen, dass er für immer verschwindet?«

Lhel wurde auf einmal sehr ernst und ergriff seine Hand. »Nein! Ich dir gesagt, du ihn brauchen.« Traurig schüttelte sie den Kopf. »Denk, wie einsam er sein. Er vermissen seine Mama genau wie du. Sie diese Hekka gemacht und für ihn gesorgt. Sie tot. Niemand sorgt. Nun du für ihn sorgen.«

Der Gedanke gefiel Tobin überhaupt nicht. »Was soll ich denn tun? Muss ich ihn füttern? Soll ich ihm Kleider geben?«

»Geist essen mit Augen. Muss bei Menschen sein. So wie er jetzt, deine Mama ihn versorgt. War so traurig, nicht mehr tun konnte. Du ihn manchmal rufen und mitnehmen, damit er nicht so einsam und hungrig, ja? Du verstehen, Keesa?«

Tobin konnte sich beim besten Willen nicht vorstellen, freiwillig und absichtsvoll einen Geist herbeizurufen, aber er verstand nur zu gut, was Lhel über die Einsamkeit von Bruder gesagt hatte.

Er seufzte. Dann flüsterte er die Worte noch einmal: »Blut von meinem Blut, Fleisch von meinem Fleisch, Bein von meinem Bein.«

Bruder tauchte direkt neben ihm wieder auf und blickte immer noch so finster drein wie zuvor.

»Gut!«, sagte Lhel. »Du und Geist...« Sie faltete die Hände.

Tobin musterte das grämliche Gesicht, das sosehr wie das seine war und doch so anders. »Wird er mein Freund sein?«

»Nein. Tut nur, was immer tut. Viel schlimmer gewesen, bevor deine Mama Hekkamari gemacht.« Wieder vollführte sie die vereinigende Geste mit den Fingern. »Ihr Familie.«

»Werden Nari und Vater ihn sehen können, wenn ich ihn rufe?«

»Nein, nur wenn sie Gabe haben. Oder er das wollen.«

»Aber Ihr könnt ihn doch sehen?«

Lhel tippte sich an die Stirn. »Ich Gabe. Du auch Gabe, ja? Du ihn gesehen, ein wenig?« Tobin nickte. »Sie ihn kennen ohne Sehen. Vater. Nari. Alter Mann an Tür. Sie wissen.«

Tobin fühlte sich, als hätte man ihm sämtliche Luft aus der Lunge gepresst. »Sie *wissen*, wer der Dämon ist? Dass ich einen Bruder habe? Warum haben sie mir das nicht erzählt?«

»Sie nicht bereit. Du Geheimnis bewahren, bis sie bereit.« Sie pochte ihm über dem Herzen auf die Brust. »Sie nicht wissen von Hekkamari. Nur deine Mama und ich. Du niemandem erzählen. Niemandem zeigen!«

»Aber wie?« Lhels Ermahnungen erinnerten ihn wieder an das ursprüngliche Dilemma. »Ich habe sie immer irgendwo versteckt, aber . . .«

Lhel stand auf und ging zur Tür. »Deins, Keesa. Du tragen. Jetzt nach Hause gehen.«

Bruder folgte ihnen, als sie sich auf den Weg zur Festung machten. Manchmal ging er auch voraus, aber meistens blieb er hinter ihnen. Er schien zu laufen, und doch sahen die Bewegungen irgendwie falsch aus, obwohl Tobin nicht zu sagen wusste, warum.

Überraschend schnell erblickten sie das Dach des Wachturms über den Baumwipfeln.

»Ihr lebt ja ganz in der Nähe!«, rief Tobin verblüfft. »Kann ich Euch wieder besuchen?«

»Eines Tages, Keesa.« Unter den herabhängenden Ästen einer Birke blieb Lhel stehen. »Deinem Vater nicht gefallen, du und ich. Bald du mehr lernen.« Noch einmal streckte sie die Hand nach ihm aus und umfasste seine Wange. Dann zeichnete sie mit dem Daumen ein Muster auf seine Stirn. »Du großer Krieger werden, Keesa. Ich das sehen. Du dich dann erinnern, ich dir geholfen, ja?«

»Das werde ich«, versprach er. »Und ich sorge für Bruder.«

Lhel tätschelte seine Wange, doch ihr Gesicht blieb ernst, und ihre Lippen schienen sich nicht zu bewegen, als sie sagte: »Du wirst alles tun, was getan werden muss.«

Dann machte sie kehrt und ging davon. Sie war so schnell zwischen den Bäumen verschwunden, dass Tobin nicht einmal mit Sicherheit hätte sagen können, welche Richtung sie eingeschlagen hatte. Bruder war noch immer bei ihm und fixierte ihn mit diesem beängstigend starren Blick. Nun, da Lhel nicht mehr in der Nähe war, kehrte seine alte Furcht umso heftiger zurück.

»Verschwinde. Geh fort!«, befahl Tobin schnell. »*Blut von meinem Blut, Fleisch von meinem Fleisch, Bein von meinem Bein!*« Zu seiner größten Erleichterung gehorchte der Geist auf der Stelle, erlosch gleichsam wie eine niedergebrannte Kerze. Trotzdem war Tobin überzeugt, den Geist direkt in seinem Nacken zu spüren, als er nach Hause lief.

Mit dem Wachturm als Orientierungspunkt fand er rasch zurück zum Flussufer und folgte ihm hastig zu der rückwärtigen Mauer der Festung. Die gewohnten abendlichen Geräusche drangen aus Küche und Garten an seine Ohren, als er zum Tor hineinschlüpfte. Die Halle war verlassen, und er sauste hindurch und hinauf in sein Zimmer, ohne jemandem zu begegnen.

Das ganze Haus roch verlockend nach Backwerk. Tobin versteckte die Puppe wieder in der Truhe, schob die ruinierten Schuhe unter den Schrank, wusch Hände und Gesicht und ging hinunter zum Abendessen.

Endlich war er wieder sicher zu Hause, und er vergaß bald, wie sehr er sich geängstigt hatte. Er war stundenlang fort gewesen, hatte ein Abenteuer bestanden, und niemand hatte etwas davon bemerkt. Selbst wenn er Angst empfunden hatte, selbst wenn Bruder nie sein Freund sein würde, was nicht weniger beängstigend wäre, fühlte er sich doch irgendwie älter, reifer, näher an dem Dasein des Kriegers, der eines Tages seines Vaters Rüstung tragen sollte.

Nari und Mynir verteilten Löffel auf dem Küchentisch, während Mamsell irgendetwas Appetitliches in einem großen Topf über dem Feuer bearbeitete.

»Da bist du ja!«, rief Nari, als er hereinkam. »Ich wollte gerade hinaufgehen, um dich zu holen. Du warst den ganzen Nachmittag so still, dass man hätte glauben können, du wärest gar nicht da.«

Tobin nahm sich ein warmes süßes Brötchen von dem Berg aus abkühlendem Gebäck auf dem Küchentisch und biss mit einem Gefühl innerer Zufriedenheit herzhaft hinein.

Lhel würde diese Brötchen sicher mögen.

Kapitel 14

Am nächsten Tag saß Tobin neben seiner Spielzeugstadt und hielt die Puppe auf dem Schoß. Nari war unten bei Mynir, und Mamsell würde gewiss nicht heraufkommen, um nach ihm zu sehen.

Das kräftige Aroma frischer Kräuter drang in Tobins Nase, als er in das leere Gesicht starrte und sich fragte, was seine Mama wohl gesehen hatte, wenn sie es angeschaut hatte. Hatte sie Bruder gesehen? Er schob einen Finger unter die Kordel aus Haar am Hals der Puppe und zupfte gedankenverloren an ihr. *Mein Haar, mein Blut*, dachte er.

Und seine Verantwortung, das hatte Lhel gesagt. Aber das war eine Verantwortung, die er nicht übernehmen wollte. Es war schon schlimm genug gewesen, Bruder zu rufen, als sie noch bei ihm gewesen war. Aber jetzt? Sein Herz fing schon bei dem bloßen Gedanken daran zu rasen an.

Statt Bruder zu rufen, nahm er Tinte und Feder aus der Truhe und trug die Puppe zum Fenster, wo das Licht besser war. Er tauchte die Feder ein und versuchte, ein rundes Auge auf das leere Gesicht zu malen. Sofort tränkte die Tinte das Musselingewebe, und am Ende hatte er statt eines Auges nur einen zerfaserten schwarzen Fleck. Seufzend klopfte er ein paar Tropfen Tinte von der Feder und versuchte es mit einer trockeneren Spitze noch einmal. Dieses Mal klappte es besser, und er zog einen Kreis um den Fleck und glättete die Umrisse, um eine große schwarze Iris abzubilden, die er mit zwei gebogenen horizontalen Linien umrahmte, welche die Augenlider darstellen sollten. Dann zeichnete er das zweite Auge auf die gleiche Weise, und schließlich blickte er in zwei große schwarze Augen, die denen von Bruder gar nicht so unähnlich waren. Dann versuchte er sich an der Nase und den dunklen Brauen. Als er schließlich beim Mund angelangt war, zeichnete er ihn lächelnd, doch das sah ganz und gar nicht passend aus: Die Augen blickten noch immer finster, aber daran war nun nichts mehr zu ändern.

Das Gesicht war nicht besonders gelungen, aber es war immer noch besser als dieses unsägliche Nichts, das er schon sein ganzes Leben lang kannte.

Außerdem schien die Puppe nun irgendwie ihm zu gehören, obwohl das die Aufgabe, Bruder zu rufen, auch nicht weniger beängstigend erscheinen ließ. Tobin trug die Puppe in die Ecke, die am weitesten von der Tür entfernt war, kniff die Augen halb zu und flüsterte: »Blut von meinem Blut. Fleisch von meinem Fleisch. Bein von meinem Bein.«

Gestern, in der Eiche, hatte der Geist wie ein wildes Tier zu seinen Füßen gekauert. Dieses Mal jedoch musste sich Tobin umsehen, um ihn zu finden.

Bruder stand neben der Tür, als wäre er gerade wie ein ganz gewöhnlicher Mensch hereingekommen. Er war immer noch dürr und schmutzig, aber nun war er in eine saubere Tunika gekleidet, die mit der übereinstimmte, die Tobin trug. Auch sah er heute nicht so wütend aus. Er stand nur da und starrte Tobin ausdruckslos an, als würde er auf etwas warten.

Langsam stand Tobin auf, ohne den Geist aus den Augen zu lassen. »Willst du ... willst du zu mir kommen?«

Bruder ging nicht durch den Raum. Er war plötzlich

einfach neben ihm und starrte ihn weiterhin aus seinen schwarzen Augen an. Lhel hatte Tobin gesagt, er müsse Bruder füttern, indem er ihn die Dinge betrachten ließ, also streckte Tobin ihm die Puppe entgegen. »Siehst du? Ich habe ein Gesicht gemalt.«

Bruder zeigte kein Anzeichen von Interesse. Tobin konnte nicht einmal erkennen, ob der Geist ihn verstanden hatte. Argwöhnisch musterte Tobin das seltsame Gesicht. Bruder trug seine Züge, abgesehen von dem halbmondförmigen Wundmal an seinem Kinn, und doch sah er nicht wie Tobin aus.

»Bist du hungrig?«, fragte Tobin.

Bruder antwortete nicht.

»Also gut, ich zeige dir etwas, und dann kannst du gehen.«

Tobin kam sich ein wenig albern vor, als er durch das Zimmer ging und dem schweigsamen Geist seine Schätze präsentierte. Er zeigte ihm seine kleinen Skulpturen und Schnitzereien und die Geschenke, die Vater ihm aus der Schlacht geschickt hatte. Im Stillen fragte er sich, ob Bruder ihn beneidete. Tobin ergriff einen Knauf von einem plenimaranischen Schild und streckte es dem Geist entgegen. »Willst du das haben?«

Bruder griff mit einer Hand danach, die aussah wie feste Materie, doch wo seine Finger Tobin berührten, fühlte er nur einen Hauch kalter Luft.

Tobin hockte sich neben die Stadt, und Bruder folgte seinem Beispiel, ohne den Knauf loszulassen. »Ich mache alles wieder heil, was du kaputtgemacht hast«, erklärte er mit leichtem Groll in der Stimme. Dann griff er nach einem Boot und zeigte Bruder, wo der Mast geflickt worden war. »Nari denkt, *ich* hätte es kaputtgemacht.«

Bruder schwieg noch immer.

»Ich schätze, das ist in Ordnung. Du hattest Angst, ich würde Nari die Puppe zeigen, nicht wahr?«

Du musst sie beschützen.

Tobin war so erschrocken, dass er das Schiff fallen ließ. Bruders Stimme war schwach und ausdruckslos, und seine Lippen hatten sich nicht bewegt, aber gesprochen hatte er zweifellos.

»Du kannst sprechen!«

Bruder starrte ihn an. *Du musst sie beschützen.*

»Das mache ich, ich verspreche es. Aber du hast gesprochen! Was kannst du sonst noch sagen?«

Bruder starrte ihn schweigend an.

Für einen Augenblick fragte sich Tobin verwirrt, was er zu dem Geist sagen sollte. Dann, plötzlich, wusste er genau, welche Frage er ihm stellen wollte. »Kannst du Mama im Turm sehen?«

Bruder nickte.

»Besuchst du sie?«

Erneutes Nicken.

»Will sie . . . will sie mir wehtun?«

Manchmal.

Kummer und Furcht lagen wie ein Knoten auf Tobins Brust, und er schlang die Arme um seinen Oberkörper, nicht ohne Bruders Gesicht misstrauisch zu beäugen. Drückten seine Züge so etwas wie Befriedigung aus? »Aber warum?«

Entweder konnte oder wollte Bruder ihm nicht antworten.

»Dann geh fort! Ich will dich nicht hier haben!«, schrie Tobin.

Bruder verschwand und der Messingknauf fiel klappernd zu Boden. Tobin starrte ihn eine Weile wie erstarrt an, ehe er ihn wütend quer durch das Zimmer schleuderte.

Einige Tage zogen dahin, bevor Tobin wieder genug Mut sammeln konnte, Bruder noch einmal zu rufen. Als er es schließlich tat, stellte er fest, dass er gar nicht mehr so viel Angst vor ihm empfand.

Weil er wissen wollte, ob Nari Bruder sehen konnte, befahl er dem Geist, ihm in sein Schlafzimmer zu folgen, in dem Nari gerade die Bettwäsche wechselte. Sie blickte geradewegs in Bruders Richtung, ohne ihn zu sehen.

Auch abends in der Küche konnte ihn niemand sehen. Tobin hatte ihn mitgenommen, weil er dachte, der Anblick von Essen könnte Bruder vielleicht helfen, nicht mehr gar so hungrig auszusehen.

Später, allein in seinem Schlafzimmer, rief Tobin den Geist erneut. Er wollte wissen, ob sich irgendetwas verändert hatte, doch das hatte es nicht. Bruder sah noch genauso ausgezehrt aus wie zuvor.

»Hast du das Essen nicht mit den Augen gegessen?«, fragte Tobin, als Bruder regungslos am Fußende des Bettes stand.

Bruder legte den Kopf ein wenig auf die Seite, als müsse er über die Antwort nachdenken. *Ich esse alles mit meinen Augen.*

Tobin erschauerte unter Bruders starrem Blick. »Hasst du mich, Bruder?«

Lange Zeit herrschte Schweigen, dann: *Nein.*

»Warum bist du dann so böse?«

Darauf hatte Bruder keine Antwort. Tobin wusste nicht einmal, ob er die Frage verstanden hatte.

»Gefällt es dir, wenn ich dich rufe?«

Wieder erhielt er keine Reaktion.

»Wirst du nett zu mir sein, wenn ich dich jeden Tag rufe? Wirst du tun, was ich sage?«

Bruder blinzelte träge wie eine Eule in der Sonne.

Für den Augenblick musste sich Tobin wohl damit

begnügen. »Du darfst keine Sachen kaputtmachen und den Leuten nicht mehr wehtun. Das ist sehr böse. Vater würde dir das nie erlauben, wenn du leben würdest.«

Vater . . .

Das kalte, zischende Flüstern ließ Tobin die Haare zu Berge stehen. Schnell befahl er Bruder zu verschwinden, zog sich die Decke wie eine Kapuze über den Kopf und starrte in die flackernde Flamme der Nachtlampe, bis Nari zu Bett ging. Von nun an rief er Bruder nur noch bei Tag.

Kapitel 15

Iya und Arkoniel verbrachten den Sommer in den südlichen Provinzen des Landes, wo Iya eine alte Zauberin mit Namen Ranai aufsuchte, die in einem kleinen Fischerdorf nördlich von Erind lebte. Als Mädchen hatte Ranai an der Seite von Iyas Meister im Großen Krieg gekämpft und war schwer verwundet worden. Iya hatte Arkoniel auf die Begegnung vorbereitet, trotzdem versetzte ihm der Anblick ihres Gesichts einen Schock, als sie auf ihr Klopfen hin die Tür zu ihrer kleinen Hütte öffnete.

Die Zauberin war eine zierliche Frau mit einem Buckel. Der Dämon eines Totenbeschwörers hatte ihr linkes Bein verkrüppelt und die linke Seite ihres Kopfes mit seinen Feuerklauen verunstaltet; die Haut hing in wächsernen Wülsten am Schädel, die sich auch dann nicht rührten, wenn sie lächelte oder sprach.

Vielleicht war das der Grund, warum sie sich in diesem winzigen Dörfchen eingemauert hatte, dachte Arkoniel, dessen Körperhaare sich angesichts der Macht, die diese Frau ausstrahlte, aufgerichtet hatten.

»Seid gegrüßt, Meisterin Ranai«, sagte Iya und verbeugte sich vor der alten Frau. »Erinnert Ihr Euch an mich?«

Ranai betrachtete sie einen Augenblick lang angestrengt, ehe sie die Lippen zu einem Lächeln verzog. »Aber ja, Ihr seid doch Agazhirs Mädchen, nicht wahr? Aber ein Mädchen seid Ihr schon lange nicht mehr. Kommt herein, meine Liebe. Wie ich sehe, habt Ihr inzwischen selbst einen Schüler. Nur herein, junger Mann, seid mir willkommen und teilt mein bescheidenes Mahl.«

Regen prasselte leise auf das strohgedeckte Dach. Die Frau humpelte zwischen Herd und Tisch hin und her und servierte ihnen Brot und Suppe. Iya steuerte Käse und einen Schlauch guten Weines bei, den sie im Dorf gekauft hatten. Die nächtliche Brise trug den Geruch der See und den Duft wilder Rosen durch das einzige Fenster der Hütte herein.

Während des Essens unterhielten sie sich nur beiläufig, aber als das Geschirr abgeräumt war, fixierte Ranai Iya mit einem fragenden Blick aus ihrem gesunden Auge und sagte: »Ihr seid aus einem bestimmten Grund gekommen, nehme ich an.«

Arkoniel lehnte sich mit seinem Weinglas in der Hand zurück. Das nun folgende Gespräch kannte er bereits auswendig.

»Habt Ihr Euch je gefragt, was wir Zauberer vollbringen könnten, wenn wir unsere Kräfte einen würden, Ranai?«, fragte Iya.

Das ist jetzt das zweihundertunddreizehnte Mal, dachte Arkoniel, der tatsächlich mitgezählt hatte.

»Euer Meister und ich haben gesehen, wozu Zauberer fähig sind, im Guten wie im Bösen«, entgegnete Ranai. »Seid Ihr deshalb den weiten Weg zu mir gekommen, Iya? Um mich das zu fragen?«

Iya lächelte. »So offen würde ich nur mit wenigen Menschen sprechen, aber Euch gegenüber werde ich es tun: Wie ist Eure Haltung gegenüber dem König?«

In dem gesunden Teil von Ranais Gesicht spiegelte sich ein vertrauter Ausdruck von Verwunderung und Hoffnung. Rasch wedelte sie mit der Hand, und das

Fenster schloss sich wie von selbst. »Ihr habt von ihr geträumt!«

»Von wem?«, fragte Iya zurückhaltend, doch Arkoniel konnte ihre innere Erregung fühlen. Sie hatten wieder jemanden gefunden.

»Ich nenne sie die Traurige Königin«, flüsterte Ranai. »Die Träume begannen schon vor ungefähr zwanzig Jahren, aber nun schickt Illior sie häufiger, besonders in den Nächten zwischen den Halbmonden. Manchmal ist sie jung, manchmal alt. Manchmal ist sie eine Siegerin, manchmal eine Leiche. Ich habe ihr Gesicht nie deutlich gesehen, aber sie ist immer von einer Aura tiefen Kummers umgeben. Ist sie wirklich?«

Diese Frage mochte Iya nicht direkt beantworten. Das tat sie niemals, so wenig, wie sie je irgendeinem Menschen die Schale zeigen würde, die sie in dem abgenutzten Lederbeutel bei sich trug. »Zu Afra wurde mir eine Vision gewährt. Arkoniel ist mein Zeuge. Dort sah ich die Zerstörung von Ero, gefolgt von einer neuen Stadt und einem neuen Zeitalter der Zauberer. Aber diese neue Stadt muss von einer Königin regiert werden. Ihr wisst, dass Erius das niemals zulassen wird. Von den Vieren folgt er Sakor, aber es ist Illior, der Skala seit dem Großen Krieg beschützt hat, und Illior ist es auch, der seine schützenden Hand über die Zauberer hält. Haben wir aber dem Lichtträger gut gedient, indem wir all die Jahre untätig geblieben sind, in denen die große Prophezeiung, die Thelátimos zuteil wurde, ignoriert und mit Füßen getreten wurde?«

Ranai malte ein Muster in eine Lache verschütteten Weins auf dem Tisch. »Darüber habe ich auch schon nachgedacht. Doch verglichen mit seiner Mutter war Erius bisher kein so schlechter Herrscher, und auch er wird nicht ewig leben. Selbst ich könnte ihn noch überleben. Und diese Sache mit den weiblichen Erben? Das ist nichts Neues. Ghērilains eigener Sohn Pelis hat seine Schwester auf dem Thron gestürzt ...«

»Und das Land wurde mit einer Seuche geschlagen, die ihn und Tausende andere binnen eines Jahres getötet hat«, gab Arkoniel zu bedenken.

Ranai zog eine Braue hoch, und für einen Moment schimmerte die große, mächtige Frau in ihren Zügen durch, die sie einst gewesen war. »Erzählt Ihr mir nichts über die Geschichte, junger Mann. Ich war dabei. Die Götter haben Pelis schnell bestraft. Aber Erius regiert nun schon seit über zwei Dekaden. Vielleicht hat er Recht, vielleicht wurde das Orakel falsch interpretiert. Ihr wisst so gut wie ich, dass seine Mutter, obwohl sie eine Nachfahrin Thelátimos' war, keine gute Herrscherin war.«

»Vielleicht wurde sie geschickt, um uns zu prüfen«, antwortete Arkoniel, darum bemüht, einen respektvollen Ton gegenüber der weitaus älteren Zauberin anzuschlagen. Doch er hatte zehn Jahre und Tausende von Meilen hinter sich, während derer er über diesen Punkt hatte sinnieren können. »König Pelis wurde von einer schrecklichen Seuche geschlagen. Seit Erius auf den Thron gestiegen ist, hat es Dutzende, wenn auch weniger schlimme, Seuchen gegeben. Vielleicht waren das Warnzeichen. Vielleicht neigt sich die Geduld des Lichtträgers ihrem Ende entgegen. Was Iya in Afra gesehen hat ...«

»Habt Ihr von den Häschern gehört, junger Mann?«, erwiderte Ranai scharf. »Wisst Ihr, dass der Hofzauberer Seiner Majestät dient, indem er andere seiner Art zur Strecke bringt?«

»Ja, Ranai«, mischte sich Iya in den Disput. »Wir haben gesehen, was sie anrichten.«

»Habt Ihr mit angesehen, wie sie jemanden umgebracht haben, den ihr kanntet? Nein? Nun, ich schon. Ich musste hilflos dabeistehen, als eine liebe Freundin, eine Zauberin, die vier Königinnen gedient hat, auf einem Eibenrahmen gebrannt hat, allein, weil sie laut über einen Traum gesprochen hat, der dem meinen sehr ähnlich war; und zweifellos auch dem Euren. Bei lebendigem Leibe verbrannt, weil sie von einem *Traum* gesprochen hat! Stellt Euch vor, so Ihr dazu imstande seid, über welche Macht die Häscher verfügen müssen, dass sie fähig sind, so grausam zu töten. Und wir sind nicht die Einzigen, die sie schikanieren. Sie verfolgen jeden, der sich gegen die männliche Erbfolge ausspricht, ganz besonders die Anhänger Illiors. Im Namen der Vier, wenn er schon seine eigene Schwester umbringt ...«

Der Becher fiel aus Arkoniels Hand, und der Wein verteilte sich auf der Tischplatte. »Ariani ist tot?«

Naris Briefe waren in regelmäßigen Abständen am vereinbarten Ort eingetroffen. Wieso sollte sie diese Tatsache unterschlagen haben?

»Seit letztem Jahr, glaube ich«, sagte Ranai. »Habt Ihr sie gekannt?«

»Ja, wir kannten sie«, antwortete Iya, und ihre Stimme klang in Arkoniels Ohren unfassbar ruhig.

»Dann tut es mir Leid, dass Ihr es auf diese Art erfahren musstet.«

»Und der König hat sie getötet?«, brachte Arkoniel, der vor Entsetzen kaum atmen konnte, krächzend hervor.

Ranai zuckte die Schultern. »Dessen bin ich nicht sicher, aber nach allem, was mir zu Ohren kam, war er dort, als sie gestorben ist. Auf jeden Fall war sie die letzte der weiblichen Nachfahren, und Prinz Korin wird den

Thron erben. Vielleicht wird er der Vater unserer Traurigen Königin sein.«

»Vielleicht«, murmelte Iya, und Arkoniel wusste, dass sie dieser Frau kein weiteres Wort über ihre Vision verraten würde.

Unbehagliche Stille legte sich über den Raum. Arkoniel kämpfte gegen die Tränen an und mühte sich, Iyas wachsamen Blicken auszuweichen.

»Ich habe Illior und Skala ordentlich gedient«, sagte Ranai schließlich in ermattetem Ton, und ihre Hand berührte die zerstörte Haut ihres Gesichts. »Alles, was ich je für mich gewünscht habe, war ein bisschen Frieden.«

Iya nickte. »Vergebt uns die Störung. Sollten die Häscher zu Euch kommen, was werdet Ihr ihnen erzählen?«

Die alte Zauberin besaß Anstand genug, ein wenig beschämt auszusehen. »Ich habe ihnen nichts zu sagen. Darauf gebe ich Euch mein Wort.«

»Danke.« Iya streckte den Arm aus und bedeckte Ranais verkrüppelte Hand mit der ihren. »Das Leben ist lang, Schwester, geformt aus Rauch und Wasser, nicht aus Stein. Betet, dass wir uns in besseren Zeiten wiedersehen werden.«

Ein schrecklicher Verdacht nistete sich in Arkoniels Herzen ein, als sie die Hütte der Zauberin hinter sich ließen und über den schlammigen Pfad schritten, der aus dem Dorf hinausführte, doch noch mochte er nicht darüber sprechen; er war nicht sicher, ob er die Antwort würde ertragen können.

Unter einer mächtigen Tanne am Meeresufer schlugen sie ihr Lager auf. Iya sang einen Zauber, um die

Feuchtigkeit fern zu halten, und Arkoniel rief einen erst vor kurzem perfektionierten Zauber, eine Sphäre schwarzen Feuers, in der Luft vor ihren Füßen ins Leben.

»Ach, das tut gut.« Iya zog die durchnässten Stiefel aus, um sich die Füße zu wärmen. »Gut gemacht.«

Eine Weile saßen sie nur da und lauschten dem Regen und dem rhythmischen Wellenschlag am Felsenriff. Arkoniel wollte über Ariani sprechen. Er musste von Iya selbst hören, dass sein finsterer Verdacht falsch war, aber er brachte die Worte nicht über die Lippen. Der Kummer saß wie ein Stein in seiner Kehle.

»Ich wusste es«, sagte Iya schließlich, und Arkoniel hatte das Gefühl, sein Herz würde zu Asche zerfallen.

»Wie lange?«

»Seit es passiert ist. Nari hat mir berichtet.«

»Und du hast mir nichts davon erzählt?« Unfähig, Iya anzusehen, starrte er in das Geäst über seinem Kopf. All diese Jahre hatten ihn die Erinnerungen an jene grässliche Nacht und die liebliche Frau, die sie hintergangen hatten, verfolgt. Seither waren sie nicht mehr nach Ero zurückgekehrt – Iya war noch immer strikt dagegen –, doch er hatte sich stets vorgestellt, sie würden eines Tages zurückgehen und alles irgendwie wieder in Ordnung bringen.

Arkoniel fühlte eine Hand auf seiner Schulter. »Wie konntest du mir das verschweigen?«

»Weil es nichts gab, was wir hätten tun können. Nicht, bis das Kind herangewachsen ist. Erius hat seine Schwester nicht getötet, jedenfalls nicht direkt. Ariani hat sich aus einem Turmfenster gestürzt. Offenbar hat sie versucht, auch das Kind umzubringen. Dennoch gibt es nichts, was wir dort ausrichten könnten.«

»Das sagst du immer!« Wütend wischte er sich die Tränen aus den Augen. »Ich bezweifle ja gar nicht, dass wir nur Illiors Willen folgen. Das habe ich nie getan. Aber wie kannst du so sicher sein, dass wir seinen Willen auf die richtige Weise befolgen? Inzwischen sind fast zehn Jahre vergangen, Iya, und wir sind nicht ein Mal dort gewesen, um uns zu vergewissern, dass es ihr gut geht, oder um ihnen durch das Chaos zu helfen, das Lhel hinterlassen hat. Die Mutter des Kindes begeht Selbstmord, und du behauptest immer noch, wir hätten Wichtigeres zu tun?«

Viel zu aufgeregt, einfach still dazusitzen, verließ er den Schutz des Baumes und spazierte zum Ufer hinunter. Die Flut war auf ihrem höchsten Stand, und das Meer lag ruhig unter dem herniederprasselnden Regen. In der Ferne warf eine Schiffslaterne ihren Lichtschein über die schimmernde Wasseroberfläche. Arkoniel stellte sich vor, er würde einfach zu dem Schiff hinausschwimmen und um eine Koje bei den Matrosen bitten. Er würde Lasten schleppen und Segel reffen, bis seine Hände bluteten, und nie wieder an Magie oder Geister oder Frauen, die aus Turmfenstern stürzten, denken müssen.

Oh, Illior!, betete er im Stillen, das Gesicht dem wolkenverhangenen Mond zugewandt, während er den Strand hinunterging. *Wie kann dies dein Wille sein, wenn mir doch das Herz bricht? Wie kann ich lieben und einer Meisterin folgen, die ohne mit der Wimper zu zucken solchen Taten zusieht und ein derartiges Schweigen zwischen uns aufbaut?*

In seinem Herzen wusste er genau, dass er Iya immer noch liebte, ihr immer noch vertraute, doch die Balance zwischen Mitteln und Zweck war auf eine gefährliche Weise gestört, die nur er wahrzunehmen schien. Aber wie konnte das sein? Er war nur ein Schüler, ein völlig unbedeutender Zauberer ohne Ansehen.

Er blieb stehen, ging in die Hocke und barg das Gesicht in den Händen. *Etwas stimmt nicht. Etwas fehlt, wenn nicht für Iya, dann zumindest für mich.*

Seit Afra.

Manchmal schien es ihm, als hätte das Leben an jenem schicksalhaften Sommertag neu begonnen. Die Stirn auf die Knie gelegt, rief er sich den strahlenden Sonnenschein ins Gedächtnis, den Geschmack des Staubes auf der Zunge, die warme Glätte der von der Sonne erhitzten Stele unter seinen Händen. Er dachte an die kühle Finsternis in der Höhle des Orakels, wo er auf Knien eine seltsame Antwort erteilt bekommen hatte, die doch keine Antwort war; eine Vision seiner selbst, wie er einen dunkelhaarigen Knaben im Arm hielt ...

Eine eigenartige Ruhe ergriff Besitz von ihm.

Das Kind. Welches Kind?

Das eisige Grauen angesichts des wütenden Geistes des ermordeten Kindes ergriff Besitz von ihm, bis seine Hände sich steif anfühlten und seine Knochen schmerzten. Für einen Moment schien es ihm, als stünde er erneut unter dem Haselnussbaum und sähe zu, wie der kleine Körper im Erdboden versank.

Die Hexenmagie hatte nicht gereicht, den wütenden Geist festzuhalten.

Die Vision nahm vor seinem geistigen Auge immer deutlicher Gestalt an und veränderte sich. Ein Kind erhob sich zu seinen Füßen aus dem Boden, kämpfte gegen die Fesseln aus Wurzeln und fester Erde. Arkoniel ergriff seine Hände, zog an ihnen, blickte in die dunkelblauen Augen, blau, nicht schwarz. Aber die Wurzeln hielten das Kind fest, zerrten an Armen und Beinen. Eine hatte sich in seinen Rücken gebohrt und kam durch eine Wunde in der Brust wieder zum Vorschein, genau dort, wo Lhel einen Streifen Haut mit Stichen, zarter als Augenwimpern, eingenäht hatte. Der Baum trank das Blut des Kindes, und Arkoniel sah, wie es vor seinen Augen welkte . . .

Noch immer hielt ihn eine widernatürliche Kälte umfangen und ließ ihn zittern und stolpern wie einen alten Mann, als er sich auf den Weg zurück zu der Tanne machte.

Zauberer sehen im Dunkeln recht gut, doch das, was Iya fühlte, als Arkoniel zurückkehrte, veranlasste sie, ein Licht zu entzünden.

Das Gesicht unter dem kümmerlichen Bart war aschfahl, die Augen rot gerändert, der Blick starr.

»Afra«, keuchte er und ließ sich neben ihr auf die Knie fallen. »Meine Vision. Die, die ich nicht . . . Tobin ist meine Aufgabe. Darum . . . Oh, Iya, ich muss gehen! Wir müssen gehen!«

»Arkoniel, du stammelst wirres Zeug. Was ist los?« Iya umfasste sein Gesicht mit beiden Händen und legte ihre Stirn an die seine. Er zitterte wie ein schwer kranker Mann, aber sie fühlte keine Spur von Fieber. Im Gegenteil, seine Haut war eiskalt. Vorsichtig tastete sie nach seinem Geist und wurde sogleich von einer Vision empfangen: Arkoniel stand auf einer hohen Klippe und schaute gen Westen über die dunkelblaue See. Direkt vor ihm, viel zu nah am Abgrund, standen Arianis Zwillinge, hoch aufgeschossen und schlank. Stränge von goldenem Licht verbanden den Zauberer mit den Kindern.

»Siehst du es?« Arkoniel löste sich von ihr, ergriff ihre Hände und erzählte ihr von der düsteren Vision, die er am Strand erfahren hatte. »Ich muss zu dem Kind. Ich muss Tobin sehen.«

»Nun gut. Vergib mir, dass ich dich nicht informiert habe. Meine Vision . . .« Sie streckte die Hände aus, die Handflächen nach oben gewandt. »Sie liegt so klar vor mir und bleibt doch so dunkel. Solange das Kind lebt, gibt es andere Dinge, um die ich mich kümmern muss. Vermutlich habe ich einfach vergessen, wie viel Zeit vergangen ist, seit Ariani gestorben ist, und wie viel schneller die Zeit für dich verrinnt als für mich. Aber du musst mir glauben, wenn ich dir sage, dass ich das Kind nicht vergessen habe. Nur um Tobins willen haben wir uns all diese langen Jahre fern halten müssen, und nun scheint es mir noch wichtiger, Vorsicht walten zu lassen und auf keinen Fall Erius' Aufmerksamkeit auf das Haus zu lenken, jetzt, da er keinem Zauberer außer seinem Hofzauberer mehr über den Weg traut.«

Sie unterbrach sich, als ihr ein neuer Gedanke durch den Kopf schoss. Zweimal hatte sie schon die Hand des Lichtträgers über Arkoniel erblickt, und obwohl er in ihren Visionen auftauchte, sah er sie nicht in seinen, eine Erkenntnis, die Trauer und Furcht mit sich brachte.

»Nun, wie es scheint, wirst du gehen müssen«, sagte sie schließlich zu ihm.

Er küsste ihre Hände. »Danke, Iya. Ich werde nicht lange fort sein, das verspreche ich. Ich will mich nur vergewissern, dass das Kind in Sicherheit ist, und versuchen herauszufinden, was Illior mir sagen will. Wenn es mir gelingt, mich noch morgen einzuschiffen, werde ich in einer Woche zurück sein. Wo soll ich dann zu dir stoßen?«

»Es gibt keinen Grund für diese Eile. Ich werde, wie geplant, weiter nach Ylani reisen. Dort kannst du mich benachrichtigen, wenn du das Kind gesehen hast . . .« Wieder machte sich die Trauer bemerkbar. »Dann werden wir sehen.«

Kapitel 16

Arkoniel blickte über die Schulter zurück, als er sich am nächsten Tag auf den Weg machte. Iya stand unter der Tanne und sah irgendwie sehr klein und durchschnittlich aus. Sie winkte, und er erwiderte die Geste, ehe er sein Gesicht in Richtung Dorf wandte und sich redlich bemühte, den Kloß in seiner Kehle zu ignorieren. Nach all diesen Jahren war es ein seltsames Gefühl, allein zu reisen.

Die Zauberutensilien, die er bei sich hatte, lagen gut versteckt in seiner zusammengerollten Decke, die an einem Riemen von seiner Schulter baumelte. Mit ein bisschen Glück würde niemand mehr in ihm sehen als einen Reisenden mit schlammverkrusteten Stiefeln und einem staubigen Hut mit ausgefranster Krempe. Dennoch war Arkoniel entschlossen, Iyas Warnungen zu beachten, Priestern und anderen Zauberern aus dem Weg zu gehen und ein wachsames Auge auf alle Männer zu haben, die das Falkenabzeichen der Häscher trugen.

Bald hatte er einen Fischer aufgetrieben, der bereit war, ihn die Küste hinauf bis Ylani mitzunehmen, wo er sich an Bord eines größeren Bootes nach Volchi einschiffte. Zwei Tage später ging er wieder von Bord, kaufte einen kräftigen Fuchswallach und machte sich auf den Weg nach Alestun, um sich den Aufgaben zu stellen, die der Lichtträger ihm zugedacht hatte.

Aus Rhius' und Naris Briefen wusste er, dass der Herzog und seine Familie schon im Frühjahr nach Tobins

Geburt Ero verlassen hatten und in die Festung gezogen waren; schon damals hatten die Gerüchte über den »Dämon« in der Stadt die Runde gemacht. Der Geist, so hieß es, bewarf Besucher mit Gegenständen, verletzte sie und stahl Geschmeide und Hüte. Und die wunderschöne Ariani wandelte in ihrem schmutzigen Gewand mit der sonderbaren Puppe auf den Armen durch die Gänge des Hauses, auf der Suche nach ihrem Kind – auch daran erinnerten sich die Menschen bis heute.

Der König war offensichtlich damit einverstanden gewesen, Rhius gehen zu lassen, was man von dem Dämon nicht sagen konnte, denn jener hatte die Familie irgendwie bis in die Festung verfolgen können.

Ein Schauder rann über seinen Rücken, als Arkoniel versuchte, sich die Situation vorzustellen. Ruhelose Geister waren furchterregende, schändliche Geschöpfe, und der Umgang mit ihnen blieb üblicherweise Priestern und Drysiern vorbehalten. Iya und er hatten von diesen Leuten so viel wie nur möglich in Erfahrung gebracht, wohl wissend, dass sie sich früher oder später jenem Gespenst würden stellen müssen, an dessen Erschaffung sie beteiligt gewesen waren, aber Arkoniel hatte nie damit gerechnet, dieser Herausforderung einmal allein gegenüberzustehen.

Am dritten Tag des Shemin erreichte Arkoniel Alestun, eine hübsche, gedeihende kleine Handelsstadt in den Ausläufern der skalanischen Gebirgskette. Einige Meilen weiter im Westen hob sich eine Reihe zerklüfteter Berge vor dem wolkenlosen Nachmittagshimmel ab. Hier war es kühler als an der Küste, und Felder und Wiesen zeigten kein Anzeichen der Dürre.

Auf dem Marktplatz hielt er inne, um eine Frau, die

Käse auf einem Handwagen verkaufte, nach dem Weg zu fragen.

»Herzog Rhius? Den findet Ihr in der alten Festung oben auf dem Pass«, sagte sie. »Er ist schon beinahe einen Monat zurück, aber ich habe gehört, er wird nicht lange bleiben. Morgen wird er beim Schrein sein, um sich die Gesuche der Bürger anzuhören, falls Ihr deswegen gekommen seid.«

»Nein, ich suche sein Domizil.«

»Haltet Euch einfach auf der Hauptstraße durch den Wald. Aber solltet Ihr ein Hausierer sein, so könnt Ihr Euch die Reise sparen. Sie schicken Euch die Wachen auf den Hals, es sei denn, Ihr seid ein Bekannter der Familie. Fremde sind in der Festung nicht erwünscht.«

»Ich bin kein Fremder«, verriet ihr Arkoniel, kaufte etwas Käse und ging lächelnd seiner Wege, insgeheim amüsiert, dass sie ihn für einen Landstreicher gehalten hatte.

Als er weiterritt, passierte er goldene Gerstenfelder und Weiden voller geschorener Schafe oder fett gefressener Schweine, ehe er den dunklen Wald erreichte. Die Straße, auf die ihn die Frau geschickt hatte, war weit weniger belebt als die, auf der er in die Stadt geritten war. Trockenes Gras drängte sich büschelweise zwischen den Radfurchen, und er sah mehr Spuren von Damwild und Schweinen am Boden als von Pferden. Die Schatten wurden nun schnell länger, und er trieb sein schwitzendes Pferd zum Galopp. Im Stillen wünschte er sich, er hätte sich erkundigt, wie weit der Weg zur Festung war.

Schließlich endete der Wald an einem Flussufer am unteren Ende einer steil abfallenden Wiese. Oberhalb der Wiese stand eine große, graue Festung mit einem einzelnen Wachturm.

. . . hat sich aus einem Turmfenster gestürzt . . .

Arkoniel erschauerte. Als er sein Pferd weiter die Straße hinaufdirigieren wollte, sah er einen bäuerlich erscheinenden Jungen, der neben der Straße, keine zwanzig Fuß von ihm entfernt, im Gras kauerte.

Der Knabe trug eine zerlumpte Tunika. Seine dürren Arme und Beine waren nackt. Die Haut war verdreckt, und in seinem dunklen Haar hingen Kletten und Laub.

Arkoniel wollte ihn gerade anrufen, als ihm wieder einfiel, dass es in diesem Haus nur ein einziges Kind gab – ein Kind mit schwarzem Haar. Entsetzt über den Zustand des Prinzen, ritt er im Schritttempo auf den Jungen zu, um ihn zu begrüßen.

Tobin hatte der Straße den Rücken zugekehrt und starrte konzentriert auf etwas, das sich im hohen Gras oberhalb des Flussufers verbergen musste. Er sah nicht auf, als Arkoniel sich näherte. Der Zauberer machte Anstalten abzusteigen, überlegte es sich dann aber anders. Etwas an Tobins Haltung ermahnte ihn, auf Distanz zu bleiben.

»Weißt du, wer ich bin?«, fragte er schließlich.

»Ihr seid Arkoniel«, antwortete der Knabe, ohne den Blick von dem Mysterium zu lösen, das seine Aufmerksamkeit gefangen hielt.

»Dein Vater wird nicht erfreut sein, wenn du dich ganz allein so weit vom Haus entfernst. Wo ist deine Amme?«

Das Kind ignorierte seine Frage. »Ob sie wohl beißt? Was meint Ihr?«

»Ob wer beißt?«

Tobin griff mit einer Hand ins Gras und brachte eine Spitzmaus zum Vorschein. Er hielt das bedauernswerte Tier an einem Hinterbein fest. Eine Weile beobachtete er den verzweifelten Befreiungskampf der Maus, ehe er ihr wie ein alter Wilderer das Genick brach. Ein Tropfen Blut wölbte sich aus der winzigen Schnauze der Kreatur.

»Meine Mama ist tot.« Nun endlich drehte sich der Junge zu Arkoniel um, und der Zauberer starrte in Augen, so schwarz wie die Nacht.

Die Worte blieben ihm im Halse stecken, als ihm bewusst wurde, mit wem er da tatsächlich sprach.

»Ich kenne den Geschmack Eurer Tränen«, sagte der Dämon.

Bevor Arkoniel sich durch einen Bann schützen konnte, sprang der Dämon auf und schleuderte dem Pferd die tote Spitzmaus zwischen die Augen. Der Wallach bäumte sich auf, und Arkoniel flog in hohem Bogen ins Gras. Er prallte ungeschickt mit der linken Hand auf und fühlte ein Übelkeit erregendes Knacken oberhalb des Handgelenks. Schmerz und der Sturz selbst trieben ihm die Luft aus den Lungen, und er lag zusammengerollt am Boden und kämpfte mühsam gegen Übelkeit und Furcht an.

Der Dämon. Er hatte noch nie von einem Dämon gehört, der so deutlich zu sehen war und sogar sprach. Endlich gelang es ihm, den Kopf zu heben, in der Erwartung, den Dämon neben sich hocken zu sehen. Stattdessen sah er seinen Wallach, der den Kopf zurückwarf und verängstigt über die Wiese auf der anderen Seite des Flusses jagte.

Langsam setzte er sich auf und zog den verletzten Arm an den Körper. Seine linke Hand bildete einen beängstigenden Winkel zum Unterarm und fühlte sich erschreckend kalt an. Erneut wogte die Übelkeit in seiner Kehle auf, und er ließ sich zurück in das Gras sinken. Die Sonne brannte heiß auf seine Wangen, und Insekten inspizierten seine Ohren. Matt sah er dem Tanz der grünen Grashalme vor dem blauen Himmel zu, während er sich bemühte, sich im Geiste darauf vorzubereiten, den Rest des Weges über die steil ansteigende Straße zu der Festung zu Fuß zurückzulegen.

Als ihm das nicht gelang, konzentrierte er sich wieder auf die Begegnung mit dem Dämon. Erst jetzt wurde ihm wirklich klar, was die Kreatur gesagt hatte.

Meine Mama ist tot.

Ich kenne den Geschmack Eurer Tränen.

Dies war keineswegs der lärmende Poltergeist, den er erwartet hatte. Er war herangewachsen wie ein lebendiges Kind und hatte eine Art Bewusstsein entwickelt. Von solch einem Wesen hatte Arkoniel noch nie gehört.

»Lhel, du verdammte Totenbeschwörerin, was hast du getan?«, ächzte er.

Was haben wir getan?

Offenbar war er eine Weile bewusstlos, denn als er das nächste Mal die Augen aufschlug, versperrten Schultern und Kopf eines Mannes den Blick auf die Sonne.

»Ich bin kein Landstreicher«, murmelte er.

»Arkoniel?« Starke Hände griffen ihm unter die Arme und halfen ihm auf. »Was macht Ihr hier so ganz allein?«

Er kannte die Stimme und das wettergegerbte, bärtige Gesicht, das zu ihr gehörte, obwohl mehr als ein Jahrzehnt vergangen war, seit er den Mann zum letzten Mal gesehen hatte. »Tharin? Im Namen der Vier, was für eine Erleichterung, Euch zu sehen.«

Arkoniel schwankte, und der Hauptmann legte einen Arm um seine Taille, um ihn zu stützen.

Blinzelnd versuchte er, das Gesicht, das ihm zu nahe war, zu betrachten. Tharins blondes Haar und sein Bart waren vom Alter gebleicht, und die Linien um Augen und Mund hatten sich tiefer in die Haut gegraben, aber die ruhige, selbstsichere Haltung war noch die gleiche wie früher, was Arkoniel mit tiefer Dankbarkeit erfüllte. »Ist Rhius hier? Ich muss ...«

»Ja, er ist hier, allerdings habt Ihr Glück, uns noch zu erwischen. Wir werden schon morgen gen Ero aufbrechen. Warum habt Ihr uns keine Botschaft zukommen lassen?«

Arkoniels Beine drohten nachzugeben, und er geriet erneut ins Taumeln.

Tharin richtete ihn wieder auf. »Wie auch immer, jetzt sollten wir Euch erst einmal ins Haus schaffen.«

Damit schleppte Tharin ihn zu einem großen grauen Pferd und half ihm in den Sattel. »Was ist passiert? Ich sah Euch hier unten im Sattel sitzen, wie ihr auf den Fluss gestarrt habt. Dann hat Euer Pferd Euch einfach abgeworfen. Sah aus, als wäre das Tier durchgedreht. Sefus hat es immer noch nicht geschafft, das Pferd für Euch wieder einzufangen.«

Auf der Wiese sah Arkoniel einen Mann, der versuchte, sein durchgegangenes Pferd zu beruhigen, aber das Tier scheute und trat aus, wann immer der Mann versuchte, nach den Zügeln zu greifen. Noch nicht bereit, über das zu sprechen, was ihm widerfahren war, schüttelte Arkoniel den Kopf. Tharin hatte den Dämon offensichtlich nicht gesehen. »Nervöses Vieh.«

»Scheint so. Wie bekommen wir Euch denn nun zum Haus? Langsam und schmerzhaft oder schnell und schmerzhaft?«

Arkoniel rang sich ein schiefes Grinsen ab. »Schnell.«

Tharin sprang hinter ihm auf das Pferd und griff um Arkoniel herum nach den Zügeln. Dann trieb er das Tier mit einem kurzen Tritt in die Seiten zu einem schnellen Galopp. Jeder einzelne Hufschlag jagte einen sengenden Schmerz durch Arkoniels Arm, und er konzentrierte sich angestrengt auf ihr Ziel und hielt sich so gut wie möglich mit der gesunden Hand fest.

Als sie den Hang erklommen hatten, ritten sie über eine breite Holzbrücke und durch ein Tor auf den gepflasterten Innenhof. Mynir und Nari warteten dort bereits in Gesellschaft einer knochigen Frau mit einer Kochschürze.

Auch Nari war deutlich gealtert. Sie war noch immer füllig und von gesunder Gesichtsfarbe, aber ihr Haar war von grauen Strähnen durchzogen.

Sie halfen ihm vom Pferd, und Tharin stützte ihn auf dem Weg durch die düstere Halle in die Küche.

»Was um alles in der Welt macht Ihr hier?«, fragte Nari, kaum dass Tharin ihn zu einer Bank neben einem polierten Eichentisch geführt hatte.

»Das Kind«, krächzte er und stützte den von Schwindel geplagten Kopf auf die gesunde Hand. »Ich wollte das Kind sehen. Geht es ihm gut?« Tharin griff vorsichtig mit beiden Händen nach dem schwellenden Unterarm, und Arkoniel keuchte auf, als der Mann die Verletzung abtastete.

Nari sah ihn unter hochgezogenen Brauen an. »Natürlich geht es ihm gut. Was veranlasst Euch zu der Frage?«

»Ich wollte nur . . .« Erneut stockte ihm der Atem, als sich Tharins tastende Finger tiefer in das Gewebe bohrten.

»Glück gehabt«, sagte er zu Arkoniel. »Es ist nur der äußere Knochen und ein sauberer Bruch noch dazu. Wenn der Arm erst gerichtet und verbunden ist, sollte er Euch nicht mehr allzu sehr belasten.«

Mynir brachte eine Holzleiste und Stoffstreifen herbei.

»Besser, Ihr trinkt das zuerst«, sagte Mamsell und reichte ihm einen Tonkrug.

Arkoniel schüttete den Inhalt dankbar hinunter und fühlte, wie sich sogleich eine dumpfe Hitze in seinem Bauch und seinen Gliedern ausbreitete. »Was ist das?«

»Essig, Branntwein, ein bisschen Mohn und Bilsenkraut«, erklärte sie und tätschelte seine Schulter.

Dennoch hatte Arkoniel höllische Schmerzen, als Tharin den Knochen richtete, aber zumindest war er imstande, die Prozedur klaglos über sich ergehen zu lassen.

Mit den Stoffstreifen und einem Lederriemen befestigte Tharin die Schiene. Als er fertig war, lehnte er sich zurück und grinste Arkoniel an.

»Ihr seid härter, als Ihr ausseht, Junge.«

Arkoniel ächzte und trank einen weiteren Schluck des Gebräus. Langsam fühlte er sich recht schläfrig.

»Hat Iya Euch geschickt?«, fragte Nari.

»Nein. ich dachte, ich sollte herkommen und Euch meine ...«

»Hat es tatsächlich einer von Euch endlich geschafft, uns einen Besuch abzustatten, ja?«, unterbrach ihn eine schroffe Stimme.

Nun wieder hellwach, blickte sich Arkoniel um und sah, dass Rhius ihn mit finsterer Miene musterte.

Tharin erhob sich und trat auf den Herzog zu, als erwarte er einen gewalttätigen Ausbruch. »Er ist verletzt, Rhius.«

Der Herzog beachtete ihn überhaupt nicht, als er die Küche durchquerte, um zornigen Blickes auf Arkoniel hinabzusehen. »Seid Ihr also tatsächlich zu uns zurückgekehrt, ja? Wo ist Eure Meisterin?«

»Sie ist noch immer im Süden, Mylord. Ich bin gekommen, Euch meine Aufwartung zu machen und Euch mein Beileid auszusprechen. Wir waren beide zutiefst betrübt, vom Tod Eurer Gemahlin zu erfahren.«

»So betrübt, dass Ihr ein Jahr gebraucht habt, um zu uns zu kommen?« Rhius setzte sich ihm gegenüber an den Tisch und beäugte den verbundenen Unterarm des Zauberers. »Nun, wie ich sehe, werdet Ihr uns nicht so bald wieder verlassen. Ich werde morgen nach Ero aufbrechen, aber Ihr könnt bleiben, bis Ihr wieder imstande seid zu reiten.«

Dies war weit entfernt von dem Willkommen, das ihnen früher unter Rhius' Dach zuteil geworden war, aber insgeheim glaubte Arkoniel, von Glück reden zu können, dass Rhius ihn nicht in den Fluss geworfen hatte.

»Wie geht es dem König?«, fragte er.

Rhius' Oberlippe zitterte vor Zorn. »Sehr gut, danke. Die Überfälle der Plenimaraner haben pünktlich zur Erntezeit aufgehört, die Feldfrüchte reifen, die Sonne scheint immer noch. Wie es scheint, sind die Vier mit seiner Regentschaft zufrieden.« Rhius sprach mit vollkommen ruhiger, beinahe ausdrucksloser Stimme, doch Arkoniel erkannte einen Treuebruch in jenen harten, müden Augen. Iya hätte nun gewiss von Geduld und von Visionen gesprochen, doch Arkoniel wusste nicht, wo er anfangen sollte.

In diesem Augenblick lugte ein schauerlich vertrautes Gesicht aus dem Korridor herein. »Wer ist das, Vater?«

All die Härte schwand aus Rhius' Gesicht, als er dem Knaben die Hand entgegenstreckte, worauf jener näher trat, sich an seinen Vater schmiegte und Arkoniel aus scheuen blauen Augen musterte.

Tobin.

Nichts von dem verborgenen Mädchen zeigte sich in

dem einfachen, schlanken Burschen. Lhel hatte ganze Arbeit geleistet. Aber Tobins Augen waren von dem gleichen hinreißenden Blau wie die seiner Mutter, und er sah, ganz im Gegensatz zu dem Dämon, vollkommen gesund aus, abgesehen von einer kleinen rosaroten Narbe an seinem Kinn. Arkoniel warf einen verstohlenen Blick auf das Dreieck fahler, glatter Haut, das sich im offenen Kragen der Tunika des Kindes zeigte, und fragte sich, wie Lhels Nähte wohl nach all den Jahren aussehen mochten.

Das schwarze Haar des Kindes hatte einen gepflegten Glanz, und seine Tunika war sauber und anständig geschneidert, auch wenn ihn in diesem Kleidungsstück niemand für den Sohn einer Prinzessin gehalten hätte. Als sich Arkoniel unter den anderen Personen im Raum umsah, erkannte er die Liebe, die diesem ernsten Kind zuteil wurde, und in seinem Herzen loderte schmerzhaft ein sonderbares Mitgefühl mit dem Dämon auf, einem verlassenen Kind, ausgeschlossen von der Wärme einer Familie, dessen Doppelgänger in wohliger Behaglichkeit aufwachsen durfte. Der Dämon besaß Bewusstsein. Er musste das alles wissen.

Tobins Gesicht blieb ernst, und er machte keine Anstalten, näher zu treten und ihn zu begrüßen; er starrte Arkoniel lediglich an, und seine schweigsame Regungslosigkeit ließ ihn beinahe genauso seltsam erscheinen wie seinen geisterhaften Zwilling.

»Das ist Arkoniel«, erklärte Rhius. »Er ist ein ... Freund. Ein Freund, den ich schon sehr lange nicht mehr gesehen habe. Nun komm, stell dich vor, wie es sich gehört.«

Der Knabe verbeugte sich formell und steif vor Arkoniel, die linke Hand am Gürtel, wo eines Tages sein Schwert hängen sollte. An der Außenseite seines Unter-

236

arms befand sich ein weinrotes Mal, das an eine in der Mitte durchgeschnittene Rosenblüte erinnerte, ein Mal, das Arkoniel völlig vergessen hatte, das einzige äußerlich sichtbare Überbleibsel von der wahren Gestalt des Mädchens.

»Ich bin Prinz Tobin Erius Akandor, Sohn von Ariani und Rhius.« Seine Art, sich zu bewegen, stärkte Arkoniels ersten Eindruck. Seine Haltung war ganz und gar nicht normal für ein Kind seines Alters. Er besaß die Würde seines Vaters, doch weder die Statur noch die Jahre, sie anstandsgemäß zu tragen.

Arkoniel erwiderte die Verbeugung, so gut es im Sitzen ging. Der Trank der Köchin schien seine Wirkung umso stärker zu entfalten, je länger er in seinem Körper war, und der junge Zauberer fühlte sich zunehmend benommen. »Ich fühle mich geehrt, Eure Bekanntschaft zu machen, mein Prinz. Ich bin Arkoniel, Sohn von Sir Coran und Lady Mekia von Rhemair, Mündel der Zauberin Iya, und bitte darum, Euch und allen Angehörigen Eures Haushaltes meine bescheidenen Dienste anbieten zu dürfen.«

Tobins Augen weiteten sich. »Ihr seid ein Zauberer?«

»Ja, mein Prinz.« Arkoniel hielt die verbundene Hand hoch. »Vielleicht kann ich dir ein paar Tricks vorführen, wenn das hier nicht mehr so schmerzt.«

Die meisten Kinder reagierten auf ein derartiges Angebot mit Jubelgeschrei, zumindest aber mit einem Lächeln, doch Tobin schien sich in sich zurückzuziehen, obwohl sich kein Muskel in seinem Gesicht oder seinem Körper rührte.

Ich hatte Recht, dachte Arkoniel, ohne den Blick von den dunklen Augen des Kindes zu lösen. *Irgendetwas stimmt hier nicht.*

Er versuchte, sich zu erheben, musste aber feststellen, dass seine Beine ihm nicht gehorchen wollten.

»Mamsells Trunk ist noch nicht fertig mit Euch«, sagte Nari und drückte ihn zurück auf die Bank. »Mylord, er muss sich irgendwo zur Ruhe legen, aber keines der Gästezimmer ist bewohnbar.«

»Eine Pritsche am Feuer ist alles, was ich brauche«, murmelte Arkoniel, der erneut mit der Übelkeit kämpfte. Trotz des warmen Tages und der Hitze des Branntweins in seinem Magen fror er erbärmlich.

»Wir könnten ein Bett in Tobins zweitem Zimmer aufstellen«, schlug Mynir vor, ohne auf Arkoniels weit bescheideneren Vorschlag einzugehen. »Dann muss er nicht so viele Treppen steigen.«

»Nun gut«, entgegnete Rhius. »Schick ein paar Männer, alles herbeizubringen, was du für nötig hältst.«

Arkoniel sackte gegen die Tischkante und wünschte, sie würden ihn einfach hier am Feuer lassen, damit er sich aufwärmen konnte. Derweil machten sich die Frauen auf, frisches Leinen zu holen. Tobin ging mit Tharin und dem Diener hinaus, und der Zauberer blieb mit Rhius allein zurück.

Einen Augenblick lang sagte keiner der Männer ein Wort.

»Der Dämon hat mein Pferd erschreckt«, erzählte Arkoniel dann. »Ich habe ihn auf der Straße am unteren Ende der Wiese deutlich gesehen.«

Rhius zuckte die Schultern. »Er ist auch jetzt hier bei uns. Wie ich sehe, habt Ihr eine Gänsehaut, also fühlt Ihr ihn auch.«

Arkoniel erschauerte. »Ja, ich fühle ihn, aber vorhin habe ich ihn *gesehen*, so deutlich, wie ich jetzt Euch vor mir sehe. Tobin sieht genauso aus wie er.«

Rhius schüttelte den Kopf. »Niemand hat ihn je gesehen, außer vielleicht . . .«

»Tobin?«

»Nein, im Namen der Vier!« Rhius schlug ein Zeichen zur Abwehr von Unglück. »Zumindest das ist ihm erspart geblieben. Aber ich glaube, Ariani hat ihn gesehen. Sie hat eine Puppe angefertigt, um das tote Kind zu ersetzen, und manchmal hat sie mit ihr gesprochen, als würde sie leben, aber ich hatte oft den Eindruck, was sie sah, war nicht die Puppe. Und Illior weiß, wie wenig Aufmerksamkeit sie ihrem lebenden Kind geschenkt hat, abgesehen von der letzten Zeit ihres Lebens.«

Wieder hatte Arkoniel das Gefühl, ihm würde die Kehle abgeschnürt. »Mylord, Worte können nicht ausdrücken, wie sehr ich . . .«

Rhius schlug donnernd mit der Hand auf den Tisch, beugte sich vor und knurrte: »Wagt es nur nicht, um sie zu weinen! Dazu habt Ihr kein Recht, so wenig wie ich selbst!« Dann sprang er auf, marschierte zur Tür hinaus und ließ den verschreckten Zauberer allein in der von einem Dämon heimgesuchten Küche zurück.

Die Kälte legte sich über ihn, und plötzlich war Arkoniel überzeugt, die kalten Hände eines Kindes auf seinem Hals zu spüren. Während seine Gedanken zu der toten Spitzmaus zurückkehrten, flüsterte er: »Im Namen der Vier – Schöpfer, Reisender, Flamme und Lichtträger – befehle ich dir: Lass ab, Geist, bis Bilairy dich durch das Tor des Jenseits führt.«

Um ihn herum wurde es noch kälter, und es wurde dunkel in dem vormals so hellen Raum, als hätte sich eine Gewitterwolke vor die Sonne gelegt. Ein großer Tontopf flog von einem Regal, verfehlte knapp seine Schulter und zerschellte an der gegenüberliegenden Mauer. Dem Topf folgte ein Korb voller Zwiebeln, eine hölzerne Teigschüssel und ein Teller. Arkoniel verzog sich eilends unter den Tisch. Für den Augenblick waren die gebrochenen Knochen beinahe vergessen.

Kaum einen Meter entfernt glitt ein eiserner Schürhaken über den steinernen Herd in seine Richtung. Er versuchte, sich zur Tür zurückzuziehen, stützte sich aber versehentlich auf die verletzte Hand und brach mit einem erstickten Aufschrei zusammen, die Augen vor Schmerz fest geschlossen.

»Nein«, erklang die hohe, klare Stimme eines Jungen.

Der Schürhaken fiel zu Boden.

Arkoniel hörte ein Flüstern und Schritte. Als er die Augen aufschlug, sah er Tobin neben sich knien. Die Kälte war verschwunden.

»Er mag Euch nicht«, sagte Tobin.

»Nein, ich glaube, er mag mich nicht«, keuchte Arkoniel, noch nicht bereit, sich zu regen. »Ist er weg?«

Tobin nickte.

»Hast du ihn weggeschickt?«

Tobin sah ihn erschrocken an, sagte aber nichts. Der Knabe war noch keine zehn Jahre alt, aber als Arkoniel nun in sein Gesicht blickte, stellte er fest, dass er diesem Antlitz kein Alter zuordnen konnte. Tobin sah gleichzeitig zu alt und zu jung aus.

»Er hört auf dich, nicht wahr?«, fragte er. »Ich habe gehört, wie du mit ihm gesprochen hast.«

»Bitte, sagt Vater nichts davon.«

»Warum?«

Nun sah Tobin aus wie jeder andere ängstliche kleine Junge auch. »Das ... das würde ihn traurig machen. Bitte, sagt ihm nicht, was Ihr gesehen habt!«

Arkoniel zögerte, als er an den wütenden Ausbruch des Herzogs zurückdachte. Schließlich krabbelte er unter dem Tisch hervor und setzte sich neben Tobin auf den Boden, die verwundete Hand sicher auf seinem Schoß. »Ich nehme an, all das ...« Sein Blick streifte die zertrümmerten Kochutensilien. »Das hier würde niemanden überraschen, richtig?«

Tobin schüttelte den Kopf.

»Nun gut, mein Prinz, ich werde dein Geheimnis bewahren. Aber ich würde wirklich gern erfahren, warum der Dämon dir gehorcht.«

Tobin schwieg.

»Hast du ihm gesagt, er soll mich mit Geschirr bewerfen?«

»Nein. So was würde ich nie tun, das schwöre ich bei meiner Ehre.«

Arkoniel musterte das müde, ernste kleine Gesicht, und er wusste, dass Tobin die Wahrheit gesagt hatte, dennoch verbarg sich hinter den Augen des Jungen ein Geheimnis. *Noch ein Haus voller geschlossener Türen*, dachte er, aber hier verspürte er eine vage Ahnung, dass er die Schlüssel finden würde.

Stimmen erklangen aus der Richtung der großen Halle. »Dann ab mit dir«, flüsterte er.

Tobin schlüpfte geräuschlos durch die Hintertür in den Hofgarten hinaus.

Danke, Illior. Danke, dass du mich hergeschickt hast, dachte Arkoniel, während er dem Knaben nachblickte. *Welche Finsternis dieses Kind auch umgibt, ich werde sie lüften und bei ihr bleiben, bis sie in ihrer wahren Gestalt gekrönt werden wird.*

Kapitel 17

Arkoniel stolperte ein wenig, als Nari und Tharin ihm die Treppe hinaufhalfen. Die Sonne war inzwischen hinter den Berggipfeln verschwunden, und das ganze Haus lag in Dunkelheit. Tharin trug eine Lampe aus Ton bei sich, in deren Licht Arkoniel die verblassten, abblätternden Farbschichten auf den einstmals bunten Pfeilern in der großen Halle erkennen konnte. Ausgefranste Banner aus längst vergessenen Schlachten hingen an den mit Schnitzereien verzierten Deckenbalken, und die lackierten Messinglampen waren von Spinnweben überzogen. Trotz der frisch ausgestreuten Kräuter verströmten die Binsen am Boden einen leichten Geruch nach Mäusen und Moder.

Der obere Korridor war noch finsterer als das Erdgeschoss. Arkoniel wurde in ein staubiges, unordentliches Zimmer zur Rechten gebracht. Eine Lampe auf einem Tischchen verbreitete gerade genug Licht, um etwas, das offenbar eine Miniaturstadt darstellen sollte, auf der einen Seite des Raumes auszumachen. In den Ecken lagen diverse Spielzeuge, die nicht den Eindruck machten, als würde ihnen jemand größere Aufmerksamkeit schenken.

Einige alte Truhen und ein Kleiderschrank mit einer gesplitterten Tür standen an den kahlen Steinwänden. In der Nähe des Fensters befand sich ein reich verziertes Eichenbett, das in einem seltsamen Winkel in den Raum hineinragte. Das Bettgestell war ein wahres Schmuckstück, veredelt mit Schnitzereien von Weinreben und

Vögeln, aber auch dieses Möbel war nicht frei von Spinnweben.

Tharin geleitete Arkoniel zum Bett und zog ihm Stiefel und Tunika aus. Der Zauberer konnte ein neuerliches Ächzen nicht unterdrücken, als der Ärmel über seinen gebrochenen Unterarm glitt.

»Geht zu Mamsell und holt noch etwas von ihrem Gebräu«, sagte Nari. »Ich werde ihn zudecken.«

»Ich werde ihr sagen, sie soll den Trank besonders stark bereiten, damit Ihr schlafen könnt«, versprach Tharin.

Die Eiderdaunen verströmten den Geruch von Zedernholz und Lavendel, als Nari die Decke über ihn zog und seinen verletzten Arm auf ein Kissen bettete. In dem blauen Seidenbezug waren noch die Falten zu sehen, die sich während der langen Aufbewahrungszeit in irgendeinem Schrank in den Stoff gedrückt hatten. »Ich vermute, Ihr habt nur selten Gäste«, stellte Arkoniel fest, während er sich dankbar in die weiche, wenn auch muffige Matratze sinken ließ.

»Der Herzog empfängt seine Gäste zumeist anderenorts.« Nari glättete die Decke über seiner Brust. »So ist es am besten, das wisst Ihr selbst. Tobin jedenfalls ist in Sicherheit.«

»Aber nicht glücklich.«

»Es steht mir nicht zu, mich dazu zu äußern. Er ist ein guter Junge, unser Tobin. Ich könnte mir keinen Besseren wünschen. Und sein Vater ist ganz vernarrt in ihn, zumindest war er das ... Aber sein Verhalten heute?« Sie schüttelte den Kopf. »Es ist schwer für ihn, seit die Prinzessin ... So zu sterben, Arkoniel, beim heiligen Licht, ich fürchte, das hat ihm das Herz gebrochen.«

»Wie ist es geschehen? Ich kenne lediglich die Gerüchte.«

Nari zog sich einen Stuhl heran und setzte sich. »Der König kam zu uns, um auf die Jagd zu gehen. Sie hat ihn von einem Fenster aus die Straße heraufkommen gesehen und den armen Tobin mit sich in den Turm gezerrt. Tobin will nicht darüber sprechen, aber er hatte eine Schnittwunde am Kinn, und ich habe Blut auf dem Fenstersims gefunden.«

»Die Narbe?«

»Ja, da hat er sich die Verletzung zugezogen.«

»Meint Ihr, sie hat versucht, ihn umzubringen?«

Nari antwortete nicht.

Von dem Trunk benommen, starrte Arkoniel die Frau an, darum bemüht, ihr Schweigen zu ergründen. »Ihr denkt doch nicht … Nari, er ist kaum zehn Jahre alt und noch dazu recht klein für sein Alter! Wie sollte er eine erwachsene Frau zum Fenster hinausstoßen?«

»Ich behaupte nicht, dass er es getan hat! Aber manchmal scheint er regelrecht von dem Dämon besessen zu sein. Einmal hat er das ganze Zimmer verwüstet. Ich habe ihn selbst dabei erwischt! Und das Turmzimmer, in dem wir ihn gefunden haben? Es sah genauso aus.«

»Das ist absurd.«

Nari verschränkte die Arme vor der Brust und starrte mit gerunzelter Stirn zu Boden. »Gewiss habt Ihr Recht. Glaubt mir, ich will bestimmt nichts Schlechtes über das Kind denken, aber inzwischen spricht es sogar schon mit dem Dämon.«

»Er spricht mit ihm?« Arkoniel dachte an das Geflüster, das er in der Küche gehört hatte, und an Tobins Bitte, sein Geheimnis nicht zu verraten.

»Er glaubt, ich würde es nicht hören, aber da irrt er sich. Manchmal passiert es bei Nacht, manchmal am Tag, wenn er allein hier oben spielt. Der arme Junge. Er ist so allein, dass er sogar mit einem Geist spricht, nur um jemanden zum Spielen zu haben.«

»Er hat Euch und seinen Vater. Und Tharin und die anderen scheinen ihn auch sehr gern zu haben.«

»Oh, ja, gewiss. Aber das ist nicht das Gleiche, nicht wahr? Ihr seid jung genug, Euch an Eure Kindheit zu erinnern. Was hättet Ihr getan, wenn Ihr ständig in einem alten Haus wie diesem eingesperrt gewesen wäret, umgeben einzig und allein von Dienern und Soldaten? Und die Männer sind meistens gar nicht hier. Ich wette, Ihr entstammt einem Haus voller Kinder.«

Arkoniel lachte leise. »Ich hatte fünf Brüder. Wir haben alle im selben Bett geschlafen und uns gebalgt wie junge Dachse. Als Iya sich meiner angenommen hat, habe ich immer noch an allen Orten, die wir bereist haben, Kinder gefunden, mit denen ich spielen konnte, bis sich dann gezeigt hat, dass ich anders war als sie.«

»Nun, unser Tobin ist ebenfalls anders als andere, und er hat nie erfahren, wie es ist, mit anderen Kindern zu spielen. Das ist nicht gut, das predige ich schon die ganze Zeit. Wie soll er wissen, wie die Menschen sind, wenn er ständig hier eingesperrt ist?«

In der Tat, dachte Arkoniel. »Was fängt er mit seiner vielen Zeit an?«

Nari stieß ein ärgerliches Schnauben aus. »Arbeitet wie ein Bauernjunge und übt, um eines Tages ein großer Krieger zu werden. Ihr solltet ihn im Umgang mit den Männern erleben, wie ein Welpe, der auf ein Rudel Bären losgeht. Wir können von Glück sagen, wenn er den Sommer übersteht, ohne sich noch einen Finger zu brechen. Tharin und sein Vater sagen, er ist schnell und schießt besser als manche der erwachsenen Männer.«

»Das ist alles?«

»Er reitet gern aus, wenn ihn jemand begleiten kann,

und er fertigt kleine Figuren an, darin ist er wirklich gut!« Sie streckte die Hand nach dem Fenstersims aus und stellte mehrere kleine Wachs- und Holzfiguren auf der Decke auf, damit Arkoniel sie begutachten konnte. Die Tierfiguren waren wirklich gelungen.

»Und er spielt in diesem Zimmer.« Sie deutete mit einem liebevollen Lächeln auf die Stadt. »Der Herzog hat sie vor Jahren für ihn gemacht. Sie haben viele Stunden damit zugebracht. Die Stadt soll Ero darstellen, müsst Ihr wissen. Aber Tobin darf die Festung nicht allein verlassen, um herumzustreunen und zu fischen, wie wir es als Kinder getan haben. Wie es jedes Kind tun sollte! Hochwohlgeborene Knaben in seinem Alter dienen als Pagen bei Hofe. Das kann er natürlich nicht tun. Aber Rhius gestattet nicht einmal, dass eines der Kinder aus dem Dorf die Festung besucht. Er hat furchtbare Angst, alles könnte herauskommen.«

»Nicht zu Unrecht. Dennoch ...« Arkoniel grübelte einen Augenblick lang. »Was ist mit dem Rest des Haushalts? Weiß irgendjemand über Tobin Bescheid?«

»Nein. Manchmal vergesse ich es selbst. Er ist unser kleiner Prinz. Ich kann mir gar nicht vorstellen, wie das sein wird, wenn die Veränderung stattfindet. Stellt Euch nur vor, wie es ist, einem Knaben zu erzählen: ›Ach, mein Junge, was ich dir noch sagen muss, du bist gar kein ...‹«

Tharin kehrte mit dem Trunk für Arkoniel zurück, und Nari verstummte auf der Stelle. Gleich darauf wünschte der Hauptmann eine gute Nacht und verließ das Zimmer, doch Nari wartete noch einen Moment, ehe sie sich vorbeugte und am Ohr des Zauberers flüsterte: »Zu schade, dass Iya Rhius nicht gestattet hat, ihn einzuweihen. Einen besseren Freund als ihn könnte sich die

Familie gar nicht wünschen. Geheimnisse. Hier geht es ständig nur um Geheimnisse.«

Die zweite Portion des Gebräus erzielte die erhoffte Wirkung. Arkoniel schlief wie ein Felsen und träumte, mit seinen Brüdern im Obstgarten seines Vaters »Fuchs und Gänse« zu spielen. Irgendwann merkte er, dass Tobin sie beobachtete, aber er fand keine Worte, das Kind einzuladen, sich dem Spiel der Brüder anzuschließen. Dann saß er plötzlich in der Küche seiner Mutter, und der Dämon war bei ihm.

»Ich kenne den Geschmack Eurer Tränen«, sagte er ein weiteres Mal.

Spät am nächsten Vormittag erwachte Arkoniel mit einer vollen Blase und einem widerlichen Geschmack auf der Zunge. Seine linke Körperseite war nach dem Sturz grün und blau geschlagen, und sein Arm pulsierte schmerzhaft vom Handgelenk bis zur Schulter. Den Arm geschützt vor der Brust, machte er sich auf die Suche nach dem Nachttopf. Unter dem Bett wurde er fündig, und er war gerade dabei, sich zu erleichtern, als die Tür geöffnet wurde und Tobin den Kopf hereinstreckte.

»Guten Morgen, mein Prinz!« Arkoniel schob den Topf zurück und setzte sich auf das Bett. »Ich darf wohl nicht annehmen, dass du so gut bist, Mamsell zu sagen, dass ich eine weitere Portion von ihrer Arznei brauchen könnte?«

Tobin verschwand so plötzlich, dass Arkoniel sich fragte, ob der Junge ihn verstanden hatte.

Oder ob er tatsächlich mit Tobin gesprochen hatte.

Aber bald darauf kehrte der Knabe mit einem Becher

und einem kleinen Laib Brot in einer Serviette zurück. Von der Schüchternheit des Vorabends war nun nichts mehr zu spüren, dennoch war der Knabe noch immer sehr ernst und reserviert. Nachdem er Arkoniel Brot und Trunk gereicht hatte, blieb er schweigend stehen und sah dem Zauberer mit diesen zu alten Augen beim Essen zu.

Arkoniel biss in das kräftige, warme Brot. Mamsell hatte es aufgeschnitten und eine dicke Scheibe reifen Käse hineingepackt. »Ah, das tut gut!«, verkündete er, ehe er das Brot mit dem alkoholischen Gebräu hinunterspülte. Dieses Mal schmeckte die Arznei nicht mehr ganz so stark.

»Ich habe beim Backen geholfen«, erzählte Tobin.

»So? Dann bist du ein guter Bäcker.«

Auch dieses Kompliment brachte ihm nicht den Hauch eines Lächelns ein. Allmählich kam sich Arkoniel wie ein mittelmäßiger Schauspieler vor einem überaus kritischen Publikum vor. Dennoch gab er nicht auf. »Nari hat mir erzählt, du seist ein guter Schütze.«

»Letzte Woche habe ich fünf Waldhühner nach Hause gebracht.«

»Ich habe früher auch recht gut geschossen.«

Tobin zog eine Augenbraue hoch, beinahe wie Iya es zu tun pflegte, bevor sie ihre Missbilligung über etwas, das er getan oder gesagt hatte, zum Ausdruck brachte. »Jetzt nicht mehr?«

»Ich habe mich anderen Studien hingegeben. Seither scheine ich nie die Zeit dazu zu finden.«

»Müssen Zauberer nicht schießen?«

Arkoniel lächelte. »Wir haben andere Methoden, um an etwas zu essen zu kommen.«

»Ihr bettelt doch nicht, oder? Vater sagt, es sei beschämend, wenn gesunde Männer betteln.«

»Das hat mich mein Vater auch gelehrt. Nein, meine Lehrerin und ich reisen und verdienen uns unser Brot. Und manchmal werden wir als Gäste aufgenommen, so wie ich in diesem Haus.«

»Wie wollt Ihr Euch hier Euer Brot verdienen?«

Arkoniel musste ein Kichern unterdrücken. Dieses Kind würde vermutlich sogar seine Matratze untersuchen, um sicherzugehen, dass er keine Löffel stahl. »Zauberer verdienen sich ihren Unterhalt durch Magie. Wir gestalten und wir reparieren Dinge. Und wir unterhalten die Menschen.«

Er streckte die rechte Hand aus und konzentrierte sich auf die Mitte seiner Handfläche. Gleich darauf nahm eine Lichtkugel von der Größe eines Apfels Gestalt an, nur um sich im nächsten Augenblick in einen winzigen Drachen mit durchscheinenden, fledermausähnlichen Schwingen zu verwandeln. »Diese Geschöpfe habe ich in Aurënen gesehen . . .«

Als er aufblickte, stellte er fest, dass Tobin sich mit angstgeweiteten Augen langsam zurückzog.

Das war gewiss nicht die Reaktion, die er sich erhofft hatte. »Keine Angst. Das ist nur eine Illusion.«

»Das ist nicht echt?«, fragte Tobin, der sich inzwischen an der Tür in Sicherheit gebracht hatte.

»Es ist nur ein Bild, eine Erinnerung von meinen Reisen. Ich habe viele dieser Fingerlinge an einem Ort namens Sarikali gesehen. Manche dieser Kreaturen werden größer als diese Festung, aber sie sind sehr selten und leben in den Bergen. Diese Jungtiere tollen überall herum. Für die Aurënfaie sind sie heilig. Es gibt eine Legende über die Erschaffung der ersten Faie . . .«

»Sie wurden aus elf Tropfen Drachenblut erschaffen. Mein Vater hat mir die Geschichte erzählt, und ich weiß, wer die Faie sind«, unterbrach ihn Tobin beinahe so rüde wie der Herzog am Abend zuvor. »Einmal waren welche hier. Sie haben Musik gemacht. War dein Lehrer ein Drache?«

»Nein, eine Zauberin namens Iya ist meine Lehrerin. Du wirst sie eines Tages kennen lernen.« Er ließ das Bild des Drachen verblassen. »Soll ich dir etwas anderes zeigen?«

Immer noch zur Flucht bereit, sah sich Tobin über die Schulter um, ehe er fragte: »Was denn?«

»Alles, was du möchtest. Was würde dir gefallen?«

Tobin überlegte. »Ich würde gern die Stadt sehen.«

»Du meinst Ero?«

»Ja. Ich würde gern das Haus meiner Mutter sehen, in dem ich geboren wurde.«

»Hmmm.« Arkoniel unterdrückte ein aufkeimendes Unbehagen. »Ja, das kann ich dir zeigen, aber es erfordert eine andere Art der Magie. Ich müsste deine Hand halten. Bist du damit einverstanden?«

Der Knabe zögerte, ehe er langsam und vorsichtig näher kam und die Hand ausstreckte.

Arkoniel ergriff sie und lächelte ihm aufmunternd zu. »Es ist ganz einfach, aber du wirst dich vielleicht ein bisschen komisch fühlen. Es ist, als würdest du träumen, obwohl du wach bist. Schließ deine Augen.«

Die Spannung in der zierlichen Knabenhand war unverkennbar, dennoch tat Tobin, wie ihm geheißen.

»Gut. Jetzt stell dir vor, wir wären zwei große Vögel, die über den Wald fliegen. Welche Art Vogel wärest du gern?«

Tobin zog die Hand weg und wich einen Schritt zurück. »Ich will kein Vogel sein!«

Wieder die Furcht. Oder war es nur Misstrauen? »Du sollst es dir nur vorstellen, Tobin. Du stellst dir doch auch was vor, wenn du spielst, richtig?«

Seine Worte ernteten nur einen verständnislosen Blick.

»So tun als ob. Sich Dinge vorstellen, die gar nicht da sind.« Und wieder ein Fehler. Tobin blickte sich nervös zur Tür um.

Arkoniel betrachtete die Spielzeuge. Bei jedem anderen Kind hätte er nun die kleinen Schiffe im Hafen der Miniaturstadt über den Boden sausen oder eines der Holzpferde auf Rädern durch den Raum rollen lassen können, aber eine innere Stimme hielt ihn zurück. Stattdessen glitt er vom Bett und humpelte zu der Stadt. Aus der Nähe betrachtet war das Muster der Straßen und Gebäude trotz der vielfältigen Schäden unverkennbar. Ein Teil der Westmauer fehlte, und in dem tönernen Boden klafften Löcher, wo Häuser aus ihrer Verankerung gerissen worden waren. Unter den verbliebenen Gebäuden gab es sowohl schlichte Holzquader als auch kunstvoll geschnitzte und bemalte Bauwerke, die klar und deutlich als Häuser und Tempel des Palastkreises erkennbar waren. Der Neue Palast war detailgetreu nachgebaut worden, einschließlich der Säulengänge zu beiden Seiten und der winzigen goldenen Symbole der Vier, die sich am Dach entlangzogen.

Kleine Holzmenschen waren auf den Märkten verstreut. Andere lagen auf dem Dach der Holzkiste, die den Alten Palast darstellen sollte. Eine davon nahm Arkoniel zur Hand.

»Dein Vater muss tüchtig gearbeitet haben, um all das herzustellen. Wenn du damit spielst, stellst du dir dann nicht vor, du wärest eine dieser kleinen Gestalten, die durch die Stadt spaziert?« Er ergriff die Figur am Kopf und ließ sie über den großen Marktplatz marschieren. »Sieh nur, jetzt bist du auf dem großen Marktplatz.« Dann wechselte er die Stimmlage und sprach mit einer komischen Fistelstimme weiter: »Was soll ich heute kaufen? Vielleicht schaue ich mal, was Großmutter Sheda heute an Gebäck anzubieten hat. Aber jetzt laufe ich zur Pfeilmacherstraße und gucke, ob sie einen passenden Jagdbogen für mich haben.«

»Nein, das ist nicht richtig.« Tobin hockte sich neben ihn und nahm sich ebenfalls eine Figur. »Ihr könnt nicht ich sein. Ihr müsst Ihr selbst sein.«

»Aber ich kann so tun, als wäre ich du, oder?«

Tobin schüttelte nachdrücklich den Kopf. »Ich will aber nicht, dass jemand anderes ich ist.«

»Na schön, dann bin ich ich, und du bist du. Und was wäre, wenn du du bleibst, aber deine Gestalt veränderst?« Er bedeckte Tobins Hand mit der seinen und verwandelte die Figur, die der Knabe noch immer festhielt, in einen kleinen Holzadler. »Siehst du, du bist immer noch du, aber jetzt siehst du aus wie ein Adler. Das Gleiche kannst du auch in Gedanken machen. Stell dir einfach dich selbst in einer anderen Gestalt vor. Das hat gar nichts mit Magie zu tun. Meine Brüder und ich haben uns stundenlang vorgestellt, alles Mögliche zu sein.«

Halb erwartete er, dass Tobin das Spielzeug wegwarf und davonlief, doch stattdessen musterte der Junge den kleinen Vogel ausgiebig. Und er lächelte.

»Darf ich Euch etwas zeigen?«, fragte er.

»Natürlich.«

Tobin rannte mit dem Vogel aus dem Zimmer und kehrte schon im nächsten Moment zurück, die Hände vor dem Bauch. Kaum hockte er wieder neben Arkoniel, ließ er ein Dutzend kleiner Schnitzereien und Wachsfiguren zwischen sich und dem Zauberer auf den Boden fallen, ähnlich jenen Figuren, die Nari ihm bereits gezeigt hatte. Tobins Mitbringsel waren allerdings noch besser. Da waren ein Fuchs, mehrere Pferde, ein Reh und ein kleiner hölzerner Vogel, etwa so groß wie der, den Arkoniel herbeigezaubert hatte.

»Hast du die alle gemacht?«

»Ja.« Tobin hielt die beiden Vögel hoch. »Aber Eurer ist schöner als meiner. Könnt Ihr mir beibringen, die Figuren auf Eure Art zu machen?«

Arkoniel ergriff ein Holzpferd und schüttelte bewundernd den Kopf. »Nein. Und eigentlich sind deine Figuren besser. Meine war nur ein Trick. Deine sind Geschöpfe deiner Hände und deiner Vorstellungsgabe. Du musst ein Künstler sein, genau wie dein Vater.«

»Und meine Mama«, sagte Tobin, sichtlich erfreut über das Lob. »Sie hat auch geschnitzt, bevor sie angefangen hat, Puppen zu machen.«

»Das wusste ich nicht. Du musst sie sehr vermissen.«

Das Lächeln erstarb. Tobin zuckte die Schultern und fing an, die Tiere zusammen mit den Spielzeugfiguren in einer geschlossenen Front am Hafen aufzureihen. »Wie viele Brüder habt Ihr?«

»Jetzt noch zwei. Es waren einmal fünf, aber zwei sind an der Seuche gestorben, und der Älteste wurde im Kampf gegen die Plenimaraner getötet. Die anderen beiden sind auch Krieger.«

»Aber Ihr nicht.«

»Nein. Illior hatte andere Pläne.«

»Wart Ihr immer schon ein Zauberer?«

»Ja, aber das wusste ich nicht, bis meine Lehrerin auf mich aufmerksam geworden ist, als ich gerade . . .« Beinahe überrascht unterbrach sich Arkoniel. »Nun, ich war damals noch ein bisschen jünger als du jetzt.«

»Wart Ihr traurig?«

»Warum sollte ich traurig gewesen sein?«

»Weil Ihr kein Krieger werden konntet wie Eure Brüder. Weil Ihr Skala nicht mit Eurem Herzen und Eurem Schwert dienen konntet.«

»Wir alle dienen auf unsere eigene Art. Wusstest du, dass Zauberer im Großen Krieg gekämpft haben? Und auch jetzt dienen einige von ihnen im Heer des Königs.«

»Ihr aber nicht«, erwiderte Tobin, und es war nicht zu überhören, dass dies in den Augen des Knaben ein gewichtiger Makel war.

»Wie gesagt, es gibt viele Wege zu dienen. Und ein Land braucht mehr als nur Krieger. Es braucht Gelehrte, Handwerker und Bauern.« Dann hielt er Tobins Vogel hoch. »Und Künstler. Du könntest ein Künstler und ein Krieger werden. Also, nun erzähl mir, wie würde es dir gefallen, die große Stadt zu sehen, die du beschützt, mein junger Krieger? Bist du bereit?«

Tobin nickte und streckte die Hand wieder aus. »Ich soll so tun, als wäre ich ein Vogel, aber ich bleibe trotzdem ich?«

Arkoniel grinste. »Du wirst immer du bleiben, egal was passiert. Jetzt entspann dich und atme, als würdest du schlafen, ganz ruhig und gleichmäßig. Gut. Was für ein Vogel wärest du gern?«

»Ein Adler.«

»Dann bin ich auch ein Adler, sonst fliegst du mir noch davon.«

Dieses Mal entspannte sich Tobin, und Arkoniel wob den Zauber, der seine Erinnerungen in Tobins Geist projizieren sollte. Darauf bedacht, keine abrupten Übergänge zu erzeugen, fing er mit einer Vision an, in der sie beide auf einer hohen Tanne thronten, von der aus sie die Wiese unterhalb der Festung überblicken konnten. »Siehst du den Wald und das Haus?«

»Ja!«, flüsterte Tobin zutiefst beeindruckt. »Das ist, als würde ich träumen.«

»Gut. Du weißt, wie man fliegt, also breite die Schwingen aus, und komm mit mir.«

Tobin gehorchte erstaunlich bereitwillig. »Jetzt kann ich die Stadt sehen.«

»Wir werden nun Richtung Osten fliegen.« Arkoniel rief ein Bild von Bäumen und Feldern herbei, die rasch unter ihnen dahinzogen. Dann beschwor er eine Vision von Ero, und er befand sich mit dem Jungen hoch über dem Alten Palast, um Tobin einen Anblick zu bieten, den er wiedererkennen konnte. Unter ihnen erinnerte der Palastkreis an ein rundes grünes Auge auf dem Gipfel eines dicht bebauten Hügels.

»Ich sehe es«, wisperte Tobin. »Das ist genau wie meine Stadt, nur mit viel mehr Häusern und Straßen und Farben. Kann ich den Hafen und die Schiffe sehen?«

»Wir werden hinfliegen müssen. Unser Blickfeld ist dafür zu begrenzt.« Arkoniel lächelte still in sich hinein. Also verbarg sich hinter dem ernsten Gesicht doch ein richtiges Kind. Gemeinsam stießen sie zum Hafen hinab und kreisten über den Handelsschiffen mit den runden Schiffsbäuchen und den Langbooten, die an den Anlegestellen vertäut waren.

»Ich will auch auf so einem Schiff segeln!«, rief Tobin begeistert. »Ich will alle Drei Länder sehen. Und die Faie will ich auch besuchen.«

»Vielleicht kannst du mit ihnen singen.«

»Nein . . .«

Dunkelheit legte sich über die Vision, als sich der Junge ablenken ließ. »Du musst dich konzentrieren«, ermahnte ihn Arkoniel. »Lass dich nicht von irgendwelchen Sorgen ablenken. Ich kann diese Vision nicht ewig aufrechterhalten. Wohin möchtest du noch fliegen?«

»Zum Haus meiner Mutter.«

»Ach ja, zurück zum Palastkreis.« Er geleitete Tobin zu

dem Gewirr gemauerter Gebäude zwischen dem Alten und dem Neuen Palast.

»Das ist Mamas Haus«, sagte Tobin. »Ich erkenne es an den goldenen Greifen auf dem Dach.«

»Richtig.« Rhius hatte seinen Sohn gut unterrichtet.

Als sie näher kamen, wurde die Vision erneut schwächer, doch dieses Mal lag das Problem nicht bei dem Jungen. Arkoniel empfand ein zunehmendes Unbehagen, als die Umrisse des Hauses und seiner Umgebung immer deutlicher zu sehen waren. Inzwischen konnte er Innenhöfe und Anbauten ebenso erkennen wie den Hofgarten mit dem großen Haselnussbaum, der das Grab des toten Zwillings kennzeichnete. Als sie jedoch näher heranflogen, verdorrte der Baum vor ihren Augen. Knorrige Äste reckten sich empor, um wie verkrümmte Klauenfinger nach ihm zu greifen, beinahe so wie die Wurzeln, die Tobin in seiner Vision am Meer gefangen gehalten hatten.

»Im Namen des Lichts …!«, keuchte er, darum bemüht, die Vision zu beenden, ehe Tobin auf das Geschehen aufmerksam werden konnte. Dann, als ein Schwall eisiger Luft sie durchrüttelte, war die Vision für beide vorüber, und Arkoniel fühlte sich einen Augenblick lang schwindelig und konnte vorübergehend nichts mehr sehen.

»Nein, nein!«, schrie Tobin.

Arkoniel fühlte, wie sich der Junge von ihm losriss. Etwas versetzte ihm einen kräftigen Schlag auf die Wange. Der Schmerz vertrieb auch die letzten Überreste der Magie, und sein Geist war wieder vollkommen klar, ebenso wie seine Augen.

Der ganze Raum bebte. Die Türen des Kleiderschranks öffneten und schlossen sich krachend. Truhen knallten gegen Wände, und allerlei Gegenstände flogen in alle Richtungen durch die Luft.

Tobin kniete neben seiner Stadt und hielt das Dach des Palastes mit beiden Händen fest. »Hör auf!«, schrie er. »Geht fort, Zauberer. *Bitte*, geht hinaus.«

Arkoniel blieb, wo er war. »Tobin, ich kann nicht . . .«

Da stürmte Nari herein und rannte zu dem Knaben. Tobin klammerte sich an sie und barg sein Gesicht an ihrer Schulter.

»Was habt Ihr getan?«, schrie die Frau und bedachte Arkoniel mit einem anklagenden Blick.

»Ich habe nur . . .« Das Dach des Palastes schoss in die Luft, und er fing es mit der gesunden Hand wieder ein. »Wir haben uns die Stadt angesehen. Eurem Dämon hat das wohl nicht gefallen.«

Er konnte gerade genug von Tobins Gesicht sehen, um zu erkennen, dass sich die Lippen des Knaben bewegten und an dem dunklen Stoff von Naris Gewand hastige tonlose Worte formten.

Stille kehrte im Raum ein, wenn auch eine unheilvolle Stimmung zurückblieb, die an die Ruhe vor einem Sturm gemahnte. Tobin befreite sich aus der Umarmung seiner Amme und rannte aus dem Zimmer.

Nari sah sich in dem Chaos um und seufzte. »Nun seht Ihr, wie das für uns ist. Niemand kann sagen, was er anstellt und warum. Mögen Illior und Bilairy uns vor zornigen Geistern schützen!«

Arkoniel nickte, obwohl er genau wusste, warum der Dämon diesen Augenblick gewählt hatte, um erneut auf sich aufmerksam zu machen. Wieder dachte er daran, wie er sich unter dem Haselnussbaum über jenen kleinen leblosen Körper gebeugt hatte, wie er geweint hatte, als der Leichnam im Boden versank, wie seine Tränen in der Erde versickert waren. Ja, der Dämon kannte den Geschmack seiner Tränen.

Tobin wollte nach diesem Vorfall nichts mehr mit ihm zu tun haben, also verbrachte Arkoniel den Rest des Tages damit, in aller Stille die Festung zu erkunden. Der Schmerz in seinem Arm erforderte noch einige Becher von Mamsells Gebräu, und die betäubende Wirkung vermittelte ihm das Gefühl, durch einen Traum zu spazieren.

Sein erster Eindruck von der Festung bestätigte sich nun bei Tageslicht: Sie war nur teilweise bewohnbar. Die obere Etage war in einem furchtbar schlechten Zustand. Von einst schmucken Räumen waren nur Ruinen geblieben, beherrscht von Ratten und Moder. Wasser war durch das undichte Dach eingedrungen und hatte die kunstvollen Wandteppiche und das Mobiliar schwer geschädigt.

Seltsamerweise schien immer noch jemand diese düsteren Räume regelmäßig aufzusuchen. In dem Staub auf dem kahlen Boden fanden sich etliche Fußabdrücke. Besonders ein Raum erfreute sich eines steten Besuchers mit recht kleinen Füßen, obwohl sich inzwischen auch in diesen Spuren eine neue Staubschicht angesammelt hatte. Das Zimmer lag auf halbem Wege den Korridor hinunter und machte einen weniger baufälligen Eindruck als die benachbarten Räume. Dank des fehlenden Fensterladens vor einem der großen, schmalen Fenster war das Zimmer zudem nicht gar so düster.

Tobin war etliche Male hergekommen, und er war stets in die hintere Ecke des Raumes gegangen. Dort befand sich eine Zedernholztruhe mycenischer Machart, und in dem Staub auf dem kunstvoll bemalten Deckel setzte sich die Geschichte fort. Arkoniel rief eine kleine Lichtsphäre herbei und bückte sich, um Schmutz und Fingerabdrücke genauer in Augenschein zu nehmen. Tobin war hier gewesen, um diese Truhe zu öffnen, doch in ihrem Innern fand Arkoniel weiter nichts als ein paar altmodische Wappenröcke.

Vielleicht waren die Spuren von einer Art Spiel zurückgeblieben. Doch was für ein Spiel sollte ein Kind ganz allein spielen, noch dazu ein Kind, das nicht wusste, wie man sich in fremde Rollen hineinversetzen konnte? Arkoniel sah sich in dem dreckigen, schattigen Zimmer um und versuchte, sich Tobin ganz allein hier oben vorzustellen. Fußabdrücke führten hinein und hinaus, immer wieder, einmal an jedem Tag, den das Spiel fortdauerte. Plötzlich breitete sich glühendes Mitgefühl im Herzen des jungen Zauberers aus, dieses Mal aber für den lebenden Zwilling.

Nicht minder faszinierend als die Fußabdrücke in dem Zimmer waren jene Spuren, die zum Ende des Korridors führten. Die Tür dort war neu, und sie war die einzige, die verschlossen war.

Arkoniel legte die Hand auf das bronzene Schloss und untersuchte den Mechanismus. Es wäre ihm nicht sonderlich schwer gefallen, das Schloss mit Hilfe seiner magischen Fertigkeiten zu öffnen, aber die ungeschriebenen Gesetze von Anstand und Höflichkeit verboten ein so eigenmächtiges Eindringen. Zudem ahnte er bereits, wohin die Tür führen würde.

. . . hat sich aus einem Turmfenster gestürzt . . .

Arkoniel legte die Stirn an das kühle Türblatt. Ariani war hierher geflohen, in den Tod geflohen, und sie hatte ihr Kind mitnehmen wollen. Oder war Tobin ihr gefolgt? Das ganze Geschehen lag zu weit zurück, und zu viele andere waren seither hier gewesen, um heute noch die Geschichte zu lesen, die sich in ihren Spuren verbarg.

Naris vager Verdacht ließ ihn nicht los. Besessenheit kam nur sehr selten vor, und er glaubte nicht, dass Tobin Ariani verletzt haben könnte. Aber Arkoniel hatte den Zorn des Dämons nun schon dreimal am eigenen Leib erlebt; er besaß sowohl die Macht als auch den Willen zu töten. Dennoch fragte er sich, warum Tobin seine Mutter hätte töten sollen, die ebenso sehr wie er selbst und sein Zwilling ein Opfer der Umstände geworden war.

Der junge Zauberer kehrte ins Erdgeschoss zurück, durchquerte die düstere Halle und verließ das Gebäude. Der Herzog war nirgends zu sehen, aber seine Männer waren vollauf damit beschäftigt, ihre Pferde zu beladen und die Waffen für die Reise nach Ero bereitzulegen.

»Wie geht es dem Arm?«, erkundigte sich Tharin und kam zu ihm herüber.

»Ich denke, er wird gut verheilen, danke.«

»Hauptmann Tharin hält uns alle gesund«, kommentierte ein junger Mann mit sandfarbenem Haar, der mit einer Ladung Werkzeug vorbeistolzierte. »Ihr seid also der junge Zauberer, der nicht mit einem zweijährigen Wallach umgehen kann?«

»Pass auf, was du sagst, Sefus, oder er wird dich in irgendetwas Nützliches verwandeln«, versetzte ein älterer Mann an einem Schuppen an der Hofmauer. »Komm zu mir, und hilf mir mit dem Zaumzeug, du fauler Hund.«

»Kümmert Euch nicht um Sefus«, rief ein anderer junger Soldat grinsend. »Er ist immer ungenießbar, wenn er zu lange nicht mehr im Bordell war.«

»Ich nehme an, keiner von euch ist glücklich damit, so weit von der Stadt weg zu sein. Dies hier scheint kein sehr fröhlicher Ort zu sein.«

»Habt Ihr den ganzen Vormittag gebraucht, um das

herauszufinden?«, fragte Tharin mit einem anzüglichen Grinsen.

»Sind die Männer gut zu dem Jungen?«

»Glaubt Ihr denn, Rhius würde irgendjemanden tolerieren, der es nicht ist? Soweit es ihn betrifft, geht die Sonne mit diesem Kind auf und unter, und im Grunde geht es uns allen so. Das hier«, er deutete auf das Haus, »ist nicht Tobins Schuld. Nicht im Mindesten.«

Der abwehrende Ton, der seine Worte begleitete, entging Arkoniel nicht. »Natürlich nicht«, stimmte er zu. »Behauptet das denn jemand?«

»Es gibt immer Gerede. Wenn ein Dämon die Schwester des Königs verfolgt, dann könnt Ihr Euch sicher vorstellen, welche Gerüchte damit einhergehen. Warum sonst, meint Ihr, hat Rhius seine arme Frau und seinen Sohn hier draußen versteckt, so weit entfernt von jeglicher angemessenen Gesellschaft? Eine Prinzessin, hier? Und ein Prinz? Kein Wunder ... Aber genug davon. Auch in der Stadt gibt es genug dummes Geschwätz. Sogar in Ero.«

»Vielleicht hat Rhius Recht. Tobin wäre in einer Stadt mit solchem Gerede vermutlich auch nicht glücklich. Immerhin ist er inzwischen alt genug, um das Geschwätz zu verstehen.«

»Ja. Und seinem Vater würde es das Herz brechen. Und mir sicher auch. Er ist ein guter Junge, unser Tobin. Eines Tages wird er die Stadt schon kennen lernen.«

»Daran zweifle ich nicht.«

Damit überließ Arkoniel Tharin seinen Reisevorbereitungen und drehte eine Runde um die Außenmauer.

Auch hier waren die Zeichen der Vernachlässigung nicht zu übersehen. Einst hatte es hier reiche Gärten gegeben. Nun wuchsen einige Rosenbüsche wild über die Überreste zerfallener Einfassungsmauern, und hier und dort erblickte er die braunen, vertrockneten Samenstände von Pfingstrosen, die sich mühsam gegen die wilden einheimischen Pflanzen, Gänseblümchen, Schwalbenwurz und Ginster, zu behaupten suchten. Arkoniel erinnerte sich, dass Ariani Pfingstrosenbeete in ihrem Garten in Ero angelegt hatte. In den frühen Sommermonaten hatte das ganze Haus nach den Blumen in ihren großen Vasen geduftet.

Nur der Küchengarten zwischen dem rückwärtigen Tor und dem Flussufer war noch gepflegt. Arkoniel zupfte einen Fenchelzweig ab und kaute auf ihm herum, während er durch das hintere Tor schritt.

Jenes führte zu einem Hinterhof. Durch eine offene Tür gelangte er in die Küche. Mamsell, die offenbar keinen anderen Namen hatte, war mit den Vorbereitungen für das Abendessen beschäftigt, unterstützt von Tobin, Nari und Sefus.

»Das weiß ich nicht, mein Kind«, sagte Nari soeben mit leicht verärgerter Stimme. »Warum fragst du mich solche Dinge?«

»Worum geht es denn?«, erkundigte sich Arkoniel, als er sich zu den anderen an den Tisch setzte und grinsend zur Kenntnis nahm, was Tobin gemacht hatte. Fünf weiße Rübenschafe wurden von zwei Mangoldbären und einem Karottenwesen, das vage an den Drachen erinnerte, den Arkoniel dem Jungen am Morgen gezeigt hatte, verfolgt.

»Mamsell war Bogenschützin und hat gegen die Plenimaraner gekämpft. Genau wie Vater und Tharin«, erzählte Tobin. »Aber sie sagt, der König will keine Frauen mehr in seinem Heer. Warum will er sie nicht mehr?«

»Ihr wart Soldatin?«, fragte Arkoniel.

Mamsell richtete sich an ihrem Kochtopf auf und

wischte sich die Hände an der Schürze ab. Arkoniel hatte sie vorher kaum beachtet, aber nun sah er das stolze Funkeln in ihren Augen, als sie nickte. »Das war ich. Ich habe zusammen mit Rhius' Vater unter der letzten Königin und später auch eine Weile unter dem König gedient, und ich würde es heute noch tun – mein Blick ist scharf, meine Hände sicher –, aber der König will keine Frauen in den Reihen seiner Soldaten sehen.« Sie zuckte die Schultern. »Also bin ich jetzt hier.«

»Aber *warum*?«, fragte Tobin hartnäckig ein weiteres Mal und begann, die nächste Rübe zu bearbeiten.

»Vielleicht können Mädchen nicht anständig kämpfen«, sagte Sefus mit einem spöttischen Grinsen.

»Von deiner Sorte hätte ich drei aufwiegen können, und ich war nicht einmal die Beste!«, versetzte Mamsell. Dann griff sie nach einem Hackmesser und fing an, ein Stück Hammelfleisch zu bearbeiten, als hätte sie es mit einem plenimaranischen Infanteristen zu tun.

Sefus' selbstgefällige Haltung war Arkoniel durchaus vertraut, davon hatte er in den letzten Jahren mehr als genug erleben müssen. »Frauen können wunderbare Kriegerinnen oder Zauberinnen sein, wenn sie das Herz dazu haben und die Ausbildung bekommen«, sagte er zu Tobin. »Herz und Ausbildung, das ist es, was man braucht, um etwas zu beherrschen. Erinnerst du dich, dass ich dir heute Morgen erzählt habe, ich würde nicht mehr schießen? Nun, ehrlich gesagt, war ich nicht besonders gut darin, und das Gleiche gilt für den Schwertkampf. Als Krieger hätte ich nicht viel getaugt. Hätte Iya keinen Zauberer aus mir gemacht, hätte ich vermutlich als Gelehrter geendet. Oder als Küchenjunge!« Er bedachte Sefus mit einem langen schrägen Blick. »Es ist noch nicht lange her, da traf ich eine alte Frau, die beides gewesen ist, Kriegerin und Zauberin. Sie hat an der Seite von Königin Ghërilain gekämpft, die den Krieg gewonnen hat, weil sie selbst eine gute Kriegerin war. Du hast doch sicher schon von den Kriegerköniginnen von Skala gehört, nicht wahr?«

»Ich habe sie alle oben in einer Kiste«, antwortete Tobin, ohne den Blick von seiner Schnitzerei zu lösen. Dann zitierte er mit monotoner Stimme: »Da ist König Thelátimos, dem das Orakel befohlen hat, die Krone seiner Tochter zu geben, dann Ghërilain, die Gründerin, Tamír, die Mörderin, Agnalain, die nicht meine Großmutter war, Ghërilain die Zweite, Iaair, die gegen den Drachen gekämpft hat, Klia, die den Löwen getötet hat, Klie, Markira, Oslie mit den sechs Fingern, Marnil, die sich eine Tochter gewünscht hat, aber das Orakel gab ihr stattdessen einen neuen Gemahl, und Agnalain, die meine Großmutter war. Und dann noch der König, mein Onkel.«

»Aha.« Arkoniel verstummte, um die Litanei zu entwirren. Offenbar hatte Tobin wenig von dem verstanden, was er da so hastig heruntergerasselt hatte. »Du meinst Agnalain die Erste. Und Königin Tamír, die ermordet worden ist.«

Tobin zuckte die Schultern.

»Nun, die Namen hast du schon richtig gelernt, aber ...«

Nari räusperte sich vernehmlich und bedachte Arkoniel mit einem warnenden Blick. »Herzog Rhius kümmert sich um Tobins Bildung. Er wird dem Knaben alles Notwendige beibringen, wenn er es für richtig hält.«

Er braucht einen angemessenen Lehrer, dachte Arkoniel und blinzelte, als ihm die Bedeutung dieser Erkenntnis bewusst wurde: Lehrer, Freund, Gefährte. Beschützer. »Wann wird der Herzog aufbrechen?«, fragte er.

»Bei Tagesanbruch«, sagte Sefus.

»Nun, dann werde ich mich besser noch heute Abend verabschieden. Werden er und die Männer in der Halle speisen?«

»Natürlich«, murmelte Tobin. Die Rübe verwandelte sich unter seinem Messer in einen weiteren Drachen.

Arkoniel entschuldigte sich und hastete die Treppe hinauf, um in Ruhe seine Gedanken zu ordnen, in der Hoffnung, dass die Idee, die so klar in seinem Geist aufgeblitzt war, tatsächlich eine Inspiration aus der Hand des Lichtträgers war.

Es war unendlich wichtig für ihn, das zu glauben, denn genau das würde er Rhius erzählen.

Und Iya.

Kapitel 18

Beim Abendessen fand sich Arkoniel auf dem Platz zur Rechten von Rhius wieder, bedient von Tharin und einigen der anderen Männer. Das Essen war angenehm würzig, aber auch erschreckend einfach und spärlich, was die Sorge des Zauberers nur noch weiter nährte. In Ero und Atyion hatte sich Rhius stets als großzügiger Gastgeber gezeigt. Immer hatte es Musik und bunte Dekorationen gegeben; Festessen mit zwanzig Gängen und hundert Gästen in Samt und Seide, behängt mit Pelzen und funkelndem Geschmeide. Das Leben jedoch, das Tobin hier kennen lernte, unterschied sich kaum von dem eines besitzlosen Ritters aus dem Hinterland.

Rhius selbst trug eine strenge kurze Robe, mit wenig Fuchspelz und Gold bescheiden ausstaffiert. Sein einziger Schmuck war ein großer Trauerring. Tobin wäre in seiner schlichten Tunika problemlos als Küchenjunge durchgegangen. Arkoniel bezweifelte, dass der Junge mehr als zwei komplette Garnituren sein Eigen nannte, und dies war vermutlich seine beste Kleidung.

Der Herzog schenkte Arkoniel während des Mahls wenig Aufmerksamkeit und konzentrierte sich stattdessen auf Tobin, erzählte Geschichten vom königlichen Hof und von seinen Schlachten. Dem Zauberer, der schweigend zuhörte, kam das Gespräch sonderbar hohl und gezwungen vor, und Tobin machte einen furchtbar elenden Eindruck. Als sein Blick kurz auf Nari am anderen Ende des Tisches fiel, schüttelte jene schweigend den Kopf.

Kaum war das Mahl vorüber, ging Rhius zu einem großen Sessel am offenen Kamin, setzte sich und starrte in die Flammen. Weder entlassen noch eingeladen, setzte sich Arkoniel unbehaglich auf die Ofenbank neben dem Sessel und wartete, während er auf das Knistern des Feuers lauschte und in Gedanken nach den richtigen Worten suchte, um sein Anliegen vorzutragen.

»Mylord?«, wagte er sich schließlich vor.

Rhius blickte nicht einmal auf. »Was wollt Ihr jetzt wieder von mir, Zauberer?«

»Nicht viel, nur ein Gespräch unter vier Augen, wenn Ihr gestattet.«

Im Grunde seines Herzens rechnete Arkoniel mit Ablehnung, aber Rhius erhob sich und führte den Zauberer hinaus auf einen Pfad, dem die beiden Männer über die Wiese zum Flussufer folgten.

Es war ein kühler, angenehmer Abend. Die letzten Sonnenstrahlen erhellten den Himmel über den Bergwipfeln, und das Gebirge warf seinen langen Schatten über die Festung und die Wiese. Schwalben schwirrten gesättigt über ihre Köpfe hinweg, und die Frösche übten sich am Flussufer in ihrer Sangeskunst.

Schweigend standen sie eine Weile am Ufer und starrten in das schäumende Wasser, bis sich Rhius schließlich Arkoniel zuwandte. »Nun? Ich habe Euch ein Kind und eine Frau gegeben. Was will Eure Meisterin noch von mir?«

»Nichts, Mylord, wir sind nur an der Sicherheit und dem Wohlergehen Eures verbliebenen Kindes interessiert.«

Rhius lachte höhnisch. »Ich verstehe.«

»Ich glaube nicht, dass Ihr versteht. Wenn Tobin sich wunschgemäß entwickeln soll, muss er imstande sein, die Welt zu verstehen, die sein Erbe sein wird. Ihr habt wohl daran getan, ihn zu seinem eigenen Schutz hierher zu bringen, aber nun ist er kein kleines Kind mehr. Er muss lernen, sich korrekt zu kleiden und zu benehmen, und er muss die höfischen Künste beherrschen. Er braucht Lehrer, und er braucht Freunde in seinem Alter, andere Kinder ...«

»Nein! Ihr habt doch den Dämon gesehen, der ihn dank der Pfuscherei dieser schmutzigen Hexe in jener Nacht verfolgt. Zwischen hier und Ero gibt es keine Mutter, die ihre Gören nicht mit Geschichten über das ›verfluchte Kind aus der Festung‹ erschreckt. Habt Ihr das nicht gewusst? Aber wie solltet Ihr auch, schließlich hat Eure Meisterin sich so wenig wie Ihr dazu herabgelassen, uns zu besuchen, nicht wahr? Soll ich Tobin und seinen Dämon nach Ero schicken, um ihn dem König bei Hofe zu präsentieren? Wie lange wird es wohl dauern, bis Erius' Werkzeuge mit ihren scharfen Augen und ihrer mörderischen Magie hinter den Schleier sehen?«

»Aber das ist unmöglich. Deswegen haben wir doch die Hexe ...«

»Ich werde dieses Risiko nicht eingehen! Erius mag zum Gedenken an seine Schwester einen Trauerring tragen, aber wie sentimental wird er sich wohl zeigen, wenn er erfährt, dass ihr Kind tatsächlich ...« Gerade noch rechtzeitig kam er zur Besinnung und senkte seine Stimme. »... ein rechtmäßiger Thronerbe ist? Wenn Ihr glaubt, dass irgendjemand von uns, von den Menschen, die er in jener Nacht im Geburtszimmer gesehen hat, verschont bliebe, seid Ihr ein Narr. Sosehr ich selbst den Tod willkommen heißen würde, ist da doch noch das Kind. Sind wir denn so weit gekommen, um nun alles wegzuwerfen, nur wegen der Launen eines ...« Er unterbrach sich und wedelte in Arkoniels Richtung mit der Hand. »Eines halbgebildeten Zauberlehrlings?«

Arkoniel ignorierte die kränkenden Worte. »Dann lasst mich Kinder herbringen, Mylord. Kinder aus anderen Provinzen, die diese Geschichten nicht kennen. Tobin ist ein Prinz; normalerweise sollte er bald zu den Königlichen Gefährten des Kronprinzen stoßen oder selbst über eine Kompanie Knappen gebieten. Was werden die Edelleute von Ero sagen, wenn der Neffe des Königs, das Kind einer Prinzessin und eines hohen Adelsherrn, aufwächst wie ein Bauernjunge? Tobin muss auf seine Aufgaben vorbereitet werden.«

Rhius starrte auf den Fluss, und wenn er auch keinen Ton von sich gab, fühlte Arkoniel doch, dass er die richtigen Argumente wählte.

»Tobin ist noch jung, aber bald wird seine Abwesenheit bei Hofe auffallen – vielleicht sogar den Zauberern des Königs. Und dann werden sie herkommen, um nach ihm zu sehen. Was wir auch tun, Ihr werdet ihn früher oder später bei Hofe einführen müssen. Je normaler er dann wirkt . . .«

»Ein Kind. Ihr könnt ein Kind als Gefährten für Tobin herbringen, aber nur, wenn Ihr meine Bedingungen akzeptiert.« Nun richtete er seinen freudlosen Blick auf Arkoniel. »Erstens: Sollte dieses andere Kind unser Geheimnis entdecken, so werdet Ihr es töten.«

»Mylord . . .«

Rhius beugte sich zu ihm hinüber und sprach sehr leise weiter: »Mein eigenes Kind musste sterben. Warum soll dann ein fremdes Kind überleben, das unsere Pläne in Gefahr bringt?«

Arkoniel nickte, wohl wissend, dass Iya exakt dasselbe Versprechen geben würde. »Und die zweite Bedingung?«

Als Rhius erneut das Wort ergriff, war sein Zorn verflogen. In der zunehmenden Dunkelheit sah er gebeugt und alt aus, ein trauriges, müdes Abbild des Mannes, der er einst gewesen war. »Die zweite Bedingung lautet, dass Ihr bleiben und Tobin unterrichten werdet. Ihr seid von edler Geburt und kennt Euch bei Hofe ein wenig aus. Ich will nicht noch einen Fremden in mein Haus holen. Bleibt und beschützt mein Kind, bis die Welt wieder im Lot ist.«

Arkoniel war beinahe schwindelig vor Erleichterung. »Das werde ich, Mylord. Bei meinen Händen, meinem Herzen, meinen Augen, das werde ich.« So erfüllte sich die Vision, die ihm zu Afra zuteil geworden war, und Rhius selbst hatte ihm den Vorschlag unterbreitet.

»Aber, wenn Ihr gestattet, Mylord ...« Er bemühte sich, seinen eigenen Faden weiterzuspinnen. »Ihr seid ein sehr reicher Mann, doch Euer Kind wächst in einer Gruft heran. Könntet Ihr diesen Ort nicht zu einem angemessenen Zuhause für ihn machen? Auch werde ich eigene Gemächer benötigen, zum Schlafen wie für meine Studien. Die Räume im oberen Stockwerk könnten renoviert werden. Außerdem brauchen wir einen Raum für Tobins Lektionen ...«

»Ja, ja, schon gut!«, erwiderte Rhius bissig und hob die Hände in die Luft. »Tut, was Euch beliebt. Heuert Arbeiter an. Repariert das Dach. Von mir aus schafft goldene Nachttöpfe an, wenn Ihr nur mein Kind beschützt.« Sein Blick wanderte zu der Festung.

Warmer Lichtschein drang aus den Fenstern der Soldatenunterkunft, und sie konnten die Männer am Wachfeuer singen hören. Die Festungsgebäude dahinter jedoch wirkten verlassen, abgesehen von einem dünnen Streifen silbrigen Lichts an einem der Fenster im ersten Obergeschoss.

Rhius stieß einen tiefen Seufzer aus. »Bei den Vieren, dieser Ort ist wirklich zu einer Gruft verkommen, was?

Das war einmal ein ansehnliches Haus mit Gärten und schönen Ställen. Meine Vorfahren haben hier im Herbst zur Jagd gebeten, Feste gefeiert und Königinnen bewirtet. Ich … ich habe immer gehofft, Ariani würde gesund werden und mir helfen, alles wieder herzurichten.«

»Eine zukünftige Königin nennt dies ihr Zuhause. Macht es für sie zu einem schönen Heim. Immerhin ist Tobin ein Künstler, und die Seelen dieser Menschen werden durch das Auge genährt.«

Rhius nickte. »Tut, was Ihr für richtig haltet, Arkoniel. Aber lasst den Turm in Ruhe. Niemandem ist es gestattet, dort hinaufzugehen. Die Fensterläden sind zugenagelt, und für die Türen gibt es keine Schlüssel.«

»Wie Ihr wünscht, Mylord.«

Die Schwalben hatten sich in ihre Schlafplätze zurückgezogen, und kleine braune Fledermäuse kamen aus ihren Verstecken, um Nachtfalter zu jagen. Glühwürmchen funkelten im hohen Gras und verwandelten die Wiese in der Dunkelheit in ein Spiegelbild des Sternenhimmels.

»Wir werden uns bald einem ernsthaften Krieg stellen müssen«, sagte Rhius. »Säbelrasseln und Geplänkel erleben wir nun schon seit Jahren, aber die Plenimaraner treiben es mit jedem Jahr wüster an unseren Grenzen.«

»Krieg?«, fragte Arkoniel, verblüfft über diesen unerwarteten Themenwechsel. »Dann glaubt Ihr nicht, dass Plenimar sich an den Pakt von Kouros halten wird?«

»Ich stand neben dem König, als Hochkönig Cyranius sein Siegel unter den Pakt gesetzt hat. Ich habe sein Gesicht gesehen. Nein, ich denke nicht, dass er sich an den Pakt halten wird. Er will die Drei Länder wieder zu einem Reich vereinen, wie es schon zur Zeit der Hierophanten war, aber dieses Mal will er auf dem Thron sitzen, nicht irgendein Priesterkönig. Er will die Ländereien Mycenas und die Zauberer von Skala.«

»Vermutlich.« Aurënen hatte den Handelsverkehr mit Plenimar schon vor langer Zeit eingestellt; die Eheschließungen zwischen den Angehörigen der Völker, die notwendig waren, um die Blutlinien der Zauberer in Plenimar zu erhalten, fanden nicht mehr statt. Während seiner Reisen hatte Arkoniel Gerüchte über plenimaranische Piraten gehört, die die Schiffe der Aurënfaie überfielen und Gefangene machten, die sie wie Tiere zur Zucht verwenden wollten.

»Während der letzten Jahre haben sie uns nur getestet, indem sie immer wieder unsere Küsten überfallen haben«, fuhr Rhius fort. »Ich hoffe nur, Tobin ist alt genug, wenn die Zeit gekommen ist.«

»Wir müssen ihn in jeder nur möglichen Weise auf alles vorbereiten.«

»In der Tat. Gute Nacht, Arkoniel.« Rhius verbeugte sich und machte sich auf den Weg zurück zur Festung. Noch immer sah er beklagenswert alt und gebeugt aus.

Der Zauberer blieb allein am Fluss zurück, lauschte den leisen Geräuschen der warmen Sommernacht und fragte sich, wie sich eine Schlacht anhören mochte. Er hatte das Haus seines Vaters verlassen, noch bevor er ein Schwert tragen konnte. Unwillkürlich musste er lächeln, als ihm Tobins verächtliche Reaktion auf seinen Werdegang in den Sinn kam.

Als er den Hang wieder hinaufschritt, fiel sein Blick erneut auf den Turm, und er glaubte zu sehen, wie einer der Fensterläden sich bewegte. Wieder dachte er daran, den Turm zu untersuchen, doch Rhius' Anweisung war unmissverständlich gewesen. Vermutlich war es sowieso nur eine Fledermaus.

Tobin beobachtete die beiden Männer auf der Wiese von seinem Fenster aus. Er wusste, wer sich dort unterhielt; Bruder hatte es ihm gesagt.

Der Zauberer wird bleiben, flüsterte Bruder hinter ihm im Schatten.

»Warum?«, fragte Tobin. Er wollte nicht, dass Arkoniel in der Festung blieb. Er konnte ihn einfach nicht leiden. Irgendetwas stimmte nicht mit seinem Lächeln, außerdem war er viel zu groß und zu laut und hatte ein langes Gesicht, beinahe wie ein Pferd. Aber am schlimmsten war, dass er Tobin mit seiner Magie überrascht hatte und auch noch erwartete, dass Tobin sich darüber freute.

Tobin hasste Überraschungen. Die nahmen immer ein böses Ende.

»Warum will er bleiben?«, fragte er noch einmal und drehte sich um, um sich zu vergewissern, dass Bruder ihn gehört hatte.

Die Flamme der kleinen Nachtlampe neben seinem Bett war plötzlich kaum mehr als ein nebelhafter Lichtpunkt. Das war Bruders Werk. Seit Lhel die beiden miteinander verbunden hatte, konnte Tobin die Finsternis sehen, die Bruder manchmal verursachte, besonders bei Nacht. In manchen Nächten konnte Tobin fast überhaupt nichts sehen.

Da bist du ja, dachte er, als er einen Schatten am Fenster in der gegenüberliegenden Wand erkannte. »Worüber reden sie?«

Bruder glitt davon, ohne etwas zu sagen.

Allzu oft wünschte Tobin, er hätte die hässliche Puppe nicht behalten. Wäre sie doch zusammen mit seiner Mama aus dem Fenster gefallen. Vor ein paar Wochen hatte er sich sogar noch einmal aus der Festung geschlichen, in der Hoffnung, Lhel wiederzufinden, damit sie den Zauber rückgängig machte, aber dieses Mal hatte er sich nicht getraut, sich vom Flussufer zu entfernen, und auf seine Rufe hatte sie nicht reagiert.

Also war ihm nichts anderes übrig geblieben, als weiter ihren Anweisungen zu folgen, Bruder jeden Tag zu rufen und dem Geist zu gestatten, ihm auf Schritt und Tritt zu folgen. Er wusste nicht, ob Bruder das Zusammensein genoss oder nicht; noch immer bedachte er Tobin bisweilen mit scheelen Seitenblicken und bewegte die Finger, als wollte er ihn zwicken oder an den Haaren ziehen, wie er es früher getan hatte. Aber Bruder tat ihm nicht mehr weh, nicht, seit Lhel sein Blut und sein Haar mit der Puppe vereint hatte.

Fast ohne sich dessen bewusst zu werden, war Tobin in jüngster Zeit dazu übergegangen, Bruder öfter zu rufen und sogar zum gemeinsamen Spiel mit der Stadt einzuladen. Bruder allerdings sah nur zu, während Tobin die hölzernen Figuren durch die Straßen schob und mit den winzigen Schiffen auf große Fahrt ging, doch auch das war besser, als ständig allein zu sein.

Tobin forschte nach einer Bewegung in den dunklen Ecken des Zimmers. Auch wenn er Bruder fortschickte, war er nie weit entfernt. Die Diener beklagten sich immer noch über seine Marotten, aber die einzige Person, der er ernsthaft wehgetan hatte, war Arkoniel.

So wenig Tobin den Zauberer auch ausstehen konnte, er war doch böse auf Bruder und seine Untat. Er hatte den Rufzauber direkt vor der Nase des Mannes ausführen müssen, und Arkoniel hatte etwas gesehen und womöglich sogar die Worte gehört. Sollte er Tobins Vater davon erzählen oder die Puppe finden, so wäre sein Vater beschämt und die Männer würden über Tobin lachen wie die Leute in der Stadt, und er würde niemals ein großer Krieger werden.

Als es schließlich zu dunkel war, um seinen Vater auf der Wiese noch zu erkennen, krabbelte Tobin ins Bett und lag in furchtsamer Erwartung zorniger Stimmen regungslos unter schweißfeuchten Decken.

Stattdessen kam Nari herauf, um zu Bett zu gehen, und sie machte einen überaus erfreuten Eindruck.

»Du wirst nicht glauben, was passiert ist!«, rief sie, während sie die Verschnürung ihres Gewandes löste. »Dieser junge Zauberer wird in der Festung bleiben und dich unterrichten. Aber nicht nur das, du bekommst auch einen Spielkameraden! Arkoniel wird seiner Meisterin schreiben und sie bitten, nach einem passenden Knaben Ausschau zu halten. Bald hast du endlich einen richtigen Freund, mein Kind, so wie es sich für einen jungen Prinzen gehört! Hört sich das nicht gut an?«

»Und wenn er mich nicht mag?«, murmelte Tobin, in Gedanken wieder einmal bei den Stadtleuten, die ihn angestarrt und hinter vorgehaltener Hand über ihn geredet hatten.

Nari schnalzte mit der Zunge, als sie sich zu ihm legte. »Wer sollte dich denn nicht mögen, Kindchen. Außerdem wäre jeder Junge furchtbar stolz, wenn ihm die Ehre zuteil würde, Spielkamerad des einzigen Neffen des Königs zu werden.«

»Aber wenn er nicht nett ist?«, beharrte Tobin.

»Dann schicke ich den kleinen Dummkopf höchstpersönlich zurück«, erklärte Nari, ehe sie in freundlicherem Ton hinzufügte: »Hab keine Angst, mein Liebling. Du musst dir über nichts Sorgen machen.«

Tobin seufzte und tat, als würde er schlafen. Es gab mehr als genug, worüber er sich Sorgen machen musste, nicht zuletzt darüber, mit einem launischen Geist und einem lauten, lachenden, scharfsichtigen Zauberer geschlagen zu sein.

Kapitel 19

Iya las Arkoniels Brief mehrere Male, während der Kurier des Herzogs im Innenhof auf ihre Antwort wartete. Dann, das kleine Stück Pergament an ihr Herz gedrückt, blickte sie durch das Fenster auf den geschäftigen Betrieb im Hafen hinaus und versuchte, ihre widerstreitenden Gefühle unter Kontrolle zu bringen.

Ihre erste Reaktion entsprach der des Herzogs: Das Kind eines anderen Edelmannes in die Festung zu bringen brachte beide Häuser in Gefahr. Doch im Herzen wusste sie, dass Arkoniel Recht hatte. Wieder las sie die Zeilen.

Ich weiß, dass du meine Entscheidung missbilligen, vielleicht sogar ob meiner Anmaßung zürnen wirst, aber ich bin überzeugt, in diese Sache richtig zu liegen. Das Kind ist beinahe zehn Jahre alt und schon so seltsam, dass ich fürchte, er wird kein gutes Bild bei Hofe abgeben, wenn er herangewachsen ist. Dieser Haushalt nimmt die Beschützerrolle untragbar ernst. Dieses Kind war noch nie an einem heißen Tag schwimmen, hat noch nie einen Nachmittag allein auf der Wiese außerhalb der Festungstore zugebracht. Im Andenken an seine Mutter und ihre Abstammung müssen wir tun, was wir können . . .

»Seine Mutter«, murmelte Iya, erleichtert, dass Arkoniel sich so vorsichtig gezeigt hatte. Allzu leicht geriet ein Brief in die falschen Hände, sei es durch ein Versehen oder auch mit voller Absicht.

Ich überlasse die Wahl des Gefährten selbstverständlich dir. So versuchte er also, sie zu beschwichtigen, nachdem er längst eigene Wege beschritten hatte. *Der Knabe sollte fröh-*

lich, tapfer, leichten Herzens und den Künsten der Jagd und des Kampfes zugeneigt sein, denn in diesen Punkten habe ich beklagenswert wenig vorzuweisen. Da die Festung sehr einsam liegt und der Prinz noch nicht bei Hofe eingeführt ist, solltest du vielleicht darauf achten, einen Jungen zu wählen, der nicht gar so sehr von seiner Familie vermisst werden wird, sollte er lange von ihr getrennt sein. Ein erstgeborener Sohn wäre nicht angebracht.

Iya nickte unwillkürlich. Sie wusste nur zu gut, was das bedeutete; der gesuchte Junge musste entbehrlich sein.

Während sie im Geiste bereits Pläne schmiedete, steckte sie den Brief ein. Sie würde einige der Landedelleute aufsuchen, die kleinere Ländereien in den Bergen ihr Eigen nannten. Viele von ihnen hatten große Familien zu ernähren.

Diese Überlegungen halfen ihr zumindest, eine andere Konsequenz von Arkoniels Plänen nicht zu schwer zu nehmen. Der junge Zauberer würde bei Tobin bleiben. Seine Ausbildung war weit genug gediehen, dass er eine Weile allein zurechtkommen sollte, vielleicht gar gänzlich seiner Wege gehen konnte. Andere Schüler hatten sie mit weit weniger verlassen. Arkoniel wusste bereits so viel, dass sie ihm auch die Schale würde anvertrauen können, wenn die Zeit gekommen war.

Nichtsdestotrotz gefiel ihr der Gedanke nicht, von ihm getrennt zu sein. Er war der beste Schüler, den sie je gehabt hatte, und fähig, noch weit mehr zu lernen als bisher. Weit mehr sogar, als sie ihm beibringen konnte. Andererseits würden ein paar Jahre Pause seinem Werdegang als Zauberer kaum schaden.

Iya musste sich eingestehen, dass ihre wahre Sorge der Erinnerung an seine Visionen galt. Visionen, in denen sie nicht vorkam. Aber sie war noch nicht bereit, sich von ihm zu trennen, von dem Sohn ihres Herzens.

Kapitel 20

Wie Tobin befürchtet hatte, fing der Zauberer beinahe auf der Stelle an, die Dinge zu verändern, wenn auch nicht ganz so, wie er es erwartet hatte.

Arkoniel blieb zunächst in Tobins Spielzimmer, aber schon in der Woche, in der sein Vater abreiste, traf eine ganze Wagenladung Arbeiter ein und baute ein kleines Zeltdorf auf der Wiese auf. Ihnen folgte ein steter Strom Rollwagen, beladen mit allerlei Baumaterial. Bald waren die Innenhöfe und die leeren Soldatenunterkünfte mit Holzbalken, Steinen, Mischtrögen und schweren Säcken voll gestopft. Tobin durfte nicht zu den Fremden hinausgehen, also stand er an seinem Fenster und sah dem bunten Treiben von drinnen zu.

Bis zu diesem Tag war ihm nie bewusst gewesen, wie still es in der Festung war. Nun aber ertönte den ganzen Tag ein Hämmern und ein Klappern von allen Seiten, verstärkt durch die lauten Stimmen der Arbeiter, die sich gegenseitig Anweisungen zubrüllten oder sich die Arbeit durch Singen erleichterten.

Ein Trupp Handwerker lärmte mit Schieferplatten, flüssigem Blei und Teer auf dem Dach herum, welches bei Tag und Nacht aussah, als würde es lichterloh in Flammen stehen. Ein anderer Trupp kam ins Haus und ergriff auf einen Schlag von der großen Halle und dem zweiten Obergeschoss Besitz. Möbel wurden hin- und hergeschoben, und das Haus war angefüllt mit den aufregend neuen Gerüchen von feuchtem Kalk und Sägemehl.

Arkoniel rückte in Tobins Gunst ein wenig höher, als er darauf bestand, dass Tobin gestattet werden müsse, den Handwerkern bei der Arbeit zuzusehen. Eines Nachts, nachdem Nari ihn ins Bett gesteckt hatte, tauchte Bruder auf und führte Tobin zur Treppe, wo er einem Streit aus dem Erdgeschoss lauschen sollte. Nari und Arkoniel standen gleich neben dem Kamin.

»Es ist mir egal, was Ihr oder Herzog Rhius sagt«, zischte Nari und ballte die Fäuste vor ihrer Schürze, wie sie es stets zu tun pflegte, wenn sie verärgert war. »Es ist zu gefährlich. Was hat es für einen Sinn, sich hierher, mitten ins Nirgendwo, zurückzuziehen ...«

»Ich werde bei ihm bleiben«, unterbrach sie der Zauberer. »Im Namen des Lichts, Frau, Ihr könnt ihn doch nicht sein ganzes Leben lang in weiche Tücher wickeln. Hier kann er jetzt so viel lernen, und seine Begabung für derartige Dinge ist offensichtlich.«

»So? Ihr wollt wohl, das er heranwächst, um die Schürze eines Steinmetzes anstelle einer Krone zu tragen, was?«

Nachdenklich kaute Tobin auf seinem Daumennagel herum und fragte sich, worum es ging. Er hatte noch nie gehört, dass ein Prinz eine Krone trug. Seine Mutter hatte, soweit er wusste, nie eine getragen, und sie hatte als Kind in einem Palast gelebt. Aber wenn das Tragen einer Steinmetzschürze bedeutete, dass er imstande wäre, eine Kelle mit Mörtel zu schwingen und Wände zu bauen, dann hatte er nichts dagegen. Als Nari einmal nicht auf ihn geachtet hatte, hatte er heimlich den Arbeitern im Obergeschoss zugesehen, und das hatte sein Interesse unwiderruflich geweckt. Vermutlich würde er daran weit mehr Spaß haben als an den anderen Lektionen, in denen Arkoniel von ihm verlangte, Gedichte auswendig zu lernen und sich die Namen der Sterne zu merken.

Ehe er jedoch herausfinden konnte, wer diesen Streit für sich entscheiden würde, drängte Bruder ihn flüsternd, eilends ins Bett zurückzukehren. Er schaffte es gerade noch, die Tür zu seinem Zimmer hinter sich zu schließen, als Mynir mit klapperndem Schlüsselbund vorüberging und ein lustiges Liedchen pfiff.

Erfreulicherweise war Arkoniel der Gewinner, und er und Tobin verbrachten den nächsten Tag damit, die Arbeiter zu beobachten.

Die Werkzeuge von Stuckateuren und Steinmetzen und die Leichtigkeit, mit der die Handwerker sie führten, faszinierten Tobin zutiefst. Ganze Wände wurden binnen eines Vormittags von ihrem schmutzigen Grau befreit und in strahlendes Weiß gehüllt.

Die größte Bewunderung brachte er jedoch der Holzschnitzerin entgegen, einer zierlichen, hübschen Frau mit hässlichen Händen, die das Holz mit Beiteln und Messern formte, als wäre es Butter. Der geborstene Endpfosten in der Halle war schon am Vortag herausgerissen worden, und Tobin beobachtete nun hingerissen, wie der Ersatzpfosten allmählich aus einem langen Stück dunklen Holzes herausgebildet wurde. Für Tobin sah es aus, als tastete sie in dem Holz, um die Muster mit früchtetragendem Wein hervorzulocken, die längst in seinem Inneren vorhanden waren. Als er ihr schüchtern von seinem Eindruck erzählte, nickte sie.

»Genauso sehe ich es, Euer Hoheit. Ich nehme ein Stück Holz wie dieses in die Hände und frage: ›Welche Schätze hältst du für mich bereit?‹«

»So macht es Prinz Tobin mit Gemüse und Wachs«, sagte Arkoniel.

»Ich schnitze auch Holz«, fügte Tobin hinzu, obwohl

er im Stillen fürchtete, die Frau würde ihn auslachen. Stattdessen steckten sie und Arkoniel kurz die Köpfe zusammen, ehe sie zu einem Haufen mit Holzresten ging und ihm ein Stück fahlgelbes Holz von der Größe eines Backsteins brachte. Außerdem gab sie ihm zwei ihrer scharfen Schnitzmesser. »Wollt Ihr nachsehen, was sich in diesem Stück verbirgt?«, fragte sie.

Und Tobin verbrachte den Rest des Nachmittags auf dem Boden neben ihr, um ihr am Ende des Tages einen fetten Otter zu präsentieren, der nur ein ganz klein wenig schief geraten war. Die Frau war so angetan, dass sie den Otter gegen ihre Messer eintauschte.

Wenn Tobin und Arkoniel nicht den Handwerkern zusahen, unternahmen sie lange Ausflüge in den Wald, zu Fuß oder zu Pferde. Auch diese dienten der Ausbildung des Prinzen, ohne dass Tobin sich dessen wirklich bewusst gewesen wäre. Arkoniel mochte kein Kämpfer und auch kein Jäger sein, aber er wusste eine Menge über Kräuter und Bäume. Zuerst ließ er sich von Tobin die Pflanzen zeigen, die dieser kannte, dann zeigte er ihm weitere Pflanzen und erklärte ihm, wozu sie gut waren. Sie pflückten Moosbeeren, gruben wilden Ingwer aus und sammelten wilde Erdbeeren, Süßgräser und Sauerampfer von der Wiese, den Mamsell für ihre Suppen verwenden konnte.

Tobin misstraute dem Zauberer immer noch, stellte aber fest, dass er dessen Anwesenheit durchaus erträglich fand. Arkoniel war nicht mehr so laut, und er zauberte niemals. Und wenn er auch kein Jäger war, wusste er doch ebenso viel wie Tharin über die Spurensuche und das Reisen im Wald. Ihre Ausflüge führten sie weit den Berghang hinauf, und dann und wann passierten sie einen Pfad oder eine Lichtung, die Tobin vertraut vorkam, doch er entdeckte nicht die geringste Spur von Lhel.

Ohne Arkoniels Wissen war auch Bruder oft bei ihnen, ein stiller, wachsamer Geist.

Kaum waren die Steinmetze mit ihrer Arbeit in der großen Halle fertig, fingen die Maler an, ihre Muster in den frischen Putz zu kratzen. Als ein langer Streifen eines gleich bleibenden Musters gleich unter der Decke Gestalt annahm, legte Tobin den Kopf auf die Seite und verkündete: »Das sieht ein bisschen wie Eichen- und Ahornlaub aus, aber nur ein bisschen.«

»Es ist kein Bild oder etwas in der Art«, erklärte Arkoniel. »Nur ein Muster, das dem Auge gefallen soll. Er wird noch unzählige Reihen mit unterschiedlichen Motiven anfertigen, die dann später in leuchtenden Farben ausgemalt werden.

Sie kletterten auf das wackelige Gerüst, und Arkoniel bat den Maler, Tobin zu zeigen, wie er mit Messinglineal und Stechzirkel Umrisse herausarbeitete und das Muster auf einer geraden Linie hielt.

Als sie wieder unten waren, rannte Tobin hinauf in sein Spielzimmer, nahm die vernachlässigten Schreibmaterialien aus der Truhe und verteilte sie auf dem Tisch. Dann fing er an, eigene Muster zu bilden, wobei seine Finger als Zirkelersatz und ein Stück einer abgebrochenen Exerzierklinge als Lineal dienten. Er hatte gerade eine halbe Musterreihe fertig, als er merkte, dass Arkoniel auf der Schwelle stand und ihn beobachtete.

Tobin arbeitete weiter, bis er den Rand des Pergaments erreicht hatte. Dann lehnte er sich zurück, um sein Werk zu begutachten. »Das ist nicht so gut.«

Arkoniel trat näher und sah sich die Zeichnung an. »Nein, aber für den ersten Versuch ist es auch nicht schlecht.«

Das war typisch für Arkoniel. Während Nari alles, was Tobin tat, in höchsten Tönen lobte, ob es nun gut war oder nicht, gab sich der Zauberer eher wie Tharin, der das Gute in einem Versuch erkannte, ohne es übertrieben herauszustellen.

»Sehen wir doch mal, ob ich das auch kann.« Arkoniel zog einen Bogen Pergament von dem Papierstoß, drehte ihn um und blieb einen Augenblick mit seltsam gepeinigter Miene stehen. Die nun oben liegende Seite war mit mehreren Zeilen zierlicher Worte beschriftet, die Tobins Mutter eines Tages niedergeschrieben hatte, während er seine Buchstaben gemalt hatte. Tobin konnte die Worte nicht lesen, aber er konnte sehen, dass sie Arkoniel aus der Fassung brachten.

»Was steht da?«, fragte er.

Arkoniel schluckte schwer und räusperte sich, aber Bruder entriss ihm das Pergament und schleuderte es quer durch den Raum, ehe er noch ein Wort hatte vorlesen können.

»Es war nur ein Teil eines Gedichts über Vögel.«

Tobin holte das Pergament zurück und legte es ganz unten unter den Papierstapel, um Bruder nicht noch mehr aufzuregen. Das Pergament, das nun ganz oben auf dem Stoß lag, war mit mehreren Zeilen Übungsbuchstaben beschriftet, die samt und sonders von Tobins zurückliegenden Bemühungen verschmiert waren.

»Mama hat mir die Buchstaben beigebracht«, sagte er, während er mit dem Finger über die Zeilen strich.

»Gut. Wie wäre es, wenn du mir zeigst, was du bisher gelernt hast?« Arkoniel versuchte zu lächeln, als wäre alles völlig in Ordnung, doch sein Blick wanderte wieder und wieder zu dem Pergament, das Bruder ihm aus der Hand gerissen hatte, und er machte einen traurigen Eindruck.

Mühsam kritzelte Tobin die elf Buchstaben, die er kannte. Er hatte sie seit Monaten nicht geschrieben, weshalb sie nun recht krumm ausfielen. Einige standen sogar wieder auf dem Kopf. Außerdem hatte er größtenteils vergessen, wie sie hießen und wie sie sich anhörten.

»Das ist doch schon ein ganz guter Anfang. Möchtest du, dass ich dir noch mehr Buchstaben aufschreibe, damit du sie nachziehen kannst?«

Tobin schüttelte den Kopf, aber der Zauberer hatte sich schon an die Arbeit gemacht.

Bald war Tobin so beschäftigt, dass er das Gedicht, das Arkoniel ihm nun doch nicht vorgelesen hatte, ebenso vergaß wie Bruders kleinen Zornesausbruch.

Arkoniel wartete, bis Tobin sich in seine Arbeit vertieft hatte, ehe er vorsichtig an einer Ecke des Pergaments zupfte, das der Dämon ihm entrissen hatte, und es gerade weit genug herauszog, um die Zeilen zu erkennen, die Ariani geschrieben hatte:

Nur in meinem Turm kann ich die Vögel singen hören
Mein Gefängnis ist meine Freiheit, nur hier singt mein Herz
Umgeben von den Toten
Denn nur die Toten sprechen offen wie die Vögel.

Insgeheim hatte sich Tobin große Sorgen um die drohende Ankunft des versprochenen Kameraden gemacht, aber als nichts weiter geschah, vergaß er die ganze Geschichte und nahm an, dass sein Vater seine Meinung geändert hatte.

Es waren sowieso viel zu viele Leute im Haus. Solange er sich erinnern konnte, war das Haus immer düster und friedvoll gewesen. Nun trampelten Arbeiter zu jeder Stunde durch die Korridore. Wenn er die Lust verlor, die Handwerker zu beobachten, zog er sich zu Nari und Mamsell in die Küche zurück. Trotz Naris Bedenken wegen des Kontakts zwischen dem Prinzen und den Arbeitern schienen die beiden Frauen auf absurde Weise erfreut über all das Durcheinander.

Doch niemand zeigte sich mehr erfreut als der alte Mynir. Zwar schien der Zauberer die Schuld für all diese Veränderungen zu tragen, doch Mynir war für die Arbeiten verantwortlich, und er hatte nie glücklicher ausgesehen als in jenen Tagen, in denen er Handwerkern Anweisung gab, welche Farben und Muster sie zu verwenden hatten. Auch traf er sich in der Halle mit allerlei Händlern, und bald zierten neue Glasplatten die kahlen Regale und ganze Wagenladungen von Wandbehängen und Vorhängen in leuchtenden Farben wurden angeliefert.

»Ah, Tobin, das habe ich früher in Atyion auch gemacht!«, sagte er eines Tages, als er gerade neu eingetroffene Vorhänge inspizierte. »Endlich lässt mich dein Vater die Festung in ein standesgemäßes Heim verwandeln.«

So gern er auch den Handwerkern zusah, konnte Tobin doch sein Unbehagen nicht unterdrücken, als die Reparaturarbeiten auch im Obergeschoss Einzug hielten. Je stärker sich das Haus veränderte, desto schwerer fiel es ihm, sich zu erinnern, dass sein Vater hier lebte, seine Mutter hier gelebt hatte. Als Mynir anfing, über Änderungen in seinem eigenen Zimmer zu sprechen, knallte Tobin die Tür zur, schob eine Truhe davor und weigerte sich, herauszukommen, bis ihm der Hausdiener durch das Schlüsselloch versprach, das Zimmer nicht anzutasten.

Und so ging die Arbeit um ihn herum weiter. Manchmal, bei Nacht, bevor Nari heraufkam, um sich schlafen zu legen, schlich er die große Treppe hinauf, starrte den hellen, farbenfrohen Korridor hinunter und stellte sich vor, wie er ausgesehen hatte, bevor sein Vater so oft und so lange weg gewesen war. Vielleicht würde sein Vater gar nicht mehr zurückkommen, wenn sie zu viel veränderten.

Kapitel 21

Einen angemessenen Kameraden für Tobin zu finden erwies sich als schwieriger, als Iya erwartet hatte.

Sie hatte so oder so nicht allzu viel für Kinder übrig. Jahrzehntelang hatte sie nur mit Kindern zu tun gehabt, die mit magischen Fähigkeiten geboren worden waren. Keiner ihrer Schüler war je ein gewöhnliches Kind gewesen, und Ausbildung und Zeit ließen bei allen rasch ein Leuchtfeuer ihrer Fähigkeiten aufblitzen. Mit diesen Kindern durchlebte sie noch einmal ihre eigenen vorsichtigen ersten Schritte, ihre frühen Enttäuschungen und Erfolge; und sie freute sich mit ihnen, wenn sie die Macht ihrer jeweiligen einzigartigen Gaben entdeckten. Keine zwei glichen sich in ihren Möglichkeiten, aber das war ohne jede Bedeutung. Die Freude lag allein darin, die Veranlagung der jeweiligen Schüler zu entdecken und bis in ihren innersten Kern zu verfolgen.

Aber das nun … Während ihre Suche sich schon einen trostlosen Monat lang hinzog, hatte sich ihre Meinung über gewöhnliche Kinder nicht gebessert. Unter den Landedelleuten gab es Kinder im Überfluss, doch war nicht eines dabei, das ihr mehr Interesse hätte abringen können als eine gewöhnliche Runkelrübe.

Lord Evir, dessen Haus sie zuerst aufgesucht hatte, hatte sechs Söhne, von denen zwei im richtigen Alter waren, doch sie waren wie fette, schwerfällige Bullenkälber und stumpfsinnig wie Maulwürfe.

Als Nächstes suchte sie in dem sicheren Wissen, dass dort einige Kinder das Licht der Welt erblickt hatten, die

Ländereien der Lady Morial auf. Die gute Witwe hatte einen Sohn von gerade zehn Jahren, der lebendig genug schien, doch als Iya seinen Geist mit dem ihren berührte, fand sie ihn schon jetzt durch Gier und Neid befleckt. So ein Knabe, den es selbst nach einem hohen gesellschaftlichen Stand gelüstete, war kaum der richtige Diener für einen Prinzen, oder eine Königin.

Also setzte sie ihre Reise fort, bewegte sich langsam über den Gebirgsgrat von Skala und fand doch nur noch mehr Runkelrüben, Maulwürfe und zukünftige Giftschlangen. Sie war noch einen Wochenritt von Ero entfernt, als der erste Regen des Rhythin einsetzte. Im kalten Nieselregen wanderte sie weiter, auf der Suche nach dem Anwesen von Lord Jorvai von Colath, den sie schon seit seiner Jugend kannte.

Zwei Tage später, als sich der Nachmittag dem Ende zuneigte und noch immer weder das Anwesen noch irgendein schützendes Dach in Sicht war, endete die schlammige Straße, der sie folgte, abrupt am Ufer eines deutlich angeschwollenen Stromes. Übellaunig versuchte sie, ihre Stute zum Weitergehen zu bewegen, aber das Biest scheute.

»Verflucht!«, brüllte Iya, als sie sich in dem Ödland umblickte, das sie umgab. Sie konnte nicht einfach durch den Fluss waten, doch es gab auch kein Gasthaus in der Nähe, zu dem sie zurückkehren konnte. Aber während sie ihren nassen Mantel enger um sich wickelte, erinnerte sie sich, dass sie etwa eine Stunde zuvor an einer Abzweigung vorbeigekommen war. Irgendwohin würde die Nebenstraße sie schon führen.

Sie hatte noch keine halbe Meile zurückgelegt, als eine kleine Gruppe Reiter mit einer Koppel edler Pferde aus dem Nebel auftauchte. Die Reiter waren hartgesottene Leute, Soldaten oder Banditen, nach ihrer Ausrüstung zu schließen. Iya setzte eine tapfere Miene auf, um ihnen entgegenzutreten. Als sie vor ihr ihre Pferde zügelten, erkannte die Zauberin eine Frau unter den Reitern, die jedoch ebenso derb und grimmig wie ihre Kameraden aussah.

Ihr Anführer war ein großer, hagerer alter Mann, dessen langer grauer Schnurrbart einen Mund voller abgebrochener Zähne umrahmte. »Was habt Ihr hier zu suchen, Frau?«, rief er sie an.

»Und wer mögt Ihr sein, dass Ihr mich das fragt?«, konterte Iya, während sie im Kopf bereits an einem Zauber der Verblendung arbeitete, schließlich waren die Reiter nur zu siebt. Bedachte sie die finsteren Blicke, mit denen sie gemessen wurde, so waren die Pferde vermutlich gestohlen.

»Ich bin Sir Larenth vom Eichenhang, Pächter von Lord Jorvai, auf dessen Ländereien Ihr Euch befindet.« Mit einem Daumen zeigte er auf die Frau und zwei der Männer. »Dies sind meine Söhne, Alon und Khemeus, und meine Tochter, Ahra. Wir bewachen Jorvais Straßen.«

»Dann bitte ich um Vergebung. Ich bin Iya von Schöpfers Furt, eine freie Zauberin von Skala. Und wie es der Zufall will, war ich selbst gerade auf der Suche nach Eurem Lord, aber ich fürchte, ich habe mich verirrt.«

»Und zwar gewaltig. Sein Landgut liegt einen halben Tagesritt zurück«, entgegnete Larenth immer noch in schroffem Ton. »Wenn Ihr kein anderes Ziel habt, sei es Euch freigestellt, die Gastfreundschaft meines Hauses einzufordern.«

Iya hatte kaum eine Wahl. »Vielen Dank, Sir Larenth. Ich bitte darum, und ich bin Euch überaus dankbar.«

»Was habt Ihr mit meinem Lord zu bereden?«, erkundigte sich Larenth, als sie weiterritten.

»Ich wurde beauftragt, einen Kameraden für den Sohn eines Edelmannes zu suchen.«

Der alte Ritter lachte schnaubend. »Ich habe einen ganzen Haushalt voller junger Hunde – die reife Leistung von vier Frauen –, Bastarde und eigene Söhne, so viel Ihr nur wünschen könnt und so gut wie jeder Knabe, den ihr in der Hauptstadt finden mögt. Weniger Münder füttern zu müssen würde mir gewiss nicht schaden. Ich nehme doch an, der Verlust der Arbeitskraft wird bezahlt werden?«

»Natürlich würdet Ihr die übliche Ausgleichszahlung erhalten.« Iya betrachtete den mürrischen Nachwuchs und bezweifelte im Stillen, dass sie unter Larenths Dach in die Verlegenheit käme, ihre Brieftasche öffnen zu müssen. Andererseits hatte er ein Mädchen an der Waffe geschult, was in diesen Tagen ein ebenso seltener wie willkommener Anblick war. »Eure Tochter dient an Eurer Seite. Soweit ich gehört habe, ist das heutzutage ziemlich aus der Mode gekommen.«

Die junge Frau richtete sich mit beleidigter Miene im Sattel auf.

»Zum Teufel mit der Mode und dem König mit all seinem Getue und seinen närrischen Gesetzen«, schimpfte Larenth. »Meine Mutter hat sich ihren Unterhalt mit dem Schwert verdient, und ihre Mutter ebenfalls. Ich werde meiner Tochter dieses Leben gewiss nicht verwehren, im Namen des Lichts, das werde ich nicht! All meine Kinder lernen mit Waffen umzugehen, sobald sie laufen können. Ihr werdet sehen, dass auch Lord Jorvai dieser Ansicht ist und es unerschrocken zugibt. Ihr seid eine Zauberin; Ihr müsst doch selbst die alten Bräuche hochhalten?«

»Das tue ich, allerdings scheint es mir dieser Tage nicht immer weise, das laut auszusprechen.«

Ein weiteres Schnauben ließ Larenths Schnurrbart erzittern. »Hört meine Worte, Meisterin, der Tag wird kommen, an dem der König sich glücklich schätzen wird, wenn mein Mädchen in seinem Heer dient, zusammen mit all den anderen, die er abgewiesen hat. Diese Mistkerle jenseits des Meeres werden sich nicht auf ewig mit kleinen Raubüberfällen zufrieden geben.

Sir Larenths Anwesen entpuppte sich als kleines, karg aussehendes Stück Land mit einem einfachen Steinhaus und einigen Nebengebäuden und Pferchen, umgeben von einem Palisadenzaun. Ein Rudel bellender Hunde begrüßte die Reiter und sauste um ihre Füße, als sie abgestiegen waren. Gleich darauf kam ein halbes Dutzend schmutziger kleiner Kinder, um es ihnen gleichzutun oder sich an ihren Vater und die älteren Geschwister zu hängen.

Larenths harte Züge wurden ein wenig weicher, als er sich ein kleines Mädchen über die Schulter warf und Iya mit ungeschlachter Höflichkeit in die verräucherte Diele scheuchte.

Hier gab es wenig Behagliches zu sehen. Selbst mit offenen Türen wirkte der Raum überfüllt und übel riechend. Die Möbel waren karg und spärlich, Wandbehänge oder Gemälde gab es nicht. Stattdessen baumelten Schweinehälften und Wurstschnüre an den Deckenbalken unter dem Rauchabzug im Dach, wo sie im Rauch des Feuers in der Mitte des festgestampften Erdbodens haltbar gemacht wurden. Neben dem Feuer saß eine schmale, schwangere junge Frau in einem Sack von einem Gewand über einem Spinnrocken, die Iya als Sekora, die vierte Gemahlin des alten Ritters, vorgestellt wurde. Bei ihr waren noch ein paar andere Frauen und ein schwachsinniger Stiefsohn von etwa vierzehn Lenzen. Vier kleine Kinder mit nacktem Hintern krabbelten gemeinsam mit den Hunden zwischen den Füßen der Frauen herum.

Bald darauf bummelte auch der Rest von Larenths Brut zum Abendessen herein. Bei fünfzehn hörte Iya zu zählen auf. Wer ein wahrer Nachfahre des Ritters und wer ein Bastard war, konnte sie unmöglich erkennen. In ländlichen Häusern wie diesem, in denen nur der Erstgeborene Rang und Titel des Vaters erben konnte, war das kaum von Bedeutung. Die übrigen Nachkommen würden so oder so auf eigene Faust ihr Glück machen müssen.

Das Essen war ein hübsches Durcheinander. Tische wurden aufgestellt, Töpfe hingen an Dreibeinen über dem Herdfeuer. Aus dem Backhaus wurden Bretter hereingebracht, und jeder setzte sich, wo er genug Platz zum Essen fand. Hier legte niemand Wert auf Förmlichkeiten; immer mehr Kinder tauchten auf und drängelten sich mit ihren Ellbogen an den anderen vorbei zum Herd. Dies war kein eleganter Haushalt, nicht einmal ein besonders freundlicher, und das Essen war miserabel, aber Iya war dankbar, nicht mehr draußen auf der Straße zu sein. Der Nieselregen hatte sich inzwischen zu einem Platzregen gesteigert, und Blitze rissen die Umgebung des Hauses aus dem Dunkel.

Das Abendessen war beinahe vorüber, als Iya erstmals auf die drei Knaben aufmerksam wurde, die neben der offenen Tür standen. Nach ihren nassen Kleidern und den kleinen Portionen auf den Tellern zu urteilen, waren sie erst recht spät zu dem chaotischen Mahl eingetroffen. Einer von ihnen, drahtig und sonnengebräunt und der schmutzigste der drei Brüder, die sich gerade lauthals vor Lachen ausschütteten, hatte dickes, dunkles

Haar, das unter all dem Dreck und den Zweigen vermutlich von einem kräftigen Braunton war. Iya wusste zunächst nicht recht, warum er ihr in der Masse der Kinder besonders aufgefallen war. Vielleicht lag es an seinem Lächeln.

»Wer ist das?«, fragte sie ihren Gastgeber, darum bemüht, sich in dem allgemeinen Geschnatter und dem Trommeln des Regens verständlich zu machen.

»Der da?« Larenth zog die Stirn in Falten und überlegte einen Augenblick lang. »Dimias, glaube ich.«

»Das ist *Ki*, Vater!«, spottete Ahra.

»Ist er ein rechtmäßiger Nachfahre?«, erkundigte sich Iya.

Erneut um eine Antwort verlegen, konsultierte Larenth zunächst seine Tochter. »Ja, ein Sohn meiner dritten Frau«, sagte er dann.

»Gestattet Ihr, dass ich mit ihm spreche?«

Larenth zwinkerte ihr wissend zu. »Ganz, wie Ihr wünscht, Meisterin, aber vergesst nicht, der Wurf ist groß, sollte Euch dieser Knabe nicht zusagen.«

Iya bahnte sich einen Weg zwischen Hunden und Beinen und Babys zu den drei Knaben an der Tür. »Ist dein Name Ki?«, fragte sie den Jungen.

Er unterbrach das Kauen, schluckte hastig und verbeugte sich artig. »Ja, gnädige Frau, stets zu Diensten.«

Obwohl er in keiner Weise bemerkenswert erschien, wusste Iya auf Anhieb, dass dieser Junge nichts mit einer Runkelrübe gemein hatte. In seinen Augen, die in der Farbe von Haselnussschalen schimmerten, spiegelte sich sein munteres, intelligentes Wesen.

Iyas Herz setzte einen Schlag aus; konnte der Knabe über magische Kräfte verfügen? Als sie seine Hand zum

Gruß ergriff, berührte sie, der Gewohnheit folgend, seinen Geist und stellte nicht ohne einen Hauch der Enttäuschung fest, dass sie sich geirrt hatte.

»Ist das schon dein ganzer Name?«, fragte sie.

Er zuckte die Schultern. »So werde ich immer genannt.«

»Er heißt Kirothius«, sagte einer der älteren Jungen und versetzte seinem Bruder einen Stoß in den Rücken. »Er mag den Namen nur nicht, weil er ihn nicht aussprechen kann.«

»Kann ich wohl!«, verkündete Ki. Seine Wangen färbten sich unter all dem Schmutz rot. Seinem Geruch nach zu urteilen, hatte er den Tag als Schweinehirt bestritten. »Ich mag Ki nur lieber. Außerdem kann sich Vater dann leichter erinnern, weil wir doch so viele sind.«

Jeder in Hörweite brach in Gelächter aus, und Ki mit dem verkürzten Namen zeigte die vorstehenden Zähne mit einem Lachen, das alles andere in diesem erbärmlichen Schuppen, ja, an diesem ganzen erbärmlichen Tag überstrahlte.

»Sag mir, Ki, wie alt bist du?«

»Elf Sommer, Lady.«

»Und du verstehst mit einem Schwert umzugehen?«

Stolz reckte der Knabe das Kinn vor. »Ja, Lady. Und mit einem Bogen auch.«

»Du weißt höchstens einen Hirtenstab gegen Schweine zu schwingen«, spottete einer der Brüder.

Wütend wandte sich Ki zu ihm um. »Halt einfach dein Maul, Amin. Oder hast du vergessen, wer dir letzten Monat den Finger gebrochen hat?«

So, so, der Welpe hat also auch scharfe Zähne, stellte Iya beifällig fest. »Warst du je bei Hofe?«

»Ja, Lady. Vater nimmt uns fast in jedem Jahr mit nach

Ero zum Fest Sakors. Ich habe den König und seinen Sohn mit ihren goldenen Kronen gesehen, als sie mit den Priestern zum Tempel geritten sind. Eines Tages werde ich selbst bei Hofe dienen.«

»Und die Schweine des Königs hüten!«, fügte Amin höhnisch hinzu.

Wütend stürzte sich Ki auf seinen Bruder und schlug ihn zu Boden, mitten hinein in einen Kreis weiterer Kinder, die hinter ihnen gesessen hatten. Iya zog sich hastig zurück, als die Diskussion in ein wildes Gerangel überging, an dem neben einer zunehmenden Zahl Kinder auch Hunde und wimmernde Kleinkinder beteiligt waren. Wenige Minuten später entdeckte sie Ki und den vorlauten Bruder zufrieden auf den Dachbalken thronend und auf das Durcheinander hinuntergrinsend, das sie angerichtet hatten. Die derzeitige Mutter wagte sich, drohend einen Kochlöffel schwingend, mitten hinein in das Kampfgeschehen.

Iya wusste, dass sie den richtigen Jungen gefunden hatte, wenngleich sie einigermaßen überrascht verspürte, wie sich ihr Gewissen regte. Sollte das Schlimmste eintreffen, so würde es kein Zögern geben, keine Gnade. Dennoch war es das Risiko wert. Welche Chancen hatte das arme Kind denn hier? Kein Land, kein Titel; im besten Fall hätte er als Infanterist oder als Söldner unter einer plenimaranischen Lanze sein Ende gefunden. Auf diese Art bekam er wenigstens eine Chance, seinen Traum vom Leben bei Hofe und von eigenen Titeln Wirklichkeit werden zu lassen.

Als die Kinder am späteren Abend schließlich wirr über den Boden verteilt schliefen, vertraute Sir Larenth den Knaben gegen eine Summe von fünf Goldsestern und ein Paket Talismane zum Schutz seines Hauses und seines Brunnens der Zauberin an.

Niemand dachte daran, Ki zu fragen, was er von der ganzen Sache hielt.

Bei Tageslicht fragte sich Iya, ob sie womöglich zu überstürzt gehandelt hatte. Ki war sauber und hatte sogar frische, wenn auch abgetragene Gewänder, die schon mehrere seiner älteren Geschwister gekleidet hatten, angezogen. Sein Haar, das er heute mit einem Lederband gebunden hatte, war von dem gleichen warmen Braun wie seine Augen. Bewaffnet war der Knabe auch, mit einem Messer am Gürtel und einem Bogen samt einem Köcher voller Pfeile über der Schulter.

Aber von der Lebhaftigkeit des vergangenen Abends war nichts mehr zu spüren, als er sich von seiner Familie verabschiedete, und zu Fuß neben Iyas Pferd einherschritt.

»Geht es dir gut?«, fragte sie, als sie sah, mit welch verbissener Miene er dahermarschierte.

»Ja, Mylady.«

»Du musst mich nicht ›Mylady‹ nennen. Du bist von edlerer Herkunft als ich. Nenn mich einfach Meisterin Iya, und ich werde dich Ki rufen, so wie du es magst. Wie wäre es, wenn du aufspringst und hinter mir reitest?«

»Nein, Meisterin.«

»Hat dir dein Vater gesagt, wohin wir reisen?«

»Ja, Meisterin.«

»Freust du dich, dass du der Spielkamerad des Neffen des Königs sein darfst?«

Er antwortete nicht, aber Iya sah, wie er grimmig die Zähne zusammenbiss. »Missfällt dir diese Vorstellung?«

Ki zog sich sein Bündel höher auf die Schulter. »Ich werde meine Pflicht tun, Meisterin.«

»Nun, ein bisschen könntest du dich schon freuen. Ich hatte angenommen, du wärest froh, dieses Elend hinter dir zu lassen. In Herzog Rhius' Haus wird niemand von dir erwarten, dass du Schweine hütest oder unter dem Tisch schläfst.«

Ki versteifte sich sichtlich, beinahe so wie seine Halbschwester am Tag zuvor. »Ja, Meisterin.«

Iya, die dieser seltsamen, einseitigen Konversation allmählich müde wurde, ließ den Jungen in Ruhe, und Ki folgte ihr schweigend.

In Namen des Lichts, hoffentlich habe ich keinen Fehler begangen, dachte Iya.

Als sie sich umsah, erkannte sie, dass der Knabe humpelte.

»Hast du eine Blase am Fuß?«

»Nein, Meisterin.«

»Warum humpelst du dann?«

»Ich habe einen Stein im Schuh.«

Erbost zügelte sie ihr Ross. »Warum um alles in der Welt hast du denn nichts gesagt? In Namen des Lichts, Kind, du hast doch eine Stimme?«

Er begegnete ihrem Blick offen und standhaft, aber seine Lippen zitterten. »Vater hat gesagt, ich darf nur sprechen, wenn ich dazu aufgefordert werde«, erklärte er, eifrig darum bemüht, sich tapfer zu geben, während die Worte aus ihm heraussprudelten. »Er hat gesagt, wenn ich unverschämte Antworten gebe oder mir einen Fehltritt erlaube und Ihr mich zu ihm zurückschickt und das Gold zurückverlangt, würde er mir die Haut abziehen und mich auf der Straße aussetzen. Er hat gesagt, ich muss meine Pflicht gegenüber Prinz Tobin erfüllen und darf nie wieder nach Hause zurückkehren.«

Das war eine beachtliche Ansprache, kühn vorgetragen noch dazu, sah man von den Tränen ab, die über seine Wangen rannen. Ki wischte sich das Gesicht mit dem Ärmel trocken, hielt aber den Kopf stolz erhoben, während er darauf wartete, in Ungnade zurückgeschickt zu werden.

Iya seufzte. »Putz dir die Nase, Junge. Niemand wird dich nach Hause schicken, weil du einen Stein im Schuh hast. Ich habe nicht viel Erfahrung im Umgang mit normalen Knaben, Ki, aber du scheinst alles in allem ein guter Junge zu sein. Du wirst Prinz Tobin nicht verletzen und nicht weglaufen, richtig?«

»Nein, Myl – Meisterin!«

»Dann bezweifle ich, dass es einen Grund geben könnte, dich nach Hause zu schicken. Jetzt leere deinen Schuh aus, und steig auf das Pferd.«

Als er mit seinem Schuh fertig war, zog Iya ihn hinter sich auf den Rücken des Tieres und tätschelte unbeholfen sein Knie. »Nun, da das geklärt ist, können wir zufrieden weiterreisen.«

»Ja, Meisterin.«

»Und vielleicht bekommen wir sogar ein etwas interessanteres Gespräch zustande. Der Ritt nach Alestun ist lang. Du darfst frei von der Leber weg sprechen und mir Fragen stellen, wann immer du willst. Wenn du nicht fragst, kannst du nicht lernen, weißt du?«

Ki drückte mit dem Knie gegen den Lederbeutel, der an seinem Bein ruhte. »Was ist da drin? Ihr tragt ihn ständig bei Euch. Gestern Nacht habe ich Euch mit dem Beutel sogar schlafen gesehen.«

»Nichts, was du wissen müsstest«, rief Iya erschrocken. »Außer, dass es sehr gefährlich ist und ich dich tatsächlich nach Hause schicken werde, solltest du den Beutel nicht in Ruhe lassen.«

Iya fühlte, wie der Knabe den Kopf einzog, und sie atmete tief durch, ehe sie erneut das Wort ergriff: »Das war kein besonders guter Anfang, was? Frag mich etwas anderes.«

Einen Augenblick herrschte Schweigen, dann: »Wie ist der Prinz?«

Die Zauberin erinnerte sich an Arkoniels Brief. »Er ist etwa ein Jahr jünger als du. Man hat mir berichtet, dass er gern jagt und mit dem Schwert übt, um ein großer Krieger zu werden. Wenn du ein guter Junge bist, könnte er dich eines Tages zu seinem Schildknappen ernennen.«

»Wie viele Brüder und Schwestern tut er haben?«

»Hat er«, korrigierte Iya. »Beim heiligen Licht, wir werden dir wohl Grammatik beibringen müssen.«

»Wie viele hat er?«

»Nicht ein Geschwisterkind und auch keine Mutter. Darum sollst du ihm fortan Gesellschaft leisten.«

»Ist seine Mutter gestorben?«

»Ja, vor einem Jahr, im letzten Frühling.«

»Ein Jahr? Und der Herzog hat sich noch keine neue Frau geholt?«, fragte Ki verwundert.

Iya seufzte. »›Herzog Rhius hat sich…‹«, Gnade, Illior, »›… nicht wieder vermählt‹, heißt das, nicht, dass dich das etwas anginge! Und nein, er hat nicht. Ich glaube, du wirst staunen, wie sehr sich sein Haushalt von dem unterscheidet, was du gewohnt bist.«

Wieder trat eine Pause ein, dann: »Ich habe Leute reden hören, es gäbe einen Geist im Schloss des Prinzen.«

»Hast du Angst vor Geistern?«

»Ja, Meisterin Iya! Ihr nicht?«

»Nicht besonders. Und du musst dich auch nicht vor ihm fürchten, denn es gibt in der Tat einen Geist in der Festung.«

»Bei Bilairys Schwanz!«

Plötzlich war Ki nicht mehr hinter ihr. Als sie sich umwandte, sah Iya ihn mit seinem Bündel auf der Straße stehen und jämmerlichen Blickes in die Richtung starren, aus der sie gekommen waren.

»Steig wieder auf, Junge.«

Ki schien unschlüssig, offensichtlich konnte er sich nicht entscheiden, wovor er mehr Angst haben sollte, vor dem Geist oder vor seinem furchterregenden Vater.«

»Mach dich doch nicht lächerlich«, spottete Iya. »Prinz Tobin hat sein ganzes Leben mit dem Geist verbracht, und er hat ihm nie etwas angetan. Nun komm, oder ich muss dich zurückschicken. Der Prinz kann keinen Feigling zu seiner Gesellschaft brauchen.«

Ki schluckte heftig und drückte die Schultern durch, genau, wie sie es erwartet hatte. »Mein Vater hat keine Feiglinge gezeugt.«

»Ich freue mich, das zu hören.«

Als er wieder sicher auf dem Pferd saß, fragte Iya: »Wie hast du von dem Geist erfahren?«

»Ahra hat es mir heute Morgen erzählt, als sie erfahren hat, zu wem Vater mich schickt.«

»Und woher weiß sie davon?«

Sie fühlte ein Schulterzucken in ihrem Rücken. »Hat sie irgendwo gehört.«

»Und was hat deine Schwester noch gehört?«

Wieder Schulterzucken. »Das war alles, was sie mir erzählt hat.«

Ki war den Rest des Tages höflich, wirkte aber bedrückt. Erst in der Nacht, als er glaubte, Iya schliefe schon, weinte er sehr, sehr leise. Beinahe erwartete die Zauberin, ihn am Morgen nicht mehr vorzufinden. Als sie aber kurz nach Anbruch der Morgendämmerung die Augen aufschlug, war er immer noch da und beobachtete sie von einem frisch aufgeschichteten Feuer aus. Unter seinen Augen waren dunkle Ringe. Er hatte ihnen beiden ein kaltes Frühstück bereitet. Jetzt erinnerte er weit mehr an den lebhaften, munteren Burschen, den sie am ersten Abend kennen gelernt hatte.

»Guten Morgen, Meisterin Iya.«

»Guten Morgen, Ki.« Iya setzte sich auf und streckte sich, um ihre verspannten Schultern zu entlasten.

»Wie lange brauchen wir noch, bis wir da sind?«, fragte er, während sie aßen.

»Oh, drei oder vier Tage, nehme ich an.«

Er biss von der Wurst ab und kaute geräuschvoll. »Könnt Ihr mich unterwegs lernen, wie man richtig spricht?«

»Für den Anfang: Sprich nicht mit vollem Mund. Und kau nicht mit offenem Mund.« Sie lachte, als er den Bissen hastig hinunterschlang. »Du musst nicht gleich ersticken. Also, überlegen wir mal, was noch? Du sollst nicht unter Einbeziehung von Bilairys Körperteilen fluchen, das ist unanständig. Und jetzt sag: ›Könnt Ihr mich bitte lehren, richtig zu sprechen.‹«

»Könnt Ihr mich bitte lehren, richtig zu sprechen?«, wiederholte er so vorsichtig, als würde er sich an einer fremden Sprache versuchen. »Und könnt Ihr mich bitte alles über Geister lernen – lehren?«

»Ich werde tun, was ich kann«, erwiderte Iya mit einem Lächeln. Also hatte sie doch die richtige Entscheidung getroffen. Dieser Knabe war keine Runkelrübe.

Kapitel 22

Als er irgendwann eines Nachmittags im späten Rhythin mit Arkoniel auf dem Dach saß, blickte Tobin hinaus zu den flammenden Farben des Waldes, und plötzlich wurde ihm bewusst, dass es nur noch wenige Wochen bis zu seinem Namenstag waren. Insgeheim hoffte er, dass niemand an seinen Ehrentag denken würde.

Er hatte nicht hier heraufkommen wollen, und er hatte dafür gesorgt, dass sie während dieses morgendlichen Unterrichts so weit wie möglich vom Fuß des Turms entfernt saßen.

Arkoniel versuchte, ihm Rechnen beizubringen. Mit Bohnen und Linsen führte er ihm die Lösung der jeweiligen Aufgaben vor. Tobin bemühte sich, aufzupassen, aber seine Gedanken schweiften immer wieder zu dem Turm ab. Er konnte das Gemäuer hinter sich fühlen, drohend, kalt wie ein Schatten, obwohl die Sonne seine Schultern wärmte. Die Fensterläden im Turm waren fest verschlossen, aber Tobin war überzeugt, Geräusche hinter ihnen hören zu können; Schritte und das leise Rascheln langer Röcke auf dem steinernen Boden. Die Laute ängstigten ihn ebenso wie die Vision des Geistes seiner Mutter hinter der Turmtür es getan hatte.

Er hatte Arkoniel weder von den Geräuschen noch von dem Traum erzählt, den er in der Nacht zuvor gehabt hatte; diesen Fehler hatte er schon viel zu oft begangen, und jeder, sogar Nari, hatte ihn ganz sonderbar angesehen, wenn sich die Träume, von denen er erzählt hatte, bewahrheitet hatten.

In diesem Traum waren er und Bruder wieder draußen, aber dieses Mal führte ihn der Dämon zum unteren Ende der Wiese, wo sie stehen blieben, um auf jemanden zu warten. In seinem Traum hatte Bruder zu weinen angefangen. Er hatte so sehr geweint, dass Blut aus seiner Nase und seinem Mund gequollen war. Dann hatte er eine Hand auf sein Herz, die andere auf Tobins Brust gelegt und sich so weit vorgebeugt, dass ihre Gesichter sich fast berührten.

»Sie kommt«, hatte Bruder geflüstert. Dann war er einfach wie ein schwarzer Vogel durch die Luft zum Turm geflogen und hatte Tobin allein an der Straße zurückgelassen.

Tobin war erschrocken aufgewacht und hatte Bruders Hand noch immer auf seiner Brust gespürt. *Wer kommt,* überlegte er. *Und warum?*

Als sie nun hier im hellen Sonnenschein saßen, mochte Tobin Arkoniel nichts von alldem erzählen. In dem Traum hatte er keine Furcht verspürt, aber wenn er nun an ihn zurückdachte und den Geräuschen aus dem Turm lauschte, überkam ihn ein seltsames Gefühl des Grauens.

Ein besonders lautes Donnern erklang von oben, und Tobin warf dem Zauberer einen verstohlenen Blick zu, überzeugt, dass jener das Geräusch gehört haben musste, dass er vielleicht nur beschlossen hatte, sich nicht dazu zu äußern.

Während ihrer ersten gemeinsamen Tage hatte Arkoniel ihm viele Fragen über seine Mutter gestellt. Den Turm und was darin geschehen war, hatte er nie erwähnt, aber Tobin hatte in seinen Augen gelesen, dass er es wissen wollte.

Als Tharin unter ihnen im Innenhof auftauchte, stieß Tobin einen erleichterten Seufzer aus. Vater und die anderen waren immer noch fort, aber Tharin war heimgekommen, um Tobin an der Waffe zu unterrichten.

»Es ist Zeit für die Schwertübungen«, sagte er und sprang auf.

Arkoniel sah ihn mit einer hochgezogenen Braue an. »So, so. Weißt du, Tobin, zum Leben eines Edelmannes gehört mehr als nur das sichere Führen einer Waffe. Du musst die Welt und wie sie funktioniert verstehen ...«

»Ja, Meister Arkoniel. Darf ich jetzt gehen?«

Ein bekanntes Seufzen. »Du darfst.«

Arkoniel beobachtete, wie das Kind hastig über die Schieferplatten tollte. Er bezweifelte, dass Tobin auch nur die Hälfte der Lektion verstanden hatte. Irgendetwas an dem Turm hatte ihn abgelenkt; jedes Mal, wenn er geglaubt hatte, Arkoniel würde es nicht sehen, hatte er sich zu dem Gemäuer umgeblickt.

Der Zauberer erhob sich und musterte seinerseits den Turm. Etwas an den verschlossenen Fensterläden jagte ihm stets eisige Schauer über den Rücken. Wenn der Herzog zurück war, wollte Arkoniel sich die Erlaubnis holen, sich jenen Raum dort oben anzusehen. Vielleicht, wenn er ihn betreten, die Luft dort atmen, die Dinge, die sie zurückgelassen hatte, berühren durfte, konnte er sich den Hauch einer Ahnung dessen verschaffen, was wirklich an jenem Tag geschehen war. Von Tobin würde er es jedenfalls nicht erfahren, so viel stand fest. Die wenigen Gelegenheiten, zu denen Arkoniel versucht hatte, das Thema anzusprechen, war der Junge stets auf eine überaus beunruhigende Art blass und still geworden.

Arkoniel gab nichts auf Naris wildes Gerede über Besessenheit oder auf ihre Furcht, Tobin könnte irgendwie den Sturz seiner Mutter herbeigeführt haben. Aber je länger er sich in der Festung aufhielt, desto deutlicher war er sich der Anwesenheit des toten Kindes bewusst. Er konnte seine Kälte fühlen. Und er hatte Tobin zu ihm flüstern gehört, genau, wie Nari gesagt hatte, und sich gefragt, welcher Art die Antworten sein mochten, die Tobin erhielt.

Was, wenn Tobin an diesem Tag gestürzt wäre? Für einen Augenblick sah er zwei Kinder vor seinem geistigen Auge, die ihn vom Turm aus beobachteten, im Tode vereint, wie sie es im Leben hätten sein sollen.

»Ich werde hier noch verrückt«, murmelte er und streute die Linsen für die Vögel aus.

In der Hoffnung, die düstere Stimmung abschütteln zu können, machte er sich auf den Weg zum Exerzierplatz und sah zu, wie Tharin mit Tobin arbeitete. Dies war einmal ein Mann, der einen Knaben zu unterrichten wusste.

Beide lachten über das ganze Gesicht, als sie einander mit ihren hölzernen Waffen über den Hof trieben. Gleich, wie hart Tharin den Jungen bearbeitete, Tobin tat alles, um ihm zu gefallen. Er bewunderte und verehrte den großen Krieger mit einer Offenheit, die Arkoniels Neid weckte. Tobin war in eine abgewetzte Ledertunika geschlüpft und hatte sich das Haar mit einem Lederband zurückgebunden, einer dunklen Miniaturausgabe des hellhäutigen Tharin gleich.

Arkoniel hatte akzeptieren müssen, dass diese Lektionen das Interesse des Knaben auf eine Weise fesselten, zu denen seine lahmen Versuche einfach nicht imstande waren. Er hatte nie die Absicht gehabt, Lehrer zu sein,

und er vermutete, dass er seine Sache ziemlich erbärmlich machte.

Ein Teil des Problems war Tobins Misstrauen. Arkoniel spürte es seit dem Tag seiner Ankunft, und die Dinge hatten sich kaum zum Besseren geändert. Er war
überzeugt, dass der Dämon etwas damit zu tun hatte.
Vermutlich erinnerte sich der Geist an die Ereignisse um
seine Geburt, aber hatte er Tobin davon erzählt? Nari
glaubte das nicht, aber Arkoniel war nach wie vor sicher,
dass der Dämon Tobin auf irgendeine Weise von Anfang
an gegen ihn aufgebracht hatte.

Trotz all dieser widrigen Umstände fühlte er sich dem
Kind mehr und mehr zugetan. Tobin war intelligent und
scharfsinnig, wenn er nur wollte, und in Gesellschaft
anderer Menschen mit Ausnahme des Zauberers war er
stets manierlich und zeigte sich von seiner besten Seite.

In jüngster Zeit jedoch gab es eine neue Entwicklung,
die den Zauberer sehr nachdenklich machte und ihn
mit einer Mischung aus Verwunderung und Sorge erfüllte. Der Knabe hatte mehrere Male Anzeichen gezeigt,
die auf Vorherwissen, auf Hellsichtigkeit schließen ließen. Erst vor einer Woche hatte Tobin behauptet, ein
Brief seines Vater sei unterwegs zur Festung. Den ganzen
Nachmittag hatte er am Tor gewartet, bis ein Reiter mit
einer Botschaft eintraf, die besagte, dass Herzog Rhius
nun doch nicht pünktlich zu Tobins Namenstag zurück
sein würde.

Noch merkwürdiger war das Geschehen einige Näch-
te zuvor, als Tobin Nari und Tharin aufgeregt geweckt
und sie gebeten hatte, in den Wald zu gehen, um einen
Fuchs mit gebrochenem Rücken zu suchen. Sie hatten
versucht, ihm klar zu machen, dass er lediglich geträumt
hätte, doch er hatte sich derart in seine Aufregung
hineingesteigert, dass Tharin sich schließlich eine Later-

ne geschnappt hatte und hinausgegangen war. Nach nicht einmal einer Stunde kehrte er mit einer toten Füchsin zurück, und Tharin schwor, dass das Tier viel zu weit vom Haus entfernt gewesen sei, als dass Tobin seine Todesschreie hätte hören können, und als Tobin gefragt wurde, wie er von dem Fuchs hatte wissen können, hatte er nur gemurmelt, der Dämon hätte es ihm verraten, und mehr wollte er nicht sagen.

An diesem Vormittag legte Tobin eine geheimnistuerische Art an den Tag, aus der Arkoniel schloss, dass Tobin wieder eine Vision gehabt hatte und dass jene etwas mit seiner geistigen Abwesenheit während des Rechenunterrichts zu tun gehabt hatte.

Mochte Hellsichtigkeit einem zukünftigen Regenten auch zum Vorteil gereichen, stellte sich doch die Frage, was geschehen würde, sollte es sich um erste Anzeichen für die Gabe eines Zauberers handeln. Würden die Menschen eine Zauberin als Königin akzeptieren, die ihre Macht niemals einem Nachfahren vererben konnte?

Arkoniel überließ Tobin und Tharin ihren Übungen, überquerte die Brücke und schlenderte die Straße hinab zum Wald.

Als die Festung hinter ihm außer Sichtweite verschwand, fühlte Arkoniel, wie sich seine Stimmung besserte. Die frische Herbstluft reinigte ihn von den Auswirkungen jener vergifteten Atmosphäre, die er während des letzten Monats geatmet hatte, und plötzlich war er froh und dankbar, diesem seltsamen Haus und seinen Bewohnern für eine Weile fern zu sein. Keine noch so gute Renovierung und keine noch so frischen Farben konnten den unterschwelligen Hauch der Fäulnis wirklich übertünchen.

»Das Baby immer noch schwer auf deine Herz«, sagte eine unverwechselbare Stimme hinter ihm.

Arkoniel wirbelte herum, doch die Straße hinter ihm war so verlassen wie zuvor. »Lhel? Ich weiß, dass Ihr es seid. Was tut Ihr hier?«

»Angst, Zauberer?« Nun kam die spöttische Stimme von einem dichten Hain gelb belaubter Pappeln zu seiner Rechten. Er konnte niemanden in dem Gewirr aus Baumstämmen erkennen, doch plötzlich tauchte eine kleine braune Hand auf – nicht hinter den Bäumen, sondern direkt vor ihm aus dem Nichts. Der Zeigefinger krümmte sich, lockte und verschwand, als wäre die Hand durch ein unsichtbares Fenster zurückgezogen worden. »Du herkommen, ich Angst nehmen«, schmeichelte die Stimme fast direkt an seinem Ohr.

»Im Namen des Lichts, zeigt Euch!«, verlangte Arkoniel, trotz seiner Überraschung war er verärgert. »Lhel? Wo seid Ihr?«

Er starrte in den Hain, suchte nach verräterischen Schatten, lauschte auf verstohlene Schritte. Nichts drang zu ihm außer dem Rascheln des Laubes im Wind. Es war, als hätte sie ein Tor in der Luft geöffnet und zu ihm gesprochen. Und ihre Hand hindurchgestreckt.

Das ist nur eine Sinnestäuschung. Du bildest dir das nur ein.

Und was, wenn nicht?

Wichtiger war jetzt jedoch die Frage, was sie nach all diesen Jahren hier zu suchen hatte.

»Komm zu mir, Arkoniel«, rief Lhel hinter dem Vorhang aus Pappeln. »Komm in den Wald.«

Er zögerte gerade so lange, wie es dauerte, einen schützenden Kern der Macht tief in seinem Geist herbeizurufen, stark genug – so hoffte er –, um alle Kreaturen der Finsternis abzuwehren, die sie herbeizitieren mochte. Dann sammelte er all seinen Mut, schob sich zwischen den Zweigen hindurch und folgte der Stimme tief in den Wald hinein.

Hier war das Licht gedämpft, und der Boden vor ihm stieg sanft an. Gelächter erklang von dem Hang, und er blickte auf und sah die Hexe um eine große Eiche streifen, gerade zwölf Meter von ihm entfernt. Lhel lächelte ihm zu, umrahmt von einem lang gezogenen Oval aus zartgrünem Licht. Er konnte Binsen und Schilf um sie herum schwanken sehen, gebadet in den bebenden Lichtschimmer des Widerscheins eines unsichtbaren Gewässers. Die Vision war so klar, dass er sogar die exakte Grenzlinie zwischen Illusion und umgebendem Wald so deutlich erkennen konnte, als sähe er ein Bild vor sich hängen.

Sie winkte wie ein schüchternes Mädchen, ehe sich die ganze Erscheinung wie eine Seifenblase am Waschtag in Luft auflöste.

Er rannte zu der Stelle, an der er sie gesehen hatte, und spürte das Prickeln der Magie in der Luft, und als er einatmete, fühlte er, wie sich eine längst vergessen geglaubte Erinnerung in ihm regte.

Viele Jahre zuvor, als er noch ein sehr junger Schüler, ein Kind, gewesen war, hatte Arkoniel geglaubt, Zeuge eines Wunders geworden zu sein. Er war im frühen Morgenlicht in der Halle eines Edelmannes erwacht und hatte gesehen, wie drei Männer plötzlich lautlos auf der anderen Seite des Raumes aus dem Nichts aufgetaucht waren. Der Anblick hatte ihn ebenso geängstigt wie fasziniert.

Als er Iya später am selben Morgen davon erzählt hatte, musste er jedoch zutiefst betrübt erfahren, dass er lediglich einer optischen Täuschung aufgesessen war, hervorgerufen durch eine bemalte Wand und einen Wandteppich vor dem Eingang der Dienerschaft.

»Ein solcher Zauber hat nie in der Magie der Orëska existiert«, hatte Iya ihm erzählt. »Selbst die Aurënfaie müssen sich körperlich von Ort zu Ort bewegen, genauso wie wir.«

Die Enttäuschung war verblasst, nicht aber die Inspiration. Es gab mehr als genug Zauber, die Dinge bewegen konnten, Schlösser oder Türen oder Steine; es musste einfach einen Weg geben, diese Magie umzuarbeiten. Jahrelang hatte er mit dieser Idee gespielt, aber es war ihm nie gelungen, sie umzusetzen. Er konnte mit Leichtigkeit eine Erbse über einen Teppich rollen lassen, aber er konnte sie nicht durch eine solide verschlossene Tür oder eine Mauer bringen, egal wie lange er meditierte und sich das Geschehen im Geist vorstellte.

Arkoniel schüttelte die Träumerei zugunsten eines gesunden Misstrauens ab. Dies war Hexenzauber, verbunden mit einer Erinnerung, die sein Gehirn mit dem Schock des Augenblicks verknüpft hatte.

Lhels schwacher Ruf drang erneut zu ihm und führte ihn auf einen Pfad, der sich zu seiner Rechten durch einen dicht gewachsenen Fichtenhain schlängelte. Der Boden fiel hier steil ab, und bald darauf fand er sich am Rand eines Morasts wieder.

Lhel wartete am Wasserrand auf ihn, umgeben von Schilf und Binsen, genau wie er sie in seiner Vision gesehen hatte. Er starrte sie durchdringend an, versuchte, die neuerliche Illusion, mit der sie ihn heimsuchte, aufzulösen, aber ihr Schatten fiel auf den feuchten Boden, genau wie es sein sollte, und ihre nackten Füße versanken in der weichen Erde, als sie einen Schritt auf ihn zutat.

»Was tut Ihr hier?«, fragte er gebieterisch.

»Ich hier warten auf dich«, antwortete sie.

Nun war es Arkoniel, der auf sie zutrat. Sein Herz raste, aber er empfand keine Furcht mehr vor ihr.

Sie sah kleiner und zerlumpter aus, als er sie in Erinnerung hatte, als hätte sie lange Zeit gedarbt. Auch waren die weißen Strähnen in ihrem Haar dicker geworden, aber ihr Körper war noch immer fraulich gerundet und üppig, und sie bewegte sich mit dem gleichen herausfordernden Hüftschwung, der seine Nerven bei der ersten Begegnung sosehr strapaziert hatte. Wieder kam sie einen Schritt auf ihn zu. Dann legte sie den Kopf schief und stemmte die Hände in die Hüften wie ein Marktweib und musterte ihn mit einer Mischung aus Lüsternheit und Verachtung in den schwarzen Augen.

Er war inzwischen nahe genug, die Kräuter, den Schweiß und die feuchte Erde zu riechen, vermengt mit etwas, das ihn an eine rossige Stute erinnerte.

»Wann . . . wann seid Ihr angekommen?«, fragte er.

Sie zuckte die Schultern. »Immer hier gewesen. Wo *du* gewesen all die lange Zeit? Wie du sorgen für was wir gemacht, wenn nicht hier?«

»Soll das heißen, Ihr wart die ganze Zeit hier, in der Nähe der Festung, all die Jahre?«

»Ich Dame geholfen. Ich folgen und wachen. Helfen, dass Geist nicht so zornig.«

»Das scheint Euch nicht sonderlich gut gelungen zu sein«, konterte Arkoniel und zeigte ihr seinen geschienten Unterarm. »Tobins Leben war ein einziges Elend dank dieses Geistes.«

»Er schlimmer, wenn ich nicht da«, widersprach sie und wedelte drohend mit dem Zeigefinger. »Du und Iya, ihr nichts wissen! Eine Hexe machen Geist, dann sie . . .« Sie hielt die Hände hoch, überkreuzt, als wäre sie gefesselt. »Iya sagen: ›Du gehen nach Hause, Hexe. Nicht kommen zurück.‹ Sie nichts wissen.« Lhel tippte sich an die Schläfe. »Geist mich gerufen. Ich ihr sagen, aber sie nicht hören.«

»Weiß Rhius, dass Ihr hier seid?«

Lhel schüttelte den Kopf, und ein Ohrwurm verlor den Halt auf einer verfilzten Haarsträhne und glitt über ihren nackten Arm zu Boden. »Ich immer in der Nähe, aber nicht sehen lassen.« Sie lächelte scheu und verschwand vor seinen Augen. »Können das, Zauberer?«, flüsterte sie hinter ihm und nahe genug, dass er ihren Atem an seinem Ohr spüren konnte. Sie bewegte sich vollkommen lautlos und hinterließ keinerlei Spuren am Boden.

Arkoniel zuckte von ihr weg. »Nein.«

»Ich dir zeigen«, flüsterte sie, und eine unsichtbare Hand streichelte seinen Arm. »Zeigen dir, was du dir wünschen in deine Träume.«

Die Erinnerung an die Männer, die aus dem Nichts aufgetaucht waren, machte sich wieder in seinen Gedanken breit.

Sie war dafür verantwortlich.

Arkoniel wich zurück, gefangen zwischen dem morastigen Tümpel und den unsichtbaren Händen, die versuchten, seine Brust zu streicheln. »Hört auf! Dies ist nicht der richtige Zeitpunkt für Eure nutzlose Hänselei!«

Etwas traf ihn hart an der Brust und schleuderte ihn rückwärts in den Schlamm am Rand des Tümpels. Gleich darauf setzte sich eine schwere Last auf seinen Oberkörper und hielt ihn am Boden. Lhels ungewaschener Moschushauch drohte ihn zu überwältigen. Dann war sie wieder sichtbar, sie hockte nackt über ihm.

Seine Augen weiteten sich. Der Drei-Phasen-Mond, ein Vollmond, flankiert von zwei nach außen gewandten Halbmonden, war auf ihren Bauch tätowiert, und ein konzentrisches Muster aus Schlangenlinien bedeckte ihre vollen Brüste. Andere Symbole zierten Gesicht und

Arme. Er hatte derartige Zeichen schon früher gesehen, eingeritzt in die Höhlen auf der heiligen Insel Korous und auf den Felsen an der skalanischen Küste. Laut Iya waren diese Symbole schon uralt gewesen, bevor die Hierophanten in die Drei Länder gekommen waren. Unfähig, sich zu rühren, fragte er sich, ob Lhel diese Zeichen bisher irgendwie versteckt gehalten hatte oder ob auch sie nur eine Illusion waren. Zweifellos war hier irgendeine bedeutende Magie mit im Spiel. Eine Kraft, die zu groß war, sie ihrem kleinen Körper zuzuschreiben, hielt ihn unerbittlich fest, als sie sein Gesicht mit beiden Händen umfasste.

Du und deine Art, ihr habt mein Volk und meine Götter verstoßen. Ihre wahre Stimme sickerte in seinen Geist, frei von jeglichem Akzent, frei auch von der verstümmelten Grammatik. *Du denkst, wir wären schmutzig und würden Nekromantie betreiben. Ihr seid stark, ihr Orëska-Magier, aber ihr seid auch Narren, vom eigenen Stolz geblendet. Deine Meisterin hat mich um große Magie gebeten und mich hinterher respektlos behandelt. Ihretwegen habe ich mich gegen die Mutter und den Tod versündigt.*

Zehn Jahre lang habe ich den Geist bewacht und das Kind, an das er gebunden ist. Das tote Kind hätte das lebende töten können und all jene in seiner Umgebung, hätte ich es nicht gebannt. Bis sein Fleisch von dem gelöst ist, den du Tobin nennst, muss er gebannt bleiben, und ich muss ausharren, denn nur ich kann die Banne lösen, wenn die Zeit gekommen ist.

Staunend bemerkte Arkoniel die Träne, die über die Wange der Hexe rann, herunterfiel und sein Gesicht benetzte.

Ich habe all diese Jahre allein gewartet, getrennt von meinen Leuten, ein Geist unter den deinen. Für mich hat es keinen Vollmondpriester gegeben, kein Ernteopfer und keine Frühlingsriten. Ich sterbe innerlich, Zauberer, für das Kind und für die

*Göttin, die euch zu mir geschickt hat. Mein Haar wird weiß,
und mein Leib ist noch immer leer. Iya legte Gold in meine Hände und verstand nicht, dass große Magie nur mit dem Körper
bezahlt werden kann. Als sie mir in meinen Visionen erschien,
dachte ich, du wärest für mich, mein Lohn. Aber Iya schickte
mich leer fort. Wirst du mich nun entlohnen?*

»Ich . . . ich kann nicht.« Arkoniel bohrte die Finger in
die Erde, als ihm die Bedeutung ihrer Worte bewusst
wurde. »Das . . . diese Art Verkehr . . . sie nimmt uns unsere Macht.«

Sie beugte sich vor und strich mit den schweren Brüsten über seine Lippen. Ihre Haut war heiß. Eine harte
braune Brustwarze streifte über seinen Mundwinkel,
und er drehte den Kopf zur Seite.

Du irrst, Orëska, flüsterte sie in seinem Geist. *Es nährt
eure Macht. Vereinige dich mit mir im Fleische, und ich werde
dich meine Magie lehren. Dann wird deine Macht doppelt so
groß sein wie jetzt.*

Arkoniel zitterte am ganzen Leib. »Ich kann dir kein
Kind schenken. Orëska-Magier können sich nicht fort-
pflanzen.«

Aber ihr seid keine Eunuchen. Langsam, geschmeidig
glitt sie zurück, bis sie rittlings auf seinen Hüften saß.
Arkoniel verhielt sich ruhig, doch sein Körper antworte-
te an seiner Stelle. *Ich brauche kein Kind von dir, Zauberer.
Nur deine Glut und den Ansturm deines Samens. Das ist mir
Bezahlung genug.*

Sie drückte sich an ihn, und eine Lust an der Grenze
zum Schmerz erblühte in seinen Lenden, als ihre Hitze
durch seine Tunika drang. Er schloss die Augen, wohl
wissend, dass sie ihn einfach nehmen würde, wenn ihr
der Sinn danach stand, und es gab nichts, was er dagegen würde tun können.

Aber dann waren der Druck, die Hitze, die Hände verschwunden. Arkoniel schlug die Augen auf und stellte fest, dass er allein war.

Doch die Begegnung war keiner Vision entsprungen; er konnte noch immer ihren salzigen Geschmack auf seinen Lippen schmecken, den Geruch ihrer Kleider riechen. Im Schlamm neben ihm füllten sich die Abdrücke kleiner Füße allmählich mit Wasser.

Er setzte sich auf, legte den Kopf auf die Knie und atmete den Moschusgeruch der Frau, der noch immer an ihm klebte, tief ein. Frierend, mit schmerzenden Muskeln und einem seltsamen Gefühl der Scham stöhnte er laut auf, als er sich an die Wärme ihres Leibes erinnerte.

. . . dachte ich, du wärest für mich . . .

Die Worte verschlugen ihm den Atem, und er fühlte ein Pulsieren in seinen Lenden. Schließlich zwang er sich, aufzustehen. Schlamm und Schmutz aus dem morastigen Wasser troffen aus seinem Haar und rannen auf der Innenseite seiner Tunika herab, wie kalte Finger auf der Suche nach seinem Herzen.

Illusionen und Lügen, dachte er verzweifelt, aber als er sich auf den Rückweg zu der verfallenen Festung machte, konnte er nicht vergessen, was sie ihm gezeigt, wozu sie ihn mit flüsternder Stimme eingeladen hatte: *Vereinige dich mit mir – dann wird deine Macht doppelt so groß sein wie jetzt.*

Kapitel 23

Während der Schwertübungen hatte Tobins Kopf zu schmerzen angefangen. Bald schmerzte er so sehr, dass ihm übel wurde, und Tharin schickte ihn mitten am Tag nach oben in sein Bett.

Bruder kam heraus, ohne dass Tobin ihn gerufen hätte, und kauerte sich ans Ende des Bettes, eine Hand an die Brust gelegt. Zusammengerollt auf der Seite liegend, eine Wange an die weiche neue Decke gepresst, die Vater aus Ero geschickt hatte, starrte Tobin sein unheilvolles Spiegelbild an und wartete darauf, dass Bruder ihn berührte oder weinte, wie er es in den Träumen getan hatte. Aber Bruder tat nichts, saß nur da, während es um ihn herum immer dunkler wurde. Krank vor Kopfschmerzen glitt Tobin in einen unruhigen Schlaf.

Er ritt Gosi die Waldstraße hinauf auf die Berge zu. Rote und goldene Blätter wirbelten um ihn herum, leuchteten farbenfroh im Sonnenschein. Er dachte, er könnte einen anderen Reiter hinter sich hören, aber er konnte nicht sehen, wer dort sein mochte. Gleich darauf erkannte er, dass Bruder hinter ihm saß, die Arme um seine Taille geschlungen. Im Traum war Bruder lebendig; Tobin konnte die Wärme seiner Brust fühlen, die sich fest gegen seinen Rücken drückte, und er spürte Bruders Atem in seinem Nacken. Die Hände, die seine Taille umfassten, waren braun und schwielig, die Fingernägel schmutzig.

Freudentränen stiegen Tobin in die Augen. Er hatte einen echten Bruder! All das andere – Dämonen und Zauberer und komische Frauen im Wald –, das waren nur schlimme Träume gewesen.

Er versuchte, Bruder anzusehen, herauszufinden, ob dessen Augen genauso blau waren wie seine eigenen, aber Bruder drückte sein Gesicht an Tobins Rücken und flüsterte: »Reite schneller, sie ist fast hier!«

Bruder fürchtete sich, und das machte auch Tobin Angst.

Sie ritten weit in das Gebirge hinein, weiter, als Tobin sich je vorgewagt hatte. Große, schneebedeckte Gipfel umgaben sie. Der Himmel verdunkelte sich, und ein kalter Wind peitschte auf sie ein.

»Was sollen wir tun, wenn es dunkel wird? Wo sollen wir dann schlafen?«, fragte Tobin und sah sich verunsichert um.

»Reite schneller«, flüsterte Bruder.

Aber als sie um eine Kurve bogen, fanden sie sich am unteren Rand der Wiese unterhalb der Festung wieder und hielten in gestrecktem Galopp auf die Brücke zu. Gosi würde sich nicht mehr bremsen lassen . . .

Erschrocken wachte Tobin auf. Nari stand über ihm und rieb seine Brust. Inzwischen war es beinahe dunkel, und in dem Zimmer herrschte Eiseskälte.

»Du hast den ganzen Tag verschlafen, Kind«, sagte Nari.

Es war nur ein Traum!, dachte Tobin zutiefst bekümmert. Er konnte Bruder irgendwo in der Nähe spüren, kalt und fremdartig wie eh und je. Nichts hatte sich verändert. Er wollte sich herumdrehen und in seinen Traum zurückflüchten, aber Nari scheuchte ihn aus dem Bett.

»Du hast Besuch! Steh auf, damit wir dir eine frische Tunika anziehen können.«

»Besuch? Für mich?« Tobin blickte blinzelnd zu ihr auf. Er wusste, er sollte Bruder fortschicken, aber dafür war es jetzt, da Nari ihn von allen Seiten bemutterte, zu spät.

Die Amme legte ihren Handrücken auf seine Stirn

und schnalzte mit der Zunge. »Kind, du bist ja eiskalt! Ach, sieh nur – das Fenster war den ganzen Tag offen, und du warst nicht zugedeckt. Komm, wir ziehen dich um, dann kannst du hinunter in die Halle gehen und dich aufwärmen.«

Tobins Kopf tat immer noch weh. Zitternd ließ er sich von Nari die zerdrückte Tunika ausziehen und schlüpfte in die neue, steife Tunika mit den Stickereien am Saum. Sie war im selben Paket wie die Decke in der Festung eingetroffen, zusammen mit einer weiteren Garnitur guter Kleider, besser als alles, was Tobin bis dahin getragen hatte, und allerlei schmuckem Zierrat für das Haus.

Kurz sah er Bruder in einer dunklen Ecke, als er sich umwandte, um das Zimmer zu verlassen. Der Dämon trug die gleichen neuen Kleider, aber sein Gesicht war blasser als je zuvor.

»Bleib hier!«, flüsterte er. Dann folgte er Nari die Treppe hinunter und fragte sich im Stillen, wie es wohl wäre, einen lebendigen Bruder neben sich zu haben.

Bis auf das Herdfeuer und ein paar wenige Fackeln war die Halle dunkel. Außerhalb der Lichtkegel konnte Tobin einige Personen am Feuer erkennen, ohne selbst gesehen zu werden. Arkoniel, Mamsell, Tharin und Mynir waren dort und sprachen leise mit einer alten Frau in einem schlichten, von der Reise schmutzigen Gewand. Sie hatte eine braune, runzlige Gesichtshaut und trug das dünne graue Haar zu einem Zopf geflochten über ihrer Schulter. War das die ›Sie‹, von der Bruder gesprochen hatte? Dem Aussehen nach hätte Tobin sie für eine Bäuerin gehalten.

Nari, die sein Zögern als Furcht missverstand, ergriff seine Hand. »Keine Angst«, flüsterte sie, als sie ihn die Stufen hinunterführte. »Meisterin Iya ist eine Freundin deines Vaters und eine große Zauberin. Und schau, wen sie mitgebracht hat.«

Als Tobin näher ging, sah er, dass sich in den Schatten hinter der Frau ein anderer Fremdling verborgen gehalten hatte. Iya sagte etwas über ihre Schulter, und der Fremdling trat ins Licht.

Es war ein Knabe.

Tobin verließ jeglicher Mut. Dies musste der Kamerad sein, den sie ihm versprochen hatten. Sie hatten es also doch nicht vergessen, ganz im Gegensatz zu ihm.

Der Junge war größer als er und sah älter aus. Seine Tunika war ebenfalls bestickt, aber an den Säumen ausgefranst und unter einem Arm geflickt. Seine Schuhe waren schmutzig, die Hose vom Fußgelenk bis zum Knie mit Zwirn geschnürt. Nari hätte Tobin gescholten, hätte er sich so erbärmlich zurechtgemacht. Der Knabe blickte nun in Tobins Richtung, und der Feuerschein riss sein Gesicht aus dem Dunkel. Seine Haut war von der Sonne gerötet, und das dichte braune Haar fiel ihm in unordentlichen Strähnen über Schultern und Stirn. Die dunklen Augen waren geweitet vor Scheu, als er sich in der Halle umblickte. Tobin bereitete sich in Gedanken auf das Schlimmste vor, als Nari ihn zum Licht drängte. Wusste dieser Junge bereits, dass er seltsam war?

Doch der Knabe verbeugte sich hastig und ein wenig unbeholfen vor Tobin, kaum dass er ihn entdeckt hatte.

Tharin schenkte ihm ein beruhigendes Lächeln. »Prinz Tobin, dies ist Kirothius, Sohn von Sir Larenth vom Eichenhang zu Colath. Er ist gekommen, um von nun an Euer Kamerad zu sein.«

»Seid willkommen im Haus meines Vaters«, sagte Tobin. »Ich fühle mich geehrt ...« Er brauchte einen Augenblick, um sich den Rest der standesgemäßen Grußformel eines Gastgebers ins Gedächtnis zu rufen, schließlich hatte er sie nie zuvor selbst benutzen müssen.

»Ich fühle mich geehrt, Euch die Gastfreundschaft meines Hauses anbieten zu dürfen, Kirothius, Sohn von Larenth.«

»Es ist mir eine Ehre, Eure Gastfreundschaft anzunehmen, Prinz Tobin.« Kirothius senkte den Kopf zu einer angedeuteten Verbeugung. Seine Schneidezähne waren groß und standen ein wenig vor.

Tharin blinzelte ihm aufmunternd zu, und Tobin fühlte einen quälenden Stich der Eifersucht. Sein Freund schien schon jetzt von dem Fremdling angetan zu sein.

»Und dies ist Meisterin Iya«, stellte Arkoniel die alte Frau vor. »Ich habe Euch von ihr erzählt, mein Prinz. Sie ist meine Lehrerin, wie ich Euer Lehrer bin.«

»Ich bin überaus erfreut, Eure Bekanntschaft zu machen, Prinz Tobin«, sagte Iya mit einer Verbeugung. »Arkoniel hat mir viele gute Dinge über Euch berichtet.«

»Habt Dank, Meisterin.« Tobin fühlte sich von ihren Augen und ihrer Stimme fixiert. Sie mochte wie eine Bäuerin gekleidet sein, aber sie war von einer Aura der Macht umgeben, die ihm ein wenig Angst machte.

Dennoch erkannte er Güte und eine Spur von Belustigung in ihren farblosen Augen, als sie dem fremden Jungen lächelnd eine Hand auf die Schulter legte. »Ich hoffe, der junge Kirothius wird Euch zu Eurer Zufriedenheit dienen. Im Übrigen zieht er es vor, Ki gerufen zu werden, wenn Ihr keine Einwände habt.«

»Nein, Meisterin Iya. Willkommen im Haus meines Vaters«, erwiderte Tobin und verbeugte sich ebenfalls.

Kaum hatte er die Worte ausgesprochen, da wurde es kalt in der Halle, und Bruder kam wie ein Wirbelwind die Treppe hinunter, riss die neuen Gobelins von den

Wänden und fegte Funken aus dem Herd, die sich in wilden, wirbelnden Wolken über die Binsen verteilten. Ki schrie auf, als ein Holzscheit seine Wange traf, sprang dann aber vor, um sich zwischen Tobin und dem Feuer aufzustellen.

Mit dem Wind ging ein tiefes, langsam pulsierendes Geräusch gleich dem Schlag auf eine große Trommel einher. Diese Laute hatte auch Tobin noch nie gehört; sie gingen ihm durch und durch und erschütterten das Herz in seiner Brust. Ein lautes Summen erfüllte seine Ohren – ein Summen, das an etwas Schlimmes gemahnte, aber er konnte sich nicht erinnern, an was.

Die Zauberin stand ganz ruhig inmitten des Aufruhrs. Nur ihre Lippen bewegten sich. Bruder, kaum mehr als ein verschwommener Schatten, warf eine Bank nach ihr, doch das Möbelstück drehte ab und fiel auf die Seite.

Nun stürzte sich Bruder auf Ki, riss an seinem Mantel und versuchte, ihn zum Feuer zu zerren. Tobin packte den Arm des älteren Jungen, der sich mühte, die Verschnürung an seiner Kehle zu lösen. Als sich der Mantel schließlich löste und zwischen den Dachsparren verschwand, stürzten sie rücklings zu Boden.

Als Tobin sich aufrichtete, erkannte er das Entsetzen in Kis Augen, und der Anblick erfüllte ihn mit glühender Scham.

Jetzt wird er mich bestimmt hassen!, dachte er, wohl wissend, dass seine Sorglosigkeit die Schuld an dem Desaster trug. Nie hätte er sich schlafen legen dürfen, ohne Bruder wegzuschicken. Nun wandte er sich von den anderen ab und flüsterte: »Blut von meinem Blut, Fleisch von meinem Fleisch, Bein von meinem Bein. Geh fort, Bruder. Lass sie in Ruhe!«

Sofort erstarb der Wind. Die Möbel hörten auf, sich zu bewegen, und Stille senkte sich über den Raum. Der hübsche neue Endpfosten am Fuß der Treppe platzte mit einem lauten Krachen, das jedem im Raum einen Schrecken einjagte, der Länge nach auf, und Bruder war fort.

Als Tobin sich wieder umdrehte, fixierten ihn die beiden Zauberer, als wüssten sie, was er getan hatte. Iya sah ihn lange eindringlich an und sagte etwas zu Arkoniel, doch zu leise, als dass Tobin es hätte verstehen können.

Ki rappelte sich auf und streckte Tobin die Hand entgegen. »Seid Ihr verletzt, Prinz Tobin?« Auf seiner Wange war schon jetzt eine Brandblase zu erkennen.

»Nein.«

Auch Ki starrte Tobin an, doch er sah nicht verärgert aus. »Das war also Euer Geist?«

»So etwas tut er manchmal. Es tut mir Leid.« Tobin wollte noch etwas sagen, irgendetwas, um sich noch länger an dem warmen, verblüfften Lächeln zu weiden. »Ich glaube nicht, dass er Euch noch einmal angreifen wird.«

»Wir haben keine Gäste erwartet, Meisterin«, verkündete derweil Mynir, als sei absolut nichts geschehen. »Ich hoffe, Ihr werdet nicht schlecht über unser Haus denken. Hätten wir gewusst, dass Ihr kommt, so hätten wir ein Festmahl vorbereitet.«

Iya tätschelte den Arm des alten Dieners. »Die Gastfreundschaft des Herzogs ist uns nicht fremd. Was immer die Speisekammer zu bieten hat, uns wird es reichen. Kümmert sich Catilan noch immer um die Küche?«

Alle unterhielten sich nun, als wären sie alte Freunde, die einander lange Zeit nicht gesehen hatte. Tobin gefiel das überhaupt nicht. Seit der erste Zauberer eingetroffen war, schien gar nichts mehr zusammenzupassen.

Und jetzt waren es schon zwei, und Bruder hasste Iya noch mehr als Arkoniel, das hatte Tobin während des Angriffs deutlich spüren können.

Er war überzeugt, das dies die »Sie« aus seinen Träumen war, die, die Bruder blutige Tränen hatte weinen lassen. Doch Nari behauptete, Iya wäre eine Freundin seines Vaters, und behandelte sie wie einen Ehrengast. Tobin war beinahe in Versuchung, Bruder wieder herzurufen, nur um zu sehen, was passieren würde.

Ehe er jedoch dazu kam, merkte er, dass der fremde Junge ihn beobachtete. Ki wandte rasch den Blick ab, und Tobin tat es ihm gleich, verlegen, ohne recht zu wissen, warum.

Der Hausdiener bestand darauf, dass Mamsell das Abendessen in der Halle am großen Tisch servierte, obwohl der Herzog nicht zugegen war. Bruder hatte den neuen Baldachin heruntergerissen, aber der Schaden war rasch repariert. Tobin musste sich auf den Platz seines Vaters setzen, zwischen Iya und den neuen Kameraden, und Tharin spielte Kellermeister und Tranchierer für sie. So gern hätte Tobin mit Ki gesprochen, um ihn zu beruhigen, aber er brachte keinen Ton heraus. Auch Ki gab sich schweigsam, und Tobin sah, dass er sich zwischen den einzelnen Gängen verstohlen in der Halle umsah oder den jungen Prinzen vorsichtig musterte. Tobin selbst hielt mit einem Auge unentwegt Ausschau nach Bruder, aber der Geist schien seinem Befehl zu folgen.

Die Erwachsenen merkten anscheinend nichts von seinem Unbehagen und unterhielten sich munter miteinander. Nari, Arkoniel und Iya sprachen über Leute, die seine Amme nie zuvor erwähnt hatte, und er empfand erneut einen schmerzhaften Stich der Eifersucht. Kaum war das letzte Obsttörtchen weggeputzt, entschuldigte er sich, in der Absicht, sich nach oben zurückzuziehen. Aber Ki erhob sich ebenfalls, offensichtlich um ihm zu folgen. Vielleicht war das die Aufgabe eines Kameraden. Tobin jedenfalls wechselte die Richtung und ging hinaus in den vorderen Hof, wie erwartet gefolgt von dem älteren Jungen.

Ein roter Herbstmond kletterte den Himmel hinauf, hell genug, Schatten im Hof zu werfen.

Allein mit dem Fremden, fühlte sich Tobin unbeholfener denn je. Nun wünschte er sich, er wäre in der Halle geblieben, aber er wusste, es würde närrisch aussehen, allzu schnell zurückzukehren, während Ki ihm wie ein Entchen auf dem Fuß folgte.

Eine Weile standen sie schweigend herum. Dann blickte Ki zu dem Gemäuer auf und sagte: »Euer Haus ist sehr groß, Prinz Tobin.«

»Danke. Wie sieht Eures aus?«

»Ach, etwa so wie die Baracken hier.«

Wieder erregten die ausgefransten Säume der Tunika des Jungen Tobins Aufmerksamkeit. »Ist Euer Vater ein armer Mann?« Die Worte sprudelten aus ihm heraus, ehe ihm aufging, dass sie verletzend wirken könnten.

Aber Ki zuckte nur die Schultern. »Wir sind nicht reich, so viel steht fest. Meine Ururgroßmutter war mit einem Blutsverwandten von Königin Klie verheiratet und besaß eigene Ländereien. Aber inzwischen gibt es so viele von uns, dass niemand mehr diesen Anspruch erheben kann. Vater sagt, das ist das Problem in unserer Familie: Wir sind zu heißblütig in unseren Leidenschaften. Diejenigen von uns, die nicht in der Schlacht zu Tode kommen, vermehren sich wie die Kaninchen. In unserem Haus schlafen die kleinen Kinder wie Welpen auf einem Haufen am Boden, so viele sind wir.«

So etwas hatte Tobin noch nie gehört. »Wie viele seid ihr?«

»Vierzehn Brüder und zwölf Schwestern, die Bastarde eingeschlossen.«

Tobin hätte gern gewusst, was ein Bastard war und warum er besonderer Erwähnung bedurfte, aber Ki hörte nicht auf zu reden. »Ich gehöre zu den Jüngeren von der dritten Frau, und unsere neue Mama hat schon wieder einen Braten angesetzt. Die fünf Ältesten kämpfen jetzt zusammen mit unserem Vater im Heer Eures Onkels«, fügte er stolz hinzu.

»Ich werde auch einmal ein Krieger sein«, sagte Tobin. »Ich werde ein großer Herr werden, wie mein Vater, und ich werde die Plenimaraner zu Lande und zur See bekämpfen.«

»Natürlich. Schließlich seid Ihr ein Prinz.«

»Bestimmt könnt Ihr mit mir kommen und mein Knappe sein. Vielleicht werdet Ihr ein Ritter wie Tharin.«

Der ältere Junge schob die Hände unter den Gürtel wie ein erwachsener Mann und nickte. »Sir Ki? Das würde mir gefallen. Wäre ich zu Hause geblieben, hätte ich dazu keine Gelegenheit.«

Wieder setzte er ein Lächeln auf, und Tobin empfand eine erstaunliche Fröhlichkeit im Inneren. »Wie soll ich Euch nennen? Ki?«

»So nennen mich zu Hause alle. Kirothius ist so verdammt lang ...« Er unterbrach sich mit verlegener Miene. »Ich bitte um Vergebung, Tobin. Ich meine, Prinz ...! Nein, das heißt, mein Prinz. Oh, Mist!«

Tobin kicherte, schuldbewusst, doch voller Vergnügen. Ihm war verboten, zu fluchen. Nari sagte immer, das sei gewöhnlich. Aber Tharins Männer fluchten auch, wenn sie glaubten, er würde sie nicht hören. Und sie sprachen sich nicht so förmlich an. »Nenn mich einfach Tobin. Das tun die anderen auch meistens.«

»Na ja ...« Nervös blickte Ki sich um. »Ich nenne dich lieber Prinz Tobin, wenn irgendjemand in der Nähe ist. Vater hat gesagt, er würde dafür sorgen, dass ich Prügel beziehe, sollte er erfahren, dass ich respektlos war.«

»Das würde ich nie erlauben!«, empörte sich Tobin. Ihn hatte außer Bruder nie jemand geschlagen. »Wir sagen ihm einfach, dass ich es dir erlaubt habe. Und weil ich ein Prinz bin, muss er mir gehorchen. Glaube ich.«

»Dann ist es gut«, sagte Ki erleichtert.

»Soll ich dir mein Pferd zeigen?«

Im Stall kletterte Ki auf die Wand neben Gosis Box und stieß einen anerkennenden Pfiff aus. »Er ist eine Schönheit. Ich habe schon ganz viele von diesen Aurën-faie-Pferden auf dem Pferdemarkt in Ero gesehen. Von welcher Art Faie hast du ihn?«

»Wie meinst du das?«

»Na ja, es gibt drei Arten, je nachdem, aus welchem Teil von Aurënen sie stammen. Die Leute, meine ich, nicht die Pferde. Du kannst sie an den Farben ihrer *Sen'gais* unterscheiden.«

»Ihrer was?«

»Diese bunten Kopftücher, die sie tragen.«

»Ach, die. Ich habe einmal ein paar Aurënfaie-Zauberer gesehen«, erzählte Tobin, erleichtert, auch ein wenig von der Welt zu wissen. Ki war nur ein armes Kind, Sohn eines besitzlosen Ritters, aber er war schon in Ero gewesen und wusste etwas über Pferde. »Sie haben gezaubert und Musik gemacht. Und sie hatten komische Zeichen auf den Gesichtern. Muster.«

»Ich wette, die waren von den Khatme oder vom

Ky'arin-Clan. Das sind die Einzigen, die so was machen, soweit ich weiß.«

Sie schlenderten hinaus zu den Soldatenunterkünften, wo Tobin die hölzernen Schwerter entdeckte, die Tharin und er während des Tages benutzt hatten. »Ich glaube, du sollst mit mir mit dem Schwert üben. Wollen wir es mal ausprobieren?«

Nun, da sie endlich eine gemeinsame Ebene gefunden hatten, salutierten sie einander und legten los. Aber Ki kämpfte nicht auf disziplinierte Art und Weise wie Tharin. Er schlug hart zu und drang aggressiv vor, als würden sie einander tatsächlich bekämpfen. Tobin wehrte sich, so gut er konnte, bis Ki ihm einen heftigen Hieb auf die Hand verpasste. Tobin schrie auf und steckte sich die Finger in den Mund, ohne auch nur daran zu denken, »Halt« zu rufen.

Ki stürzte voran und stach ihm mit dem Schwert in den Bauch. »Gewonnen!«

Tobin grunzte und presste seine verletzte Hand auf seine Leibesmitte, darum bemüht, sich nicht anmerken zu lassen, wie peinlich ihm seine eigene Vorstellung war. »Du bist viel besser als ich.«

Ki klopfte ihm grinsend auf die Schulter. »Na ja, ich hatte all die Brüder und Schwestern, die es mir beigebracht haben, und Vater natürlich. Du solltest sehen, wie ich aussehe, wenn ich mit ihnen geübt habe! Überall blaue Flecken. Meine Schwester Cytra hat mir letztes Jahr sogar die Lippe aufgeschlagen. Ich habe gebrüllt wie ein Ferkel auf dem Schlachtklotz, als meine Stiefmutter die Lippe genäht hat. Siehst du, auf der linken Seite kann man immer noch die Narbe sehen.«

Tobin beugte sich vor und inspizierte mit zusammengekniffenen Augen die weiße Linie, die sich über Kis Oberlippe zog.

»Die ist auch nicht schlecht«, sagte Ki und berührte die Narbe an Tobins Kinn mit dem Daumen. »Sieht aus wie Illiors Mond. Ich wette, sie bringt Glück. Wie hast du sie gekriegt?«

Tobin zuckte zurück. »Ich ... ich bin gestürzt.«

Er wünschte, Ki hätte Recht und die Narbe würde Glück bringen, aber er war überzeugt, dass das nicht stimmte. Allein der Gedanke an das Wundmal bereitete ihm größtes Unbehagen.

»Ärger dich nicht«, sagte Ki. »Du bist meine Art des Kämpfens einfach noch nicht gewohnt. Ich werd es dich lernen ... äh, lehren, wenn du möchtest. Dann mache ich auch ganz langsam. Versprochen.« Er führte sein Schwert an die Stirn und entblößte grinsend die vorstehenden Zähne. »Auf ein Neues, mein Prinz?«

Das Unbehagen verflog schnell, als Tobin und Ki erneut Aufstellung nahmen. Dieser Junge war anders als alle anderen, die er in seinem Leben kennen gelernt hatte, außer vielleicht Tharin. Obwohl Ki älter war und offensichtlich mehr über die Welt wusste als Tobin, verbarg sich nichts hinter seinen Augen oder seinem Lächeln, das seinen Worten widersprochen hätte. Es war ein komisches Gefühl, wenn Ki ihn angrinste, aber es war auch ein gutes Gefühl, etwa so wie das in seinem Traum, in dem Bruder lebendig gewesen war.

Ki hielt sein Wort. Dieses Mal kämpfte er langsamer und versuchte sogar zu erklären, was er tat und wie Tobin sich verteidigen konnte. Nun erst erkannte Tobin, dass er die gleichen Stöße ausführte und die gleiche Deckung nutzte, die Tharin auch ihn gelehrt hatte.

Langsam gingen sie die Positionen durch, doch bald stellte Tobin fest, dass es ihm schwer fiel, seine Deckung aufrechtzuerhalten. Die hölzernen Klingen klapperten aneinander wie Reiherschnäbel, und ihre Schatten hüpften wie Nachtfalter durch den Mondschein.

Ki war der aggressivere Kämpfer, aber er verfügte nicht über den kontrollierten Stil, den Tharin Tobin eingeimpft hatte. Tobin duckte sich unter einem wilden Schwinger hinweg, sprang vor und traf Ki an den Rippen. Der ältere Junge ließ das Schwert fallen und brach an Ort und Stelle zu einem plumpen Haufen Fleisch zusammen.

»Es hat mich erwischt, Euer Hoheit«, keuchte er und tat, als müsste er seine Eingeweide festhalten. »Schickt meine Asche zurück zu meinem Vater.«

Tobin hatte so etwas noch nie erlebt. Es war so absurd, dass er lachte, erst zögernd, aus Überraschung, dann lauter, weil es sich so gut anfühlte, als auch Ki zu lachen begann.

»Mistasche!«, kicherte Tobin mit einem wilden, flatterhaften Hochgefühl.

Das nun brachte Ki noch mehr zum Lachen, und ihre Stimmen hallten gemeinsam von den Hofmauern wider. Ki schnitt Grimassen, verdrehte die Augen und ließ die Zunge zum Mundwinkel heraushängen. Tobin lachte so sehr, dass sein Bauch wehtat und ihm Tränen in die Augen stiegen.

»Im Namen der Vier, was ist das für ein Spektakel?«

Tobin drehte sich um und sah, dass Nari und Tharin sie vom Tor aus beobachteten.

»Du hast ihn doch nicht verletzt, Tobin, oder?«, fragte Nari in einem Tonfall mütterlicher Sorge.

Tharin lachte. »Was meinst du, Ki? Wirst du es überleben?«

Ki rappelte sich auf und verbeugte sich. »Ja, Sir Tharin.«

»Dann kommt, ihr zwei«, sagte Nari und scheuchte sie zur Tür. »Ki hat eine lange Reise hinter sich, und du hast dich den ganzen Tag nicht wohl gefühlt, Tobin. Zeit, dass ihr beide zu Bett geht.«

Tobin musste mühselig die Versuchung meistern, in seinem Überschwang laut »Mistbett!« zu brüllen. Stattdessen wechselte er einen kindlich-vielsagenden Blick mit Ki. Als sie wieder zum Haus zurückgingen, hörte er Tharin erneut lachen und zu Nari sagen: »Ihr wart zu lange fortgesperrt, Mädchen, wenn Ihr ein Spiel nicht mehr als solches erkennen könnt.«

Erst vor seiner Tür wurde Tobin klar, dass Ki nun Zimmer und Bett mit ihm teilen sollte. Kis kleines Reisebündel lag bereits auf der ungenutzten Truhe, in der Tobin die Puppe versteckt hatte, und ein fremder Bogen nebst Köcher stand in der Ecke neben seinem eigenen Bogen.

»Aber das geht nicht«, flüsterte Tobin und zerrte Nari zurück in den Korridor. Was würde Bruder tun? Und was, wenn Ki die Puppe fand oder ihn mit ihr erwischte?

»Aber, aber, du bist doch längst zu alt für eine Amme«, murmelte Nari. »Ein Knabe deines Alters sollte seine Kammer längst mit einem Kameraden teilen.« Derweil rieb sie sich die Augen, und Tobin sah ihr an, dass sie sich sehr bemühte, nicht zu weinen. »Ich hätte es dir sagen sollen, mein Kind, ich weiß, aber ich habe nicht damit gerechnet, dass er schon so bald hier eintrifft und ... Wie auch immer, so wie es ist, ist es richtig.« Die letzten Worte hatte sie in dem gestrengen Tonfall ausgesprochen, der unverkennbar darauf hindeutete, dass Widerworte sinnlos waren. »Ich werde von nun an mit den anderen in der Halle schlafen. Du musst nur rufen, falls du mich brauchst, so wie du es auch immer getan hast, wenn ich noch nicht im Bett war.«

Ki musste das Gespräch mit angehört haben. Als Tobin und Nari das Zimmer betraten, stand er in der Mitte des Raumes und sah wieder arg verunsichert aus. Nari huschte geschäftig zum Bett und weiter, um sein Bündel in der Truhe zu verstauen. »Wir werden deine Sachen einfach hier unterbringen. Tobin braucht . . .«

»Nein!«, brüllte Tobin. »Nein, da darfst du das nicht reintun.«

»Tobin, schäm dich!«

Ki ließ den Kopf hängen und sah aus, als würde er am liebsten im Boden versinken.

»Nein, es ist doch nur weil . . . meine Tintenfässer sind da drin«, erklärte er hastig, und die Worte kamen ihm leicht über die Lippen, schließlich entsprachen sie voll und ganz der Wahrheit. Die Puppe war in einem Mehlsack unter einem Haufen aus Pergamenten und Schreibinstrumenten versteckt. »Da ist Tinte und Wachs und so. Seine Kleider würden ganz dreckig werden. Außerdem ist im Schrank noch ganz viel Platz. Tu deine Sachen zu meinen, Ki. Wir teilen uns den Schrank, wie . . ., wie Brüder.«

Er fühlte, wie er errötete. Woher waren diese letzten Worte nur gekommen? Aber Ki lächelte wieder, und Nari sah sehr zufrieden aus.

Nari verstaute Kis wenige Habe in dem Kleiderschrank und sorgte dafür, dass die Jungen sich die Zähne putzten und das Gesicht wuschen. Tobin entkleidete sich bis auf das Unterhemd und kletterte ins Bett, Ki jedoch schien erneut verunsichert.

»Na los, Junge«, drängte Nari. »Zieh dich aus und husch unter die Decke. Ich lege euch einen erhitzten Ziegelstein ans Fußende, um die Kälte zu vertreiben.«

331

»Ich schlafe nicht ohne Kleider«, verkündete Ki.

»Nun, das mag auf dem Lande gut und schön sein, aber hier bist du im Hause eines Edelmannes, und je früher du lernst, dich unter diesen Leuten zu benehmen, desto besser für dich.«

Ku murmelte etwas, während sich seine Wangen glühend rot färbten.

»Was ist mit dir, Junge?«

»Ich habe kein Hemd«, sagte Ki schüchtern.

»Kein Hemd?« Nari schnalzte mit der Zunge. »Nun, dann werde ich gehen und eines für dich suchen. Und du siehst zu, dass du dich aus diesen schmutzigen Sachen schälst, bevor ich zurück bin. Ich will deinen Straßendreck nicht in meinem sauberen Leinen haben.«

Sie entzündete die Nachtlampe und blies alle anderen aus. Dann küsste sie Tobin geräuschvoll auf die Wange und Ki ebenfalls, worauf jener erneut errötete.

Er wartete, bis sie die Tür hinter sich geschlossen hatte, ehe er Tunika und Hose auszog und eilends unter die Decke schlüpfte, um sich warm zu halten. Als er ins Bett stieg, sah Tobin, dass sein schlanker Körper beinahe genauso gebräunt war wie sein Gesicht, abgesehen von einem Streifen heller Haut um Hüften und Geschlechtsteile.

»Wie kommt es, dass du nur da weiß bist?«, fragte Tobin, dessen ganzer Körper sommers wie winters so fahl wie frische Butter war.

Zitternd kuschelte sich Ki neben ihm unter die Decke. »Wir knoten uns zum Schwimmen Lappen um den Po. Im Fluss gibt es Schnappschildkröten, und ich will mir schließlich den Piephahn nicht abbeißen lassen.«

Tobin kicherte wieder, wenn auch mehr über das merkwürdige Gefühl, einen Fremden an Naris Stelle neben sich zu haben, als über das, was Ki gesagt hatte.

Nari kehrte mit einem von Tharins alten Hemden zurück, und Ki wühlte sich unter der Decke in das Kleidungsstück.

Nari gab beiden noch einen Gutenachtkuss, ging hinaus und zog die Tür leise hinter sich ins Schloss.

Die beiden Jungen lagen eine Weile still da und betrachteten das Spiel des Lampenscheins auf den mit Schnitzereien verzierten Deckenbalken. Ki zitterte immer noch.

»Frierst du?«, fragte Tobin und rutschte von einem spitzen Ellbogen weg.

»Du nicht?«, entgegnete Ki mit klappernden Zähnen. »Na ja, ich schätze, du bist das gewohnt.«

»Was bin ich gewohnt?«

»Nackt zu schlafen. Oder fast nackt, mit nur einem Menschen, der dich wärmt. Ich habe dir doch erzählt, dass meine Brüder und ich zusammen in unseren Kleidern geschlafen haben. Meistens ist das ganz schön, vor allem im Winter.« Er seufzte. »Außerdem furzt Amin dauernd, dann wird es noch wärmer.«

Beide Jungen brachen erneut in Gelächter aus, bis das ganze Bett wackelte.

»Ich habe noch nie jemanden so reden gehört wie dich!«, keuchte Tobin und wischte sich mit dem Laken die Lachtränen aus den Augen.

»Ich habe eben einen schlechten Charakter, da kannst du jeden fragen. Holla, was ist das?«, fragte er dann und schob Tobins linken Ärmel hoch, um das Muttermal zu begutachten. »Hast du dich da verbrannt?«

»Nein. Das hatte ich schon immer. Vater sagt, es ist ein Zeichen dafür, dass ich weise bin.«

»Wirklich? Wie das hier.« Ki schob die Decke weg und zeigte Tobin einen braunen Fleck von der Größe eines Daumenabdrucks auf seiner rechten Hüfte. »Ein Wahr-

sager hat meiner Mutter gesagt, das wäre ein Unglücks-
mal, aber bisher hatte ich immer Glück. Sieh mich nur
an, hier, mit dir. Das ist doch Glück! Meine Schwester
Ahra hat so ein Mal, eines von diesen roten Dingern, so
wie deins, auf ihrer linken Titte. Ein Zauberer in Erind,
dem sie es gezeigt hat, hat ihr gesagt, es bedeutet, dass sie
aggressiv und scharfzüngig ist. Der konnte solche Male
wohl besser lesen. Wenn sie sauer ist, hat sie einen Ton
am Leib, der könnte Essig gerinnen lassen.« Seufzend
zog er die Decke wieder hoch. »Zu mir war sie meistens
nett. Der Köcher, den ich dabei habe, hat früher ihr
gehört. Da sind Schnitte von plenimaranischen Schwertern dran und ein Fleck, von dem sie sagt, es sei Blut.«

»Wirklich?«

»Ja. Ich zeige ihn dir morgen.«

Kurz vor dem Einschlafen dachte Tobin, dass es vielleicht doch gar keine so schlechte Sache war, einen
Kameraden zu haben. Völlig versunken in seine Gedanken über Schwestern und Schlachten, bemerkte er die
dunkle Silhouette gar nicht, die ungebeten in der entferntesten Ecke des Raumes lauerte.

Einige Zeit später weckte Bruder Tobin durch eine kalte
Berührung auf dessen Brust. Als Tobin die Augen aufschlug, stand der Geist neben dem Bett und deutete
quer durch den Raum auf die Truhe, in der die Puppe
versteckt war. Tobin konnte Kis warmen, knochigen
Rücken an seiner Kehrseite fühlen, aber er sah ihn auch
vor der Truhe hocken.

Zitternd beobachtete Tobin, wie der Knabe den
Deckel öffnete, ein paar Gegenstände herausnahm und
sie neugierig beäugte. Tobin wusste, dass er eine Vision
erlebte. Bruder hatte ihm schon früher Dinge gezeigt,

beispielsweise den sterbendenden Fuchs, und sie waren nie schön gewesen. Als Ki die Puppe entdeckte, veränderte sich sein Gesichtsausdruck auf eine Art, die Tobin nur zu gut kannte.

Dann änderte sich die Szene. Nun war es heller Tag; Iya und Arkoniel waren da und Ki und Vater auch; sie legten die Puppe auf die Truhe und schnitten sie mit langen Messern auf, und sie blutete. Dann nahmen sie sie fort und sahen ihn so traurig und entrüstet an, dass seine Wangen zu glühen begannen.

Die Vision schwand, doch die Furcht blieb. Sosehr ihn der Gedanke ängstigte, die Puppe zu verlieren, die Mienen all der Menschen, vor allem aber die seines Vaters und Kis, hatten ihn mit Kummer und Verzweiflung erfüllt.

Bruder war immer noch neben dem Bett. Er berührte gleichzeitig seine eigene und Tobins Brust, und der Knabe wusste, dass Bruder ihm die Wahrheit gezeigt hatte. Ki würde die Puppe finden, und alles wäre verdorben.

Vollkommen regungslos lag er da, und sein Herz hämmerte so sehr, dass er Kis leisen Atem hinter sich kaum hören konnte. Was sollte er nur tun?

Schick ihn weg, zischte Bruder.

Tobin dachte daran, wie es sich angefühlt hatte, mit Ki zu lachen, und schüttelte den Kopf. »Nein«, antwortete er fast lautlos. Mehr war nicht nötig. Bruder verstand ihn immer. »Und du wirst nie wieder versuchen, ihm wehzutun! Ich muss sie woanders verstecken. Irgendwo, wo niemand sie finden wird.«

Bruder verschwand. Tobin sah sich um und entdeckte ihn neben der Truhe, wo er winkend verharrte.

Tobin schlüpfte aus dem Bett und schlich über den kalten Boden, im Stillen betend, dass Ki nicht aufwachte. Der Deckel der Truhe hob sich von selbst, als er nach ihm greifen wollte. Einen Augenblick lang stellte er sich vor, Bruder würde ihn aus reiner Boshaftigkeit wieder zuschlagen, sobald er hineingriff, aber das tat er nicht. Tobin zog den Mehlsack unter den raschelnden Pergamenten hervor und schlich auf Zehenspitzen auf den Korridor hinaus.

Es war schon sehr spät. Kein Licht erhellte die Treppe zur Halle. Die Flurlampe war erloschen, aber der Mond spendete genug Licht, sodass er sich orientieren konnte.

Bruder zeigte sich nicht mehr. Tobin drückte die Puppe an seine Brust und fragte sich, wohin er sich wenden sollte. Im Spielzimmer nebenan hauste immer noch Arkoniel, der jedoch schon bald die frisch renovierten Räume ein Stockwerk höher beziehen würde, womit diese als Versteck auch nicht in Frage kamen. Im Erdgeschoss gab es nicht einen Winkel, der vor fremden Blicken sicher gewesen wäre. Vielleicht sollte er wieder in den Wald hinausgehen und ein trockenes Erdloch in der Nähe suchen. Aber nein, alle Türen waren jetzt verschlossen, außerdem könnten sich um diese Nachtzeit Berglöwen im Wald herumtreiben. Tobin zitterte erbärmlich. Seine nackten Füße schmerzten vor Kälte, und er musste pinkeln.

Am anderen Ende des Korridors erklang ein Knarren, als die Tür, die zum dritten Stock führte, aufschwang und wie Silber im Mondschein glänzte. Der Aufgang dahinter glich einem schwarzen Schlund, der nur darauf wartete, ihn zu verschlucken.

Ja, es gab einen Ort, einen Ort, den niemand außer Bruder aufsuchen konnte. Und ihm selbst.

Bruder tauchte auf der Schwelle auf. Er sah Tobin an, machte kehrt und verschwand im dunklen Treppenaufgang. Tobin folgte ihm und stieß sich die Zehen an Stufen an, die er nicht sehen konnte.

Oben drang das Mondlicht bereits durch neue Rosettenfenster herein und hinterließ silbrig-schwarze Schattenmuster auf den Wänden.

Tobin musste all seinen Mut zusammennehmen, um sich der Tür zum Turm zu nähern; er glaubte, er könnte den zornigen Geist seiner Mutter gleich hinter der Tür fühlen, der ihn durch das Holz hindurch voller Groll anstarrte. Ein paar Schritte entfernt blieb er stehen. Sein Herz pochte so heftig, dass ihm sogar das Atmen schwer fiel. Er wollte kehrtmachen, wollte weglaufen, aber er konnte sich nicht rühren, nicht einmal, als er hörte, wie das Schloss aufsprang. Langsam öffnete sich die Tür, und hinter ihr war ...

Nichts.

Seine Mutter war nicht dort, so wenig wie Bruder. Es war dunkel, so dunkel, dass von dem Mondschein schon nach wenigen Zentimetern nur noch ein trüber Schimmer blieb. Kalte Luft strömte unablässig um seine Füße.

Komm, flüsterte Bruder aus dem Dunkel.

Ich kann nicht!, dachte Tobin, und doch folgte er der Stimme. Mit dem Zeh ertastete er die erste ausgetretene Stufe und setzte den Fuß darauf. Die Tür fiel hinter ihm ins Schloss und sperrte sämtliches Licht aus. Der Bann, der Tobin gefangen gehalten hatte, brach. Er ließ die Puppe fallen und stürzte sich auf die Türklinke. Das Metall war so kalt, dass die Berührung in seiner Handfläche schmerzte, und das hölzerne Türblatt fühlte sich an, als wäre es mit Raureif überzogen. Er trommelte mit den Fäusten dagegen, aber die Tür rührte sich nicht vom Fleck.

Nach oben, drängte Bruder.

Tobin ließ sich gegen die Tür fallen und schluchzte vor Angst. »Fleisch von meinem Fleisch«, brachte er schließlich mühevoll hervor. »Blut von meinem Blut, Bein von meinem Bein.« Und da war Bruder, direkt am Fuß der Treppe, gekleidet in ein zerlumptes Nachthemd. Er streckte Tobin die Hand entgegen, um ihn zum Mitkommen zu bewegen. Als jener sich nicht rührte, hockte sich Bruder direkt vor ihn und starrte ihm ins Gesicht. Zum ersten Mal erkannte Tobin, dass Bruder die gleiche kleine halbmondförmige Narbe am Kinn hatte wie er selbst. Dann öffnete Bruder seinen Hemdkragen und zeigte Tobin eine weitere Narbe. Zwei schmale vertikale Nähte zogen sich dicht aneinander einige Zentimeter weit über Bruders Brust. Sie erinnerten Tobin an die Nähte auf den Puppen seiner Mutter, aber die Stiche waren noch feiner, und die Haut war gekräuselt und blutig.

Das muss wehtun, dachte Tobin.

Das tut es die ganze Zeit, wisperte Bruder, und eine blutige Träne rann über seine Wange, ehe er erneut verschwand und die Illusion von Licht mit sich nahm.

Blind tastete Tobin nach dem Mehlsack und glitt mit den Füßen über den Steinboden, bis er die erste Stufe wieder gefunden hatte. Die Dunkelheit machte ihn schwindelig, also krabbelte er auf allen vieren die Treppe hinauf und zerrte den Sack mit sich. Seine Blase war so voll, dass es schon wehtat, aber er wagte nicht, sich hier in der Finsternis zu erleichtern.

Etwas weiter oben bemerkte er, dass er einige Sterne durch die Schießscharten über sich sehen konnte. Mit ihrer Hilfe fand er den Mut, die letzten Schritte hinaufzulaufen. Oben angekommen, stellte er fest, dass die Tür offen war, genau, wie er es vermutet hatte. Nun musste er nur noch die Puppe verstecken, dann konnte er sich einen Nachttopf suchen oder auch ein offenes Fenster und zurück ins Bett kriechen.

Der Raum lag im hellen Mondschein. Bruder hatte die Fensterläden geöffnet. Die wenigen Male, zu denen Tobin sich gestattet hatte, an diesen Raum zu denken, hatte er ihn immer als behagliches kleines Zimmer mit Wandteppichen und Puppen auf dem Tisch gesehen. Was er nun vorfand war ein Trümmerfeld. Seine Erinnerungen an seinen letzten Besuch im Turm waren noch immer nur bruchstückhaft, aber der Anblick des zerbrochenen Stuhlbeins rührte etwas Dunkles, Schmerzhaftes tief in seiner Brust.

Seine Mutter hatte ihn hier heraufgebracht, weil sie sich vor dem König fürchtete.

Sie war aus dem Fenster gesprungen, weil sie sich sosehr fürchtete.

Sie hatte ihn mit in den Tod nehmen wollen.

Tobin schob sich zögernd in den Raum und sah, dass nur ein Fenster offen war, das Fenster, das sich gen Westen zum Gebirge öffnete.

Dasselbe Fenster . . .

Das war die Quelle des Lichtscheins. Er trat näher und blieb vor dem Fenster stehen, als könnte der weiße Lichtschein des Mondes ihn vor all den schattenhaften Gefahren schützen, die sich um ihn herum zu sammeln schienen. Sein Fuß trat gegen einen zerborstenen Stuhlrücken und gleich darauf auf etwas Weiches. Es war ein Puppenarm. Er hatte seine Mutter Hunderte von Puppen machen sehen. Jemand . . .

Bruder

. . . hatte all ihre Sachen auf dem Boden verstreut.

Stoffballen häuften sich in einer Ecke, und Mäuse hatten Löcher in die Stopfwolle genagt. Auf der vergeblichen Suche nach all den hübschen Knabenpuppen drehte sich Tobin langsam um die eigene Achse und beäugte das Durcheinander, doch er konnte nicht eine von ihnen entdecken. Nur Fetzen und Lumpen und Einzelteile.

Etwas, möglicherweise eine Garnrolle, klapperte leise auf dem Boden, und Tobin zuckte erschrocken zusammen.

»Mama?«, krächzte er. Betete im Stillen, dass sie da wäre.

Betete, dass sie nicht da wäre.

Wusste nicht, welches Gesicht sie ihm zeigen würde, nun, da sie tot war.

Wieder hörte er ein leises Geräusch, und eine Ratte huschte an ihm vorbei, das Schnäuzchen voller Wolle.

Ganz langsam löste Tobin seinen Klammergriff um den Mehlsack. Bruder hatte Recht. Dies war der beste Platz, die Puppe zu verstecken.

Niemand kam hierher.

Niemand würde sie sehen.

Er trug den Sack zu einer vom Mondschein erhellten Ecke gegenüber der Tür. Dann legte er ihn auf den Boden, zog den geborstenen Stuhlrücken darüber und bedeckte alles mit modrigen Stofffetzen. Staub wirbelte auf und umwogte ihn mit erstickenden Wolken.

So. Das ist erledigt.

Die Aufgabe, die er zu bewältigen hatte, hatte seine Furcht in den Hintergrund gedrängt, doch kaum hatte er sich wieder aufgerichtet, da fühlte er, wie sie mit voller Kraft zurückkehrte. Eilends wandte er sich zur Tür und versuchte, nicht an all die vielen steilen Stufen zu denken, die er in vollkommener Finsternis hinter sich bringen musste.

Die Silhouette seiner Mutter stand direkt vor dem offenen Fenster. Er erkannte sie an der Form ihrer Schultern und der Art, wie ihr offenes Haar sie umschmeichelte. Ihr Gesicht konnte er nicht sehen, konnte weder ihre Augen noch ihre Züge lesen. Er wusste nicht, ob es die gute oder die beängstigende Mutter war, die nun mit ausgestreckten Armen einen Schritt auf ihn zukam.

Die Zeit schien stehen zu bleiben, als Tobin vor Furcht und Entsetzen förmlich erstarrte.

Sie warf keinen Schatten.

Sie verursachte keinen Laut.

Sie roch nach Blumen.

Das war das Fenster, aus dem sie ihn in die Tiefe hatte werfen wollen. Sie hatte ihn dorthin gezerrt, hatte unentwegt geschluchzt und den König verflucht. Sie *hatte* ihn hinausgestoßen, aber jemand anderes hatte ihn zurückgezerrt, und er war mit dem Kinn auf dem Fenstersims aufgeschlagen ...

Die Erinnerung überzog seine Zunge mit dem Geschmack von Blut.

Dann war er plötzlich in Bewegung, hastete zur Tür, stürzte die Stufen hinunter, eine Hand auf die rohe Steinmauer gelegt. Getrockneter Vogelkot und ausgedörrte Flechten lösten sich unter seinen Fingern. Er hörte ein Schluchzen und einen Knall hinter sich, wagte aber nicht, sich umzusehen. Inzwischen, geführt von dem erhellten Rechteck der offenen Turmtür, konnte er bis zum Fuß der Treppe sehen. Hals über Kopf stürzte er zur Tür hinaus und warf sie hinter sich ins Schloss, ohne nachzusehen, ob der Riegel einschnappte, ohne sich darum zu sorgen, ob jemand den Lärm gehört haben mochte. Er flüchtete ins erste Stockwerk, taub von dem abgehackten Keuchen, dem rasselnden Atem seiner eigenen hektisch arbeitenden Lunge. Nur vage war er sich der Tatsache bewusst, dass sein Nachthemd und seine Beine nass waren. Erst vor seiner Zimmertür wurde ihm klar, dass er sich beschmutzt hatte, doch er konnte sich nicht erinnern, wann das geschehen sein mochte.

Wieder kämpfte er gegen die Tränen und schalt sich für seine Schwäche. Vorsichtig schlich er ins Zimmer, lauschte, um sich zu vergewissern, dass Ki immer noch schlief, und zog das nasse Nachthemd aus. Mit einem Ärmel und dem kalten Wasser, das noch in der Waschschüssel war, säuberte er sich leise. Im Schrank fand er ein frisches Hemd, zog es an und kletterte vorsichtig zurück ins Bett. Er gab sich große Mühe, die Matratze nicht zu erschüttern, aber Ki erwachte mit einem erschrockenen Aufkeuchen und starrte mit geweiteten Augen zum Fußende des Bettes.

Dort stand Bruder und starrte zurück.

Tobin packte den älteren Jungen an der Schulter, wollte verhindern, dass er schrie. »Keine Angst, Ki, er wird nicht ...«

Ki drehte sich mit einem zittrigen Lachen zu ihm um. »Bei Bilairys Eiern, du bist das! Ich dachte, dieser Geist würde ins Bett kriechen wollen. Du bist so kalt, du könntest selbst einer sein.«

Tobin sah sich nach Bruder um, ehe er sich wieder auf Ki konzentrierte, der nicht sehen konnte, wie Bruder ihn hasserfüllt anstarrte. Er hatte die Gabe nicht.

Trotzdem sah Ki immer noch verängstigt aus, als er fragte: »Kann ich dir etwas erzählen, Prinz Tobin?«

Tobin nickte.

Ki fummelte am Rand der Decke herum. »Als die alte Iya mir von dem Geist erzählt hat, wäre ich beinahe zurück nach Hause gerannt, obwohl ich wusste, dass mein Vater mich verprügeln und auf der Straße aussetzen würde. Und dann, als der Geist heute Abend angefangen hat, alles Mögliche herumzuwerfen? Ich hätte mir vor Angst beinahe in die Hose gemacht. Aber du hast einfach nur dagestanden, als würde dir das gar nichts ausmachen ...« Er schlang die Arme um die angezogenen Beine. »Ich schätze, was ich sagen will, ist, dass mein Vater keine Feiglinge großgezogen hat. Ich habe vor nichts Angst, nur vor Geistern, und ich bin bereit, jemandem zu dienen, der so tapfer ist wie du. Wenn du mich noch haben willst.«

Er denkt, ich würde ihn wegschicken. In diesem Augenblick des Erkennens hätte Tobin sich beinahe alles von der Seele geredet, über Bruder und die Puppe und seine Mutter und das nasse Nachthemd, das in einem unordentlichen Haufen neben der Tür lag. Aber der bewundernde Blick in den Augen des älteren Jungen versiegelte seine Lippen.

Tobin zuckte die Schultern und sagte: »Jeder hat Angst vor ihm, sogar Arkoniel. Ich habe mich nur an ihn gewöhnt, das ist alles.« Am liebsten hätte er Ki versprochen, dass Bruder ihm nicht noch einmal wehtun würde, aber dessen war er sich nicht vollkommen sicher, und er wollte nicht lügen.

Ki hockte sich auf die Knie und berührte seine Stirn zum Soldatengruß. »Ich sage trotzdem, dass du tapfer bist, und wenn du mit meinen Diensten einverstanden bist, dann gelobe ich dir bei Sakor und Illior meine Treue bis in den Tod.«

»Ich bin einverstanden«, entgegnete Tobin und fühlte sich gleichzeitig albern und stolz. Ki hatte kein Schwert, das er ihm hätte bieten können, also besiegelten sie den Treueschwur mit einem Handschlag, ehe sie wieder unter ihre Decke krochen.

So jung er auch war, wusste Tobin doch, dass etwas Wichtiges geschehen war. Bis in den Tod, hatte Ki gelobt. Das weckte die Vorstellung, wie sie beide Seite an Seite unter dem Banner seines Vaters über ein fernes Schlachtfeld reiten würden.

Solange die Puppe nicht gefunden wurde. Solange niemand erfuhr, was sich dort oben im Turm abspielte.

Mama ist da oben im Turm eingesperrt.

Das Entsetzen dieser Nacht senkte sich erneut über ihn, und er drehte Ki den Rücken zu, insgeheim froh, nicht allein zu sein. Nie wieder wollte er dort hinaufgehen. Sie war dort und wartete darauf, ihn zu fangen. Aber der Turm war verschlossen, und Bruder würde niemanden hineinlassen.

Bruder hatte ihn gewarnt, und sein Geheimnis war nun sicher. Jetzt würde er es nie erleben müssen, dass Ki ihn mit einer Miene ansah, wie Bruder sie ihm in der Vision gezeigt hatte.

»Tobin?«, erklang ein verschlafenes Murmeln.

»Was?«

»Du sagst, dieser Geist ist ein er?«

»Ja. Ich nenne ihn Bruder.«

»Hm . . . ich habe gehört, es wäre ein Mädchen.«

»Hm.«

Bald lullte Kis leises Schnarchen auch Tobin in den Schlaf, und er träumte, gemeinsam mit Ki gen Osten zu reiten, um Ero und die See zu sehen.

Kapitel 24

Als am Abend Ruhe im Haus eingekehrt war, führte Arkoniel Iya hinaus, und sie spazierten über die Wiese, wie er es zwei Monate zuvor mit Rhius getan hatte. In jener Nacht hatten Fledermäuse und Glühwürmchen die Dunkelheit bevölkert, und der Gesang der Frösche hatte ihre Schritte begleitet.

Nun lag tiefe Stille über Wald und Wiese, nur durchbrochen von den Jagdrufen der Eulen im Mondschein. Es war sehr kalt, und die Schatten der Zauberer hoben sich scharf von dem reifüberzogenen Gras ab, als sie einem der Trampelpfade der Arbeiter in Richtung Flussufer folgten. Der Wald und die Berggipfel schimmerten im weißen Licht. In der Ferne waren noch immer einige Lagerfeuer vor einer Hand voll Zelte zu erkennen, die am unteren Ende der Wiese aufgestellt worden waren. Die meisten Handwerker waren bereits mit ihrer Arbeit fertig, und auch der Rest würde bald fort sein. Alle waren erpicht darauf, in die Stadt zurückzukehren, bevor der erste Schnee fiel.

Seine Begegnung mit Lhel lastete schwer auf Arkoniels Gedanken, und während sie gemeinsam einherschritten, versuchte er, die passenden Worte zu finden, um zu erklären, was geschehen war.

»Wie ist es dir bei deiner neuen Aufgabe ergangen?«, fragte Iya, ehe er das Thema anschneiden konnte.

»Ich glaube, ich bin kein guter Lehrer. Tobin hat wenig Interesse am Lernen oder an mir, soweit ich es beurteilen kann. Ihn interessiert nur das Kriegshandwerk und die Jagd, und er redet ständig davon, dass er eines Tages ein großer Krieger werden will.« Selbst hier draußen, ganz unter sich, sprachen sie von Tobin stets wie von einem Knaben.

»Dann magst du ihn also nicht?«

»Ganz im Gegenteil«, protestierte Arkoniel. »Er ist intelligent und ein begabter Künstler. Du solltest die kleinen Figuren sehen, die er macht. Ich glaube, wir hatten am meisten Spaß zusammen, als wir den Handwerkern zugesehen haben.«

Iya lachte leise. »Also doch nicht nur Kriegshandwerk und Jagd? Ein kluger Lehrer sollte einen Weg finden, diese Interessen nutzbar zu machen. Eine Mauer oder gar einen Mauerbogen zu bauen, erfordert eine Menge mathematischer Kenntnisse. Das Mischen von Farben gehört in den Bereich praktischer Alchemie. Und wer lebende Wesen abbilden will, sollte sie zunächst einmal kennen.«

Arkoniel hob ergeben die Hände. »Ja, ich verstehe, ich war ein Narr. Ich werde versuchen, einen Neuanfang mit ihm zu wagen.«

»Sei nicht zu hart zu dir, mein Junge. Der Knabe, den du ausbildest, ist kein junger Zauberer, sondern ein künftiger Edelmann. Auch als Regent wird Tobin niemals die Ausbildung benötigen, die wir brauchen. Der halbe Palastkreis ist nicht imstande, mehr als den eigenen Namen zu schreiben. Ich muss gestehen, ich bewundere Rhius' Standpunkt in dieser Sache; noch immer gibt es eine große Zahl von Edelleuten, die so etwas als Arbeit eines Schreibers abtun. Würde man sie alle Lesen und Schreiben lehren, wäre die Hälfte der wohlerzogenen Töchter gut gestellter Handelsherren ohne Arbeit. Nein, mach du nur weiter, und bringe ihm bei, was auch immer er später einmal wird gebrauchen können. Geographie und Geschichte, darin bist du gut bewandert. Außerdem sollte er etwas über Musik lernen, und er sollte tanzen können, ehe er zum Hof zitiert wird ...«

»Hast du schon etwas gehört? Glaubst du, sie werden ihn bald rufen?«

»Nein, aber früher oder später wird es so weit sein, es sei denn, Rhius beabsichtigt, ihn vor dem König als vollkommen schwachsinnig darzustellen. Und wenn dieser Augenblick gekommen ist, wird unsere Aufgabe noch viel schwerer zu erfüllen sein. Nein, ich denke, wir müssen davon ausgehen, dass er schon bald gerufen werden wird. Er ist gerade zehn Jahre alt. Ich schätze, wir können höchstens noch mit drei Jahren rechnen – möglicherweise weniger, schließlich ist er ein Verwandter des Königs.« Sie unterbrach sich und runzelte sorgenvoll die Stirn. »Ich bete, dass ihm genügend Zeit bleibt, in seine Rolle hineinzuwachsen, ehe er sie übernehmen muss, doch das können wir nicht wissen.«

Arkoniel schüttelte den Kopf. »Er ist so jung, so ...« Er suchte nach dem passenden Wort. »Weltfremd. Es fällt schwer, sich vorzustellen, welch Schicksal auf diesen schmalen Schultern lastet.«

»Nimm, was der Lichtträger dir schenkt«, entgegnete Iya. »Was auch geschieht, wir müssen aus dem, was wir haben, stets das Beste machen. Im Augenblick ist deine Aufgabe, für seinen Schutz zu sorgen und ihn bei Laune zu halten. Von nun an musst du für mich über ihn wachen. Und sollte Ki irgendein Unglück widerfahren ... Nun, du solltest dich vielleicht nicht zu sehr an ihn gewöhnen.«

»Ich weiß. So lautete Rhius' Bedingung. Ein bisschen ist es, als wäre der arme Ki nur ein Opferlamm, das für die Sonnwendfeier gemästet wird.«

»Er ist auf dein Geheiß hier, Arkoniel. Lass dich niemals von deinem sanften Herzen blenden oder dir den Blick für die Realität verschleiern.«

»Ich habe die Berührung Gottes gespürt, Iya. Das werde ich nie vergessen.«

Sie tätschelte seinen Arm. »Ich weiß. Nun erzähl mir mehr über Tobin.«

»Ich bin wegen seiner Furcht vor der Magie besorgt.«

»Fürchtet er dich?«

»Nicht direkt mich, aber ... Nun, manchmal verhält er sich einfach seltsam! Als ich eingetroffen war, habe ich beispielsweise versucht, ihn mit ein paar hübschen kleinen Zaubereien zu unterhalten. Du weißt schon, die Art von Illusionen, mit denen wir zumeist die Kinder unserer Gastgeber erfreuen.«

»Aber er war nicht erfreut?«

»Man hätte denken können, ich hätte mir den Kopf abgeschnitten und damit nach ihm geworfen! Und als es mir einmal gelungen ist, ihn mit einer Vision von Ero zu erfreuen, hätte der Dämon beinahe den ganzen Raum verwüstet. Seither habe ich keinen weiteren Versuch gewagt.«

Iya zog eine Braue hoch. »Er muss von dieser Furcht befreit werden, wenn wir unser Ziel erreichen wollen. Vielleicht kann dir Ki in diesem Punkt eine Hilfe sein. Er mochte die kleinen Tricks und Illusionen, die ich ihm während unserer Reise gezeigt habe.« Sie lächelte ihm zu. »Du hast mir noch nicht verraten, ob dir meine Wahl zusagt.«

»Nach allem, was ich heute Abend gesehen habe, hast du eine vortreffliche Wahl getroffen. Ich habe ihn beobachtet, als der Dämon angegriffen hat. Er hatte furchtbare Angst, ist aber dennoch zu Tobin gegangen, statt davonzulaufen. Er begreift seine Pflicht bereits, ohne seinen Herrn überhaupt zu kennen.«

»Ziemlich außergewöhnlich für einen noch so jungen Knaben. Was den Dämon betrifft, war sein Verhalten anders als üblich?«

»Eigentlich nicht, obwohl der Vorfall ernster war als alles andere, was ich seit meiner Ankunft erlebt habe. Mir hat er einen ähnlichen Empfang bereitet, als ich hier eingetroffen bin. Er hat gesagt, er erinnert sich an mich, also muss er sich auch an dich erinnert haben, wenn das auch nicht seinen Angriff auf Ki erklärt. Verfügt Ki über eine magische Begabung?«

»Nein, und das ist eine wahre Schande, denn er könnte einen interessanten Zauberer abgeben. Nun, er wird Tobin gewiss gut dienen. Nachdem ich das Kind gesehen habe, muss ich zugeben, dass du Recht hattest. Er braucht dringend so etwas wie einen normalen Umgang.« Iya drehte sich zu der Festung um, und tiefe Falten gruben sich in ihre Stirn. »Ich kann nur hoffen, dass Ki auf ihn abfärbt und nicht umgekehrt. Von Rhius hätte ich Besseres erwartet.«

»Ich nehme an, es ist für ihn sehr schwer gewesen, mit dem Dämon und Arianis Wahn umzugehen. Das hat niemand von uns vorausgesehen.«

»Illior bringt Wahnsinn und Einsicht gleichermaßen.« Im kalten, fahlen Licht sah Iya plötzlich aus wie eine eiserne Statue, und der Anblick erfüllte Arkoniel mit Trauer. Zum ersten Mal, seit sie einander kannten, gestand er sich ein, wie hart sie sein konnte, wie weit entfernt vom normalen Fluss menschlichen Daseins. So etwas hatte er schon bei anderen Zauberern erlebt, eine innere Distanz zu allem, was ihm wie ein normales Gefühlsleben erschien. Das lag, wie sie ihm einmal erzählt hatte, an dem langen Leben der Zauberer, dennoch hatte er sich stets bemüht, diesen Zug an ihr nicht wahrzunehmen.

Dann drehte sie sich mit einem traurigen Lächeln zu ihm um, und die düsteren Gedanken zogen sich zurück. Nun war sie wieder die geduldige Lehrerin, die Frau, die er liebte wie eine zweite Mutter.

»Hast du irgendetwas gesehen, als der Dämon aufgetaucht ist?«, fragte er.

»Nein, aber ich habe ihn gefühlt. Er erinnert sich tatsächlich an mich, und er hat mir nicht vergeben. Deinem Brief habe ich entnommen, dass du ihn gesehen hast?«

»Nur einmal, aber so klar und deutlich wie ich jetzt dich vor mir sehe. An dem Tag, an dem ich hier eintraf, hat er dort unten, wo die Straße aus dem Wald herauskommt, auf mich gewartet. Er sah genauso aus wie Tobin, bis auf die Augen ...«

»Du irrst.« Iya zupfte einen Halm des toten Grases ab und zwirbelte ihn zwischen ihren Fingern. »Er sieht nicht aus wie Tobin. Tobin sieht aus wie er. Zumindest so, wie der tote Knabe ausgesehen hätte, wäre er am Leben geblieben. Das war Sinn und Zweck von Lhels Magie, denn schließlich wollten wir dem Mädchen den Anschein geben, ihr eigener Bruder zu sein. Nur Illior allein weiß, wie Tobin tatsächlich aussieht.« Sie unterbrach sich und tippte mit dem Grashalm an ihr Kinn. »Ich frage mich, welchen Namen er nach der Veränderung wählen wird.«

Der Gedanke war ein wenig verwirrend, stieß ihn aber gleichzeitig wieder auf das Thema, das zu besprechen er ursprünglich hinausgegangen war.

»Ich habe Lhel heute getroffen. Soweit ich sie verstanden habe, war sie schon die ganze Zeit hier.«

»Die Hexe ist hier? Im Namen des Lichts, warum haben Nari und Rhius denn nichts davon erzählt?«

»Sie wissen es nicht. Niemand weiß es. Ich weiß nicht wie, aber sie scheint dem Kind hierher gefolgt zu sein, Iya. Offenbar hat sie die ganze Zeit irgendwo in der Nähe gelebt.«

»Ich verstehe.« Iyas Blick wanderte zu dem Wald, der die Festung säumte. »Hat sie gesagt, warum sie hier ist?«

Arkoniel zögerte, ehe er stockend anfing zu erzählen, was zwischen ihm und der Frau vorgefallen war. Als er den Punkt erreichte, als Lhel ihn überwältigt hatte, versagte ihm jedoch die Stimme. Die Verlockung war so machtvoll gewesen; allein der Gedanke reichte, ein finsteres, schauerliches Gefühl der Schuld in ihm wachzurufen. Immerhin war Lhel diejenige gewesen, die der Sache noch rechtzeitig ein Ende bereitet hatte, nicht er.

»Sie . . . sie wollte mir etwas beibringen, wenn ich mein Zölibat für sie breche. Und als Bezahlung dafür, dass sie all die Jahre über Tobin gewacht hat.«

»Ich verstehe.« Wieder bemerkte Arkoniel jene eiserne Haltung. »Hast du den Eindruck, dass sie das Kind im Stich lassen wird, solltest du ihren Wünschen nicht nachkommen?«

»Nein. Sie muss Wiedergutmachung vor ihren eigenen Göttern leisten, weil sie den Dämon erschaffen hat. Ich glaube nicht, dass sie sich dieser Pflicht entziehen würde. Wenn wir sie nicht umbringen, werden wir sie kaum loswerden.«

»Woran uns auch kaum gelegen sein kann.« Gedankenverloren starrte Iya in den Fluss. »Ich habe noch nie darüber gesprochen«, sagte sie dann mit leiser Stimme, »aber mein eigener Meister hat selbst die Alte Magie studiert. Sie ist machtvoller, als du glaubst.«

»Aber sie ist verboten!«

Iya gab ein verächtliches Schnauben von sich. »Ebenso wie das, was wir vorhaben, mein Junge. Und warum, glaubst du, habe ich sie überhaupt ausgewählt? Vielleicht ist es das Schicksal der Zauberer unserer Art, das Verbotene zu tun, wenn es notwendig ist. Vielleicht ist das Illiors Plan für dich.«

»Willst du damit sagen, ich soll von ihr lernen?«

»Ich glaube, ich kann die Magie lösen, die sie über Tobin gewirkt hat. Aber was, wenn ich irre? Was, wenn ich sterbe, bevor die Zeit gekommen ist, so wie es Aghazar ergangen ist? Ja, vielleicht ist es das Beste, wenn du von ihr lernst und erfährst, was getan werden muss. Auf ihre Art.«

»Aber der Preis.« Schon bei dem Gedanken befiel eine lastende Spannung Arkoniels Brustkorb, und er gab sich redlich Mühe zu glauben, es wäre lediglich ein Zeichen seiner tief empfundenen Abscheu.

Iya presste die Lippen zu einem Ausdruck der Missbilligung zusammen. »Biete ihr etwas anderes an.«

»Und wenn sie nicht einverstanden ist?«

»Arkoniel, ich habe dich gelehrt, was mein Meister mich gelehrt hat, dass das Zölibat unsere Gabe bewahrt. Ich habe mich ihm unterworfen, seit ich mich der Zauberei verpflichtet habe. Dennoch gibt es andere, die sich auf Abwege begeben, und nicht alle werden geschwächt durch die Erfahrung. Viele, aber nicht alle ...«

Arkoniel hatte das Gefühl, die Erde täte sich unter seinen Füßen auf, um ihn zu verschlingen. »Warum hast du mir das nie zuvor erzählt?«

»Warum hätte ich das tun sollen? Als Kind musstest du

das nicht wissen. Und als junger Mann in der Blüte deiner Lendenkraft? Das war zu gefährlich, die Versuchung zu real. Ich war beinahe so alt, wie du jetzt bist, als ich mit meiner Ausbildung begonnen habe, und ich war keine Jungfrau. Die Begierden des Fleisches sind stark, vergiss das nie, und wir alle fühlen ihre Macht. Hat ein Zauberer seine erste Lebensspanne erst hinter sich und fühlt die Macht, die in ihm pulsiert, wird es leichter, sich gegen die Schwäche des Fleisches zu wehren. Und ich verspreche dir, gegen diese Erfahrung machen sich die sinnlichen Freuden ärmlich aus.«

»Ich werde ihr widerstehen, Iya.«

»Du wirst tun, was immer du tun wirst, lieber Junge.« Iya ergriff seine Hand und sah ihm in die Augen; ihre Haut war kalt wie Elfenbein. »Da ist noch so viel, das ich dich lehren wollte. Vor Afra dachte ich, wir hätten noch den Rest meines Lebens Zeit. Du bist mein Nachfolger, Arkoniel, und du bist der beste Schüler, den ich je hatte. Das wissen wir schon lange Zeit, Illior und ich.« Sie klopfte auf den Beutel, der an ihrer Schulter hing. »Aber Illior hat derzeit andere Pläne mit dir, wie wir nun erfahren mussten. Vorläufig bleibt dir nur, jede Lektion wahrzunehmen, die sich dir bietet, und das Beste daraus zu machen. Wenn Lhel dir etwas beibringen kann, dann lerne von ihr. Von allem anderen abgesehen, du musst wachsam sein und herausfinden, ob sie böse Absichten gegen das Kind hegt.«

»Deine Antwort ist keine Antwort«, stöhnte Arkoniel verwirrter denn je.

Iya zuckte die Schultern. »Du bist kein Kind mehr und auch kein Schüler. Es kommt immer die Zeit, da ein Zauberer lernen muss, seinem eigenen Herzen zu vertrauen. Du tust das bereits seit einiger Zeit, obwohl es dir scheinbar noch gar nicht bewusst geworden ist.«

Lächelnd tippte sie ihm auf die Brust. »Lausche darauf, mein Lieber. Ich bin sicher, es wird sich als guter, verlässlicher Führer erweisen.«

Plötzlich befiel Arkoniel eine dunkle Vorahnung. »Das klingt beinahe wie ein Abschied.«

Iya lächelte bekümmert. »Das ist es, aber nur für den Knaben, der mein Schüler war. Der Mann, der sich an seine Stelle gestohlen hat, muss nicht fürchten, mich zu verlieren. Dafür habe ich ihn viel zu gern, und wir haben gemeinsam noch eine Menge Arbeit vor uns.«

»Aber . . .« Arkoniel suchte verzweifelt nach Worten. »Wie soll ich wissen, was zu tun ist, um Tobin zu helfen und ihn zu beschützen?«

»Denkst du, Illior hätte dich hergesandt, wenn du deiner Aufgabe nicht gewachsen wärest? Nun gut, willst du eine alte Frau die ganze Nacht draußen herumstehen lassen, oder können wir allmählich wieder hineingehen?«

»Alte Frau, was? Seit wann denn?«, fragte Arkoniel und bot ihr seinen Arm, ehe sie wieder den Hügel erklommen.

»Das habe ich mich auch immer wieder gefragt.«

»Wie lange kannst du bleiben?«

»Nicht lange, wenn ich an den Empfang durch den Dämon denke. Wie hat er dich behandelt, nachdem er dir den Arm gebrochen hat?«

»Erstaunlich gut. Dann und wann wirft er mit Möbelstücken, aber Tobin scheint ihn irgendwie unter Kontrolle halten zu können. Nari zufolge ist der Dämon sehr viel stiller, seit Ariani gestorben ist.«

»Sehr merkwürdig. Ich hatte eher mit dem Gegenteil gerechnet. In all meinen Lebensjahren bin ich nie einem Geist wie diesem begegnet, Arkoniel. Ich frage mich manchmal . . .«

»Was?«

»Ob er noch eine Überraschung für uns bereithält, wenn wir versuchen, seine Bindung an Tobin zu lösen.«

In der Absicht, sich gemeinsam für die Nacht in Arkoniels Gemach zurückzuziehen, kehrten sie in die Festung zurück, doch kaum hatten sie einen Fuß in die Halle gesetzt, fühlten sie, wie sich die Feindseligkeit des Dämons um sie herum ausbreitete. Die Luft wurde spürbar schwerer, dichter, das Feuer im Herd flackerte unruhig, und die Flammen wurden immer kleiner.

Nari und die anderen Haushaltsmitglieder, die sich um den Herd versammelt hatten, blickten erschrocken auf.

»Seid vorsichtig, Iya. Niemand kann vorhersagen, was er tun wird«, warnte Tharin.

Die unheilvolle Stille zog sich dahin, bis sie plötzlich am anderen Ende des Raumes in der Nähe des großen Tisches etwas laut über den Boden poltern hörten. Gleich darauf erklang ein neuerliches Klappern, und Iya rief ein Licht aus der Luft herbei, das den Raum gerade weit genug erhellte, dass sie die Silberteller sehen konnten, die auf dem Boden lagen. Teller und Schalen flogen nacheinander aus den Fächern der Anrichte und schlugen mit dumpfem Klirren auf den Binsen auf. Die Gegenstände schienen sich ganz von selbst zu bewegen, aber Arkoniel konnte sich gut vorstellen, wie das wilde, zornige Kind, dem er am Fuß des Hanges begegnet war, sie alle über seine Schulter hinweg beobachtete und mit gehässigem Grinsen nach dem nächsten Teller, der nächsten Schüssel griff.

Die sonderbare Vorführung dauerte an, und jeder Gegenstand flog ein bisschen weiter als sein Vorgänger und landete ein bisschen näher an der Zauberin.

»Das reicht allmählich!«, schimpfte Iya. Entschlossenen Schrittes durchquerte sie die Halle und blieb vor der Anrichte stehen. Dort zeichnete sie mit ihrem Kristallstab einen Kreis aus weißem Licht in die Luft.

»Was tut sie da?«, fragte Nari.

»Ich bin nicht sicher«, entgegnete Arkoniel, während er versuchte, die Siegel zu entziffern, die Iya in den Kreis zeichnete. Es sah beinahe aus wie der Bannzauber, den ein Drysier sie einst hatte lehren wollen, aber die einzelnen Siegel innerhalb des Kreises deckten sich nicht mit Arkoniels Erinnerungen.

Vielleicht war Iya ein Fehler unterlaufen, denn gleich darauf flog ein besonders schwerer Teller aus seinem Fach und stieß gegen den Kreis. Muster und Zauberstab explodierten in einer blau-weißen Feuersbrunst. Iya schrie auf und zog hastig die Hand zurück.

Noch während er gegen die schwarzen Punkte anblinzelte, die sein Blickfeld trübten, rannte Arkoniel zu ihr und zog sie weg, bevor der Dämon das verbleibende Silber durch den Raum schleuderte und anfing, Bänke umzuwerfen. Arkoniel legte die Arme um Iya und drückte ihren Kopf hinab, um sie zu schützen. Dann war Tharin bei ihnen, um beiden Zauberern eben diesen Dienst zu erweisen.

»Raus hier!«, keuchte Iya und versuchte, die Männer wegzustoßen.

Zusammen mit der verängstigten Dienerschaft stolperten sie hinaus in den Hofgarten. Dort angekommen, blickten sie sich um und sahen durch die offene Tür, wie Wandteppiche durch die Luft flogen. Einer landete direkt im offenen Kamin.

»Holt Wasser!«, brüllte Mynir. »Er versucht, das Haus in Brand zu setzen!«

»Geht in die Baracke, dort könnt Ihr schlafen«, wies Tharin die Zauberer an, ehe er wieder zum Haus eilte, um die anderen zu unterstützen.

Arkoniel half Iya hinüber zu dem dunklen Kasernengebäude. Gleich jenseits der Tür stand eine Kohlenpfanne, und er schnippte über ihr mit dem Finger, um ein kleines Feuer zu entzünden. Schmale Pritschen säumten die Wände, und Iya ließ sich gleich auf die erste sinken. Arkoniel ergriff sanft ihre verletzte Hand und untersuchte sie im flackernden Feuerschein. Ein langes rotes Brandmal kennzeichnete die Stelle, an der ihr Kristallzauberstab in ihrer Hand gelegen hatte. Kleine Schnittwunden und Kristallsplitter überzogen ihre Finger.

»Es ist nicht so schlimm, wie es aussieht«, sagte Iya, während er die Splitter aus ihrer Hand entfernte.

»Das ist es doch. Leg dich hin. Ich werde ein paar Sachen besorgen und bin gleich zurück.«

Dann rannte er zurück in die Halle, wo Mamsell und die anderen auf einen rauchenden Wandteppich einschlugen und mit den Füßen schwelende Binsen in den Kamin beförderten.

»Verlösche!«, befahl Arkoniel, klatschte laut in die Hände und breitete die Arme aus, die Handflächen dem Boden zugewandt. Die letzte Glut erlosch und ließ eine stinkende Rauchwolke zurück. »Iya ist verletzt. Ich brauche Kräuter zur Heilung von Brandwunden und saubere Tücher für einen Verband.«

Mamsell brachte ihm alles Gewünschte, und Tharin folgte ihm hinaus zu der Soldatenunterkunft, um sich zu vergewissern, dass Arkoniel den Verband ordentlich anlegte.

»Was ist passiert?«, verlangte der Hauptmann zu erfahren. »Was habt Ihr dort drin zu tun versucht?«

Iya zuckte zusammen, als Arkoniel ihre Hand in einer Wasserschüssel säuberte. »Etwas nicht sonderlich Kluges, wie es scheint.«

Tharin wartete und ließ ihr Zeit für eine Erklärung. Als sie jedoch nichts sagte, nickte er. »Ihr bleibt heute Nacht besser hier. Ich werde in der Halle schlafen.«

»Danke.« Sie blickte von Arkoniels Bemühungen um ihre Hand auf. »Was tut Ihr hier, Tharin? Rhius ist doch in Atyion, nicht wahr?«

»Ich bin Prinz Tobins Schwertmeister. Ich bin hiergeblieben, um seine Ausbildung fortzusetzen.«

»Tatsächlich?«

Etwas in Iyas Tonfall erregte Arkoniels Aufmerksamkeit, und er hielt in seiner Arbeit inne.

»Ich kenne Euch und Rhius, seit Ihr Knaben wart. Sagt mir, wie es Rhius ergangen ist. Ich war viel zu lange fort, und nun fühle ich mich wie eine Fremde.«

Tharin rieb sich mit der Hand über den kurzen Bart. »Er hat es sehr schwer gehabt, wie Ihr Euch wohl vorstellen könnt. Es war so oder so schon hart, aber Ariani auf diese Art zu verlieren – ich meine nicht allein ihren Tod, sondern auch den Wahnsinn in all den Jahren nach der Niederkunft und ihren Hass gegen Rhius.« Er schüttelte bekümmert den Kopf. »Ich kann beim besten Willen nicht verstehen, warum sie ihn für den Tod des Kindes verantwortlich gemacht hat oder warum sie es so schwer genommen hat. Es ist nicht meine Absicht, schlecht über Tote zu sprechen, Iya, aber ich denke, sie hatte mehr von ihrer Mutter, als irgendjemand vermutet hat. Manche sagen, deshalb verfolge das tote Kind das lebende, aber darauf würde ich nichts geben.«

»Was sagen die Leute sonst noch?«

»Oh, alles Mögliche.«

»Im Namen des Kindes, erzählt es mir. Ihr wisst, dass wir keine Gerüchte weitertragen werden.«

Tharin starrte seine vernarbten Hände an. »Es gibt Leute, die glauben, Rhius hätte herausgefunden, dass er nicht der Vater des Kindes ist, und eines der Babys getötet, bevor irgendjemand eingreifen konnte; darum würde der Geist des toten Kindes umherspuken, und darum würde Rhius Tobin vom Hof fern halten.«

»Was für ein Unsinn! Wie kommt der Herzog bei Hofe zurecht?«

»Der König hat ihn immer noch gern um sich. Er nennt Rhius »Bruder«, aber ... die Stimmung zwischen den beiden ist ein wenig angespannt, seit Ariani gestorben ist, obwohl die Spannung wohl überwiegend von Rhius ausgeht. Er hat seine Gemächer im Neuen Palast geräumt und ist nach Atyion zurückgekehrt. Nicht einmal hier hält er es noch aus.«

»Das ist nicht fair gegenüber dem Kind.«

Tharin blickte auf, und zum ersten Mal bemerkte Arkoniel den Schatten des Schmerzes und der emotionalen Schuld. »Ich weiß das, und ich habe es ihm gesagt. Das ist ein Grund, warum ich zurückgeschickt wurde, wenn Ihr es unbedingt wissen müsst. Davon habe ich hier in der Festung niemandem etwas erzählt, weil ich befürchten musste, es würde zu Tobin durchdringen. Das würde ihm das Herz brechen, so wie es mir das meine gebrochen hat.«

Iya ergriff seine Hand. »Ihr habt immer wie ein Bruder zu Rhius gesprochen, Tharin. Ich kann nicht glauben, dass Ihr so sehr in Ungnade gefallen sein könnt. Wenn ich ihn sehe, werde ich mit ihm über diese Sache sprechen.«

Tharin erhob sich. »Das ist nicht notwendig. Es wird vorbeigehen. Gute Nacht.«

Iya sah ihm nach und schüttelte den Kopf. »Ich habe oft bedauert, ihn nicht eingeweiht zu haben.«

Arkoniel nickte. »Je länger ich hier bin, desto stärker empfinde ich dieses Bedauern.«

»Und dennoch sollten wir die Dinge belassen, wie sie sind.« Iya versuchte, die bandagierte Hand zu bewegen, und zuckte sogleich zusammen. »Die Verletzung ist nicht so schlimm, und da ich reiten kann, werde ich mich wohl morgen auf den Weg machen. Ich möchte Ero sehen und ein Wort mit Rhius wechseln.«

»Ero? Du willst dich in die Höhle des Löwen wagen? Dort wirst du ohne Zweifel auf die Häscher treffen.«

»Gewiss, aber wir brauchen Informationen über sie. Ich wünschte, Illior hätte uns einen Hinweis auf sie gegeben, als diese ganze Geschichte angefangen hat. Sei unbesorgt, Arkoniel. Ich werde vorsichtig sein.«

»Vorsichtiger als in der Halle, hoffe ich. Was ist dort drin passiert?«

»Ich weiß es nicht genau. Als ich hier angekommen bin und der Dämon angegriffen hat, habe ich gespürt, wie etwas an dem Schutzkreis gezerrt hat, als wäre er eine Zeltbahn in böigem Wind. Vorhin dachte ich, ein stärkerer Bann wäre nötig, um ihn aus der Halle zu vertreiben und sie bis zum Morgen vor ihm zu schützen.«

»War dein Muster fehlerhaft?«

»Nein, der Bann war absolut makellos, aber er hat nicht funktioniert, wie du selbst gesehen hast. Nun, wie ich bereits sagte, dieser Geist ist anders als alle, denen ich bisher begegnet bin. Ich wünschte, mir bliebe genug Zeit, ihn zu studieren, aber so, wie die Dinge liegen, würde ich nur die Kinder stören. Ich wage es nicht einmal, ins Haus zurückzukehren, aber ich würde Tobin gern noch einmal sehen, bevor ich abreise. Würdest du ihn morgen zu mir bringen? Dieses Mal allein?«

»Natürlich. Allerdings würde ich an deiner Stelle nicht mit einem ausgedehnten Gespräch rechnen. Er lässt sich nur schwer aus der Reserve locken.«

Iya legte sich mit einem leisen Lachen auf die Pritsche. »Das war mir schon klar, als ich ihn zum ersten Mal gesehen habe. Im Namen des Lichts, du hast dir da ein schönes Stück Arbeit aufgehalst.«

Kapitel 25

Als Tobin am nächsten Morgen erwachte, stand Ki am offenen Fenster, das Kinn auf eine Hand gestützt, und zupfte geistesabwesend mit seinen langen, ruhelosen Fingern an einer Flechte auf dem Sims. Im Tageslicht sah er jünger aus und sehr traurig.

»Vermisst du deine Familie?«

Kis Kopf ruckte hoch. »Du musst auch ein Zauberer sein. Du kannst Gedanken lesen«, sagte er, lächelte aber dabei. »Es ist furchtbar still hier, nicht wahr?«

Tobin setzte sich auf und streckte sich. »Vaters Männer machen eine Menge Krach, wenn sie hier sind, aber jetzt sind alle in Atyion.«

»Da war ich auch mal.« Ki hockte sich auf den Sims, und seine nackten Beine baumelten unter dem Saum des Hemdes hervor. »Jedenfalls bin ich auf dem Weg zur Stadt daran vorbeigeritten. Euer Schloss ist das größte in Skala außerhalb von Ero. Wie viele Zimmer hat es?«

»Ich weiß es nicht. Ich war nie dort.« Als er Kis Augenbrauen hochschießen sah, fügte er hinzu: »Ich war überhaupt noch nirgends außer hier und in Alestun. Ich bin im Palast zur Welt gekommen, aber daran erinnere ich mich nicht.«

»Warum besuchst du ihn nicht mal? Wir haben Verwandte in Ero, und die besuchen wir immer wieder. Wenn der König mein Onkel wäre, würde ich immer nach Ero reisen wollen. Da gibt es Musik und Tanz und Gaukler in den Straßen und . . .« Plötzlich unterbrach er sich. »Ist es wegen dem Dämon?«

»Ich weiß es nicht. Mama wollte nirgendwohin. Und Vater sagt, die Seuche wütet in den Städten.« Ki jedoch hatte, wie Tobin nun überlegte, seine Reisen offenbar gesund überstanden. Tobin zuckte die Schultern. »Ich war jedenfalls immer nur hier.«

Ki drehte sich um, um aus dem Fenster zu sehen. »Und was machst du so den ganzen Tag? Ich wette, du musst keine Mauern ausbessern oder Schweine hüten!«

Tobin grinste. »Nein, darum kümmern sich Vaters Vasallen. Ich übe mit Tharin und gehe im Wald auf die Jagd. Und ich habe die Spielstadt, die mein Vater für mich gemacht hat, aber die ist jetzt in Arkoniels Gemach, darum kann ich sie dir erst später zeigen.«

»Nun gut, dann lass uns auf die Jagd gehen.« Ki glitt von dem Fenstersims und fing an, unter dem Bett nach seinen Kleidern zu suchen. »Wie viele Hunde habt ihr? Ich habe gestern Abend in der Halle gar keinen gesehen.«

»Es gibt nur ein paar alte Hunde im Hof, aber ich nehme sie nicht mit auf die Jagd; Hunde mögen mich nicht. Aber Tharin sagt, ich wäre ein guter Bogenschütze. Ich werde ihn fragen, ob er uns mit in den Wald nimmt.«

Braune Augen starrten ihn knapp oberhalb der Matratze an. »Ob er uns mitnimmt? Du meinst, du gehst nicht allein hinaus?«

»Ich darf die Festung nicht allein verlassen.«

Ki verschwand wieder, und Tobin hörte ihn seufzen. »Na gut. Es ist noch nicht zu kalt zum Schwimmen. Wir könnten auch Angeln. Ich habe am unteren Ende der Wiese eine gute Stelle dafür gesehen.«

»Ich habe noch nie geangelt«, gestand Tobin, der sich in seiner Haut wieder mal gar nicht sonderlich wohl fühlte. »Und ich kann nicht schwimmen.«

Ki richtete sich auf, stützte die Ellbogen auf die Bettkante und betrachtete Tobin neugierig. »Wie alt bist du?«

»Am zwanzigsten Erasin werde ich zehn.«

»Und sie lassen dir gar keinen Spaß für dich allein? Warum nicht?«

»Ich weiß nicht, ich . . .«

»Weißt du was?«

Tobin schüttelte den Kopf.

»Bevor ich von zu Hause weggegangen bin, nachdem Iya mich bei meinem Vater ausgelöst hat, hat mir meine Schwester erzählt, sie hätte von dir gehört.«

Tobins Herz verwandelte sich in seiner Brust zu Stein.

»Sie hat gesagt, manche Leute bei Hofe würden erzählen, du würdest von einem Dämon verfolgt, oder du wärest komisch im Kopf, und dass du deswegen hier draußen leben musst, statt in Ero oder Atyion. Weißt du, was ich denke?«

Das war es also. Die letzte Nacht hatte nichts zu bedeuten gehabt. Alles war verloren, alles war genau so verlaufen, wie er es befürchtet hatte. Tobin reckte das Kinn vor und zwang sich, Ki in die Augen zu sehen. »Nein. Was denkst du?«

»Ich denke, die Leute, die so etwas sagen, haben Scheiße zwischen den Ohren. Und ich denke, die Leute, die dich großziehen, sind ein bisschen komisch im Kopf, wenn sie dir nicht erlauben, allein rauszugehen – aber natürlich will ich Herzog Rhius gegenüber nicht respektlos sein.« Ki bedachte ihn mit einem listigen Grinsen, das jeden Schatten der Furcht fortfegte. »Und ich denke, es ist eine Tracht Prügel wert, an einem Tag, der so schön zu werden verspricht, hinauszugehen.«

»So, denkst du?«, fragte Arkoniel und lehnte sich gegen den Türrahmen. Ki setzte sich auf, die Wangen schuldbewusst gerötet, aber der Zauberer lachte nur.

»Ich bin ganz deiner Meinung, und ich glaube nicht, dass eine Tracht Prügel nötig sein wird. Ich habe gerade mit Nari und Tharin gesprochen. Sie stimmen mir zu, dass es an der Zeit ist, dass Prinz Tobin die Freuden des Daseins eines Knaben kennen lernt. Solange du bei ihm bist, glaube ich nicht, dass euch eine vernünftige Bitte verweigert werden wird, vorausgesetzt, ihr treibt euch nicht zu weit vom Haus entfernt herum.«

Tobin starrte den Mann an. Gewiss sollte er für diese plötzliche Änderungen in den Haushaltsregeln dankbar sein, aber ihm gefiel nicht, dass er sie offenbar ausgerechnet dem Zauberer zu verdanken hatte. Wer war Arkoniel, solche Entscheidungen zu treffen, als wäre er der Haushaltsvorstand?

»Bevor ihr euch in irgendein Abenteuer stürzt, würde Iya gern mit dir sprechen, mein Prinz«, sagte Arkoniel zu ihm. »Sie ist draußen in der Soldatenunterkunft. Ki, warum gehst du nicht und siehst nach, was Mamsell zum Frühstück gemacht hat? Wir treffen uns in der Halle, Tobin.«

Tobin starrte wütend auf die Tür, als sie hinter dem Zauberer ins Schloss gefallen war, ehe er zornig in seine Kleider schlüpfte. »Wer, glauben diese Zauberer, dass sie sind, einfach herzukommen und über mich zu bestimmen?«

»Ich glaube, das hat er gar nicht gemacht«, sagte Ki. »Und wegen Iya musst du dir keine Sorgen machen. Sie ist nicht so furchtbar, wie sie scheint.«

Tobin zog sich die Schuhe an. »Ich habe keine Angst vor ihr.«

Iya genoss ihr Frühstück in einer sonnigen Ecke des Exerzierplatzes, als Arkoniel Tobin zu ihr brachte.

Das Tageslicht bestätigte den Eindruck, den sie am vorangegangenen Abend von ihm gewonnen hatte. Das Kind war mager und ziemlich blass, weil es viel zu viel Zeit im Haus zubrachte, sah aber durch und durch männlich aus. Den Orëska-Zauberern stand kein Bann zur Verfügung, der mehr getan hätte, als das Kind mit einer Illusion zu tarnen, die viel zu leicht entdeckt oder zerstört werden konnte. Lhels grausiges Gewebe hielt dagegen perfekt stand. Die Magie, die sie mit einem kleinen Fetzen Fleisch vernäht hatte, zwang Muskeln und Fleisch in eine feste Form, so real wie die weibliche Gestalt, die sich unter ihr verbarg.

Unglücklicherweise hatte Tobin die Schönheit seiner Eltern nicht geerbt, abgesehen von den Augen seiner Mutter und einem wohlgeformten Mund, doch auch diese Merkmale zeigten sich dank der mürrischen, abwehrenden Miene nicht von ihrer schönsten Seite. Der Knabe war offensichtlich nicht erfreut, sie zu sehen, aber er verbeugte sich anständig vor ihr. Zu anständig. Wie Arkoniel schon bemerkt hatte, war wenig Kindliches an diesem Kind.

»Guten Morgen, Prinz Tobin. Wie gefällt Euch Euer neuer Kamerad?«

Nun hellte sich Tobins Miene ein wenig auf. »Ich mag ihn sehr gern, Meisterin Iya. Danke, dass Ihr ihn hergebracht habt.«

»Ich muss heute abreisen, aber ich wollte erst mit dir sprechen, bevor ich deinen Vater besuche.«

»Ihr werdet meinen Vater sehen?« Schmerzhaft deutlich spiegelte sich die Sehnsucht in seiner Miene.

»Ja, mein Prinz. Soll ich ihm deine Grüße überbringen?«

»Würdet Ihr ihn bitte fragen, wann er wieder nach Hause zurückkommt?«

»Ich beabsichtige, mit ihm über diese Frage zu sprechen. Nun komm, setz dich zu mir, damit ich dich ein wenig besser kennen lernen kann.«

Einen Augenblick lang fürchtete sie, er würde sich weigern, aber seine Manieren behielten die Oberhand. Er setzte sich auf den Hocker, den sie neben ihrem Stuhl platziert hatte, und starrte neugierig auf ihre verbundene Hand. »Habt Ihr Euch wehgetan?«

»Dein Dämon war letzte Nacht sehr wütend auf mich. Er hat mir die Hand verbrannt.«

»So, wie er mein Pferd hat scheuen lassen, als ich hier angekommen bin«, fügte Arkoniel hinzu.

»Das hätte er nicht tun sollen.« Tobins Wangen röteten sich, als wäre er selbst der Übeltäter.

»Arkoniel, ich würde gern allein mit dem Prinzen sprechen. Würdest du uns entschuldigen?«

»Natürlich.«

»Es ist nicht deine Schuld, mein Lieber«, setzte Iya an, als Arkoniel fort war, während sie sich im Stillen fragte, wie sie dieses sonderbare Kind aus der Reserve locken konnte. Als Tobin nichts sagte, ergriff sie seine kleine schwielige Hand und sah ihm tief in die Augen. »Du hast in deinem jungen Leben schon viel zu viel Kummer und Sorgen erfahren müssen. Ich werde dir nicht vormachen, dass es damit ein Ende hat, aber ich hoffe sehr, dass die Dinge für dich nun leichter werden.«

Ohne seine Hand loszulassen, fragte sie ihn als Erstes nach gänzlich unverfänglichen Dingen: sein Pferd, seine Schnitzereien, seine Studien mit Arkoniel und Tharin. Sie las seine Gedanken nicht, sondern verließ sich allein auf die Eindrücke, die durch die Berührung ihrer Hände in ihr Bewusstsein strömten. Tobin beantwortete jede Frage, die sie ihm stellte, gab aber darüber hinaus nichts preis.

»Du hast große Angst gehabt, nicht wahr?«, wagte sich Iya schließlich vor. »Vor deiner Mutter und dem Dämon?«

Tobin scharrte mit den Füßen und zeichnete mit den Fußspitzen schmale Bögen in den Staub.

»Vermisst du deine Mutter?«

Der Knabe blickte nicht auf, aber Iya wurde eines Bildes von Ariani gewahr, wie Tobin sie an ihrem letzten furchtbaren Tag gesehen haben musste, so deutlich, als würde sie gemeinsam mit ihnen in dem Turmzimmer stehen. Also war es die Furcht gewesen, die die Prinzessin in den Turm getrieben hatte, nicht der Hass gegen das lebende Kind. Aber mit dem Bild ging noch etwas anderes einher: ein flüchtiger Hauch von etwas, das ebenfalls mit dem Turm in Verbindung stand, etwas, das das Kind viel weiter aus seinem Bewusstsein verdrängt hatte, als sie es von einem so jungen Knaben je erwartet hätte. Plötzlich sah sie, wie er zum Turm emporblickte.

»Warum hast du so schreckliche Angst vor ihm?«, fragte sie.

Tobin zog sich von ihr zurück, und ohne sie auch nur anzusehen, faltete er seine Hände in seinem Schoß. »Ich ... ich habe keine Angst.«

»Du musst mich nicht belügen, Tobin. Du hast eine Todesangst vor dem Turm.«

Tobin gab sich schweigsam wie eine Schildkröte, aber hinter jenen sturen blauen Augen baute sich eine Sturz-flut der Gefühle auf. »Mamas Geist ist da drin«, sagte er nach einer Weile. Wieder machte er einen sonderbar beschämten Eindruck. »Sie ist immer noch wütend.«

»Es tut mir Leid, dass sie so unglücklich war. Gibt es noch irgendetwas, das du mir über sie erzählen möch-test? Das kannst du ruhig tun, weißt du? Ich mag dir wie eine Fremde erscheinen, aber ich habe deiner Familie schon viele Jahre gedient. Deinen Vater kenne ich schon sein Leben lang, ebenso wie seine Mutter und seinen Großvater. Ich war mit ihnen allen gut befreundet, und ich wäre auch gern deine Freundin, um auch dir zu dienen, so gut ich es kann. Genau das tut auch Arkoniel, hat er dir das gesagt?«

»Nari hat es mir gesagt.«

»Es war seine Idee, herzukommen und dich zu unterrichten. Und Ki herzubringen war auch sein Vorschlag. Er war besorgt, weil du gar keine Freunde in deinem Alter hattest. Außerdem hat er mir verraten, dass du ihn anscheinend nicht magst.«

Das brachte ihr einen schiefen Blick und weiteres Schweigen ein.

»Hat dir der Dämon gesagt, dass du ihn nicht mögen darfst?«

»Er ist kein Dämon. Er ist ein Geist«, sagte Tobin leise. »Und er mag Euch auch nicht. Darum hat er Euch gestern Nacht wehgetan.«

»Ich verstehe.« Sie beschloss, auf Risiko zu setzen, schließlich hatte sie, was sein Vertrauen betraf, so oder so nicht viel zu verlieren. »Hat Lhel dir gesagt, dass der Geist mich nicht mag?«

Tobin schüttelte den Kopf, erstarrte und sah sie erschrocken an. Ein Geheimnis war nun offenbart.

»Hab keine Angst, Tobin. Ich weiß, dass sie hier ist, und Arkoniel weiß es auch. Hat sie mit dir über uns gesprochen?«

»Nein.«

»Wo bist du ihr begegnet?«

Tobin rutschte unruhig auf dem Hocker herum. »Im Wald, nachdem Mama gestorben ist.«

»Bist du allein in den Wald gegangen?«

Er nickte. »Werdet Ihr es jemandem erzählen?«

»Nicht, wenn du es nicht willst, vorausgesetzt, du sagst mir die Wahrheit. Warum bist du in den Wald gegangen, Tobin? Hat sie dich gerufen?«

»Im Traum. Ich wusste nicht, dass sie da war. Ich dachte, es wäre Mama, und ich musste unbedingt nachsehen, darum habe ich mich hinausgeschlichen. Ich habe mich verirrt, aber sie hat mich gefunden und mir den Weg nach Hause gezeigt.«

»Was hat sie sonst noch getan?«

»Sie hat mich ein Kaninchen halten lassen und mir gesagt, wie ich Bruder rufen kann.«

»Bruder?«

Tobin seufzte. »Versprecht Ihr mir, dass Ihr es nicht weitererzählt?«

»Ich werde es versuchen, es sei denn, ich glaube, dein Vater muss informiert werden, um für deine Sicherheit zu sorgen.«

Nun sah Tobin sie das erste Mal direkt an, und der Hauch eines Lächelns huschte über seine Lippen. »Ihr hättet lügen können, aber das habt Ihr nicht.«

Für einen Augenblick kam sich Iya regelrecht ertappt vor. Hätte sie es nicht längst besser gewusst, dann hätte sie geprüft, ob er Magie in sich trug. Darum bemüht, ihre Überraschung zu verbergen, entgegnete sie: »Ich finde es besser, wenn wir ehrlich zueinander sind.«

»Lhel hat gesagt, ich soll den Geist Bruder nennen. Sie hat gesagt, man kann einem Toten keinen Namen geben, wenn er nie einen gehabt hat, bevor er gestorben ist. Ist das wahr?«

»Sie weiß viel über solche Dinge, also muss es wohl wahr sein.«

»Warum haben Vater und Nari mir nie von ihm erzählt?«

Iya zuckte mit den Schultern. »Was denkst du über ihn, nun, da du Bescheid weißt?«

»Er tut immer noch viele böse Dinge, aber ich habe nicht mehr so viel Angst vor ihm.«

»Und warum hat Lhel dich gelehrt, ihn zu rufen?«

Seine Zurückhaltung lebte wieder auf, und er wandte den Blick ab. »Sie hat gesagt, ich muss mich um ihn kümmern.«

»Du hast gestern Abend dafür gesorgt, dass er aufhört, Sachen durch die Halle zu werfen, nicht wahr? Tut er immer, was du von ihm verlangst?«

»Nein, aber ich kann ihn davon abhalten, Leuten wehzutun.« Wieder betrachtete er ihre Hand. »Meistens.«

»Das ist sehr gut.« Manch anderes Kind hätte vermutlich das Gegenteil getan. Sie nahm sich vor, mit Arkoniel über diese Neuigkeit zu sprechen, bevor sie sich auf den Weg machte. Jenseits der geschützten Mauern der Festung mochte Tobin durchaus auf den Gedanken kommen, seine Macht auf andere Weise zu nutzen. »Zeigst du mir, was sie dir beigebracht hat?«

»Ihr meint, ich soll Bruder rufen? Hier?« Der Gedanke schien ihm gar nicht zu behagen.

»Ja. Ich vertraue darauf, dass du mich beschützen wirst.«

Tobin zögerte noch immer.

»Nun gut. Wie wäre es, wenn ich die Augen schließe und mir die Ohren zuhalte, während du das tust, was sie dir beigebracht hat? Berühr mich einfach am Knie, damit ich weiß, wann ich die Augen wieder aufmachen muss.«

»Und Ihr versprecht, nicht zu gucken?«

»Ich schwöre es, bei meinen Händen, meinem Herzen und meinen Augen. Das ist der feierlichste Eid, den ein Zauberer ablegen kann, weißt du?« Damit schloss sie die Augen, legte die Hände auf die Ohren und wandte sich ab.

Sie hielt ihr Versprechen, nicht zu gucken und zu lauschen. Das war auch nicht nötig, denn sie fühlte den Zauber deutlich, der ganz in ihrer Nähe die Luft einen Augenblick lang erschütterte. Es war ein Rufzauber oder etwas in der Art, jedoch keiner, der ihr bekannt war. Die Luft um sie herum wurde eiskalt. Dann fühlte sie eine Berührung an ihrem Knie und schlug die Augen auf. Plötzlich standen zwei Knaben vor ihr. Vielleicht lag es an Tobins direkter Nähe, vielleicht auch an dem Zauber selbst. Vielleicht hatte der ruhelose Geist auch einfach beschlossen, sich ihr zu zeigen. Auf jeden Fall sah der so genannte Bruder nun ebenso real aus wie sein Zwilling, abgesehen davon, dass er keinen Schatten warf. Doch die beiden waren so oder so kaum zu verwechseln.

Bruder war vollkommen still, aber Iya fühlte den wilden Zorn in ihm. Sein Mund bewegte sich nicht, aber sie hörte die Worte *Du wirst nicht vordringen* so deutlich, als hätte er sie direkt neben ihrem Ohr ausgesprochen. Ihre Nackenhaare richteten sich auf, denn den Worten haftete der bittere Ruch eines Fluches an.

Dann war er verschwunden.

»Habt Ihr gesehen?«, fragte Tobin. »Manchmal tut er einfach nur, was er tun will.«

»Du hast ihn davon abgehalten, mich anzugreifen. Wärest du nicht hier gewesen, hätte er es getan. Danke, mein Prinz«, sagte Iya.

Tobin brachte ein vorsichtiges Lächeln zustande, aber Iya war beunruhigter denn je. Ein kleines Kind, noch dazu ein Kind ohne magische Begabung, sollte gar nicht imstande sein zu tun, was er gerade getan hatte.

Als der tapfere kleine Geisterbändiger dann aber

erwiderte: »Ihr werdet es doch niemandem erzählen, oder?«, hätte sie beinahe laut gelacht.

»Ich schlage dir einen Handel vor: Ich werde es weder deinem Vater noch irgendeinem anderen erzählen, wenn du mir erlaubst, es Arkoniel zu sagen, und mir versprichst, dass du versuchst, Freundschaft mit ihm zu schließen, und ihn um Hilfe bittest, wann immer du sie brauchst.« Sie zögerte, während sie ihre nächsten Worte erwog. »Du musst es ihm sagen, wenn Lhel etwas von dir will, das dir Angst macht. Versprichst du mir das?«

Tobin zuckte die Schultern. »Ich habe keine Angst vor ihr.«

»Keesa keine Angst brauchen, Zauberin«, sagte eine vertraute Stimme hinter ihnen. »Ich ihr helfen.« Iya drehte sich um und sah, dass Lhel sie mit einem spöttischen Lächeln aus der Tür zur Soldatenunterkunft beobachtete. »Ich auch Euch helfen. Helfen Euer Zauberjunge auch.« Sie hob die linke Hand und zeigte Iya den Halbmond, der in ihre Haut tätowiert war. »Bei der Göttin ich schwören, Ihr mich nicht fortbringen diese Mal. Wenn Bruder geht, ich gehe. Ihr mich lassen machen meine Arbeit, bis Zeit gekommen, ich gehen kann. Ihr eigene Arbeit machen, Zauberin, zu helfen diese Kind und die Geist.«

»Was seht Ihr da?«, fragte Tobin.

Iya blickte sich zu ihm um und sah wieder zur Tür. Lhel war verschwunden.

»Nichts, nur ein Schatten«, sagte sie geistesabwesend. Selbst während sie die Frau direkt angesehen hatte, war sie nicht imstande gewesen, zu fühlen, welche Art Magie die Hexe benutzt hatte. »Nun gut. Gib mir deine Hand, mein Prinz, und versprich mir, dass du versuchen wirst, dich mit Arkoniel anzufreunden. Er wäre sehr traurig, wenn du es nicht tust.«

»Ich versuche es«, murmelte Tobin. Dann zog er die Hand zurück und ging davon, jedoch nicht, ohne dass sie den enttäuschten Ausdruck in seinen Augen gesehen hatte. Er mochte Lhel nicht bemerkt haben, aber er wusste, dass sie gelogen hatte.

Iya sah ihm nach, bis er aus ihrem Blickfeld verschwunden war, ehe sie das Gesicht mit der gesunden Hand bedeckte, wohl wissend, dass die Hexe sie zu einem ernsten Fehler verleitet hatte, möglicherweise sogar absichtlich.

Ob es ihr gefiel oder nicht, sie hatte Lhel vor all diesen Jahren falsch eingeschätzt, und nun waren ihrer beider Schicksale zu eng miteinander verknüpft, um irgendwelche übereilten Maßnahmen zu riskieren.

Die tödliche Kälte kehrte zurück. Bruder kauerte zu ihren Füßen und starrte sie aus hämisch blickenden, hasserfüllten Augen an.

Du wirst nicht vordringen, flüsterte er erneut.

»Wohin vordringen?«, fragte sie.

Aber Bruder behielt sein Geheimnis für sich und nahm es mit, als er erneut verschwand.

Iya blieb noch eine Weile sitzen und grübelte über die ominösen Worte des Geistes nach.

Als Tobin mit dem Zauberer gegangen war, suchte Ki den Weg in die Halle allein. Er konnte immer noch nicht glauben, dass diese gewaltige Festung nun sein Zuhause sein sollte. Ob es nun spukte oder nicht, unter Adligen und Zauberern zu leben schien, bei Tageslicht betrachtet, das Risiko wert zu sein.

Jung, wie er war, hatte er doch genug von der Welt gesehen, um zu erkennen, wie merkwürdig dieser Haushalt war. Ein Prinz gehörte in einen dieser prachtvollen

Paläste, die er von Ferne jenseits der Mauern des Palastkreises zu Ero gesehen hatte, aber nicht in so eine abgelegene Festung wie diese. Andererseits war auch Tobin selbst ziemlich merkwürdig. Ein verunsichertes, düsteres kleines Ding mit den Augen eines alten Mannes. Als er ihn zum ersten Mal gesehen hatte, hatte sich Ki tatsächlich vor ihm gefürchtet. Aber nachdem sie gemeinsam gelacht hatten, hatte Ki ihn mit anderen Augen gesehen. Er mochte seltsam sein, aber nicht so, wie die Leute sagten. Wieder dachte Ki daran, wie der jüngere Knabe sich, ohne mit der Wimper zu zucken, dem Zorn des Dämons gestellt hatte, und Stolz erwärmte sein Herz. Was hatte ein lebendiger Gegner einem solchen Menschen schon entgegenzusetzen?

Als er weiterging, traf er auf Hauptmann Tharin, der durch eine andere Tür hinter dem großen Tisch die Halle betreten hatte. Der hoch aufgeschossene blonde Mann trug ein derbes Hemd und eine Tunika wie ein gewöhnlicher Soldat, und er schlief gemeinsam mit seinen Männern in deren Unterkunft, obwohl er, soweit Ki von Iya erfahren hatte, der Sohn eines begüterten Ritters zu Atyion war. Auf jeden Fall war er ein Mensch, bei dem Ki von Anfang an ein gutes Gefühl gehabt hatte.

»Guten Morgen, Junge. Bist du auf der Suche nach einem Frühstück? Dann komm, zur Küche geht es hier entlang.«

Tharin führte ihn durch eine weitere Tür in eine große, warme Küche, in der Mamsell sich über einen Kochtopf beugte.

»Wie gefällt es dir hier?«, fragte Tharin und setzte sich neben den Herd, um eine Schnalle an seiner Schwertscheide zu reparieren.

»Sehr gut, Sir. Ich hoffe, der Prinz und Herzog Rhius werden mit mir zufrieden sein.«

»Dessen bin ich mir sicher. Anderenfalls hätte Meisterin Iya dich nicht ausgewählt.«

Mamsell brachte ihm Suppe und altbackenes Brot. Ki setzte sich auf eine Bank und sah zu, wie Tharin mit Nähahle und gewachstem Garn an seiner Scheide arbeitete. Der Hauptmann hatte die feingliedrigen Hände eines Edelmannes, doch sie verfügten über die Geschicklichkeit eines Handwerkers.

»Wird der Herzog bald herkommen?«

»Das ist schwer zu sagen. Derzeit hat er in der Stadt viel zu tun.« Und schon war er mit der Schnalle fertig und legte sein Arbeitsgerät zur Seite.

Ki tunkte das Brot in die Brühe und nahm einen Bissen. »Warum seid Ihr nicht bei ihm?«

Tharin zog eine Braue hoch, sah aber eher amüsiert als verärgert aus. »Herzog Rhius hat mir die Ausbildung Tobins an der Waffe anvertraut. Nach allem, was ich gestern Abend gesehen habe, wirst du mir eine große Hilfe sein können. Tobin braucht jemanden in seiner Größe zum Üben.« Er griff nach seiner Suppenschale und nippte daran. »Was du gestern getan hast, war sehr anständig.«

»Was habe ich getan?«, fragte Ki.

»Du bist vorgetreten, um Tobin zu beschützen, als der Dämon in der Halle gewütet hat«, sagte Tharin so gleichmütig, als würden sie sich über das Wetter oder die nächste Ernte unterhalten. »Ich glaube, du hast nicht einmal vorher darüber nachgedacht. Du hast es einfach getan, obwohl du ihm gerade erst begegnet warst. Ich habe schon viele Knappen erlebt – ich war in meiner Jugend zusammen mit Rhius bei den Königlichen Gefährten –, und ich kann dir sagen, es gibt nicht viele, selbst unter den Besten, die sich unter solchen Bedingungen so verhalten hätten. Das hast du sehr gut gemacht, Ki.«

Tharin stellte seine Suppenschale ab und verwuschelte Kis Haar. »Tobin und ich werden später mit dir die Straße hinaufziehen, dann zeige ich dir ein paar gute Stellen für die Jagd. Ich hege ein heftiges Verlangen nach Mamsells köstlicher Waldhuhnpastete.«

Ki war sprachlos angesichts des unerwarteten Lobes, er konnte nur nicken, als der Mann wieder hinausging. Wie Tharin gesagt hatte: Er hatte gehandelt, ohne nachzudenken, und sich folglich auch später keine Gedanken darüber gemacht. Sein eigener Vater hatte nur selten bemerkt, wenn Ki sich besondere Mühe gegeben hatte, etwas gut zu machen. Umso aufmerksamer war er gewesen, wenn Ki einen Fehler begangen hatte.

Einen Augenblick blieb er reglos sitzen. Dann warf er den Rest seines Brotes ins Feuer und betete zu Sakor, dass er in den Augen dieses Mannes immer angesehen bleiben würde.

Als Arkoniel zum Exerzierplatz zurückkehrte, hatte sich Iya zu einer Entscheidung durchgerungen, die ihr nicht leicht gefallen war.

»Bist du bereit, aufzubrechen?«, fragte Arkoniel.

»Ja, aber es gibt noch eine letzte Sache, über die wir sprechen müssen, bevor ich euch verlasse.«

Sie erhob sich, ergriff seinen Arm und führte ihn in die Unterkunft. »Wir werden vermutlich eine ganze Weile getrennt sein«, sagte sie, griff unter die schmale Pritsche, auf der sie geschlafen hatte, zog den Lederbeutel hervor und legte ihn dem jungen Zauberer in die Arme. »Ich denke, es ist an der Zeit, dies an dich weiterzugeben.«

Arkoniel starrte sie voller Schrecken an. »Er wird nur weitergegeben, wenn der alte Hüter stirbt.«

»Du solltest nicht jetzt schon meine Asche verstreuen!«, sagte sie. Sie wirkte verärgert. »Ich habe über das nachgedacht, was du gesagt hast. Die Häscher werden in Ero besonders wachsam sein, und vermutlich sind sie eher als andere imstande, auf den Beutel aufmerksam zu werden. Hier bei dir ist er gewiss sicherer.« Als er noch immer zweifelte, ergriff sie seinen Arm. »Hör mir zu, Arkoniel. Du weißt, was mit Aghazar geschehen ist. Was, denkst du, habe ich all die Jahre getan? Ich habe dich auf diesen Augenblick vorbereitet. Du bist ebenso sehr der Hüter, wie ich es bin. Du kennst die Zauber, die nötig sind, dieses Relikt zu verbergen und zu tarnen. Du kennst die Geschichte des Relikts. Oder die Bruchstücke, die mir bekannt sind. Es gibt nichts, was ich dich noch lehren könnte. Sag mir, dass du diese Aufgabe an meiner Stelle übernehmen wirst. Ich bin bereit, sie dir zu übertragen, denn ich muss mich jetzt auf Tobin konzentrieren.«

Arkoniel umklammerte den Beutel mit beiden Händen. »Natürlich werde ich das tun, das weißt du. Aber ... du kommst doch zurück, oder nicht?«

Iya seufzte, fest entschlossen, den Fehler, zu dem sie sich Tobin gegenüber hatte hinreißen lassen, nicht zu wiederholen. »Das ist meine Absicht, mein Lieber, aber wir leben in gefährlichen Zeiten. Wenn einer von uns fällt, muss der andere bereit sein, die Aufgabe fortzuführen, mit der Illior uns betraut hat. Die Schale ist hier sicherer, ebenso wie Tobin.«

Sie erhob sich, um sich auf den Weg zu machen, und er umarmte sie, was er seit seiner Kindheit nicht mehr getan hatte. Ihre Wange reichte nun nur noch bis an seine Schulter. *Was für ein prächtiger Mann du doch geworden bist*, dachte sie und erwiderte die Geste.

Kapitel 26

Iya verkleidete sich als Händlerin, ehe sie die Stadtgrenze überschritt. Seit jener Nacht in Sylara hatte sie ihr Amulett nicht mehr getragen, und auch jetzt wollte sie keine unnötige Aufmerksamkeit erregen, eine Entscheidung, über die sie schon bald froh sein sollte.

Wenige Meilen außerhalb von Ero passierte sie einen Galgen neben der Straße. Der Leichnam eines nackten Mannes baumelte noch immer an dem Seil und schwang sacht im Seewind hin und her. Das Gesicht war zu geschwärzt und geschwollen, sodass sie nicht viel erkennen konnte, aber als sie näher kam, sah sie, dass der Mann noch jung und wohl genährt und sicher kein einfacher Bauernbursche gewesen war.

Sie zügelte ihr Pferd. Ein großes »V« für »Verräter« prangte in Form eines Brandmals auf der Brust des toten Mannes. Unerfreuliche Erinnerungen an Agnalain regten sich in ihrem Inneren. Diese Straße war einst von derartigen Szenerien gesäumt gewesen. Gerade, als sie weiterreiten wollte, drehte sich der Leichnam im Wind, und sie konnte seine Handflächen erkennen. Jede trug einen schwarzen Kreis mit einem Flechtmuster.

Dieser arme Kerl war ein Novize im Tempel des Illior gewesen.

Zauberer und Priester, dachte sie verbittert. *Die Häscher jagen die Kinder Illiors direkt vor den Toren der Hauptstadt, hängen sie auf und lassen sie einfach im Wind baumeln, wie es ein Bauer mit einer toten Krähe machen würde.*

Sie schlug ein Segenszeichen und flüsterte ein Gebet für die Seele des jungen Priesters, und als sie weiterritt, folgten ihr die letzten Worte Bruders unerbittlich.

Du wirst nicht vordringen.

Als sie sich den Wachen am Tor näherte, bereitete sie sich innerlich auf eine Anrufung oder gar einen Aufschrei vor, doch nichts geschah.

Sie mietete ein Zimmer in einem bescheidenen Gasthaus am oberen Markt und verbrachte einige Tage damit, überall Gesprächen zu lauschen, um sich ein Bild von der vorherrschenden Stimmung zu machen. Sorgsam ging sie jedermann aus dem Weg, der sie möglicherweise erkennen könnte, gleich, ob es sich um Edelleute oder um Zauberer handelte.

Prinz Korin und seine Gefährten waren ein stets präsenter Anblick in der Stadt. Regelmäßig galoppierten sie mit ihren Soldaten und Edelknaben durch die Straßen. Korin war ein hübscher, kräftiger Bursche von inzwischen dreizehn Lenzen, ein Ebenbild seines Vaters mit geröteter Gesichtshaut und lachenden Augen. Als sie ihn das erste Mal vorüberreiten sah, empfand Iya tiefes Bedauern; wäre Tobin der, der er zu sein schien, und säße ein besserer Herrscher auf dem Thron, so wäre auch er bald im richtigen Alter, seinen Platz in dieser glücklichen Horde einzufordern, statt zusammen mit dem Balg eines besitzlosen Ritters, der sein einziger Freund war, versteckt gehalten zu werden. Seufzend schob sie die trüben Gedanken beiseite und beschloss, sich auf die Aufgabe zu konzentrieren, die sie hergeführt hatte.

Jahre der Dürre und der Seuchen hatten auch hier ihre Narben hinterlassen. Das Durcheinander aus Wohnhäusern, das den Stadtkern umgab, war weit weniger bevölkert als zu früheren Zeiten. Viele Türen waren zugenagelt und mit bleiernen Kreisen versehen worden, die dazu dienten, die von der Seuche befallenen Häuser zu kennzeichnen, betrübliche Überreste des Ausbruchs im vergangenen Sommer. Ein Haus in der Schafskopfstraße war niedergebrannt worden, doch das Wort »Seuchenträger« war noch immer auf einer verkohlten Wand zu lesen.

In den reicheren Bezirken hangaufwärts wurden derartige Erinnerungen üblicherweise sofort getilgt, wenn die Seuche vorüber und sämtliche Leichen verbrannt waren, aber nun waren auch hier noch etliche Häuser und sogar Geschäfte mit Brettern zugenagelt. Unkraut, das in zahlreichen Hauseingängen wucherte, zeigte deutlich an, dass niemand mehr dort war, der es hätte entfernen können.

Gleichzeitig folgte dem vielfachen Tod ein eher ungesunder Frohsinn. Die Kleider der Reichen waren farbenfroher und auffälliger denn je, übertrieben geschmückt mit gemusterten Säumen und allerlei Edelsteinen. Viele Hinterbliebene hatten sich Bilder der verlorenen Angehörigen nebst sentimentalen Nachrufen auf ihre Hemden oder Mäntel sticken lassen. Ärmel, Hauben und Mäntel waren sogar in Kaufmannskreisen besonders schmuckvoll und überzogen voluminös gestaltet.

Doch die merkwürdige Hysterie beschränkte sich nicht allein auf die Mode. Sämtliche Maskenspieler, Gaukler, Puppenspieler, die auf den Straßen ihrem Gewerbe nachgingen, hatten ihrem Repertoire eine neue Gestalt hinzugefügt – den rot-schwarzen Tod. Rote Bänder flatterten lustig an Maske und Tunika der Figur, um als Symbol für das Blut zu dienen, das wie Schweiß aus den Poren der Geplagten gequollen und im Todeskampf durch Mund und Nase geströmt war. Außerdem war die Figur mit schwarzem Hosenlatz und ebensolchen Armbinden ausgestattet, die für die dunklen Pusteln standen, welche die Kranken in der Leistengegend und unter den Armen plagten. Die übrigen Figuren ergötzten sich daran, den Tod zu misshandeln und ihn mit bedrohlicher Maskerade in die Flucht zu schlagen.

Kräutersträußchen und Duftkugeln, von denen es hieß, sie würden die bösen Einflüsse abwehren, welche für die Seuche verantwortlich gemacht wurden, schmückten Bürger aller Klassen. In diesen Zeiten konnte niemand wissen, wann der echte rot-schwarze seinen nächsten Auftritt haben würde.

Ein weiterer auffälliger Punkt war der Mangel an Zauberern auf den Straßen. Zu früheren Zeiten hatten Hellseher ihre Dienste auf jedem Marktplatz feilgeboten. Zauberer hatten unter der Obhut ihrer Gönner gelebt wie die hohen Herrschaften selbst. Nun waren außer den weiß gekleideten Häschern, die stets in Begleitung von Soldaten in grauen Uniformen auftraten, nur verschwindend wenige von ihnen zu sehen. Iya wandte sich stets ab, wenn sie einen Häscher kommen sah, und erforschte die Gesichter der Umstehenden.

Viele Leute achteten gar nicht auf die Patrouillen, doch andere beobachteten sie mit kaum verhohlener Furcht oder Wut im Blick. Graurücken wurden sie von den kühnsten Passanten geschimpft, doch nur, solange sie außer Hörweite waren. Graurücken war ein geläufiger Ausdruck für »Laus«.

Iya stand vor der Auslage einer Aurënfaie Goldschmiede, als eine dieser Patrouillen vorüberzog. Die Gesichter der Goldschmiede unter dem bunten Tuch des Kathme-Clans waren undurchdringlich, aber der Zorn in ihren grauen Augen war so unverwechselbar wie die unausgesprochene Abscheu, die sich zeigte, als die älteste der Frauen über ihre linke Schulter ausspuckte, sobald die Männer die Schmiede passiert hatten.

»Ihr mögt sie nicht besonders«, stellte Iya in der Sprache der Aurēnfaie fest.

»Sie ermorden Zauberer! Sie spucken dem Lichtträger mitten ins Gesicht!« Die Faie waren Monotheisten und huldigten allein Illior, den sie Aura nannten. »Mit derartigen Dingen rechnen wir in Plenimar, aber doch nicht hier! Kein Wunder, dass euer Land darben muss.«

An diesem Abend sah sich Iya die Aufführung eines Gauklers auf dem großen Marktplatz nahe des Palastkreises an, als jemand an ihrem Ärmel zupfte. Sie drehte sich um und sah sich einem jungen Häscher in Begleitung eines Dutzends oder mehr Graurücken gegenüber. Die roten Vögel auf ihren Tuniken schienen sie zu umkreisen wie Aasgeier, als sie ihre Reihen um sie herum schlossen.

»Guten Tag, Zauberin«, begrüßte sie der junge Häscher. Er hatte ein rundes, fröhliches Gesicht und unschuldige blaue Augen, die auf Anhieb ihr Misstrauen weckten. »Ich hatte bisher nicht das Vergnügen, Eure Bekanntschaft zu machen.«

»So wenig wie ich die Eure«, entgegnete sie. »Ich war seit Jahren nicht mehr in der Stadt.«

»Oh, dann wisst Ihr womöglich gar nicht, dass jeder Zauberer, der die Stadt betritt, aufgefordert ist, sich bei der Grauen Garde zu melden und die Symbole seiner Zunft offen sichtbar zu tragen?«

»Nein, junger Herr, das wusste ich nicht. Ein solches Gesetz hat es noch nicht gegeben, als ich das letzte Mal hier war, und bis zu diesem Augenblick hat sich niemand die Mühe gemacht, mich darüber zu informieren.« Iyas Herz hämmerte in ihrer Brust, aber sie verließ sich auf die Würde ihrer Jahre und hoffte, ihn ausreichend zu beeindrucken. Tatsächlich aber war sie zutiefst erschüttert, ausgerechnet von einem so jungen Mann enttarnt worden zu sein. Sie hatte keine Magie benutzt, um sich zu maskieren, dennoch hatte er sie entlarven können. »Wenn Ihr so freundlich wäret, mir den Weg zu der zuständigen Stelle zu weisen, so werde ich mich selbstverständlich ordnungsgemäß anmelden.«

»Im Namen des Königs muss ich Euch auffordern, mich zu begleiten. Wo habt Ihr Unterkunft genommen?«

Iya fühlte, wie sein Geist in dem Bestreben, ihre Gedanken zu lesen, den ihren berührte. Er musste sie wohl nicht für eine hochrangige Zauberin halten, wenn er sich so anmaßend zeigte. Alter und Erfahrung gaben ihr die Möglichkeit, einen derart unbeholfenen Versuch abzuwehren, dennoch fürchtete sie, er würde eine glatte Lüge durchschauen können.

»Ich habe ein Zimmer in der *Meerjungfrau* in der Efeugasse«, berichtete sie.

Der Zauberer winkte ihr zu, ihm zu folgen. Einige Soldaten trennten sich vom Rest der Truppe, vermutlich in der Absicht, ihre Kammer zu durchsuchen.

Iya nahm an, dass sie diesem Zauberer und seinen Männern haushoch überlegen wäre, doch sich zu widersetzen oder einfach zu verschwinden würde ihr vermutlich als Provokation ausgelegt werden, und sie wagte nicht, Aufsehen zu erregen, umso weniger, da sie nun ihr Gesicht kannten.

Die Männer führten sie zu einem kleinen Gebäude aus Holzbalken und Ziegelsteinen, nicht weit vom Palastkreis entfernt. Iya kannte das Haus. Früher hatte es eine Taverne beherbergt; nun war es voller Soldaten und Zauberer.

In dem großen ehemaligen Schankraum wies man sie an, sich vor einem anderen Zauberer an einen Tisch zu setzen und die Hände auf zwei Tafeln aus Ebenholz zu legen, die mit Silber und Eisen gefasst waren. Sie konnte keine magischen Ziffern auf ihnen entdecken, doch die kombinierten Metalle jagten ihr einen stechenden Schmerz durch die Unterarme, als ihre Hände über die Platten strichen. Welchem Zweck sie überdies dienen mochten, konnte sie nur vermuten.

Der Zauberer auf der anderen Seite des Tisches hatte ein schweres Buch vor sich, das etwa in der Mitte aufgeschlagen war.

»Euer Name?«

Sie antwortete wahrheitsgemäß.

Er betrachtete ihre Hand. »Wie ich sehe, habt Ihr Euch verletzt.«

»Ein Unfall mit einem Zauber«, entgegnete sie mit verdrießlicher Miene.

Mit einem gönnerhaften Lächeln widmete er sich wieder seinem Buch, erkundigte sich, warum sie in die Stadt gekommen sei, und schrieb ihre Antwort Wort für Wort nieder. Neben dem Buch stand ein Korb mit Deckel, ähnlich jenen Behältnissen, in denen reisende Künstler Schlangen und Frettchen zu transportieren pflegten.

»Ich bin nur gekommen, um ein paar alte Bekanntschaften aufzufrischen«, versicherte ihm Iya. Ihre Antwort war frei von Lüge, sollte sich ein Wahrheitssucher unter den Zauberern befinden. Vielleicht war das alles eine Auswirkung der Seuchen, überlegte sie, während sie ihre Fingerspitzen auf das polierte Holz presste.

»Wie lange seid Ihr in der Stadt?«

»Vier Tage.«

»Warum habt Ihr Euch nicht bei Eurer Ankunft angemeldet?«

»Wie ich dem jungen Mann, der mich hergebracht hat, schon erklärt habe, hatte ich keine Ahnung, dass ein solches Gesetz existiert.«

»Wann wart Ihr das letzte Mal in . . .«

Die Geräusche eines Handgemenges vor der Tür unterbrachen die Befragung.

»Ich habe nichts getan!«, rief ein Mann. »Ich trage das Symbol. Ich habe meine Loyalität erklärt! Mit welchem Recht legt Ihr Hand an mich? Ich bin ein freier Zauberer der Orëska!«

Zwei Graurücken schleiften einen zerzausten jungen Zauberer herein, gefolgt von einem älteren Mann in Weiß. Die Hände des Gefangenen waren mit schimmernden Silberkordeln gefesselt, und aus einer Schnittwunde über dem rechten Auge strömte Blut über sein Gesicht. Als er sein langes, schmutziges Haar zurückwarf, erkannte Iya in ihm einen zwar recht eingebildeten, aber nur zweitklassigen Schüler eines Freundes von Aghazar. Er hatte es nie sonderlich weit gebracht, wie Iya sich erinnerte, aber er trug noch immer das silberne Amulett.

»Dieser Bursche hat nach einem Häscher seiner Majestät gespuckt«, erklärte der weiß gekleidete Zauberer dem Mann mit dem Buch.

»Eure Nummer, junger Mann?«, fragte der buchführende Zauberer.

»Ich verweigere Eure Nummern!«, knurrte der junge

Gefangene. »Mein Name ist Salnar, Salnar von Dichterruh.«

»Ach ja, ich erinnere mich an Euch.« Der Zauberer blätterte einige Seiten zurück und notierte etwas in sorgfältiger Schrift. Als er fertig war, winkte er den Männern zu, den Gefangenen ins Obergeschoss zu bringen. Offensichtlich war Salnar klar, was das zu bedeuten hatte, denn er fing an zu schreien und um sich zu schlagen, als ihn die Soldaten durch eine Tür bugsierten. Seine lauten Schreie hallten in den Raum, bis sie mit dem Krachen einer schweren Tür, irgendwo im Obergeschoss, abrupt endeten.

Unbeeindruckt wandte sich der Schriftführer wieder an Iya. »Nun gut, wo waren wir?« Er warf einen Blick auf seine Niederschrift. »Ach ja. Wann wart Ihr das letzte Mal in der Stadt?«

Iyas Finger zuckten auf dem dunklen Holz. »Ich ... ich kann mich nicht an das genaue Datum erinnern. Es war etwa zu der Zeit, als der Neffe des Königs geboren wurde. Ich hatte Herzog Rhius und seiner Familie einen Besuch abgestattet.« Sie wusste, dass sie sich auf gefährliches Terrain begab, doch was blieb ihr anderes übrig?

»Herzog Rhius?« Der Name zeigte eine bessere Wirkung, als sie erwartet hatte. »Seid Ihr mit dem Herzog befreundet?«

»Ja. Er ist einer meiner Förderer, obwohl ich ihn schon lange nicht mehr gesehen habe. Ich reise und studiere.«

Der Zauberer notierte die Information direkt neben ihrem Namen. »Warum tragt Ihr das Symbol Eurer Kunst nicht?«

Diese Frage zu beantworten war schon erheblich schwieriger. »Ich wollte keine Aufmerksamkeit erregen«, erklärte sie mit der zitternden Stimme einer alten

Frau. »Die Hinrichtungen haben bei vielen Menschen Misstrauen gegenüber unserer Zunft erweckt.«

Die Antwort schien den Zauberer zufrieden zu stellen. »Es ist in der Tat zu Ausschreitungen gekommen.« Er griff in den Korb neben sich und zog eine plumpe gegossene Kupferbrosche hervor, in die der silberne Mond Illiors eingelassen war. Er drehte sie um, las die eingravierte Nummer und notierte sie in seinem Buch. »Ihr müsst dieses Abzeichen ständig tragen«, wies er sie an und streckte ihr die Brosche entgegen.

Iya zog die Hände von den Platten, um die Brosche entgegenzunehmen, und sie wurde nicht aufgefordert, die Hände wieder auf die Platten zu legen. Als sie jedoch das hässliche Stück umdrehte, tat ihr Herz einen Sprung. Auf der Rückseite befand sich unter Krone und Adler der Häscher eine Nummer.

222.

Die Nummer, die sie in flammenden Ziffern in ihrer Vision zu Afra gesehen hatte.

»Wenn Euch an einem hübscheren Stück gelegen ist, so ist Euch gestattet, eines anfertigen zu lassen«, fuhr er fort. »Es gibt eine Vielzahl von Goldschmieden, die sich auf derartige Arbeiten spezialisiert haben. Doch achtet darauf, dass das Abzeichen dieselbe Nummer erhält und zunächst hierher geschickt wird, damit wir es mit dem Siegel des Königs kennzeichnen können, bevor es an Euch ausgeliefert wird. Habt Ihr alles verstanden?«

Iya nickte, während sie die Brosche an ihrem Gewand befestigte.

»Ich verspreche Euch, dass Ihr wegen der Brosche kein Leid zu fürchten habt«, sagte er zu ihr. »Zeigt sie den Torwachen, wann immer Ihr die Stadt verlassen oder betreten wollt. Habt Ihr mich verstanden? Jeder

Zauberer, der sich dieser Auflage verweigert, wird einer weitergehenden Befragung unterzogen.«

Im Stillen fragte sich Iya, was jemand wie der arme Salnar von dieser »weiteren Befragung« halten mochte.

Es dauerte einen Augenblick, bis ihr klar wurde, dass sie entlassen war. Als sie sich erhob und in den herbstlichen Sonnenschein hinaustrat, konnte sie ihre Beine kaum noch fühlen. Gleichzeitig rechnete sie jederzeit damit, dass jemand nach ihr rufen, sie ergreifen und wieder in das Haus zerren würde, um sie einer wie auch immer gearteten Folter hinter einer geschlossenen Tür im Obergeschoss zu unterziehen.

Die Befragung war zu keinem Zeitpunkt bedrohlich oder gar rüde ausgefallen. Die versteckte Bedeutung eines solchen Vorgehens hatte sie dennoch so sehr erschüttert, dass sie sogleich die erste Taverne betrat und sich für beinahe eine Stunde an den Tisch setzte, der am weitesten von der Tür entfernt war, an einem Krug abscheulich sauren Weins nippte und gegen die Tränen ankämpfte. Dann nahm sie mit zitternden Fingern die Brosche ab und legte sie vor sich auf den Tisch, um sie von allen Seiten eingehend zu betrachten.

Silber war das Metall Illiors. Kupfer und all die anderen sonnenfarbenen Metalle, die für Waffen und Rüstungen benutzt waren, stellten Symbole Sakors dar. Diese beiden Gottheiten waren unter den Vieren für lange Zeit die maßgeblichen Wohltäter Skalas gewesen, doch seit der Regentschaft von Ghërilain war Illior die größte Verehrung zuteil geworden. Nun aber wurde Iya gezwungen, das Abzeichen des Lichtträgers zu tragen, wie das Brandmal eines Verbrechers, und der wundervolle Silbermond schien kaum mehr als ein Sklave der Kupferscheibe.

Der König wagt es, die freien Zauberer zu nummerieren,

dachte sie, als ihre Furcht allmählich tiefem Groll wich. *Als wären wir Tiere aus seinen Viehherden!*

Und doch hatten sie ihr die Nummer gegeben, die Illior ihr bestimmt hatte.

Ein Schatten fiel über ihren Tisch, und neuerliche Furcht verjagte ihre Gedanken. In der Erwartung, von Häschern mit Fesseln aus Silber und Eisen umgeben zu sein, blickte sie auf, sah aber nur den Schankwirt.

Er setzte sich ihr gegenüber und reichte ihr eine zierliche Messingtasse. Dann deutete er mit einem schiefen Lächeln auf die Brosche und sagte: »Trinkt das, Meisterin. Ich glaube, Ihr könnt eine Stärkung vertragen.«

»Habt Dank.« Trotz der Erleichterung zitterten ihre Finger noch immer, als sie den hochprozentigen Likör hinunterstürzte und sich die Lippen abwischte. Der Wirt war ein großer, gemütlicher Kerl mit freundlich blickenden braunen Augen. Nach der eisigen Höflichkeit der Häscher war ihr die Freundlichkeit eines Fremden mehr als willkommen. »Ich nehme an, Ihr bekommt viele wie mich zu sehen, so nahe an ... diesem Ort?«

»Manchmal täglich. Sie haben Euch wohl überrascht.«

»Ja. Geht das schon lange so?«

»Erst seit dem letzten Monat. Ich habe gehört, das war Niryns Idee. Nun, ich nehme an, Ihr werdet derzeit keine allzu hohe Meinung von ihm haben.«

Plötzlich bekam das Verhalten des Wirtes einen verräterischen Beigeschmack, und als sie ihm erneut in die Augen sah, erkannte sie die gleiche entwaffnende Unschuld in ihnen, die ihr schon in den Augen des jungen Häschers begegnet war.

Iya griff nach ihrem Weinkrug und blickte ihn aus großen Augen über den Rand hinweg an. »Er ängstigt mich, aber ich nehme an, er tut nur seine Pflicht gegenüber unserem Herrscher.« Sie wagte nicht, den Geist des Mannes zu berühren; stattdessen suchte sie vorsichtig nach Anzeichen von Magie und wurde fündig. Unter seiner Tunika trug er einen Talisman, der seine Gedanken vor fremden Einblicken schützen sollte. Er war ein Spion.

Das festzustellen hatte kaum mehr als ein Augenzwinkern erfordert, dennoch beeilte sich Iya, ihr vorsichtiges Tasten einzustellen, für den Fall, dass noch andere Beobachter in der Nähe waren, die nur darauf lauerten, sie bei ihrer Suche zu erwischen.

Der Wirt schenkte ihr mehr Likör ein und fragte sie nach ihrer Person und dem Brandmal, vermutlich in der Absicht, sie zu einer Äußerung zu verleiten, die gegen sie verwendet werden konnte. Iya hielt sich hartnäckig an lauen Platitüden fest. Irgendwann hatte sie ihn scheinbar überzeugt, dass er es hier mit einer vollkommen unbedeutenden Zauberin zu tun hatte, die zudem nicht sonderlich gewitzt zu sein schien. Nachdem er ihr seine Gastfreundschaft auch in Zukunft versichert hatte, verabschiedete er sich. Iya zwang sich, den widerwärtigen Wein auszutrinken, und kehrte in ihre Unterkunft zurück, um nachzusehen, was die Graurücken angerichtet hatten.

Der furchtsame Blick, mit dem sie der Wirt der *Meerjungfrau* begrüßte, bestätigte ihren Verdacht. Die Häscher waren hier gewesen. In der Erwartung, ein Chaos in ihrer Kammer vorzufinden, hastete Iya die Treppe hinauf.

Von der fehlenden Glyphe abgesehen, die sie über dem Türriegel angebracht hatte, schien nichts berührt worden zu sein. Wer auch immer den Raum durchsucht hatte, hatte dazu nicht die Hände benutzt. Iya schloss die Tür und legte den Riegel vor. Dann streute sie einen Kreis aus Sand auf dem Boden aus und zeichnete die notwendigen Runen hinein, die es ihr erlaubten, sich einen sicheren Raum zu schaffen. Als sie mit diesen Vorbereitungen fertig war, setzte sie sich in den Kreis und öffnete vorsichtig ihren Geist, um ein Echo der Besucher und ihrer Vorgehensweise zu suchen. Langsam nahm eine vernebelte Szenerie hinter ihren geschlossenen Lidern Form an: eine Frau und ein Mann, begleitet von den Wachen der Häscher. Die Frau trug eine weiße Robe und einen kurzen Zauberstab aus poliertem roten Obsidian. Auf Iyas schmalem Bett hielt sie die Enden des Stabes zwischen ihren Handflächen und wirkte einen Zauber der …

Iya konzentrierte sich mit aller Kraft auf die Vision und versuchte, das Muster aus Licht und Farben zwischen den Händen der Frau zu ergründen. Als das Bild klarer wurde, stockte ihr beinahe der Atem. Es war ein machtvoller Suchzauber, dazu geschaffen, Spuren von etwas aufzudecken … von jemandem …

Sie konzentrierte sich noch stärker, versuchte die Lippen der Frau zu lesen, als jene ihren Zauber mit Worten füllte.

Und als sie schließlich Erfolg hatte, musste sie einen angstvollen Aufschrei unterdrücken.

Die Frau suchte ein Kind. Ein Mädchen.

Sie suchte Tobin.

Ihre Vision löste sich auf, und Iya brach zusammen und blieb, das Gesicht in den Händen geborgen, am Boden liegen.

»Ganz ruhig«, flüsterte sie vor sich hin, doch einige Fragmente der Vision zu Afra hüpften ungefragt aus der Gruft ihrer Erinnerungen: eine Königin, alt, jung, zerlumpt, gekrönt, tot mit einem Strick um den Hals, gefeiert und siegreich. So viele andere Zauberer, mit denen sie im Laufe der Jahre gesprochen hatte, hatten stets das

Gleiche gesagt. Die Myriaden von Wegen, die das Schicksal einzuschlagen imstande war, führten trotz Illiors Geleit doch stets in unzählige verschiedene Richtungen. Die Werkzeuge des Königs mussten von der Gefahr für seinen Thron ahnen, darum versuchten sie, sie auszuspionieren.

Andererseits, so sagte sie sich, falls sie jeden reisenden Zauberer befragten und überprüften, der ihre Stadt besuchte, so war ihnen die Wahrheit noch immer verschlossen. Lhels sonderbare, fremdartige Magie schützte Tobin noch immer.

Iya wog die verhasste Brosche in ihrer Handfläche und dachte daran, wie der schriftführende Zauberer einfach in einen Korb gegriffen und rein zufällig genau diese Brosche hervorgezogen hatte.

222.

Zwei, die Zahl der Zwillinge, der Dualität – dreimal wiederholt wie zu einem Rufzauber. Zwei Elternteile. Zwei Kinder.

Zwei Zauberer – sie selbst und Arkoniel – mit verschiedenen Vorstellungen davon, wie das Kind beschützt werden konnte.

Ein wissenden Lächeln umspielte ihre Lippen. Zwei Zauberer – sie selbst und Niryn – mit verschiedenen Vorstellungen von der Vereinigung der Zauberer Skalas und dem Dienst für die Krone.

Die Häscher mochten sich als Instrumente der Kontrolle oder der Schmach verstehen, doch für Iya kam ihre Existenz einem Ruf zu den Waffen gleich.

Kapitel 27

Das Städtchen um den Palast von Atyion beherrschte die fruchtbare Ebene nördlich von Ero. Das Schloss selbst lag in einer Biegung des gewundenen Flusses Heron in Sichtweite des Binnenmeeres, und seine zwei großen runden Türme waren meilenweit sichtbar und boten im Falle einer Belagerung genug Platz für tausend oder mehr Männer.

Herzog Rhius' Familie hatte sich diesen Platz durch Schlachten und Ehren verdient, aber ihr Reichtum nährte sich von den ausgedehnten Weingärten und Gehölzen und dem fruchtbaren Weideland voller Pferde, das sich über die Ebene erstreckte. Was einst ein Dorf im schützenden Schatten des Schlosses gewesen war, hatte sich inzwischen zu einer blühenden Marktstadt gemausert. Die wenigen Seuchenkennzeichen in diesem Ort waren längst verwittert; Atyion war seit einer Dekade nicht von der Krankheit heimgesucht worden.

Nicht mehr seit Tobins Geburt.

Iya ritt durch die schlammigen Straßen und über die heruntergelassene Zugbrücke, die den Burggraben um das Schloss überspannte. Innerhalb der äußeren Burgmauern war noch mehr unbebautes Land, genug, um eine ansehnliche Herde zu weiden. Außerdem befanden sich dort Baracken und Ställe für die Armeen des Herzogs. Viele dieser Gebäude waren an diesem Tag verlassen; die verbündeten Edelleute und Vasallen des Herzogs waren in ihre Heimstätten zurückgekehrt, um sich um ihre eigenen Ländereien zu kümmern.

Die Soldaten, die geblieben waren, vertrieben sich nach Gutdünken die Zeit, übten den Kampf an der Waffe oder faulenzten auf einem der Höfe. Waffenschmiede und Beschlagmeister gingen über rauchenden Schmiedefeuern an der inneren Mauer ihrer Arbeit unter lautem Radau nach. Ein paar Sattler saßen unter einem Baldachin, schnitten Leder zurecht und flickten Zaumzeug. Mit Rücksicht auf den König beschäftigte Rhius keine weiblichen Soldaten in den Reihen seiner Garde, aber es gab einige Frauen in der Dienerschaft des Schlosses, die seinem Vater einst mit Schwert und Bogen gedient hatten. Mamsell, die Köchin aus der Festung, gehörte auch zu ihnen. Sie alle wussten noch sehr gut zu kämpfen und würden mit Freude wieder zu den Waffen greifen, sollte sie eines Tages der Befehl ereilen.

Iya überließ ihr Pferd einem Stallburschen und eilte die breite Treppe zu dem Rundbogenportal empor, das in die große Eingangshalle führte. Das Portal wurde von Pfeilern flankiert, die weitere spitz zulaufende Mauerbögen stützten. Ein buntes Relief des Wolkenauges von Illior schmückte die Spitze des Bogens über der Tür, seit Atyion erbaut worden war, doch heute musste Iya feststellen, dass das Symbol durch eine Eichenplatte verdeckt wurde, auf der ein weit martialischeres Kennzeichen Sakors prangte: eine Hand in einem Handschuh, die ein flammendes Schwert, umrankt von Rauten und Lorbeer, emporhielt. Die Platte war von einem wahren Meister angefertigt worden; wer das Haus nicht kannte, wäre nie auf den Gedanken gekommen, dass sich hinter ihr ein anderes Bild verbarg.

Wie die Brosche, dachte sie bekümmert und zornig zugleich. *Wie konnte es nur dazu kommen, dass wir sogar die Götter selbst gegeneinander auszuspielen versuchen?*

Ein alter Mann mit einem dicken Bauch unter der blauen Livree empfing sie in der Halle.

»Wie lange wacht Sakor schon über die Schwelle, Hakone?«, fragte sie, als sie ihm ihren Mantel überreichte.

»Beinahe neun Jahre, Mylady«, erwiderte der Diener. »Die Tafel war ein Geschenk des Königs.«

»Ich verstehe. Ist der Herzog heute zu Hause?«

»Das ist er, Meisterin. Er ist oben auf der Galerie. Ich werde Euch gleich zu ihm bringen.«

Iya sah sich um, als sie die große Halle mit der Gewölbedecke durchquerten und danach mehrere andere Räume und Galerien passierten. Atyion war noch immer ein beeindruckendes Bauwerk, doch die Pracht des Hauses schien verblasst, als hätte sich der Kummer seines Herrn wie ein Leichentuch auf das Gemäuer gelegt. Einige wenige Diener gingen ihrer Arbeit nach, polierten und schrubbten, aber die Möbel, die Wandteppiche, sogar die bunt bemalten Wände selbst schienen weit mehr verblasst, als sie es in Erinnerung hatte.

Früher, dachte sie, *waren Musik und Gelächter hier zu Hause. Kinder sind durch diese Räume gelaufen.* Tobin hatte das Haus bisher nicht ein Mal gesehen.

»Geht es Lord Rhius gut?«

»Er trauert, Meisterin.«

Sie fanden Rhius auf dem Bogengang einer Galerie, von der aus der Blick auf die Schlossgärten hinausführte. Angesichts der staubigen Lederstiefel und des Wamses, das der Herzog trug, musste er wohl den ganzen Tag im Sattel zugebracht haben und erst vor kurzer Zeit zurückgekehrt sein. Ein Pagenjunge folgte ihm auf Schritt und Tritt, fand aber keinerlei Beachtung.

Als Rhius noch ein Knabe gewesen war, war er ihr stets zur Begrüßung entgegengelaufen. Nun schickte er lediglich den Diener fort und betrachtete sie schweigend.

Iya verbeugte sich und blickte hinaus in die vernachlässigten Gärten. »Eure Tanten und Onkel pflegten in diesem Walnusshain Blinde Bettler mit mir zu spielen.«

»Sie sind tot«, entgegnete Rhius. »Alle bis auf Onkel Tynir. Er hat seine Gemahlin an die Seuche verloren und seine Tochter an den König. Er hat sich im Norden eine neue Existenz aufgebaut.«

Unter ihnen kamen zwei Gärtner mit einer Wagenladung Dung ins Blickfeld. Ein großer kahler Mann in einer juwelenbesetzten Robe trat aus dem Rosenirrgarten hervor, um sie bei ihrer Arbeit zu beobachten.

Rhius presste die Lippen zu einem Ausdruck des Abscheus zusammen. »Kommt. Sprechen wir drinnen weiter.«

Iya sah sich nach dem Fremden um, bemüht herauszufinden, wer er war. »Ihr habt einen Gast?«

»Mehrere.«

Rhius führte sie zu einem Gemach im Inneren des Gebäudes, das von etlichen Lampen erhellt wurde. Dort angekommen, schloss er die Tür, und Iya fertigte ein Siegel, um neugierige Augen und Ohren fern zu halten.

»Dieser Mann draußen im Garten ist Lord Orun, Schatzkanzler Seiner Majestät, Ihr erinnert Euch doch sicher an ihn?«, fragte Rhius, während er langsam um den runden Tisch herumschritt, der in der Mitte des Raumes stand.

Iya war neben der Tür stehen geblieben und sah ihm zu, wie er seine Runden machte wie ein in die Enge getriebener Wolf. »Aber ja, als Euer Vater noch lebte, war er oft hier zu Gast. Ich erinnere mich, dass Tharin ihn verabscheut hat.«

»Richtig, das hat er. Er ist bei Hofe aufgestiegen und dient dem König nun aus nächster Nähe. Kein Mann, dessen Zorn man auf sich ziehen sollte. Illior sei Dank, dass Erius zumindest Hylus in seinem Amt als Lordkanzler belassen hat. Er ist imstande, die Edelleute davon abzuhalten, einander bei lebendigem Leib zu verspeisen.«

»Aber warum ist Orun hier?«

»Er kannte meinen Vater, und nun hat er sich in den Kopf gesetzt, auch mich kennen zu müssen. Dieses Mal hat er einen jungen Cousin mitgebracht und mich gebeten, ihn als persönlichen Diener in meine Dienste zu nehmen.«

»Er platziert seine Spione, richtig?«

»Ich bin von ihnen umgeben. Er hat mir schon eine Reihe Pagen und eine überaus hübsche Minnesängerin zugeführt, wobei ich vermute, Letztere war dazu gedacht, mir das Bett zu wärmen. Sie ist heute nicht hier, anderenfalls hätte ich Euch bekannt gemacht.«

Er setzte sich und betrachtete sie mit argwöhnischem Blick. »Also seid Ihr am Ende doch zurückgekommen. Ihr habt lange auf Euch warten lassen.«

Iya nahm seine Worte hin, ging aber zunächst nicht darauf ein. »Ich komme gerade von einem Besuch bei Eurem Kind, Mylord. Prinz Tobin schickt Euch seine Grüße und eine Botschaft. Er vermisst Euch.«

»Im Namen der Vier, wenn Ihr nur wüsstet, wie sehr ich ihn vermisse!«

»Tharin hat mir einen anderen Eindruck vermittelt.«

Zornesröte stieg in die Wangen des Herzogs. »Lügen verbreiten sich wie Maden im Kadaver eines Pferdes. All diese Jahre habe ich mein Geheimnis auch vor Tharin bewahrt. Nun steht diese Lüge zwischen uns wie ein Eitergeschwür und hat ihn fortgetrieben.«

»Wie konnte das geschehen?«

Rhius wies mit ausladender Geste durch den Raum, das Haus, möglicherweise das ganze Anwesen. »König Erius zieht es vor, mich in seiner Nähe zu haben, nun, da ich nicht länger durch seine Schwester gebunden bin. Dies ist der größte Abstand zu Ero, den einzuhalten mir gestattet ist. Soll ich denn Tobin hierher holen, an einen Ort, an dem Erius und seine Zauberer zu Gast weilen, wann immer ihnen der Sinn danach steht? Nein, stattdessen habe ich einen Mann in die Flucht getrieben, der mich mehr liebt als ein Bruder, und ihn zurückgeschickt, auf dass er Tobin der Vater sein soll, der ich nicht sein kann.« Er rieb sich das Gesicht mit den Händen. »Ein neuerliches Opfer.«

Iya trat zu ihm und ergriff seine Hand. »Ihr kennt Tharin doch besser. Er liebt Euch noch immer, und er hält die Liebe Eures Kindes zu Euch in Ehren. Und der König wird Euch doch gewiss einen gelegentlichen Besuch in der Festung nicht verübeln.«

»Vielleicht nicht, aber ich bin so … besorgt.« Das Wort schien ihn beinahe zu ersticken. »Wir wissen beide, was Tobin ist und was er sein wird, aber sie ist auch mein geliebtes Kind und alles, was mir von Ariani geblieben ist. Kein Opfer kann zu groß sein, wenn es um ihre Sicherheit geht.«

»Dann könnt Ihr in Eurem Herzen vielleicht auch ein wenig Gnade für mich finden; Ihr wisst sehr gut, warum ich Euch fern bleiben musste.« Sie nahm die Brosche der Häscher von ihrem Gürtel und warf sie auf den Tisch. »Das gab man mir in Ero.«

Rhius beäugte die Brosche mit äußerstem Missfallen. »Ach ja, Niryns Plakette.«

Nun war es Iya, die ruhelos im Raum auf- und abging, während sie ihm von ihrem Besuch in der Stadt erzählte, der in der Durchsuchung ihrer Kammer in dem Gasthaus gipfelte, in dem eine Zauberin nach einem unbekannten Mädchen geforscht hatte.

Rhius stieß ein bitteres Lachen aus. »Ihr wart zu lange fort. Niryn hat Orakel befragt und behauptet, von einem Usurpator geträumt zu haben, der Erius vom Thron stürzen würde – eine falsche Königin, geschaffen durch Nekromantie. Es hat wohl nicht gereicht, die unschuldigen Mädchen von königlichem Blut niederzumetzeln. Jetzt suchen sie nach Zeichen und Wundern.«

»Ich nehme an, ihm wurde die gleiche Vision zuteil wie mir, doch er missversteht sie, möglicherweise sogar beabsichtigt. Nein, es hat nicht gereicht, die weiblichen Verwandten des Königs niederzumetzeln. Keine von ihnen war die Richtige, also dauern die Träume an. Glücklicherweise hat er Tobin bisher noch nicht erkannt. Ich denke, dafür müssen wir Lhels Magie danken. Wie auch immer, Niryn ahnt auf jeden Fall, was bevorsteht, und die Zauberer von Skala werden nummeriert und gespalten, auf dass sie sich gegeneinander wenden.«

»Im Namen des Lichts! Wenn sie Tobin entdecken, bevor sie alt genug ist zu kämpfen, zu führen ...«

»Ich glaube nicht, dass derzeit irgendeine Gefahr droht. Allerdings scheinen sie zu wissen, dass die betreffende Person in irgendeiner Form den Schutz eines Zauberers genießt. Warum sonst hätten sie meine Kammer auf der Suche nach ihr ausspionieren sollen?«

»Seid Ihr sicher, dass sie keinen Hinweis auf sie finden konnten?«

»Ich konnte keine verräterischen Spuren entdecken. Früher oder später werden sich die Spione des Königs allerdings der Verbindung zwischen Eurer Familie und mir erinnern. Ich kann nur hoffen, dass Arkoniels Anwesenheit in der Festung Eurem Haushalt keine unnötige Aufmerksamkeit eintragen wird.«

»Ich habe nichts von ihm erzählt. Haltet ihn von der Stadt fern, damit er nicht gefasst werden kann.«

»Das habe ich vor. Hat Niryn in letzter Zeit Interesse an dem Kind gezeigt?«

»Nicht im Mindesten. Natürlich beansprucht die Arbeit seiner Häscher den Großteil seiner Zeit und Aufmerksamkeit. Ein ziemlich machtvoller Klüngel, den er da um sich herum schart.«

»Inwiefern?«

Rhius faltete die Hände über einem Knie und starrte den schwarzen Trauerring an seiner linken Hand an. »Es gibt Gerüchte über geheime Treffen irgendwo außerhalb der Stadt.«

»Und Erius sagt nichts dazu? Ich hätte erwartet, dass das Gerücht allein genügt, um seinen Zorn zu wecken.«

»Sie dienen ihm, zumindest glaubt er das. Bei all seiner Furcht vor möglichen Rivalen scheint er vollkommen blind zu sein, wenn es um Niryn und seine Gefolgsleute geht.«

»Blind oder geblendet. Sagt mir, welchen Eindruck macht der König dieser Tage auf Euch? Glaubt Ihr, der Wahnsinn seiner Mutter wächst auch in ihm heran?«

»Oberflächlich betrachtet, hat er keine Ähnlichkeit mit ihr. Die Sache mit den weiblichen Verwandten ...« Er winkte müde ab. »Er ist nicht der Erste, der zu so skrupellosen Maßnahmen greift, um die Erbfolge zu sichern. Niryn füttert sein Gehirn seit Jahren mit der Furcht vor Verrätern und Rivalen, und als die Furcht zu fruchten begann, hat er sich lieb Kind gemacht, indem er unzählige Menschen zur Exekution zusammengetrieben hat. Die verrückte Agnalain hatte für Zauberer keine Verwendung; ihr Sohn dagegen umgibt sich Tag und Nacht mit einem von ihnen. Niryn prahlt offen mit seinen ›Visionen‹, wütet aber gegen die Illioraner und die Zauberer und jeden anderen, der sich erheben und die Prophezeiung von Afra erneut proklamieren könnte.«

»Wie viele magisch begabte Häscher gibt es derzeit?«

»Vielleicht zwanzig. Viele von ihnen sind noch sehr jung, und er hält sie an der kurzen Leine. Aber es gibt noch andere bei Hofe, die magische Energien erkennen, wenn sie ihnen begegnen, und die ihn unterstützen – Lord Orun gehört zu ihnen. Sagt mir, Iya, während all Eurer Wanderungen, wie viele Zauberer konntet Ihr für Eure Sache gewinnen?«

Iya legte einen Finger an die Lippen. »Mehr, aber das überlasst mir, bis die Zeit gekommen ist. Überdies wisst Ihr selbst, dass Zauberer allein nicht reichen werden, um Tobin auf den Thron zu setzen. Wir brauchen ein Heer. Seid Ihr noch immer bereit, das Risiko auf Euch zu nehmen?«

Rhius' Gesicht war wie versteinert. »Was habe ich denn noch zu verlieren? Wir können Tobin nicht ewig verstecken. Er muss sich zeigen ...« Er rieb sich die Augen und seufzte. »Sie muss sich zeigen, um schließlich den Thron zu besteigen oder zu sterben. Wenn sie zu früh enttarnt wird, wird keiner von uns Erius' Zorn überleben. Unter derartigen Umständen ist dem Krieger kein Risiko zu hoch.«

Iya bedeckte seine Hand mit der ihren und drückte sie aufmunternd. »Der Lichtträger hat Euch ebenso sehr erwählt wie Tobin, und dieses Vertrauen habt Ihr Euch selbst verdient. Wie Ihr schon sagtet, müssen wir auch weiterhin vorsichtig sein. Selbst Illiors Gunst ist keine Garantie für unseren Erfolg.« Sie lehnte sich zurück und studierte die ausgezehrten Züge des Herzogs. »Sollten wir noch heute in den Kampf ziehen müssen, wie viele Männer könntet Ihr dann aufbieten? Welche Edelleute würden Euch den Rücken stärken?«

»Tharin selbstverständlich und die Männer auf diesem Anwesen. Nyanis, nehme ich an, und Solari. Sie würden mir beistehen. Mein Onkel ist nicht gut auf den König zu sprechen, und er hat Schiffe. Dann noch jene, die ihre Frauen und Töchter an ihn verloren haben – viele von ihnen werden gern für eine rechtmäßige Königin ins Feld ziehen, wenn sie eine Chance sehen, die Schlacht für sich zu entscheiden. Fünftausend, vielleicht sogar mehr. Aber nicht für ein Kind, Iya. Ich denke nicht, dass sie jetzt schon für Tobin kämpfen würden. Erius ist ein starker König, ein guter sogar in vielerlei Hinsicht, und Plenimar gibt noch immer keine Ruhe. Es ist wie damals, als seine Mutter gestorben ist und Ariani noch so jung war.«

»Nicht ganz. Damals hatte das Volk eine wahnsinnige Königin. Nun hat es Jahre der Seuchen, des Hungers und des Krieges erleben müssen, begleitet von den Gerüchten über eine Prophezeiung. Ein Zeichen wird kommen, Mylord, und wenn es da ist, werden die Menschen es erkennen.«

Iya brach ab, erschrocken, wie laut ihre Stimme plötzlich in dem kleinen Raum geklungen hatte und wie sehr ihr Herz nun pochte. Zu Afra hatte sie so viele mögliche Entwicklungen geschaut – war das Zeichen, auf das sie wartete, darunter?

Sie ging zum Tisch und setzte sich neben Rhius. »Der König will Euch in seiner Nähe wissen, doch das hat nichts mit Tobin zu tun, aber womit dann? Was hat sich zwischen Euch und ihm verändert?«

»Ich bin nicht sicher. Ihr wisst, dass meine Vermählung mit Ariani keine reine Liebesbezeugung war. Ich liebte sie, und ihr Bruder liebte meine Ländereien. Ich nehme an, er glaubte, ich würde zuerst sterben und all meinen Besitz ihr und der Krone hinterlassen. Nun versucht er, wie ich vermute, über Tobin an mein Hab und Gut zu kommen. Er spricht oft davon, dass Tobin bei Hofe eingeführt werden soll, um den Königlichen Gefährten beizutreten.«

»Er ist noch nicht alt genug.«

»Aber er wird es bald sein, und Erius war trotz all der Gerüchte, dass Tobin kränklich sei und von einem Dämon verfolgt würde, immer erpicht darauf, dass die Knaben einander kennen lernen sollten. Manchmal glaube ich tatsächlich, sein Verhalten fußt auf der Liebe zu seiner Schwester. Wie auch immer, bei Hofe wird Tobin nicht viel mehr als eine Geisel sein.« Mit finsterer Miene musterte Rhius die Brosche. »Ihr habt selbst erlebt, was in Ero vorgeht. Wenn Tobin erst im Palast weilt, könnt Ihr ihn dann noch schützen?«

»Das werde ich, Mylord«, versicherte ihm Iya, trotz der Zweifel, die sie bei diesem Gedanken befielen. Tobins Zukunft barg noch immer die verschiedensten Möglichkeiten, gleich einer Hand voll noch nicht geworfener Würfel.

Kapitel 28

Die Wochen nach Kis Ankunft verliefen ungewöhnlich fröhlich. Arkoniel wusste zwar nicht, was Iya während ihres Besuches in Atyion zu Rhius gesagt hatte, doch der Herzog kehrte bald darauf in die Festung zurück und versprach, bis zu Tobins Namenstag im Erasin zu bleiben. Besser noch, Rhius schien beinahe wieder ganz der Alte zu sein. Er lobte die Verschönerung des Hauses in höchsten Tönen und lud Arkoniel ein, ihm und Tharin des Abends Gesellschaft zu leisten. Welchen Riss die Beziehung zwischen Rhius und seinem Freund auch hatte erdulden müssen, er war verheilt. Die beiden Männer schienen einander so nah zu stehen wie eh und je.

Auch mit Ki zeigte sich der Herzog zufrieden und lobte Tharins Anleitung, wenn Ki bei Tisch bediente oder Tobin bei seinen Übungen mit Schwert und Bogen die Stirn bot. Als Tobin an seinem zehnten Namenstag in der Halle kniete und darum bat, Ki zu seinem Schildknappen ernennen zu dürfen, gab ihm Rhius bereitwillig sein Einverständnis und gestattete den Knaben, ihren Eid noch an diesem Abend vor Sakor am heimischen Schrein abzulegen. Tobin überreichte Ki eine seiner schönsten Pferdefiguren an einer Halskette als Symbol für das besiegelte Band.

Dennoch zeigte sich Rhius gegenüber Ki in einer Weise reserviert, die beiden Knaben ein gewisses Unbehagen bereitete.

An Tobins Namenstag hatte Rhius Ki mit neuen Kleidern und einem rassigen Rotschimmel beschenkt, der auf den Namen Drache hörte.

Als Ki versuchte, sich zu bedanken, sagte Rhius nur: »Mein Sohn verdient die beste Aufwartung.«

Ki hegte längst Bewunderung für Tharin und war offensichtlich mehr als bereit, diese auch auf Tobins Vater auszudehnen; die kühle Haltung des Mannes brachte ihn daher sichtlich aus der Fassung.

Das wiederum entging auch Tobin nicht, der seinen Freund aus tiefstem Herzen bedauerte.

Nur Arkoniel und Nari kannten den Grund für das abweisende Verhalten des Herzogs, doch die Wahrheit bot keinen Trost. Nicht einmal untereinander mochten sie über die schreckliche Bedrohung sprechen, die wie an einem Spinnenfaden über Kis jungem Herzen baumelte.

Eines strahlend hellen, kalten Nachmittags, wenige Wochen später, saß Arkoniel neben dem Herzog auf der Brüstung und beobachtete die Knaben beim Spiel auf der Wiese.

Tobin versuchte, Ki aufzuspüren, der sich in einer flachen Mulde versteckte, umgeben von schneebedeckten Gräsern. Irgendwie schaffte es Ki, die Dampfwolken, die von seinen Lippen aufsteigen mussten, zu verbergen, doch am Ende verriet er sich, als sein Fuß an einem toten Wolfsmilchgewächs hängen blieb. An dem Stängel hingen mehrere Samenhülsen, die ihre seidige weiße Pracht freisetzten, als sein Fuß an ihnen rüttelte, worauf die Samen aufstiegen wie Rauchzeichen auf einem Schlachtfeld.

Rhius lachte. »Jetzt ist er aufgeflogen.«

Tobin sah die Samenwolke und rannte hinüber, um

sich auf seinen Freund zu stürzen. Die folgende Rauferei rief einen Nebelschleier aus Wolfsmilchsamen hervor. »Im Namen des Lichts, diesen Ki haben die Götter geschickt.«

»So scheint es in der Tat«, stimmte Arkoniel zu. »Es ist erstaunlich, wie sehr die beiden aneinander Gefallen finden.«

Auf den ersten Blick konnten die beiden Knaben kaum verschiedener sein. Tobin war von Natur aus still und ernst, während der vorwitzige Ki nicht still sitzen und kaum mehr als ein paar Minuten lang den Mund halten konnte. Für ihn schien Reden etwa so lebensnotwendig zu sein wie Atmen. Er sprach noch immer wie ein Bauernbursche, und manchmal war er so rüde wie ein Kesselflicker. Nari hätte ihn gewiss schon ein Dutzend Male die Peitsche spüren lassen, hätte Tobin nicht jedes Mal um Nachsicht gebettelt. Doch die forschen Worte dieses Knaben kündeten von einer beachtlichen, wenn auch ungeschulten Intelligenz, und seine Reden waren stets amüsant, wenngleich unziemlich.

Und wenn Tobin bisher auch nicht einmal versucht hatte, sich Kis lärmendem Naturell anzupassen, wusste Arkoniel doch, dass er sich an ihm erfreute. In Kis Gegenwart strahlte er wie ein Vollmond in einer sternenklaren Nacht und ergötzte sich an den Erzählungen, die der ältere Knabe über seine große und lebhafte Familie zum Besten gab. Und nicht nur Tobin liebte diese Geschichten. Wenn sich der Haushalt des Abends um das Herdfeuer versammelte, bestritt Ki oft genug die Unterhaltung der anderen, bis jene sich vor Lachen den Bauch hielten, während er von den Schwächen und Missgeschicken seiner unzähligen Verwandten berichtete.

Außerdem verfügte er über einen wahren Schatz wirrer Fabeln und Mythen, die er am Herd seines Vaters aufgeschnappt hatte; Geschichten von sprechenden Tieren und Geistern, von fantastischen Königreichen, in denen die Menschen zwei Köpfe und die Vögel ein goldenes Gefieder hatten, dessen einzelne Federn scharf genug waren, den Habsüchtigen die Finger abzuschneiden.

Darum bemüht, Iyas Rat zu folgen, ließ Arkoniel nach reich bebilderten bekannten Geschichten schicken, in der Hoffnung, auf diese Weise das Interesse der Knaben an ihren Leselektionen zu fördern. Tobin kämpfte noch immer mit den Buchstaben, und Ki war in diesem Fall auch keine große Hilfe. Der ältere Knabe hatte sich diesem Lernstoff auf die rückständig-stolze Art eines Landedelmannes verweigert, der noch nie seinen eigenen Namen geschrieben gesehen hatte und auch nicht wusste, wozu das je hätte gut sein sollen. Arkoniel schimpfte nicht mit ihm; stattdessen ließ er dann und wann das eine oder andere Buch mit einer besonders aufregenden Illustration aufgeschlagen liegen und vertraute darauf, dass die Neugier für ihn arbeiten würde. Schon am nächsten Tag erwischte er Ki mit angestrengter Miene über *Gramains Tierfibel*, derweil sich Tobin in aller Stille mit einem Werk über die Geschichte seiner berühmten Urahnin, Ghërilain der Ersten, beschäftigte.

Wenn es um Magie ging, erwies sich Ki als besserer Verbündeter. Der Knabe begegnete ihr mit der natürlichen Faszination eines Kindes, und seine Begeisterung ebnete Arkoniel den Weg, trotz des seltsamen Ängste zu Tobin durchzudringen. Zu Beginn beschränkte sich der Zauberer auf kleine Illusionen und Schöpfungen, aber während Ki sich diesem Zeitvertreib mit der gewohnten Sorglosigkeit hingab, waren Tobins Reaktionen weniger leicht vorhersagbar. Leuchtende Steine und Feuerscheiben schienen ihn zu erfreuen, doch wann immer Arkoniel eine weitere visionäre Reise darbot, zeigte er sich äußerst argwöhnisch.

Tharin war ebenfalls sehr zufrieden mit Ki. Der Knabe hatte ein instinktives Verständnis für den Begriff der Ehre und stürzte sich bereitwillig auf seine Ausbildung zum Schildknappen. So lernte er die Grundlagen der Dienstbarkeit bei Tisch, wenn es in der Festung auch wenig formell zuging, und gab sich begierig, alle möglichen Arten des Dienens zu meistern, so stur sich Tobin auch jeglichen Bemühungen widersetzte, bedient zu werden. Er weigerte sich, sich beim Ankleiden oder beim Baden helfen zu lassen, und zog es vor, sich selbst um sein Pferd zu kümmern.

Am Ende erwies sich Ki im Schwertkampf als besonders hilfreich. Er war kaum einen Kopf größer als Tobin und hatte gegen seine Schwestern und Brüder gekämpft, seit er laufen konnte. Er gab einen guten Übungsgegner ab und einen recht anspruchsvollen noch dazu. Meistens ging er aus den Kämpfen siegreich, Tobin hingegen zerschlagen hervor. Zu Tobins Ehrenrettung sei gesagt, dass er nur selten nach einer Niederlage schmollte und bereitwillig zuhörte, wenn Tharin oder Ki ihm erklärten, was er falsch gemacht hatte. Vielleicht war es Tobin eine Hilfe, dass er beim Bogenschießen und beim Reiten Kis Lehrmeister war. Bis er hergekommen war, hatte Kis Kehrseite nie einen anständigen Sattel kennen gelernt. Dem Namen nach mochte er der Sohn eines Ritters sein, aber er hatte die harte Kindheit eines Bauernburschen hinter sich. Vielleicht war das der Grund, warum er sich nie vor einer Aufgabe zu drücken versuchte und für jedes Lob dankbar war. Was Tobin betraf, der viel zu lange viel zu eng mit den Frauen zusammengelebt hatte, so schien er jede neue Aufgabe als Spiel aufzufassen und beharrte oft darauf, Arbeiten auszuführen, die die Söhne der meisten Edelleute empört von sich gewiesen hätten. Eine Folge davon war, dass er von Tag zu Tag munterer wurde und seine Haut ihre ungesunde Blässe verlor. Die Männer in den Soldatenunterkünften mochten Ki ebenfalls und erklärten gleich beide Kinder zu ihren Lieblingen.

Wenn Nari oder Arkoniel Theater machten, weil Tobin Ställe ausmistete oder zusammen mit Ki Mauern ausbesserte, pflegte Tharin sie schlicht zurück ins Haus zu scheuchen.

»Der Dämon verhält sich ruhiger, seit er hier ist«, murmelte Rhius vernehmlich und riss Arkoniel aus seinen Grübeleien.

»Tatsächlich?«, fragte er. »Ich nehme an, ich bin noch nicht lange genug hier, um das beurteilen zu können.«

»Er scheint auch Tobin nicht mehr wehzutun, nicht mehr, seit ... seit seine arme Mutter gestorben ist. Vielleicht war es so am besten, nach allem, was geschehen ist.«

»Das könnt Ihr doch nicht ernst meinen, Mylord.«

Rhius Blick fixierte die Wiese. »Ihr kanntet meine Gemahlin nur, als sie glücklich und gesund war. Ihr habt nicht gesehen, was aus ihr geworden ist. Ihr wart nicht hier.«

Darauf hatte Arkoniel keine Antwort.

Die Knaben hatten inzwischen einen Waffenstillstand geschlossen, lagen nebeneinander im schneebedeckten Gras und deuteten auf die Wolken, die am Himmel vorüberzogen.

Arkoniel blickte auf und lächelte. Jahre waren vergangen, seit er auch nur daran gedacht hatte, Gesichter oder Figuren in Wolken zu suchen, und er vermutete, dass dies für Tobin der erste Versuch war.

»Sieh mal«, sagte Ki. »Diese Wolke ist ein Fisch. Und die da drüben sieht aus wie ein großer Kessel, aus dem ein Schwein klettert.«

Tobin wusste nicht, dass der Zauberer ihn beobachtete, doch seine Gedanken folgten der gleichen Linie. Alles schien sich seit Kis Ankunft verändert zu haben, und dieses Mal zum Besseren. Wie er so dalag, während die Sonne auf sein Gesicht schien und die Kälte durch seinen Mantel drang, war es leicht, die Gedanken an Mütter und Dämonen und all die anderen Schatten, die in den verborgenen Winkeln seines Gedächtnisses lauerten, fortzuschieben. Beinahe hätte er sogar Bruder ignorieren können, der nur wenige Schritte entfernt kauerte und Ki aus schwarzen, hungrigen Augen anstarrte.

Bruder hasste Ki. Er wollte nicht sagen warum, aber Tobin konnte an der Art, wie er den lebenden Jungen betrachtete, sehen, dass er ihn am liebsten zwicken und schlagen würde. Jedes Mal, wenn Tobin Bruder rief, warnte er ihn, nichts Derartiges zu tun, aber das hinderte ihn nicht daran, Dinge zu tun, die Ki erschreckten. So riss er Ki manchmal einfach etwas aus der Hand oder kippte seinen Trinkbecher bei Tisch um. Ki zuckte jedes Mal ein wenig zusammen und quetschte Flüche zwischen den zusammengebissenen Zähnen hervor, doch er lief nie davon. Er schrie nicht einmal. Tharin sagte, es wäre ein Zeichen echter Courage, standhaft zu bleiben und seiner Furcht die Stirn zu bieten. Ki konnte Bruder nicht sehen, aber nach einer Weile behauptete er, es manchmal fühlen zu können, wenn der Geist in seiner Nähe war.

Wäre es nach Tobin gegangen, er hätte Bruder fortgeschickt und ihn eine Weile darben lassen, aber er hatte Lhel geschworen, dass er für ihn sorgen würde, und er konnte sein Wort nicht brechen. Also rief er Bruder jeden Tag, und der böswillige Geist belauerte sie im Hintergrund beim Spiel wie ein ungeliebter Hund. Er kauerte in den Schatten des Spielzimmers und ging mit ihnen in den Wald, wenn sie ausritten. Irgendwie schaffte er es, mit den Pferden Schritt zu halten, ohne auch nur zu rennen. In Erinnerung an seinen Traum bot Tobin Bruder einmal an, sich hinter ihm auf sein Pferd zu setzen, aber der Geist beantwortete sein Angebot lediglich durch sein bekanntes verständnisloses Schweigen.

Ki deutete auf eine andere Wolke. »Die da sieht aus wie die Küchlein, die beim Blumenfest bei uns zu Hause verkauft werden. Und da ist ein Hundekopf mit raushängender Zunge.«

Tobin zupfte sich ein paar Ringelblumensamen aus dem Haar und schnippte sie in Richtung der himmlischen Gestalten. »Ich finde es schön, wie sie sich verändern. Dein Hund sieht jetzt aus wie ein Drache.«

»Der große Drache von Illior, nur dass er weiß ist statt rot«, stimmte Ki zu. »Wenn dein Vater uns mitnimmt nach Ero, dann zeige ich dir im Tempel in der Goldschmiedestraße ein Bild von ihm. Es ist hundert Fuß lang. Die Augen sind aus Juwelen, und die Schuppen aus Gold.« Wieder wanderte sein Blick über den Himmel. »Und jetzt sieht das Küchlein aus wie unsere Magd, Lilain, als sie Alons Bastard acht Monate im Bauch hatte.«

Tobin sah seinen neuen Freund an, konnte jedoch

nicht herausfinden, ob sein Grinsen eine neue Geschichte ankündigte.

Doch Ki fing sowieso gleich mit seiner Erzählung an. »Wir dachten, Khemeus würde die beiden umbringen, weil er schon hinter ihr her war, seit sie zu uns gekommt ist . . .«

»Gekommen«, korrigierte Tobin pflichtbewusst, nachdem Arkoniel ihn kürzlich gebeten hatte, Ki zu helfen, richtig sprechen zu lernen.

»Zu uns gekommen ist, also«, sagte Ki und verdrehte die Augen. »Aber am Ende haben die Jungs sich lediglich eine Prügelei im Garten geliefert. Dann sind sie zusammen abgezogen und haben sich voll laufen lassen. Als Lilains Baby dann endlich da war, sah es aus wie Khemeus, also war es vermutlich von ihm, und deswegen haben er und Alon sich noch einmal geprügelt.«

Tobin starrte zu den Wolken empor und versuchte, diesen neuen Informationen einen Sinn abzuringen. »Was ist ein Bastard?«

»Ach, weißt du, das ist ein Baby von einem Mann und einer Frau, die nicht miteinander vermählt sind.«

»Oh.« Im Grunde brachte ihn das nicht viel weiter. »Wie kommt das Baby in den Bauch von dem Mädchen?«

Ki stemmte sich auf einen Ellbogen und starrte ihn ungläubig an. »Das weißt du nicht? Hast du nie die Tiere dabei beobachtet?«

»Bei was?«

»Na, beim Vögeln natürlich! Wenn ein Hengst eine Stute besteigt oder der Hahn die Henne tritt? Bei Bilairys Eiern, Tobin, du musst doch wenigstens die Hunde schon mal beim Vögeln gesehen haben.«

»Ach, das!« Jetzt wusste Tobin, was Ki meinte, auch wenn er das Wort, das sein Freund so gern benutzte, noch nie gehört hatte. Da er den Verdacht hegte, dass es sich um ein weiteres jener verbotenen Worte handelte, die Nari und Arkoniel ganz und gar nicht gutheißen wollten, merkte er es sich mit größtem Vergnügen. »Du meinst, die Menschen machen so etwas auch?«

»Natürlich!«

Tobin setzte sich auf und schlang die Arme um die Beine. Die Vorstellung war so faszinierend wie beunruhigend. »Aber . . . wie? Fallen sie dabei denn nicht um?«

Ki ließ sich auf den Rücken fallen und hielt sich den Bauch vor Lachen. »Kaum! Du hast noch nie gesehen, wenn ein Mann und eine Frau es treiben, was?«

»Du denn?«, konterte Tobin, der sich insgeheim fragte, ob Ki sich womöglich über ihn lustig machte.

»Bei uns zu Hause?« Ki schnaubte vor Lachen. »Oh ihr Götter! Ständig! Vater besteigt dauernd irgendwen, und die älteren Jungs sind ständig hinter den Mägden her, manchmal auch hinter den Männern. Es ist ein Wunder, dass bei uns überhaupt jemand zum Schlafen kommt! Ich habe dir ja erzählt, dass in den meisten Häusern alle zusammen in einem Raum schlafen. Jedenfalls in den Häusern, in denen ich schon gewesen bin.«

Als Tobin ihn weiterhin nur mit großen Augen fragend anstarrte, suchte sich Ki ein paar gegabelte Grashalme, um Tobin mittels einer genaueren Erklärung samt Demonstration aufzuklären.

»Du meinst, er wird größer?«, fragte Tobin mit weit aufgerissenen Augen. »Tut er denn dem Mädchen nicht weh?«

Ki klemmte sich einen Grashalm in den Mundwinkel und blinzelte Tobin verschmitzt zu. »Nach den Geräuschen, die sie dabei machen, glaube ich das eigentlich nicht.«

Er warf einen Blick auf den Stand der Sonne. »Mir ist kalt. Komm, lass uns reiten, ehe Nari sagt, es ist zu spät. Vielleicht finden wir heute diese Hexe!«

Tobin war sich nicht sicher, ob es richtig oder falsch gewesen war, Ki von Lhel zu erzählen. Er konnte sich auch nicht mehr erinnern, ob sie ihm verboten hatte, von ihr zu sprechen, aber er litt unter dem schuldbehafteten Gefühl, dass sie genau das getan hatte.

Ki hatte eines Abends im Bett eine Schauergeschichte von einer Hexe aus seinem Dorf erzählt, und Tobin hatte ohne nachzudenken erwidert, dass er auch eine Hexe kenne. Natürlich hatte Ki ihn sofort nach Einzelheiten gefragt, da seine eigene Geschichte lediglich eine Nacherzählung der Worte eines Barden war. Am Ende hatte Tobin ihm von den Träumen erzählt, darüber, wie er sich verirrt hatte, und über die hohle Eiche, in der Lhel lebte, aber er hatte keinen Ton über die Puppe verloren.

Seither war das geheime Ziel der beiden Knaben, die Hexe ausfindig zu machen, damit auch Ki sie kennen lernen konnte.

Beinahe jeden Tag waren sie ausgeritten, hatten aber keine Spur von ihr entdecken können. Tobin kehrte von dieser Suche stets mit gemischten Gefühlen zurück. Einerseits wünschte er sich sehr, sie wiederzusehen, um herauszufinden, was sie ihn lehren wollte, andererseits war er erleichtert, sie nicht zu finden, für den Fall, dass sie böse auf ihn war, weil er Ki von ihr erzählt hatte.

Trotz der wochenlangen fruchtlosen Suche glaubte ihm Ki noch immer jedes Wort und freute sich daran, Tobins Geheimnis teilen zu dürfen.

Das wiederum entschädigte Tobin ein wenig für die Geheimnisse, die er nicht mit Ki teilen konnte.

Die Knaben behielten den Stand der Sonne im Auge, als sie ihren Pferden die Sporen gaben und sie auf die Straße hinausdirigierten. Die Tage waren inzwischen arg kurz geworden, und stürmische Winde fegten aus dem Gebirge herab.

Bruder hielt sich stets vor ihnen und bewegte sich auf diese seltsam steife Art und Weise, die eigentlich gar nicht reichen konnte, mit ihnen Schritt zu halten, doch wie schnell sie auch reiten mochten, er war immer vor ihnen.

Ki hatte derweil andere Sorgen. »Wie kann diese Hexe den ganzen Winter in einem Baum leben?«

»Sie hat eine Feuerstelle«, erinnerte ihn Tobin.

»Ja, aber der Schnee wird den Eingang versperren, oder nicht? Dann muss sie sich ausgraben wie ein Kaninchen. Und was isst sie überhaupt die ganze Zeit?«

Während jeder der beiden Knaben für sich über Kis Worte nachdachte, banden sie ihre Pferde am Straßenrand fest, um einen Wildpfad zu erforschen, den Tobin einige Tage zuvor entdeckt hatte. Bis sie das Ende des Weges, der in einer Sackgasse mündete, erreicht hatten, war vom Tageslicht nicht mehr viel übrig. Die Sonne stand knapp über den Berggipfeln, als sie schließlich aufgaben und zurückkehrten; schon jetzt würden sie ihre Pferde hetzen müssen, um wieder in der Festung zu sein, ehe Nari anfing, sich Sorgen zu machen.

Ki war gerade aufgestiegen, und Tobin hatte einen Fuß im Steigbügel, als die Pferde plötzlich scheuten. Gosi bäumte sich auf, brachte Tobin aus dem Gleichgewicht und galoppierte gleich darauf in wilder Flucht die Straße hinunter. Tobin prallte hart am Boden auf und gab ein überraschtes Grunzen von sich. Als er aufblickte, sah er, dass Ki mühsam versuchte, Drache zu bändigen, der in dem Bestreben, Gosi zu folgen, tänzelnd kehrtmachte. Gleich darauf waren beide Pferde samt Ki hinter der nächsten Biegung verschwunden.

»Verflucht!«, keuchte Tobin und stemmte sich hoch. Er war erst halb auf den Beinen, als ein tiefes Grollen ihn erstarren ließ. Langsam drehte er den Kopf nach rechts und sah sich einem Berglöwen gegenüber, der auf der anderen Seite der Straße zwischen den Bäumen kauerte.

Das hellbraune Fell der großen Raubkatze hob sich kaum von seiner winterlichen Deckung ab, aber die gelben Augen waren riesengroß und starrten ihn unverwandt an. Das Tier beobachtete ihn, den Bauch knapp über dem Boden, während der Schwanz wütend hin- und herpeitschte und totes Laub und Schnee zu beiden Seiten verteilte. Wie in einem schrecklichen Alptraum tat das Tier einen Schritt auf ihn zu, dann noch einen, und die Muskeln an seinen Schultern schwollen bedrohlich an.

Er pirschte sich an.

Weglaufen hatte keinen Sinn. Außerdem war Tobin vor lauter Angst nicht einmal mehr imstande, die Augen zu schließen.

Der Berglöwe kam noch einen Schritt näher. Dann, die Ohren flach an den Kopf gepresst, hielt er inne, als Bruder plötzlich zwischen ihnen auftauchte.

Die Katze konnte ihn sehen. Sie kauerte sich noch tiefer zu Boden und zeigte knurrend ihre Fangzähne, die so lang waren wie Tobins Daumen. Vor Furcht wie erstarrt, konnte Tobin sich nicht mehr regen.

Der Berglöwe fauchte und schlug nach dem Geist. Die mächtige Pranke fuhr kaum einen Meter von Tobin entfernt durch die Luft, nahe genug, dass der Knabe den Luftzug spüren und sehen konnte, wie die gebogenen Krallen durch Bruders Bauch sausten. Bruder bewegte sich nicht. Die Bestie knurrte erneut und machte sich zum Sprung bereit.

Tobin hörte jemanden auf sie zulaufen. Es war Ki, der zu Fuß zu ihm zurückkehrte. Sein langes Haar flog in wirren Strähnen um seinen Kopf. Er stieß einen wütenden Schrei aus und rannte mit nichts als einem knorrigen Ast in Händen direkt auf den Berglöwen zu.

»Nein!«, schrie Tobin, aber es war zu spät. Die Katze sprang und erwischte Ki an der Brust. Sie rollten über die Straße, und als sie sich schließlich nicht mehr bewegten, hockte der Berglöwe auf dem Knaben.

Einen entsetzlichen Augenblick lang hatte Tobin das Gefühl, die Zeit würde stehen bleiben, genau wie damals, als seine Mutter aus dem Turmfenster gestürzt war. Ki lag unter dem Berglöwen auf dem Rücken, und alles, was Tobin von seinem Freund sehen konnte, waren seine gespreizten Beine. Die Raubkatze presste ihn mit einer Hinterpranke auf dem Bauch zu Boden, bereit, ihn zu zerfetzen wie ein Eichhörnchen.

Doch weder Ki noch die Katze rührten sich, und nun war Bruder über ihnen. Tobin merkte kaum, dass er rannte. Er warf sich auf den Rücken des Berglöwen und riss den gewaltigen Kopf von Kis Kehle fort. Die Bestie lag reglos und schwer in seinen Händen.

»Ki! Ki, bist du tot?«, schrie Tobin, während er sich mühte, den schweren Kadaver vom Leib seines Freundes zu wuchten.

»Ich glaube nicht«, ertönte die schwache Antwort. Ki fing an zu zappeln, und gemeinsam gelang es ihnen, den Berglöwen zur Seite zu schieben. Blass und zitternd, aber ohne Frage lebendig, kam Ki wieder zum Vorschein. Die Vorderseite seiner Tunika war zerrissen, und aus einem Kratzer am Hals troff Blut über die Verschnürung. Tobin ließ sich auf die Knie fallen und starrte ihn an, kaum imstande zu begreifen, was soeben geschehen war. Dann wanderten die Blicke der beiden Knaben in stummem Einverständnis zu der gewaltigen Katze, die neben ihnen lag. Die gelben Augen starrten blicklos in den Straßengraben. Dunkles Blut befleckte den Schnee unter ihrem offenen Maul.

Ki fand als Erster seine Stimme wieder. »Bei Bilairys haarigem Sack!«, krächzte er, und seine Stimme klang eine volle Oktave höher als üblich. »Was ist passiert?«

»Ich glaube, Bruder hat sie umgebracht!« Immer noch verblüfft starrte Tobin den Geist an, der über der toten Katze kauerte. »Er hat sich zwischen sie und mich gestellt und ihren Angriff aufgehalten. Aber dann bist du mit diesem ... Was hast du dir dabei gedacht, einfach so auf sie loszugehen, nur mit einem ... einem Stock?«

Ki zog das Holzpferdchen hervor, das von seinem Hals baumelte. »Ich bin dein Knappe. Der Stock war alles, was ich finden konnte, und ...« Ki brach ab und starrte mit offenem Mund über Tobins Schulter hinweg.

Tobins Nackenhaare stellten sich auf. Jagten Berglöwen paarweise oder im Rudel? Hastig drehte er sich um, verlor das Gleichgewicht und landete auf dem Hinterteil.

Lhel stand nur wenige Schritte entfernt und sah genauso schmutzig und zerlumpt aus, wie er sie in Erinnerung hatte. Anscheinend war sie nicht im Mindesten überrascht, die beiden Knaben hier draußen mit einem toten Berglöwen vorzufinden.

»Ihr mich gesucht, Keesas?«

»Äh, ja, ich ... ich hoffe, Ihr seid mir nicht böse. Ich habe meinem Freund erzählt ... Er hat noch nie eine Hexe gesehen. Und ... und Ihr habt gesagt, Ihr wollt mich etwas lehren«, versuchte er sich herauszureden. In dem schwachen Licht konnte er nicht erkennen, ob sie vielleicht wütend aussah.

»Und stattdessen große *Maskar* euch finden.« Mit ihrem in Lumpen gehüllten Fuß trat sie gegen die tote Katze.

»Bruder hat ihn davon abgehalten, mich anzugreifen. Dann ist Ki gekommen, und hat sich auf sie gestürzt, und Bruder hat sie getö ...«

»Ich getötet. Bruder nicht tot machen.«

Beide Knaben starrten sie verwundert an. »Ihr? Aber ... aber wie?«, fragte Tobin.

Sie schnaubte verächtlich. »Ich Hexe.« Dann kniete sie nieder und legte ihre rauen Handflächen an Tobins Wangen. »Du verletzt, Keesa?«

»Nein.«

»Du?« Sie streckte die Hand nach Kis Hals aus.

Ki schüttelte den Kopf.

»Gut.« Lhel grinste und zeigte ihnen ihre zahlreichen Zahnlücken. »Du tapferer Freund für Tobin. Du Stimme hast, Keesa?«

Ki errötete. »Ich weiß nicht, was man zu einer Hexe sagt.«

»Vielleicht sagen: ›Guten Tag, Hexe‹?«

Ki richtete sich auf den Knien auf und verbeugte sich wie vor einer Dame. »Guten Tag, Meisterin Lhel. Und vielen Dank! Ich stehe in Eurer Schuld.«

Lhel legte eine Hand auf seinen Kopf. Einen Augenblick lang glaubte Tobin, tiefe Trauer in ihren Augen zu sehen, und das bereitete ihm ein unbehagliches Gefühl in der Magengrube, aber die Trauer war schon wieder verschwunden, als sie sich umdrehte und Tobin in ihre Arme zog. Steif ließ er die Umarmung über sich ergehen; sie roch wirklich nicht sehr gut.

Lhel drückte ihn an sich und flüsterte: »Das gute Keesa. Du gut zu ihm? Du ihn schützen?«

»Ihn schützen? Vor wem?«

»Du wissen, wenn Zeit gekommen.« Lhel tippte ihm mit einem Finger auf die Brust. »Du hier festhalten. Nicht vergessen.«

»Das werde ich nicht.«

Damit löste sich Tobin von ihr. Bruder stand nahe genug, ihn zu berühren, und Tobin versuchte es, um sich bei ihm zu bedanken, doch wie immer traf seine Hand trotz des so real aussehenden Geistes nur auf einen Hauch kalter Luft.

»Woher wusstet Ihr, dass wir hier sind?«, fragte Ki.

»Ich dich oft genug gesehen. Nun ich wissen, du guter Freund für mein Tobin. Ihr zusammen gute Krieger sein werdet.« Sie berührte seine Stirn. »Ich hier sehen.« Dann sah sie sich wieder zu Tobin um und deutete auf die Festung. »Du noch einen Lehrer. Du mögen?«

»Nein. Er zaubert, aber nicht so wie Ihr. Meistens lehrt er uns zu lesen und zu rechnen.«

»Er hat auch versucht, uns Tanzen beizubringen, aber er stellt sich selbst an wie ein Reiher auf dem Eis«, erzählte Ki. »Werdet Ihr mit uns in die Festung kommen, Meisterin? Es steht mir nicht zu, Euch Gastfreundschaft anzubieten, aber Ihr habt mir das Leben gerettet. Die Nacht ist kalt, und ... und Mamsell macht Hühnchen-pastete.«

Lhel tätschelte seine Schulter. »Nein. Sie mich nicht kennen. Nicht wissen von mir. Du nicht erzählen, nein?«

»Das werde ich nicht«, versprach Ki mit einem verschwörerischen Grinsen zu Tobin. Die Geschichte von der Hexe war schon ein wunderbares Geheimnis gewesen; die Hexe selbst ein Reichtum jenseits aller Hoffnungen.

»Wir müssen zurück nach Hause.« Tobin blickte erneut besorgt zum Himmel empor; inzwischen hatte er sich über den kahlen Bergwipfeln purpurrot verfärbt. »Dürfen wir Euch wieder besuchen, jetzt, da wir Euch gefunden haben? Ihr habt gesagt, Ihr würdet mir etwas beibringen.«

»Zeit kommen. Aber noch nicht.« Sie legte zwei Finger an die Lippen und stieß einen durchdringenden Pfiff aus. Gleich darauf trotteten die geflohenen Pferde herbei und schleiften ihre Zügel durch den Schnee. »Aber ihr besuchen kommen. Manchmal.«

»Wo? Wie sollen wir Euch finden?«

»Ihr suchen. Ihr finden.« Damit schritt sie leichtfüßig davon und verschwand in der Finsternis.

»Bei der Flamme!« Ki hüpfte vor Aufregung auf und ab und stieß Tobin mit dem Arm an. »Bei der Flamme, sie ist genau so, wie du gesagt hast! Eine echte Hexe. Sie hat diesen Berglöwen getötet, ohne ihn auch nur zu berühren. Und sie hat uns die Zukunft vorhergesagt. Hast du gehört? Wir werden gute Krieger sein!« Er tat, als würde er einem imaginären Feind einen wütenden Hieb versetzen, nur um gleich darauf unter Schmerzen aufzukeuchen, doch auch das konnte seine Hochstimmung kaum drücken. »Wir beide zusammen! Prinz und Knappe!«

Tobin hob eine Hand, und Ki griff zu. »Gemeinsam. Aber wir dürfen nichts davon erzählen«, ermahnte ihn Tobin, der nur zu gut um Kis Neigung wusste, einfach alles auszuplaudern, was ihm gerade in den Sinn kam.

»Bei meiner Ehre, Prinz Tobin, ich werde gehorchen. Auch Folter wird meine Lippen nicht öffnen. Und genau das erwartet uns zu Hause! Inzwischen ist die Sonne jedenfalls untergegangen.« Mit jämmerlichem Blick musterte er seine zerrissene Tunika. »Wie sollen wir das erklären? Wenn Nari herausfindet, was passiert ist, lässt sie uns nie wieder aus dem Haus.«

Tobin kaute auf seiner Unterlippe herum, wohl wissend, dass Ki Recht hatte. Zwar war Arkoniel auf ihrer Seite, doch Nari machte immer noch ein furchtbares Theater, wenn sie zu lange außer Sichtweite waren. Der Gedanke jedoch, auch nur für einen Tag auf die neu gewonnene Freiheit verzichten zu müssen, war ihm unerträglich. »Wir sagen einfach, Drache wäre mit dir durchgegangen. Das ist nicht einmal gelogen.«

Kapitel 29

Rhius kehrte noch vor dem Monatswechsel nach Ero zurück und überließ die beiden Knaben erneut der Obhut von Arkoniel und Tharin.

Nachdem nun seine Pflichten als Lehrer zu seiner eigenen Zufriedenheit und der seiner jungen Schutzbefohlenen festgelegt worden waren, freute sich Arkoniel über das großzügige Maß an Freizeit, die er nutzen konnte, um seinen eigenen Studien nachzugehen. Iya war zufrieden, umherzuziehen, Anregungen zu sammeln und ihre Kunst auszuüben, wo immer sie gebraucht und bezahlt wurde. Arkoniel hatte sich stets gewünscht, etwas zu schaffen und zu lernen. Nun schien es, als hätte ihm Illior Mittel und Gelegenheit geschenkt, beide Wünsche zu verwirklichen.

Im späten Kemmin waren die Räume im dritten Stock endlich fertig renoviert, worauf er zwei davon mit Beschlag belegte: ein kleines, behagliches Schlafzimmer und den großen Nebenraum mit der hohen Decke. Als Gegenleistung dafür, dass er Tobin in seine Obhut nahm, hatte ihm der Herzog die faktisch unbegrenzte Erlaubnis erteilt, seinen eigenen Interessen nachzugehen, wann immer er nicht anderweitig gebraucht wurde.

Zum ersten Mal in seinem Wanderleben verfügte Arkoniel sowohl über reichlich Zeit als auch über die Mittel, komplexere Magie zu erforschen. Lange bevor die Wände im Obergeschoss ihren letzten Anstrich erhielten, stürzte er sich auf die Einrichtung jenes

Raumes, den er bereits als sein Arbeitszimmer betrachte-te. Während der nächsten Monate trafen beinahe täg-lich neue Kisten ein, gefüllt mit Büchern und Instru-menten, die er während seiner Reisen mit Iya gesehen hatte. Aus den Gießereien und Brennereien von Ylani erhielt er Mörser, einen Limbus und Schmelztiegel für seine alchemistischen Studien und die Herstellung magischer Objekte. In Alestun trieb er genügend Tische, Kohlenpfannen und Werkzeuge auf, die einen weiteren Teil des großen Raumes ausfüllten. Er schickte nach den klaren, reinen Kristallen aus den Minen im Norden des Landes und bat andere Zauberer schriftlich um Kräuter, Erze und andere seltene Substanzen, die in der näheren Umgebung nicht zu finden waren. Bald fragte er sich, ob er es sich erlauben durfte, um einen weiteren Raum zu bitten. Zum Dank für die erfahrene Großzügigkeit stellte er sämtliche Arzneien für den Haushalt her, deren Zubereitung ihm vertraut war.

Da er nur wenig über Tobin zu schreiben wagte, füllte er lange Briefe an Iya mit seinen eigenen Fortschritten, seinen Plänen und Hoffnungen. Ihre unregelmäßigen Antworten bestärkten ihn mit Anerkennung und Ermu-tigung.

So könnte die Dritte Orëska sein, schrieb sie eines Tages, sorgsam darauf bedacht, nicht zu viel preiszugeben. *Kein Zauberer arbeitet für sich allein. Stattdessen teilen viele ihr Wissen mit Generationen von Schülern, um es allen nutz-bar zu machen. Gewiss wirst auch du mir etwas Neues zeigen können, wenn wir einander wiedersehen.*

Arkoniel war fest entschlossen, diese Erwartung nicht zu enttäuschen, und dieses Mal wollte er mehr zu bieten haben als einen neuen Feuerzauber.

Der erste schwere Schneesturm des Jahres zog in der fünften Nacht des Cinrin auf. Am folgenden Tag lag die Welt wie eine schwarz-weiße Decke unter einem strahlend blauen Himmel. Die Knaben waren unfähig, still ihren Lektionen zu folgen, weil vor dem Fenster eine so herrliche Landschaft auf sie wartete. Kopfschüttelnd ließ Arkoniel sie ziehen, zog sich in sein Arbeitszimmer zurück und widmete sich seiner derzeitigen Passion. Bald darauf hörte er Gelächter von draußen. Als er ans Fenster trat, sah er, wie Tharin und die Jungen auf der Wiese eine Festung aus Schnee erbauten. Der Hang um sie herum sah aus wie eine ausgedehnte Schicht feinsten Salzes, vollkommen ebenmäßig, bis auf die Stelle, an der die drei ihr Bauwerk errichteten. Wo sie gegangen und ihre Schneebälle gerollt hatten, zeigten sich blaue Schatten. Straße und Brücke waren unter dem dichten Schnee verschwunden. Nur der Fluss war noch zu sehen, der zwischen den weiß getünchten Uferböschungen an eine dicke schwarze Schlange erinnerte.

Wieder Gelächter, dann Tharins Gebrüll. Scheinbar hatte Ki Tobin über Schneebälle und ihre angemessene Verwendung aufgeklärt. Die Arbeit an der Schneefestung ruhte, als sich eine wahre Schlacht entwickelte. Fast fühlte sich Arkoniel versucht, hinunterzugehen und sich zu ihnen zu gesellen, doch dann trugen Wärme und Stille seines Arbeitszimmers den Sieg davon.

Der erste Schritt jedes Zaubers war, wie Iya ihn gelehrt hatte, sich das gewünschte Ergebnis vorzustellen. So fing jeder Zauber an. Wollte er ein Feuer machen, so musste er sich eine Flamme vorstellen, auf dass die äußere Form der Absicht folgen konnte.

Einen neuen Zauber zu kreieren hieß, dass er herausfinden musste, welche Schritte zwischen Absicht und Realisierung notwendig waren.

Als er sich noch an seine neue Rolle und sein neues Zuhause hatte gewöhnen müssen, hatte er zunächst nur ein wenig mit Alchemie herumgespielt und die Fähigkeiten perfektioniert, über die er zu diesem Zeitpunkt bereits verfügen konnte. Nun aber, da sich allmählich Routine eingestellt hatte und der Winter hereinbrach, ertappte er sich immer wieder bei dem Gedanken an seine Begegnung mit Lhel.

Die erschreckende Macht ihrer Sexualität fand immer öfter ihren Weg in seine Träume; wieder und wieder fühlte er ihre Hitze an seinem Leib, roch er ihren wilden Moschusduft.

Jedes Mal erwachte er schweißgebadet und mit panisch klopfendem Herzen. Bei Tageslicht war er imstande, all das dem Wüten seines jungen, ungestümen Körpers zuzuschreiben. Der Gedanke, sie so zu berühren, wie er es in jenen Träumen zu tun pflegte, machte ihn krank vor Begierde.

Was ihn jedoch an diesem Tage in Gedanken wieder zu ihr führte, war nicht die Fleischeslust, die ihre Begegnung begleitet hatte, sondern ein Traum und das, was sie, wie er glaubte, an jenem Tag getan hatte.

Die Projektion eines Bildes war eine bekannte Form der Magie, nicht einfach, aber auch nicht ungewöhnlich. Iya beherrschte sie, und auch Arkoniel konnte bereits erste kleinere Erfolge auf diesem Gebiet verbuchen, doch nach der Magie der Orëska war das erzeugte Bild auf die Gestalt des Magiers begrenzt, die üblicherweise sehr klar und widernatürlich erschien, beinahe wie ein Gespenst am helllichten Tag. An jenem Tag hatte er Lhel neben der Straße jedoch gesehen wie durch ein ovales Fenster; das Licht, in dem sie gestanden hatte, war reines Tageslicht gewesen, und er hatte sie vollständig umrunden können, noch ehe er geahnt hatte, dass sich jemand an dieser Stelle befand. Sein eigener Geist konnte diese Details nicht hervorgebracht haben; Lhel hatte ihm so deutlich gezeigt, wo sie war, als hätte sie ihn mit sich genommen, ihn durch ein Loch in der Luft gezogen.

Ein Loch in der Luft.

Das Bild war in seinem Geist aufgetaucht, als er an diesem Morgen erwacht war. Bis jetzt hatte er sich ausschließlich auf Zauber gestützt, die dazu geeignet waren, etwas verschwinden zu lassen, hatte versucht, sie zu verändern, um eine Kombination aus Gestalt und Bewegung zu erzeugen, doch nichts hatte auch nur annähernd funktioniert.

Aber an diesem Morgen hatte er eine neue Idee, eine Inspiration erfahren, die ihm im Ausklang eines Traumes zuteil geworden war. In diesem Traum hatte er Lhel erneut in diesem grünlich angehauchten Licht gesehen, das nicht zu dem Sonnenschein um ihn herum gepasst hatte. Sie war nackt, winkte ihm zu, als wollte sie ihn auffordern, durch das schimmernde Oval zu treten und zu ihr zu kommen, ohne zuvor den Hügel zu erklimmen. In diesem Traum hatte er eine Art Loch oder Tunnel wahrgenommen, der sie beide durch einen Kanal aus waberndem grünen Licht vereinte. In diesem Traum hatte er gewusst, dass er kurz davor war, das Geheimnis, nach dem er strebte, zu packen, aber dann hatte sich ihm erneut das Bild der nackten Hexe aufgedrängt und er war mit einer vollen Blase und schmerzenden Lenden erwacht.

Wie er nun so dasaß und über seinen Traum sinnierte, kehrte noch eine andere, längst vergessen geglaubte und scheinbar vollkommen zusammenhanglose Erinnerung zu ihm zurück. Zusammen mit Iya hatte er einst hallende Höhlen am Fuß eines uralten Berges im Norden des Landes erforscht. Die Höhlen hatten glatte, glasartige Wände und wiesen keine Spur der Bearbeitung durch Werkzeuge auf. Iya hatte behauptet, der Berg selbst hätte die Höhlen irgendwie hervorgebracht, und ihm Obsidianbrocken gezeigt, die winzige Löcher aufwiesen, gleichsam Miniaturausgaben des Höhlensystems, nur dass diese so winzig waren wie Ameisenlöcher in krümeliger Erde.

Als er sich auf einen Hocker neben die Werkbank setzte, um die Details seines Traumes noch einmal sorgfältig durchzugehen, rührte sich sein Glied erneut. Mühsam zwang er seinen Körper zur Beherrschung, ehe er sich auf ein Bild konzentrierte: ein Loch in der Luft – nein, ein Tunnel, eine Höhle. Leicht vorstellbar, aber wie sollte er so etwas kreieren, wenn er doch nicht einmal verstehen konnte, wie der Berg die Höhlen hatte hervorbringen können. Während all ihrer Reisen hatten er oder Iya niemals einen Zauber entdeckt, dessen Wirkung dem Phänomen vergleichbar war, dessen Zeuge er geworden war. Hier, in seiner neu gefundenen Einsamkeit, arbeitete er allein an der Konstruktion eines geistigen Mechanismus, der imstande war, seine Vision wahr werden zu lassen.

Wie so oft in den letzten paar Wochen griff Arkoniel wieder einmal in eine Schüssel und zog eine getrocknete Bohne hervor. Sie war nur halb so groß wie sein Daumennagel, dunkelrot und von weißen Flecken überzogen, die Sorte Bohnen, die der Koch seines Vaters immer als rote Küken bezeichnet hatte. Er rieb sie zwischen Daumen und Zeigefinger, um sich ihr Gewicht und ihre äußere Form genau einzuprägen.

Das Bild der Bohne fest im Bewusstsein verankert, legte er sie vor sich auf den Eichentisch, gleich neben eine geschlossene Salzschatulle, die Mamsell ihm widerwillig überlassen hatte. Während er sich sammelte, schob er die Bohne einige Male mit den Fingern hin und her, ehe er schließlich die Hand zurückzog und die Bohne kraft seiner Gedanken in die Luft hob, bis sie etwa einen Fuß über der Tischplatte schwebte. Dann entlud er die ganze Macht seiner Konzentration über ihr und stellte sich den Tunnel vor, von dem er geträumt hatte, drängte die Bohne, sich auf diese Weise einen Weg in die geschlossene Schatulle zu suchen.

Tatsächlich bewegte sich die Bohne, doch lediglich in der gewohnten, alltäglichen Weise. Sie flog gegen die Schatulle, als wäre sie mit einer Schleuder abgeschossen worden, und prallte so heftig gegen den Deckel, dass sie in zwei Hälften zerbrach. Die Einzelteile schossen in entgegengesetzte Richtungen davon, und er hörte, wie sie über den kahlen Steinboden rutschten, zweifellos, um sich ihren Vorgängern anzuschließen, die bereits im ganzen Raum verteilt lagen.

»Bei Bilairys Eiern!«, murrte er leise und barg das Gesicht in den Händen. Während der letzten Wochen hatte er genug Bohnen zum Einsatz gebracht, einen ganzen Topf Suppe zu kochen, und nie war etwas anderes als dieses entmutigende Ergebnis dabei herausgekommen.

Er brachte eine weitere Stunde mit dem Versuch zu, mit seinem Geist ein Konstrukt wie diese Öffnung in der Luft zu erfassen, was ihm lediglich hämmernde Kopfschmerzen einbrachte.

Endlich gab er auf und widmete sich für die restlichen Nachmittagsstunden vertrauterer Zauberei. Er ließ eine frisch angefertigte Feuerscheibe aus einem Schmelztiegel gleiten und murmelte: »Brenne.« Die rot-braune Scheibe flackerte auf sein Kommando auf und brachte eine fahlgelbe Flamme hervor, die brennen würde, bis er ihr befahl zu erlöschen.

Dann setzte er einen Tiegel voller Regenwasser mit Hilfe eines eisernen Dreibeins über der Flamme zum Kochen auf und ging zu seinem Kräuterschrank, um die diversen Heilkräuter hervorzusuchen, die er benötigte, um einen Schlaftrunk für Mynir herzustellen.

Zu Beginn stank die Mischung fürchterlich, doch Arkoniel kümmerte das wenig. Ein Gefühl der Zufriedenheit lebte in ihm auf, als er sah, wie die ersten Blasen aufstiegen. Die Zutaten hatte er selbst im Wald gesammelt, den Zauber aus dem Gedächtnis gewirkt. Die Verschmelzung von Magie und Materie wirkte besänftigend auf seine Nerven; es war ein angenehmes Gefühl, am Ende einer Beschwörung etwas Nützliches zustande gebracht zu haben. Auch die Feuerscheibe war sein Werk. Überreste des letzten Ziegels, den er verarbeitet hatte, lagen auf einem Brett, gleich neben dem Steinhammer, den er benutzt hatte, um den Ziegel in brauchbare Stücke zu hauen. Dieser Vorrat an Splittern würde reichen, das Haus bis zum Frühjahr zu versorgen.

Der Geruch der eingeweichten Kräuter erinnerte ihn erneut an Lhel, dieses Mal allerdings an ihr Verhalten während ihrer gemeinsamen Reise nach Ero. Sie hatte jede Pause genutzt, um nach nützlichen Dingen Ausschau zu halten, die sich in der Erde oder unter dem trockenen Laub des Herbstes verbergen mochten. Seine Wangen brannten vor Scham, als er daran dachte, wie er sie damals zurückgewiesen hatte, ohne auch nur zu ahnen, welche Macht die Frau besaß.

Andere Erinnerungen an ihren Moschusduft, ihre tätowierte Haut und ihre geflüsterten Versprechungen bahnten sich ihren Weg in sein Bewusstsein, und das Herz des Zauberers tat einen wilden Sprung.

Hatte sie um seine geheimen Hoffnungen gewusst? Hatte sie ihm eine Ahnung dieser Magie vermittelt, in der Absicht, ihn zu umgarnen? Während der langen Reise nach Ero hatte er sie so viele Male dabei erwischt, wie sie seinen Geist berührt hatte; wie oft mochte sie sich dann unbemerkt eingeschlichen haben?

Er erhob sich von seinem Hocker und trat erneut ans Fenster. Unterhalb des Hauses dehnten sich die Nachmittagsschatten wie lange blaue Katzen, und am Himmel kletterte ein Dreiviertelmond empor. Tharin und die Knaben waren nicht mehr zu sehen. Ihre Festung stand auf der Wiese wie ein winziger Außenposten, umgeben von einem Durcheinander aus Fußabdrücken. Weiter unten führte eine einzelne Spur aus Fußabdrücken quer über die weiße Flanke des Hügels hinab zu einer Flussbiegung.

Die kahlen Bäume des Waldes hoben sich tiefschwarz vor der weißen Schneedecke ab, wie Haare auf den Armen eines Müllers. Bald würden die Winterstürme herbeiziehen und Straßen und Wege bis zum Frühjahr unpassierbar machen. Die Festung war ausreichend mit Vorräten und Brennstoff versorgt, doch wie sollte eine barfüßige kleine Frau dort draußen überleben, selbst wenn sie eine Hexe war? Wie hatte sie bis jetzt dort draußen überleben können?

Und wo war sie gerade?

Er streckte die Arme über den Kopf und versuchte, das neuerliche Aufwallen schuldgetränkter Begierde zu ersticken, das sich bei dem Gedanken an Lhel einen Weg durch seinen Körper bahnte.

Statt dem Gefühl nachzugeben, lehnte er sich weit zum Fenster hinaus und überließ die hitzige Röte seiner Wangen der kalten Luft.

Von hier aus konnte er das Klirren der Kochtöpfe in der Küche ebenso hören wie das gedämpfte Stakkato von Pferdehufen auf der Straße hinter der Festung.

Arkoniel bedeckte die Augen mit einer Hand und sandte seine Magie hinauf zu der Bergstraße. Diesen Wahrnehmungszauber beherrschte er inzwischen beinahe genauso gut wie Iya, was ihn in die Lage versetzte, meilenweit entfernte Vorgänge für kurze Zeit zu verfolgen.

Aus der Höhe eines fliegenden Falken blickte er hinab auf Tobin und Ki, die mit wehenden Mänteln nach Hause zurückgaloppierten. Sie waren immer noch ein gutes Stück weit entfernt und gaben den Pferden heftig die Sporen, um die Festung noch vor Sonnenuntergang zu erreichen. Einige Wochen zuvor waren sie zu spät zurückgekehrt und hatten Trübsal geblasen wie Bären in einem Käfig, als Nari sie zur Strafe zwei Tage lang nicht hinausgelassen hatte.

Arkoniel lächelte vor sich hin, während er die Knaben beobachtete. Wie stets plapperte Ki, während Tobin ihm lachend lauschte. Plötzlich jedoch zügelten beide ihre Pferde so abrupt, dass die Tiere sich aufbäumten, wild mit den Hufen schlugen und ein wahres Schneegestöber entfachten. Eine dritte Gestalt kam in das Blickfeld des Zauberers und entlockte ihm ein überraschtes Keuchen.

Lhel.

Sie trug eine lange Fellrobe, und ihr Haar fiel offen über ihre Schultern. Beide Knaben glitten aus den Sätteln, gingen zu ihr und schüttelten ihr zur Begrüßung die Hand. Arkoniel besaß nicht die Macht, ihr Gespräch zu belauschen, doch er sah ihre Gesichter deutlich genug. Dies war keine Begegnung unter Fremden.

Die Hexe lächelte zärtlich, als sie Ki die Hand schüttelte. Tobin sagte etwas zu ihr, und sie streckte die Hand aus, um seine von der Kälte gerötete Wange zu streicheln.

Arkoniel erschauerte, als er daran dachte, dass eben diese Finger einst Fleisch geschnitten, genäht und Seelen miteinander verwoben hatten.

Einige Augenblicke lang unterhielten sich die drei, ehe die beiden Knaben wieder aufsaßen und ihren Heimweg fortsetzten. Arkoniel behielt die Hexe im Auge, wenngleich er bereits spürte, dass seine Kräfte erlahmten. Er presste die Finger auf die Augenlider, verzweifelt bemüht, sie nicht aus den Augen zu verlieren, als sich seine Sicht allmählich vernebelte.

Lhel blieb auf der Straße und sah den Knaben nach. Der Zauberer würde seine Beobachtung bald abbrechen müssen, doch er hoffte verzweifelt, sie lange genug im Auge behalten zu können, um zu sehen, wohin sie verschwinden würde. Als er schon aufgeben wollte, hob sie den Kopf ein wenig, vielleicht, um zum Mond aufzublicken, doch für einen Augenblick schien sie ihn direkt anzusehen.

Arkoniel wusste, dass er den Zauber schon zu lange aufrechterhalten hatte. Plötzlich fand er sich unter dem Fenster auf den Knien hockend wieder. Sein Kopf schmerzte, und bunte Funken tanzten träge vor seinen Augen. Als das Schlimmste vorbei war, zog er sich wieder hoch und eilte hinab zu den Stallungen, um sich ein Pferd zu besorgen. Er vergeudete keine Zeit damit, den Rotfuchs zu satteln, sondern saß einfach auf und galoppierte die Straße hinauf.

Unterwegs blieb ihm genug Zeit, sich Gedanken über sein heftig pochendes Herz und das merkwürdige drängende Gefühl zu machen, das ihn hinausgetrieben hatte. Er wusste, dass Lhel den Kindern nichts zuleide tun würde. Zudem hatte er gesehen, wie die Knaben sich von der Hexe getrennt hatten. Dennoch trieb er sein Pferd voran auf der verzweifelten Suche nach ihnen ...

Nach ihr.

Und warum auch nicht?, fragte er sich in Gedanken. Sie kannte Geheimnisse der Magie, von denen er nur träumen konnte. Iya wollte, dass er von ihr lernte, und wie sonst sollte er das bewerkstelligen, wenn nicht durch eine neuerliche Begegnung.

Und warum soll sie noch immer dort sein, draußen in der Kälte, während die Nacht heraufzieht?

Tobin und Ki kamen um eine Biegung und zügelten ihre Pferde, um ihn zu begrüßen. Arkoniel riss seinen Wallach so heftig herum, dass er sich an der Mähne festklammern musste, um nicht hinunterzufallen.

»Ihr habt eine Frau getroffen. Was hat sie zu euch gesagt?« Er war selbst überrascht, wie schroff seine Worte klangen. Ki rutschte unbehaglich auf dem Sattel hin und her, ohne ihn auch nur anzusehen. Tobin dagegen blickte ihm direkt in die Augen und zuckte die Schultern.

»Lhel sagt, sie wird es müde, auf Euch zu warten«, entgegnete er, und einen Augenblick lang war er jenes düstere, seltsame Kind, das Arkoniel an jenem Tag im Sommer getroffen hatte. Mehr noch, im nachlassenden Tageslicht, in dem seine Augen beinahe schwarz waren, wies er eine unheimliche Ähnlichkeit mit seinem dämonischen Zwilling auf. Der Anblick jagte einen Schauder über Arkoniels Rücken. Tobin deutete die Straße hinauf. »Sie sagt, Ihr sollt Euch beeilen. Sie wird nicht mehr lange warten.«

Lhel. Sie. Tobin sprach von jemandem, den er kannte, nicht von einer Fremden, die er nur zufällig auf der Straße getroffen hatte.

»Besser, ihr zwei geht nach Hause«, sagte er und galoppierte weiter. In Gedanken suchte er nach Worten, um sie zu begrüßen, fand jedoch nur zornige Fragen.

Wo war sie all die Monate gewesen? Was hatte sie zu dem Kind gesagt? Und: Welche Art Magie hatte sie benutzt, als sie Arkoniel zum ersten Mal im Wald begegnet war?

Innerlich verfluchte er sich dafür, sich die Gegend nicht genau eingeprägt zu haben, doch am Ende war auch das ohne Bedeutung. Etwa eine Meile weiter sah er sie. Sie stand noch genauso auf der Straße, wie er sie gesehen hatte, und ihr Schatten fiel in dunklem Blau auf den Schnee. In dem trüben Licht wirkten ihre Züge weicher, und sie sah aus wie ein Mädchen, das sich im Wald verirrt hatte.

Ihr Anblick vertrieb jegliche Fragen aus seinem Geist. Er zügelte sein Pferd, glitt von seinem Rücken und trat auf sie zu. Ihr Geruch begrüßte ihn, lag heiß in der kalten Luft, und seine Stimme versagte ihm den Dienst, als er erneut den machtvollen Schmerz seiner Begierde verspürte. Lhel streckte die Hand aus, um seine Wange zu berühren, genauso, wie sie es bei Tobin getan hatte, und die Zärtlichkeit verstärkte noch sein Verlangen, bis jeder Atemzug in seiner Brust schmerzte. Er konnte an nichts anderes mehr denken, als sie an sich zu ziehen und ihren warmen Leib gegen den seinen zu pressen. Sie stöhnte leise, als sie sich an ihn schmiegte und ihre festen Hüften an der empfänglichen Härte zwischen seinen Beinen rieb.

Das Denken schwand. Nur Gefühl und Instinkt blieben zurück. Erst später wurde ihm bewusst, dass sie ihn geführt haben musste, doch in diesem Augenblick schien er sich in einem Traum zu bewegen, ein Traum, angefüllt mit Händen und warmen Lippen, die über seine Haut strichen. Er wollte ihr widerstehen, wollte sich an die Rechtschaffenheit klammern, die sein Leben bis zu diesem Zeitpunkt bestimmt hatte, doch er konnte nur

436

noch daran denken, dass Iya ihm die Erlaubnis erteilt hatte, eben das zu tun, was er gerade tat, Lhel zu geben, was sie wollte, um von ihrem Wissen zu profitieren.

Lhel vergeudete keine Zeit mit höflichem Geschwätz. Sie zog ihn auf ihre Fellrobe und zerrte ihre Röcke bis zur Taille hoch. Aufgeregt fummelte er an seiner Tunika herum. Und dann fiel er auf sie, drang in sie, und sie zog ihn immer tiefer und tiefer, so tief, dass er kaum imstande war, den heißen Griff ihres Leibes zu erfassen, bis etwas wie ein Blitz ihn traf und seiner Kehle einen Aufschrei höchster Verwunderung entlockte. Sie drückte ihn auf den Rücken, und er fühlte den weichen Schnee unter seinem Körper, als sie ihn im Licht der ersten Sterne des Abends ritt. Den Kopf zurückgelehnt, vögelte sie ihn wie irrsinnig, massierte sein Glied mit der seltsamen inneren Muskulatur, die nur Frauen besaßen. Wieder traf ihn ein Blitzschlag, heftiger, verzehrender, und Arkoniel erblindete, lauschte seinen und ihren Schreien, die durch den Wald hallten wie das Heulen zweier Wölfe.

Dann schluckte er Luft, beinahe betäubt und zu ermattet, um sich zu regen. Sie beugte sich vor und küsste seine Wangen, seine Lider und Lippen. Seine Kehle war wund, sein Körper kalt, und ihre vermengten Körperflüssigkeiten troffen in einem eisigen, kitzligen Strom über seine Eier. Er hätte sich nicht rühren können, wenn ein ganzes Kavallerieregiment auf sie zugaloppiert wäre. Nicht weit entfernt wieherte sein Pferd leise, als würde es sich prächtig amüsieren.

Lhel setzte sich auf und ergriff seine Hand. Dann drückte sie die Hand auf eine ihrer vollen Brüste und grinste ihn an. »Machen Zauber für mich, Orëska.«

Er glotzte sie verständnislos an. »Was?«

Sie presste seine Finger stärker an ihr festes, doch

nachgiebiges Fleisch, und ihr Grinsen wurde breiter. »Machen Magie für mich.«

Plötzlich sah er wieder die Sterne und flüsterte einen Zauber zu ihren Ehren. Ein gleißend heller Lichtpunkt erglühte über ihnen, so strahlend wie die Sterne selbst. Seine Schönheit hieß ihn lachen. Er spann das Licht zu einer größeren Sphäre und teilte sie gleich darauf in tausend funkelnde Stücke, die er wie einen Kranz aus Frost und Diamanten über ihr Haar legte. Gebadet in dieses ätherische Licht, sah Lhel aus wie ein wilder Geist der Nacht, der sich mit Lumpen verkleidet hatte. Als hätte sie seine Gedanken gelesen, griff sie nach ihrem Kragen und zog ihr Oberteil aus. Erneut sah er die Zeichen der Macht, die ihren Körper bedeckten. Ehrfürchtig berührte Arkoniel sie, folgte Spiralen, Schleifen und Halbmonden mit den Fingern, ehe er die Hand schüchtern zu der Stelle führte, an der ihre Körper noch immer vereint waren, Fleisch zu Fleisch.

»Du hattest Recht. Iya hat versucht, mir zu erklären ...«, brachte er schließlich hervor, hilflos gefangen zwischen Verzückung und Verrat. »Dass dies einem Zauberer die Macht raubt, war nichts als eine Lüge.« Seine Hand wanderte zu der Krone aus Licht, die in ihrem Haar erglühte. »Ich habe noch nie etwas so Schönes geschaffen.«

Lhel ergriff erneut seine Hand und presste sie an ihr Herz. »Nicht für alle Lüge, Orëska. Nicht alle gut, um Göttin zu dienen. Aber du? Was du hier fühlen ...« Mit der freien Hand tippte sie auf seine Brust. »Das ist, was machen da.« Nun berührte sie seine Stirn. »Iya das denken. Sie versucht, dir zu sagen.«

»Du hast uns zugehört?«

»Ich viel hören. Viel sehen. Sehen dich schlafen mit Verlangen in deine *Raluk*.« Sie presste sein Glied in

438

ihrem Leib zusammen und blinzelte ihm verschmitzt zu. »Ich versucht, schicken Worte in deine Träume, aber du stur sein! Warum du mich zwingen, dass ich schicken Kinder nach dir, wenn du so viel Hitze in dir?«

Arkoniel starrte zum Himmel hinauf und versuchte, die Furcht zu erfassen, die kaum eine Stunde zuvor Besitz von ihm ergriffen hatte. Wie war er hierher gekommen, befriedigt und lachend, wenn er sich doch nicht erinnern konnte, irgendeine Entscheidung getroffen, sich irgendwie einwilligend gezeigt zu haben? »Hast du mich dazu gebracht . . .?«

Lhel zuckte die Schultern. »Nicht machen können, wenn Verlangen nicht in dir. Nicht da gewesen, damals an Moorplatz. Jetzt da. Ich es nur gerufen.«

»Aber du hättest mich schon an dem . . . dem Moorplatz nehmen können!« Doch noch während er sprach, erkannte Arkoniel, dass sich ein wichtiger Teil in ihm seit jenem Tag verändert hatte.

»Ich nicht nehmen«, sagte sie sanft. »Du geben.«

»Aber ich hatte nicht die Absicht zu . . . zu . . .« Er gestikulierte kläglich. »Zu irgendetwas, bis ich hierher kam!«

»Du gehabt. Da drin.« Lhel legte einen seiner Lichtpunkte auf ihre Fingerspitze und platzierte ihn auf seiner Brust. »Herz Kopf nicht alles sagen. Aber Körper wissen. Du das lernen.«

»Ja, das werde ich lernen«, stimmte Arkoniel zu und ergab sich ihrer Logik.

Lhel rollte sich von ihm herunter und erhob sich. Ihre Füße steckten in Lumpen, die durch Rindenstreifen verstärkt wurden, doch sie schien die Kälte gar nicht zu spüren. Während sie wieder in ihr zerfetztes Kleid und die Robe schlüpfte, sagte sie: »Ihr zu viel in Kopf, ihr Orëska. Darum ihr mich brauchen für *Shaimari Anan*. Darum ihr mich brauchen, die Shaimari von Keesas wieder richtig machen.«

»Wirst du mich das lehren?«

Lhel blickte auf ihn hinunter und zog eine Braue hoch. »Du bezahlen?«

Arkoniel erhob sich und strich seine Kleider glatt. »Ja, im Namen der Vier, wenn das dein Preis ist. Aber kannst du nicht zu mir in die Festung kommen?«

Lhel schüttelte den Kopf. »Nein. Iya Recht haben mit das. Ich gesehen eure König. Gelesen seine Herz. Niemand wissen. Das besser.«

Plötzlich schlichen sich Zweifel in seine gelöste Stimmung. »Ich habe dich auf der Straße mit Tobin und Ki sprechen gesehen. Sie kennen dich.«

»Keesas schweigen können.«

»Du bringst Ki in Gefahr, wenn du zu viel preisgibst.«

Lhel zuckte die Schultern. »Du nicht sorgen um Ki. Göttin auch ihn geschickt.«

Das war wohl das Fundament ihrer Argumentation. »Ziemlich geschäftige Dame, deine Göttin.«

Lhel verschränkte die Arme vor der Brust und starrte ihn an, bis ihm ein wenig mulmig zumute war. Dann machte sie abrupt kehrt und winkte ihm zu, ihr zu folgen.

»Wohin gehen wir?«

Ein Kichern drang an sein Ohr, als sie mit den Schatten der Bäume verschmolz. »Du alle Lektionen auf Straße wollen, Orëska?«

Mit einem ergebenen Seufzen griff Arkoniel nach den Zügeln seines Pferdes und folgte ihr zu Fuß.

Zauberer sahen auch im Dunkeln gut, und mit Hexen verhielt es sich offenbar nicht anders. Lhel schritt zielstrebig zwischen den Bäumen hindurch, obwohl es keinen Pfad gab, dem sie hätte folgen können. Leise vor sich hin summend, schien sie beinahe vor ihm zu tanzen. Unterwegs strich sie sacht mit den Händen über die Bäume und Felsen, die sie passierte. Arkoniel, dem der Blick auf die Sterne zur Orientierung verwehrt war, wusste bald nicht mehr, wo er war, und er beeilte sich, mit der Hexe Schritt zu halten.

Unter einer gewaltigen Eiche blieb sie schließlich stehen.

»*Cama!*«, sagte sie mit lauter Stimme, und ein schwacher Lichtschein drang durch eine Öffnung aus dem Stamm nach draußen.

Als Arkoniel der Hexe ins Innere folgte, fand er sich in einer behaglichen Zuflucht wieder. Ein Licht, das dem ähnelte, welches er zuvor beschworen hatte, glomm etwa zwanzig Fuß über ihnen an der Stelle, an der der Riss im Stamm der Eiche endete. Auch Iya und er hatten auf ihren Reisen schon derartige Behausungen gefunden; alte Eichen rissen recht oft, ohne gleich zu sterben. Lhel hatte sich hier ein gemütliches Heim eingerichtet. An der Wand auf der anderen Seite des Stammes befand sich eine mit Fellen bedeckte Pritsche gleich neben einem wirren Durcheinander, das möglicherweise aus ihren Kleidern bestand; es gab ein paar Töpfe und Körbe, und der obere Bereich der Baumhöhle war von dem Rauch aus der Feuergrube geschwärzt. Dennoch konnte sich Arkoniel nicht vorstellen, all diese Jahre an so einem Ort zuzubringen.

Lhel zog ein Rehfell über den Eingang, hockte sich dann neben die Feuergrube, um das bereits fertig aufgeschichtete Feuerholz in Brand zu setzen.

»Ich habe ein Geschenk für dich.« Arkoniel zog den kleinen Beutel mit Feuerscheiben aus seiner Tunika und zeigte ihr, wie sie sie benutzen musste. Flammen loderten auf, und sie nährte das Feuer mit Brennmaterial aus einem Haufen von dürren Zweigen und gebrochenen Aststücken neben der Grube.

Lächelnd blickte sie in den Beutel. »Gut sein.«

»Wie hast du hier überleben können?«, fragte er und kauerte sich neben ihr auf den Boden. In diesem Licht konnte er erkennen, wie rissig die Haut an Händen und Gesicht war, und er sah die Schwielen und Frostbeulen an ihren schmutzigen Füßen, die unter den Lumpen nackt waren.

Lhel sah ihn über die Flammen hinweg an. Das flackernde Licht warf tiefe Schatten über die feinen Linien um ihren Mund und zauberte einen roten Schimmer über die silbernen Strähnen in ihrem Haar. Als sie es auf der Straße so wild getrieben hatten, hatte sie so jung ausgesehen, und nun sah sie so alt aus, als wäre sie selbst eine Göttin.

»Das guter Ort«, sagte sie, schüttelte ihren Umhang aus und ließ das zerrissene Oberteil ihres Kleides von ihren Schultern gleiten, bis es locker über ihren Hüften hing. Ihre vollen Brüste schienen im Feuerschein zu glühen, und von den Symbolen, die ihre Haut zuvor bedeckt hatten, war nichts mehr zu sehen. Sie griff in einen der Körbe und bot ihm einen Streifen Trockenfleisch an. Arkoniel nahm das Angebot an, ohne den Blick von ihrem Körper zu lösen. Sie schaffte noch mehr Nahrungsmittel herbei und begann zu essen. Sie war so schmutzig wie eh und je, und sie hatte über die Jahre ein paar Zähne eingebüßt. Die, die ihr geblieben waren, waren fleckig und abgenutzt, doch als sie sich zu ihm umdrehte und grinste, war sie immer noch attraktiv, immer noch zutiefst verführerisch ...

Ohne nachzudenken, beugte er sich vor und küsste ihre Schulter, atmete ihren Duft und begehrte sie erneut. »Wie konntest du diese Gefühle in mir wecken?«, fragte er verwirrt.

»Wie viel Jahre du sein?«, konterte sie mit einer Gegenfrage, den Mund voller verschrumpelter Preiselbeeren.

Arkoniel musste nachrechnen. »Einunddreißig«, sagte er nach einer Weile. Für manche Männer war das Leben in diesem Alter beinahe vorbei; für einen Zauberer hingegen war nicht einmal die Jugend vorüber.

Spöttisch zog Lhel die Augenbrauen hoch. »Einunddreißig Jahre keine Frau, und jetzt du nicht verstehen, warum werden hart?« Vergnügt schnaubend griff sie unter seiner Tunika nach seinen Genitalien. »Du *Macht* hier!« Dann zog sie die Hand wieder weg und berührte nacheinander seinen Bauch, seine Brust, die Kehle und die Stirn. »Macht überall. Manche verstehen, manche nutzen. Du nutzen.«

»Und du bringst es mir bei?«

»Manches. Für Keesa.«

Arkoniel rückte näher an sie heran, bis sein Bein gegen das ihre drückte. »An jenem Tag im Morast sah ich dich etwas tun, das ich auch gern können würde. Ich war auf der Straße, und du bist plötzlich aufgetaucht . . . «

Lhel lächelte ein wenig scheu und presste Zeigefinger und Daumen zusammen. »Ich gesehen deine *Krabol*.«

Arkoniel starrte sie einen Augenblick verständnislos an. Dann, als ihm die Bedeutung ihrer Geste aufging, grinste er. »Du meinst die Bohnen.«

»Bohnen«, wiederholte sie. »Du glauben, du sie bewegen . . . « Eine weitere, weniger verständliche Geste folgte, doch Arkoniel glaubte auch sie zu begreifen.

»Du hast gesehen, wie ich versucht habe, sie zu bewegen. Aber wie?«

Lhel hielt ihre linke Hand hoch und formte einen Kreis aus Daumen und Zeigefinger. Dann rasselte sie einige hastige Silben herunter, die keinerlei Ähnlichkeit mit Worten hatten, und blies durch ihre Finger. Als sie die Hand wegnahm, konnte Arkoniel ein kleines schwarzes Loch in der Luft vor sich sehen, nicht größer als das Auge eines Pferdes.

»Schauen hinein«, sagte sie.

Arkoniel beugte sich vor, um in das Loch zu blicken, und dort sah er Tobin und Ki, die beide neben der Spielzeugstadt auf dem Boden hockten. Tobin versuchte, Ki das Schnitzen zu lehren. »Unglaublich.«

Lhel stieß ihm unsanft den Ellbogen in die Seite und schloss das Loch mit einer knappen Handbewegung, doch nicht, ehe Arkoniel gesehen hatte, wie zwei erschrockene Gesichter auf der Suche nach dem Ursprung der Stimme, die scheinbar aus dem Nichts gesprochen hatte, aufblickten.

»Ich habe vergessen, dass ich dich auch durch das Loch hören konnte«, gestand Arkoniel. »Im Namen des Lichts, das ist tatsächlich ein Tunnel in der Luft!«

»Was ist Tunnel?«, fragte Lhel.

Als Arkoniel versuchte, es ihr zu erklären, schüttelte sie den Kopf. »Nein, es ist ...« Sie führte eine Pantomime vor, in der Arkoniel schließlich das Öffnen eines Fensters erkannte. »So. Hat zwei Seiten ...« Sie presste die Handflächen fest aneinander.

Mit wachsender Aufregung dachte Arkoniel darüber nach. Wenn eine Stimme so einfach übertragen werden konnte, dann gewiss auch ein Gegenstand oder sogar eine Person. Doch als er versuchte, ihr seine Gedanken zu erklären, weiteten sich Lhels Augen vor Schreck.

»Nein!«, widersprach sie und zupfte zur Betonung an seinem Arm. Dann legte sie die andere Hand an seine

Stirn und sprach in seinem Geist, so wie sie es schon einmal getan hatte. *Kein fester Gegenstand, der sich in ein sehendes Fenster verirrt, kommt wieder hervor, weder auf der anderen Seite noch an irgendeinem anderen Ort. Sie verschlingen, was immer in sie hineingerät.*

»Lehre es mich«, sagte er laut.

Lhel zog die Hände zurück und schüttelte den Kopf. »Noch nicht lehren das. Andere Dinge wichtiger. Du nicht genug wissen.«

Arkoniel hockte sich auf die Fußballen und bemühte sich, seine Enttäuschung hinunterzuschlucken. Dies war nicht die Magie, die er erhofft hatte, aber doch eine Form der Magie, die ihn seinem Ziel näher bringen würde als jede andere ihm bekannte Zauberei, doch er würde abwarten müssen, bis sie bereit war. »Was muss ich also wissen?«

Lhel zog eine Beinnadel aus ihren Röcken hervor, zeigte sie ihm, stach sich in den Daumen und drückte einen Tropfen leuchtend roten Blutes hervor. »Erst du lernen Macht von diese und von Fleisch und Bein und von Tod.«

»Nekromantie?« Konnte ihn seine eigene Begierde so sehr geblendet haben, dass er die finsteren Wurzeln ihrer Magie vergessen hatte?

Lhel blickte ihn aus unergründlichen schwarzen Augen an, und wieder sah sie unendlich alt und mächtig aus. »Das Wort ich kennen. Deine Volk uns so genannt, als ihr vertrieben uns von unsere Land. Du irren.«

»Aber das ist Blutmagie . . .«

»Ja, aber nicht böse sein. Nekromantie sein . . .« Sie kämpfte einige Augenblicke lang mit der Sprache. »Schlimme, schmutzige Sache sein.«

»Ein Gräuel«, schlug Arkoniel vor.

»Ja, Gräuel, aber diese nicht sein.« Sie presste einen

weiteren Blutstropfen hervor und schmierte ihn über ihre Handfläche. »Du haben Blut, haben Fleisch. Ich haben. Alle Menschen haben. Nicht böse. Macht. Böses kommen aus Herz, nicht aus Blut.«

Arkoniel starrte ihre Handfläche an und beobachtete, wie die durchscheinende Blutschicht in den Furchen ihrer Haut trocknete. Was sie gesagt hatte, widersprach allem, was er als Skalaner in seines Vaters Haus und auch als Zauberer gelernt hatte. Doch während er bei ihr saß und die Aura der Macht spürte, die sie umgab, konnte er keine Spur des Bösen in ihr fühlen. Er dachte an Tobin und den Dämon, und daran, wie weit Lhel gegangen war, um die Dinge wieder so weit ins Lot zu bringen, wie sie nur konnte. Widerwillig und furchtsam lauschte er seinem Herzen und beschloss, dass sie die Wahrheit gesagt hatte.

Wäre er imstande gewesen, die Zukunft vorherzusagen, so hätte er gesehen, wie sich der Lauf der Geschichte von Skala und der Orëska in diesem Augenblick der Erkenntnis kaum wahrnehmbar verändert hatte.

Kapitel 30

Arkoniel fand sich während des Winters in einer Doppel-
rolle als Lehrer und als Schüler wieder. Jeden Morgen
unterrichtete er seine widerstrebenden jungen Schütz-
linge, um dann später hinauszugehen, nach Lhel Ausschau zu halten und seinerseits unterrichtet zu werden.

Bei Ersterem erwies sich Tharin als standhafter Verbündeter, denn er weigerte sich strikt, mit dem Unterricht an der Waffe zu beginnen, bevor die beiden Knaben sich in angemessener Weise um Arkoniels Lektionen bemüht hatten. Dieses System war anfangs auf einigen Widerstand gestoßen, doch als Tobin endlich seine
Buchstaben gelernt hatte und ein wenig Lesen konnte,
entwickelte er plötzlich Interesse am Lernen. Sein En-
thusiasmus wurde sogar noch größer, als Arkoniel ihm
anbot, ihn zeichnen zu lehren. Soweit der Zauberer es
beurteilen konnte, war dies seine einzige Fähigkeit, die
auch Tobin nachhaltig beeindruckte.

Ki zappelte noch immer unentwegt herum und seufzte beständig vor sich hin, doch auch bei ihm machte
Arkoniel Fortschritte, wenn er auch genau wusste, dass
er diesen Umstand weniger seinen eigenen Qualitäten
zuschreiben konnte. Für Ki ging die Sonne mit Tobin auf
und unter, und er war bereit, sich mit größter Anstren-
gung jeder Aufgabe zu widmen, die sein Freund für
wichtig hielt. Was auch immer die Aufmerksamkeit des
jungen Prinzen zu fesseln vermochte, Ki stürzte sich mit
seiner ganzen Willenskraft darauf.

Ganz ohne Zweifel hatte er auf Tobin die gleiche Wirkung. Der Prinz lachte nun viel öfter, und die täglichen Streifzüge durch das Gebirge hatten Farbe in sein Gesicht getrieben und die Muskeln an seinem feingliedrigen Leib gestärkt.

Alle paar Wochen trafen Boten mit Briefen von Rhius ein, die von der zunehmenden Betriebsamkeit auf der anderen Seite des Meeres kündeten.

Die plenimaranischen Schiffswerften sind weit mehr beschäftigt, als uns lieb sein kann, schrieb er in einem dieser Briefe, *und die Spione des Königs berichten von einer großen Zahl Plenimaraner, die sich an der Ostgrenze Mycenas sammeln. Ich fürchte, sie werden sich nicht auf Überfälle in Küstengebieten beschränken, wenn der Frühling heraufzieht. Mögen Illior und Sakor dafür Sorge tragen, dass wir dieses Mal an anderen Küsten kämpfen.*

Arkoniel, der keinerlei Erfahrung mit dem Kriegsgeschäft hatte, beobachtete Tharin, als jene Briefe in der Halle laut vorgelesen wurden.

Tharin lauschte aufmerksam, die Stirn gedankenverloren in Falten gelegt, ehe er den Boten nach Einzelheiten fragte. Wie war es den Garnisonen zu Atyion und Cirna ergangen? Wie viele Schiffe lagen im Hafen Eros vor Anker? Hatte der König weitere Truppen aufgeboten? Hatte er Vorräte aus dem Landesinneren geordert?

»Wenn ich Euch zuhöre, komme ich mir furchtbar unwissend vor«, gestand Arkoniel eines Abends, als er und Tharin noch spät über einem Spiel beisammensaßen. »Trotz all meiner Reisen habe ich im Gegensatz zu Euch ein recht behütetes Leben geführt.«

»Auch Zauberer haben einmal für Skala gekämpft«,

entgegnete Tharin, ohne den Blick von den Spielsteinen zu nehmen. »Doch wie es scheint, legt es der König nun darauf an, dass ihr Zauberer euch gegenseitig bekämpft.«

»Ich hoffe, das wird sich eines Tages ändern.«

In solchen Momenten war sich Arkoniel des Geheimnisses, das zwischen ihnen stand, auf besonders unangenehme Weise nur allzu bewusst. Je länger er den Mann kannte, desto mehr bedauerte er, dass Tharin die Wahrheit nicht wusste.

»Ich hätte nichts dagegen, wenn Ihr mir den Rücken freihieltet«, fuhr Tharin fort und sammelte die Steine zum nächsten Wurf ein. Der Feuerschein tauchte die polierten Quarzsteine in seinen Händen in blutrotes Licht. »Ich weiß nicht viel über Zauberer, aber genug über Menschen. Ihr habt ein stählernes Rückgrat. Überdies kann ich mir nicht vorstellen, dass die gute alte Iya Euch auserwählt hätte, würde sie nicht ebenso denken. Oder dass sie diesen alten Lederbeutel in Eurer Obhut gelassen hätte.«

Er blickte auf, noch ehe Arkoniel seine Verwunderung ganz kaschieren konnte. »Oh, ich werde Euch nicht danach fragen. Aber ich bin auch nicht blind. Wenn sie Euch vertraut, sollte das jedem anderen genügen.«

Keiner der beiden Männer sagte noch etwas zu diesem Thema, doch Arkoniel war zutiefst dankbar, von diesem Mann respektiert zu werden.

Er wünschte, er wüsste, was Lhel von ihm hielt. Arkoniel verzehrte sich nach ihr. Er träumte von ihrem Körper, und des Nachts erwachte er steif und erhitzt und allein auf seine eigene Hand angewiesen, ein Behelf, der nun längst nicht mehr so zufrieden stellend wie früher war.

Doch Lhel zeigte sich hartherzig; ihm war nur gestattet, sie zu finden, wenn sie es wünschte. Kein Suchzauber vermochte sie zu lokalisieren, und er war niemals imstande, den Weg zu der Eiche allein zu finden. Wenn es ihn nach ihr gelüstete, so ritt er in den Wald, und falls sie es wünschte, offenbarte sie sich ihm. Falls nicht, kehrte er enttäuscht und erzürnt nach Hause zurück.

Manchmal geschah es, dass er sie fand und die Knaben bei ihr waren. Dann stapften sie zu viert durch den Schnee und erforschten den Wald wie eine Bauernfamilie. Diese Ausflüge waren schön, und das Bild, das sie ablieferten, hieß ihn lächeln, denn im Tageslicht war Lhels Alter deutlich zu sehen, und er fühlte sich Tobin und Ki weit mehr verbunden als ihr.

Wenn es ihm jedoch gelang, Lhel allein zu treffen, so war das eine ganz andere Geschichte. Sie trieben es jedes Mal – keiner von beiden erfüllte je die Abmachung zur Gänze –, und es ging jedes Mal so leidenschaftlich zu wie beim ersten Mal. Sie erbat keine Zärtlichkeit, und sie gab keine Zärtlichkeit, nur hemmungslose Leidenschaft. Hinter geschlossenen Lidern sah Arkoniel Visionen von Wirbelstürmen, Gewittern und Erdbeben. Wenn er dann die Augen öffnete, sah er die Macht von Lhels Göttin in ihren Augen und in den dunklen Zeichen auf ihrer Haut, die sie ihm nur zu diesen Gelegenheiten offenbarte.

Wenn sie später gemeinsam nackt auf der Pritsche lagen, zeigte sie ihm, was immer sie von ihrer Magie preiszugeben gedachte. Vieles davon schien dazu ausersehen, seine natürliche Aversion gegen Blutmagie niederzuringen.

Zuerst lehrte sie ihn, das »Blut lesen«, wie sie es ausdrückte. Dazu reichte sie ihm ein blutgetränktes Stück Stoff oder Baumrinde; durch die Berührung mit den

Fingern und dem Geist lernte er rasch, die Kreatur zu identifizieren, der das Blut entstammte. Als die Lektionen voranschritten, lernte er, in den Geist der Kreatur einzudringen, so sie noch lebte, und durch ihre Augen zu sehen. Als Fuchs streifte er durch eine Wiese und grub träge Mäuse aus ihren Gängen unter dem braunen, eisverkrusteten Gras aus. Als Adler kreiste er um die Festung auf der Suche nach verirrten Hühnern. Das seltsamste Erlebnis verbuchte er jedoch, als er in den Geist einer Forelle eindrang und in der Stille unter dem Eis des Flusses einherschwamm, wo er den juwelenbesetzten Ring einer Frau in den seidigen Algen entdeckte, die die Felsen überzogen.

Schließlich bot ihm Lhel einen Tropfen ihres eigenen Blutes dar, und er fand sich in ihrer Haut wieder. Die einfachen Geister der Tiere hatten ihm nicht mehr als einige wenige Bilder in verschiedenen Grauschattierungen zu bieten gehabt. Als er jedoch in Lhels Geist vordrang, fühlte er das Gewicht des vertrauten Körpers um sich herum, als trüge er ihr Fleisch wie ein Kleidungsstück über seinem eigenen Leib. Er konnte die Schwere ihrer Brüste unter dem zerlumpten Kleid fühlen, den Schmerz, der ihr linkes Fußgelenk plagte, die träge Wärme in ihren Lenden, Nachwirkung ihrer vorangegangenen Vereinigung. Nach einem Augenblick der Orientierungslosigkeit erkannte er, dass er sich selbst durch ihre Augen betrachtete. Sein Körper lag, halb bedeckt von der Fellrobe, neben dem Feuer auf der Pritsche, reglos wie ein Leichnam. Mit einer Mischung aus Verdruss und Amüsement inspizierte er seine eigenen langen, knochigen Glieder, musterte die Rippen, die sich deutlich unter der weißen Haut abzeichneten, den Pelz aus schwarzem Haar, der seine Brust und seinen Rücken, seine Arme und Beine bedeckte. Der Ausdruck auf seinem Gesicht war ekstatisch wie der eines Tempelorakels, das von Gott berührt wurde.

Und bei all dem konnte er Lhels Gedanken doch nicht hören. Diese mit ihm zu teilen war sie nicht gewillt.

Als seine Furcht vor ihrer Magie immer mehr abnahm, fing sie an, ihm die Grundlagen ihres Wissens über Geister und Seelen zu vermitteln.

»Wie hast du die Veränderung in Tobin bewirkt?«, fragte er eines Tages, als der Wind klagend über die Eiche strich.

»Du gesehen.«

»Ich sah dich ein Stück Haut der Geschwister tauschen. Steckt die Magie in dieser Haut?«

»Das machen Haut von Haut«, entgegnete sie, darum bemüht, die richtigen Worte zu finden. »Tobin wieder Mädchen werden sollen, Haut müssen weg.«

Doch Arkoniel war nicht nur Lhels Schüler. Er half ihr auch, die Sprache besser zu beherrschen, und zeigte ihr sämtliche ihm bekannten Methoden, ein Feuer zu entfachen. Als sie ihre Magie verglichen, stellten sie fest, dass sie beide Wind rufen und durch jedes Dickicht brechen konnten, ohne Spuren zu hinterlassen.

Er lehrte sie die Orëska-Methode zum Aufspüren von Zauberern, während sie im Gegenzug versuchte, ihm die Magie zu vermitteln, die notwendig war, das Loch in der Luft zu schaffen. Das jedoch erwies sich als weit schwerer, als er erwartet hatte. Es lag nicht an der geflüsterten Beschwörung, auch nicht an den nötigen Gesten, sondern an einer merkwürdigen geistigen Verzerrung, die er nicht sehen konnte und die zu erklären ihr die Worte fehlten.

»Wird kommen zu dir«, versicherte sie ihm immer wieder. »Wird kommen.«

Zu seinem Schrecken war die Person in der Festung, mit der Arkoniel offenbar am wenigsten vorankam, ausgerechnet Tobin. Das Kind war höflich und schien entschlossen, zu meistern, was Arkoniel ihm beizubringen suchte, doch zwischen ihnen bestand stets eine seltsame und scheinbar unüberwindliche Distanz.

In einem Punkt aber öffnete sich Tobin. Zu Arkoniels größter Überraschung verriet er ihm, mit welchem Zauber er Bruder zu rufen pflegte, worauf Arkoniel selbst einen Versuch wagte. Vergeblich. Bruder reagierte nur auf Tobin.

Als er Lhel später danach fragte, zuckte jene die Schultern und sagte: »Sie durch ihr Fleisch verbunden. Das du nicht lernen durch Magie.«

Ein Umstand, den Arkoniel bedauerte, denn der Geist pflegte seinem Arbeitszimmer recht häufig einen Besuch abzustatten. Seit jenem Tag, an dem der Geist ihn genarrt und sein Pferd in Angst und Schrecken versetzt hatte, hatte Arkoniel ihn nicht mehr gesehen, doch seine eisige, feindselige Präsenz war unverkennbar. Er schien Freude daran zu haben, den Zauberer zu quälen. Oft kam er ihm nahe genug, um seine Nackenhaare zu Berge stehen zu lassen. Zwar tat er ihm in physischer Hinsicht nichts zuleide, doch er hatte ihn schon mehr als einmal aus seinem Zimmer heraus auf die Suche nach Tobin getrieben.

Bald setzte das Frühjahr mit Regen ein. Wie erwartet, unterzeichnete König Erius einen Pakt mit Mycena und zog gegen die plenimaranischen Invasoren in dem befreundeten Land zu Felde, womit es seinem geschätzten Bevollmächtigten, dem Lordkanzler Hylus, oblag, sich während der Abwesenheit Seiner Majestät um die Angelegenheiten des Hofes zu kümmern. In einem von Iyas unregelmäßig eintreffenden Briefen hieß es scheinbar beiläufig, dass auch der Zauberer des Königs, Lord Niryn, im Lande geblieben war.

Rhius begleitete den König, und so konnte auch Tharin nicht länger in der Festung bleiben.

Früh im Lithion traf der Herzog mit einer Truppe Minnesänger und Akrobaten in der Feste ein, um sich zu verabschieden. Er blieb nicht einmal eine ganze Woche, ritt jedoch jeden Tag mit den Knaben aus und setzte sich des Abends noch lange mit Tharin und Arkoniel zu einem Spiel zusammen, während im Hintergrund die Minnesänger ihre Kunst vortrugen. Der Zauberer war höchst erfreut, erleben zu dürfen, dass der Herzog wieder ganz der Alte zu sein schien, und Tobin war geradezu begeistert.

Das Einzige, was jenen Besuch beeinträchtigte, war das plötzliche Ableben des alten Dieners Mynir. Eines Morgens tauchte er nicht zum Frühstück auf, und Nari fand den alten Mann tot in seinem Bett. Die Frauen reinigten seinen Körper, parfümierten die Haut und nähten den Toten in ein Leichentuch ein. Dann wurde er zu seiner Familie nach Ero gebracht.

Der alte Mann war bei allen sehr beliebt gewesen, und jeder weinte vor seinem Leichnam, der aufgebahrt vor dem Schrein lag – jeder außer Tobin. Selbst Ki vergoss ein paar Tränen für den armen alten Mann, aber Tobins Augen blieben sogar dann noch trocken, als er mit ernster Miene ein Opfer für Astellus darbrachte. Der Anblick erfüllte Arkoniel mit tiefer Bestürzung, doch sonst schien niemandem etwas aufzufallen.

Viel zu schnell war der Tag der Abreise gekommen, und der ganze Haushalt versammelte sich im Innenhof, um Rhius und Tharin zu verabschieden. Arkoniel und Tharin hatten sich schon am Vorabend beim Wein verabschiedet, dennoch fühlte der Zauberer einen dumpfen Schmerz in seinem Herzen, als er sah, wie der groß gewachsene Krieger in den Sattel stieg.

Tobin und Ki halfen niedergeschlagen bei den Reisevorbereitungen. In Arkoniels Augen wirkten beide so unglücklich wie nie zuvor.

Als schließlich alles bereit war und Tobins Vater und Tharin reisefertig im Sattel saßen, stand Tobin neben seinem Vater und blickte zu ihm auf. »Ki und ich werden jeden Tag üben«, versprach er. »Wann können wir nachkommen, um mit euch zu kämpfen?«

Mit einem stolzen Lächeln beugte sich Rhius hinab und ergriff die Hand seines Kindes. »Wenn meine Rüstung dir passt, mein Kind, und dieser Tag wird schneller da sein, als du glaubst. Wenn er gekommen ist . . .« Plötzlich klang die Stimme des Mannes auffallend heiser. »Im Namen der Vier, kein General wird so stolz sein wie ich, einen solchen Krieger in seinem Gefolge zu wissen.« Dann wandte er sich zu Ki um. »Soll ich deinem Vater eine Botschaft übermitteln, falls ich ihm begegne?«

Ki zuckte die Schultern. »Ich habe Euch brav gedient, Mylord. Das könntet Ihr ihm sagen. Ich weiß nicht, was ihn noch interessieren würde.«

»Ich werde ihm sagen, dass kein anderer Prinz einen so loyalen Knappen hat. Du hast dir meine Dankbarkeit verdient, Kirothius, Sohn des Larenth.«

Arkoniel vermochte nicht zu sagen, wessen Augen strahlender blickten, als die beiden Knaben dem Herzog nachsahen, Tobins oder Kis.

Kapitel 31

Vier Wochen nach der Abreise seines Vaters hielt Tobin Ausschau nach Boten auf der Straße nach Alestun, doch es wollte sich keiner einfinden.

Arkoniel ertappte ihn eines Morgens am Fenster und erriet seine Gedanken. »Mycena ist weit weg. Vielleicht sind sie noch gar nicht dort eingetroffen.«

Tobin wusste wohl, dass der Zauberer Recht hatte, dennoch konnte er nicht davon ablassen, die Straße zu beobachten.

Als schließlich eines warmen Frühlingstages, ungefähr einen Monat später, ein Reiter auftauchte, hatte er keine Botschaft von Rhius zu überbringen.

Tobin und Ki angelten an der Flussbiegung, als sie das Klappern der Hufe auf der Straße vernahmen. Hastig krabbelten sie die Uferböschung hinauf, um nachzusehen, wer sich näherte. Der Reiter war ein grobschlächtiger Bursche in Leder, über dessen Schulter eine Mähne wirren braunen Haares fiel.

Die Regeln für den Umgang mit Fremden hatten sich seit Kis Ankunft nicht geändert: Halte Abstand, und geh zurück in die Festung. Ki kannte sie so gut wie Tobin, doch statt sich zu fügen, stieß er einen Jubelschrei aus und sprang auf, um den Reiter zu begrüßen.

»Ki, nein!«, brüllte Tobin und griff nach dem Fußgelenk seines Freundes.

Aber Ki lachte nur. »Komm doch mit. Es ist doch nur Ahra!«

»Ahra? Deine Schwester?« Tobin folgte ihm, blieb

aber schüchtern ein paar Schritte hinter seinem Freund. Ahra spielte in Kis Geschichten oft eine recht furchteinflößende Rolle.

Der Reiter sah die Knaben und zügelte sein Ross. »Bist du das, Ki?«

Es war tatsächlich eine Frau, doch sie war ganz anders als alle Frauen, denen Tobin je begegnet war. Sie trug die gleiche Art Lederrüstung über ihrem Kettenhemd wie die Männer seines Vaters, und über ihrer Schulter hingen ein Bogen und ein Langschwert. Ihr Haar war dunkelbraun wie das von Ki, vorn geflochten, hinten lediglich zerzaust. Davon abgesehen hatten die beiden wenig Ähnlichkeit, aber schließlich waren sie auch nur Halbgeschwister.

Sie schwang sich aus dem Sattel und zog ihren Bruder so kraftvoll in ihre Arme, dass dieser den Boden unter den Füßen verlor. »Du bist es, Junge! Mager wie eh und je, aber bestimmt einen Kopf größer als früher.«

»Was machst du hier?«, fragte Ki, als sie ihn wieder absetzte.

»Ich bin gekommen, um nachzusehen, wie es dir ergeht.« Ahra sprach mit dem gleichen platten, bäuerlichen Akzent wie Ki während seiner ersten Wochen in der Festung. »Ich traf diese Zauberin vor ein paar Wochen, und sie hat mich gebeten, einem anderen Zauberer einen Brief zu bringen. Ein Freund von ihr, der hier in der Festung weilt. Sie hat gesagt, du machst dich gut hier.« Sie grinste Tobin an. »Wer ist der Bursche mit dem Schlamm zwischen den Zehen? Iya hat nichts von einem zweiten Knaben in Diensten des Prinzen erzählt.«

»Pass auf, was du sagst«, warnte Ki. »Das *ist* der Prinz.«

Tobin trat vor, um sie zu begrüßen, und die Frau ließ

sich auf ein Knie fallen und hielt den Kopf gesenkt. »Vergebt mir, Hoheit. Ich wusste nicht, dass Ihr es seid.«

»Wie solltet Ihr? Bitte, erhebt Euch!«, drängte Tobin sie. Er war verlegen, weil sie vor ihm kniete.

Ahra erhob sich und bedachte Ki mit einem finsteren Blick. »Hättest mich warnen können.«

»Du hast mir keine Gelegenheit dazu gelassen, nicht wahr?«

»Ich freue mich, Euch kennen zu lernen«, sagte Tobin und schüttelte ihr die Hand. Nun, da der erste Schreck bewältigt war, war er überaus neugierig und erfreut, endlich jemandem aus Kis weitläufiger Verwandtschaft zu begegnen. »Mein Vater ist nicht hier, doch Ihr seid uns als unser Gast willkommen.«

»Es wäre mir eine große Ehre, Euer Hoheit, aber mein Hauptmann hat mich nur bis Einbruch der Dunkelheit entschuldigt. Der Rest der Kompanie ist in Alestun, um Vorräte zu kaufen. Wir ziehen weiter nach Ylani, um die sommerlichen Überfälle abzuwehren.«

»Ich dachte, du würdest mit Jorvai und Vater und allen nach Mycena ziehen«, sagte Ki.

Sie schnaubte, und Tobin erhielt einen flüchtigen Eindruck von ihrem berüchtigten Temperament. »Sie sind nach Mycena gezogen, die Jungs bis hin zu deinem Bruder Amin, der gerade ein Jahr älter ist als du. Er soll als Läufer dienen. Aber der König will immer noch keine Frauen in seinen Reihen sehen. Bei Sakor, er hat uns zusammen mit alten Männern und verkrüppelten Veteranen fortgeschickt, um die Küste zu bewachen!«

Ahra berichtete Ki, was es zu Hause Neues gab, während sie zu dritt zum Haus hinaufgingen. Ihre vierte Mutter, die nur ein Jahr älter war als Ahra, hatte bald nach Kis Abreise Zwillinge zur Welt gebracht und war erneut schwanger. Fünf der kleineren Kinder hatte das

Fieber erwischt, aber nur zwei waren gestorben. Nun, da die sieben Ältesten fort waren, war es im Haus stiller geworden, und der Krieg war zur rechten Zeit gekommen, Alon vor der Strafe für Pferdediebstahl durch einen benachbarten Ritter zu bewahren. Obwohl diese Nachricht nicht neu war, verteidigte Ki mit Vehemenz die Unschuld seines Bruders.

Tobin hörte sich alles mit wachsendem Vergnügen an. Er kannte all diese Leute durch Kis Erzählungen, und nun stand eine dieser Gestalten in Fleisch und Blut vor ihm. Zudem mochte er Ahra auf Anhieb, und er kam schnell zu der Überzeugung, dass Ki ihre negativen Seiten ein wenig zu sehr betont hatte. Wie ihr Bruder war sie schonungslos offen. Hinter ihren dunklen Augen verbargen sich keine Geheimnisse. Dennoch war eine Frau mit einem Schwert ein sonderbarer Anblick für Tobin.

Nari erwartete sie schon an der Brücke, und ihre finstere Miene reichte aus, dass alle drei abrupt stehen blieben. »Prinz Tobin, wer ist diese Frau und was tut sie hier?«

»Kis Schwester«, antwortete Tobin. »Du weißt schon, die, die versucht hat, mit ihrem Pferd über eine Schweinesuhle zu springen und hineingestürzt ist.«

»Ahra, richtig?«, erkundigte sich Nari besänftigt.

Ahra musterte Ki mit finsterem Blick. »Du erzählst Geschichten über mich?«

Nari lachte. »Das tut er! Ihr werdet sehen, wo Ki ist, gibt es keine Geheimnisse. Kommt herein, junge Frau, und speist mit uns. Mamsell wird sich freuen, endlich wieder einer Frau in Rüstung zu begegnen.«

Alles lauschte den Geschichten von Mamsell und Ahra, als Arkoniel mit der zufriedenen Miene den Raum betrat, die er stets aufzusetzen pflegte, wenn er mit Lhel allein gewesen war.

Was sich sogleich änderte, als er Ahra erblickte. Er sah sogar noch verärgerter aus als Nari, bis Ahra ihm Iyas Brief überreichte.

»Nun, wenn sie Euch geschickt hat«, murmelte er. »Ich nehme an, ich hätte Ki schon vor diesem Tag anhalten sollen, seiner Mutter zu schreiben.«

»Das hätte wenig geholfen«, entgegnete Ahra steif, aber würdevoll. »Keiner von uns kann lesen.«

Ki errötete, als wäre er bei einer Schandtat erwischt worden.

»Was könnt Ihr uns über den Krieg berichten?«, fragte Tobin.

»Meine letzten Neuigkeiten sind schon über einen Monat alt. Der König hat sich zu Nanta mit den Ältesten Mycenas getroffen, und eine Flotte ist die Küste hinabgereist, um die Plenimaraner an der Grenze zu stellen. Ich hörte viel Gutes über Euren Vater, Prinz Tobin. Es heißt, er stehe in jeder Schlacht in vorderster Front und sei die rechte Hand des Königs.«

»Wart Ihr in letzter Zeit in der Hauptstadt?«, erkundigte sich Arkoniel.

Ahra nickte. »Wir sind vor einer Woche dort durchgekommen. Zwei Schiffe wurden im Hafen niedergebrannt, als der Hafenmeister festgestellt hat, dass sie die Seuche an Bord haben. Als sich herausstellte, dass schon einige der Matrosen an Land gegangen waren und eine Taverne aufgesucht hatten, sind die Leichenvögel gekommen, haben Türen und Fenster vernagelt und das Haus mit ihnen niedergebrannt, weil sie die Seuche trugen.«

»Was sind Leichenvögel?«, fragte Tobin.

»Sie sind so etwas Ähnliches wie Heiler«, erklärte

Arkoniel, wenngleich sein angewiderter Gesichtsausdruck seine Worte Lügen strafte. »Sie ziehen durch die Lande und versuchen, die Seuche aufzuhalten, die von den Häfen in die Städte getragen wird. Sie tragen Masken mit Ausbuchtungen, die an Schnäbel erinnern. Der Schnabel ist mit Kräutern gefüllt, um die Seuche abzuwehren. Darum nennen die Menschen sie Leichenvögel.«

»Es sind auch viele Häscher unterwegs und machen Ärger«, erzählte Ahra, und wieder wusste Tobin nicht, was sie meinte, doch ihm entging nicht, dass sie nicht viel von ihnen hielt.

»Hat es weitere Exekutionen in der Stadt gegeben?«

Ahra nickte. »Drei, eine von ihnen hat einen Priester getroffen. Den Leuten gefällt es nicht, aber niemand wagt, etwas dagegen zu sagen, nicht seit den Festnahmen vor ein paar Monaten.«

»Genug davon!«, sagte Mamsell gestreng. »Ich schätze, die Knaben würden gern sehen, wie Frauen kämpfen, nicht wahr, Kinder? Ihr seid immerhin die erste Frau in Rüstung, die Prinz Tobin zu sehen bekommt.«

Und so endete der Besuch mit einer Kraftprobe im Schwertkampf auf dem Exerzierplatz. Ahra kämpfte hart und schmutzig und zeigte den Knaben ein paar neue, eher unredliche Tricks, um den Gegner zu Fall zu bringen.

»Das ist nicht die rechte Art, dem Neffen des Königs etwas beizubringen!«, schimpfte Nari aus sicherer Distanz.

»Lass ihn ruhig zusehen«, widersprach Mamsell. »In der Schlacht fragt niemand nach Titeln oder Erbrechten, und ein junger Krieger ist gut beraten, wenn er den einen oder anderen Trick aus dem Ärmel ziehen kann.«

Arkoniel blieb in der Küche und prägte sich Iyas Mitteilung ein, damit er den Brief verbrennen konnte. Für jeden anderen hätte ihre Botschaft lediglich aus einer wirren Aufzählung der Personen bestanden, die ihr auf der Reise begegnet waren, doch als Arkoniel die richtigen Worte murmelte, veränderte der Zauber hier und dort ein paar Buchstaben, und die wahre Botschaft trat in den Vordergrund. Sie war noch immer kryptisch, aber deutlich genug, dass sie ihn mit Grauen erfüllte.

Drei weitere Freunde an die Flammen verloren. Die Hunde sind immer noch auf der Jagd, haben aber keine Fährte aufgenommen. Siehst du Weiß oder Grau, flüchte. Ich werde mich weiter fern halten. Möge Illior dir beistehen.

Grau oder Weiß. Arkoniel stellte sich eine Reiterkolonne in diesen Farben vor, die sich über die Wiese näherte, und erschauerte. Aufgebracht warf er den Brief ins Feuer und beobachtete, wie er verbrannte.

»Möge Illior auch dir beistehen«, flüsterte er, während er mit dem Schürhaken in der Asche herumstocherte.

Kapitel 32

Anfang Gorathin trafen die ersten Boten aus Mycena ein. Von nun an lebten die Knaben den ganzen Sommer und den folgenden Winter nur von einer Botschaft zur nächsten. Der Herzog schrieb in unregelmäßigen Abständen; jeder Brief wurde wieder und wieder gelesen, bis das Pergament ganz weich und an den Rändern ausgefranst war. Der König selbst verbrachte den Winter in Ero, ließ aber den Großteil seiner Truppen an der Grenze zurück. Als einer der höchst geschätzten Kommandeure hielt auch Rhius gemeinsam mit seinen Männern am Westufer des Eelflusses die Stellung. Die Plenimaraner taten auf ihrer Seite des Wassers das Gleiche, und als das Frühjahr hereinbrach, gingen die Kämpfe wieder los.

Der folgende Sommer war so heiß, dass nicht einmal Mamsell sich an eine größere Hitze erinnern konnte. Arkoniel hielt die Knaben so gut er konnte zum Lernen an, doch jene zürnten, dass der Krieg ohne sie vorübergehen würde.

Am vierten Shemin wurde Ki dreizehn Jahre alt. Seine Stimme brach nun immer wieder in den komischsten Augenblicken, und er führte voller Stolz einen Hauch schwarzen Flaumes über der Oberlippe spazieren.

Ki würde bald zwölf werden, und wenn sich auf seinen Wangen auch noch nicht das kleinste Härchen zeigen wollte, war er doch inzwischen genauso groß wie Ki. Beide Knaben hatten noch immer eine kindliche Statur, doch die endlosen Tage des Reitens, der körperlichen

Arbeit und der Übungen mit dem Schwert hatten ihnen eine drahtige Stärke verliehen, mit der sich kein Junge würde messen können, der in der Stadt aufgewachsen war.

Arkoniel staunte immer wieder über die enge Bindung zwischen den Knaben. Selbst Brüder hätten einander nicht näher stehen können als diese beiden. Tatsächlich hatte der Zauberer den Eindruck, dass die Knaben weit besser miteinander zurechtkamen, als es die meisten Brüderpaare taten. Obwohl sie bei Tag beinahe jede Stunde und bei Nacht das Bett teilten, fiel kaum einmal ein hartes Wort zwischen ihnen. Stattdessen forderten sie einander spielerisch zu allen möglichen Untaten heraus und unterstützten sich gegenseitig, sollte einer von ihnen bei einer Missetat erwischt worden sein. Arkoniel hegte den Verdacht, dass Ki hinter den meisten Streichen steckte, die die Knaben ausheckten, doch er hätte Magie oder Folter einsetzen müssen, um die Wahrheit aus den Burschen herauszukitzeln.

Zwei Jahre sorgfältiger Ausbildung hatten Ki geschliffen wie ein wertvolles Juwel. Er sprach so ordentlich wie jeder Landedelmann und fluchte nur noch selten. Noch trug er die unausgereiften Züge eines Knaben, doch schon bald würde er sich zu einem hübschen Burschen entwickelt haben, und Arkoniel nahm an, dass er gewitzt genug war, es bei Hofe weit zu bringen, sollte er sich für diesen Weg entscheiden.

Zumindest so weit, wie ein mittlerer Sohn eines besitzlosen Ritters es unter der passenden Gönnerschaft bringen konnte. Seines Vaters Titel war ohne jeden Wert; es würde an Rhius oder an Tobin sein, ihm den Weg nach oben zu ebnen, und selbst dann hätte er eine harte Strecke zu bewältigen, es sei denn, Rhius entschlösse sich, Ki zu adoptieren – was ein eher unwahrscheinlicher Gedanke war.

Wäre dies ein normaler Haushalt, so hätte sich der Standesunterschied zwischen den Knaben inzwischen längst bemerkbar gemacht, doch dies war ganz und gar kein normaler Haushalt. Tobin wusste nichts über das Leben bei Hofe und behandelte jedermann als ebenbürtig. Nari machte sich deswegen große Sorgen, doch Arkoniel riet ihr, die Knaben in Ruhe zu lassen. Nach seinen eigenen Verdiensten zu urteilen, war Ki der beste Knappe, den sich ein Prinz wünschen konnte, und Tobin war endlich glücklich – zumindest meistens.

Seine merkwürdigen hellsichtigen Anfälle schienen aufgehört zu haben, und mit Lhels Hilfe hatte er sogar eine gewisse Harmonie im Verhältnis zu Bruder zustande gebracht. Der Geist war inzwischen so still geworden, dass Nari manchmal scherzhaft bemerkte, sie würde seine Marotten beinahe schon vermissen. Arkoniel fragte Lhel, ob es möglich sei, dass der Geist nun doch noch zur Ruhe gefunden habe, doch die Hexe schüttelte den Kopf und sagte: »Nein, und du das auch nicht wollen.«

Falls Tobin überhaupt noch an den Tod seiner Mutter dachte, so sprach er nicht darüber. Der einzige Hinweis darauf, dass ihm das entsetzliche Geschehen noch im Kopf herumspukte, war seine unüberwindbare Abneigung gegen den Turm.

Die einzig sichtbaren Wolken am jugendlichen Horizont des Knaben waren die Abwesenheit seines Vaters und die Tatsache, dass er nicht nach Mycena reisen durfte, um sich ihm anzuschließen.

Seit Ahras Besuch im vergangenen Sommer waren sich Tobin und Ki schmerzlich bewusst, dass auch Knaben, die jünger waren als sie, in den Krieg gezogen waren. Arkoniel versicherte den beiden, dass sich unter ihnen kein Knabe von Tobins Stand befand und nicht einmal der Kronprinz in die Schlacht ziehen durfte, doch auch das half wenig, den verletzten Stolz der Knaben zu heilen.

Mindestens einmal im Monat probierten beide die Rüstung an, die Rhius zurückgelassen hatte, und sie schworen Stein und Bein, dass sie schon fast passen würde, obwohl die Ärmel des Kettenpanzers weit über ihre Fingerspitzen hinausragten. Grimmig entschlossen übten sie sich weiter im Schwertkampf und zertrümmerten dabei so viele Übungswaffen, dass Mamsell im nächsten Winter mehr als ausreichend mit Anmachholz versorgt sein würde.

Tobin wusste die mühsam errungene Fähigkeit zu schreiben zu nutzen und hatte stets ein dickes Bündel Briefe für seinen Vater parat, wenn ein Kurier des Herzogs die Festung aufsuchte. Rhius antwortete sporadisch, und er ging niemals auf Tobins Flehen ein, ihn nachkommen zu lassen, doch er schickte einen Waffenschmied in die Festung. Der Mann nahm ihre Maße mit Schnüren und Tastzirkeln; innerhalb eines Monats besaßen beide Knaben ein anständiges Schwert, mit dem sie üben konnten.

Von all dem abgesehen, nahm das Leben seinen üblichen Gang, bis zu jenem Sommertag, an dem Arkoniel hörte, wie die beiden Knaben versuchten, die Entfernung bis Ero zu schätzen, und sich überlegten, wie sie Fremden auf der Straße gegenübertreten sollten. In dieser Nacht, als beide schliefen, schlug er heimlich eine magische Glyphe über jedem der Knaben, für den Fall, dass er sie bald würde suchen müssen.

Ki und Tobin rannten nicht fort, doch während des ganzen langen Sommers grollten sie vor sich hin und sprachen fast ausschließlich vom Krieg und von Ero.

Tatsächlich war Ki nur wenige Male in der Stadt gewesen, doch die Erinnerung lebte in seinem Bewusstsein immer wieder auf, wenn er Tobin von seinen Besuchen erzählte. Wenn sie des Abends neben der verstaubten Spielzeugstadt hockten, deutete er mal hierhin, mal dorthin, zeichnete ein Bild mit Worten und erfüllte eine neue Kammer in Tobins Vorstellungsvermögen mit Leben.

»Hier ist die Goldschmiedestraße, da geht sie herum, und dort ist der Tempel«, erklärte Ki dann. »Weißt du noch? Ich habe dir doch von dem großen Drachen an der Wand erzählt.«

Tobin fragte ihn nach den Aurënfaie-Pferden und den Händlern aus, die er auf dem Pferdemarkt gesehen hatte, und ließ sich immer wieder jedes Detail der Schiffe mit ihren bunten Segeln und Bannern schildern, die zu jener Zeit im Hafen vor Anker gelegen hatten.

Tobin war derjenige, der Ki erklärte, was sich innerhalb der Mauern des Palastkreises befand, denn dort war Ki nie gewesen. Tobin konnte nur auf die Geschichten zurückgreifen, die sein Vater und Tharin ihm erzählt hatten, aber die kannte er schließlich auswendig. Dann und wann stellte er die Puppen der Könige und Königinnen in einer Reihe auf dem Palastdach auf und fragte seinen Freund nach dem Stammbaum ab.

Während des Tages pflegten die beiden mit wenig mehr als kurzen Leinenhemden am Leib durch Wälder und Wiesen zu stöbern. Mehr Bekleidung ließ die Hitze nicht zu, und selbst Arkoniel hatte sich ihren Kleidungsstil angeeignet und schien nicht verärgert zu sein, wenn sie über seinen fahlen, haarigen Körper lachten.

Lhel gab der Hitze ebenfalls nach. Tobin war erschrocken, als sie das erste Mal aus einem Gebüsch trat, um ihn zu begrüßen, nur mit einem kurzen Rock bekleidet. Er hatte Nari schon oft fast nackt erlebt, wenn sie ihr Hemd gewechselt oder ein Bad genommen hatte, aber nie irgendeine andere Frau. Und Nari hatte kleine Brüste und helle Haut. Lhel war völlig anders. Ihr Körper war braun und beinahe so fest wie der eines Mannes, doch keineswegs flach oder knochig. Ihre Brüste hingen wie reife Pflaumen an ihrem Oberkörper, und sie schaukelten bei jedem Schritt hin und her. Ihre Beine waren kräftig, die Hüften breit und rund und ihre Taille schlank. Hände und Füße waren so schmutzig wie eh und je, doch der Rest ihres Körpers sah so sauber aus, als wäre sie gerade erst geschwommen. Tobin wollte die Hand nach ihr ausstrecken, wollte ihre Schulter berühren, nur um auszuprobieren, wie sie sich anfühlte, doch schon der Gedanke trieb ihm die Röte ins Gesicht.

Er sah, dass auch Ki errötete, zum ersten Mal, dennoch sah er nicht im Mindesten verlegen aus. Bald hatten sich beide an den Anblick gewöhnt, wenn sich Tobin auch manchmal fragte, was sich unter dem Rock verbergen mochte. Ki hatte ihm erzählt, dass die Lenden einer Frau ganz anders seien als die eines Mannes. Manchmal sah er, dass Lhel ihn beobachtete, als wüsste sie, was in seinem Kopf vorging. Dann wandte er rasch den Kopf ab und errötete noch stärker als sonst.

Kapitel 33

»Glaubst du, Prinz Korin muss im Palast Wasserkessel füllen?«, beklagte sich Ki, als er und Tobin, mit Kübeln bewaffnet, in den Küchengarten gingen. Das Holzpferdchen, das er am Hals trug, klebte an seiner verschwitzten sonnengebräunten Haut, als er den Kübel über den Rand des dampfenden Waschkessels hievte. Noch war es nicht einmal Mittag geworden, und es herrschte schon eine drückende Hitze an diesem Lenthintag.

Schweiß rann über Tobins Nasenrücken, als er seinen Kübel ausschüttete. Über den Kessel gebeugt, blies er den Dampf fort und stöhnte aufgebracht. »Bei Bilairys Eiern! Der ist noch nicht mal halb voll. Noch zwei Kübel, dann gehen wir schwimmen, und es kümmert mich nicht, wenn sich Mamsell die Kehle nach uns wundschreit.«

»Wie Ihr befehlt, mein Prinz«, entgegnete Ki kichernd und folgte Tobin durch das Tor.

Die jüngste Dürre hatte den Wasserstand des Flusses weit abgesenkt, und sie mussten sich mühsam einen Weg über Gestein bahnen, das von vertrockneten Algen bedeckt war, um das Wasser zu erreichen. Sie waren schon beinahe am Ziel, als Ki sich den Zeh anstieß. Er stieß ein ersticktes Keuchen hervor und schluckte das verbotene Wort hinunter, das ihm auf der Zunge gelegen hatte. Nari hatte ihm heute schon einmal die Ohren lang gezogen, weil er sich einer unflätigen Sprache schuldig gemacht hatte. »Verdammnis!«, zischte er nun und hielt sich den blutenden Zeh.

Tobin ließ die Kübel fallen und half ihm, zum Wasser zu humpeln. »Tauch ihn ein, bis es nicht mehr so wehtut.«

Ki setzte sich und ließ beide Beine bis zu den Knien im Wasser baumeln. Tobin tat es ihm gleich, lehnte sich zurück und stützte sich auf seine Ellbogen. In diesem Sommer war seine Haut noch ein wenig stärker gebräunt als Kis, wie er voller Stolz bemerkte, auch wenn Nari behauptete, er sähe aus wie ein Bauerntölpel.

Von seinem Sitzplatz aus konnte er die zarte Linie güldener Haare sehen, die sich zwischen den festen Muskeln über Kis Rückgrat zog, und die Schulterblätter, die sich deutlich unter der glatten Haut abzeichneten. Ki erinnerte Tobin an den Berglöwen, dem sie im Gebirge begegnet waren, hellbraun und geschmeidig. Der Anblick löste ein warmes Gefühl in ihm aus, das er nicht recht in Worte fassen konnte.

»Der Kessel wird sich nicht von selbst füllen!«, rief Mamsell hinter ihnen.

Tobin legte den Kopf weit in den Nacken, um die Frau verkehrt herum zu betrachten. »Ki hat sich den Fuß verletzt.«

»Sind deine Beine auch gebrochen?«

»Ich kann nichts sehen«, rief Ki und spritzte eine Hand voll Wasser auf Tobins Bauch.

Der schrie auf und ruckte hoch. »Verräter! Du wirst schon sehen, was ...«

Bruder stand am anderen Ufer und beobachtete ihn. Tobin hatte ihn am frühen Morgen gerufen und dann völlig vergessen.

Wie Tobin war auch Bruder größer geworden, doch er war noch immer so bleich wie ein Fischbauch. Wo Bruder auch auftauchte, das Licht traf ihn nie so wie einen lebenden Menschen. Aus dieser Entfernung sahen seine widernatürlichen Augen aus wie zwei kleine schwarze Löcher. Auch seine Stimme war schwächer geworden. Tobin hatte ihn seit Monaten nicht mehr sprechen gehört.

Er starrte Tobin noch einen Augenblick lang an, machte kehrt und blickte die Straße hinunter.

»Jemand kommt«, murmelte Tobin.

Ki sah sich zur Wiese um, ehe sein Blick wieder zu Tobin zurückkehrte. »Ich höre nichts.«

Doch schon im nächsten Moment hörten beide aus der Ferne das erste leise Klimpern von Zaumzeug.

»Ah! Bruder?«

Tobin nickte.

Nun konnten beide die näher kommenden Reiter deutlich genug hören, um zu wissen, dass es mindestens zwanzig sein mussten. Aufgeregt sprang Tobin auf. »Glaubst du, das ist Vater?«

Ki grinste. »Wer sonst sollte mit so vielen Leuten hierher kommen?«

Tobin kletterte über die Felsen zurück und rannte zur Brücke, um sich einen besseren Blick zu verschaffen.

Die von der Sonne erwärmten Planken brannten unter seinen Fußsohlen, und er hüpfte eine Minute lang ungeduldig von einem Fuß auf den anderen, ehe er im Gras am Straßenrand entlanglief, um die Reiter willkommen zu heißen.

»Tobin, komm zurück! Du weißt, dass du das nicht tun sollst.«

»Ich gehe nur ein kleines Stück weit!« Als er sich über die Schulter umblickte, sah er Ki auf die Brücke zuhumpeln. Jener deutete auf seinen verletzten Fuß und zuckte die Schultern.

Tobins Herz schlug schneller, als er zwischen den Bäumen Stahl im Sonnenschein aufblitzen sah. Aber warum näherten sie sich so langsam? Sein Vater pflegte die letzte Meile stets im Galopp zurückzulegen und dabei so viel Staub aufzuwirbeln, dass man die Staubwolke über den Bäumen sehen konnte, lange bevor die Reiter selbst zum Vorschein kamen.

Tobin blieb stehen und schirmte seine Augen mit der Hand vor der Sonne ab. Verunsichert wartete er, bereit, davonzulaufen, sollten die Reiter ihm fremd sein.

Als die ersten Reiter am unteren Rand der Wiese in Sicht kamen, erkannte er Tharin auf seinem Rotschimmel, gefolgt von dem alten Laris und all den anderen. Außerdem waren auch zwei Edelleute bei ihnen. Nyanis erkannte er an seinem leuchtenden Haar und Solari an dem buschigen schwarzen Bart und der grün-goldenen Robe.

Die Kämpfe müssen vorüber sein. Er hat Gäste mitgebracht. Tobin stieß einen Jubelschrei aus und wedelte mit beiden Armen, während seine Augen in dem Gewühl der Reiter immer noch nach seinem Vater suchten. Tharin winkte ihm zu, gab seinem Pferd aber nicht die Sporen. Als die Männer näher kamen, sah Tobin, dass der Hauptmann ein Pferd an einer langen Leine führte – den schwarzen Zelter seines Vaters. Er war gesattelt, trug aber keinen Reiter. Jetzt erst fiel Tobin auf, dass die Mähnen sämtlicher Pferde kurz geschoren waren, und er wusste, was das bedeutete. Die Männer hatten ihm auf dem Exerzierplatz Geschichten erzählt ...

Ein Schatten verdunkelte die Luft neben Tobin, als Bruder sichtbar wurde. Seine Stimme war über das Rauschen des Flusses kaum hörbar, doch Tobin verstand ihn gut genug.

Unser Vater ist heimgekehrt.

»Nein.« Stur marschierte Tobin auf die Reiter zu. Sein

Herzschlag dröhnte in seinen Ohren, und er konnte die Straße unter seinen Füßen nicht mehr spüren.

Tharin und die anderen zügelten ihre Pferde, als er sie erreicht hatte. Tobin wagte nicht, in ihre Gesichter zu sehen. Er starrte lediglich das Ross seines Vater an und die Gegenstände, die mit Riemen am Sattel befestigt waren: Kettenpanzer, Helm, Bogen. Und ein großes Tongefäß in einem Netz.

»Wo ist er?«, verlangte er zu erfahren, während er unverwandt den abgenutzten leeren Steigbügel anstarrte. Seine Stimme klang in seinen Ohren beinahe so schwach wie die von Bruder.

Er hörte, wie Tharin abstieg, fühlte die Hände des großen Mannes auf seinen Schultern, doch er löste seinen Blick nicht von dem Steigbügel.

Tharin drehte ihn sanft um, griff nach seinem Kinn und nötigte Tobin, ihn anzusehen. Rote Ränder zierten die blassblauen Augen, die den Knaben voller Sorge musterten.

»Wo ist Vater?«

Tharin zog etwas aus seiner Gürteltasche, etwas, das im Sonnenlicht golden und schwarz glänzte. Es war die Kette mit Vaters Eichensiegel. Mit zitternden Händen legte Tharin sie Tobin um den Hals.

»Euer Vater starb in der Schlacht, mein Prinz. Es geschah am fünften Tag des Shemin. Er hat tapfer gekämpft, Tobin. Ich habe seine Asche zu dir nach Hause gebracht.«

Tobin warf einen Blick auf das Tongefäß in dem Netz und verstand. *Der fünfte Shemin? Das war der Tag nach Kis Namenstag. Wir waren schwimmen. Ich habe zwei Waldhühner erlegt. Wir haben Lhel getroffen.*

Wir wussten nichts davon.

Bruder stand nun neben dem Pferd, eine Hand auf

der staubigen Urne. Ihr Vater war schon fast einen Monat tot.

Du hast mir einmal von einem sterbenden Fuchs erzählt, dachte er und starrte Bruder ungläubig an. *Und du hast mir verraten, dass Iya kommt. Aber nicht, dass unser Vater gestorben ist?*

»Ich war auch dort, Tobin. Tharin spricht die Wahrheit.« Das war Lord Solaris Stimme. Er stieg ebenfalls ab und kam zu ihm. Tobin hatte den jungen Lord immer gern gehabt, aber jetzt konnte er auch ihn nicht ansehen, und als er wieder das Wort ergriff, klang es, als wäre er weit weg, obwohl Tobin seine Stiefel gleich neben seinen eigenen Füßen auf der Straße sah. »Sein Schlachtruf ist bis zum Ende nicht verstummt, und all seine Wunden stammen aus der vordersten Linie. Ich sah, wie er mindestens vier Männer getötet hat, bevor er selbst gefallen ist. Kein Krieger könnte sich einen besseren Tod wünschen.«

Tobin fühlte sich irgendwie leicht, als könnte die sanfte Brise seinen Körper wie Wolfsmilchsamen forttragen. *Vielleicht werde ich Vaters Geist sehen.* Er blinzelte, versuchte, die Gestalt seines Vaters neben der Urne zu sehen. Doch da war nur Bruder mit seinen schwarzen Augen, die wie dunkle Löcher aussahen, als er langsam unsichtbar wurde.

»Tobin?«

Tharins Hände lagen immer noch fest auf seinen Schultern, hielten ihn, sodass er nicht fortgeweht werden konnte. Tobin wollte Tharin nicht ansehen, wollte die Tränen nicht sehen, die sich langsam einen Weg durch den Staub auf den Wangen des Mannes bahnten. Und er wollte nicht, dass die anderen, Edelleute oder Soldaten, Tharin weinen sahen.

Stattdessen blickte er an Tharin vorbei und sah, dass

Ki die Straße hinunterrannte. »Seinem Fuß scheint es besser zu gehen.«

Tharin beugte sich bis dicht vor Tobins Gesicht und sah ihn mit sonderbarer Miene an. Nun konnte Tobin einige der Männer leise weinen hören, Laute, die er noch nie zuvor gehört hatte. Soldaten weinten nicht.

»Ki«, erklärte Tobin, während sein Blick unsicher zurück zu dem Pferd seines Vaters wanderte. »Er hat sich am Zeh wehgetan, aber jetzt kommt er trotzdem her.«

Tharin nahm eine Scheide von seinem Rücken und legte Tobin das Schwert des toten Herzogs in die Hände. »Dies gehört nun dir.«

Tobin umklammerte die schwere Waffe, ein Schwert, so viel schwerer als sein eigenes. *Zu groß für mich, genau wie die Rüstung.* Noch etwas für später. Zu spät.

Er hörte Tharin sprechen, aber es war, als wäre sein Kopf mit Löwenzahnblüten gefüllt; er konnte all dem keinen Sinn geben. »Was machen wir mit der Asche?«

Tharin zog ihn an sich. »Wenn du bereit bist, werden wir sie nach Ero bringen und zu deiner Mutter in die königliche Gruft betten. Dann werden sie endlich wieder vereint sein.«

»In Ero?«

Vater hatte immer wieder versprochen, ihn nach Ero mitzunehmen.

Stattdessen musste er nun seinen Vater nach Ero bringen.

Tobins Augen fühlten sich heiß an, und seine Brust brannte, als wäre er den ganzen Weg von der Stadt bis hierher gerannt, doch keine einzige Träne wollte sich zeigen. Er fühlte sich innerlich so ausgedörrt wie der Staub unter seinen Füßen.

Tharin stieg wieder auf, und jemand half Tobin, der

noch immer das Schwert seines Vaters umklammerte, sich hinter ihm auf das Pferd zu setzen.

Auf halbem Wege erreichte sie der atemlose, humpelnde Ki. Er schien bereits zu wissen, was geschehen war, und beim Anblick des Kriegsgerätes an dem leeren Sattel brach er still in Tränen aus. Ohne zu zögern, ging er zu Tobin, umklammerte das Bein seines Freundes mit beiden Händen und legte die Stirn an sein Knie. Koni ging zu ihm, gab ihm die Hand und zog ihn zu sich auf sein Pferd.

Während des restlichen Weges den Hügel hinan fühlte Tobin das schwere Siegel seines Vaters mit jedem Hufschlag an seinem Herzen hin und her schwingen.

Nari und die anderen erwarteten sie am Tor und ergingen sich in furchtbarem Wehklagen, noch ehe Tharin ihnen überhaupt erzählen konnte, was geschehen war. Sogar Arkoniel weinte.

Nari stürzte sich geradezu auf Tobin und zog ihn in ihre Arme, kaum dass er vom Pferd gestiegen war. »Oh, mein armer Liebling«, schluchzte sie. »Was sollen wir nun bloß tun?«

»Nach Ero gehen«, sagte er, doch er bezweifelte, dass sie ihn gehört hatte.

Kriegsgerät und Asche wurden in die Halle gebracht und vor dem Schrein ausgelegt. Tharin half Tobin, Gosis Mähne zu scheren und sie zusammen mit einer Locke seines Haares auf dem Exerzierplatz zu Ehren seines Vaters zu verbrennen.

Anschließend sangen sie vor dem Schrein traurige Lieder, die jeder außer Tobin zu kennen schien, und Tharin hielt Tobin an beiden Schultern fest, während er zu Astellus und Dalna betete, dass sie sich der Seele seines Vater annehmen sollten. Danach folgte ein Gebet zu Sakor und Illior, mit der Bitte, das Haus und seine Bewohner zu beschützen.

Für Tobin waren die Gebete nur ein unverständliches Geplapper. Als Bruder auftauchte und eine seiner schmutzigen, verdrehten Baumwurzeln auf das Brett über dem Schrein legte, war Tobin zu erschöpft, um es wegzunehmen, doch das fiel niemandem auf.

Als Gesänge und Gebete beendet waren, nahm Tharin Tobin beiseite, ging neben ihm in die Knie und nahm ihn noch einmal in die Arme. »Ich war bei deinem Vater, als er starb«, sagte Tharin sanft. Wieder trat dieser merkwürdige Ausdruck in seine Augen. »Wir haben über dich gesprochen. Er hat dich mehr geliebt als alles andere auf der Welt, und er war furchtbar traurig, dass er dich verlassen musste...« Der Hauptmann trocknete sich die Augen und räusperte sich. »Er hat mir die Obhut über dich übertragen. Ich werde für den Rest meines Lebens dein Beschützer sein. Du kannst immer auf mich zählen.«

Dann zog er sein Schwert und stellte es mit der Spitze nach unten vor sich auf den Boden. Er nahm Tobins Hand, legte sie auf das abgegriffene Heft und umfasste sie mit der seinen. »Ich schwöre bei den Vieren und meiner Ehre, dir für den Rest meiner Tage beizustehen und zu dienen. Denselben Eid habe ich vor deinem Vater abgelegt. Verstehst du das, Tobin?«

Tobin nickte. »Danke«, sagte er artig.

Tharin steckte das Schwert wieder in die Scheide und hielt Tobin lange in den Armen. Irgendwann löste er sich wieder von dem Kind, erhob sich und schüttelte den Kopf. »Im Namen der Vier, ich wünschte, das wäre meine Asche dort in der Urne, nicht seine. Ich würde alles darum geben, könnte ich mit ihm tauschen.«

Es wurde schon dunkel, als die Zeremonie beendet war. Die Essenszeit kam und ging, doch niemand entzündete ein Feuer, niemand kochte, und alle verbrachten die Nacht gemeinsam in der Halle. Totenwache nannte Tharin das. Als es ganz dunkel wurde, entzündete er in dem Schrein eine einzige Lampe, doch der Rest des Hauses lag in tiefer Finsternis.

Manche der Diener legten sich zum Schlafen nieder, doch die Krieger knieten im Halbkreis um den Schrein herum, und ihre gezogenen Schwerter lagen vor ihnen auf dem Boden. Nari bereitete am Herd eine Pritsche für Tobin vor, aber er konnte sich nicht einfach hinlegen. Eine Weile gesellte er sich zu den Männern, doch ihr Schweigen gab ihm das Gefühl, nicht dazuzugehören, als wäre er ganz allein. Schließlich verkroch er sich auf die andere Seite der Halle und kauerte sich auf den Binsen in der Nähe der Treppe nieder.

Dort entdeckte ihn Ki und setzte sich zu ihm. »So etwas hast du noch nie erlebt, oder?«, flüsterte er.

Tobin schüttelte den Kopf.

»Aber was haben sie denn mit deiner Mutter gemacht, als sie gestorben ist?«

»Ich weiß es nicht.« Der Gedanke an den Tod seiner Mutter jagte ihm noch immer eisige Schauer durch den Leib, was Ki offenbar nicht entgangen war, denn er legte den Arm um ihn, so wie es Tharin getan hatte. Tobin lehnte sich an ihn und bettete seinen Kopf an Kis Schulter, dankbar für diesen schlichten, vertrauten Trost. »Ich erinnere mich nicht. Ich habe sie auf dem Eis liegen gesehen, und dann war sie einfach fort.«

Er hatte nie gefragt, was mit ihr geschehen war. Nari hatte bald nach ihrem Tod ein- oder zweimal versucht, mit ihm darüber zu sprechen, aber Tobin hatte nichts hören wollen. Er hatte sich die Finger in die Ohren gesteckt und sich unter der Decke vergraben, bis sie gegangen war. Seither hatte niemand im ganzen Haus von ihr gesprochen, und er hatte niemals gefragt. Das alles war schlimm genug gewesen. Außerdem wusste er, dass der Geist seiner Mutter noch immer in dem Turm umherging; für ihn war es nicht wichtig gewesen, was aus ihrem Körper geworden war.

Als er aber nun dort im Dunkeln saß, dachte er an Tharins Worte. Seine Mutter war in Ero.

So wenig er sich an jenen furchtbaren Tag erinnerte, wusste er doch, dass der König bereits fort gewesen war, als man ihm gestattet hatte, das Bett zu verlassen. Ebenso wie seine Mutter.

Wie ein Samenkern in einer der alchemistischen Lösungen Arkoniels erblühte ein Gedanke aus den über Jahre nur halb bewussten Erinnerungen und bildete ein kristallklares Urteil aus: Der König hatte ihm seine Mutter weggenommen. Sein von Trauer umwölkter Geist wollte nicht mehr von diesem Gedanken lassen, als wäre er ein schlimmer Zahn, der zu sehr schmerzte, um ihn zu berühren.

Nein, flüsterte Bruder in der Dunkelheit.

»Meine Mama ist gestorben, als ich sechs Jahre alt war«, sagte Ki leise und holte ihn wieder in die Gegenwart zurück.

»Wie?« Trotz ihrer vielen Unterhaltungen hatten sie darüber noch nie gesprochen.

»Sie hat sich den Fuß an einer Sense verletzt, und die Wunde wollte nicht mehr heilen.« Ein Hauch seines bäuerlichen Akzents machte sich wieder in seinen Worten bemerkbar. »Ihre Beine sind ganz schwarz geworden, und ihr Mund war fest geschlossen, und sie ist gestorben. Der Boden war gefroren, darum hat Vater sie in ein Leichentuch gewickelt und bis zum Frühjahr auf dem Dachboden des Kuhstalls liegen lassen. Ich bin oft hinaufgeklettert und habe mich zu ihr gesetzt. Manchmal habe ich das Tuch weggezogen, nur um ihr Gesicht noch einmal zu sehen. Als im Frühling die neuen Triebe gewachsen sind, haben wir sie beerdigt. Da hatte Vater schon Sekora mit nach Hause gebracht, und ihr Bauch war schon ganz dick. Ich weiß noch, dass ich den Bauch angestarrt habe, als wir über Mamas Grab die Klagelieder gesungen haben.« Seine Stimme überschlug sich, und er verstummte.

»Du hast eine neue Mutter bekommen«, murmelte Tobin. Plötzlich fühlte er sich über alle Maßen müde und schwer. »Und ich habe jetzt keine Mutter und keinen Vater mehr.«

Kis Arm spannte sich um seine Schultern. »Was glaubst du, ob sie dich mit mir nach Hause gehen lassen? Bei uns fällt einer mehr oder weniger kaum auf.«

Noch immer mit trockenen Augen und Schmerzen im Herzen schlummerte Tobin langsam ein und träumte davon, mit Ki zusammen in einem großen Haufen braunhaariger Kinder zu schlafen, die sich alle wie ein Wurf junger Hunde zusammenkuschelten, während die toten Mütter gefroren im Kuhstall warteten.

Kapitel 34

Arkoniel erwachte kurz nach Anbruch der Morgendämmerung mit einem steifen Hals. Er hatte sich in die Ecke neben dem Schrein gesetzt, in der Absicht, gemeinsam mit den Kriegern Wache zu halten, doch irgendwann im Laufe der Nacht war er eingeschlafen.

Wenigstens war ich nicht der Einzige, den der Schlaf übermannt hat, dachte er, als er sich in der Halle umsah.

Die Lampe im Schrein brannte noch immer, und in ihrem fahlen Lichtschein konnte er die dunklen Gestalten sehen, die sich auf Bänken und auf den Binsen neben dem Herd ausbreiteten. Neben der Treppe erkannte er gerade noch Ki und Tobin, die sich mit dem Rücken zur Wand aneinander kuschelten.

Nur die Krieger waren wach geblieben und hatten die Nacht auf Knien verbracht, um dem Mann die letzte Ehre zu erweisen, dem sie so lange Gefolgschaft geleistet hatten.

Arkoniel studierte ihre ermatteten Gesichter. Nyanis und Solari waren ihm noch fremd; nach allem, was er in der vergangenen Nacht von Nari und Mamsell erfahren hatte, waren beide loyale Gefolgsmänner des Herzogs und damit in der Zukunft vielleicht auch Verbündete von Rhius' Tochter.

Wieder sah er sich nach Tobin um; in diesem Licht hätte er ein x-beliebiger Bengel aus einem der Armenviertel von Ero sein können, der sich ermattet an eine Mauer gelehnt hatte und schlief. Seufzend dachte Arkoniel an das, was Iya ihm von ihren Visionen erzählt hatte.

Zu unruhig, um noch länger zu schlafen, ging Arkoniel hinaus und schlenderte zur Brücke, um sich den Sonnenaufgang anzusehen. Ein paar Rehe grasten auf der Wiese, und einige ihrer Artgenossen bahnten sich über die steinige Uferböschung einen Weg zum Wasser. Ein großer weißer Reiher stolzierte auf der Suche nach einem Frühstück am Ufer entlang, und schon um diese frühe Stunde schien es, als stünde ihnen ein weiterer drückend heißer Tag bevor.

Mitten auf der Brücke setzte er sich auf die Erde und ließ seine Beine über den Rand baumeln. »Was nun, Lichtträger?«, fragte er leise. »Was sollen wir tun, wenn die, die dieses Kind schützen sollen, uns immer wieder entrissen werden?«

Er wartete, betete um irgendein Zeichen, doch alles, was er sah, war die heiße Sonne Sakors, die ihm direkt ins Gesicht strahlte. Seufzend begann er, einen Brief an Iya zu verfassen, mit dem er sie überreden wollte, von ihrer langen Wanderschaft zurückzukehren und ihm zu helfen. Er hatte schon seit Monaten nichts mehr von ihr gehört, und er wusste nicht recht, wohin er den Brief schicken sollte, damit sie ihn erhielt.

Er war noch nicht weit gekommen, als er hörte, wie das Tor hinter ihm geöffnet wurde. Tharin trat heraus, um sich zu ihm zu gesellen. Er setzte sich neben den Zauberer und starrte auf die Wiese hinaus, die Hände zwischen den Knien gefaltet. Sein Gesicht war blass und von tiefen Furchen des Kummers durchzogen, und das frühe Tageslicht raubte seinen Augen jegliche Farbe.

»Ihr seid erschöpft«, stellte Arkoniel fest.

Tharin nickte langsam.

»Was denkt Ihr, wird nun geschehen?«

»Um darüber mit Euch zu sprechen, bin ich gekommen. Der König sprach bei Rhius' Einäscherung mit mir. Er beabsichtigt, nach Tobin zu schicken. Er will, dass Tobin von nun an in Ero bei Prinz Korin und den Königlichen Gefährten lebt.«

Diese Entwicklung vermochte kaum zu überraschen, dennoch fühlte Arkoniel, wie sich seine Eingeweide verkrampften. »Wann?«

»Ich weiß es nicht genau. Bald. Ich habe ihn gebeten, dem Jungen noch ein wenig Zeit zu geben, aber er hat nicht geantwortet. Ich nehme an, er wird Tobin schon bald in seiner Reichweite wissen wollen.«

»Was wollt Ihr damit sagen?«

Tharin antwortete nicht sofort, sondern starrte die Rehe auf der Wiese an. Schließlich seufzte er und sagte: »Ich kannte Euch schon, als Ihr noch ein Knabe wart und mit Iya in Atyion zu Gast weiltet. Da Ihr nun hier seid, sehe ich auch, was für ein Mann aus Euch geworden ist. Ich habe Euch immer gemocht und geglaubt, ich könnte Euch vertrauen, besonders, wenn es um Tobin geht. Darum bin ich bereit, mein Leben in Eure Hände zu legen.« Er drehte sich um und sah Arkoniel direkt in die Augen. »Aber solltet Ihr mich enttäuschen, so schwöre ich im Namen der Vier, Ihr werdet mich umbringen müssen, um mich je wieder loszuwerden. Haben wir einander verstanden?«

Arkoniel wusste, dass dies keine leere Drohung war. Doch jenseits der harten Worte hörte er auch Furcht in der Stimme des Mannes, Furcht um Tobin.

Arkoniel hielt die rechte Hand hoch und drückte die linke an sein Herz. »Bei meinen Händen, meinem Herzen und meinen Augen, Sir Tharin, ich schwöre in Eurem Angesicht, dass ich mein Leben geben würde, um das Kind von Rhius und Ariani zu beschützen. Was habt Ihr mir zu sagen?«

»Ich habe Euer Wort, dass Ihr niemandem davon erzählt?«

»Iya und ich haben keine Geheimnisse voreinander, aber für sie kann ich mich ebenso verbürgen wie für mich selbst.«

»Nun gut. Es gibt sowieso niemanden außer Euch, an den ich mich wenden könnte. Zunächst einmal glaube ich, dass der König Rhius' Tod gewollt hat. Ich denke, er könnte sogar selbst seine Finger im Spiel gehabt haben, als Rhius gefallen ist.«

Arkoniel hatte wenig Erfahrungen mit den Gepflogenheiten des Hofes, doch auch ihm war bewusst, dass Tharin sein Leben in der Tat voll und ganz und gleich zweimal in seine Hände gegeben hatte. Tharin musste das ebenso wissen, doch er zögerte nicht, fortzufahren. »Seit Ariani gestorben ist, hat Erius Rhius immer wieder in die schlimmsten Schlachten getrieben. Auch Rhius ist das nicht entgangen, doch er hatte zu viel Ehre, darüber zu sprechen. Aber einige der Befehle, denen wir gefolgt sind, waren unfassbar tollkühn. Da waren Hunderte guter skalanischer Krieger, die heute noch zu Atyion oder Cirna auf den Beinen und am Leben sein könnten, hätte der König seine Vorstöße mit mehr Verstand gewählt.

An jenem Tag, an dem Rhius getötet wurde, hat Erius uns befohlen, zu Pferde in die Sümpfe zu ziehen. Als wir versuchten, das Sumpfgebiet auf der anderen Seite wieder zu verlassen, gerieten wir in einen Hinterhalt.«

»Warum, denkt Ihr, hätte der König damit zu tun?«

Tharin schenkte ihm ein bitteres Lächeln. »Ihr wisst nicht viel über die Kavallerie, nicht wahr, Zauberer? Niemand schickt im Sommer Reiter auf derartiges Terrain, wo sie keinen festen Boden unter den Hufen und keine Deckung finden können. Umso weniger, wenn die Wahrscheinlichkeit groß ist, dass der Feind sich auf der anderen Seite verschanzt hat und die näher kommenden Reiter hören kann. Ein Pfeil hat Rhius in die Hüfte getroffen, bevor wir auch nur in der Nähe eines festen Untergrundes waren. Ich wurde in der Schulter getroffen, und ein anderer Pfeil hat das Pferd unter mir getötet. Ich stürzte, und er stürmte weiter voran – das war ein verdammtes Massaker! Dort müssen zwei- oder dreihundert Infanteristen und Bogenschützen gewesen sein, und falls die nicht auf uns gewartet haben, dann muss sie jemand auf eine verdammt erbärmliche Weise aufgestellt haben. Sogar mit der Pfeilwunde hat Rhius gekämpft wie ein Wolf, aber Laris hat mir erzählt, dass ein Pikenier das Pferd des Herzogs getötet hat. Es hat ihn mit zu Boden gerissen. Rhius war unter dem Kadaver eingeklemmt, und der Feind war mit seinen Streitäxten über ihm, bevor ... bevor ich zu ihm durchdringen konnte.«

Eine Träne rann über seine Wange und verfing sich in den Bartstoppeln. »Als ich ihn gefunden habe, verblutete er gerade. Wir haben ihn von dort weggebracht, aber wir konnten nichts mehr für ihn tun.«

Es flossen mehr Tränen, doch Tharin schien sie gar nicht zu bemerken. Jemand hatte Arkoniel erzählt, dass der Hauptmann sich daran gewöhnt hätte zu weinen. »Rhius hat gefühlt, dass Bilairy ihn holen wird. Er hat mich zu sich gewunken und so leise gesprochen, dass nur ich ihn verstehen konnte. Seine letzten Worte lauteten: ›Beschütze mein Kind mit deinem Leben. Tobin muss Skala regieren!‹«

Arkoniel stockte der Atem. »Das hat er zu Euch gesagt?«

Tharin sah ihm direkt in die Augen. »Damals dachte ich, der Tod vernebelt seine Gedanken, doch wenn ich jetzt Euer Gesicht sehe, denke ich, da steckt etwas anderes dahinter. Wisst Ihr, was er damit gemeint hat?«

Vertraue deinem Herzen, hatte Iya ihm geraten, bevor sie abgereist war. Dieses Herz und all seine Instinkte verlangten nun von ihm, Tharin zu vertrauen. Nichtsdestotrotz fühlte sich Arkoniel wie ein Mann, der kurz davor war, von einer hohen Klippe hinabzuspringen, die aus dichtem Nebel emporragte. Das Geheimnis, das er wahrte, stellte für jeden, der darum wusste, eine Gefahr dar.

»Ja. Nur dafür haben Iya und ich seit Tobins Geburt gearbeitet. Aber Ihr müsst mir ehrlich sagen, ob Ihr Tobin auch weiter dienen werdet, wenn Ihr mehr erfahrt, als Ihr jetzt schon wisst.«

»Ja, nur...«

Arkoniel studierte Tharins bekümmertes Gesicht. Der Hauptmann schien nach Worten zu suchen. »Ihr fragt Euch, warum Rhius Euch nicht mehr erzählt hat, bevor es zu spät war.«

Tharin nickte, die Lippen fest zusammengepresst.

»Weil es ihm unmöglich war«, sagte Arkoniel mit sanfter Stimme. »Rhius hat nie an Eurer Loyalität gezweifelt, das müsst Ihr wissen. Eines Tages werde ich in der Lage sein, Euch alles zu erklären, dann werdet Ihr verstehen. Doch zweifelt nie an dem Vertrauen, das der Herzog in Euch gesetzt hat. Was er Euch anvertraut hat, ist das heiligste und kostbarste Gut seines ganzen Lebens.

Was Tobin jetzt braucht, ist Schutz. Später wird er auch Verbündete benötigen. Wie viele Männer könnten wir heute noch aufstellen, sollten wir sie brauchen?«

Tharin kratzte sich am Bart. »Tobin ist noch keine zwölf Jahre alt, Arkoniel. Er ist zu jung, um ein Kommando zu führen, sogar zu jung, um eine ergebene Gefolgschaft um sich zu sammeln, solange kein machtvoller

Edelmann hinter ihm steht.« Er deutete auf die Festung. »Nyanis und Solari sind gute Männer, aber Rhius war der Kriegsherr, der sie angeführt hat. Wenn Tobin sechzehn oder siebzehn wäre, vielleicht sogar nur fünfzehn, dann wäre es etwas anderes, aber so wie die Dinge nun liegen, ist sein einziger naher Verwandter, der zudem über Macht gebietet, der König. Andererseits . . .«

»Ja?«

»Unter uns gesagt, es gibt unter den Edelleuten auch solche, die nicht dabei zusehen wollen, wie jedes weibliche Kind der königlichen Familie sterben muss, und es gibt jene, die gute Gründe haben, sich an Tobins Vater zu erinnern.«

»Und Ihr wisst, wer diese Edelleute sind? Wem Tobin vertrauen kann?«

»Es gibt nur wenige, denen ich mein Leben anvertrauen würde, so, wie es derzeit bei Hofe zugeht, aber ich habe mein Leben an der Seite des Herzogs verbracht. Ich war sein Vertrauter, und ich weiß recht gut einzuschätzen, woher der Wind weht.«

»Tobin wird Euren Rat brauchen. Wie steht es mit den Soldaten, die Rhius Treue geschuldet haben?«

»Die einfachen Männer sind an das Land gebunden, das sie beackern. Nach dem Gesetz dienen sie dem, dem es gehört. Bis Tobin alt genug ist, um selbst Truppen zu führen, wird der König jemanden auswählen.« Voller Sorge schüttelte er den Kopf. »Bis es so weit ist, kann viel passieren, fürchte ich. Erius wird gewiss seine eigenen Verwalter für die Besitztümer bestimmen.«

»Schon jetzt hat sich für das Kind zu viel verändert«, murmelte Arkoniel. »Wie auch immer, er kann sich glücklich schätzen, jemanden, der so loyal zu ihm steht wie Ihr, an seiner Seite zu haben.«

Tharin klopfte Arkoniel auf die Schulter und erhob

sich. »Manche dienen für die Ehre oder den Ruhm, manche nur für Geld«, sagte er ruppig. »Ich habe Rhius aus Liebe gedient, und mit Tobin verhält es sich ebenso.«

»Liebe.« Etwas in Tharins Ton erweckte seine Aufmerksamkeit, und Arkoniel blickte auf. »Ich habe nie zuvor daran gedacht, so etwas zu fragen. Ihr besitzt eigene Ländereien. Habt Ihr dort auch eine Familie?«

»Nein.« Ehe der Zauberer Gelegenheit hatte, seine Miene zu interpretieren, hatte Tharin bereits kehrtgemacht und den Weg zurück zur Festung eingeschlagen.

»Das guter Mann«, flüsterte Lhel wie aus dem Nichts, und ihre Stimme mischte sich mit dem Rauschen des Wassers unter seinen herabbaumelnden Füßen.

»Ich weiß«, entgegnete Arkoniel, von ihrer körperlosen Anwesenheit besänftigt. »Wusstest du von Lord Rhius' Schicksal?«

»Bruder mir erzählt.«

»Was soll ich tun, Lhel? Der König will Tobin nach Ero holen.«

»Ki mit ihm schicken.«

Arkoniel lachte bitter auf. »Ist das alles? Ich bin froh, das zu hören, Lhel.«

Aber sie war bereits fort.

Kapitel 35

Am Morgen nach der Totenwache erwachte Tobin mit einem sonderbaren Gefühl der Ruhe. Ki schlief noch an seiner Schulter, den Kopf an Tobins Wange gelegt. Tobin blieb ganz still sitzen und versuchte, die merkwürdige Leere in seinem Brustkorb zu ergründen. Das war nicht das gleiche Gefühl wie damals, als seine Mutter gestorben war; sein Vater war den Heldentod gestorben, war ehrenvoll in der Schlacht gefallen.

Ki war schwer. Tobin regte sich ein wenig, um sich die Last zu erleichtern, doch Ki erwachte auf der Stelle. »Tob? Geht es dir gut?«

»Ja.« Wenigstens konnte er immer noch sprechen. Aber das Gefühl der Stille in seinem Inneren war wie eine finstere Höhle oder die kalte Quelle vor Lhels Hauseiche. Es war, als würde er in das dunkle Wasser dieser Quelle blicken und auf etwas warten. Er wusste nur nicht, worauf.

Schließlich stand er auf und ging zum Schrein, um für seinen Vater zu beten. Tharin und die anderen Edelleute waren fort, aber Koni und einige seiner Kameraden knieten noch immer andächtig vor dem Schrein.

»Ich hätte mit euch Wache halten sollen«, murmelte er, beschämt, einfach eingeschlafen zu sein.

»Niemand hat das von dir erwartet, Tobin«, sagte Koni mitfühlend. »Wir haben mit ihm unser Blut vergossen. Aber du könntest ein Opfer für den Schrein vorbereiten. Einundfünfzig Wachspferde, eines für jedes Jahr, das er gelebt hat.«

Koni entdeckte die Wurzel, die Bruder zurückgelassen hatte, und wollte sie entfernen, doch Tobin hielt ihn zurück. »Lasst sie dort.« Inzwischen lag auch noch eine Eichel neben der Wurzel.

Den Vormittag verbrachte er zusammen mit Ki und einer Menge Bienenwachsklumpen auf dem Boden des Spielzimmers. Er hatte noch nie so viele Figuren auf einmal gemacht, und seine Hände fingen bald zu schmerzen an, trotzdem wollte er nicht aufgeben. Er ließ Ki zwar das Wachs weich kneten, bestand aber darauf, die Pferde selbst zu modellieren. Wie stets hatten sie gebeugte Hälse und schmale, lange Köpfe, wie die Aurënfaie-Pferde, die er und sein Vater ritten, doch dieses Mal waren die Striche, die er am Nacken mit dem Daumennagel in das Wachs drückte, kürzer, um die zum Zeichen der Trauer geschorenen Mähnen der echten Pferde nachzubilden.

Die beiden Knaben waren noch immer beschäftigt, als Solari und Nyanis in ihren Reitmänteln zur Tür hereinkamen.

»Ich bin gekommen, um mich zu verabschieden, Prinz Tobin«, sagte Nyanis und kniete neben ihm nieder. »Wenn Ihr nach Ero zieht, so zählt mich zu Euren Freunden.«

Tobin blickte von seiner Arbeit auf und nickte, während er in Gedanken darüber nachdachte, wie stumpf und farblos Nyanis' Haar seit ihrer letzten Begegnung geworden war. Als er noch klein gewesen war, hatte er immer gern beobachtet, wie dieses Haar das Licht der Flammen reflektierte, wenn sie am Kaminfeuer beisammengesessen und ein Spiel gespielt hatten.

»Auch auf mich könnt Ihr Euch jederzeit verlassen,

mein Prinz«, sagte Solari und legte die Faust an die Brust. »Im Gedenken an Euren Vater werde ich mich stets als Verbündeter Atyions betrachten.«

Lügner, zischte Bruder, der direkt hinter dem Mann kauerte. *Er hat seinem Hauptmann gesagt, er selbst würde spätestens in einem Jahr Herr in Atyion sein.*

Verblüfft keuchte Tobin: »In einem Jahr?«

»In einem Jahr und auch in vielen Jahren, mein Prinz«, entgegnete Solari, doch als Tobin dem Mann in die Augen sah, erkannte er, dass Bruder die Wahrheit gesagt hatte.

Tobin erhob sich und verbeugte sich vor beiden Männern, wie es auch sein Vater getan hätte.

Als sie gleich darauf den Korridor hinuntergingen, drang Solaris überlautes Flüstern an Tobins Ohr. »Mir ist gleich, was Tharin sagt, der Knabe ist nicht . . .«

Tobin starrte Bruder an. Vielleicht war es nur eine Illusion, aber der Geist schien zu lächeln.

Nari gab sich entschlossen, Tobin zu bemuttern. Sie bot sogar an, wieder das Bett mit ihm zu teilen, wie sie es getan hatte, als er noch klein gewesen war, doch er konnte ihre übermäßige Fürsorge nicht ertragen und wies sie zurück. Arkoniel und Tharin hielten Abstand, doch auch sie schienen ständig irgendwo in seiner Nähe zu sein, um ihn schweigend zu beobachten.

Der einzige Mensch, den Tobin um sich haben mochte, war Ki. Gemeinsam verbrachten sie in den nächsten paar Tagen unzählige Stunden außerhalb der Festung. Reiten war während der vier offiziellen Trauertage nicht gestattet, ebenso wenig wie warme Mahlzeiten oder Feuer nach Sonnenuntergang, also gingen sie am Flussufer entlang.

Das Gefühl innerer Stummheit hielt an; Ki schien das nicht entgangen zu sein, denn er verhielt sich ungewöhnlich still. Auch verlor er kein Wort darüber, dass Tobin noch keine Träne für seinen Vater vergossen hatte, obwohl er selbst ganze Tränenströme geweint hatte.

Und damit stand er nicht allein. Während jener ersten paar Tage ertappte Tobin Nari und Tharin oft dabei, wie sie sich die Augen trocken tupften, und vielen der Männer in der Unterkunft erging es ebenso. Offensichtlich stimmte etwas nicht mit ihm. In der Nacht ging er ganz allein zum Schrein, legte die Hände um die Urne und suchte in seinem Inneren nach Tränen, doch sie wollten nicht fließen.

In der dritten Nacht nach der Totenwache war es so heiß, dass er keinen Schlaf finden konnte. Stundenlang lag er wach im Bett, sah den Motten zu, die um die Nachtlampe kreisten, und lauschte dem Chor der Frösche und Heimchen, die die Wiese unter seinem Fenster bevölkerten. Neben ihm schlief Ki, auf dem Rücken liegend, Arme und Beine ausgebreitet, tief und fest. Sein Mund war leicht geöffnet, und auf seiner nackten Haut glänzten Schweißperlen. Seine rechte Hand lag nur wenige Zentimeter von Tobins Hüfte entfernt und zuckte immer wieder im Schlaf. Tobin betrachtete seinen Freund und stellte fest, dass er ihn um seinen gesunden Schlaf beneidete.

Je mehr sich Tobin nach Schlaf sehnte, desto wacher wurde er. Seine Augen fühlten sich so trocken an wie kalte Asche, und das ganze Bett schien unter seinem Herzschlag zu erbeben. Mondschein fiel auf die Rüstung auf dem Ständer in der Zimmerecke, zu der nun auch das Schwert gehörte, von dem man ihm gesagt hatte, dass es seines wäre. Viel zu früh für das Schwert, dachte er verbittert. Und zu spät für die Rüstung.

Sein Herz klopfte heftiger denn je. Tobin kletterte aus dem Bett, schlüpfte in ein zerknittertes Hemd und schlich hinaus auf den Korridor. Er wusste, dass die Diener in der Halle schliefen, und sollte er die Treppe hinaufsteigen, musste er damit rechnen, dass Arkoniel noch wach war. Um der Gefahr aus dem Weg zu gehen, verzog er sich in sein Spielzimmer.

Die Fensterläden waren offen, und im Licht des Mondes sah die Stadt beinahe real aus. Einen Augenblick lang stellte er sich vor, er wäre eine Eule und würde mitten in der Nacht über Ero fliegen. Als er aber näher trat, war die Stadt doch wieder nur ein Spielzeug, die wundervolle Schöpfung seines Vaters, mit der sie so viele glückliche Stunden erlebt hatten, als sein Vater ihn die Namen der Straßen und Plätze gelehrt hatte.

Und die Königinnen.

Tobin musste sich längst nicht mehr auf einen Stuhl stellen, um an das Brett zu reichen, auf dem die Schatulle mit den Figuren stand. Er zog sie heraus, setzte sich neben die Stadt und stellte die Könige und Königinnen in einer Reihe auf dem Dach des Alten Palastes auf: König Thelátimos und seine Tochter, Ghërilain, die Gründerin, standen wie stets beieinander, gefolgt von Tamír, die vergiftet worden war, Opfer des Stolzes ihres eigenen Bruders. Dann kamen die erste Agnalain, Klia und all die anderen bis hin zu Großmutter Agnalain, die ebenso verrückt gewesen war wie ihre Tochter. Arkoniels Geschichtslektionen waren weitaus detaillierter gewesen als die Erzählungen von Nari und seinem Vater. Er wusste von Großmutters Krähenkäfigen, von den Galgen und all ihren vergifteten und enthaupteten Ehegatten. Kein Wunder, dass die Menschen sich nach ihrem Tod von Onkel Erius hatten überzeugen lassen, die Prophezeiung zu ignorieren und ihn zum König zu machen.

Tobin nahm die letzte abgegriffene und häufig reparierte Holzfigur aus der Schachtel: der König. Dein Onkel. Für ihn war er immer noch kaum mehr als ein Name in einer Geschichte, ein Gesicht, das er nur einmal von Ferne aus dem Fenster gesehen hatte.

Er hat mir Mama weggenommen.

Tobin drehte die Figur in den Händen und dachte an die vielen Male, als sein Vater den Leimtopf geholt hatte und die Puppe repariert hatte, wenn sie wieder einmal Bruder zum Opfer gefallen war. Nun aber hatte Bruder die Figur schon seit Jahren nicht mehr angerührt.

Ein leises Geräusch weckte seine Aufmerksamkeit; als er auf seine Hände hinabblickte, sah er, dass er den Kopf des Königs abgebrochen hatte. Er ließ die Einzelteile in den Schatten unter der Zitadelle fallen und lauschte dem leisen Klappern des Aufpralls.

Dieses Mal würde sein Vater nicht mit dem Leimtopf kommen, um die Puppe zu reparieren.

Der Erinnerung folgten andere, Bild um Bild von seinem Vater, lachend, lehrend, spielend, reitend. Und noch immer konnte Tobin nicht weinen.

Plötzlich hörte Tobin ein leises Geräusch hinter sich, während ihm gleichzeitig der Geruch von Holzfeuer und zerdrückten grünen Pflanzentrieben in die Nase stieg. Lhels schwarzes Haar kitzelte auf seiner Wange, als sie seinen Kopf an ihren Busen legte.

»Ich dir jetzt eine Wahrheit verraten, Keesa«, flüsterte sie. »Dein Vater gemacht diese Stadt für dich und dich für diese Stadt.«

»Was bedeutet das?« Er löste sich von ihr und stand wieder allein im mondbeschienenen Spielzimmer.

»Was machst du hier?«, fragte Ki, der verschlafenen Blickes auf der Schwelle stand. Als Tobin nicht antwortete, schlurfte Ki zu ihm, nahm ihn an der Hand und führte ihn zurück zum Bett. Ausgebreitet auf der Matratze, eine Hand auf Tobins Brust, schlief er bereits wieder, kaum dass er die Augen geschlossen hatte.

So begierig Tobin auch war, herauszufinden, was Lhel gemeint haben mochte, der Druck von Kis Hand und der Geruch der Hexe, der immer noch in der Luft lag, wirkten so einschläfernd auf ihn, dass auch er die Augen schloss und in einen traumlosen Schlaf fiel.

Kapitel 36

Erius vergeudete keine Zeit. Keine zwei Wochen nach Tharins Rückkehr blickte Arkoniel zum Fenster hinaus und sah eine Staubwolke über der Straße nach Alestun.

So viel Staub aufzuwirbeln erforderte mindestens eine komplette Reiterschwadron, und Arkoniel wusste nur zu gut, wer sie geschickt hatte.

Der Zauberer verfluchte sich für seine mangelnde Wachsamkeit, doch als er gerade auf seine Magie zurückgreifen wollte, um die Knaben ausfindig zu machen, entdeckte er sie am unteren Ende der Wiese. Halb nackt wie stets in diesen heißen Tagen kauerten sie in einer Weidengruppe am Flussufer.

»Lauft!«, rief Arkoniel, wohl wissend, dass sie den Staub von dort aus nicht sehen, die Pferde über das Rauschen des Flusses hinweg nicht hören konnten. Natürlich konnten sie auch ihn nicht hören, aber irgendetwas brachte sie dazu, sich aus dem tiefen Gras zu erheben und zu dem Wald auf der anderen Seite der Wiese zu rennen.

»Brave Kinder«, flüsterte er.

»Reiter!«, brüllte Tharin im Innenhof.

Seine Männer und er waren mit der Reparatur des Daches ihrer Unterkunft beschäftigt. Dort stand Tharin nun, schützte die Augen mit einer Hand vor der Sonne und blickte zu dem Zauberer hinauf. »Wer ist das?«, rief er.

Arkoniel schloss die Augen und wirkte einen Zauber. »Etwa drei Dutzend Bewaffnete. Sie kommen im Galopp auf die Festung zu, angeführt vom königlichen Herold und einem Edelmann – ich kenne ihn nicht.«

»Die Farben?«

»Die kann ich bei all dem Staub nicht sicher erkennen«, entgegnete Arkoniel. Die Tuniken, die er mit seiner magischen Wahrnehmung sehen konnte, hätten ebenso gut grau sein können. Als er die Augen wieder öffnete, war Tharin vom Dach verschwunden.

Die Beine des Zauberers zitterten beinahe, als er seine Gemächer verließ und die Treppe hinunterhastete. Was, wenn unter diesen Reitern auch ein Häscher war? Er hatte keine Ahnung, mit welchen Mächten er es zu tun bekommen könnte, oder ob er imstande wäre, sie abzuwehren.

Als er Tobins Zimmer passierte, traf er auf Nari. »Ich habe Reiter gesehen!«, rief sie händeringend. »Oh, Arkoniel, was, wenn etwas fehlgeschlagen ist? Was, wenn sie schon alles wissen?«

»Beruhigt Euch. Ich denke, das ist nur ein Herold«, sagte er, doch überzeugen konnte er weder sie noch sich selbst. Gemeinsam hetzten sie die Stufen hinab in die Halle, wo Tharin und seine Männer bereits Aufstellung bezogen hatten.

»Ziemlich große Eskorte für einen Boten, nicht wahr?«, kommentierte Tharin grimmig.

»Es wird besser sein, wenn sie mich nicht hier sehen«, sagte Arkoniel. »Geht Ihr hinaus, um sie zu begrüßen. Ich suche die Knaben und sorge dafür, dass sie außer Sichtweite bleiben, bis wir wissen, woher der Wind weht. Schickt mir Koni die Wiese hinunter, wenn Ihr sicher seid, dass keine Gefahr droht.«

»Lasst mich mit Euch gehen«, bettelte Nari.

»Nein. Ihr bleibt und begrüßt Eure Gäste.«

Er schlüpfte zum Tor hinaus und lief in den Wald.

Inzwischen konnte er die Reiter klar und deutlich hören, was bedeutete, dass sie jeden Augenblick in Sichtweite kommen mussten.

Er hatte bereits den halben Weg hinter sich, als Lhels Gesicht vor ihm auftauchte. »Hierher!«, sagte sie und deutete auf eine Stelle hinter ihm, an der er soeben vorbeigelaufen war.

Arkoniel brach durch das Geäst und schrie erschrocken auf, als der Boden unter ihm nachgab. Er stürzte einen kurzen Abhang hinab und fand sich am Boden einer von Laub bedeckten Wasserrinne zwischen den Bäumen wieder, die Beine noch am Hang, die Arme im Schlamm der Rinne. Schnell richtete er sich wieder auf und kletterte den Hang hinauf, um sich zu Lhel und den Knaben zu gesellen, die über den Rand der Wasserrinne hinweg die Straße beobachteten. Mit ihren schmutzigen Kleidern, dem Laub an Armen und Beinen und den angriffsbereiten Messern sahen Tobin und Ki aus wie zwei jugendliche Räuber.

»Wer kommt da?«, fragte Tobin, ohne dabei die Straße aus den Augen zu lassen.

»Nur ein Bote des Königs, hoffe ich.«

»Warum hat Bruder Tobin dann gesagt, er soll sich verstecken?«, hakte Ki nach.

»Nun, er hat ziemlich viele ... Du sagst, Bruder hat euch gewarnt?« Sein Blick wanderte zu der Hexe. »Aber ich hatte angenommen ...«

»Ich auch beobachten.« Lhel deutete in Richtung Straße. »Bruder sagen, ein Zauberer bei ihnen sein.«

»Ist das einer von diesen Häschern?«, fragte Ki.

»Ich weiß es nicht.« Arkoniel tastete nach dem Kristallstab in seiner Gürteltasche und betete, dass Lhel und er die Männer lange genug aufhalten konnten, um Tharin die Möglichkeit zu geben, Tobin fortzuschaffen.

»Wir müssen sehr vorsichtig sein, bis wir Genaueres wissen.«

Tobin nickte, schien jedoch keine Angst zu haben. Ki verschwand kurz und kehrte gleich darauf mit einem dicken Stock an die Seite des Prinzen zurück, bereit, sich einer ganzen Legion Zauberer in den Weg zu stellen.

Die Reiter verließen den Wald und donnerten den Hang hinauf auf die Brücke zu. Arkoniel kroch zum Waldrand, um sich einen besseren Überblick zu verschaffen, und sah, dass der Anführer der Reiter am Tor mit jemandem sprach. Etwa ein Dutzend der Männer betraten die Festung, die übrigen führten die Pferde zum Ufer, um sie mit frischem Wasser zu versorgen.

Nun blieb weiter nichts zu tun, als zu warten. Die Staubwolke hing noch immer über der Straße. Zikaden sangen von heißen Tagen. In der Nähe raufte ein Haufen Krähen, begleitet von den klagenden Rufen der Tauben. Einen Augenblick später hörten sie einen einzigen und vollkommen unerwarteten Schrei einer Eule. Arkoniel schlug ein Glückszeichen und betete lautlos: *Lichtträger, halte deine schützende Hand über dieses Kind.*

Die Zeit dehnte sich. Tobin fing einen schimmernden grünen Käfer ein und ließ ihn über seine Hand krabbeln, Ki dagegen blieb wachsam. Seine Augen folgten jedem Laut.

Plötzlich blickte Tobin von dem Käfer auf und flüsterte: »Der Zauberer ist ein Mann mit gelbem Haar.«

»Bist du sicher?«, fragte Arkoniel. Dies war seit vielen Monaten das erste Mal, dass Tobin Anzeichen von Hellsichtigkeit zeigte.

»Bruder hat es mir gesagt«, entgegnete der Knabe und starrte vor sich in die Luft, als wartete er auf eine Bestätigung.

Also war er nicht hellsichtig, sondern vorgewarnt. Zum ersten Mal hatte der Zauberer einen Grund, dem Geist dankbar zu sein.

Endlich kam Koni über die Wiese gerannt. Arkoniel drehte sich um, um Lhel zu warnen, doch die war bereits verschwunden.

»Hier!«, rief Ki und winkte dem jungen Soldaten zu.

Koni blieb stehen, sah sich um und stürmte auf sie zu.

»Der König...«, keuchte er. »Der König hat einen Lord mit einer Botschaft gesandt. Lord Orun.«

»Orun?« Der Name war Arkoniel bekannt, doch er konnte ihn nicht einordnen.

Koni verdrehte die Augen. »Der alte Lord Großmaul. Er kennt Tobins Familie schon sehr lange. Jetzt ist er Schatzkanzler. Ein wichtigtuerischer, aufgeblasener... Aber genug davon. Tharin sagt, ihr sollt wieder in die Festung zurückkehren. Wir sollen möglichst hintenherum reingehen. Nari wird mit deinen Kleidern in der Küche auf dich warten, Tobin.« Dann wandte er sich an Arkoniel. »Es ist kein weiß gekleideter Zauberer unter ihnen, aber Tharin meint, Ihr solltet trotzdem vorsichtig sein.«

»Kein Zauberer?« Tobin schien sich seiner Sache in diesem Punkt absolut sicher gewesen zu sein, also ging er besser kein Risiko ein. »Keine Sorge, Tobin. Ich werde in der Nähe bleiben.«

Tobin reagierte kaum, sondern drückte die Schultern durch und machte sich auf den Weg zur Festung, ohne sich noch einmal umzusehen.

Tobin hatte keine Angst. Bruder war noch immer bei ihm, und er hätte ihn gewarnt, wenn irgendeine Gefahr auf ihn gelauert hätte. Und Ki war schließlich auch noch

da, treu und zuverlässig wie die Knappen in den Helden-
gesängen. Tobin sah seinen Freund an und lächelte.
Bewaffnet mit einem Messer und einem verdrehten Ast,
sah Ki so furchtlos aus wie an jenem Tag, als er den Berglöwen angegriffen hatte.

Bald hatten sie die Küche erreicht, ohne einem der
Fremden zu begegnen. Nari und Mamsell warteten
bereits auf sie.

»Spute dich, mein Junge. Lord Orun will mit niemandem außer dir sprechen, und er hat es schrecklich eilig.«
Nari fummelte hektisch herum, als sie die Kinder in ihre
besten Gewänder kleidete und ihnen das Laub aus den
Haaren kämmte. Zwar sagte sie nichts dergleichen, doch
Tobin sah ihr an, dass sie diesen Orun ebenso wenig leiden konnte wie Koni. Und dass sie besorgt war und versuchte, sich nichts anmerken zu lassen. Tobin beugte
sich vor und küsste sie sanft auf die Wange. »Hab keine
Angst, Nari.«

Sie warf die Arme um ihn und zog ihn fest an sich.
»Wovor sollte ich denn Angst haben, Kind?«

Tobin befreite sich und machte sich auf den Weg zur
Halle, flankiert von Ki und Koni, als wäre er der Herr im
Haus.

Beim Anblick der vielen fremden Soldaten, die in der
Halle Aufstellung bezogen hatten, erschrak er ein wenig.
Tharin und seine Männer waren ebenfalls anwesend,
aber sie sahen im Vergleich zu den Fremden aus wie
Bauern. Die meisten von ihnen trugen noch ihre schmutzige Arbeitskleidung anstelle ihrer Uniformen und wirkten nicht annähernd so prachtvoll wie die anderen mit
all ihren roten und goldenen Abzeichen im Brustbereich
ihrer schwarzen Tuniken. Rasch sah er sich unter ihnen
um; da waren einige Männer mit blondem Haar, aber er
sah keinen, der die Robe eines Zauberers trug.

Kaum war ihm dieser Gedanke gekommen, da sah er Bruder, der hinter einem der Soldaten hervorlugte, einem blonden Mann mit von der Sonne verbrannten roten Wangen. Bruder berührte ihn nicht, sondern starrte reglos vor sich hin, bis der Mann sein Gewicht verlagerte und sich nervös umblickte.

Zwei Männer in kostbaren Gewändern standen vor den Soldaten, flankiert von etlichen Dienern und Knappen. Der Mann mit den Stiefeln und den staubigen blauen Kleidern trug das silberne Horn und den weißen Stab des königlichen Herolds. Eben jener trat nun vor und verbeugte sich tief vor Tobin. »Prinz Tobin, erlaubt mir, Euch einen Gesandten Eures Onkels, des Königs, vorzustellen. Lord Orun, Sohn des Makiar, Schatzkanzler und Verwalter von Atyion und Cirna.«

Eisige Kälte ergriff von Tobin Besitz. Atyion und Cirna waren Besitztümer seines Vaters.

Lord Orun trat ebenfalls vor und verbeugte sich. Er trug eine kurze Robe aus zinnoberroter Seide mit extravaganten Ärmeln, an deren Saum goldene Perlen baumelten. Die Schöße waren mit Schlachtszenen bestickt, aber Tobin bezweifelte, dass dieser Mann je ein Krieger gewesen war. Er war alt und sehr groß, aber seine Haut war so blass und zart wie die einer Frau, wenn auch tiefe Falten seine wulstigen, feucht aussehenden Lippen umgaben, und er hatte nicht ein einziges Haar auf dem Kopf; sein gewaltiger, aufgebauschter Seidenhut erinnerte an ein Kissen auf einem gekochten Ei. Er lächelte Tobin mit den dicken Lippen zu, nicht aber mit den Augen. »Wie lange ich mir schon gewünscht habe, endlich den Sohn von Ariani und Rhius kennen zu lernen!«, rief er und trat noch näher, um Tobin die Hand zu schütteln. Seine riesige Pranke war kühl und feucht wie das Fleisch eines großen alten Pilzes.

»Seid willkommen«, sagte Tobin, obwohl er am liebsten kehrtgemacht hätte und die Treppe hinaufgeflüchtet wäre.

Oruns Augen richteten sich auf Ki, und er beugte sich zu ihm hinab. »Und wer ist dieser Knabe, mein Prinz? Euer Laufbursche?«

»Das ist der Schildknappe des Prinzen Tobin, Kirothius, Sohn des Sir Larenth, eines Ritters in Diensten Lord Jorvais«, mischte sich Tharin in schroffem Ton ein.

Oruns Lächeln verunglückte sichtlich. »Aber ich dachte ... Nun, der König wusste nicht, dass für diesen Prinzen schon ein Schildknappe auserwählt wurde.«

»Herzog Rhius hat das Band schon vor einiger Zeit besiegelt.«

Tharin gab sich respektvoll, doch Tobin fühlte dessen verborgene Anspannung.

Lord Orun starrte Ki noch einen Augenblick lang an, ehe er dem Herold winkte.

Der Herold legte Tobin seinen Stab zu Füßen, verbeugte sich noch einmal und brachte eine schwere Rolle Pergament mit Schmuckbändern und eindrucksvollen Siegeln zum Vorschein. »Prinz Tobin, ich bringe Euch Nachricht von Eurem Onkel, Seiner Majestät, König Erius.«

Er brach das Siegel und entrollte geziert das Pergament. »Von Seiner Majestät, Erius von Ero, König von Skala, Kouros und den Nördlichen Territorien, für Prinz Tobin von Ero in der Feste von Alestun, geschrieben am neunten Tage des Sheminmonats.

Neffe, nur schweren Herzens kann ich dir vom Tod deines Vaters, unseres geliebten Bruders Rhius, berichten. Dein Vater war mein höchst geschätzter Kommandant, und wenn sein Tod auch ehrenvoll und eines

Kriegers würdig war, sind Worte doch nicht imstande, meine Trauer über diesen Verlust auszudrücken.

Zu Ehren deiner geliebten Mutter – möge Astellus ihren Geist zum Frieden führen – und aus Liebe zu dir, meinem nahen Verwandten, bestimme ich dich zu meinem Mündel, bis du alt genug bist, selbst über die Besitztümer zu herrschen, die deine hoch geschätzten Eltern dir hinterlassen haben, und deines Vaters Platz in meinem Rat einzunehmen. Ich ernenne meinen geschätzten Diener, Lord Orun, zum Verwalter deiner Ländereien, bis du das einundzwanzigste Lebensjahr vollendet hast, und beauftrage ihn, über dich und deinen Besitz zu wachen, bis ich nach Skala zurückkehre.

Ich habe Lord Orun angewiesen, dich nach Ero zu eskortieren, wo du deinen rechtmäßigen Platz unter den Königlichen Gefährten meines Sohnes einnehmen wirst. Es ist mein innigster Wunsch, dass du dem Prinzen Korin ein geliebter Bruder sein wirst, wie er der deine. Bei den Gefährten wirst du darauf vorbereitet, deinen Platz an seiner Seite einzunehmen, wenn er eines Tages den Thron besteigt, um ihm zu dienen, wie dein Vater mir gedient hat.

Ich sehne mich von Herzen danach, dich wieder in meine Arme zu schließen, wie ich es in der Nacht deiner Geburt getan habe! Bete für unseren Sieg in Mycena.«

Der Herold blickte auf. »Unterzeichnet und besiegelt: ›Herzlichst, dein dich aus tiefstem Herzen liebender Onkel Erius von Ero, König von Skala.‹ Damit endet die Botschaft, mein Prinz.«

Alle Augen richteten sich in Erwartung einer Antwort auf Tobin, doch dessen Zunge klammerte sich hartnäckig am Gaumen fest. Als Tharin gesagt hatte, sie würden nach Ero gehen, hatte er sich vorgestellt, zusammen mit Freunden zu seinem Geburtshaus zu reiten und vielleicht sogar nach Atyion.

Sein Blick wanderte wieder zu seinem so genannten Verwalter. Schon jetzt fing er an, den Mann zu hassen. Jeder konnte sehen, dass er kein Krieger war, nur ein fettes, schwitzendes Schwein mit Augen, die aussahen wie Korinthen im Kuchenteig. Die Ankunft der Soldaten hatte ihn nicht erschreckt; der Gedanke aber, dass dieser Mann ihn fortbringen sollte, jagte ihm eisige Schauer durch den ganzen Leib. *Nein!*, wollte er brüllen, aber er blieb stumm wie ein Felsen.

Bruder antwortete an seiner Stelle. So schnell, dass Tobin seinen Bewegungen nicht folgen konnte, rupfte er dem Herold das Pergament aus den Händen und riss es entzwei, ehe er Lord Orun den albernen Hut vom Kopf fegte. Seine Diener reagierten mit ausgesprochener Hektik. Einige jagten dem Kopfputz hinterher, andere suchten ihr Heil in der Flucht.

Plötzlich fegte ein Wind aus dem Nichts herbei, peitschte den Soldaten das Haar in die Augen und entriss ihnen Abzeichen und Dolche. Einige der Gardisten brachen aus den Reihen aus. Lord Orun gab ein wenig mannhaftes Quieken von sich und verschwand unter einem Tisch. Tharins Männer lachten aus vollem Halse, und Tobin hätte es ihnen beinahe gleichgetan. Zur Abwechslung war er Bruder für seine Marotten dieses Mal überaus dankbar. Dennoch lachte er nicht, als er seine Stimme wiederfand, sondern rief: »Genug!«

Sofort hörte Bruder auf und kam neben dem Schrein zur Ruhe, den Blick auf Tobin gerichtet. In den Zügen des Geistes spiegelte sich keine Spur einer Emotion, doch Tobin fühlte in diesem Augenblick, dass Bruder bereit war, für ihn zu morden.

Was würde er mit Orun anstellen, wenn ich ihn um Hilfe bitte?, fragte sich Tobin, ehe er den unwürdigen Gedanken rasch verdrängte.

Tharins Männer lachten immer noch. Die wütenden Gardisten unterhielten sich im Flüsterton und schlugen Zeichen gegen das Böse, als sie wieder Aufstellung nahmen. Unter den wenigen, die standhaft geblieben waren, befand sich auch der blonde Mann, auf den Bruder ihn aufmerksam gemacht hatte. Jener beobachtete Tobin mit lächelnden Augen. Der junge Prinz wusste nicht recht, was er davon halten sollte, aber er wusste, dass ihm dieser Zauberer jetzt schon sympathischer war als Lord Orun, der sich gerade von seinen Dienern unter dem Tisch hervorhelfen ließ.

»Ich heiße Euch als Gäste in meinem Haus willkommen«, begann Tobin, eifrig bemüht, sich Gehör zu verschaffen.

»Ruhe. Der Prinz spricht!«, bellte Tharin in einem Ton, der sogar Tobin erschreckte. Stille kehrte ein, und die Anwesenden drehten sich in ihre Richtung.

»Ich heiße Euch als Gäste in meinem Haus willkommen«, wiederholte Tobin. »Lord Orun, ich biete Euch die Gastfreundschaft meines Herdes. Meine Diener werden Euch Wasser und Wein reichen. Eure Männer können sich auf der Wiese vor der Festung ausruhen, bis wir ein Mahl bereitet haben.«

Orun zürnte sichtlich. »Junger Herr, die Befehle des Königs ...«

»Haben Prinz Tobin unvorbereitet ereilt, Mylord. Er trauert noch über den Verlust seines Vaters«, unterbrach ihn Tharin. »Ich bin überzeugt, Seiner Majestät ist nicht daran gelegen, seinem einzigen Neffen noch weiteres Ungemach zu bereiten.« Dann beugte er sich zu Tobin hinab, als würde er einem geflüsterten Befehl lauschen, ehe er sich erneut an Orun wandte. »Ihr müsst Seiner Hoheit gestatten, sich für eine Weile zurückzuziehen und über die Worte seines Onkels nachzudenken. Er wird Euch zur Verfügung stehen, sobald er geruht hat.«

Orun hatte sich inzwischen weit genug erholt, um eine anständige Verbeugung zustande zu bekommen, wenn auch der unterdrückte Zorn in seinen Zügen nicht zu übersehen war. Tobin musste sich erneut das Lachen verkneifen, als er dem Höfling und seinen Männern den Rücken zukehrte und so unbekümmert wie möglich die Stufen emporschritt. Ki und Tharin folgten ihm. Von unten konnte er Tharins Stellvertreter, den alten Laris, Befehle zur Versorgung der Gäste bellen hören.

In Tobins Schlafzimmer wartete Arkoniel bereits auf sie.

»Ich habe den größten Teil der Unterhaltung vom Treppenabsatz aus gehört«, sagte er mit ungewöhnlich bitterer Miene. »Tharin, die Zeit scheint gekommen, Eure Kenntnisse über den Hof zu teilen. Kennt Ihr Lord Orun?«

Tharin zog ein Gesicht, als hätte er etwas furchtbar Bitteres gegessen. »Er gehört zur Verwandtschaft des Königs, irgendein Vetter aus der weiblichen Linie. Auf dem Schlachtfeld ist er nicht zu gebrauchen, aber ich habe gehört, er gäbe einen recht fähigen Kanzler ab. Außerdem ist er die Quelle diverser Informationen, die das Gehör des Königs finden.«

»Ich mag nicht, wie er aussieht«, knurrte Ki. »Über mich kann er sagen, was er will, aber er hat mit Tobin gesprochen wie mit einem Küchenjungen. ›Junger Herr‹!«

Tharin blinzelte ihm zu. »Ärgere dich nicht. Er ist nur ein aufgeblasener Narr, der gern viel Wind macht.«

»Muss ich mit ihm gehen?«, fragte Tobin.

»Ich fürchte schon«, entgegnete Tharin. »Der Ruf eines Königs darf nicht ignoriert werden, nicht einmal von dir. Aber ich werde dich begleiten und Ki ebenso.«

»Ich ... ich will aber nicht«, stammelte Tobin, beschämt über das Zittern in seiner Stimme. Nachdem er sich geräuspert hatte, fügte er hinzu: »Aber ich werde mit ihm gehen.«

»So schlimm wird es nicht werden«, tröstete Tharin. »Dein Vater und ich haben unter den Gefährten des Königs gedient, als wir noch Knaben waren. Der Alte Palast ist ein wunderbares Gemäuer, und ihr werdet mit den Besten des ganzen Landes trainieren. Nicht, dass man euch noch viel beibringen müsste, nach den vielen Lektionen, die ihr hier bekommen habt. Vermutlich werdet ihr zwei diesen verweichlichten Stadtstutzern noch etwas vormachen können.« Er grinste wohlwollend und selbstsicher wie eh und je. »Prinz Korin ist ein netter Bursche. Ihr werdet ihn mögen. Also lasst euch nicht entmutigen. Ihr werdet der Welt schon zeigen, wer der Sohn der Prinzessin Ariani ist, und ich werde für Euch ein wachsames Auge auf Orun haben.«

Arkoniel und Tharin überließen die Jungen sich selbst, damit sie sich beruhigen sollten, stiegen die Treppe hinauf und schlossen sich im Arbeitszimmer des Zauberers ein. Von dort aus hatten sie einen wunderbaren Ausblick auf die Soldaten, die auf der Wiese warteten.

»Die hohen Herren habt ihr recht kurz abgefertigt, Ihr und Tobin.«

»Das hat er gut gemacht, nicht wahr? Er ist schon ein bemerkenswerter kleiner Prinz, wenn er den Kopf oben behält. Außerdem war ich dort unten vermutlich zum ersten Mal erfreut, dass der Dämon aufgetaucht ist.«

»In der Tat. Sagt mir, als Ihr vorhin mit den Knaben gesprochen habt, hatte ich das Gefühl, Ihr wisst mehr über Orun, als Ihr ihnen verraten wollt.«

Tharin nickte. »Als ich Lord Orun zum ersten Mal begegnet bin, war er zu Atyion bei Rhius' Vater zu Gast. Damals war ich etwa so alt wie Ki. Orun stolperte nach einem Fest blind vor Trunkenheit davon und rannte mich auf einem verlassenen Korridor beinahe um. Er hat mich in eine Ecke gedrängt und mir einen billigen vergoldeten Ring angeboten, wenn ich mich von ihm vögeln lassen würde.«

Bestürzt ließ sich Arkoniel auf seinen Hocker sinken. »Im Namen der Vier! Und was habt Ihr getan?«

Tharin bedachte ihn mit einem humorlosen Grinsen. »Ich habe ihm gesagt, dass er wohl nicht besonders gut im Vögeln sein könne, wenn er dafür bezahlen müsse. Dann bin ich geflüchtet. Einen oder zwei Tage später sah ich den Ring am Finger einer Küchenmagd. Schätze, die war weniger wählerisch.«

Arkoniel starrte ihn aus großen Augen an. »Und diesen Kerl schickt der König zu seinem Neffen?«

Tharin zuckte die Schultern. »Kreaturen wie Orun stellen ihresgleichen üblicherweise nicht nach. Die halten sich an Diener oder Bauern, Leute, die sich schlecht beklagen können oder denen sowieso niemand zuhören würde.«

»Als ich jung war, bin ich auch einigen dieser Gestalten begegnet. Iya hat mir ein paar Beschwörungen gezeigt, um mit ihnen fertig zu werden. Aber Ihr wart nie ein Bauernjunge.«

»Nein. Wie ich schon sagte, er war betrunken. Sein Glück, dass ich viel zu wütend und beschämt war, einen

Ton darüber zu verlieren, und er war zu jenem Zeitpunkt viel zu betrunken, um sich später noch an mich zu erinnern, also ließ ich die Sache auf sich beruhen. Tröstet Euch, er wird es nie wagen, Hand an Tobin zu legen, dessen bin ich sicher.«

»Aber was ist mit Ki?«

»Das wäre angesichts seines Standes beinahe genauso närrisch, aber ich werde vorsichtshalber mit dem Jungen sprechen. Sorgt Euch nicht, Arkoniel. Ich werde sie bei jedem Schritt des Weges begleiten, bis sie sicher in den Quartieren der Königlichen Gefährten angekommen sind. Der Waffenmeister Porion ist ein guter Mann, der stets ein Auge auf seine Kinder hat. Bei ihm sind sie in Sicherheit. Und sollte Orun vorher irgendetwas versuchen, wird es mir eine wahre Freude sein, unsere Bekanntschaft zu erneuern.« Er unterbrach sich kurz. »Vermute ich richtig, dass Ihr nicht mit uns kommen könnt?«

»Iya will, dass ich hier bleibe, damit ich von den Häschern nicht erfasst werden kann. Aber sollte ich gebraucht werden, so liegt Ero nur einen Tagesritt entfernt.«

»Hoffen wir, dass es nicht dazu kommt.« Tharin fuhr sich müde mit der Hand durch das Haar. »Wisst Ihr, ich war direkt neben Rhius bis zu jenem letzten schlimmen Augenblick. Wäre mein Pferd nicht getroffen worden – wäre ich gewesen, wo ich hätte sein sollen, wo ich immer gewesen bin ...« Er bedeckte seine Augen mit der Hand.

»Ihr könnt den Weg der Pfeile nicht ändern.«

»Das weiß ich selbst! Aber im Namen der Vier, Rhius sollte derjenige sein, der noch am Leben ist und mit Euch spricht, nicht ich! Oder wir hätten beide sterben sollen.«

Arkoniel musterte das kummervolle Gesicht des Mannes und dachte an ihr Gespräch auf der Brücke zurück, das sie am Morgen nach der Totenwache geführt hatten. »Ihr habt ihn sehr geliebt.«

Tharin blickte auf, und seine Züge entspannten sich ein wenig. »Gerade so, wie er es verdient hat. Er war mein Freund, so wie Tobin Kis Freund ist . . .«

Ein sanftes Pochen ertönte an der Tür. »Tharin, seid Ihr dort drin?«, rief Nari mit aufgeregter Stimme.

Arkoniel ließ sie herein. Die Frau befand sich in einem schrecklichen Zustand. Tränen rannen über ihr Gesicht, und sie rang zwanghaft die Hände. »Lord Orun macht dort unten ein schreckliches Theater. Der Dämon hat ihn zu Tode erschreckt, und nun sagt er, Tobin muss innerhalb einer Stunde reisebereit sein. Er sagt, die Befehle des Königs gäben ihm das Recht, das Kind zu zwingen. Das dürft Ihr nicht zulassen! Tobin hat nicht einmal angemessene Kleidung für das Leben bei Hofe. Ki hat sein Schwert gezogen und sagt, er würde jeden umbringen, der es wagt, das Schlafzimmer der Knaben zu betreten.«

Tharin war schon halb zur Tür hinaus. »Hat irgendjemand es versucht?«

»Noch nicht.«

Mit glühendem Blick drehte er sich zu Arkoniel um. »Was sollen wir tun, Zauberer? Dieser Bastard sieht ein Waisenkind vor sich, umgeben von einer Schar Diener, und glaubt, er könne den Herrn im Hause eines toten Mannes spielen.«

»Nun, ein Blutvergießen hilft uns wenig.« Arkoniel dachte kurz nach und lächelte dann. »Ich denke, es ist an der Zeit, dass Tobin seinerseits ein paar Bedingungen stellt. Schickt Tobin zu mir. Tharin, Ihr und Nari solltet Ki beruhigen, während ich mich unter vier Augen mit dem Prinzen unterhalte.«

Wenige Minuten später betrat Tobin mit blassem Gesicht und resignierter Miene das Zimmer.

»Ki hat niemanden umgebracht, oder?«, fragte Arkoniel.

Nicht der Hauch eines Lächelns zeigte sich auf Tobins Lippen. »Lord Orun sagt, wir müssen sofort abreisen.«

»Was hältst du von Lord Orun?«

»Er ist ein fetter, aufgeblasener Bastard, den der König zurückgelassen hat, weil er nicht zum Kampf taugt!«

»Du hast ein feines Gespür für Charaktere. Und wer bist du?«

»Ich? Was meint Ihr damit?«

Arkoniel verschränkte die Arme vor der Brust. »Du bist Prinz Tobin, Sohn der Prinzessin Ariani, die nach den Gesetzen des Orakels die Königin von Skala hätte sein sollen. Du bist der erstgeborene Sohn des Herzogs Rhius, Herr über Atyion und Cirna, der reichste Lord und größte Krieger des ganzen Landes. Du bist der Neffe des Königs und der Vetter seines Sohnes, des künftigen Königs. Ganz gleich, wie viele Verwalter sie zwischen dich und das, was dir rechtmäßig zusteht, stellen, du darfst nie vergessen, wer du bist, und du darfst nicht zulassen, dass irgendjemand anderes das vergisst. Du bist ein wahrer Edelmann von reinstem Blut, Tobin, sittsam, tapfer und aufrecht. Das hast du mir während meiner Anwesenheit hundertmal bewiesen.

Aber nun gehst du an den Hof und musst lernen, die eine oder andere Maske aufzusetzen. Leute wie Orun kämpfen mit ihren eigenen Waffen: Stolz, Arroganz, Hochmut, was immer du dir mit deinem ehrlichen Herzen vorstellen kannst. Du musst nicht glauben, dein Vater hätte einen Hund wie diesen mit Respekt behandelt, wenn ihm selbst nicht mit Respekt begegnet worden wäre. Wenn dir jemand ins Gesicht schlägt, musst du sofort und noch schmerzhafter zurückschlagen. Hast du mich verstanden?«

»Aber . . . Er ist ein Lord und meines Onkels . . .«

»Und du bist ein Prinz und ein Krieger. Dein Onkel wird das erkennen, wenn er zurückkehrt. Inzwischen wirst du dir jedoch deinen eigenen Ruf erarbeiten müssen. Sei freundlich zu denen, die dich mit Respekt behandeln, aber gönne jenen, die es nicht tun, keine Gnade.«

Tobin war anzusehen, wie er jedes einzelne Wort in Gedanken erwog. Schließlich reckte er das Kinn vor und nickte. »Dann muss ich nicht freundlich zu Lord Orun sein, obwohl er ein Gast unseres Hauses ist?«

»Er hat sich anstößig verhalten. Du schuldest ihm lediglich die sichere Zuflucht unter deinem Dach, und die hast du ihm bereits gewährt, als du Bruder zurückgepfiffen hast.« Wieder lächelte Arkoniel. »Das hast du übrigens sehr gut gemacht. Sag mir, wenn du Bruder gebeten hättest, einen Aufruhr anzuzetteln, hätte er es getan?«

»Ich weiß es nicht. Ich habe ihn nie gebeten, etwas zu tun, sondern nur, damit aufzuhören.«

»Würdest du das gern herausfinden?«

Tobin zog die Stirn in Falten. »Ich will nicht, dass er jemandem wehtut. Nicht einmal Orun.«

»Natürlich nicht. Aber das muss Lord Orun schließlich nicht wissen, nicht wahr? Du musst jetzt hinuntergehen und unserem Gast erklären, dass du bis morgen Zeit benötigst, um den Haushalt ordnungsgemäß zurückzulassen.«

»Und was mache ich, wenn er nein sagt?«

»Dann wird Bruder hoffentlich der Bote für deinen

Zorn sein. Ist er jetzt hier? Nein? Warum rufst du ihn nicht?«

Tobin machte einen leicht verlegenen Eindruck, als er die magischen Worte sprach, obwohl der Zauberer ihn dabei nicht zum ersten Mal belauschte. Arkoniel fühlte eine Veränderung in der Luft und erkannte an der Art, wie Tobin den Kopf ein wenig zur Seite drehte, dass Bruder hinter ihm aufgetaucht war. Der Zauberer rutschte unbehaglich auf seinem Hocker herum. Der Gedanke an einen unsichtbaren Gast hinter seinem Rücken wirkte wenig beruhigend auf ihn.

»Wirst du mir helfen?«, fragte Tobin.

»Was hat er gesagt?«

»Nichts, aber ich glaube, er wird es tun.« Tobin dachte kurz nach und runzelte erneut die Stirn. »Wo soll Lord Orun schlafen, wenn er über Nacht hier bleibt? Das einzige Gästezimmer ist gleich neben Euren Gemächern.«

Arkoniel dachte an die Schlafgemächer von Rhius und Ariani, doch die Vorstellung, diese Kreatur so dicht bei den Kindern unterzubringen, gefiel ihm überhaupt nicht. »Wir könnten ihn im Turm unterbringen.« Eigentlich hatte er einen Scherz machen wollen, doch Tobins entsetzte Miene erstickte jedes Lächeln schon im Ansatz. »Das war nur ein Scherz, Tobin, und ein schlechter noch dazu. Er wird sich mit der Halle zufrieden geben müssen. Sag den Dienern, sie sollen für ihn ein Bett mit Vorhängen aufstellen. Und der Herold braucht ebenfalls ein anständiges Bett. Über so eine Unterbringung können sie sich auf einem Landsitz kaum beklagen.«

Tobin wandte sich zum Gehen, doch eine plötzlich aufschießende Angst, verbunden mit tiefer Zuneigung, veranlasste Arkoniel, ihn noch einmal zurückzurufen.

Als Tobin dann aber vor ihm stand, wusste er kaum, wie er anfangen sollte. Unbeholfen legte er Tobin eine Hand auf die Schulter und sagte: »Du wirst mit ihm gehen müssen, und das Leben in der Stadt wird anders sein, als du es gewohnt bist. Du hast hier so ein ruhiges Leben geführt, umgeben von Menschen, denen du vertrauen konntest. So wird es bei Hofe nicht sein.« Angestrengt suchte er nach den richtigen Worten. »Falls irgendjemand . . .«

Tobins Gesicht gab wenig preis, aber seine starre Haltung und der verstohlene Blick, mit dem er die Hand auf seiner Schulter musterte, nötigten den Zauberer, sich verunsichert zurückzuziehen. »Nun, du musst im Umgang mit Fremden Vorsicht walten lassen«, fuhr er ohne rechten Elan fort. »Wenn dich irgendetwas verwirrt, dann sprich mit Tharin oder Ki darüber. Beide haben mehr Erfahrung mit der großen weiten Welt als du.« Innerlich erneut von einem unerwiderten Gefühl inniger Verbundenheit ergriffen, winkte er Tobin zum Abschied. »Du wirst schon bald auf eigenen Füßen stehen.«

Kaum hatte sich die Tür hinter dem Knaben geschlossen, schlug Arkoniel die Hände vor das Gesicht. »Das war ein wunderbarer Abschied!«, schalt er sich selbst, während er sich fragte, warum Gottes Wille und zwei Jahre voller guter Absichten ihn in Tobins Gunst nicht weiter als bis zu diesem Punkt gebracht hatten. Immerhin hatte er sich sogar gegen Iya durchgesetzt, um herzukommen und Tobin zu helfen, ein halbwegs normales Leben kennen zu lernen. Er wollte nichts mehr, als den Knaben vor hinterhältigen Männern wie Orun zu beschützen oder wenigstens zu warnen. Den Versuch dazu hatte er gerade wenig erfolgreich hinter sich gebracht. Ebenso gut hätte er Schlangen aus den Wänden kriechen und sich selbst einen zweiten Kopf wachsen lassen können.

Kapitel 37

Arkoniels rätselhafte Ratschläge waren schnell vergessen, als Tobin darüber nachdachte, dass es sein gutes Recht wäre, dem unangenehmen Mann im Erdgeschoss die Stirn zu bieten, und als er sein Zimmer beinahe erreicht hatte, freute er sich fast schon darauf, dieses neu erlangte Wissen auf die Probe zu stellen.

Bruder beschattete ihn derweil schweigend. Jahrelang hatte Tobin viel zu viel Angst vor dem Geist gehabt, etwas anderes zu tun, als ihm so gut wie möglich aus dem Weg zu gehen. Als sie aber schließlich zu einem unsicheren Waffenstillstand gekommen waren, hatte Bruder ihm dann und wann Informationen zukommen lassen, beispielsweise die über Lord Solari, aber Tobin war nie auf die Idee gekommen, irgendetwas von ihm zu erbitten.

Am Ende des Korridors blieb er stehen und flüsterte: »Wirst du mir helfen? Wirst du Lord Orun Angst machen, wenn er mich wieder kränkt?«

Bruder schenkte ihm die höhnische Version eines Lächelns. *Deine Feinde sind auch meine Feinde.*

An seiner Zimmertür konnte er Nari weinen hören. Als er hineinging, sah er, dass sie und Ki dabei waren, ihre gesammelte Habe in Truhen zu verpacken. Rüstung und Schwert seines Vaters waren in der Zimmerecke bereits zu einem Bündel zusammengeschnürt. Auch Tharin war anwesend. Mit außergewöhnlich mürrischer Miene stand er neben dem Bett.

Alle Augen richteten sich auf Tobin, als er den Raum betrat.

»Ich habe dir deine beste Tunika herausgelegt«, sagte Nari und tupfte sich die Augen mit ihrer Schürze trocken. »Du wirst gewiss deine Schnitzereien und deine Bücher mitnehmen wollen. Sollten wir etwas vergessen, nehme ich an, es wird kein Problem sein, es nachzuschicken.«

Tobin atmete tief durch und verkündete: »Ich werde nicht heute Abend abreisen. Unsere Gäste sollen in der Halle bewirtet werden.«

»Aber Lord Orun hat befohlen ...«

»Dies ist mein Haus, und ich gebe hier die Befehle.« Als ihm auffiel, dass die anderen ihn mit großen Augen anstarrten, fügte er verlegen hinzu: »Jedenfalls hat Arkoniel das gesagt. Jetzt muss ich hinuntergehen, und es Lord Orun sagen. Werdet Ihr mich begleiten, Tharin?«

»Wir warten auf Eure Befehle, mein Prinz«, entgegnete Tharin und drehte sich zu Ki um. »Das wollen wir doch nicht verpassen.«

Grinsend folgte Ki ihnen bis zur Treppe, wo er Tobin noch einmal aufmunternd zublinzelte, ehe er sich ein Versteck suchte, um alles heimlich zu beobachten.

Mit Tharin an seiner Seite und Bruder als Vorhut fühlte sich Tobin ein wenig zuversichtlicher, als er sich an den Abstieg in die Halle machte. Orun marschierte vor dem Kamin auf und ab und sah ziemlich verstimmt aus. Der Herold und einige der Soldaten saßen in der Nähe an einem Tisch. Auch der blonde Zauberer weilte unter ihnen.

»Nun? Seid Ihr bereit zum Aufbruch?«, fragte Orun ohne Umschweife.

»Nein, Mylord«, entgegnete Tobin, darum bemüht, den Ton seines Vaters nachzuahmen. »Ich muss mich zunächst um den Haushalt kümmern und dafür sorgen, dass alles ordentlich für die Reise vorbereitet ist. Bis dahin seid Ihr meine Gäste. Am Abend wird es ein Fest geben, und für die Nacht werden wir Euch ein Bett am Kamin aufstellen.«

Orun blieb stehen und starrte ihn an. Seine grauen Augenbrauen waren fast bis zu seinem Hut hochgefahren. »Ihr müsst was?«

Bruder pirschte sich an den Mann heran und glitt durch ihn hindurch wie Nebel auf einem Gewässer.

»Ich bin nicht den ganzen Weg in diese lächerliche Provinz gekommen, um mir freche Antworten von einem ...«

Und wieder flog Lord Oruns scheußlicher Hut in hohem Bogen davon. Dieses Mal landete er hinter ihm im Kamin, wo er sogleich in Flammen aufging. Der widerliche Gestank von verbrannter Seide und Federn breitete sich in der Halle aus. Oruns Hände flogen zu seiner Glatze, ehe sie sich wütend zu Fäusten ballten und der Gesandte Anstalten machte, sich auf Tobin zu stürzen. Bruder zerrte an seinem Ärmel, riss die goldenen Perlen ab und kauerte sich gleich darauf mit gebleckten Zähnen sprungbereit zu Boden.

»Aufhören!«, wisperte Tobin, während er im Stillen hoffte, den Zauber nicht hier vor all diesen Leuten sprechen zu müssen. Bruder fügte sich, und seine Erscheinung verblasste.

»Seid vorsichtig, Mylord!« Der blonde Zauberer ergriff Oruns Arm, um ihn zu stützen.

Lord Orun riss sich sogleich wieder los und wandte sich mit einem falschen Lächeln an Tobin. »Wie Ihr wünscht, Euer Hoheit. Aber ich fürchte, der Geist spukt in dieser Halle. Habt Ihr einem Gast nicht ein angenehmeres Gemach zu bieten?«

»Nein, Mylord, das habe ich nicht. Aber ich versichere Euch bei meiner Ehre, dass niemandem, der mir nichts Böses will, unter meinem Dach ein Leid geschehen wird. Wollt Ihr mich zu einem Ausritt begleiten, bis das Fest beginnt?«

Es war enttäuschend für Arkoniel, sich ständig im Obergeschoss verstecken zu müssen, doch er musste sich wohl damit zufrieden geben, Wache zu halten. Da er noch keine Spur von dem Zauberer bemerkt hatte, von dem Bruder gesprochen hatte, gestattete er sich dann und wann einen kleinen Beobachtungszauber, um Tobin zu folgen, als jener gemeinsam mit seinen Gefährten Orun und ein paar Männer aus dessen Gefolge zu einer fröhlichen Jagd über einen schaurigen Gebirgspfad führte.

Als Nari an die Tür klopfte und den Kopf hereinstreckte, setzte er gerade einen Brief an Iya auf. »Hier ist jemand, mit dem Ihr besser selbst sprechen solltet, Arkoniel.«

Zu seinem Entsetzen schob sie einen der Gardisten aus Oruns Eskorte in das Zimmer. Der junge Bursche sah recht nett aus, doch Arkoniel fielen auf den ersten Blick das rot-goldene Abzeichen und das Schwert des Mannes auf. Bereit, im Notfall einen Todeszauber zu wirken, stand er langsam auf und verbeugte sich.

»Was habt Ihr mit mir zu besprechen?«

Der Gardist schloss die Tür und verbeugte sich ebenfalls. »Iya schickt Grüße. Sie hat mir aufgetragen, Euch dies zum Zeichen meiner Aufrichtigkeit zu geben.« Er streckte Arkoniel die Hand entgegen.

Immer noch in Erwartung eines Angriffes, näherte sich der Zauberer vorsichtig und sah, dass sein Besucher einen kleinen Kieselstein in seiner Hand hielt.

Arkoniel nahm ihn an sich, schloss die Faust um den Stein und fühlte sogleich Iyas Essenz, die sich mit ihm verbunden hatte. Dies war in der Tat ihr Pfand, die Art von Pfand, die sie nur denjenigen anvertraute, von denen sie glaubte, dass sie Tobin noch von Nutzen sein könnten. Wie dieser Mann allerdings an diesen Stein gekommen war, musste er noch herausfinden.

Als er sich jedoch wieder umdrehte, keuchte er erschrocken auf. Statt des Soldaten sah er einen Mann vor sich, der nur wenig Ähnlichkeit mit jenem besaß, den er zuvor gesehen hatte. Er hatte helle Haut und war blond, und in seinen Zügen spiegelte sich das Erbe aurënfaischen Blutes. »Ihr seid ein Gestaltwandler?«

»Nein, nur ein Täuscher. Ich umwölke den Geist. Mein Name ist Eyoli von Kes. Ich traf Eure Meisterin vergangenes Jahr, als ich mich als Bettler ausgegeben und vom Taschendiebstahl gelebt habe. Sie hat mich erwischt und mir gesagt, sie hätte eine bessere Arbeit für mich. Ihr müsst verstehen: Ich wusste es nicht.«

»Ihr wusstet nicht, dass Ihr ein geborener Zauberer seid?«

Eyoli zuckte mit den Schultern. »Ich wusste, dass ich den Geist anderer vernebeln und dumme Menschen dazu bringen kann, zu tun, was ich will. Sie hat mich zur Ausbildung zu einer Frau namens Virishan in Ilear geschickt. Ihr erinnert Euch doch an sie?«

»Gewiss. Wir verbrachten vor einigen Jahren den größten Teil des Winters bei ihr. Mir sind schon früher Täuscher begegnet, aber das ...« Arkoniel schüttelte bewundernd den Kopf, als Eyoli wieder in Gestalt des Soldaten vor ihm stand. »Und das über einen langen Zeitraum, ohne entdeckt zu werden. Das ist eine seltene Gabe.«

Der junge Mann lächelte schüchtern. »Es ist meine einzige Begabung, fürchte ich, aber Viri sagte, ich sei der Beste, der ihr je begegnet sei. Und ich hatte diese Träume, Arkoniel. Das war es, was Iya in mir gesehen hat, und sie hat mir gesagt, Arianis Sohn stünde irgendwie mit dieser Vision in Verbindung. Als sie vom Tod des Herzogs hörte, hat sie mir eine Nachricht gesandt. Ich bin gerade noch rechtzeitig in Ero eingetroffen, um mich unter Oruns Meute zu mischen ...«

»Halt.« Arkoniel hielt eine Hand erhoben. »Woher weiß ich, dass Ihr die Wahrheit sprecht? Woher weiß ich, dass Ihr nicht gerade jetzt meinen Geist vernebelt? Meine Gedanken ausspioniert, um mir die passenden Geschichten zu erzählen?«

Eyoli ergriff Arkoniels Hand und legte sie an seine Stirn. »Berührt meinen Geist. Lest in meinem Herzen. Iya sagt, Ihr besitzt diese Gabe.«

»Das ist keine sanfte Zauberei.«

»Das ist mir bewusst«, entgegnete der Fremde, und Arkoniel erkannte, dass sein Gast schon früher derartige Prüfungen über sich hatte ergehen lassen. »Nur zu. Ich wusste früh genug, dass Ihr das tun müsst.«

Und Arkoniel tat es, und er tastete sich nicht sanft an seinen Geist heran, sondern drang tief in ihn ein, bohrte sich bis ins Innerste des Mannes, der sich so vertrauensvoll in seine Hände begeben hatte. Diese Zauberei war wahrhaftig nicht sanft und wurde unter Zauberern niemals ohne das Einverständnis des Betroffenen ausgeführt, doch das hatte ihm Eyoli gegeben, auch wenn er nun laut aufstöhnte und sich an Arkoniels Schulter klammerte, um auf den Beinen zu bleiben.

Arkoniel presste die Substanz des Lebens aus dem Geist des Mannes, als würde er den Saft aus einer reifen

Weinbeere drücken. Was er fand, war ein kurzes und in seinen frühen Details recht schäbiges Leben. Eyoli war ein Hafenbengel gewesen, früh verwaist und im Schmutz aufgewachsen. Schon in frühester Kindheit hatte er seine angeborenen Fähigkeiten benutzt, um so gut er nur konnte für sein Auskommen zu sorgen. Seine Gabe war dürftig und ungeschliffen, bis Iya ihn entdeckt hatte, doch einmal angeregt, erwies sich sein Potenzial als bemerkenswert. Er hatte Recht, wenn er dachte, nie ein wahrer Zauberer werden zu können, aber als Spion war er einzigartig.

Arkoniel ließ von ihm ab. »Und Ihr sagt, das ist alles, was Ihr vermögt?«

»Ja. Ich kann nicht einmal ein Feuer oder ein Licht rufen.«

»Nun, was Ihr aber könnt, ist überaus nützlich. Habt Ihr geschworen, über Tobin zu wachen?«

»Bei meinen Händen, meinem Herzen und meinen Augen, Meister Arkoniel. Die Häscher haben mich noch nicht erfasst, also kann ich in Ero herumspazieren, wie es mir gefällt. Orun und die anderen denken, ich wäre schon seit Jahren bei ihnen. Dennoch werden sie mich nicht vermissen, wenn ich fort bin.«

»Erstaunlich. Wo hält sich Iya derzeit auf?«

»Ich weiß es nicht, Meister.«

»Wie auch immer, ich bin froh, auf Eure Hilfe zählen zu können. Behaltet den Jungen stets im Auge und Ki ebenso.« Er streckte die Hand aus. Eyoli ergriff sie und zuckte unter dem festen Händedruck des älteren Zauberers kaum merklich zusammen.

Als Eyoli fort war, inspizierte Arkoniel den Nagel seines kleinen Fingers. Lhel hatte ihn gelehrt, wie er ihn schärfen musste und wie er die Hand eines Mannes ergreifen und ein winziges »Bisschen Rot« ergattern konnte, ohne sein Gegenüber dabei spürbar zu verletzen.

Er presste das Blut hervor und rieb es in die Linien in seinem Daumen. Dann, während er das Muster mit den Augen fixierte, sprach er die Hexenworte, die Lhel ihn gelehrt hatte. »In seine Haut will ich gehen, durch seine Augen will ich sehen, in sein Herz will ich horchen.«

In Eyolis Herzen fand er sengenden Hass auf die Häscher, ein Bild seiner Lehrerin Virishan und eine schimmernde weiße Stadt im Westen, bevölkert von Zauberern, die all ihre Waisen willkommen hießen. Für diese Vision würde Eyoli tun, was immer von ihm verlangt wurde. Außerdem erhaschte Arkoniel einen Blick auf Iya, so wie der junge Mann sie in Erinnerung behalten hatte. Sie sah älter und ermatteter aus als je zuvor.

Nichtsdestotrotz seufzte er erleichtert. Endlich fühlte er sich nicht mehr so allein wie in den vergangenen Jahren. Die Dritte Orëska fing wahrhaftig zu existieren an.

Tharins Worte über Orun erfüllten Arkoniel auch weiterhin mit großer Sorge, doch der lästige Edelmann zog sich übel gestimmt schon früh zurück, besänftigte seine Nerven mit einem großen Krug von Mamsells erhitztem Wein und erging sich bald darauf in lautem Schnarchen. Der Herold tat auf der anderen Seite des Kamins das Gleiche. Inzwischen sorgte Tharin dafür, dass die Garde Seiner Majestät in ihrem provisorischen Lager auf der Wiese unterhalb der Festung unter strenger Bewachung stand.

Als sich allmählich Stille über das Haus senkte, lauschte Arkoniel in seinem abgedunkelten Arbeitsraum auf jeden Laut aus der Halle im Erdgeschoss.

Er war so auf diese Aufgabe konzentriert, dass die verstohlenen Schritte, die vor seiner Tür vorüberschlichen, ihn arg überraschten. Mit Hilfe eines weiteren Beobachtungszaubers entdeckte er Tobin, der sich in seinem verknitterten Nachthemd vorbeistahl. An der Tür hielt er kurz inne, als wolle er klopfen, ging dann aber doch weiter.

Arkoniel ging seinerseits zur Tür und öffnete sie einen Spaltbreit, wohl wissend, dass es nur einen Ort gab, den Tobin von hier aus erreichen konnte.

Mehrere Male war Arkoniel versucht gewesen, sich Zutritt zu dem Turm zu verschaffen, um den Raum zu sehen, den Ariani ihr Eigen genannt hatte. Irgendetwas – Ehre, Furcht, Respekt vor den Wünschen des Herzogs – hatte ihn stets zurückgehalten.

Tobin stand nun nahe der Turmtür, die Arme eng an den Körper gepresst. Während Arkoniel ihn beobachtete, tat er einen weiteren zögerlichen Schritt, blieb wieder stehen, tat noch einen Schritt. Es tat weh, ihm zuzusehen, und mehr noch, sich dabei wie ein Spion vorzukommen.

Nach einem weiteren Augenblick beugte sich Arkoniel vor und flüsterte: »Tobin? Was machst du da?«

Der Knabe wirbelte mit riesigen Augen um die eigene Achse. Hätte Arkoniel ihn nicht schon länger beobachtet, er hätte geglaubt, der Knabe würde schlafwandeln.

Tobin schlang die Arme noch fester um den Oberkörper, als Arkoniel auf ihn zuging.

»Brauchst du meine Hilfe?«

Wieder dieses qualvolle Zögern und ein Blick zur Seite – vielleicht zu Bruder? Dann seufzte er und fixierte

Arkoniel mit seinen ernsten blauen Augen. »Ihr seid ein Freund von Lhel, nicht wahr?«

»Natürlich bin ich das. Hat das hier irgendetwas mit ihr zu tun?«

Noch ein Blick zur Seite. »Es gibt etwas, das ich holen muss.«

»Aus dem Turm?«

»Ja.«

»Was immer es ist, Tobin, ich weiß, Lhel würde erwarten, dass ich dir helfe. Was kann ich tun?«

»Kommt mit mir.«

»Das klingt nicht sonderlich schwierig. Hast du einen Schlüssel, oder soll ich die Tür mit meiner Magie öffnen?«

Wie auf ein geheimes Stichwort schwang die Tür vor ihnen von selber auf. Tobin zuckte zusammen und starrte in die dahinter liegende Dunkelheit, als erwarte er, etwas zu sehen, und vielleicht tat er das auch. Der Zauberer allerdings konnte weiter nichts erkennen als ein paar ausgetretene Stufen, die in die Finsternis hinaufführten.

»Hast du Bruder gebeten, das zu tun?«

»Nein.« Vorsichtig tastete sich Tobin voran, und Arkoniel folgte ihm.

Die Luft war drückend in dieser Sommernacht, aber in dem Augenblick, da sie den Turm betraten, umfing sie eine feuchte Kälte wie in einer Gruft. Weit über ihnen schaute der Mond durch die schmalen Schießscharten herein.

Tobin fürchtete sich sichtlich, dennoch übernahm er die Führung. Auf halbem Wege hörte Arkoniel ein ersticktes Schluchzen, aber als Tobin sich zu ihm umblickte, waren seine Augen trocken. Gleich darauf ließ ein weiteres Schluchzen dem Zauberer die Haare zu Berge stehen. Das Schluchzen einer weiblichen Stimme.

Ein kleines, quadratisches Zimmer befand sich am oberen Ende der Treppe. Die Fenster waren auf allen Seiten fest verschlossen, also rief Arkoniel einen kleinen Lichtpunkt herbei, ehe er bestürzt aufkeuchte.

Das Zimmer war ein einziger Trümmerhaufen. Möbel waren zerschmettert und kreuz und quer durch den Raum verteilt worden. Moderne Stoffballen und Wandteppiche bedeckten den Boden.

»Mutter hat hier ihre Puppen gemacht«, flüsterte Tobin.

Arkoniel hatte von diesen Puppen gehört; Knabenpuppen ohne Mund.

Hier war das Weinen deutlicher vernehmbar, aber immer noch so leise, als käme es aus einem anderen Raum. Falls Tobin es ebenfalls hörte, so ließ er sich nichts anmerken, doch Arkoniel entging nicht, dass er das Gesicht von jenem unglückseligen Westfenster abgewandt hielt, als er das Zimmer durchquerte.

Was hatte das Kind an jenem letzten Tag, an dem es sich die Narbe am Kinn zugezogen hatte, mit ansehen müssen? Arkoniel schloss die Augen und flüsterte einen Blutsuchzauber. Die Magie ließ einige Blutstropfen auf dem Boden nahe dem Westfenster so hell aufleuchten wie poliertes Silber im Mondschein. Und es gab noch eine weitere Spur, ein kleiner, fast verblasster Streifen verschmierten Blutes an der steinernen Kante des Fenstersimses.

Auf der Außenseite, jenseits der Fensterläden.

Tobin hatte sich inzwischen einen Weg durch den Schutt zur hintersten Ecke des Raumes gebahnt und wühlte in einem Haufen Müll herum.

Das Schluchzen wurde lauter, und Arkoniel konnte

das Rascheln schwerer Röcke vernehmen, als würde die weinende Frau durch den Raum wandeln.

Gefangen zwischen Furcht und Trauer, suchte Arkoniel in seinen Erinnerungen nach Geisterzaubern, doch alles, was ihm einfiel, war ihr Name.

»Ariani.«

Das reichte voll und ganz. Die Fensterläden des Westfensters flogen auf, und da stand sie, eine dunkle Silhouette im Mondschein. Bruder stand neben ihr. Selbst im Tode war er mit seinem Geschwisterkind mitgewachsen.

Arkoniel tat einen Schritt auf sie zu und streckte die Hand aus, von Angesicht zu Angesicht mit der Frau, die zu hintergehen er geholfen hatte.

Sie drehte sich zu ihm um, und Licht fiel auf ihr Gesicht. Schwarzes Blut bedeckte die linke Seite ihres Kopfes, aber ihre Augen leuchteten voller Leben, als sich ihr schaurig verwirrter Blick auf ihn richtete, was ihn stärker erschreckte, als ihr Zorn es je vermocht hätte.

»Vergebt mir, Mylady.« Ein Echo aus einer anderen Dekade.

Er fühlte Tobin neben sich, der seinen Arm mit zitternden Fingern umspannte. »Seht Ihr sie?«, flüsterte er.

»Ja. Oh, ja.« Er streckte die Linke nach der bedauernswerten Erscheinung aus. Sie legte den Kopf auf die Seite, als würde die Geste sie verwirren, dann ergriff sie seine Hand wie die eines Tanzpartners. Als ihre Hände sich berührten, fühlte er eine flüchtige Berührung, wie den Kuss von Schnee, der von einem Ast herunterfiel. Dann war sie fort und Bruder mit ihr.

Arkoniel führte seine Hand an seine Nase und atmete den schwachen Duft ihres Parfüms, vermischt mit dem Geruch von Blut. Dann senkte sich tödliche Kälte über ihn. Es war, als griffe etwas in seinen Brustkorb und zerquetsche sein Herz, bis es zu schlagen aufhören würde. Eine andere Hand, dieses Mal warm und fest, legte sich in die seine und zerrte ihn aus dem Zimmer hinaus. Türen krachten hinter ihnen ins Schloss, als er und Tobin aus dem Turm flüchteten.

In seinem Arbeitszimmer verriegelte Arkoniel die Tür, schloss sämtliche Fensterläden, entzündete eine kleine Lampe und ließ sich zitternd auf den Boden fallen, die Hände vor das Gesicht geschlagen. »Im Namen des Lichts!«

»Ihr habt sie gesehen, nicht wahr?«

»Oh, ja. Schöpfer vergib, ich habe sie gesehen.«

»War sie wütend?«

Arkoniel dachte an das schmerzhafte Gefühl in seiner Brust. War das ihr Werk gewesen oder das von Bruder? »Sie hat traurig ausgesehen, Tobin. Und verloren.« Er blickte auf. Jetzt erst sah er, was Tobin aus dem Turm geholt hatte. »Bist du deswegen hinaufgegangen?«

»Ja.« Tobin presste den alten Stoffbeutel an seine Brust. »Ich . . . ich bin froh, dass Ihr mich heute erwischt habt. Ich glaube nicht, dass ich das noch einmal allein geschafft hätte, und ich konnte nie jemanden bitten, mit mir . . .«

»*Noch einmal?* Soll das heißen, du hast das schon einmal getan? Ganz allein?«

»Als ich das nach oben gebracht habe. In der Nacht, in der Ki angekommen ist.«

»Damals hast du auch deine Mutter gesehen, richtig?«

Tobin kniete neben ihm und fing an, an der Verschnürung des Beutels herumzufummeln. Er zitterte. »Ja. Sie hat nach mir gegriffen, beinahe, als wollte sie mich wieder aus dem Fenster werfen.«

Arkoniel suchte nach passenden Worten, doch er wusste nichts zu sagen.

Tobin war immer noch mit dem Beutel beschäftigt. »Ihr könnt es ruhig sehen. Das hat meiner Mutter gehört. Sie hat es gemacht.« Die Schnur löste sich, und er zog eine jämmerliche Stoffpuppe aus Musselin mit einem stümperhaft aufgemalten Gesicht hervor. »Sie hat sie immer bei sich gehabt.«

»Dein Vater hat sie in seinen Briefen erwähnt.«

Er dachte an die wunderschönen Puppen, die Ariani früher in Ero angefertigt hatte. All die feinen Damen hatten eine davon ihr Eigen nennen wollen, und viele der Herren ebenfalls. Das Ding aber, das Tobin nun so fürsorglich in den Armen hielt, war nur eine groteske Parodie jener Kunstwerke, gleichsam die Verkörperung ihrer geschundenen Seele.

Diesem Gedanken folgte postwendend ein anderer, der ihm die Haare im Nacken und an den Armen zum zweiten Mal an diesem Abend zu Berge stehen ließ. Die Puppe trug ein Halsband aus Haaren. Haar, so schwarz wie das von Tobin. Oder von seiner Mutter.

Das muss es sein, dachte er mit einem triumphierenden Schaudern. *Das muss das Geheimnis sein.*

Er hatte vom ersten Tag an, von der ersten Begegnung in der Küche an gewusst, dass Tobins Worte nicht reichen konnten, um Bruder unter Kontrolle zu halten. Da musste noch mehr sein; eine Art Talisman vielleicht, durch den beide miteinander verbunden waren. Möglicherweise etwas, das von der Mutter an das Kind weitergegeben worden war.

»Hat deine Mutter dir die Puppe gegeben?«

Tobin starrte die Puppe an. »Lhel hat meiner Mutter geholfen, sie zu machen. Dann hat sie gemacht, dass es meine Puppe ist.«

»Mit deinem Haar?«

Tobin nickte. »Und etwas Blut.«

Natürlich. »Und sie hilft dir, Bruder zu rufen?«

»Ja. Ich sollte sie niemandem zeigen, darum habe ich sie im Turm versteckt. Ich glaube, darum verschwindet Bruder nicht immer, wenn ich es ihm sage. Als Lord Orun gesagt hat, ich muss nach Ero gehen, wusste ich, dass ich sie holen muss ...«

»Aber warum lässt du sie nicht hier? Warum lässt du ihn nicht hier?«

»Nein. Ich muss für ihn sorgen, das hat Lhel mir gesagt.«

»Wenn ein Zauberer sich auf die Suche macht, könnte er sie vielleicht aufspüren.«

»Ihr habt sie nicht gefunden.«

Arkoniel lachte reumütig. »Nein, offenbar nicht, aber ich habe auch nicht gesucht. Wie auch immer, in Ero gibt es eine Menge Zauberer. Du musst dich vor ihnen in Acht nehmen, besonders vor denen, die die weißen Roben der Häscher des Königs tragen.«

Tobin blickte erschrocken auf. »Und was ist mit dem, der zu Oruns Männern gehört?«

»Ein junger blonder Mann, der wie ein Soldat gekleidet ist?«

»Ja, das ist er.«

»Er ist ein Freund, Tobin. Aber du darfst niemandem verraten, dass er da ist. Iya hat ihn geschickt, damit er auf dich aufpasst, aber das ist ein Geheimnis.«

»Ich bin froh, dass er kein böser Zauberer ist. Er hat ein nettes Gesicht.«

»Du solltest Menschen nicht nur nach ihrem Gesicht beurteilen ...« Arkoniel brach ab. Einerseits wollte er den Jungen nicht ängstigen, andererseits auch keine unnötigen Informationen in Tobins Geist zurücklassen, die ein Häscher finden könnte, sollte er einen Grund haben, Tobins Geist zu erforschen. »Es gibt so viele verschiedene Menschen auf der Welt, Tobin, und genauso viele Arten von Zauberern. Nicht alle meinen es gut mit dir. Bei den Vieren, du hast nicht einmal mir vertrauen mögen, und ich habe es immer nur gut mit dir gemeint. Gib deinen Argwohn nicht auf, nur weil dir jemand ein gewinnendes Lächeln schenkt.« Wieder fiel sein Blick auf die Puppe. »Und du bist sicher, dass du sie mitnehmen musst? Du kannst sie nicht hier bei mir lassen?«

»Nein. Lhel sagt, ich muss sie behalten und für Bruder sorgen. Niemand anderes kann das tun. Er braucht mich, und ich brauche ihn.«

Ihn.

Oje, dachte Arkoniel. Wieder so ein Plan, der bis jetzt nur zu gut funktioniert hatte. Dank Lhels Magie hatte der König den Leichnam eines toten Mädchens gesehen, und die ganze Welt kannte nun diese Geschichte; Tobin kannte die Wahrheit. Sollte jemand Bruder sehen oder Tobin von »ihm« sprechen hören, so dürfte das unliebsame Fragen zur Folge haben.

Tobin sah ihn aus diesen Augen an, die zu viel sahen, und Arkoniel spürte, wie fragil dieses neue Band zwischen ihnen war, das sie gerade erst im Turm geknüpft hatten.

Er dachte an Iyas Beutel, der unter seinem Arbeitstisch lag. Kein Zauberer konnte durch seine Magie hindurch bis zu der in Zauberei und Seide gewickelten Schale blicken. Für einen Augenblick verspürte er das Verlangen, einen solchen Beutel für die Puppe anzufertigen. Zumindest dafür besaß er die notwendige Gabe und die Zutaten: dunkle Seide, Silberfaden, ein Kristallstab, Nadeln und eiserne Rasiermesser, außer-

dem Rauchtiegel, um Harz und Kautschuk zu verbrennen. Alles lag direkt in seiner Reichweite. Damit konnte
er leicht einen Beutel herstellen, der Bruder sicher vor
den neugierigen Augen jedes Häschers schützen würde.

Aber der Beutel selbst wäre nicht unsichtbar. Er oder
Iya konnten einen solchen Beutel bei sich tragen, ohne
aufzufallen, aber der elf Jahre alte Sohn eines Kriegers
gewiss nicht.

Seufzend hob er den Mehlsack auf.

Gewöhnlich. So gewöhnlich wie eine alte Puppe, die
einem Waisenkind als letztes Andenken geblieben war.

»Das ändert alles, musst du wissen«, sinnierte er, während in seinem Kopf eine Idee Gestalt annahm. »Das
kleine Schauspiel, das wir Bruder unten in der Halle
haben aufführen lassen, war völlig in Ordnung, nichts
weiter als eine der üblichen Marotten eines Hausgeistes.
Bei Hofe aber kann sich niemand den Makel der Nekromantie leisten, besonders du nicht, und es gibt eine
Menge Leute, die genau das vermuten würden, sollten
sie auf den Gedanken kommen, dass du Bruder kontrollieren kannst. Wenn du über ihn sprichst, darfst du ihn
nur als den dämonischen Zwilling bezeichnen, von dem
alle wissen. Diese Geschichte ist dort schon lange
bekannt.«

»Ich weiß. Ki hat mir erzählt, dass manche Leute glauben, es wäre ein Mädchen.«

Arkoniel ließ sich seine Überraschung nicht anmerken; wenn in diesem Haus jemand Gerüchte verbreitete,
dann konnte es wohl nur Ki sein. Wie es schien, hatte er
ihm seine Arbeit schon abgenommen. »Lass sie das nur
glauben, und lass nicht zu, dass ihn irgendjemand zu
sehen bekommt. Und du darfst niemals jemandem verraten, dass du eine Frau wie Lhel kennst. Ihre Art der

Magie ist keine Nekromantie, aber die meisten denken, dass es so wäre. Außerdem gilt ihr Volk in Skala als gesetzlos.« Er blinzelte Tobin verschwörerisch zu. »Also sind wir auch gesetzlos, du und ich.«

»Aber wieso sollte Vater sich mit ihr ...«

»Das ist eine Frage, die wir besser ruhen lassen, bis du älter bist, mein Prinz. Für den Augenblick reicht es, wenn du auf die Ehrbarkeit deines Vaters vertraust, wie du es früher auch immer getan hast, und mir versprichst, dass du Lhel und Bruder als dein Geheimnis behandelst.«

Tobin spielte mit einem der unterschiedlich langen Beine der Puppe. »Das werde ich, aber manchmal tut er einfach, was er will.«

»Nun gut, du musst dich eben ganz besonders bemühen, um deinetwillen. Und um Kis willen ebenso.«

»Ki?«

Arkoniel stützte die Ellbogen auf die Knie. »Hier in der Festung habt ihr zwei, du und Ki, wie Brüder und Freunde gelebt. Ebenbürtig, wenn du so willst. Aber wenn ihr erst einmal am Hof seid, wirst du schnell merken, dass ihr das nicht seid. Bis ihr erwachsen seid, ist Ki ganz von deiner Freundschaft und den Launen deines Onkels abhängig. Falls man dich der Nekromantie beschuldigt, wird der König dich vielleicht retten, aber Ki würde auf abscheuliche Art hingerichtet werden, und ihn könnte niemand mehr retten.«

Tobin erbleichte. »Aber Bruder hat doch gar nichts mit ihm zu tun!«

»Das wäre ohne jede Bedeutung, Tobin. Das ist es, was ich versuche, dir verständlich zu machen. Die Wahrheit hat nichts damit zu tun. Es braucht nicht mehr als die Anklage durch einen der Häscher, und so etwas ge-

schieht heutzutage ziemlich oft. Große Zauberer, die nie
jemandem etwas zuleide getan haben, wurden bei lebendigem Leibe verbrannt, nur weil irgendjemand Lügen
über sie erzählt hat.«

»Aber warum?«

»In ihrem Eifer, dem König zu dienen, haben sie
einen anderen Weg eingeschlagen als der Rest von uns.
Ich kann dir das nicht erklären, weil ich es selbst nicht
ganz verstehe. Aber darum musst du mir versprechen,
dass du vorsichtig sein und dafür sorgen wirst, dass auch
Ki sich vorsichtig verhält.«

Tobin seufzte. »Ich wünschte, ich müsste nicht fortge-
hen. Nicht so. Ich wollte so gern mit Vater nach Ero
gehen und nach Atyion und mit ihm in den Krieg ziehen, aber . . .« Er brach ab und rieb sich die Augen.

»Ich weiß. Aber Illior hat seine eigene Vorstellung
davon, wie er deine Füße auf den richtigen Pfad stellen
will. Darauf kannst du vertrauen, ebenso wie auf die
guten Freunde, die der Lichtträger dir geschickt hat,
damit sie dich auf deinen Wegen begleiten.«

»Illior?« Tobin sah ihn zweifelnd an.

»Und Sakor, natürlich«, fügte der Zauberer rasch hinzu. »Aber sieh nur, wessen Zeichen du an deinem Kinn
trägst.«

»Aber was ist mit der Puppe? Was soll ich mit ihr
machen?«

Arkoniel hob den Mehlsack hoch. »Das sollte reichen,
um sie einzupacken.«

Der Knabe sah ihn aufgebracht an. »Ihr versteht mich
nicht. Was, wenn der Prinz sie sieht? Oder der Waffenmeister? Oder Ki?«

»Was würde geschehen?« Zu Arkoniels Verblüffung
lief Tobin rot an. »Glaubst du, er würde schlecht von dir
denken?«

»Warum, denkt Ihr, habe ich sie oben im Turm versteckt?«

»Nun, ich habe sie gesehen, und ich denke gewiss nicht schlecht über dich.«

Tobin verdrehte die Augen. »Ihr seid ein Zauberer.«

Arkoniel lachte. »Kann es sein, dass ich gerade in meiner männlichen Würde gekränkt worden bin?«

»Ihr seid kein Krieger!« Tobin hatte so sehr mit seinen heftigen Gefühlen zu kämpfen, dass seine Augen blitzten und seine Stimme brach. »Krieger haben keine Puppen. Ich habe nur deswegen eine Puppe, weil Lhel sagt, dass ich sie behalten muss. Wegen Bruder.«

Arkoniel musterte ihn eingehend. Die Art, wie Tobin die unförmige Puppe nach wie vor umklammerte, strafte seine Worte Lügen.

Ihre Worte, korrigierte er sich in Gedanken. Zum ersten Mal seit langer Zeit gestattete sich Arkoniel diese Richtigstellung, auch wenn er kaum eine Spur von einer verborgenen Prinzessin in dem zornigen Jungen entdecken konnte, der vor ihm stand – abgesehen vielleicht von der Art, wie seine starken, schwieligen Hände jenen Gegenstand, dessen er sich nach seinen eigenen Worten schämte, weder zerquetschten noch wegwarfen.

»Ich glaube, du schätzt deinen Freund falsch ein«, sagte er leise. »Das ist ein Andenken an deine tote Mutter. Wer sollte dir deswegen böse sein? Aber du musst selbst entscheiden, wie du mit ihr umgehen willst.«

»Aber ...« Verwirrung mischte sich in die angespannten Züge des Knabengesichtes.

»Was?«

»In der Nacht, in der Ki gekommen ist, hat Bruder es mir gezeigt. Er hat mir gezeigt, wie Ki die Puppe findet und wie enttäuscht und beschämt alle waren, weil ich sie hatte. Genau wie Vater gesagt hat. Und alles andere, was Bruder mir gezeigt hat, ist wahr geworden. Jedenfalls glaube ich das. Erinnert Ihr Euch an den Fuchs mit dem gebrochenen Rücken? Und ich wusste, wann Iya kommt. Und ... Und er hat mir erzählt, dass Lord Solari mir Atyion wegnehmen will.«

»Das hat er? Darüber werde ich Tharin informieren. Was die anderen Dinge betrifft, so weiß ich auch keine Antwort. Es wäre möglich, dass Bruder lügen kann, wenn er es will, oder dass die Dinge, die er dir zeigt, sich mit der Zeit verändern können, oder vielleicht verstehst du auch nicht immer, was er dir zeigt.« Er streckte die Hand aus, um sie auf die Schulter des Knaben zu legen, und dieses Mal ließ Tobin es zu. »Du bist kein geborener Zauberer, aber du bist ein bisschen hellsichtig. Du hättest mit Lhel oder mit mir über deine Visionen sprechen sollen. Das ist unsere Gabe und unsere Aufgabe zugleich.«

Tobin ließ die Schultern hängen. »Vergebt mir, Meister Arkoniel. Ihr habt mir immer geholfen, und ich habe es Euch erbärmlich gedankt.«

Arkoniel winkte ab. Zum ersten Mal seit seiner Ankunft in der Festung fühlte er, dass zwischen ihnen ein echtes Band geschmiedet worden war. »Ich weiß nicht, ob du das jetzt schon verstehen kannst, aber ich habe mein Leben zu deinem Schutz verpfändet. Vielleicht wirst du dich eines Tages an unser heutiges Gespräch erinnern und wissen, dass ich dein Freund bin. Obwohl ich nur ein Zauberer bin.« Grinsend streckte er die Hand vor, wie es die Krieger zu tun pflegten.

Tobin ergriff sie. Der vertraute argwöhnische Ausdruck war nicht vollkommen verschwunden, aber nun sah der Zauberer in seinen Augen auch eine Achtung, die früher nicht da gewesen war.

»Ich werde mich erinnern, Zauberer.«

Über alle Maßen erschöpft schlich Tobin zurück in sein Zimmer und versteckte die Puppe in einer der Reisetruhen.

Er gab sich große Mühe, ins Bett zu schlüpfen, ohne Ki zu stören, doch kaum hatte er sich auf der Matratze ausgestreckt, da fühlte er schon Kis Hand auf seinem Arm.

»Geht es dir nicht gut, Tob? Du warst so lange fort.«

»Nein ...« Arkoniel war der Meinung, er sollte Ki von der Puppe erzählen, und plötzlich war er versucht, genau das zu tun. Vielleicht hätte Ki gar nichts gegen sie, und Tobin hasste es, Geheimnisse vor ihm zu haben. Außerdem war die Puppe so nah, nur ein paar Fuß von ihnen entfernt. Aber die Erinnerung an Bruders Zorn, damals, als er versucht hatte, Nari die Puppe zu zeigen, war immer noch zu deutlich.

»Ich wollte mich nur von Arkoniel verabschieden«, murmelte er.

»Wir werden ihn bestimmt vermissen. Ich wette, er könnte ein paar Zauber aus dem Ärmel ziehen, die Lord Orun das Maul stopfen würden.«

Für Decken oder Nachthemden war es viel zu heiß, und die beiden Knaben lagen ermattet auf dem Rücken und starrten hinauf in die Dunkelheit.

»Das waren ziemlich scheußliche Tage, nicht wahr?«, sagte Ki nach einer Weile. »Erst die Geschichte mit deinem Vater ...« Für einen Augenblick versagte ihm seine Stimme den Dienst. »Und der alte Schlappsack in der

Halle? Nicht gerade das, was wir uns für unsere Reise nach Osten vorgestellt haben.«

Ein Kloß bildete sich in Tobins Kehle, und er schüttelte zornig den Kopf. Seines Vaters Tod, seiner Mutter Geist, der Ruf nach Ero, Arkoniels Warnungen in dieser Nacht und dann noch die Sache mit Bruder und einem Haufen Fremder, die unten auf sie warteten ...

All die Tränen, die er so viele Jahre nicht hatte finden können, schienen nun ihn zu finden und rannen still über seine Wangen und in seine Ohren. Er wagte nicht, zu schniefen oder sie wegzuwischen, weil er fürchtete, dass Ki ihn dabei erwischen könnte.

»Das war Zeit«, murmelte Ki mit rauer Stimme, und Tobin erkannte, dass sein Freund ebenfalls weinte. »Ich dachte schon, du würdest nicht wissen, wie das geht. Du musst trauern, Tobin. Alle Krieger tun das.«

War es das, was seinen Schmerz ausmachte? Aber er fühlte sich so unglaublich groß an. Wenn er ihn freiließ, würde der Schmerz ihn einfach forttragen, und er wäre für immer verloren. Da war es doch einfacher, sich in das dumpfe Schweigen zu flüchten, das ihn schon seit so langer Zeit geschützt hatte. Er stellte sich vor, wie dieses Schweigen sich wie flüssige Finsternis in ihm ausbreitete, seine Lungen füllte, in seine Glieder und seinen Kopf rann, bis er nichts mehr war als ein schwarzer Schatten seiner selbst.

»Das nicht gut, Keesa.«

Tobin blickte auf und sah Lhel in der Tür stehen. Der Morgen dämmerte bereits.

Sie winkte ihm und verschwand in Richtung Treppe. Er hastete hinterher, sah aber nur noch einen Zipfel ihres zerlumpten Rockes, als sie durch die Tür in der großen Halle ins Freie hinausschlüpfte. Lord Orun schnarchte lauthals hinter seinen Bettvorhängen. Tobin eilte gerade noch rechtzeitig durch das offene Tor hinaus, um zu sehen, wie Lhel im Wald jenseits der Brücke verschwand.

»Wartet!«, rief er, nur um sich sogleich erschrocken die Hand vor den Mund zu schlagen. Die taufeuchte Wiese unterhalb der Festung wurde von den Männern aus Oruns Eskorte belagert. Gestern hatte er gedacht, es wären nur etwa drei Dutzend Männer, aber nun sah es aus, als lagerten dort mindestens hundert Mann. Einige Wachen hatten sich um das morgendliche Kochfeuer versammelt, doch keiner von ihnen bemerkte den Knaben, der barfuß in den Wald rannte.

Kaum im Schutz der Bäume angelangt, erkannte er, dass dies kein realer Wald war; es war der Wald, den er nach dem Tod seiner Mutter so oft in seinen Visionen aufgesucht hatte.

Dieses Mal brauchte er Bruders Führung nicht. Problemlos fand er den Pfad am Flussufer und folgte ihm zu der Lichtung, auf der die beiden Rehe neben dem Loch im Boden grasten, und als er dieses Mal in die Öffnung kletterte, fand er sich in Lhels Eiche wieder.

Die Hexe und seine Mutter saßen am Feuer. Seine Mutter nährte einen Säugling an ihrer Brust, und Lhel hielt anstelle des Kaninchens die Lumpenpuppe auf dem Schoß.

»Das ist ein Sehertraum, Keesa«, sagte Lhel zu ihm.

»Ich weiß.«

Lhel gab ihm die Puppe und wedelte gestreng mit dem Finger. »Du ihn nicht vergessen.«

»Das werde ich nicht!« Worum sonst hatte er sich in dieser Nacht so viele Sorgen gemacht?

Seine Mutter sah von dem Baby auf. Ihre Augen blickten vollkommen klar und normal, doch sie waren von großer Trauer erfüllt. »Ich will auch mit, Tobin. Lass mich nicht im Turm zurück!« Sie hielt das Baby hoch. »Er wird dir zeigen, wie.«

Lhel zuckte zusammen, als hätte sie ihre Anwesenheit gerade erst bemerkt. »Keesa nicht belasten damit. Du gehen!«

Ariani und das Baby verschwanden, und Lhel zog Tobin neben sich auf die Pritsche. »Du nicht sorgen um sie. Das nicht deine Bürde. Du kümmern um dich und um Bruder. Und Ki.«

Sie warf eine Hand voll Kräuter und Knochen in das Feuer und studierte die Flammen. »Der haarlose Mann? Ich ihn nicht mögen, aber du gehen musst. Ich sehen deine Weg. Er dich führen in stinkende Stadt von König. Du König noch nicht kennen. Du nicht kennen sein Herz.« Wieder warf sie Kräuter ins Feuer und wiegte sich mit zu Schlitzen zusammengezogenen Augen langsam vor und zurück. Dann seufzte sie und beugte sich zu Tobin hinab, bis er nur noch ihr Gesicht sehen konnte. »Du sehen Blut? Niemandem erzählen. Niemandem!«

»Wie bei der Puppe.« Tobin dachte daran, dass er Ki gegenüber beinahe etwas gesagt hätte.

Lhel nickte. »Du deinen Freund lieben, du nicht ihm erzählen. Du sehen Blut, du kommen hier zu mir.«

»Welches Blut, Lhel? Ich bin ein Krieger. Ich werde Blut sehen.«

»Vielleicht du wirst, vielleicht nicht. Aber wenn du sehen …« Sie legte einen Finger in Höhe des Herzens an seine Brust. »Du wissen hier. Und du kommen zu Lhel.«

Noch einmal tippte sie auf seine Brust, dieses Mal stärker, und Tobin erwachte in seinem Bett in der drückend warmen Dunkelheit und hörte Ki leise neben sich schnarchen.

Tobin drehte sich auf die Seite und dachte über seinen Traum nach. Noch immer konnte er Lhels Finger auf seiner Brust fühlen, ebenso wie die weichen Felle, auf denen er gesessen hatte. Ein Sehertraum, hatte Lhel gesagt.

Während er noch darüber nachdachte, Arkoniel zu fragen, ob das eine Vision oder nur ein gewöhnlicher Traum gewesen war, schlief er wieder ein.

Teil drei

Aus den Memoiren
von Königin Tamir II.

Ero.

Wenn ich heute an diese Stadt zurückdenke, schiebt sich über das Bild des realen Ortes, den ich nur so kurz gekannt habe, das des einfachen Modells, welches mein Vater für mich gebaut hat. In meinen Träumen bevölkern hölzerne Menschen, Tonschafe und Wachsgänse die verwinkelten Gassen. Boote mit flachem Boden und Pergamentsegeln gleiten flüsternd durch einen staubigen aufgemalten Hafen.

Nur der Palastkreis hat in meiner Erinnerung so überdauert, wie er war, einschließlich jener, die innerhalb seiner Mauern und Gärten gelebt haben.

Kapitel 38

Am dreiundzwanzigsten Tag des Lenthin ritt Tobin aus der Festung und blickte sich nicht mehr um. In der Morgendämmerung hatte er sich verabschiedet und die Tränen der Frauen über sich ergehen lassen. Mit Ki und Tharin neben sich, der Asche seines Vaters an seinem Sattelknauf und einer Kolonne Soldaten in seinem Rücken machte er sich auf nach Ero, fest entschlossen, die Ehre seiner Familie zu verteidigen, so gut er nur konnte.

Er war überrascht gewesen, als Lord Orun ihm mitgeteilt hatte, der Ritt würde nur einen Tag dauern. Ohne schweres Gepäck konnten sie lange Strecken im Galopp zurücklegen, kaum dass sie Alestun hinter sich gelassen hatten. Jenseits der vertrauten Straße schloss sich eine andere an, die sich durch den dunklen Wald schlängelte. Nach einigen Stunden wich der Wald weitläufigem Bauernland, durchzogen von Flüssen und gesprenkelt mit vereinzelten Bauernkaten und Gutshäusern.

Lord Orun bestand auf dem höfischen Protokoll, sodass Tobin gezwungen war, vor allen anderen an seiner Seite zu reiten. Direkt hinter ihm folgten Tharin und Ki, der Herold und die Diener. Die Männer aus der Festung, die nun als Prinz Tobins Garde bezeichnet wurden, ritten in einer Kolonne mit den anderen Soldaten. Tobin hatte versucht, den verkleideten Zauberer unter ihnen auszumachen, doch es war ihm nicht gelungen, ihn aufzuspüren, ehe er seine eigene Position hatte einnehmen müssen.

Noch am Vormittag erreichten sie einen großflächigen See, der die Wolken am Himmel reflektierte. Am gegenüberliegenden Ufer befand sich ein prachtvolles Herrenhaus. Wildgänse bevölkerten die Ufer und die Wasseroberfläche.

»Dieses Anwesen hat einmal einer Tante Eurer Mutter gehört«, erklärte ihm Tharin, während sie vorüberritten.

»Und wem gehört es jetzt?«, fragte Tobin mit einem bewundernden Blick auf das Gebäude.

»Dem König.«

»Ist Atyion auch so groß?«

»Stellt Euch zehn von diesen Häusern auf einem Haufen vor, dann kommt Ihr der Sache allmählich nahe. Aber Atyion ist von einer Stadt umgeben, von Feldern und ordentlichen Mauern.«

Als Tobin sich umblickte, sah er, wie klein die Berge im Hintergrund schon geworden waren. »Wie lange noch, bis wir Ero erreichen?«

»Wenn wir uns beeilen, nehme ich an, dass wir noch vor Sonnenuntergang eintreffen werden, mein Prinz«, antwortete Lord Orun.

Tobin gab Gosi die Sporen und fragte sich, warum Alestun ihm so weit entfernt erschienen war, wenn doch die Hauptstadt selbst nur einen Tagesritt von der Festung lag. Plötzlich kam ihm die Welt erheblich kleiner vor.

Kurz nach der Mittagsstunde kamen sie durch eine Handelsstadt namens Korma. Sie war größer als Alestun, und der Markt war von den üblichen Händlern und Bauern und ein paar Aurënfaie mit kunstvoll gewickeltem purpurfarbenen Kopfschmuck bevölkert. Einige von ihnen boten Gesang und Flötenspiel dar.

Lord Orun ließ an der größten Taverne Halt machen, um die Pferde ausruhen zu lassen und zu Mittag zu essen. Der Wirt verbeugte sich tief vor ihm und noch tiefer vor Tobin, als ihm der junge Prinz vorgestellt wurde. Ihr Gastgeber veranstaltete von nun an einen gewaltigen Wirbel um Tobin, schleppte alle möglichen Leckereien zum Kosten für ihn herbei und weigerte sich, eine andere Bezahlung als Tobins wohlmeinende Empfehlung anzunehmen. Da der Prinz aber so eine Aufregung ganz und gar nicht gewohnt war, war er sehr froh, als sie wieder weiterzogen.

In der größten Hitze des Tages ritten sie in gemächlicherem Tempo, und Lord Orun machte es sich zu seiner Aufgabe, den Prinzen zu unterhalten. Er erzählte von den Königlichen Gefährten und ihrer Ausbildung und davon, was Tobin in der Stadt an Belustigung zu erwarten hatte.

Von ihm erfuhr Tobin, dass er sich mit Hilfe des väterlichen Siegels, das er noch immer an einer Kette um den Hals trug, die Koni für ihn gekürzt hatte, kaufen konnte, was immer sich ein Knabe nur wünschen mochte.

»Oh, ja«, versicherte ihm Orun. »Feine Kleider, ein anständiges Schwert, Konfekt, Hunde, was immer Ihr wünscht. Ein junger Mann Eures Ranges braucht sein Vergnügen. Ein neuer Sport, die Falkenjagd, hat vor kurzem aus Aurënen Einzug in die Stadt gehalten. Die Faie kennen ihn von den Zengati, doch es soll ihnen ruhig überlassen bleiben, eine derart barbarische Dekadenz zu übernehmen. Unter den jungen Leuten ist dieses Übel allerdings ganz groß in Mode. Nun, zumindest züchten die Faie gute Pferde.«

Er unterbrach sich, und seine wulstigen Lippen verzogen sich zu einem wissenden Lächeln. »Natürlich müsst Ihr für jedes bedeutsame Geschäft – sagen wir, Ihr wollt

Euer Land verkaufen oder die Pacht einsammeln – zu dem Euren auch das Siegel des Königs oder das meine vorweisen, bis Ihr selbst alt genug seid, Euch dieser Geschäfte anzunehmen. Aber noch seid Ihr zu jung, als dass Ihr Euch um derartige Dinge sorgen müsst! Wir werden diese Last von Euren Schultern nehmen.«

»Habt Dank, Lord Orun«, entgegnete Tobin, wenn auch nur, weil seine guten Manieren es so verlangten. Er hatte diesen Mann schon auf den ersten Blick nicht ausstehen können, und dieser Eindruck verstärkte sich mit jeder Minute. Hinter Oruns schmierigem Lächeln verbarg sich Gier; es erinnerte Tobin an das Gefühl, in tiefster Finsternis auf etwas Kaltes, Ekelerregendes zu treten.

Noch schlimmer aber war die Art, wie er Tharin und Ki behandelte. Während er sich Tobin gegenüber seiner feinen Umgangsformen befleißigte, ging er mit ihnen um, als wären sie seine Diener. Zudem deutete er immer wieder an, dass Tobin darüber nachdenken sollte, sich einen angemesseneren Schildknappen zu suchen, wenn er bei Hofe war. Hätte Arkoniel ihn nicht so eindringlich gewarnt, wäre er versucht gewesen, Bruder noch einmal zu Hilfe zu rufen. Insgeheim überlegte er, wie er aus seinen Freunden so hoch gestellte Persönlichkeiten machen könnte, dass sich selbst Orun vor ihnen würde verbeugen müssen.

Ki sah, wie ungern Tobin mit Orun ritt, doch dagegen schien es keine Abhilfe zu geben. Der lange Ritt gab ihm zumindest zum ersten Mal, seit Tharin aus Mycena zurückgekehrt war, Gelegenheit, sich mit ihm zu unterhalten.

Auf den ersten Blick hatte Ki erkannt, dass Tharin nicht glücklich war, doch er hatte nicht gewusst, wie er ihn hätte ansprechen können, wenn er auch im Herzen ahnte, was den Hauptmann quälte. Tharin glaubte, er hätte Rhius im Stich gelassen. Ein Knappe kehrte niemals ohne seinen Herrn zurück. Aber nach allem, was Ki in den vergangenen Tagen von den anderen Männern erfahren hatte, war Tharin gänzlich unschuldig. Rhius war in der Schlacht gefallen, und Tharin hatte versucht, ihn zu retten. Daran klammerte sich Ki, der nicht bereit war, irgendeinen Makel auf seinen Helden kommen zu lassen.

Nun hatten sie einen Haufen Ärger am Hals, und Tharin sah furchtbar müde und erschöpft aus.

In respektvoller Distanz zu den voranreitenden Edelleuten führte er Drache näher an Tharins Pferd heran und fragte mit leiser Stimme: »Werden wir jetzt bei dem da leben müssen?«

Tharin verzog das Gesicht. »Nein. Ihr werdet zusammen mit den anderen Gefährten im Alten Palast untergebracht werden. Ihr werdet nur dann und wann mit Lord Orun speisen müssen, damit er dem König berichten kann.«

Ki hatte bereits einmal über die Mauern des Palasthügels hinweg einen flüchtigen Blick auf den Palast erhascht. »Der Palast ist so groß. Wie sollen wir uns da je zurechtfinden?«

»Die Gefährten haben ihre eigenen Wohnstätten. Und die anderen werden euch helfen.«

»Wie viele sind das denn?«

»Derzeit sieben oder acht, glaube ich. Und ihre Knappen, natürlich.«

Ki nestelte an den Zügeln. »Die anderen Knappen – sind die wie ich?«

Tharin musterte ihn eingehend. »Was meinst du damit?«

»Das wisst Ihr doch.«

Nun schenkte ihm der Hauptmann ein trauriges Lächeln. »Ich glaube, sie sind alle Söhne hochwohlgeborener Herrschaften.«

»Oh.«

»Ja.« Tharins Tonfall zeigte deutlich, dass er Kis Sorgen verstand. »Lass dich von ihnen nicht einschüchtern. Nur einer von ihnen kann von sich behaupten, der Knappe eines Prinzen zu sein. Und ich verspreche dir, Ki, dort wird kein Knabe sein, der dich in Fragen der Ehre übertreffen kann.« Er deutete mit einem Nicken auf Tobin. »Behalte ihn stets in deinem Herzen, dann wirst du immer das Richtige tun.«

»Ich will ihn nie enttäuschen. Das könnte ich nicht ertragen.«

Tharin griff nach seinem Arm und drückte ihn so fest, dass Ki zusammenzuckte. »Das wirst du auch nicht«, sagte er gestreng. »Von nun an musst du an meiner Stelle auf ihn Acht geben. Schwöre mir bei deiner Ehre, dass du das tun wirst.«

Die Worte schmerzten mehr als die Hand an seinem Arm. Ki richtete sich im Sattel auf und schob all die schändlichen Zweifel beiseite. »Ich schwöre es.«

Mit einem zufriedenen Nicken ließ Tharin ihn los. »Wir werden dem Namen nach seine persönliche Garde sein, aber du bist derjenige, der an seiner Seite sein wird. Du musst meine Augen und Ohren ersetzen, Ki. Wenn du Ärger riechst, kommst du sofort zu mir.«

»Das werde ich, Tharin.«

Einen Augenblick lang fürchtete Ki, er wäre zu weit gegangen und hätte sich den Groll des Mannes zugezogen, aber Tharin lachte nur. »Ich weiß, dass du das wirst.«

Aber Ki sah, dass er immer noch besorgt war, und diese Erkenntnis veranlasste ihn, den Sitz seiner Waffen zu kontrollieren. Nie hätte er gedacht, dass der Weg in die Hauptstadt ihm vorkommen würde wie ein Ritt in feindliches Territorium. Er wünschte nur, er wüsste, warum.

Der Tag zog sich dahin. Die Straße, der sie folgten, führte sie durch von Äckern durchzogenes Flachland, das von Lehnsleuten beackert wurde. Manche der Äcker lagen brach, manche waren bereits vom Unkraut überwuchert. Andere waren bestellt worden, doch die Pflanzen waren von erbärmlichem Wuchs, wenn nicht gar abgestorben. Ausgedehnte Getreidenarben waren flach an den Boden gepresst und rotteten vor sich hin.

In den Dörfern sah Tobin Kinder mit mageren Beinchen, dicken Bäuchen und dunklen Ringen unter den Augen. Sie erinnerten ihn ein wenig an Bruder. Die wenigen verbliebenen Rinder waren bis auf die Knochen abgemagert, und in den Straßengräben taten sich Raben an den Augen der Kadaver gütlich. Viele der Häuser standen leer, einige waren niedergebrannt worden. An den Türen der meisten noch stehenden Häuser prangte in Farbe oder in Kreide der Halbmond von Illior.

»Das ist seltsam«, stellte er fest. »Sollten sie nicht eigentlich zu Dalna beten, um Gesundheit oder reiche Ernte zu erbitten?«

Er erhielt keine Antwort.

Als die Sonne sich allmählich an den Abstieg begab, lebte ein kühler Westwind auf, blies ihnen die Haare aus den Gesichtern und kühlte den Schweiß auf ihrer Haut, und er trug den ersten Hauch eines verheißungsvollen Geruchs herbei, den Tobin nicht kannte.

Orun sah, dass er schnüffelnd die Nase in die Luft

hielt, und lächelte nachsichtig. »Das ist die See, mein Prinz. Wir werden sie bald zu sehen bekommen.«

Bald darauf kam ihnen ein Karren mit der merkwürdigsten Ernte entgegen, die Tobin je gesehen hatte. Ein Haufen grünlich brauner Pflanzen, von denen ein komischer Geruch aufstieg, salzig und erdig, erbebte bei jedem Ruck des Wagens.

»Was ist das?«, fragte er und zog die Nase kraus.

»Seetang von der Küste«, erklärte Tharin. »Die Bauern düngen ihre Felder damit.«

»Von der Küste!« Tobin dirigierte Gosi zu dem Wagen und wühlte mit der Hand in dem stinkenden Zeug. Es war kalt und feucht und fühlte sich so ledrig an wie die Haut auf Mamsells Kalbsfußsülze nach dem Erkalten.

Trockene braune Hügel, die an Schultern ohne Köpfe gemahnten, erhoben sich zum Sonnenuntergang vor ihnen. Die schmale Sichel von Illiors Mond kroch langsam am Himmel empor. Orun hatte gesagt, sie würden vor Sonnenuntergang in Ero eintreffen, doch nun schien es ihm, als seien sie noch mitten im Nirgendwo.

Die Straße führte steil hangaufwärts. Im Sattel vorgebeugt, trieb er Gosi die letzten Meter bis zum Gipfel empor und sah sich um. Unter ihm erstreckte sich eine unvorstellbar große Fläche glitzernden Wassers. Die vagen Eindrücke, die seine visionären Reisen mit Arkoniel ihm gewährt hatten, hatten ihn darauf nicht vorbereiten können; diese Bilder waren verschwommen und von Dunkelheit umgeben gewesen, und sein Interesse hatte anderen Dingen gegolten.

Ki gesellte sich zu ihm. »Was meinst du?«

»Es ist ... groß!«

Von hier aus konnte er sehen, wie sich die Wasserfläche am Horizont krümmte, in der Ferne durchbrochen von Inseln in allen denkbaren Größen, die sich über die Wogen des Meeres erhoben. Tobin stierte auf die See hinaus und versuchte zu begreifen, wie unglaublich groß sie war; jenseits all dieser Weite lagen jene Orte, von denen sein Vater und Arkoniel ihm erzählt hatten: Kouros, Plenimar, Mycena und das Schlachtfeld, auf dem sein Vater tapfer gekämpft und sein Leben gelassen hatte.

»Stell dir vor, Ki. Eines Tages werden wir dort draußen sein, du und ich. Wir werden an Deck eines Schiffes stehen und zu dieser Küste zurückblicken, und dann werden wir uns erinnern, wie wir einmal hier gestanden haben.« Er streckte eine Hand aus.

Ki ergriff sie grinsend. »Krieger. Zusammen. Genau wie . . .«

Er unterbrach sich noch rechtzeitig, doch Tobin wusste, was er hatte sagen wollen. *Genau wie Lhel es vorhergesagt hatte, als sie Ki an dieser verschneiten Straße im Wald zum ersten Mal begegnet war.*

Tobin sah sich um. »Aber wo ist die Stadt?«

»Ein paar Meilen weiter nördlich, Euer Hoheit.« Die Stimme gehörte dem blonden Zauberer. Er salutierte vor Tobin und verschwand wieder in den Reihen der Soldaten.

Sie folgten der Straße über die Hügel, und noch bevor das letzte Tageslicht im Westen verschwand, erklommen sie die letzte Anhöhe und sahen Ero wie ein Juwel über dem großzügigen Hafen leuchten. Einen Augenblick lang war Tobin enttäuscht; auf den ersten Blick sah Ero ganz und gar nicht wie die Spielzeugstadt aus, die sein

Vater für ihn gemacht hatte. Zum einen floss ein breiter Fluss an der Stadt vorbei, zum anderen breitete sich die Stadt über mehrere sanfte Hügel aus, die die Bucht umgaben. Als er aber genauer hinsah, erkannte er die wellenförmige Linie der Stadtmauer, die sich um den größten der Hügel zog. Diesen wiederum krönte der Palastkreis, und Tobin glaubte sogar, das Dach des Alten Palastes erkennen zu können, das wie Gold im Licht des Sonnenuntergangs glänzte.

Zum ersten Mal schien es, als fühlte er den Geist seines Vaters an seiner Seite, der ihm lächelnd all die Orte zeigte, von denen er ihm erzählt hatte. Dies war der Ort, den Vater aufgesucht hatte, wenn er die Festung verlassen hatte, er war auf dieser Straße geritten, hatte jenen Marktplatz überquert, jenen Hügel erklommen und all die prachtvollen Paläste und Gärten besucht. Tobin konnte beinahe seine Stimme hören, die Stimme, die ihm Geschichten über die Könige und Königinnen erzählt hatte, welche hier regiert hatten, und über die Priesterkönige, die vor ihnen in ihrer Inselhauptstadt über alle Drei Länder geherrscht hatten, damals, als Ero nur ein Fischerdorf gewesen war, bedrängt von den Räubern, die sich in der Hügelkette verbargen.

»Was ist los, Tobin?« Tharin blickte ihn sorgenvoll an.

»Nichts. Ich habe nur an Vater gedacht. Es ist, als würde ich die Stadt schon kennen ...«

Tharin lächelte. »Das würde ihn freuen.«

»Aber es gibt noch eine Menge, von dem ich nichts weiß«, entgegnete Tobin, nüchtern wie immer. »Er konnte nicht alle Häuser und Gassen für mich machen. Aber die Hauptstraßen sind genau wie in der echten Stadt.«

»Seht zu, dass ihr zwei euch von den dunklen Gassen

und Wegen fern haltet«, warnte ihn Tharin mit ernster Miene. »Du bist immer noch zu jung, um dich auf eigene Faust auf den Straßen herumzutreiben, sei es Tag oder Nacht. Ich bin sicher, Meister Porion wird euch zu beschäftigen wissen, sodass ihr kaum Zeit für Ausflüge haben werdet. Trotzdem will ich, dass du mir versprichst, dich zu benehmen.«

Tobin nickte, noch immer fasziniert von dem Wunder, das sich vor ihm ausbreitete.

Im Galopp ritten sie nun am Hafen entlang, und die salzige Luft löste den Staub aus ihren Kehlen. Eine gewaltige Steinbrücke spannte sich über den Fluss, breit genug, dass zehn Mann nebeneinander über sie reiten konnten. Auf der anderen Seite erwarteten sie die Außenbezirke Eros, und hier erkannte auch Tobin, warum die Hauptstadt auch das Stinkende Ero genannt wurde.

Tobin hatte noch nie so viele Menschen auf einem Haufen gesehen oder so einen Gestank gerochen. Er, der nichts Schlimmeres als den Geruch des Kochfeuers gewohnt war, biss die Zähne zusammen, als der Gestank von Abfällen und menschlichen Exkrementen sich erstickend auf seine Kehle legte. Die Häuser, die die schmalen Straßen in diesem Teil der Stadt säumten, waren Bruchbuden, schlimmer als der baufälligste Kuhstall in Alestun.

Und es schien, als wäre hier jedermann irgendwie verkrüppelt, hatte nur noch einen Stumpf, wo sich ein Arm oder ein Bein hätte befinden sollen, oder trug die Spuren schwerer Erkrankungen im Gesicht. Schockiert erkannte er, dass sich unter den vielen Rollwagen auf der Straße auch einer befand, der mit menschlichen Leichen beladen war. Wie Feuerholz waren sie aufgeschichtet worden, und ihre Glieder erzitterten bei jedem Ruck des Fahrzeugs. Einige hatten schwarze Gesichter. Andere waren so dürr, dass man ihre Knochen durch die Haut sehen konnte.

»Die wollen dahin«, sagte Ki und deutete auf eine schwarze Rauchsäule in der Ferne. »Einäscherungsplatz.«

Tobins Blick wanderte zu der Urne, die an Gosis Sattel baumelte. Hatte man seinen Vater auch in einem Wagen voller Leichen fortgeschafft? Kopfschüttelnd verdrängte er den Gedanken.

Als sie an einer Taverne vorüberkamen, sah er zwei schmutzige Kinder, die sich an den Körper einer Frau drängten. Das Mieder ihres Kleides war offen und gab den Blick auf ihre schlaffen Brüste frei, und ihre Röcke waren bis zu den Hüften heraufgeschoben. Die Kinder streckten die Hände aus und bettelten um Almosen, aber die Menschen gingen einfach an ihnen vorbei, ohne sich um sie zu kümmern. Tharin bemerkte Tobins Blick und zügelte sein Pferd, um den Kindern einen halben Silbersester zuzuwerfen. Beide stürzten sich auf die Münze und fauchten einander an wie Straßenkater, doch die Frau sorgte schnell für Ruhe, indem sie beiden eine schallende Ohrfeige versetzte. Dann schnappte sie sich die Münze mit einer Hand, bedeckte ihre Brüste mit der anderen und warf Tharin das Geldstück wieder zu, ehe sie mit ihren heulenden Kindern im Schlepptau von dannen zog.

Tharin sah Tobin an und zuckte die Schultern. »Die Menschen sind nicht immer, was sie zu sein scheinen. Diese Straße wird Bettelgasse genannt. Hier warten die Leute auf die Bauern, die zum Markt wollen, um sie zu schröpfen.«

Selbst zu dieser späten Stunde drängten sich unzählige Reiter und Wagen vor dem Südtor, doch als der

Herold in seine silberne Trompete stieß, räumten die meisten von ihnen den Platz.

Tobin war verlegen, kam sich aber auch ziemlich wichtig vor, als Tharin den Hauptmann der Stadtgarde in seinem Namen grüßte, als wäre er bereits erwachsen. Als er aufblickte, sah er, dass Illiors Halbmond und Sakors Flamme auf dem Torbogen prangten. Ehrfürchtig berührte er seine Brust und das Heft seines Schwertes, als sie das Tor passierten.

Innerhalb der Stadtmauern waren die Straßen gepflastert und mit Rinnsteinen ausgestattet. Da aber die Haushaltsvorstände das Schmutzwasser kübelweise aus Vordertüren oder Fenstern auf die Straße schütteten, stank es hier nicht weniger.

Die Straßen, die zum Palastkreis hinaufführten, stiegen gleichmäßig an, und die Erbauer der Stadt hatten Terassen in den Hügel getrieben, um Platz zu schaffen für große Marktplätze und Gärten. Die Häuser drängten sich an den Hang wie die bunten Holzhäuschen in Tobins Stadt. Die auf steinernen Fundamenten stehenden Holzbauwerke waren nicht sehr breit, aber hoch, manche hatten vier oder fünf Stockwerke, und ihre Dächer waren mit gebrannten Schindeln gedeckt.

Trotz all seiner Lektionen wusste Tobin nie so recht, wo sie sich befanden. Wie Ki gesagt hatte, gab es tausend Nebenstraßen, die von der Hauptstraße abzweigten, und keine Möglichkeit, festzustellen, in welcher Straße man sich gerade befand, wollte man nicht einen Passanten fragen. Froh, eine Eskorte zu haben, überließ er Orun die Führung und widmete seine Aufmerksamkeit ganz der Stadt, während es um sie herum langsam dunkel wurde.

Auf den tiefer gelegenen Marktplätzen schlossen die Geschäfte bereits ihre Türen, aber weiter oben ging in vielen Läden der Handel im Licht von Fackeln weiter.

Auch hier gab es Bettler und tote Hunde, Schweine und schmutzige Kinder, aber auch Herren und Damen zu Pferde, die Falken auf ihren Fäusten trugen und ein Gefolge von livrierten Dienern ihr Eigen nannten. Tobin sah auch Aurënfaie, und jene mussten ebenfalls von edler Herkunft sein, denn sie waren besser gekleidet als die einheimischen Edelleute, und vor vielen von ihnen verbeugte sich Orun im Sattel.

Auf dem Plätzen gaben Künstler und Musikanten in fremdländischen Gewändern ihre Kunst zum Besten. Im Schein der Fackeln bewegten sie sich auf kleinen Podesten. Auch gab es Maskenspieler und Bäcker, Drysier und Priester. Und er sah einige Gestalten in Roben, die seltsame Vogelmasken trugen; dies mussten die Leichenvögel sein, von denen Arkoniel ihm erzählt hatte.

Händler verkauften ihre Waren auf Rollwagen, Schubkarren oder in überdachten Verkaufsständen. Auf einem ausgedehnten Platz sah Tobin Holzschnitzer und Bildhauer, die ihrer Arbeit in kleinen Buden nachgingen. Am liebsten hätte er Halt gemacht und zugesehen, aber Orun drängte zur Eile.

Auch Zauberer in Roben, die silberne Abzeichen trugen, waren auf den Straßen unterwegs, und Tobin sah einen, der eine jener weißen Roben trug, vor denen Arkoniel ihn gewarnt hatte. In Tobins Augen sah er aus wie jeder andere auch.

»Rasch, wir müssen weiter«, drängelte Orun und hielt sich eine goldene Duftkugel unter die Nase.

Sie bogen nach links ab und folgten einer breiten, ebenen Straße, bis sie unter sich den Hafen sehen konnten. Dann bogen sie erneut um eine Straßenecke und passierten das Tor des Palastkreises.

Der Hauptmann der Garde sprach kurz mit Orun. Dann hob er seine Fackel und salutierte vor Tobin.

Innerhalb der Mauern des Palastkreises war es dunkel und still. Tobin konnte kaum mehr als ein paar erleuchtete Fenster und die schwarzen Umrisse der Gebäude sehen, die sich vage vor den Sternen am Himmel abzeichneten, aber er erkannte am Wind, dass es hier nicht so gedrängt zuging wie außerhalb des Palastkreises. Die Brise war stärker und trug den Geruch von frischem Wasser, von Blumen, Weihrauch und der See herbei. In diesem Augenblick waren die Könige und Königinnen nicht mehr nur auswendig gelernte Namen. Sie waren seine Verwandten, und sie waren genau dort gewesen, wo er nun war, und hatten all das aus nächster Nähe gesehen.

Als hätte er seine Gedanken gelesen, verbeugte sich Tharin im Sattel und sagte: »Willkommen zu Hause, Prinz Tobin.«

Ki und die anderen folgten seinem Beispiel.

»Der Kronprinz wird ebenfalls begierig sein, Euch willkommen zu heißen«, sagte Orun. »Kommt. Er ist zu dieser Stunde gewiss noch zusammen mit den Gefährten bei Tisch.«

»Und was ist mit meinem Vater?«, fragte Tobin und legte eine Hand auf die Urne. Auch sein Vater war durch diese Straßen gegangen. Vermutlich hatte er sogar schon genau an dieser Stelle gestanden. Plötzlich fühlte sich Tobin furchtbar müde und überlastet.

Orun zog eine Braue hoch. »Euer Vater?«

»Lord Rhius hat darum gebeten, dass seine Asche gemeinsam mit der der Prinzessin Ariani in der königlichen Gruft beigesetzt wird«, erklärte ihm Tharin. »Vielleicht wäre es das Beste, wir kümmern uns zunächst um die Toten, ehe wir den Lebenden unsere Aufwartung machen. Alle Zeremonien wurden bereits durchgeführt. Nun bleibt nur noch dies eine zu tun, und Prinz Tobin trägt die Bürde der Asche seines Vaters nun schon lange genug, wie ich meine.«

Orun gab sich redlich Mühe, seine Ungeduld zu verbergen. »Aber gewiss. Doch nun, da wir sicher angekommen sind, nehme ich an, wir kommen von jetzt an ohne Eure Eskorte zurecht. Hauptmann Tharin, Ihr und Eure Männer solltet Euch zur Ruhe begeben. Euer altes Quartier steht für Euch bereit.«

Wenig erfreut darüber, an diesem fremden Ort mit Orun allein zurückbleiben zu müssen, warf Tobin Tharin einen bekümmerten Blick zu.

»Prinz Tobin, wir haben Euren Vater auf all seinen Wegen begleitet«, sagte Tharin. »Werdet Ihr uns gestatten, unseren Herrn gemeinsam mit Euch zur letzten Ruhe zu betten?«

»Gewiss, Sir Tharin«, entgegnete Tobin erleichtert.

»Nun gut«, seufzte Orun und entließ stattdessen seine eigene Garde.

Tharin und Koni baten die Soldaten am Tor um ein paar Fackeln und führten den Rest des Zuges eine breite Straße entlang, die von großen Ulmen gesäumt wurde. Die alten Bäume bogen sich über ihren Köpfen zu einem gewölbten Dach, und zwischen ihren Stämmen erhaschte Tobin zur Rechten dann und wann einen Blick auf Feuerschein zwischen mächtigen Pfeilern und hohe Fenster in der Ferne.

Als sie den aus Bäumen gebildeten Tunnel verließen, ritten sie durch eine öffentliche Parklandschaft zu einem niedrigen Gebäude mit einem flachen Schindeldach, das von dicken, vom Alter geschwärzten Holzpfeilern getragen wurde. Auf Tharins Kommando flankierten seine Männer in einer Doppelreihe den Eingang und knieten mit gezogenen Schwertern nieder, die Spitzen ihrer Waffen auf den Boden gerichtet.

Tobin stieg vom Pferd und legte sich die Urne in die Arme. Mit Tharin und Ki an seiner Seite trug er die Asche seines Vaters an den knienden Soldaten vorbei und betrat die Gruft.

Auf einer steinernen Plattform in der Mitte der Gruft stand ein Altar, auf dem eine einzelne Flamme brannte, gespeist von einer großen Schale mit Öl. Ihr Licht fiel auf die Gesichter lebensgroßer steinerner Bildnisse, die den Altar in einem Halbkreis umgaben. Tobin nahm an, dass dies die verstorbenen Königinnen von Skala waren. Die, die es früher gegeben hatte.

Ein Priester des Astellus kam zu ihnen und führte sie über eine steinerne Treppe hinter dem Altar hinab zu den Katakomben. Im Licht seiner Fackel sah Tobin staubige Urnen in schattigen Nischen, die der glichen, welche er bei sich trug, aber auch Bündel aus Knochen und Schädeln, die auf steinerne Sockel gebettet waren.

»Das sind die ältesten Toten, Mylord, die ältesten eurer Vorfahren, deren sterbliche Überreste bewahrt werden konnten«, erklärte ihm der Priester. »Da alle Stockwerke bereits voll sind, haben wir ein neues angelegt. Eure gnädige Frau Mutter liegt in der neuesten Krypta, tief unter der Erde.«

Sie stiegen fünf schmale Treppen hinab in eine kalte, stickige Kammer. Nischen waren vom Boden bis zur Decke in die Wände eingelassen worden, und der Boden war mit hölzernen Totenbahren bedeckt. Hier lagen Leichen, die fest in Streifen aus dickem weißen Stoff gewickelt worden waren.

»Euer Vater hat bestimmt, dass Eure Mutter gewickelt werden solle«, sagte Tharin leise und führte Tobin zu einer der Nischen auf der anderen Seite des Raumes. Ein ovales Bild seiner Mutter bedeckte ihr Totengesicht, und ihr langes schwarzes Haar lag, zu einem schweren

Zopf geflochten, auf ihrer Brust. Sie wirkte unglaublich zierlich.

Ihr Haar sah aus wie damals, als sie noch am Leben gewesen war, dick und glänzend lag es im Fackelschein. Tobin streckte die Hand aus, um es zu berühren, zuckte dann aber zurück. Das Bild ihres Gesichts war gut gelungen, zeigte aber ein Antlitz, das so glücklich lächelte, wie er es zu ihren Lebzeiten nie gesehen hatte.

»Ihre Augen waren genau wie deine«, flüsterte Ki, und Tobin erinnerte sich überrascht, dass Ki seine Mutter nie kennen gelernt hatte. Irgendwie schien es ihm, als wäre Ki immer schon bei ihm gewesen.

Mit Tharins Hilfe zog er die Urne aus dem Netz und legte sie zwischen den Leichnam seiner Mutter und die Mauer dahinter. Der Priester stand daneben und murmelte Gebete, doch Tobin wusste nichts mehr zu sagen.

Als sie fertig waren, sah sich Ki in der Kammer um und stieß einen leisen Pfiff aus. »Sind das alles deine Verwandten?«

»Wenn sie hier liegen, müssen sie es wohl sein.«

»Ich frage mich, warum hier so viel mehr Frauen als Männer liegen. Man sollte doch glauben, dass es gerade während eines Krieges eher umgekehrt sein sollte.«

Tobin wusste, dass Ki Recht hatte, obwohl ihm diese Absonderlichkeit zunächst gar nicht aufgefallen war. Zwar sah er eine Reihe Urnen wie die, die er hergebracht hatte, aber es gab weit mehr in Stoff gehüllte Gestalten mit Zöpfen, und nicht alle waren erwachsene Frauen gewesen; er zählte mindestens ein Dutzend junger Mädchen und weiblicher Kleinkinder.

»Kommt, lasst uns gehen«, seufzte er, viel zu müde, um sich den Kopf über Menschen zu zerbrechen, die er nicht einmal gekannt hatte.

»Wartet«, sagte Tharin. »Es ist Sitte, eine Locke des Haares eines Verstorbenen als Erinnerung zurückzubehalten. Möchtet Ihr, dass ich eine für Euch abschneide?«

Tobin hob geistesabwesend die Hand an seine Lippen, und er dachte darüber nach, während seine Finger auf der kleinen, verblassten Narbe an seinem Kinn verharrten. »Vielleicht ein andermal. Jetzt nicht.«

Kapitel 39

Als sie die Gruft verlassen hatten, führte Lord Orun sie auf dem gleichen Weg zurück, den sie gekommen waren, ehe er in eine Prachtstraße abbog, die an Reitplätzen und noch mehr Bäumen vorbeiführte. Der Mond stand inzwischen hoch am Himmel und überzog die Umgebung mit seinem fahlen Licht.

Dieser Teil des Palastkreises bestand aus einem schattigen Durcheinander von Gärten und flachen Dächern. In der Ferne sah Tobin Wasser aufblitzen; dort gab es einen großen künstlich angelegten See, erbaut von einer der Königinnen. Vor ihnen, jenseits einer weiteren Baumreihe, konnte er verschachtelte Dächer erkennen, die sich an die Ostseite der ummauerten Zitadelle kauerten.

»Das dort ist der Neue Palast«, erklärte Tharin und deutete auf eine besonders lang gezogene Silhouette zu ihrer Linken. »Und direkt vor uns liegt der Alte Palast. Um sie herum findet Ihr ein Labyrinth aus anderen Palästen und Herrenhäusern, aber darum müsst Ihr Euch vorerst nicht kümmern. Wenn Ihr Euch eingerichtet habt, werde ich Euch zum Haus Eurer Mutter bringen.«

Tobin war viel zu erschöpft, um mehr als ein paar flüchtige Eindrücke von Gärten und Säulengängen wahrzunehmen. »Ich wünschte, ich könnte hier leben.«

»Das werdet Ihr, wenn Ihr erwachsen seid.«

Der Eingang des Alten Palastes ragte vor ihnen in der Dunkelheit auf, flankiert von mächtigen Säulen, flackernden Fackeln und einer Reihe Gardisten in schwarz-weißen Tuniken.

Tobin griff nach Tharins Hand und kämpfte gegen die Tränen an.

»Seid tapfer, mein Prinz«, sagte Tharin leise. »Ki, sorg dafür, dass ich stolz auf dich sein kann.«

Der Augenblick des Abschieds ließ sich nicht länger hinauszögern. Tharin und seine Männer salutierten dem Prinzen und ritten in die Finsternis davon. Fremde in Livree drängten sich um sie herum, eifrig damit beschäftigt, sich des Gepäcks und der Pferde anzunehmen.

Lord Orun stürzte sich auf den Prinzen, kaum dass Tharin aus dem Weg war.

»Kommt mit mir, Prinz Tobin, wir sollten Prinz Korin nicht länger warten lassen. Du, Bursche«, das galt Ki, »kümmere dich um das Gepäck des Prinzen.«

Ki wartete, bis der Mann sich von ihm abwandte, dann machte er hinter seinem Rücken eine obszöne Geste. Tobin und einige der Palastdiener schenkten ihm ein dankbares Grinsen.

Orun hetzte mit dem Prinzen die Treppe hinauf, wo sie vor einer gewaltigen Bronzetür, die von sprungbereiten Drachen geziert wurde, von weiteren Dienern in langer, weiß-goldener Livree erwartet wurden. Jenseits der Tür führte sie ein hoch aufgerichteter Diener mit einem weißen Bart über einen langen Korridor.

Tobin sah sich mit großen Augen um. Die Wände waren mit allerlei wundersamen leuchtenden Mustern verziert, und in der Mitte des breiten Ganges befand sich ein kleines Wasserbecken, in dem bunte Fische zwischen zierlichen Springbrunnen einherschwammen. Eine solche Pracht hatte sich der junge Prinz nicht träumen lassen.

Sie passierten eine Reihe großer Säle, deren Decken so hoch waren, dass sie sich in den Schatten verloren. Die Wände hier waren mit ausgebleichten, aber dennoch wunderschönen Wandteppichen behängt, und die Möbel waren wahre Meisterwerke der Schnitzkunst und der Intarsienarbeit. Wohin er auch sah, sein Blick fiel auf Gold und Juwelen. Ki, gebeugt unter der Last des Gepäcks, schien nicht minder beeindruckt.

Nach einigen weiteren Räumen öffnete der alte Mann eine knarrende schwarze Tür und scheuchte Tobin in ein luftiges Schlafgemach, das etwa halb so groß war wie die große Halle in der Festung. Ein großes Bett mit schwarz-goldenen Bettvorhängen stand auf einem Podest in der Mitte des Raumes. Dahinter führte der Blick von einem Balkon auf die Stadt hinaus. Die Wände wurden von verblassten Jagdszenen beherrscht, und es roch angenehm nach der See und den großen Pinien, die jenseits der Fenster vage erkennbar waren.

»Dies ist Euer Gemach, Prinz Tobin«, informierte ihn der Mann. »Prinz Korin bewohnt den Nebenraum.«

Ki stand mit offenem Mund da, bis der Mann ihn zu einem zweiten, kleineren Zimmer auf der Rückseite führte, in dem sich die Kleiderschränke und Truhen befanden. Gleich daneben gab es einen Alkoven mit einem zweiten Bett, das wie ein Regal in die Wand eingelassen war. Auch dieses Lager schmückte sich mit kostbarer Wäsche, doch Tobin erinnerte es viel zu sehr an den Ort, an dem seine Mutter ruhte.

Orun scheuchte sie gleich wieder hinaus, und sie folgten den Klängen von Musik und lautem Gelächter zu einem noch größeren Raum, in dem Künstler aller Art zu finden waren. Da gab es Minnesänger, halb nackte Parterreakrobaten, Jongleure, die mit Bällen, Messer und brennenden Fackeln – sogar mit Igeln – arbeiteten, und ein Mädchen in einem seidenen Kleid, das mit einem Bär tanzte, den es an einer silbernen Kette führte. Eine prachtvoll anzusehende Gesellschaft von Knaben und Mädchen saß auf einem erhöhten Podest am anderen Ende des Raumes, und noch der Geringste unter ihnen war herausgeputzt, wie Tobin es noch nie in seinem Leben gewesen war. Plötzlich war er sich der dicken Schmutzschicht auf seinen Kleidern nur allzu bewusst.

Die Tischgäste schienen den Unterhaltungskünstlern nur wenig Aufmerksamkeit zu widmen. Stattdessen scherzten sie untereinander über den Resten ihres Mahles. Diener huschten mit Platten und Krügen zwischen ihnen umher.

Tobins Auftauchen jedoch weckte ihre Aufmerksamkeit. Ein schwarzhaariger Junge, der in der Mitte des Tisches saß, sprang plötzlich auf und schritt geradewegs auf ihn zu. Es war ein stämmiger Bursche von etwa fünfzehn Jahren mit kurzem, lockigem Haar und strahlenden dunklen Augen. Seine scharlachrote Tunika war mit goldenen Stickereien verziert. Rubine funkelten am goldenen Heft eines Dolches an seinem Gürtel und in einem zierlichen Schmuckstück an seinem Ohr.

Tobin und Ki ahmten die tiefen Verbeugungen nach, mit denen die Anwesenden dem Burschen Respekt zollten, weil sie annahmen, dass dies Prinz Korin sein musste.

Der ältere Junge musterte sie einen Augenblick lang, und sein Blick huschte unsicher zwischen Tobin und Ki hin und her. »Vetter, bist du das, der nun endlich zu uns stößt?«

Tobin richtete sich auf, als ihm sein Fehler bewusst wurde. »Seid mir gegrüßt, Prinz Korin. Ich bin Euer Vetter Tobin.«

Korin lächelte und streckte die Hand aus. »Man hat mir gesagt, ich wäre bei deiner Namensgebung zugegen gewesen, aber ich erinnere mich nicht daran. Trotzdem freue ich mich, dir nun endlich von Angesicht zu Angesicht zu begegnen.« Er warf einen Blick auf die Rückseite von Kis gebeugtem Kopf. »Und wer ist das?«

Tobin berührte Kis Arm, worauf jener sich ebenfalls aufrichtete. Ehe er jedoch auch nur zu einer Antwort ansetzen konnte, drängte sich Lord Orun vor.

»Dies ist Prinz Tobins Schildknappe, Euer Hoheit, der Sohn eines unbedeutenden Ritters in Lord Jorvais Diensten. Wie es scheint, hat Herzog Rhius ihn ausgewählt, ohne Euren Vater darüber in Kenntnis zu setzen. Ich dachte, es wäre das Beste, zu erklären ...«

Ki beugte vor dem Prinzen das Knie, die linke Hand auf dem Heft seines Schwertes. »Mein Name ist Kirothius, Sohn des Sir Larenth vom Eichenhang, ein Krieger zu Mycena im Dienste Eures Vaters, mein Prinz.«

»Und mein guter Freund«, fügte Tobin hinzu. »Jedermann nennt ihn Ki.«

Tobin sah den Hauch eines Lächelns, das sich in des Prinzen Mundwinkel einnistete, als sein Blick von Orun zu Ki wanderte. »Sei willkommen, Ki. Lass uns für dich einen Platz am Tisch der Knappen suchen. Lord Orun, nach der langen Reise werdet Ihr Euch gewiss nach Eurem eigenen Bett sehnen. Ich wünsche Euch eine gute Nacht.«

Der Kanzler sah wenig erfreut aus, doch konnte er dem Prinzen kaum widersprechen. Mit einer letzten Verbeugung verließ er den Saal.

Korin sah ihm nach, ehe er Tobin und Ki zuwinkte, ihm zu dem Banketttisch zu folgen. Unterwegs legte er einen Arm um Tobins Schulter und fragte mit leiser

Stimme: »Nun, was hältst du von dem Verwalter, auf den die Wahl meines Vaters gefallen ist?«

Tobin zuckte vorsichtig die Schultern. »Er ist unhöflich.«

Korin roch nach Wein, und Tobin fragte sich, ob er womöglich ein wenig betrunken war, doch seine Augen blickten klar und gescheit, als er Tobin warnte: »Ja, aber er ist auch mächtig. Sei also vorsichtig.«

Ki, der direkt hinter ihnen ging, zog nervös den Kopf ein und fragte: »Verzeiht, wenn ich unaufgefordert spreche, mein Prinz, aber vermute ich richtig, dass der König bereits einen anderen als Knappen für Tob … Prinz Tobin gewählt hat?«

Korin nickte, und Tobin fühlte, wie er den Mut verlor. »Da du so weit vom Hof entfernt aufgewachsen bist, dachte Vater, es wäre das Beste für dich, jemanden um dich zu haben, der mit den höfischen Sitten vertraut ist. Er hat Lord Orun die Wahl überlassen, und jener hat Sir Moriel, den dritten Sohn der Lady Yria erwählt. Seht ihr den Burschen mit den weißen Brauen und der Nase, die aussieht wie der Schnabel eines Spechts, dort am unteren Tisch? Das ist er.«

Sie hatten das Podest erreicht, und Tobin konnte den Knappentisch zur Rechten der großen Festtafel sehen. Korins Beschreibung war treffend. Moriel war bereits aufgesprungen und kam auf sie zu, um sich vorzustellen. Er war etwa in Kis Alter und ebenso groß, hatte ein reizloses Gesicht und weißblondes Haar.

Tobin wollte gerade anfangen, seine Einwände vorzutragen, doch Korin kam ihm mit einem Lächeln zuvor. »Ich verstehe schon.« Dann blinzelte er Tobin zu. »Nur unter uns«, flüsterte er, »ich habe Moriel immer für eine kleine Kröte gehalten. Wir kriegen das schon irgendwie hin.«

Moriel stellte das auch sogleich unter Beweis, indem er sich tief vor Ki verbeugte. »Prinz Tobin, Euer Diener und Knappe ...«

»Nein, das ist sein Knappe.« Korin zerrte Moriel am Arm hoch und deutete auf Tobin. »Das ist Prinz Tobin. Und da du nicht einmal zwischen Prinz und Knappe zu unterscheiden verstehst, sollten wir die Aufgabe besser jemandem überlassen, der es kann.«

Moriels bleiches Gesicht färbte sich rosa. Diejenigen am Tisch, die nahe genug saßen, um den Wortwechsel mit anzuhören, brachen in Gelächter aus. Moriel drehte sich mit einer weiteren Verbeugung unbeholfen in Tobins Richtung. »Vergebt mir, Prinz Tobin, ich ... Nun, ich konnte nicht ...«

Nun richteten sich alle Augen auf sie. Edelknaben und Dienerschaft folgten jeder ihrer Bewegungen. Tobin schenkte dem gedemütigten Knaben ein Lächeln. »Das ist schon vergessen, Sir Moriel. Mein Knappe und ich sind gleichermaßen schmutzig von der Reise.«

Das brachte ihm weiteres Gelächter ein, doch Moriels Farbe wurde lediglich noch kräftiger.

»Meine Gefährten und Freunde«, sagte Korin. »Ich stelle Euch meinen verehrten Vetter vor, Prinz Tobin von Ero, der nun endlich auch zu uns gestoßen ist.« Sämtliche Tischgäste erhoben sich, um sich vor Tobin zu verbeugen. »Und seinen Knappen, Sir Ki vom ...«

»Nun, Mylord, ich denke, Ihr solltet es besser wissen«, grollte eine tiefe Stimme hinter ihnen. Ein untersetzter Mann mit einer langen grauen Mähne trat auf das Podest und bedachte Prinz Korin mit einem schiefen Blick. Seine kurze, schlichte Robe und der breite Gürtel entsprachen nicht der Mode unter Edelleuten, aber jeder der Knaben mit Ausnahme von Korin verbeugte sich vor ihm.

»Euer Vater hat Lord Orun beauftragt, einen Knappen für Prinz Tobin zu wählen, glaube ich«, sagte der Mann.

»Aber wie Ihr selbst sehen könnt, Meister Porion, hat Tobin bereits einen Knappen, und zwar einen, der durch das Wort seines Vaters an ihn gebunden ist«, entgegnete Korin.

Dies also war der königliche Waffenmeister, von dem Tharin erzählt hatte. Korin mochte sich nicht vor ihm verbeugt haben, aber Tobin entging nicht, dass er dem Mann im Gespräch einen Respekt entgegenbrachte, der Lord Orun nicht zuteil geworden war.

»Ich hörte davon. Lord Orun war soeben in meinen Gemächern, um mich über diese Angelegenheit zu unterrichten.« Porion taxierte Ki. »Du kommst vom Lande, richtig?«

»Ja, Sir.«

»Ich nehme an, du bist mit dem höfischen Leben und der Stadt nicht vertraut?«

»Ich kenne Ero. Ein wenig.«

Einige der Knappen kicherten über seine Worte, und Moriel fing an, sich wieder aufzublasen.

Porion wandte sich nun an beide Knaben. »Sagt mir, welches ist die höchste Pflicht eines Schildknappen? Moriel?«

Der Knabe zögerte. »Seinem Herrn in jeder erforderlichen Weise zu dienen.«

Porion nickte zustimmend. »Ki, wie lautet deine Antwort?«

Ki legte die Hand auf das Heft seines Schwertes. »Er muss sein Leben für seinen Herrn geben, Waffenmeister. Und er muss seine Kunst als Krieger ganz in dessen Dienst stellen.«

»Beide Antworten sind achtbar.« Porion zog ein goldenes Amtswappen unter seiner Robe hervor und presste es gegen seine Brust. Dann umfasste er es mit der Hand und dachte einen Augenblick lang nach. »Als Meister der Königlichen Gefährten steht mir das Recht zu, in Abwesenheit des Königs selbst eine Entscheidung in diesem Punkt zu fällen. Nach den alten Gesetzen und Gebräuchen ist das Band zwischen den Vätern des Prinzen Tobin und seines Knappen ...« Er beugte sich zu Ki hinab und flüsterte vernehmlich: »Wie lautet noch dein Name, Knabe? Und seines Knappen Kirothius, Sohn des Larenth vom Eichenhang, heilig vor Sakor und muss anerkannt werden, bis der König eine Entscheidung getroffen hat. Nimm es nicht so schwer, Moriel. Davon hat niemand gewusst, als die Entscheidung zu deinen Gunsten getroffen wurde.«

»Darf ich mich zurückziehen, Euer Hoheit?«, fragte Moriel.

Korin nickte, und der Knabe zog von dannen, doch Tobin entging der giftige Blick nicht, den er auf Ki richtete, als er aus dem Saal stolzierte.

»Hast du einen Titel, Junge?«, fragte Porion Ki.

»Nein, Waffenmeister.«

»Kein Titel!«, rief Korin aus. »Nun, das wird für den Schildknappen eines Prinzen von Skala nicht reichen! Tanil, mein Schwert.«

Einer der jungen Männer am Knappentisch eilte mit einer schmucken Klinge herbei. »Knie nieder zum Ritterschlag«, befahl er Ki.

Die anderen Gefährten ergingen sich in Jubelgeschrei und klopften mit ihren Trinkkrügen auf den Tisch.

Tobin war überaus erfreut, doch Ki zögerte und warf ihm einen sonderbaren fragenden Blick zu.

Tobin nickte. »Du wirst ein Ritter sein.«

Ki senkte den Kopf und kniete nieder. Korin berührte seine Schultern und beide Wangen mit der flachen Seite der Klinge. »Erhebt Euch, Sir Ki – wie war das? Kirothius, Ritter von Ero, Gefährte des Prinzen von königlichem Blut! So. Erledigt!« Korin warf seinem Knappen sein Schwert zu, und die anderen pochten erneut mit ihren Krügen auf die Tischplatten.

Ki erhob sich und sah sich unsicher um. »Ich bin jetzt ein Ritter?«

»Das bist du.« Porion klopfte ihm auf die Schulter. »Heißt euren kleinen Bruder willkommen, Gefährten. Gebt ihm einen wohl gefüllten Krug und einen guten Platz in eurer Runde.« Weiteres Krügeknallen zollte seinen Worten Beifall.

Mit einem letzten zweifelnden Blick über die Schulter zu Tobin machte sich Ki auf, sich zu den anderen zu gesellen.

Korin führte Tobin zu der langen Tafel und zu einem kunstvoll gefertigten Stuhl zu seiner Rechten. Das Festmahl war längst vorüber, die Tischdecke mit Krusten, Knochen und Nussschalen übersät, doch waren bereits frische Speisen für ihn bereitgestellt worden.

»Und nun musst du deine neuen Brüder kennen lernen«, erklärte Korin. »Aber heute Abend werde ich dich nicht mit der Abstammung jedes Einzelnen belasten. Das hier ist Caliel.« Korin verwuschelte einem hellhäutigen Jungen zu seiner Linken das Haar. »Der große rote Bär mit dem ungepflegten Kinn neben ihm ist unser alter Mann, Zusthra. Dann haben wir Alben, Orneus, Urmanis, Quirion, Nikides und klein Lutha, unser Baby bis zu deiner Ankunft.«

Jeder der Knaben erhob sich, um Tobin mit einem unterschiedlichen Grad an Interesse und Wärme die Hand zu schütteln. Etwas daran war seltsam, und Tobin brauchte eine Weile, bis er erkannte, dass es ihre glatte, zarte Haut war.

Luthas Lächeln fiel am breitesten aus. »Willkommen, Prinz Tobin. Mit Euch haben wir wieder eine gerade Anzahl und können gleichmäßige Reihen bilden.« Er hatte ein spitzes Gesicht, das Tobin an eine Maus erinnerte, aber seine braunen Augen blickten freundlich und warm.

Das Fest ging weiter. Korin war der Lord am Tisch, und jeder verhielt sich ihm gegenüber, als wäre er der Herr des Palastes. Mit Ausnahme von Zusthra sah keiner der Jungen am Tisch älter aus als Korin, aber alle benahmen sich, als würden sie schon jetzt über große Besitztümer herrschen, sprachen über Pferde, die Ernte und Schlachten. Auch tranken sie Wein wie erwachsene Männer. Prinz Korin stellte seinen Krug nie ab, und ein Diener stand stets mit Nachschub hinter ihm bereit. Meister Porion hatte am anderen Ende der Tafel Platz genommen und schien den Prinzen zu beobachten, ohne ihn dabei allzu häufig direkt anzusehen.

Der Rest der Gesellschaft bestand aus Kindern skalanischer Edelleute und ausländischer Würdenträger. Die jungen Männer und Knaben trugen feine Tuniken und juwelenbesetzte Dolche und Ringe. Die Mädchen, etwa ein Dutzend von ihnen saß am Tisch, waren in Gewänder gehüllt, die von kunstvollen Stickereien geziert wurden. Bänder und eingeflochtene Juwelen unter hauchdünnen Schleiern schmückten ihre Haare. Tobin konnte sich all die Namen und Titel nicht merken. Dennoch beugte er sich vor und gab Acht, als ein dunkelhaariger Knabe ihm als Aurënfaie aus Gedre vorgestellt wurde. Tobin hatte ihm bis dahin keine besondere Aufmerksamkeit gewidmet, denn er war genauso gekleidet wie alle anderen und trug keinen Sen'gai.

»Gedre? Ihr seid ein Aurënfaie?«

»Ja. Ich bin Arengil í Maren Ortheil Solun Gedre, Sohn des Khirnari von Gedre. Seid willkommen, Prinz Tobin í Rhius.«

Eines der älteren Mädchen neben Tobin beugte sich vor und legte einen Arm auf die Rückenlehne seines Stuhles. Sie hatte üppiges kastanienbraunes Haar, und an ihrem spitzen Kinn konkurrierten Sommersprossen mit Pickeln. Tobin versuchte krampfhaft, sich ihren Namen ins Gedächtnis zu rufen. Aliya Irgendwas, die Tochter eines Herzogs. Unter ihrem grünen, mit Perlen bestickten Kleid zeichneten sich die ersten Ansätze weiblicher Rundungen ab. »Die Faie lieben ihre langen, fantastischen Namen«, sagte sie mit einem spöttischen Lächeln. »Ich wette einen Sester, dass Ihr es nicht schafft, zu schätzen, wie alt Ari ist.«

Allgemeines Ächzen, an dem sich auch Korin beteiligte, ertönte zur Antwort. »Aliya, lass ihn in Ruhe!«

Schmollend sah sie ihn an. »Oh, lasst ihn doch raten. Vermutlich hat er noch nie zuvor einen Faie gesehen.«

Der junge Aurënfaie seufzte und stützte das Kinn auf eine Hand. »Also schön«, sagte er.

Tobin hatte durchaus schon ein paar Faie gesehen und durch seinen Vater und Arkoniel eine Menge über sie gelernt. Dieser Knabe sah etwa so alt aus wie Ki. »Neunundzwanzig?«, riet er.

Aris Brauen ruckten hoch. »Fünfundzwanzig, aber die wenigsten liegen so nahe dran.«

Gelächter brandete auf, als Aliya eine Münze vor Tobins Teller auf den Tisch warf und davonstolzierte.

»Kümmere dich nicht um sie«, sagte Korin kichernd und ziemlich betrunken. »Sie ist schlecht gelaunt, seit ihr Bruder nach Mycena gegangen ist.« Er seufzte und deutete mit einer ausladenden Handbewegung auf die versammelte Gesellschaft. »So geht es uns allen. All die älteren Knaben bis auf mich und jene, die das Pech hatten, zu meinen Königlichen Gefährten zu zählen, sind fort. Auch wir wären nun alle auf dem Schlachtfeld, gäbe es einen zweiten Thronfolger, der meinen Platz einnehmen könnte. Alles wäre anders, hätten meine Brüder und Schwestern überlebt.« Er trank einen tiefen Schluck aus seinem Krug und musterte Tobin mit einem unglücklichen Stirnrunzeln über den Rand hinweg. »Wären meine Schwestern noch am Leben, dann bekäme Skala wieder eine Königin, so wie die Mondpriester es wollen, aber alles, was sie haben, bin ich. Also muss ich bleiben, sicher in Watte verpackt, um eines Tages zu regieren.« Korin ließ sich zurücksinken und starrte mürrisch in seinen Krug. »Ein entbehrlicher Erbe, das ist es, was hier fehlt. Ein entbehrlicher Erbe ...«

»Wir alle haben es gehört, Korin«, schimpfte Caliel und stupste den Prinzen an. »Vielleicht sollten wir ihm lieber von unseren Palastgeistern erzählen.«

»Geister?« Korins Miene hellte sich wieder auf. »Bei den Vieren, wir haben kübelweise Geister! Die Hälfte von ihnen sind die Gemahle von Großmutter Agnalain, vergiftet oder enthauptet. Nicht wahr, Gefährten?«

Die Gefährten taten im Chor ihre Zustimmung kund, und Tobin sah, wie Kis Augen sich ein wenig weiteten.

»Und die alte verrückte Königin selbst«, fügte Zusthra hinzu und kratzte sich weise an seinem kümmerlichen kupferroten Bartflaum. »Sie wandelt des Nachts in ihrer Rüstung durch die Korridore. Man kann hören, wie sie ihr krankes Bein nachzieht, wenn sie auf der Suche nach Verrätern durch die Gänge zieht. Sie ist bekannt dafür, erwachsene Männer zu packen und sie in die Folterkammer unter dem Palast zu schleppen, wo sie sie in rostige alte Käfige schließt, damit sie verhungern.«

»Wie steht es mit deinem Geist, Vetter...«, setzte Korin an, als Porion sich hörbar räusperte.

»Euer Hoheit, Prinz Tobin hat eine anstrengende Reise hinter sich. Ihr solltet ihn in seiner ersten Nacht bei den Königlichen Gefährten nicht so lange vom Schlafen abhalten.«

Korin beugte sich zu Tobin hinüber. Sein Atem roch sauer nach Wein, und er sprach nur undeutlich. »Armer Vetter! Willst du? Willst du in dein Bett kriechen? Du schläfst im Zimmer meines toten Bruders, weißt du? Da könnte es auch Geister geben, aber deswegen solltest du dir keine Sorgen machen. Elarin war ein netter Kerl...«

Porion stand plötzlich hinter Korin und griff mit einer Hand nach seinem Arm. »Mein Prinz«, murmelte er.

Korin blickte auf, drehte sich aber gleich wieder zu Tobin um, ein charmantes Lächeln auf den Lippen, das ihn beinahe nüchtern erscheinen ließ. »Nun gut. Schlaf schön.«

Tobin erhob sich und trottete davon, erleichtert, dieser Horde betrunkener Fremder zu entkommen.

Der Diener mit der steifen Haltung tauchte wieder auf, dicht gefolgt von Ki, und führte sie zurück zu ihrem Gemach. Porion begleitete sie bis zur Tür.

»Ihr dürft Prinz Korin nicht nach dem beurteilen, was er heute Abend von sich gegeben hat, Prinz Tobin«, sagte er bekümmert. »Er ist ein guter Junge und ein großer Krieger. Und genau das ist das Problem, müsst Ihr verstehen. Dass er nun, da er alt genug ist, nicht in den Kampf ziehen darf, lastet schwer auf ihm. Wie er schon sagte, es ist schwer, der einzige Thronerbe zu sein, weil sein Vater nicht bereit ist, einen zweiten zu erwählen. Feste wie diese...« Ein wenig widerwillig sah er sich zu dem Saal um. »Es liegt nur an der Abwesenheit seines Vaters. Nun, wenn er morgen wieder auf den Beinen ist, wird er Euch ein besseres Willkommen bereiten. Am Vormittag sollt Ihr dem Lordkanzler Hylus im Audienzsaal vorgestellt werden. Danach solltet Ihr Euch auf dem Exerzierplatz einfinden, damit ich mir einen Eindruck von Euren Fähigkeiten und Eurer Ausrüstung machen kann. Soweit mir bekannt ist, verfügt Ihr nicht über eine angemessene Rüstung.«

»Nein.«

»Ich werde mich darum kümmern. Schlaft wohl, mein Prinz, und seid uns willkommen. Ich sollte Euch noch sagen, dass mir Euer Vater als ein feiner Herr und großer Krieger in Erinnerung ist und ich Euren Verlust zutiefst bedauere.«

»Ich danke Euch, Waffenmeister«, sagte Tobin. »Und ich danke Euch, dass Ihr mir Ki als meinen Knappen lasst.«

Porion blinzelte ihm kurz zu. »Ein alter Freund von Euch hat gleich nach Eurer Ankunft mit mir gesprochen.«

Tobin sah ihn verständnislos an, ehe er plötzlich zu lachen anfing. »Tharin?«

Porion legte einen Finger an seine Lippen, nickte aber. »Ich weiß nicht, was Orun sich dabei gedacht hat. Die Entscheidung eines Vaters für einen Knappen kann nicht so einfach übergangen werden.«

»Dann lag es nicht an meiner Antwort?«, fragte Ki ein wenig geknickt.

»Ihr hattet beide Recht«, entgegnete Porion. »Und du solltest versuchen, Moriel zu besänftigen, falls sich die Gelegenheit bietet. Er kennt den Palastkreis und die Stadt. Gute Nacht, Kinder, und herzlich willkommen.«

Diener hatten ein Dutzend Lampen im Zimmer entzündet und trugen eine kupferne Wanne mit heißem duftenden Wasser herbei. Ein junger Page stand neben dem Bett, und ein junger Mann mit Bürste und Handtüchern hielt sich bereit, um Tobin zu baden.

Der jedoch schickte beide Diener fort, entkleidete sich und glitt mit einem erleichterten Seufzer in das Wasser. Ein heißes Bad hatte es in der Festung nur selten gegeben. Beinahe wäre er mit der Nase knapp über der Wasseroberfläche eingeschlafen, doch Ki brach auf der anderen Seite des Zimmers in lautes Geschnatter aus.

»Kein Wunder, dass Moriel es so eilig hatte, den Saal zu verlassen«, rief er, die zurückgezogenen Vorhänge des Bettes in der Wandnische in Händen. Von dem guten Bettzeug war nichts mehr zu sehen. »Er muss sich in Erwartung der Ankunft Eurer Majestät bereits hier eingenistet haben. Alles, was er mir gelassen hat, ist ein derber Strohdrillich. Und dem Geruch nach hat er zum Abschied noch einmal draufgepisst, der kleine Bastard.«

Tobin setzte sich auf und schlang die Arme um die Knie. Ihm war gar nicht in den Sinn gekommen, dass sie in getrennten Betten schlafen würden, erst recht nicht in dieser Höhle von einem Schlafgemach.

»Ziemlich groß hier«, murmelte Ki und sah sich um.

Tobin grinste. Offenbar hegte sein Freund ganz ähnliche Gedanken. »Das Bett auch. Genug Platz für zwei.«

»Das will ich meinen. Ich werde das Gepäck Eurer Hoheit auspacken«, sagte Ki kichernd.

Tobin wollte sich gerade wieder behaglich im warmen Wasser zurücklehnen, als ihm die Puppe einfiel, die er ganz unten in seiner Truhe versteckt hatte.

»Nein!«

Ki schnaubte. »Das ist meine Pflicht. Lass es mich erledigen.«

»Das kann warten. Das Wasser wird kalt werden, wenn du nicht gleich reinspringst. Komm schon, du bist dran.«

Tobin sprang tropfnass aus der Wanne und wickelte sich in ein Handtuch.

Ki beäugte ihn argwöhnisch. »Du bist ja plötzlich genauso hektisch wie Nari. Andererseits ...« Er schnüffelte an seinen Achselhöhlen und verzog das Gesicht. »Ich stinke.«

Kaum hatte Ki seinen Platz in der Wanne eingenommen, eilte Tobin auch schon in das Ankleidezimmer und riss den Deckel der Truhe auf.

»Ich habe gesagt, ich mache das!«, brüllte Ki.

»Ich brauche ein Hemd.« Tobin zog sich ein frisches Hemd an, grub den Mehlsack aus und sah sich nach einem geeigneten Versteck um. An einer Wand stand ein bunt bemalter Schrank neben einigen Truhen. Auf der anderen Seite befand sich ein weiterer Schrank, der fast bis an die Decke reichte. Als er die Türen öffnete, boten sich ihm die einzelnen Bretter als knarrende, krachende Leitersprossen dar. Oben auf dem Schrank blieb genug Platz, den Sack zu verbergen. Für den Augenblick.

Er kletterte wieder hinunter und hatte gerade noch genug Zeit, die Schranktüren zu schließen und sich die Spinnweben vom Hemd zu wischen, bevor Ki, in ein Handtuch gewickelt, hereinschlenderte.

»Was machst du hier? Deckst du das Dach ab?«

»Ich sehe mich nur um.«

Wieder beäugte Ki ihn mit Argwohn, ehe er sich nervös über die Schulter umblickte. »Glaubst du, dass es hier wirklich Geister gibt?«

Tobin ging zurück in das Schlafgemach. »Wenn es welche gibt, sind sie mit mir verwandt, genau wie Bruder. Vor ihm hast du doch keine Angst mehr, oder?«

Ki zuckte mit den Schultern. Dann warf er die Arme hoch und gähnte, bis seine Kiefer krachten. Das Handtuch an seinem Körper glitt zu Boden. »Wir sollten lieber schlafen. Ich wette, wenn Meister Porion uns morgen unter seine Fittiche nimmt, werden wir kaum Zeit haben, lange genug stillzustehen, um einen Schatten zu werfen.«

»Ich mag ihn.«

Ki riss die schwarzen Bettvorhänge zurück und machte einen Purzelbaum auf die samtene Tagesdecke. »Ich habe nicht gesagt, dass ich ihn nicht mag. Ich denke nur, er wird uns mindestens sosehr antreiben wie Tharin. Das haben jedenfalls die anderen Knappen erzählt.«

Nun war Tobin mit einem Salto rückwärts an der Reihe, der ihn direkt neben seinen Freund beförderte.

»Wie sind die so?«

»Die anderen Knappen? Schwer zu sagen. Die meisten waren betrunken und haben nicht viel mit mir gesprochen, bis auf Korins Knappen, Tanil. Er ist der erstgeborene Sohn eines Herzogs und scheint ganz nett zu sein. Das Gleiche gilt für Barieus, den Knappen von diesem kleinen Kerl, der aussieht wie eine Ratte.«

»Lutha.«

»Genau der.«

»Aber die anderen nicht?«

Ki zuckte mit den Schultern. »Ich schätze, es ist noch ein bisschen zu früh, um das zu beurteilen. Alle anderen sind zweit- oder drittgeborene Söhne hoher Herren ...«

Es war zu dunkel unter den Bettvorhängen, um den Gesichtsausdruck seines Freundes zu erkennen, aber die Sorge in seinem Ton war kaum zu überhören.

»Aber du bist jetzt ein Ritter, und ich werde dich, sobald ich kann, zum Lord machen und dir Grundbesitz überlassen«, sagte Tobin. »Darüber habe ich schon den ganzen Tag nachgedacht. Arkoniel sagt, ich muss warten, bis ich alt genug bin, aber ich will nicht so lange warten. Wenn der König zurückkehrt, werde ich ihn fragen, was ich tun soll.«

Ki stemmte sich auf einen Ellbogen und starrte Tobin an. »So etwas würdest du tun, nicht wahr? Einfach so.«

»Natürlich!« Tobin grinste ihn an. »Versuch du nur, nicht so viele Nachfahren hervorzubringen, dass deine Enkelkinder wieder in einem Haufen am Boden schlafen müssen.«

Ki legte sich wieder hin und faltete die Hände hinter seinem Kopf. »Ich weiß nicht. Nach allem, was ich zu Hause erlebt habe, muss es eine Menge Spaß machen, Nachfahren zu zeugen. Und heute Abend bei dem Bankett habe ich ein paar ziemlich hübsche Mädchen gesehen! Die mit dem grünen Kleid? Ich hätte nichts dagegen, mal einen Blick unter ihren Rock zu werfen, du etwa nicht?«

»Ki!«

Wieder zuckte Ki mit den Schultern, strich sich über den flaumigen Schnurrbart und lächelte in sich hinein. Bald darauf schnarchte er friedlich, während Tobin noch wach lag und dem fröhlichen Lärm lauschte, der regelmäßig vor den Fenstern aufbrandete. In der Festung hatte er nie einen Betrunkenen gesehen. So etwas war er nicht gewohnt, und es machte ihn nervös.

Das war nicht das, was er sich in all den Jahren, in denen er die Straße nach Alestun im Auge behalten hatte, erhofft hatte. Er war ein Krieger, kein Höfling, der die halbe Nacht in feinem Staat Wein in sich hineinschüttete. Noch dazu im Beisein von Mädchen!

Mit gerunzelter Stirn starrte er Kis Profil an. Der weiche Flaum an seiner Wange fing den schwachen Lichtschein ein, der durch die Vorhänge hereindrang. Tobin rieb sich die eigenen glatten Wangen und seufzte. Er und Ki waren gleich groß, aber seine Schultern waren immer noch schmaler, seine Haut immer noch frei von jenen vereinzelten Haaren, die sich in Kis Gesicht entwickelten. Eine Weile warf er sich schlaflos hin und her, bis ihm einfiel, dass er Bruder völlig vergessen hatte.

Beinahe ohne die Lippen zu bewegen, flüsterte er die magischen Worte. Bruder erschien und kauerte sich an das Fußende des Bettes. Sein Gesicht war so undurchdringlich wie eh und je.

»Du darfst nicht umherstreifen«, sagte Tobin zu ihm. »Bleib in der Nähe, und tu, was ich dir sage. Wir sind hier nicht sicher.«

Zu seiner Verwunderung nickte Bruder. Dann schlich er an der Seite des Bettes entlang näher, berührte erst Tobins, dann seine eigene Brust und zog sich wieder an das Ende des Bettes zurück.

Tobin ließ sich auf sein Kissen sinken und gähnte. Es war wohltuend, noch jemanden von zu Hause um sich zu wissen, selbst wenn es nur ein Geist war.

Im Neuen Palast, in einem Flügel, der direkt mit dem des Königs verbunden war, regte sich der Zauberer Niryn im Schlaf, beunruhigt von einem vagen Bild, das keine rechte Form annehmen wollte.

Kapitel 40

Tobin erwachte bei Sonnenaufgang und lauschte den neuen morgendlichen Geräuschen außerhalb des Zimmers. Er konnte massenweise Menschen lachen und reden und direkt vor der Tür laut flüstern hören. Vom Balkon erklangen die Laute von Reitern und Vögeln, das Plätschern von Wasser und die ferne Kakophonie der erwachenden Stadt. Selbst hier konnten die Blumen- und Piniendüfte den Gestank nicht ganz überdecken, der von der warmen Seeluft herbeigetragen wurde. War er wirklich erst gestern noch in seinem eigenen Bett erwacht? Er seufzte und schüttelte das Heimweh ab, das ihn zu überwältigen drohte.

Ki war ein leise schnarchendes Bündel auf der anderen Seite des Bettes. Tobin warf ein Kissen nach ihm und rollte sich zwischen den schweren Vorhängen aus dem Bett, um einen Blick aus dem Fenster zu werfen.

Der Tag versprach erneut schön zu werden. Von seinem Gemach aus konnte er über die Mauern des Palastkreises hinweg den Süden der Stadt und das Meer sehen. Es war unglaublich. Während der Nebel über dem Wasser sich langsam lichtete und das Licht der Sonne in einem spitzen Winkel einfiel, war kaum zu erkennen, wo der Himmel endete und das Meer begann. In der Tünche der Morgendämmerung schien Ero aus Feuer und Bäumen zu bestehen.

Vor dem Fenster dehnte sich ein bunter Garten bis hin zu der Reihe Ulmen, an denen er am vorangegangenen Abend vorbeigeritten war. Dort widmeten sich schon jetzt Bedienstete mit Scheren und Körben ihrer Arbeit, eifrig wie die Bienen auf der Wiese vor der Festung.

Auf beiden Seiten konnte er andere Balkone und Pfeiler und das vorspringende Schindeldach mit seinen schmückenden Simsen und der kunstvollen Skulptur erkennen.

»Ich wette, wir könnten über die Dächer bis zum Neuen Palast gelangen«, sagte Ki hinter ihm.

»Das könnt ihr«, stimmte ihm eine weibliche Stimme zu, die scheinbar aus der Luft über ihren Köpfen erklungen war.

Beide Knaben wirbelten herum und sahen gerade noch eine dunkelhaarige Gestalt, die rasch hinter dem Vorsprung oberhalb ihres Balkons verschwand. Nur das schnell verhallende Geräusch von Schritten auf den Schindeln verriet den Rückzug ihres heimlichen Gastes.

»Wer war das?«, fragte Ki lachend und sah sich nach einer Möglichkeit um, seinerseits auf das Dach zu klettern.

Ehe sie einen Weg gefunden hatten, betrat ein Diener, gefolgt von einer ganzen Horde weiterer, beladen mit Kleidern und Gepäckstücken, das Zimmer und ging auf das Bett zu. Als er die Knaben auf dem Balkon entdeckte, machte er eine tiefe Verbeugung.

»Guten Morgen, mein Prinz. Ich wurde zu Eurem Kammerdiener im Palast berufen. Mein Name ist Molay. Und das ...« Er deutete auf die schwer bepackten Diener hinter sich. »Diese Diener bringen Euch Geschenke von Eurer verehrten Verwandtschaft und Euren Bewunderern.«

Die Diener traten nun abwechselnd vor und präsentierten ihm kostbare Roben und Tuniken, Nachtmäntel und feine Hemden und Hosen, weiche Samthüte, Juwelen in kunstvollen Schmuckschatullen, schmucke Schwerter und Dolche und bunte Gürtel, außerdem zwei gleich aussehende Hunde, die Tobin anknurrten, als er versuchte, sie zu streicheln, und von Prinz Korin einen hübschen Falken mit goldenem Kopfputz. Dann waren da noch Kisten mit Konfekt, Schatullen mit Weihrauch, sogar Körbe mit Brot und Blumen. Unter den Juwelen entdeckte er einen Ohrring, der dem des Prinzen Korin glich, und einen Ring von Lord Orun. Das Beste aber waren zwei schimmernde, geschmeidige Kettenhemden, die Porion ihnen aus der königlichen Waffenkammer geschickt hatte.

»Endlich eines, das passt!«, rief Ki und warf eines davon über sein Nachthemd.

»Das ist Brauch, wann immer ein neuer Gefährte in der Stadt eintrifft«, erklärte der Diener, als er Tobins konsternierten Gesichtsausdruck bemerkte. »Vielleicht darf ich Euch in derartigen Angelegenheiten aus der Verlegenheit helfen?«

»Ja, bitte!«

»Euer Hoheit muss zur Audienz an diesem Vormittag natürlich die Gewänder tragen, die der Lordkanzler Hylus hat schicken lassen. Wie ich sehe, hat er mit Rücksicht auf Euren schweren Verlust schwarze Gewänder gewählt ... Aber Ihr habt keinen Trauerring!«

»Nein. Ich wusste nicht, wo ich einen bekommen kann.«

»Ich werde einen Juwelier für Euch beauftragen, mein Prinz. Für den Augenblick solltet Ihr vielleicht diesen Schmuck tragen, den Euch der Kronprinz schickt, und natürlich diesen Ring von Eurem Verwalter. Und schließlich all die anderen Geschenke in Abhängigkeit des Ranges des jeweiligen Wohltäters.«

»Ich dachte, ich hätte Stimmen gehört!« Korin kam mit Caliel aus dem Ankleidezimmer. Beide trugen Lederrüstungen mit unfassbar kunstvollen Prägearbeiten und Metallbeschlägen. Tobin fragte sich, wie man sich in so einer Verkleidung anständig bewegen sollte und ob die beiden nicht fürchteten, das gute Leder zu beschädigen.

»Es gibt eine Verbindungstür zwischen unseren Gemächern«, erklärte Korin und führte Tobin zur Rückseite des Ankleidezimmers, um ihm die Holztafel zu zeigen, hinter der sich ein kurzer staubiger Gang anschloss. Am anderen Ende erhaschte er einen Blick auf gold-rote Vorhänge und ein Rudel Hunde, die ungeduldig auf die Rückkehr ihres Herrn warteten. »Man kann die Tafel nur von meiner Seite aus öffnen, aber wenn du anklopfst, kann ich dich hereinlassen.«

Dann gingen sie zurück in Tobins Gemach, um die vielen Geschenke zu inspizieren. »Kein schlechter Fang, Vetter. Ich freue mich, dass man dir den gebührenden Respekt erwiesen hat, obwohl dich niemand hier kennt. Gefällt dir mein Falke?«

»Sehr!«, rief Tobin, obwohl er im Grunde seines Herzens ein wenig Angst vor der Vogeldame hatte. »Wollt Ihr mir zeigen, wie man mit ihr jagt?«

»Ob er will? Abgesehen vom Schwertkampf will er nichts anderes«, verkündete Caliel und streichelte über das glatte Gefieder des Falken.

»Gern, aber unser bester Falkner ist Caliel«, gab Korin zu bedenken. »Er hat ein wenig Aurënfaie-Blut im Leib, weißt du.«

»Ihr Name ist Erizhal«, sagte Caliel zu Tobin. »Das ist aurënfaisch für ›Pfeil der Sonne‹. Der königliche Falkner wird sie für dich pflegen. Wir müssen sie auch

Ari zeigen. Im Umgang mit Falken ist er ein wahrer Zauberer.«

Mit Hilfe der älteren Knaben wühlte sich Tobin durch seine Geschenke. Die Gaben weniger hoch gestellter Edelleute wurden nach altem Brauch an den Knappen weitergegeben, womit auch Ki gut bedient war. Korin förderte eine Liste angemessener Gegengeschenke zutage, und Tobin benutzte das Siegel seines Vaters, um die Lieferung zu veranlassen.

»Siehst du, jetzt bist du ein wahrer Edelmann zu Ero«, sagte Korin lachend. »Um das zu sein, muss man riesige Geldsummen vergeuden und ebenso riesige Mengen an Wein trinken. Aber zum Wein kommen wir später.«

Die Sonne war längst aufgegangen, als sie endlich fertig waren. Korin und Caliel verschwanden, woher sie gekommen waren, nicht ohne Tobin zuvor zu versprechen, später auf dem Exerzierplatz auf ihn zu warten.

Molay half den Knaben beim Anziehen, und als er schließlich mit ihnen fertig war, erkannten sie einander kaum noch wieder. Tobins Robe von Kanzler Hylus war aus feiner schwarzer Wolle, vorn geschlitzt, in der Taille eng geschnitten und an Brust und Säumen mit dem skalanischen Drachen in goldenen und roten Seidenfäden bestickt. Die Überärmel waren gerade lang genug, um die roten Ärmel unter der Robe vorteilhaft zur Geltung zu bringen. Als er die Schuhe aus weichem roten Leder anzog und die ersten Juwelen seines jungen Lebens anlegte, fühlte sich Tobin kaum mehr wie er selbst. Ki sah derweil in seinem rostroten und grünen Staat aus wie ein geschniegelter Fuchs. Als sich beide gleich darauf vor dem großen polierten Bronzespiegel aufstellten, brachen sie in Gelächter aus. Molay bot beiden ein neues Schwert dar, doch sie blieben bei den schlichten, zweckdienlichen Schwertern, die Tobins Vater ihnen gegeben hatte, und waren nicht bereit, ein anderes zu akzeptieren.

Molay war schließlich sehr zufrieden mit ihnen, wenn er auch ebenso hektisch an ihrem Haar und ihren Fingernägeln herumfuchtelte, wie Nari es stets getan hatte. Als die beiden Knaben seinen Ansprüchen allmählich genügten, schickte er den jungen Pagen los, ihre Eskorte herbeizurufen. Tobin war sehr enttäuscht, als nicht Tharin auftauchte, sondern Lord Orun, der in seiner schimmernden goldenen Seidenrobe mit der schwarzgoldenen Haube seines Amtes über den Schultern prachtvoller denn je anzusehen war. Ein juwelenbesetztes Dreieck aus schwerem schwarzen Samt bedeckte seinen kahlen Kopf.

In der Tür blieb er stehen und zog anerkennend die Brauen hoch. »Schau her, nun seht Ihr aus wie ein junger Prinz, Euer Hoheit. Ah, wie ich sehe, habt Ihr mein Geschenk erhalten. Ich hoffe, es gefällt Euch.«

»Ich danke Euch, Mylord. Das war überaus großzügig von Euch«, sagte Tobin artig und streckte die Hand aus, um den Ring zu präsentieren. Nach dem Vorfall mit Moriel vergangene Nacht und dem, was Korin gesagt hatte, war er froh, seinem Verwalter heute wenigstens eine kleine Freude machen zu können.

Der Audienzsaal befand sich im Neuen Palast, weit genug entfernt, sodass sie ihre Pferde gesattelt vorfanden, als sie durch die Tür des Alten Palastes nach draußen traten. Ki machte großes Aufhebens darum, die Sattelgurte zu prüfen, ehe Tobin aufstieg. Dann ritt er zur Linken an Tobins Seite, so wie Tharin es ihn gelehrt hatte.

Gegen den Neuen Palast war der Alte, was seine Größe und die bauliche Pracht betraf, beinahe kümmerlich. Viele der von Pfeilern gesäumten Hofgärten lagen unter freiem Himmel und schmückten sich mit plätschernden Springbrunnen, deren tröpfelnde Melodie durch die dahinter liegenden Korridore hallte. Fenster mit bunten Glasscheiben warfen ein Muster auf marmorne Böden, und Schreine, groß wie der Turm der Festung, verströmten ihren Weihrauchduft im ganzen Palast.

Der Audienzsaal entsprach dem Rest des Bauwerks. Die gewölbte weiße Decke ruhte auf Pfeilern, die mit eingemeißelten verschlungenen Drachen verziert waren.

Der große Saal war angefüllt mit Menschen, deren Kleidung von Lumpen bis hin zu feinen Roben alles umfasste. Da waren Aurënfaie mit weißen Tuniken, Juwelen und Sen'gais in allen Farben des Regenbogens und fremdländisch aussehende Menschen, die Tobin überhaupt nicht einzuordnen wusste – Leute in blauen Tuniken, die sich wie Zelte wölbten, und Männer in bunt gestreiften Roben, deren Haut die Farbe von Tee hatte und deren Haar so schwarz und lockig war wie das von Lhel.

Einige standen nervös beisammen und sprachen mit gehetzten Stimmen miteinander. Andere lungerten bequem auf Sofas oder an den Randsteinen großer Springbrunnen herum und spielten mit ihren Falken, ihren Hunden oder den gefleckten Katzen, die sie an Ketten mit sich führten.

Am anderen Ende des Saals stand ein wunderschöner goldener Thron auf einem breiten Podest, doch niemand saß darauf. Ein Umhang mit dem Wappen des Königs hing über der Lehne, und eine Krone thronte auf der Sitzfläche.

Auf nicht ganz so hohen Sesseln vor dem Thron saßen

zwei Männer. Der ältere der beiden lauschte jedem Bitt-steller, ganz so, wie Tobins Vater es in der großen Halle der Festung gehalten hatte. Er hatte einen kurzen wei-ßen Bart, trug eine Reihe schwerer goldener Ketten und Siegel um den Hals und war in eine lange schwarze Robe und einen Hut gekleidet, der auf seinem Kopf saß wie ein roter Samtpfannkuchen.

»Das ist Kanzler Hylus, der Regent Seiner Majestät«, erklärte Orun, als sie näher traten. »Er ist entfernt mit Euch verwandt.«

»Und der andere?«, fragte Tobin, obwohl er es sich bereits denken konnte.

Der andere Mann war viel jünger, hatte Augen von der Farbe von Jaspis und einen gegabelten Bart, der kupfer-rot im Sonnenschein leuchtete. Doch was Tobin zuerst auffiel, war seine Robe. Sie war weiß wie Schnee in der Sonne. Auf den Schultern prangten ausgedehnte Muster, und die Röcke waren mit glitzernden Silber-fäden abgesetzt. Dies war einer der Häscher, vor denen Arkoniel ihn gewarnt hatte. Obschon er Bruder in der vergangenen Nacht wieder fortgeschickt hatte, sah er sich nun nervös um, um sich zu vergewissern, dass er nicht doch in der Nähe war.

»Das ist der Zauberer Seiner Majestät, Lord Niryn«, sagte Orun, und Tobins Herz setzte einen Schlag aus. Dies war nicht irgendein Häscher, es war *der* Häscher.

Tobin fürchtete, dass sie den ganzen Vormittag wür-den warten müssen, bis sie an der Reihe waren, doch Lord Orun führte ihn geradewegs nach vorn und ver-beugte sich tief vor Hylus.

Der Lordkanzler befasste sich gerade mit einem Bäcker, der beschuldigt wurde, zu kleine Laibe verkauft zu haben, und während sie sich näherten, schien es Tobin, als hätte der Lordkanzler beängstigend harte

Züge. Kaum aber hatte Orun Tobin vorgestellt, breitete sich ein warmes Lächeln im Gesicht des alten Mannes aus. Er streckte die Hand aus, und Tobin kletterte die Stufen hinauf.

»Es ist, als blicke Eure liebe Mutter durch Eure Augen zu mir hinauf!«, rief er und ergriff Tobins Hand mit der seinen, die sich anfühlte, als würde sie nur aus Knochen und dünnem Leder bestehen. »Und ihre Großmutter ebenso. Wirklich erstaunlich. Ihr müsst bald mit mir dinieren, mein lieber Junge, dann werde ich Euch von ihnen erzählen. Meinen Enkelsohn dürftet Ihr bereits kennen. Nikides, er ist bei den Königlichen Gefährten.«

»Gewiss, Mylord.« Tobin glaubte, sich an den Namen zu erinnern, konnte sich jedoch kein Gesicht ins Gedächtnis rufen, das zu ihm gepasst hätte. Es waren einfach zu viele gewesen.

Der Kanzler schien zufrieden zu sein. »Ich bin überzeugt, er wird Euch ein guter Freund sein. Hat man Euch bereits einen Knappen zugeteilt?«

Tobin stellte ihm Ki vor, der neben Orun vor dem Podest verharrte. Hylus blinzelte ihn einen Augenblick lang an. »Sir Larenth? Dieser Name ist mir nicht bekannt. Doch dies ist ein nett aussehender Bursche. Seid also beide willkommen bei Hofe.« Einen Augenblick lang ruhte sein Blick wieder auf Tobin, ehe er sich zu dem Mann neben sich umdrehte. »Nun gestattet mir, Euch den Zauberer Eures Onkels vorzustellen, Lord Niryn.«

Tobins Herz pochte beinahe schmerzhaft in seinem Brustkorb, als er Niryns Verbeugung erwiderte, doch mehr als alles andere war es Arkoniels Warnung, die sein Herz rasen ließ, denn Niryn war ein vollkommen unauffällig aussehender Mann. Der Zauberer erkundigte sich höflich nach seiner Reise und seinem Zuhause, sprach wohlwollend von seinen Eltern und fragte: »Vermögen Euch die magischen Künste zu erfreuen, mein Prinz?«

»Nein«, antwortete Tobin hastig. Arkoniel hatte sein Bestes getan, ihn für Illusionen und Visionen zu interessieren – Ki liebte derartige Dinge geradezu –, aber Tobin empfand derlei zumeist als beunruhigend, weshalb er diesen Fremden gewiss nicht ermutigen wollte, ihm magische Kunststücke vorzuführen.

Der Zauberer schien es mit Fassung zu tragen. »Ich erinnere mich noch an die Nacht Eurer Geburt, Prinz Tobin. Damals hattet Ihr dieses Mal an Eurem Kinn noch nicht, aber soweit ich weiß, gab es ein anderes?«

»Das ist eine Narbe. Ihr meint sicher mein Weisheitsmal.«

»Ach ja. Merwürdige Sache, diese Male. Darf ich sehen, wie es sich entwickelt hat? Ich studiere diese Male.«

Tobin zog seinen Ärmel hoch und zeigte Niryn und Hylus das rote Mal. Nari hatte es eine Rosenblüte genannt, doch für ihn sah es aus wie das Herz eines Waldhuhns.

Niryn bedeckte das Mal mit zwei Fingern. Seine Miene zeigte sich unverändert, aber Tobin fühlte ein unangenehmes Prickeln auf der Haut und sah, wie die Jaspisaugen des Mannes einen Augenblick lang einen harten Ausdruck annahmen und in weite Ferne zu starren schienen, genau wie Arkoniels Augen, wenn er seine Magie gewirkt hatte. Aber Arkoniel hatte seine Magie niemals bei ihm angewandt, ohne ihn vorher um Erlaubnis zu bitten.

Schockiert zog Tobin den Arm weg. »Erdreistet Euch nicht, Sir!«

Niryn verbeugte sich. »Ich bitte um Vergebung, mein Prinz. Ich habe nur das Mal untersucht. Es zeigt in der Tat große Weisheit an. Ihr seid wahrlich gesegnet.«

»Er sagte bereits, dass er den magischen Künsten abgeneigt ist«, murmelte Hylus mit wenig erfreuter Miene ob des Verhaltens des Zauberers. »Seine Mutter war in dem Alter genauso.«

»Vergebung«, sagte Niryn erneut. »Ich hoffe, Ihr werdet mir eines Tages gestatten, es wieder gutzumachen, Prinz Tobin.«

»Wenn Ihr es wünscht, Mylord.« Zum ersten Mal war Tobin dankbar, dass Orun sich hinter ihm aufbaute, um ihn fortzubringen. Als er sicher war, dass sie vom Podest aus nicht mehr zu sehen waren, schob er seinen Ärmel hoch und betrachtete das Muttermal, verunsichert, ob Niryn irgendetwas damit angestellt hatte, doch es sah noch genauso aus wie vorher.

»Ich denke, das haben wir mit Anstand hinter uns gebracht«, kommentierte Orun, als er sie zu ihrem Gemach zurückbrachte. »Allerdings wäret Ihr gut beraten, Euch gut mit Niryn zu stellen. Er ist ein mächtiger Mann.«

Tobin fragte sich verärgert, ob unter den mächtigen Männern Eros wenigstens einer war, den man als nett bezeichnen konnte. Orun versprach, Tobin in wenigen Tagen zu einem Festmahl zu laden, und ging seiner Wege.

Hinter seinem Rücken schnitt Ki eine unfreundliche Grimasse, ehe er sich besorgt an Tobin wandte. »Hat dir der Zauberer wehgetan?«

»Nein. Ich kann es nur nicht leiden, so begrapscht zu werden.«

Molay hatte ihnen zwei lederne Wamse zurechtgelegt, die genauso aussahen wie jene, die Korin und Caliel getragen hatten, aber sie waren für Tobins Geschmack viel zu steif und extravagant.

Also trug er Ki auf, die alte Lederkleidung zu suchen, die sie von zu Hause mitgebracht hatten. Molay war bei dem Gedanken, dass Tobin derart schlichte Kleider tragen würde, sichtlich bestürzt, doch Tobin ignorierte ihn geflissentlich, erleichtert, endlich wieder seine bequemen alten Kleidungsstücke anlegen zu können. Gleich darauf schnappten sich die beiden Knaben ihre Schwerter, Helme und Bogen und folgten dem wartenden Pagen zum Haupttor.

Er war so glücklich, endlich einer Beschäftigung für Krieger nachgehen zu können, dass ihm die sonderbaren Blicke gänzlich entgingen, die sie auf sich zogen, bis Ki an seinem Ärmel zupfte und mit dem Kinn auf zwei Edelmänner in Roben deutete, die sie missbilligend anstarrten.

»Ich sollte deine Sachen tragen«, murmelte Ki. »Die müssen denken, wir wären zwei bäuerliche Soldaten von der Straße, die sich verirrt haben.«

Der Page hörte ihn. Rasch drückte er die Schultern durch, warf sich in die Brust und brüllte mit klirrender Stimme: »Macht Platz für Seine Hoheit, Prinz Tobin von Ero!«

Die Worte wirkten wie Magie. All die tuschelnden, prachtvoll anzusehenden Edelleute gingen auseinander und verbeugten sich vor Tobin und Ki, als die beiden mit ihren staubigen Stiefeln und den verschrammten Lederwämsern vorübergingen. Tobin versuchte, Lord Oruns überhebliches Nicken nachzuahmen, aber Kis ersticktes Schnauben in seinem Rücken dürfte die Wirkung verdorben haben.

Am Palasttor trat der Page zur Seite und verbeugte sich tief, jedoch nicht schnell genug, um seine eigenes Grinsen zu verbergen.

»Wie ist dein Name?«, fragte Tobin.

»Baldus, mein Prinz.«

»Gut gemacht, Baldus.«

Die Gefährten trainierten auf einem freien Feld nahe dem Zentrum des Palastkreises. Da gab es Reitplätze, Schwertkampfringe, Kampfplätze für Bogenschützen, Stallungen und einen hoch aufragenden steinernen Tempel der Vier, den die Knaben jeden Morgen aufsuchten, um Sakor ein Opfer darzubringen.

Die Edelknaben und ihre Knappen maßen sich gerade im Bogenschießen, als Tobin und Ki eintrafen. Selbst aus der Entfernung konnte Tobin erkennen, dass alle so feine Kleider trugen wie Korin. Außerdem standen unzählige Leute um den Kampfplatz herum. Tobin erkannte einige der Gäste des Banketts vom Vorabend, auch wenn ihm nur wenige der Namen wieder einfallen wollten. Auch viele der Mädchen waren wieder da, alle in prachtvollen Kleidern und leichten Seidenmänteln, die wie Schmetterlingsflügel in der morgendlichen Brise um ihre Leiber flatterten. Einige Männer umrundeten das Gelände auf ihren Zeltern. Andere schossen auf Zielscheiben oder ließen ihre Falken fliegen. Kis Blicke schweiften über die Zaungäste, und Tobin nahm an, dass er nach der brünetten Aliya suchte.

Meister Porion schien es nicht zu kümmern, wie sie gekleidet waren.

»So, wie euer Leder aussieht, könnte man glauben, ihr hättet mit Bären und Wildkatzen geübt!«, sagte er. »Die anderen sind schon bei ihren Schießübungen. Fangt am besten damit an.«

Korin mochte der Herr bei Tisch sein, hier draußen war Porion der unumstrittene Meister. Als er näher trat, drehten sich alle achtzehn Knaben zu einem respektvollen Salut um und legten die Fäuste an die Herzen. Einige wenige hoben ihre Hände an die Lippen, um ihr Hohngrinsen zu verbergen, als sie die abgenutzten Wämser von Tobin und Ki sahen. Einer der Zuschauer lachte lauthals, und Tobin erhaschte einen Blick auf Moriels fahlen Schopf.

Die Übungswämser der Gefährten waren so kostbar wie ihre Abendkleidung, verziert mit eingearbeiteten Reliefmustern und Farben, die zu Jagd- oder Kampfszenen angeordnet waren. Gold und Silber glitzerte an Scheiden und Köchern. Verglichen mit ihnen kam sich Tobin so langweilig wie eine Amsel vor. Selbst die einfachen Knappen waren besser gekleidet als er.

Vergiss nicht, wessen Sohn du bist, dachte er und drückte die Schultern durch.

»Heute werdet Ihr ein ernst zu nehmendes Mitglied der Königlichen Gefährten«, verkündete Porion. »Ich muss Euch nichts über die Ehre erzählen, denn ich weiß, wessen Sohn Ihr seid. Doch nun fordere ich Euch auf, zu den Regeln der Ehre noch folgende Regel der Königlichen Gefährten hinzuzufügen: Haltet zusammen. Wir stehen wie ein Mann hinter dem Kronprinzen, und wir kämpfen an seiner Seite für den König und Skala. Wir kämpfen niemals untereinander. Wenn Ihr Kummer mit einem Eurer Kameraden habt, so tragt ihn im Ring aus.« Er deutete auf die steinernen Umrisse des Schwertkampfplatzes. »Worten soll mit Worten begegnet werden, ich allein werde richten. Hiebe werden ausschließlich hier ausgetauscht. Einen anderen Angehörigen der

Königlichen Gefährten zu schlagen ist eine ernste Kränkung, die durch die Prügelstrafe auf den Stufen des Tempels geahndet wird. Ein Edelknabe und Gefährte, der gegen diese Regel verstößt, wird durch Korin bestraft werden, ein einfacher Knappe von seinem eigenen Herrn. Habe ich Recht, Arius?«

Einer der Gefährten, die über Tobins Wams gelacht hatten, antwortete mit einem verlegenen Nicken.

»Allerdings kann ich mir nicht vorstellen, dass ich mit euch beiden in diesem Punkt Probleme bekommen werde. Nun kommt, lasst uns sehen, wie ihr schießt.«

Als Tobin den Schießplatz betrat, fühlte er sich schon ein wenig sicherer. Immerhin kamen hier die gleichen Ziele zum Einsatz wie zu Hause in der Festung: Zielscheiben, Pfosten und strohgefüllte Säcke für direkte Schüsse, mit weißen Stoffbahnen bespannte Rahmen für hohe Schüsse. Tobin prüfte die Sehne und den Wind, wie er es gelernt hatte, stellte sich mit gespreizten Beinen auf und legte einen der guten neuen Pfeile an, die Koni für ihn gemacht hatte. Die Fiederung bestand aus Eulenfedern, die er eines Tages im Wald gefunden hatte.

Eine Böe, die quer zur Schussrichtung über den Platz fegte, brachte seinen ersten Pfeil weit vom Ziel ab, aber die nächsten vier fanden ihr Ziel auf der Scheibe. Fünf weitere Pfeile schoss er auf den Sack ab, und schließlich gelang es ihm, drei der fünf Pfosten, die im Boden befestigt waren, ebenfalls zu treffen. Er hatte schon besser geschossen, aber als er fertig war, jubelten ihm die anderen zu und klopften ihm anerkennend auf die Schulter.

Ki nahm seinen Platz ein und machte sich ebenso gut.

Dann ging es weiter zum Schwertkampfplatz, und Tobin bekam es mit dem pummeligen, aschblonden

Nikides zu tun, dem Verwandten des Lordkanzlers. Er war älter als Lutha, in der Größe aber Tobin ebenbürtiger. Sein polierter Stahlhelm glänzte wie pures Silber und war an den Rändern und dem Nasenbügel mit Bronzeornamenten verziert, doch die Haltung seines Trägers verriet eine gewisse Unsicherheit. Tobin setzte sich seinen eigenen Helm auf und trat in den Ring, um sich zum Kampf zu stellen. Als sie einander mit ihren hölzernen Übungsschwertern salutierten, erinnerte sich Tobin an seinen ersten Kampf gegen Ki. Dieses Mal würde ihn ein neuer und unbekannter Gegner nicht mehr so überraschen können.

Porion forderte keine bestimmten Techniken, sondern hob nur sein eigenes Schwert, um es gleich darauf mit einem lauten Befehl zu senken: »Zeigt, was ihr könnt!«

Tobin stürzte voran und durchbrach Nikides Deckung mit überraschender Leichtigkeit. Er rechnete mit einem schnellen Gegenschlag, doch Nikides erwies sich als unbeholfen und langsam. Innerhalb weniger Minuten hatte Tobin ihn an den Rand des Ringes getrieben, ihm das Schwert aus der Hand geschlagen und einen potenziell tödlichen Schlag gegen seinen Bauch geführt.

»Gut gekämpft, Prinz Tobin«, murmelte der Knabe, als er ihm die Hand schüttelte. Wieder fiel Tobin auf, wie weich seine Handfläche war, verglichen mit denen der Krieger, unter denen er aufgewachsen war.

»Versuchen wir es einmal mit einem härteren Gegner«, sagte Porion und rief Quirion in den Ring. Der Knabe war vierzehn, etwa eine Handbreit größer als Nikides und von schmalerem Wuchs. Außerdem war er Linkshänder, aber Tharin hatte Tobin zu Hause gegen Manies und Aladar kämpfen lassen, also konnte ihn dieser Umstand kaum beeindrucken. Er verlagerte sein

Gewicht, um sich der veränderten Lage anzupassen, und wehrte Quirions ersten Angriff sauber ab. Dieser Knabe war ein besserer Kämpfer als Nikides, und so erzielte er einen schmerzhaften Treffer an Tobins Hüfte. Jener aber erholte sich rasch und brachte seine Klinge unter die des Gegners, riss sie dann hoch, um gleich darauf sein Schwert in die Eingeweides seines Gegenübers zu stoßen. Außerhalb des Ringes johlte Ki triumphierend.

Dieses Mal sagte Porion keinen Ton, sondern winkte wortlos Lutha in den Ring. Lutha war kleiner als Tobin, aber er besaß ein scharfes Auge, war wendig und genoss den Vorteil, Tobin bereits kämpfen gesehen zu haben. Schnell sah sich Tobin an den Rand gedrängt, und nur eine schnelle Drehung bewahrte ihn davor, über die steinerne Begrenzung hinausgetrieben zu werden. Lutha grinste, während er sein Schwert schwang, und Tobin konnte beinahe Tharins Stimme hören: *Ein echter Kämpfer, dieser kleine Kerl.*

Tobin sammelte all seine Kraft und drang mit einer Serie von Hieben auf Lutha ein, die diesen in die Defensive zwangen. Vage war er sich des Jubels der Umstehenden bewusst, doch er konnte nur die gebeugte Gestalt vor sich sehen, die ihm keck die Stirn bot. Er war überzeugt, Lutha müsse zurückweichen, als seine Klinge plötzlich in Stücke brach. Sofort sprang Lutha ihn an, und Tobin musste seitwärts ausweichen, um einem tödlichen Hieb zu entgehen. Mit Hilfe eines Tricks, den Kis Schwester ihnen gezeigt hatte, fing er seinen eigenen Sturz ab und nutzte Luthas Schwung, um ihn zu Fall zu bringen. Zu seiner eigenen Überraschung funktionierte der Trick hervorragend, und Lutha landete, alle viere von sich gestreckt, auf dem Bauch. Ehe sich der Knabe erholen konnte, sprang Tobin auf seinen Rücken, schlang einen Arm um seinen Hals und tat, als würde er ihm mit dem geborstenen Schwert die Kehle durchschneiden.

»So geht das nicht«, protestierte Caliel.

»Es geht, wenn man weiß, wie«, widersprach Porion.

Tobin kletterte von Lutha herunter und half ihm auf die Beine.

»Wer hat Euch das beigebracht?«, fragte der Knabe, während er sich den Staub aus den Kleidern klopfte.

»Kis Schwester.«

Mit einem Schlag wurde es mucksmäuschenstill, und Tobin erkannte eine Mischung aus Ungläubigkeit und Spott in den Gesichtern einiger Zuschauer.

»Ein Mädchen?«, spottete Alben.

»Sie ist eine Kriegerin«, sagte Ki, aber niemand schien ihm zuzuhören.

Lutha schüttelte Tobin die Hand. »Nun, der Trick ist gut. Ihr müsst ihn mir unbedingt beibringen.«

»Wer will sich als Nächster mit unserem Berglöwen im Ring messen?«, fragte Porion. »Na los, drei von euch hat er schon erledigt. Nein, Ihr nicht, Zusthra, Ihr seid viel zu groß für ihn. Das Gleiche gilt für Euch, Caliel. Alben, von Euch habe ich heute noch nicht viel gesehen.«

Alben war vierzehn, groß und dunkel, hatte einen Schmollmund und glänzendes schwarz-blaues Haar, das ihm in einem langen Pferdeschwanz über die Schulter fiel. Mit großem Getue steckte er sich ihn in den Kragen, ehe er gemächlich in den Ring stieg, um sich Tobin zu stellen. Viele der Mädchen unter den Zuschauern drängten sich nun vor, um den Kampf zu verfolgen, unter ihnen auch Aliya und ihre Freundinnen.

»Keine Tricks, Prinz Berglöwe«, murmelte er und warf sein Schwert wie ein Jongleur von einer Hand in die andere.

Tobin, den solche Schaueinlagen mit Argwohn erfüllten, trat einen Schritt zurück und nahm die Grußposition ein. Alben folgte seinem Beispiel mit einem verschlagenen, wissenden Nicken.

Als sie kämpften, war von seinem theatralischen Gehabe nichts mehr zu spüren. Alben kämpfte wie Lutha, hart und geschickt, doch mit mehr Kraft. Von den vorangegangenen Kämpfen bereits ermüdet, fiel es Tobin schwer, seine Deckung aufrechtzuerhalten, geschweige denn selbst zum Angriff überzugehen. Seine Arme schmerzten, und auch dort, wo Quirion ihn am Bein erwischt hatte, tat es weh. Wäre dies ein Übungskampf mit Tharin gewesen, hätte er vielleicht aufgegeben oder um eine Pause gebeten. So aber dachte er nur daran, wie abfällig dieser Knabe über Kis Schwester gesprochen hatte, und stürzte sich umso heftiger in den Kampf.

Alben war ein roher Kämpfer, der ihn mit Schultern und Kopf rammte, wann immer sich ihm die Gelegenheit bot. Aber derartige Techniken waren Tobin durchaus vertraut, Ki sei Dank, und er konterte im gleichen Stil. Fast hätte er sich vorstellen können, dass es doch recht lustig sein mochte, mit Alben Freundschaft zu schließen, aber der Ausdruck im Gesicht des anderen Jungen verriet etwas anderes. Offensichtlich gefiel es ihm überhaupt nicht, in einem Jüngeren einen ebenbürtigen Gegner gefunden zu haben. Oder in Tobin, der sich nun von seinem Zorn anstacheln ließ. Als Alben ihm den Ellbogen an die Nase schlug, nährte der Schmerz nur seine Kraft, und er lachte laut, als er fühlte, wie seine Klinge gegen die seines Gegners prallte.

Sakor war ihm immer noch gnädig. Vielleicht hatten die Götter auch schlicht nichts für Spötter übrig, denn es gelang Tobin, Alben mit dem gleichen Trick zu Fall zu bringen wie Lutha. Alben fiel auf den Rücken, und der

Aufprall trieb ihm die Luft aus den Lungen. Tobin sprang auf ihn und legte die Spitze seines Schwertes an das Herz des Jungen.

»Gebt Ihr auf?«

Alben fixierte ihn finsteren Blickes, erkannte aber, dass er keine Wahl hatte. »Ich gebe auf.«

Tobin löste sich von ihm und verließ den Ring. Jenseits der steinernen Begrenzung standen Korin und Ki bei Porion und warteten auf ihn.

»Unser neuer Gefährte ist verletzt«, stellte der Waffenmeister fest.

Tobin sah erst ihn und dann das Tuch, das Ki ihm entgegenstreckte, mit großen Augen an.

»Deine Nase, Tobin. Er hat einen Treffer gelandet.«

Tobin nahm das Tuch und wischte sich die blutige Nase und das Kinn ab. Der Anblick des befleckten Tuches rief die flüchtige Erinnerung an einen Traum wach.

Du sehen Blut, du kommen hier zu mir.

Er schüttelte den Kopf, als Korin und einige der anderen ihm auf die Schulter klopften und ihm schmeichelten, was für ein guter Schwertkämpfer er sei. Dies war eine ehrenhafte Verletzung. Warum sollte er deswegen nach Hause wollen? Es war nur ein dummer Traum.

»Sieh dich nur an! Kaum halbwüchsig, und schon hast du die Hälfte der Königlichen Gefährten niedergerungen«, sagte Korin. Heute blickten seine Augen klar, und Tobin aalte sich in seinem Lob. »Wer hat dir beigebracht, so zu kämpfen, Vetter? Doch gewiss nicht Kis Schwester?«

»Mein Vater und Sir Tharin waren meine Lehrer«, erwiderte er. »Und Ki. Wir üben zusammen.«

»Was haltet Ihr davon, wenn Ihr zwei für uns kämpft, sobald Ihr Euch ein wenig ausgeruht habt?«, fragte Porion.

»Gewiss, Waffenmeister.«

Ki holte für Tobin einen Krug Apfelmost aus einem Fass ganz in der Nähe, und sie sahen zu, wie Korin und Caliel einen Übungskampf austrugen. Lutha und Nikides gesellten sich zusammen mit ihren Knappen, Barieus und Ruan, zu ihnen. Die anderen blieben auf Distanz und beobachteten den Prinzen. Nach all dem Lob durch den Kronprinzen und Porion war es ein merkwürdiges Gefühl, abseits zu stehen.

»Habe ich etwas falsch gemacht?«, fragte Tobin Lutha.

Der andere Junge starrte auf seine Zehenspitzen und zuckte mit den Schultern. »Alben mag es nicht, geschlagen zu werden.«

»Ihr doch auch nicht.«

Wieder zuckte Lutha mit den Schultern.

»Nun, da er weiß, wie Ihr kämpft, wird Lutha Euch beim nächsten Mal schlagen«, behauptete Nikides. »Oder vielleicht auch nicht, aber er wird eine Chance haben, und die wird er nutzen, so gut er kann. Ich werde wohl keine Chance haben.«

»Vielleicht doch«, entgegnete Tobin, obwohl er annahm, dass der Junge Recht hatte.

»Nein, nicht gegen Euch«, widersprach Nikides scheinbar sorglos. »Aber das ist nicht wichtig. Nicht jeder von uns ist ein großer Krieger, Prinz Tobin.«

Ehe Tobin fragen konnte, was sich hinter Nikides' Worten verbarg, hatten die älteren Jungen ihren Kampf beendet, und Porion rief sie in den Ring.

»Nun gut, liefern wir ihnen ein angemessenes Schauspiel«, flüsterte Ki voller Vorfreude.

Die Knaben legten ihre Holzschwerter ab, zogen ihre stählernen Klingen und fingen zu kämpfen an. Jeder Trick war erlaubt, und sie benutzten ihre Ellbogen und

Knie ebenso wie die Helme auf ihren Köpfen. Sie brüllten ihr Kriegsgeschrei laut hinaus und kämpften, bis der Staub bis über ihre Köpfe aufwirbelte und ihre Rüstungen schweißnass waren. Stahl krachte gegen Stahl, als jeder der Knaben versuchte, die Deckung seines Gegners zu durchbrechen, und beinahe hätte Ki Tobins Schwerthand erwischt. Im Gegenzug verpasste Tobin ihm mit der flachen Seite seiner Klinge einen Hieb an den Helm, doch keiner der beiden war bereit aufzugeben. Für sie zählte nur der Kampf allein, und Tobin verlor sich in dem vertrauten Gefühl des Wettstreites. Sie waren schon so oft gegeneinander angetreten, waren einander inzwischen so ebenbürtig, dass sie noch ewig hätten weiterkämpfen können, hätte Porion den Kampf nicht irgendwann beendet und für unentschieden erklärt.

Erschöpft und keuchend lösten sie sich voneinander und erkannten, dass sie von einem ganzen Rudel Schaulustiger umgeben waren. Viele von Albens Bewunderinnen beobachteten nun sie, und als Ki es merkte, wäre er beinahe über seine eigenen Füße gestolpert. Aliya drehte sich um, sagte etwas zu einem schlanken blonden Mädchen, und beide lachten. Hinter ihnen stand ein brünettes Mädchen, etwa so alt wie Tobin, das jenen mit dunklen, ernsten Augen betrachtete. Tobin konnte sich nicht erinnern, sie schon einmal gesehen zu haben, und als sie merkte, dass er sie ebenfalls anblickte, verschwand sie sogleich in der Menge.

»Im Namen der Flamme!«, rief Korin. »Ihr habt nicht übertrieben, als ihr behauptet habt, ihr hättet da draußen in euren Bergen nichts anderes getan!«

Nicht einmal der stolze Alben hatte angesichts der unmissverständlichen Anerkennung Korins noch etwas zu bemäkeln. Den beiden jungen Kämpfern wurde gestattet, sich auszuruhen, doch wurden sie für den Rest des Nachmittags unweigerlich von den jüngeren Angehörigen der Königlichen Gefährten und ihren Schildknappen mit Beschlag belegt.

Tobin fiel auf, dass Prinz Korin nur gegen Caliel und Porion antrat. Zumeist trug er gegen beide Gegner den Sieg davon. Tobin war froh, dass er nicht gegen ihn hatte kämpfen müssen. Es war schwer genug gewesen, Alben zu schlagen. Im Stillen hatte er sowieso bereits Lutha zu seinem bevorzugten Gegner erklärt. Er war so wendig wie Alben, aber er war Tobin viel sympathischer.

Kapitel 41

Ki war erleichtert, dass an ihrem zweiten Abend in Ero kein großes Fest stattfand und er sich erstmals seinen normalen Pflichten bei Tisch in der Messe der Königlichen Gefährten widmen konnte. Bei diesem Mahl, das in einem kleineren Saal eingenommen wurde, galten die gleichen Regeln wie am Tisch eines jeden Edelmannes. Einige wenige Musikanten trugen zur Unterhaltung bei, und die Kuriere des Königs verlasen Botschaften und Berichte über die jüngsten Schlachten.

Jeder Knappe hatte seinen eigenen Aufgabenbereich. Tanil tranchierte bei jedem Gang das Fleisch, und Caliels Schildknappe Mylirin servierte unter Zuhilfenahme von gleich vier Messern die verschiedenen Brotsorten. Diese Aufgaben galten als besondere Ehre.

Garol fiel die Alchemistenrolle des Kellermeisters zu, der Wein und Gewürze mit Wasser mischte, was durchaus nicht ungefährlich war: Der Kellermeister musste die Qualität jedes Weines mit Hilfe seines eigenen Gaumens prüfen und war gewöhnlich der Erste, der einer Vergiftung zum Opfer fiel, sollte jemand die Absicht hegen, den Gastgeber des Mahles umzubringen. Wie der Schildknappe Ruan gesagt hatte, war es jedoch viel wahrscheinlicher, dass Garol sie alle umbrachte, indem er den Wein zu kräftig servierte.

Orneus' Knappe, ein stiller, anmutiger Knabe, der den Spitznamen Luchs trug, sorgte dafür, dass die Kelche stets mit den passenden Weinen zu jedem Gang gefüllt waren. Ruan diente als Almosenpfleger, der die

Reste des Mahles einsammelte, um sie unter den Armen vor den Toren des Palastkreises zu verteilen. Ki und die restlichen Schildknappen mussten unter der Aufsicht von Zusthras Knappen Chylnir die Speisen aus der Küche holen. Unglücklicherweise war Ki damit der Gnade des unsympathischsten Schildknappen ausgeliefert.

Obwohl ihm der freundliche Knappe Barieus immer wieder zu Hilfe kam, hinkte Ki den anderen ständig hinterher oder vergaß irgendetwas. Die anderen Servierer, Mago und Arius, waren viel zu sehr damit beschäftigt, ihre Nasen gen Himmel zu recken, um ihn zu unterstützen, und Chylnir erwies sich gegenüber all seinen Untergebenen als wenig duldsam.

Kis Stolz litt sehr unter der schwachen Vorstellung, die er hier vor Tobin und den anderen lieferte. An diesem ersten Abend gelang es ihm, zwei Soßenschalen umzuwerfen, und beinahe hätte er eine dampfende Pastete über Korins Kopf gekippt, als Mago gegen seinen Ellbogen schlug. Am Ende des Abends war er mit Fett und Pflaumensoße befleckt und musste die spöttischen Kommentare der anderen über sich ergehen lassen. Korin war mit einem Scherz großmütig über seine Fehlleistungen hinweggegangen, und Tobin schien glücklicherweise vollkommen blind und nicht im Mindesten peinlich berührt zu sein. Dennoch saß Ki übellaunig abseits des Kreises seiner Kameraden am Herd und kam sich fehl am Platze vor.

Tobin ahnte, dass Ki ein Problem wälzte, wusste aber nicht, worum es sich handeln mochte. Bei Tisch war er stolz auf ihn gewesen; Ki hatte sogar ein Lob von Prinz Korin kassiert.

Auch als Porion und die älteren Gefährten anfingen, Geschichten über die Palastgeister zu erzählen und sich darüber auszulassen, wo die verschiedenen Erscheinungen am häufigsten aufzutauchen pflegten, schien sich Kis Stimmung keinen Deut zu bessern. Glaubte man all den Geistergeschichten, so musste es im Alten Palast an jeder Ecke weinende Frauen und enthauptete Liebhaber geben, doch der furchterregendste Geist war die wahnsinnige Agnalain höchstpersönlich.

»Unsere Großmutter irrt sogar durch diesen Saal«, sagte Korin, der direkt neben Tobin saß, als er seine Geschichte vortrug. »Sie hat eine goldene Krone auf dem Kopf, von der Blut über ihr Gesicht und ihr Gewand strömt – das Blut all der Unschuldigen, die sie in die Folterkammer geschickt und an den Galgen gebracht hat. In der Hand hält sie ein blutiges Schwert, und die Schwänze all ihrer Liebhaber und Gatten hängen an ihrem goldenen Gürtel.«

»Wie viele waren es?«, fragte jemand, und es klang, als würde diese Frage immer wieder gestellt.

»Hunderte!«, erscholl es im Chor.

Weil die jüngeren Knaben grinsten, nahm Tobin an, dass diese Geschichten dazu dienten, herauszufinden, ob die Neulinge Furcht zeigen würden. Tobin hatte in seinem kurzen Leben genug Spukzimmer betreten, um zu wissen, wie Geister sich anfühlten, und bis jetzt hatte er weder im Palast noch in der königlichen Gruft etwas Derartiges gespürt.

Erneut warf er einen verstohlenen Blick auf Ki, der sich ein wenig abseits auf den Binsen herumlümmelte. Sein Gesicht spiegelte verhaltene Langeweile, aber Tobin glaubte, Unbehagen in den Augen seines Freundes zu erkennen. Vielleicht hatte das Leben in Bruders Gegenwart nicht gereicht, ihn von seinen Ängsten zu heilen.

Während immer wildere Geschichten über durch die Luft schwebende Köpfe, geisterhafte Hände und unsichtbare Münder, die des Nachts die Lampen ausbliesen, die Runde machten, stellte Tobin fest, dass auch er keineswegs unbeeindruckt war. Als sie schließlich in ihr großes dunkles Gemach zurückkehrten, empfand er Kis Anwesenheit ebenso wie die des jungen Baldus auf seiner Pritsche an der Tür als wahrhafte Erleichterung.

»Hast du hier je einen Geist gesehen?«, fragte er, als die anderen Diener gegangen waren und Molay seinen Posten auf einer Pritsche vor ihrer Tür eingenommen hatte, um über den Prinzen zu wachen.

»Oh, ja! Viele«, sagte der Knabe, und es klang, als sei er darüber erfreut.

Tobin schloss die Bettvorhänge besonders sorgfältig, ehe er einen sorgenvollen Blick mit Ki wechselte. Das Bett mochte groß genug sein, eine ganze Familie aufzunehmen, doch die beiden Knaben kauerten sich so dicht zusammen, dass ihre Schultern einander berührten.

Einige Zeit später riss ein ominöses Schlurfen und Klappern, das von allen Seiten zugleich zu kommen schien, sie wieder aus dem Schlaf.

»Baldus, was ist das?«, rief Tobin. Jemand hatte alle Lampen gelöscht, und er konnte rein gar nichts sehen.

Die Geräusche wurden lauter und konzentrierten sich auf die Umgebung des Bettes. Rücken an Rücken sprangen die beiden Knaben auf ihre Knie.

Der widernatürliche Schein von Lichtsteinen fiel über ihre Leiber, als tote weiße Hände die Bettvorhänge zurückrissen.

Tobin unterdrückte einen Aufschrei. Der ganze Raum war angefüllt mit schaurigen, buckligen Gestalten, die, während sie um ihr Bett herummarschierten, ächzten und stöhnten und mit langen weißen Knochen klapperten, die sie in den Händen hielten.

Der Aufschrei wandelte sich zu einem erstickten Lachen. Selbst bei diesem schwachen Licht erkannte er Korin und Caliel unter der schwarzen und weißen Farbe in ihren Gesichtern. Sie trugen lange schwarze Umhänge und etwas, das aussah wie Perücken aus ausgefransten Tauen. Das Licht stammte von Lichtsteinen auf langen Stangen, die einige der anderen Besucher mit sich trugen. Viele merkwürdige Gestalten trieben sich in ihrem Gemach herum, mehr, als die Königlichen Gefährten aufzubieten hatten; als er genauer hinsah, erkannte Tobin einige der jungen Edelknaben und Mädchen, die auf dem Exerzierplatz gewesen waren, und er nahm den Geruch von Wein wahr, den sie verströmten. Baldus kauerte auf seiner Pritsche neben der Tür, beide Hände an den Mund gepresst, allerdings schien er eher von unterdrücktem Gelächter als von Furcht geschüttelt zu sein.

»Seid ihr Geister?«, fragte Tobin, eifrig darum bemüht, eine ernste Miene zu wahren.

»Wir sind die Geister des Alten Palastes!«, heulte Caliel. »Du musst dich unserer wert erweisen, Fremdling. Du und dein Knappe, ihr müsst den verbotenen Raum aufsuchen und euch auf den Thron der wahnsinnigen Königin setzen.«

»Nun gut. Komm, Ki.« Tobin glitt aus dem Bett und schlüpfte in seine Hose.

Ihre geisterhafte Eskorte verband ihnen die Augen, hob sie hoch und trug sie einen scheinbar endlos langen Weg zu einem kühlen, stillen Ort, der nach Moder und Seeluft roch.

Als Tobin wieder auf die Füße gestellt und von der Augenbinde befreit wurde, fand er sich neben Ki in einem Gang wieder, der sich nur in einem Detail von den anderen Korridoren des Alten Palastes unterschied: Er war verfallen. Der Fischteich in der Mitte enthielt weder Wasser noch Fische, sondern erstickte unter totem Laub, und durch die Löcher im Dach konnte man die Sterne am Himmel funkeln sehen. Von den vom Regen ausgewaschenen Wänden bröckelte der Putz. Direkt vor ihnen befanden sich große Türen, die genauso aussahen wie jene, die auf der Vorderseite in den Palast hineinführten, doch waren diese mit Gold gefasst und mit großen Bleiplomben versiegelt, die sehr offiziell aussehende Wappen zierten.

Hier sahen ihre Häscher mit ihren Roben und Perücken plötzlich gar nicht mehr so albern aus.

»Dies ist der alte Thronsaal, der verbotene Raum«, intonierte Korin. »Hier hat die Wahnsinnige Agnalain an einem einzigen Tag hundert Verräter exekutieren lassen und ihr Blut getrunken. Hier hat sie ein Dutzend Gatten genommen und dem Untergang geweiht. Auf diesem Thron hat sie den Befehl gegeben, fünfhundert Krähenkäfige an der Hauptstraße bis nach Ylani aufzustellen und jeden einzelnen zu füllen. Sie wandelt noch immer durch diese Hallen und sitzt auf diesem Thron.« Er hob eine weiße Hand und deutete auf Tobin. »Hier, vor diesen Zeugen, müsst ihr, du und dein Knappe, euch zu ihr gesellen. Ihr müsst diesen Raum betreten und auf dem Schoß der Wahnsinnigen Königin Platz nehmen, oder ihr gehört nicht zu uns und seid keine wahren Krieger!«

Ihre Eskorte zerrte sie durch eine Nebentür in einen lang gestreckten Raum mit einem einzelnen schmalen offenen Fenster. Von hier aus mussten sie über einen breiten Sims hoch über den Gärten krabbeln und durch einen geborstenen Fensterladen in den Audienzsaal klettern.

Es war nicht schwer, in den Raum zu gelangen, doch kaum waren sie dort, schien es, als wären sie in einen finsteren Abgrund gestürzt. Zunächst konnten sie gar nichts erkennen, und das Echo jedes Flüsterns, jedes Raschelns, schien sich in der endlosen Leere um sie herum zu verlieren.

Tobin konnte die anderen auf dem Sims vor dem Fenster hören und wusste, dass sie lauschten. Jemand warf einen der glühenden Steine herein, einen winzigen Lichtstein, dessen Lichtkegel kaum einen Fuß maß, doch auch das war besser als gar nichts.

»Tobin, Sohn des Rhius!«, flüsterte eine Frauenstimme in der Dunkelheit.

Tobin zuckte zusammen, als sich Kis Hand um seinen Unterarm schloss.

»Hast du das gehört?«, flüsterte Ki.

»Ja.«

»Glaubst du, dass sie das ist? Königin Agnalain?«

»Ich weiß es nicht.« Er konzentrierte sich auf das Gefühl, das ihm von Bruders Besuchen vertraut war, doch dieser Ort fühlte sich nur zugig und verlassen an.

»Sie versuchen nur, uns Angst zu machen. Wenn es hier wirklich einen Geist gäbe, der uns umbringen würde, dann hätten sie uns nicht hier hereingeschickt, nicht wahr?«

»Glaubst du?«, murmelte Ki, folgte Tobin aber, als jener ihm den Lichtstein gab und in die Dunkelheit davonmarschierte.

Zuerst war es, als würde er von einer Klippe springen, aber der Lichtstein hinter ihm und die funkelnden Sterne, deren milder Schein durch die Fensterläden zu seiner Rechten drang, reichten aus, dass Tobin bald zu beiden Seiten des langen Saales eine Reihe Pfeiler erkennen konnte.

Dies war Königin Ghërilains Audienzsaal gewesen, ihr Thronsaal. Tobin hielt inne und rief sich den Thronsaal des Neuen Palastes ins Gedächtnis. Dort war der Thron auf der gegenüberliegenden Seite der Tür gewesen. Hier sollte sich die Tür zu seiner Rechten befinden, also musste der Thron links von ihm sein.

»Prinz Tobin!«, rief die geisterhafte Stimme, doch sie ertönte auf der rechten Seite.

Wieder blieb er stehen und dachte an den Spielzeugpalast, den sein Vater für ihn angefertigt hatte. Gewiss, es war nur ein einfacher Kasten mit einem abnehmbaren Dach gewesen, doch unter diesem Dach hatte der Thronsaal der Königin gelegen. Dieser Saal. Und der Thron hatte in der Mitte gestanden, nicht am Ende. Gleich neben ihm hatte sich die goldene Tafel des Orakels befunden. Angestrengt blinzelnd starrte Tobin in die Dunkelheit und konnte vage einen Schatten erkennen, in dem sich ein Podest verbergen mochte. Plötzlich wollte er unbedingt diesen Thron sehen und die goldene Tafel mit seinen eigenen Händen berühren. Und sollte sich hier ein Geist befinden, so war dieser Geist doch mit ihm verwandt.

Er machte kehrt und stieß gegen Ki, der zusammenzuckte und erneut nach ihm griff. »Was ist? Hast du etwas gesehen?«

Tobin tastete nach den Schultern seines Freundes und stellte fest, dass Ki zitterte.

Ganz dicht brachte er seine Lippen an Kis Ohr heran und flüsterte: »Hier gibt es keine Geister. Korin und die anderen haben nur versucht, uns mit ihren Geschichten Angst einzujagen, um uns für das hier vorzubereiten. Ich meine, denk doch nur, was sie anhatten! Und wer wüsste besser als ich, wie ein echter Geist aussieht?«

Ki grinste, und einen flüchtigen Moment lang überlegte Tobin, ob er Bruder rufen sollte, um den anderen zu zeigen, wozu ein echter Geist fähig war. Stattdessen hob er die Stimme, um ihren Begleitern eine anständige Vorstellung zu bieten, und sagte: »Komm, Ki. Der Thron ist gleich dort drüben. Gehen wir meine Großmutter besuchen.«

Ihre Schritte hallten tapfer von der unsichtbaren Gewölbedecke wider und scheuchten einige Kreaturen auf, die die Nachtluft mit dem Schlag ihrer geschmeidigen Schwingen aufrührten. Vielleicht waren dies die Geister der Toten, doch wie dem auch sei, sie näherten sich den Knaben nicht.

Genau wie Tobin vermutet hatte, stand der Thron auf einem Podest in der Mitte des Saales. Zwei Stufen führten hinauf zu dem hochherrschaftlichen Platz, der von dunklem Stoff verhüllt war.

»Wir müssen uns auf den Thron setzen«, mahnte Ki. »Nach Euch, Euer Hoheit!«

Tobin quittierte Kis spöttische Verbeugung mit einem Salut, den Nari gewiss nicht gutgeheißen hätte, und stieg die Stufen empor. Als er sich bückte, um den Stoff zur Seite zu ziehen, verwandelte sich dieser in das Gewand einer Gestalt mit weißem Gesicht, die kreischend mit einem Schwert auf ihn losging. »Verräter! Verräter! Exekutiert ihn!«

Ein wenig erschrocken, wenn auch nicht furchtsam, wäre Tobin wohl die Stufen hinuntergefallen, hätte Ki ihn nicht aufgefangen und wieder aufgerichtet. Beide hatten die Stimme erkannt, so verzerrt sie auch geklungen hatte.

Aliya.

»Guten … guten Abend, Großmutter«, brachte er hervor, während der Rest der so genannten Geister mit seinen Lichtsteinen herbeistürmte, um sich zu ihnen zu gesellen. Tobin versuchte, Aliyas Hand zu ergreifen und zu küssen, doch sie riss sich sogleich los.

»Ach, das macht überhaupt keinen Spaß!«, schimpfte sie und stampfte wütend mit dem Fuß auf.

»Ich habe euch doch gesagt, er wird standhalten!«, entgegnete Korin, und seine Umarmung riss Tobin von den Füßen. »Du schuldest mir zehn Sester, Alben. Bei der Flamme, kein Angehöriger meines Blutes ist ein Feigling. Und du bist auch keiner, Ki, obwohl ich gesehen habe, dass du gezittert hast, als ihr hineingegangen seid. Aber sei unbesorgt; du hättest Garol sehen sollen.« Korin streckte die Hand aus und riss einem der Gefährten die Perücke vom Kopf. »Er ist die Stufen hinuntergefallen und hätte sich beinahe den Schädel eingeschlagen.«

»Ich bin gestolpert«, grummelte Garol.

»Ich wäre auch fast gestürzt«, gestand Tobin. »Aber nur, weil Aliya mich überrascht hat. Sie ist besser im Verstecken als im Spuken.«

»Dann hast du es wohl gewusst, was?«, giftete sie.

»Ja, das habe ich. Korin, kann ich die goldene Tafel sehen?«

Der Prinz legte den Kopf auf die Seite. »Die was?«

»Die goldene Tafel mit der Prophezeiung von Afra. Sie muss hier irgendwo neben dem Thron …«

»So etwas gibt es hier nicht.« Korin ergriff Tobins Arm und führte ihn um das Podest herum. Wie er gesagt hatte, war weit und breit keine Spur der Tafel zu sehen. »Nun kommt, ihr zwei, wir müssen euren großen Sieg feiern.«

So erfreut er war, diese Prüfung so gut überstanden zu

haben, so enttäuscht war er, die Tafel nicht gefunden zu haben. Und wie war es möglich, dass Korin nichts von ihr wusste, nachdem er sein ganzes Leben hier verbracht hatte? Konnte sein Vater beim Bau des Spielzeugpalastes einen Fehler gemacht haben?

Als sie zurück zum Fenster gingen, drehte er sich noch einmal um. Im nächsten Augenblick riss er sich los und rief: »Oh, seht. Korin, seht doch!«

Dort war ein Geist. Kein Tuch bedeckte den Thron, auf dem nun eine Frau saß. Der Lärm der anderen Gefährten um ihn herum schien zu verhallen, als Tobin sie betrachtete. Er kannte sie nicht, wusste aber doch, wer sie war, eine von jenen, die früher waren, doch nun war sie nicht mehr nur eine Figur aus seiner Schatulle oder ein Name aus einer Geschichte oder eines von Korins albernen Gespenstern. Dies war ein Geist, so wahrhaftig wie sein eigener Zwilling.

Sie trug eine goldene Krone und eine Rüstung aus längst vergangenen Tagen. Während sie ihn mit Augen, so dunkel und starr wie Bruders Augen, fixierte, zog sie ihr Schwert und bot es ihm mit offenen Händen dar.

Und dort, am Fuß des Podestes, stand die goldene Tafel. Sie war ebenso groß wie Tobin. Wie ein Spiegel reflektierte sie das Licht, und die Zeilen des Orakels funkelten, als wären sie mit Feuer geschrieben worden. Er konnte die Schrift nicht lesen, aber er wusste auch so, was dort geschrieben stand.

Er wollte zu ihr gehen, wollte mit ihr sprechen, sie nach ihrem Namen fragen und das Schwert in ihren Händen berühren, aber er konnte sich nicht bewegen. Als er sich umblickte, bemerkte er, dass all die anderen ihn mit einem sonderbar wachsamen Gesichtsausdruck unter all der Schminke anstarrten. Dann kehrte sein Blick zum Thron zurück, doch alles, was er sah, war

Schwärze. Da war kein Thron, keine Königin, keine Tafel. Tobin war viel zu weit entfernt, um überhaupt irgendetwas erkennen zu können.

Plötzlich grinste Ki und sagte: »Die habt Ihr gut zum Narren gehalten, mein Prinz. Sogar ich bin darauf hereingefallen!«

Korin brach in Gelächter aus. »Im Namen der Vier, Vetter, du bist von der schnellen Truppe! Du hast uns mit unseren eigenen Waffen geschlagen.«

»Der kleine Gauner!«

Aliya griff nach Tobin und küsste ihn auf die Lippen. »Du schlimmer Junge! Du hast mir richtig Angst gemacht!«

Als sie schließlich ihren Weg fortsetzten, konnte Tobin nicht anders, er musste sich noch einmal nach dem Thron umsehen, und er war nicht der Einzige.

Seine Siegesfeier fand mit Wein und Kuchen, den die Gefährten aus der Küche gestohlen hatten, im Garten unterhalb des Thronsaales statt.

Der alte Audienzsaal war verbotenes Terrain, die Siegel an seiner Tür unübersehbar, doch niemand schien den Grund dafür zu kennen. Korin und Caliel hatten sich dieses Spiel schon vor Jahren ausgedacht, und sie hielten dem König und Meister Porion zum Trotz daran fest.

Korin und seine Mitverschwörer brachten Tobin und Ki zu einer geschützten Bank unter dem Blätterdach eines Rosenbusches. Dort lümmelten sie sich in das weiche, feuchte Gras und ließen Weinschläuche und Kuchen kreisen.

»Und du hattest gar keine Angst?«, stichelte Alben.

»Hattest du denn welche, als sie dich hineingeschickt

haben?«, konterte Tobin.

»Und wie! Lass dir von ihm nur nichts anderes weismachen«, spottete Aliya.

Bis auf Alben brachen alle in Gelächter aus, während jener mit gekränkter Miene das lange schwarze Haar über die Schulter zurückwarf.

»Das liegt bestimmt daran, dass du dich schon mit Geistern auskennst«, sagte Luchs, vom Wein ein wenig übermütig. »Ich will dich nicht kränken, Tobin, aber wir alle kennen die Geschichte. Es heißt, dein Zwilling wäre tot, aber mit offenen Augen geboren worden und hätte sich in einen Dämon verwandelt, und darum hätte deine Familie die Stadt verlassen müssen. Man sagt, der Geist wäre euch bis in die Berge gefolgt. Ist das wahr? Hast du wirklich einen dämonischen Zwilling?«

Tobin zuckte die Schultern. »Das ist doch nichts. Nur ein spukender Geist.«

Beinahe hätte Ki drauflosgeplappert, doch Tobin stieß noch rechtzeitig seinen Fuß an, um ihn zur Besinnung zu bringen.

»Mein Vater sagt, das kommt davon, wenn man sich mit Zauberern einlässt«, warf Zusthra ein. »Wenn man sich zu viel mit Magie beschäftigt, wird man am Ende von allerlei unerwünschten Kreaturen heimgesucht.«

»Das solltest du Lord Niryn besser nicht hören lassen«, sagte eine Stimme, und Tobin erkannte, dass sein Möchtegernknappe die ganze Zeit unter ihnen gewesen war. Tobin hatte ihn unter seiner Perücke und all der Farbe nur nicht erkannt, bis er das Wort ergriffen hatte. »Lord Niryn glaubt, dass Zauberer helfen können, den Thron von Skala zu stärken. Was sagt Ihr dazu, Korin? Ihr habt doch oft genug mit ihm zu tun.«

Korin nahm einen tiefen Zug aus dem Weinschlauch und legte den Kopf in Aliyas Schoß. »Der Zauberer meines Vaters hat Augen wie zwei braune Steine, die von der See poliert worden sind. Ich weiß nie, was dahinter vorgeht. Solange er uns mit Lichtsteinen versorgt und uns mit seinen Tricks unterhält, habe ich nichts gegen ihn, aber wenn ich einmal König bin, dann werde ich keine Zauberer brauchen, um meine Schlachten siegreich zu schlagen oder über meinen Thron zu wachen. Mir reicht es, wenn ich euch habe.« Er wedelte mit dem Weinschlauch und verspritzte seinen Inhalt großzügig über die Kameraden, die ihm am nächsten lagen. »Skalanischer Stahl und ein tapferer Skalaner, der ihn führt!«

Diesem Trinkspruch folgte Gesang, dem Gesang noch mehr Wein. Sogar Tobin trank ein wenig zu viel, bis Ki ihn empört in sein Bett zurückschleifte.

Kapitel 42

Als Tobin und Ki wenige Tage später vom Exerzierplatz zurückkehrten, wurden sie bereits von Tharin und einem halben Dutzend seiner Männer erwartet. Beinahe hätte Tobin sie gar nicht erkannt. Koni und die anderen trugen Uniformen, die denen der Königlichen Garde ähnelten; nur die Ehrenabzeichen waren nicht aus Gold, sondern aus Silber. Tharin war gekleidet wie ein feiner Herr, dunkelbraunes Tuch mit schwarzem Saum, und um seinen Hals hing eine silberne Kette.

»Mein Prinz«, sagte Tharin. »Der Hausdiener lässt durch einen Boten fragen, ob Euer Hoheit heute zu einer Besichtigung seines Hauses bereit sind. Es wurde bereits alles für Euren Besuch vorbereitet.«

Glücklich, ihn wiederzusehen, ging Tobin auf ihn zu, um ihn zu umarmen, doch Tharin hielt ihn zurück und schüttelte kaum merklich den Kopf. Ki hielt sich im Hintergrund, sah aber aus, als hätte er den gleichen Gedanken gehegt.

Der Waffenmeister entschuldigte sie bereitwillig, und sie folgten Tharin durch ein Labyrinth hochherrschaftlicher Wohnhäuser, die das Gebiet zwischen den beiden großen Palästen beherrschten.

Das Haus, das einst Tobins Mutter gehört hatte, war im Grunde nur ein kleiner Flügel an der Außenseite des Alten Palastes, doch umgeben von eigenen Mauern und Höfen. Der Garten im Innenhof war gut gepflegt, doch im Haus selbst fühlte sich Tobin trotz der hübschen Möbel und der in leuchtenden Farben gehaltenen Wände von einer seltsamen Leere umfangen. Ein halbes Dutzend livrierter Diener verbeugte sich vor ihm, als er über die Schwelle trat. Der Hausdiener entpuppte sich als Mann in mittleren Jahren, den Tharin ihm als Ulies, Sohn des guten alten Mynir, vorstellte.

»Ich bedaure Euren Verlust«, sagte Tobin zu ihm.

Ulies verbeugte sich erneut. »Und ich den Euren, mein Prinz. Ich fühle mich geehrt, dass mein Vater Euch und Eurer Familie dienen durfte, und ich hoffe, dass mir die gleiche Ehre zuteil werden wird.«

Tobin drehte sich langsam um die eigene Achse, um die große Halle mit all ihren antiken Schränken, den Wandteppichen und den kunstvollen Schnitzereien, die jeden Balken und jede Wand zierten, zu bestaunen. Zu seiner Linken führte eine breite Treppe in das obere Stockwerk.

»Euer Vater hat Euch an jenem Tag, an dem Ihr Euren Namen erhalten habt, diese Stufen hinuntergetragen«, erzählte Tharin. »Ihr hättet den Saal sehen sollen. All die wichtigen Edelmänner Skalas waren hier. Der König selbst stand genau hier am Fuß der Treppe und hielt Prinz Korin auf seinen Schultern. Ihr könnt Euch kaum vorstellen, wie stolz wir alle waren.«

Tobin blickte zu ihm auf. »Wo war meine Mutter? Ist ... ist es ihr gut ergangen?«

Tharin seufzte. »Nein, Tobin, leider nicht. Nicht seit der Nacht, in der Ihr geboren wurdet, doch das ist nicht Eure Schuld. Sie ist in ihren Gemächern geblieben.«

»Darf ich sie sehen?«

»Natürlich. Dies ist jetzt Euer Haus, und Ihr könnt gehen, wohin Ihr wollt. Doch die Räume im Obergeschoss wurden nicht mehr bewohnt, seit Eure Mutter das Haus verlassen hat. Euer Vater und ich pflegten uns ausschließlich in den Räumen des Erdgeschosses aufzuhalten, solange wir in Ero weilten, und die Männer haben ihre Unterkunft im Hinterhof. Doch das soll Euch nicht schrecken. Kommt nur.«

Tobin sah sich nach Ki um. »Nun? Komm nur.«

Sie hatten gerade die Hälfte der Stufen erklommen, als Bruder am oberen Treppenabsatz auftauchte und auf sie wartete.

Eigentlich hätte er nicht dort sein dürfen, denn Tobin hatte ihn den ganzen Tag nicht gerufen.

Tatsächlich hatte er ihn schon seit jener ersten Nacht nicht gerufen, wie er sich schuldbewusst eingestehen musste. Die ganze Zeit hatte es so viel zu sehen und zu tun gegeben, dass er ihn vollkommen vergessen hatte.

Und doch war Bruder da und starrte ihn aus seinen schwarzen Augen anklagend an. Tobin seufzte innerlich und beließ es dabei.

»Habt Ihr meinen Zwilling gesehen, Tharin?«, fragte er. »Das Kind, das gestorben ist?«

»Nein. Ich war in jener Nacht in Atyion. Als ich hier eintraf, war das Kind bereits fort.«

»Warum hat Vater nie darüber gesprochen und mir erzählt, was der Dämon wirklich ist?«

»Ich weiß es nicht.« Am Kopf der Treppe blieb Tharin stehen, ohne zu merken, dass seine Hand Bruders Schulter berührte. »Vielleicht hat er aus Respekt gegenüber Eurer Mutter geschwiegen. Sie konnte es nicht ertragen, davon zu hören, besonders in den ersten Tagen. Das hat sie beinahe ... verrückt gemacht. Und dann war da all das Gerede in der Stadt über Geister und Spuk. Nach einer Weile hat niemand von uns noch ein Wort darüber verloren.« Er schüttelte den Kopf. »Allerdings hatte ich immer angenommen, er hätte mit Euch darüber gesprochen. Mir jedoch stand das nicht zu.«

Damit öffnete er die Tür, die der Treppe direkt gegenüber lag. »Das ist er, Tobin, der Raum, in dem Ihr geboren wurdet.«

Der Korridor war mit frischen Binsen ausgelegt worden und duftete nach allerlei Kräutern und Lampenöl. In dem Raum jenseits der Tür jedoch empfing Tobin der schale Geruch eines unbewohnten Gemäuers. Die Fensterläden waren offen, dennoch wirkte der Raum bedrückend und kalt. Eine Gänsehaut zog sich über seine Arme, als er zögernd eintrat.

Dies war einst das Schlafgemach einer Dame gewesen. Noch immer hingen einige Gobelins an den Wänden – verblasste Abbilder von Meeresbewohnern und Jagdgesellschaften. Auf der Kamineinfassung befanden sich diverse kunstvoll geschnitzte Fischfiguren, doch die Feuerstelle war kalt und voller Ruß, und der Kamin war frei von jeglichem Zierrat. Nicht einmal Puppen gab es hier.

Auf der anderen Seite des Raumes stand Bruder am Fußende eines hohen Himmelbettes mit einer kahlen Matratze. Er war nackt, und Tobin konnte die blutverkrusteten Stiche auf seiner Brust erkennen. Während er ihn beobachtete, kletterte der Dämon auf das Bett und legte sich auf den Rücken. Dann war er verschwunden.

»Wisst Ihr, wie mein Bruder gestorben ist?«, fragte Tobin leise, ohne den Blick vom Bett abzuwenden.

Tharin musterte ihn sorgenvoll. »Eine Totgeburt, hat Nari gesagt. Hat nie geatmet. Aber es war kein Knabe, es war ein kleines Mädchen.«

Ki warf Tobin einen fragenden Blick zu; gewiss würde er ehrlich mit Tharin sprechen, oder nicht? Und plötzlich war Bruder wieder da, stand mitten unter ihnen und hatte einen Finger an die Lippen gelegt. Tobin schüttelte den Kopf und sagte nichts.

Stattdessen wandte er sich ab und ließ seinen Blick auf der Suche nach irgendeiner Hinterlassenschaft seiner Mutter durch den leeren Raum schweifen. Wenn sie sich in der Nacht, in der er geboren worden war, sosehr verändert hatte, dann konnte er hier vielleicht einen Hinweis darauf finden, wie sie vorher gewesen war, etwas, das ihm helfen würde zu verstehen, warum sie sich verändert hatte.

Aber er konnte nichts entdecken, und plötzlich wollte er nicht länger hier sein.

Die anderen Räume, die von dem Korridor abzweigten, sahen nicht besser aus: seit langer Zeit unbewohnt und bis auf die größten Möbelstücke ausgeräumt. Je mehr er sah, desto einsamer fühlte er sich, als befände er sich an einem Ort, an den er nicht gehörte.

Tharin schien sein Unbehagen zu fühlen. Er legte einen Arm um Tobins Schulter und sagte: »Kommt, gehen wir wieder hinunter, ich glaube, dort wird es Euch besser gefallen.«

Sie kehrten in die Halle zurück und gingen durch einen kurzen Korridor zu einem behaglichen dunkel getäfelten Schlafgemach, das Tobin auf Anhieb als seines Vaters Zimmer erkannte. Rhius war seit Monaten nicht hier gewesen und würde niemals mehr hierher zurückkehren, und doch war noch immer Leben in diesem Raum zu spüren. Die schweren roten Bettvorhänge glichen denen in der Festung. Ein Paar vertrauter Schuhe stand auf einer Truhe. Ein angefangener Brief in einer gestochen scharfen Schrift lag aufgerollt auf dem Schreibtisch, gleich neben einem Elfenbeinbildnis von Tobin. Jener atmete die vertrauten Gerüche tief ein: Siegelwachs, geöltes Leder, Rost, Kräuter und der urtümliche männliche Geruch seines Vaters selbst. Auf einem Regal neben dem Schreibtisch entdeckte Tobin eine

Sammlung seiner Wachs- und Holzskulpturen – Geschenke, die er seinem Vater im Laufe der Jahre gemacht hatte –, ordentlich aufgereiht und bewahrt, genau wie Tobin all die Gaben bewahrt hatte, die sein Vater ihm hatte zukommen lassen.

Auf einmal kehrte der Schmerz des Verlustes mit voller Härte zurück. Er biss die Zähne zusammen, dennoch liefen ihm gleich darauf heiße Tränen über das Gesicht und vernebelten ihm die Sicht. Als er zu Boden sank, fingen kraftvolle Arme ihn auf; nicht sein Vater, sondern Tharin hielt ihn mit starker Hand und klopfte ihm auf den Rücken, wie er es getan hatte, als Tobin noch ein sehr kleiner Junge gewesen war. Eine andere Hand lag auf seiner Schulter, und dieses Mal schämte er sich nicht, seine Schwäche offen vor Ki zu zeigen. Jetzt glaubte er ihm endlich; selbst Krieger mussten trauern.

Er weinte, bis seine Brust schmerzte und die Nase lief, doch am Ende fühlte er sich besser, befreit von einer Bürde der Trauer, an der er so schwer getragen hatte. Er befreite sich von seinen Freunden und wischte sich die Nase am Ärmel ab. »Ich werde meinem Vater Ehre machen«, verkündete er, während er sich mit einem Gefühl der Dankbarkeit in dem Raum umsah. »Ich werde seinen Namen in die Schlacht tragen und ein ebenso großer Krieger werden, wie er es war.«

»Das hat er immer gewusst«, sagte Tharin. »Er hat stets voller Stolz von dir gesprochen.«

»Darf ich diesen Raum zu meinem Zimmer machen, wenn ich hier bin?«

»Du musst niemanden fragen, Tobin. Dies alles gehört dir nun.«

»Tragen Koni und die anderen deswegen jetzt andere Uniformen?«

»Ja. Als einziger Erbe deiner Eltern stehst du im Rang

deiner Mutter, und der gesamte Besitz deines Vaters geht auf dich über.«

»Mein Besitz«, murmelte Tobin. »Könnt Ihr mir zeigen, was mein Besitz ist?«

Tharin öffnete eine Truhe und zog eine Landkarte daraus hervor, auf der Tobin die Umrisse der skalanischen Halbinsel und der Nordgebiete erkannte. Eine winzige Krone an der Ostküste kennzeichnete die Stadt Ero. Er hatte früher schon ähnliche Karten gesehen, doch auf dieser waren noch weitere Gegenden mit roter Tinte markiert. Atyion lag im Norden, und Cirna war ein winziger Punkt auf dem schmalen Streifen, der Skala mit dem Festland verband. In den nördlichen Territorien waren weitere rote Punkte zu sehen und sogar jenseits der Berge an der Nordwestküste, wo es fast überhaupt keine Städte mehr gab. Im Stillen überlegte Tobin bereits, welche dieser Gegenden Ki wohl am besten gefallen würde.

»All das untersteht natürlich der Krone, bis du alt genug bist«, sagte Tharin, während er die Karte mit gerunzelter Stirn betrachtete.

»Das beunruhigt Euch?«

»Nun, für den Augenblick müssen wir uns darum gewiss keine Gedanken machen.« Tharin setzte ein bemühtes Lächeln auf und legte die Karte wieder in die Truhe. »Nun kommt, seht euch mein Gemach an.«

Gemeinsam gingen sie zur nächsten Tür im Gang, und Tharin bat die beiden Knaben herein.

Der Raum war nüchtern bis an die Grenze zur Strenge, verglichen mit dem vorangegangenen Gemach. Nur schlichte Vorhänge trugen der Behaglichkeit ein wenig Rechnung. Die einzige Ausnahme bildete eine Sammlung kunstvoller Waffen an der Wand, Trophäen, gesammelt auf unzähligen Schlachtfeldern, und Tobins kleine

Kunstwerke, die sich auf einem Tisch in der Nähe des Fensters tummelten. Tobin ging hinüber und ergriff einen krumm geratenen Wachsmann, der einen Holzsplitter als Schwert in der runden Faust hielt. Verblüfft rümpfte er die Nase. »Ich erinnere mich an diese Figur. Ich habe sie weggeworfen.«

Tharin lachte voller Wärme. »Und ich habe sie gerettet; das ist das einzige Bildnis, das je von mir angefertigt worden ist. Die anderen Figuren hast du mir zum Geschenk gemacht. Erinnerst du dich?« Nun zog er ein leicht verunglücktes hölzernes Sakorpferdchen an einem knotigen Stück Schnur aus dem Ausschnitt seiner Tunika. »Das war die erste Figur, die du für mich angefertigt hast. Alle Männer haben eine dieser Figuren von dir bekommen. Wir tragen sie als Glücksbringer um den Hals.«

»Ihr solltet Euch eine neue anfertigen lassen«, kommentierte Ki lachend. »Er ist seither viel besser geworden.«

Tharin schüttelte den Kopf. »Das war ein Geschenk, das von Herzen kam. Diesen kleinen Kerl würde ich nicht gegen alle Pferde in Atyion tauschen wollen.«

»Wann kann ich Atyion besuchen?«, fragte Tobin. »Mein ganzes Leben lang habe ich nur Geschichten von dort gehört. Sogar Ki war schon dort, nur ich nicht! Und was ist mit Cirna und all diesen anderen Besitztümern?«

Wieder huschte der Hauch eines Stirnrunzelns über Tharins Züge. »Darüber wirst du mit Lord Orun sprechen müssen. Ihm allein obliegt es, sich um Reisen außerhalb der Stadt zu kümmern.«

»Oh.« Tobin machte sich nicht die Mühe, sein Missfallen in dieser trauten Umgebung zu verbergen. »Wann, glaubt Ihr, wird der König zurück sein? Ich werde ihn bitten, mir einen anderen Verwalter zu bestellen, bevor er das nächste Mal ins Feld zieht. Mir ist egal, wie reich oder mächtig Orun ist. Ich kann seinen Anblick nicht ertragen!«

»Nun, ich habe gehofft, dass wir uns vertraulich über dieses Thema unterhalten können. Das war einer der Gründe, warum ich dich heute hierher gebracht habe.« Tharin schloss die Tür, lehnte sich gegen das Türblatt und rieb sich das bärtige Kinn.

»Du bist jung, Tobin, und du hast keinerlei Erfahrung mit dem Leben bei Hofe. Ich kann nicht behaupten, dass es mir Leid täte, wie du dich entwickelt hast, aber nun, da du hier bist, könnte es dir schaden, gewisse Dinge nicht zu wissen. Illior weiß, uns ist nicht viel Zeit geblieben, uns auf all die Veränderungen einzustellen. Wir alle waren überrascht, als er plötzlich aufgetaucht ist. Aber nun, da wir auf diese Weise voneinander getrennt wurden, denke ich, ich sollte dir ein paar Dinge erzählen. Ich habe deinem Vater geschworen, dass ich auf dich aufpassen werde, und ich kenne niemanden, der dir erzählen könnte, was ich dir nun erzählen werde. Hör genau zu, auch du, Ki, und verliert niemals ein Wort über das, was ich euch jetzt sagen werde.«

Er wies die Knaben an, sich auf die Bettkante zu setzen, und zog sich einen Stuhl heran.

»Auch ich hege wenig Sympathie für Lord Orun, aber auch das müsst ihr für euch behalten. Er ist ein Freund des Königs und einer seiner höchsten Staatsminister, darum wäre es nicht gut, wenn das das Erste ist, was dein Onkel von dir zu hören bekommt, wenn ihr einander begegnet. Hast du mich verstanden?«

Tobin nickte. »Prinz Korun sagt, ich soll vorsichtig mit ihm sein, weil er ein mächtiger Mann ist.«

»Das ist richtig. Bei Hofe darfst du niemals all deine Gedanken preisgeben und Wahrheiten nur dann aussprechen, wenn sie dir nicht schaden können. Ich fürchte, das ist etwas, das wir dich nie gelehrt haben, aber du konntest immer schon gut schweigen. Was nun dich betrifft, Ki...«

Ki errötete. »Ich weiß. Ich werde den Mund halten.«

»Es ist zu Tobins Bestem. Nun gut, es verletzt mich in meinem Stolz, das zu sagen, aber ich möchte, dass ihr euch beide gut mit Lord Orun stellt, solange es nötig ist.«

»Das klingt, als hättet Ihr Angst vor ihm!«, platzte Ki heraus.

»So könnte man es ausdrücken. Orun war schon ein mächtiger Mann bei Hofe, als Rhius und ich noch bei den Königlichen Gefährten gedient haben. Er war nur der dritte Sohn eines Herzogs, aber sein Vater war reich und genoss das Vertrauen der wahnsinnigen Königin. Es liegt mir fern, mich deiner Familie gegenüber respektlos zu zeigen, Tobin, aber deine Großmutter Agnalain war am Ende so verrückt wie eine rollige Katze, und Orun ist dennoch lebendig und mit all seiner Macht davongekommen. Auch Erius mag ihn, was dein Vater und ich niemals für uns haben in Anspruch nehmen können. Kommst du Orun in die Quere, so beschmutzt du das eigene Nest, also sei friedlich. Und...« Er unterbrach sich, als wüsste er nicht recht, wie er fortfahren sollte. »Nun, sollte einer von euch Ärger mit ihm bekommen, so kommt zu mir. Versprecht mir das.«

»Ihr wisst, dass wir das tun werden«, entgegnete Tobin, obwohl er den Eindruck hatte, dass Tharins Worte vor allem Ki galten.

Es klopfte an der Tür, und Tharin ging hinaus, um

sich um einen Boten zu kümmern, der soeben eingetroffen war. Tobin blieb einen Augenblick lang still sitzen und dachte über Tharins Worte nach, ehe er sich erhob, um in die Halle zu gehen. Kaum aber wollte er über die Schwelle treten, da tippte ihm Ki auf die Schulter und flüsterte: »Ich glaube, unser Freund ist hier. Ich fühle ihn schon, seit wir oben waren.«

Tobin drehte sich um und erkannte voller Verwunderung, dass Ki von Bruder sprach. »Du kannst ihn fühlen?«, entgegnete er ebenfalls im Flüsterton. Er selbst hatte den Geist bereits im Obergeschoss aus den Augen verloren und seither nicht wieder gesehen.

»Manchmal. Habe ich denn Recht?«

Tobin blickte sich um, und tatsächlich, da war Bruder, direkt hinter ihnen, und er winkte Tobin zu, ihm in die entgegengesetzte Richtung zu folgen. »Ja. Er ist da. Aber ich habe ihn nicht gerufen.«

»Warum sollte er sich hier anders verhalten als in der Festung?«, überlegte Ki laut.

Nichtsdestotrotz folgten die beiden Knaben Bruder durch eine ganze Reihe engerer Verbindungsgänge und hinaus auf einen verlassenen Innenhof, der von einer hohen Mauer umgeben war. Dort befand sich eine Sommerküche, aber das moosbewachsene Dach über dem Herd war schon vor Jahren eingefallen und nie repariert worden. Fast exakt in der Mitte des Gartens stand ein großer abgestorbener Haselnussbaum. Seine verdrehten Äste streckten ihre Finger über den Garten aus. Schuppig und grau breiteten sie sich wie ein Netz vor dem blauen Himmel aus. Die knotigen Wurzeln stachen wie Schlangen, die sich am Boden wanden, aus der verdichteten Erde hervor.

»Kannst du ihn immer noch sehen?«, fragte Ki flüsternd.

Tobin nickte. Bruder saß zwischen zwei großen Wurzelsträngen am Fuß des Baumes. Er hatte die Beine angezogen, und seine Stirn ruhte auf seinen Knien. Wirres Haar hing strähnig über seinem Gesicht. Er sah so verloren aus, dass Tobin langsam näher trat, wobei er sich im Stillen fragte, was wohl in dem Geist vorgehen mochte. Er war nur noch wenige Fuß entfernt, als Bruder sein blasses, tränenverschmiertes Gesicht hob und mit einer trockenen, furchtsamen Stimme, die Tobin noch nie zuvor von ihm gehört hatte, zu flüstern begann. »Das ist die Stelle«, verkündete er und verschwand erneut.

Verblüfft stand Tobin da, starrte den Baum an und fragte sich, was an dieser Stelle so besonders sein sollte. Die Sache mit dem Bett hatte er verstanden. Bruder war in diesem Bett tot geboren worden und schien sich daran zu erinnern. Aber warum sollte er sich an diesen Garten erinnern oder an diesen Baum? Sein Blick fiel auf die Stelle, an der Bruder gesessen hatte, und er entdeckte eine kleine Spalte unter einer der Wurzeln. Tobin ging in die Knie und untersuchte das Loch genauer. Es war größer, als es auf den ersten Blick ausgesehen hatte, ungefähr einen Spann breit und an der Außenseite etwa halb so tief. Es erinnerte Tobin an die Löcher, die er im Wald auf ihre Eignung als Versteck für die Puppe untersucht hatte.

Die Erde war hier sandig und hart und durch den Baum gut geschützt. Neugierig streckte er die Hand hinein, um zu erkunden, ob das Loch so trocken war, wie es aussah.

»Da könnten Schlangen drin sein«, warnte Ki, als er sich neben Tobin hockte.

Die Aushöhlung war größer, als Tobin erwartet hatte, groß genug für die Puppe, falls er sie durch die Öffnung schieben konnte. Seine Finger trafen nicht auf Schlangen, nur auf Laub und ein paar scharfkantige Haselnussschalen. Als er jedoch seine Hand zurückziehen wollte, streiften seine Finger etwas Rundes. Er tastete eine Weile herum, bis er den Gegenstand aus der Erde lösen konnte. Als er ihn schließlich hervorzog, sah er, dass es sich um einen goldenen Ring mit einem gravierten Stein handelte, der genauso aussah wie der, den Lord Orun ihm gegeben hatte. Tobin rieb ihn mit dem Ärmel sauber. Der große, flache Stein war von dem tiefen Purpur einer Iris, und seine Oberfläche zierten die Antlitze eines Mannes und einer Frau. Seite an Seite waren die Gesichter in den Stein graviert, doch das der Frau stand im Vordergrund.

»Bei der Flamme, Tobin, ist das nicht dein Vater?«, fragte Ki, der ihm über die Schulter blickte.

»Und meine Mutter.« Tobin drehte den Ring in der Hand und entdeckte die Buchstaben *A* und *R*, die auf der Rückseite des Steins in das Gold eingraviert waren.

»Ich will verdammt sein, wenn Bruder nicht gewollt hat, dass du das findest. Sieh doch mal nach, ob da noch mehr drin ist.«

Tobin tastete erneut in dem Erdloch herum, konnte aber nichts weiter entdecken.

»Hier seid ihr!«, rief Tharin, als er den Garten betrat. »Was macht ihr da unten im Dreck?«

»Seht nur, was Tobin unter dem toten Baum gefunden hat«, sagte Ki.

Tobin zeigte ihm den Ring, und Tharins Augen weiteten sich. »Das muss Jahre ... Wie bist du denn da drangekommen?«

»Hat der meiner Mutter gehört?«

Der große Mann setzte sich, nahm Tobin den Ring ab und betrachtete die beiden Gesichter in dem Stein.

»Oh, ja. Das war ihr liebstes Stück unter all den Verlobungsgeschenken, die dein Vater ihr gemacht hat. Es ist eine aurëfaische Arbeit. Wir sind bis nach Virésse gereist, weil er den Auftrag nur den besten Kunsthandwerkern erteilen wollte. Ich erinnere mich noch an ihren Gesichtsausdruck ... Wir haben nie erfahren, was aus dem Ring geworden ist, nachdem sie krank wurde, oder aus einigen anderen Dingen aus ihrem Besitz.« Sein Blick fiel auf das Erdloch. »Wie ist der Ring nur hierher gekommen? Nun, wie auch immer, jetzt ist er wieder da, und er gehört dir. Du solltest ihn zu ihrem Andenken tragen.«

Für Tobins Finger war der Ring zu groß, also fädelte er ihn auf die goldene Kette mit dem Siegel seines Vaters, ehe er erneut die Gravur studierte. Seine Eltern sahen so jung und schön aus, ganz anders, als die kummervollen Menschen, die er gekannt hatte.

Tharin griff nach Ring und Siegel und umfasste beides mit der Hand. »Nun kannst du von beiden etwas dicht bei deinem Herzen tragen.«

Kapitel 43

Die folgenden Wochen vergingen in einem bunten Durcheinander. Das Leben in der Festung hatte keinen der Knaben auf diesen Umgang vorbereitet, doch keiner von beiden wollte den anderen als Erster mit seinen Sorgen plagen.

Jeden Morgen liefen die Gefährten zum Tempel, um Opfer darzubringen. Danach arbeiteten sie unter Porions anspruchsvoller Aufsicht bis zum Nachmittag auf dem Exerzierplatz.

Hier zumindest lieferten Ki und Tobin hervorragende Leistungen ab. Porion war ein strenger Zuchtmeister, aber er war mit Lob ebenso schnell bei der Hand wie mit Tadel. Er lehrte die künftigen Krieger die Feinheiten ihres Metiers und zeigte ihnen, wie man vom Rücken eines Pferdes aus kämpfen und schießen konnte, wie man mit Speer und Streitaxt umging oder sich dem direkten Kampf von Mann zu Mann mit oder ohne Waffen stellte.

»Ihr hochwohlgeborenen Edelleute mögt den Tag im Sattel beginnen, aber nur Sakor weiß, wie lange ihr dort bleiben werdet«, pflegte Porion ihnen zu erklären, um gleich darauf eine beachtliche Anzahl Übungen zu ersinnen, die dazu angetan waren, sie mit diversen unsanften Methoden aus dem Sattel zu heben.

Waren die Übungen abgeschlossen, stand es den Knaben frei, den Rest des Tages zu ihrem eigenen Vergnügen zu nutzen, bis die Zeit zum Essen gekommen war. Manchmal ritten sie durch die Stadt, um sich die

Straßenkünstler anzusehen oder ihre bevorzugten Handwerker oder Schneidermeister aufzusuchen. Zu anderen Zeiten zogen sie ins Gebirge, um mit oder ohne ihre Falken auf die Jagd zu gehen, oder sie erfreuten sich der letzten warmen Tage des Sommers, indem sie an der Küste ein erfrischendes Bad im Meer genossen.

Während dieser Vergnügungen wurden sie gewöhnlich von einer ganzen Horde junger Edelleute begleitet und von einigen, die nicht mehr ganz so jung waren. Manchmal nahm auch Lord Orun gemeinsam mit anderen von seiner Sorte an ihren Ausflügen teil – parfümierte Männer mit kurz geschorenem Haar, die noch nie in die Schlacht gezogen waren. Auch Frauen und Mädchen beteiligten sich an den Vergnügungen der Gefährten.

Ki erkannte schnell, dass Mädchen wie Aliya und ihre Freundinnen außerhalb seiner Reichweite lagen und dass ein nettes Gesicht nicht notwendigerweise zu einem netten Menschen gehörte. Aliya war Albens Base und ebenso boshaft wie ihr Verwandter. Prinz Korin mochte Aliya dennoch, und das Geschwätz der anderen Schildknappen verriet Ki, dass sie eine der diversen jungen Damen war, die regelmäßig das Bett des Prinzen erwärmten, in der Hoffnung, ihm einen Erben zu schenken, auf dass er in den Krieg ziehen könne. Allerdings machte sich niemand Gedanken darüber, was der König wohl dazu sagen würde.

Doch es blieben noch genug andere Mädchen, mit denen Ki ein wenig herumschäkern konnte. Ganz besonders ein Mädchen, Mekhari, hatte ihm während ihrer Bemühungen, ihn das Tanzen zu lehren, mehr als nur einen überaus ermutigenden Blick zugeworfen. So geschickt er und Tobin in Bezug auf die Kriegskunst sein mochten, so unerfahren waren sie im Tanzen. Auch hatte keiner von ihnen je ein Instrument gespielt, und trotz

Arkoniels emsigen Bemühungen beschränkte sich ihre Sangeskunst auf das schaurige Krächzen von Krähen. All jene, die ihnen nicht wohlgesonnen waren, erfreuten sich unendlich an diesem Makel und sorgten gewissenhaft dafür, sie immer wieder in Situationen zu bringen, in denen diese Mängel deutlich zum Vorschein kommen mussten.

Eines Abends, in der Messe, gelang es Tobin jedoch, durch puren Zufall diesen Makel wettzumachen, als er in einem Anfall unerträglicher Langeweile eine seiner kleinen Skulpturen aus einem Stück Käse schnitzte. Bald plagten ihn sämtliche Mädchen mit der Bitte, ihnen Talismane oder Spielzeugfiguren anzufertigen, die sie freigiebig mit Küssen oder anderen Kostproben ihrer Gunst zu entlohnen gedachten. Bescheiden wies Tobin, errötend und stotternd, all die Angebote zurück und machte sich eifrig an die Arbeit, sichtlich verunsichert, wie er dieser übermächtigen Aufmerksamkeit begegnen sollte.

Das wiederum versetzte Ki in Erstaunen. Tobin war fast zwölf und hatte genug von seinen Geschichten gehört, um zu wissen, wie Mädchen waren. Zwar war er vielleicht noch nicht alt genug, ihnen schon jetzt ein gesteigertes Interesse entgegenzubringen, doch seine ablehnende Haltung schien sonderbar. Zwei der Mädchen quälten ihn ganz besonders. Die blasse Lilyan, Urmanis Schwester, schäkerte inzwischen hemmungslos mit ihm. Ki allerdings war überzeugt, dass sie das nur tat, weil sie wusste, wie unbehaglich Tobin dabei zumute war.

Was jedoch die andere, Una, ein schlankes Mädchen mit braunem Haar, betraf, so war das eine ganz andere Geschichte. Sie war eine begabte Jägerin und Reiterin und von einer stillen Art, die Ki ebenso angenehm wie verunsichernd fand; dieses Mädchen konnte einen Menschen ansehen, als würde sie seine Gedanken lesen und für gut befinden. Tobin jedoch schien ihr gegenüber noch gehemmter als gegenüber allen anderen. Als er damit beschäftigt war, ihr eine Katze zu schnitzen, hätte er sich sogar beinahe die Fingerkuppe abgeschnitten.

»Was in Bilairys Namen ist los mit dir?«, hatte Ki spöttisch gefragt, während er die Wunde an jenem Abend vor dem Zubettgehen in einer Wasserschale gereinigt hatte. »Ich wette, Una würde sich von dir küssen lassen, wenn du es nur versuchen würdest, aber du benimmst dich, als hätte sie die Seuche!«

»Ich will sie nicht küssen!«, versetzte Tobin und zog seine Hand zurück, ehe Ki den Finger verbinden konnte. Dann krabbelte er hastig ins Bett und vergrub sich unter der Decke, so weit wie nur möglich von Ki entfernt. Dort blieb er und weigerte sich, auch nur noch ein Wort mit Ki zu wechseln.

Zum ersten Mal war Tobin tatsächlich wütend auf Ki, und jener lag todunglücklich die halbe Nacht lang wach und schwor sich immer wieder, Tobin nie wieder wegen Mädchen aufzuziehen.

Er hatte auch so schon genug Sorgen.

Seit ihrer Ankunft hatte Prinz Korin noch etliche seiner fürstlichen Bankette abgehalten. Wann immer es ihm gefiel und er dachte, er könne Porions Missfallen ertragen, hatte er die Gefährten zum Fest gerufen. Obwohl ihm dies eine Pause von dem Tafeldienst der Knappen verschaffte, hätte Ki gut auf die Gelage verzichten können. Jeder der Anwesenden trank weit mehr, als gut für ihn war, ganz besonders Korin, und Ki mochte den Kronprinzen lieber, wenn er nüchtern war.

Tobin fand in seiner üblichen, etwas naiven und gutherzigen Art Gefallen an seinem Vetter, doch Ki war nicht sicher, ob das Urteilsvermögen seines Freundes ihn dieses Mal vielleicht getäuscht hatte. In seinen Augen gab sich Korin wie ein Schwächling, wenn er getrunken hatte. Statt in seinen eigenen Farben zu leuchten, badete er in denen der Menschen in seiner Umgebung. Zudem war er in diesem Zustand eher geneigt zu sticheln und über die Bosheiten anderer hinwegzusehen.

Und Bosheiten gab es im Überfluss, wenn sie auch oft im dünnen Kleid eines Scherzes daherkamen. Ihr Können auf dem Exerzierplatz hatte den Neid der älteren Gefährten erweckt, und Tobins seltsames Benehmen in jener Nacht im alten Audienzsaal hatte so einige Zungen in Bewegung versetzt. Andererseits hatten diese vermutlich auch schon vor ihrer Ankunft heftig genug über sie getratscht.

Nichtsdestotrotz musste Ki immer wieder daran denken, wie seltsam ihm der Knabe erschienen war, als sie einander zum ersten Mal begegnet waren: die Art, wie Tobin von Geistern und Hexen und Zauberern gesprochen hatte, als wären sie vollkommen selbstverständlich, oder wie er in den Gesichtern anderer Menschen gelesen hatte, als wollte er das Wetter anhand der Wolkenformationen vorhersagen, ohne sich dessen auch nur bewusst zu sein. Seither hatte er sich ein wenig verändert, aber auch heute hatte Tobin die Augen eines erwachsenen Mannes und machte keinen großen Unterschied zwischen Edelmann und Diener, hochwohlgeboren oder von einfacher Herkunft. Er behandelte jeden gleichermaßen gut. Auch daran hatte Ki sich während der langen behaglichen Jahre in der Festung gewöhnt. Doch hier, unter all diesen jungen Edelknaben, erinnerte sich Ki lebhaft, wie außergewöhnlich so ein Verhalten war, außergewöhnlich auf eine Art, die Tobin scheinbar einfach nicht verstehen konnte.

Aber Ki verstand, ebenso wie die anderen Gefährten – sogar diejenigen, die ihnen freundlich gesinnt waren. Tobin hatte nicht begriffen, welche Scham Ki empfunden hatte, als ein betrunkener Prinz ihn mit dem Schwert berührt und zum »Sir« gemacht hatte, ihm den nutzlosen hohlen Titel eines Ritters zuerkannt hatte – zusammen mit dem Segen eines Schlachtrosses und eines jährlichen Salärs in klingender Münze. Was nützten all die Lektionen und die Unterweisung in einer angemessenen Sprache, solange jeder hier wusste, wer sein Vater war, solange jeder gesehen hatte, wie er selbst zu seiner Ritterschaft gekommen war?

Nein, das konnte Tobin nicht verstehen, und Ki hielt sein Versprechen gegenüber Tharin und schwieg. Der Stolz wiederum hinderte ihn, sich Tharin anzuvertrauen, obwohl sie ihn so oft wie nur möglich besuchten.

Trotzdem, so ermahnte er sich oftmals in Gedanken, war das alles gar nicht so schlecht. Tobin war wie ein Krug süßen Quellwassers in einem finsteren Morast, und es gab durchaus Menschen, die Gefallen an ihm fanden. Korin gehörte dazu, zumindest wenn er nüchtern war, und ebenso die angenehmeren Angehörigen der Königlichen Gefährten: Caliel, Orneus, Nikides und der kleine Lutha. Deren Knappen waren schon deswegen auch Ki gegenüber höflich, und einige von ihnen sahen sogar einen Freund in ihm.

Auf der anderen Seite der Mauer tummelten sich Mago und seine Anhänger; Ki hatte nicht lange gebraucht, um diese Truppe als Ärgernis einzustufen. Sie ließen keine Gelegenheit aus, ihn daran zu erinnern, dass er nur pro forma ein Ritter und der Sohn eines armen Mannes war. Wann immer sie ihn außerhalb der Hörweite des Prinzen stellen konnten – bei den Ställen, in den Bädern oder sogar beim Wettstreit im Schwertkampf – zischten sie ihn an wie giftige Schlangen: »Bauerntölpel«.

Um alles noch schlimmer zu machen, war Moriel, der Knabe, dessen Platz Ki eingenommen hatte, dick mit Mago befreundet und ein Vetter von Quirions Knappen Arius. Offenbar hatte man ihn nur zu Tobins Knappen ernannt, um ihm den Weg in die Reihen der Königlichen Gefährten zu ebnen.

Soweit Ki es beurteilen konnte, stimmte hier etwas ganz und gar nicht. Korin schien nicht sonderlich viel für einige seiner eigenen Gefährten übrig zu haben, obwohl sie nach außen stets als eng verbandelte Elite ausgegeben wurden, als zukünftige Generäle und Berater eines künftigen Herrschers. Allerdings war Ki der Ansicht, dass Korin gut daran tun würde, sich von einer ganzen Menge dieser Burschen zu trennen, sobald er alt genug war, selbst zu entscheiden.

Das geht mich alles nichts an, ermahnte er sich in Gedanken. Er war Tobins Knappe, und damit war er zufrieden. Nichts, was die anderen Knappen sagen oder tun konnten, würde ihn in diesem Punkt beeinflussen können.

Dachte er.

Gegen Ende des Rhythin fing Ki an, sich bei Tisch besser zurechtzufinden. Inzwischen war er imstande, jede Art von Speisen während eines Zwölf-Gänge-Menüs zu servieren, ohne einen Tropfen zu verschütten, und er wusste, welches Geschirr und Besteck zu welcher Speise gehörte. Alles in allem war er stolz auf sich.

In jener Nacht saßen in der Messe nur die Königlichen Gefährten und Porion am Tisch. Tobin saß zwischen dem Waffenmeister und Zusthra. Der ältere Knabe war für Ki noch immer undurchschaubar, aber Porion behandelte ihn mit großer Achtung, was Ki als gutes Zeichen wertete.

Tobin gab sich still, schien aber recht zufrieden zu sein. Korin trank und nörgelte unentwegt über die jüngsten Berichte aus Mycena. Offenbar hatte der König einen plenimaranischen Angriff erfolgreich abgewehrt und den Feind in die Flucht geschlagen. Nun tranken alle, um diesen Sieg zu feiern, wurden jedoch mit jedem Tropfen mürrischer, überzeugt, die Kämpfe würden längst beendet sein, ehe es ihnen gestattet wäre, ihrerseits in die Schlacht zu ziehen.

Ki ging hinaus, um ein weiteres Tablett zu holen, und als er zurückkehrte, diskutierten Caliel und Korin, warum die Hunde Tobin nicht leiden konnten, die Falken hingegen schon. Ki wünschte ihnen in Gedanken viel Glück bei der Beantwortung dieser Frage, über die sich schon Arkoniel vergeblich den Kopf zerbrochen hatte. Die Hunde, die Tobin zu seinem Einstand bei den Königlichen Gefährten geschenkt bekommen hatte, hatten sie abgeben müssen, doch wie sich herausstellte, hatte der junge Prinz ein geschicktes Händchen im Umgang mit den Falken. Caliel verbrachte viel Zeit mit ihm, lehrte ihn, wie er diese und jene Hauben, Schnüre und Leinen einzusetzen hatte. Im Gegenzug hatte Tobin einen wunderschönen Ring aus Wachs angefertigt, der die Form eines Falken mit ausgebreiteten Schwingen hatte, und ihn von einem Goldschmied gießen lassen. Caliel trug den Ring, der sich bald zum Gegenstand des allgemeinen Neids entwickelte, voller Stolz. Nach dieser Erfahrung verlegte sich Tobin von Holzschnitzereien auf Schmuckgegenstände, und bald wimmelte es in ihrem Gemach nur so vor Wachsklumpen und Skizzen. Im Nu kannte Tobin die Hälfte der Goldschmiede in der Umgebung des Palastkreises, die er stets zu überfallen pflegte, sobald ihm etwas Neues in den Sinn kam, worauf Korin ihn scherzhaft zum Künstlerprinzen ernannte.

Mit diesen erfreulichen Gedanken balancierte Ki zwei halb leere Soßenschalen zurück in die Küche. Kurz bevor er die Anrichte erreicht hatte, bauten sich Mago und Arius vor ihm auf. Hastig sah er sich um, doch Barieus war nirgends zu sehen, und die Köche und Küchenjungen waren mit ihrer eigenen Arbeit beschäftigt.

»Gib es auf, wir sind ganz unter uns«, sagte Arius, dem Kis Blick nicht entgangen war. Er versetzte Ki einen Schubs, Mago setzte nach, und schließlich hatten sie ihn in eine Ecke getrieben. Ki schaffte es gerade noch, die Soßenschalen auf einem Tisch abzustellen, ehe sie umkippen konnten.

»Gut gemacht, Bauerntölpel«, höhnte Arius.

Ki seufzte und wartete darauf, dass sie ihn gehen lassen würden, nun, da sie ihren Spaß gehabt hatten, aber das taten sie nicht.

»Gut für den Sohn eines Pferdediebs«, fügte Mago herablassend hinzu, ohne auch nur die Stimme zu senken.

Ki fühlte, wie seine Wangen zu brennen anfingen. »Mein Vater ist kein Dieb.«

»Nicht?« Mago sah ihn aus weit aufgerissenen Augen an. »Nun, dann muss er ein Hahnrei sein und du der Bastard, für den ich dich von Anfang an gehalten habe. Der alte Larenth hat jahrelang die Pferde meines Onkels gestohlen, und jedermann weiß das. Mein Onkel hätte deinen Bruder Alon hängen lassen, wäre der nicht zu den Soldaten geflüchtet, ehe die Gerichtsdiener seiner habhaft werden konnten.«

Ki hielt seinem Blick stand, die Fäuste fest an die Hüften gepresst. »Er ist kein Dieb! So wenig wie mein Vater!«

»Dann ist Larenth nicht dein Vater«, konterte Arius, als wollte er mit ihm diskutieren. »Nur raus damit, auf welcher Seite des Bettes wurdest du geboren, Sir Kirothius? Oder weißt du es womöglich selbst nicht?«

Das ist nicht von Bedeutung. Ki spannte die Fäuste so kräftig, dass sich seine Fingernägel in die Handflächen bohrten. *Nur die Ehre zählt. Du darfst Tobin nicht entehren, indem du die Nerven verlierst.*

»Ich frage mich, was ein Prinz mit so einem Bauerntölpel als Knappen will«, sagte Mago.

Arius schob sich noch näher heran. »Nun, du weißt ja, was über *ihn* so erzählt wird . . .«

Ki wollte seinen Ohren kaum trauen. Wagten es diese Burschen doch tatsächlich, Tobin zu kränken. Doch beide Knaben machten kehrt und waren verschwunden, ehe Ki sich genug gesammelt hatte, um ihnen eine passende Antwort zu erteilen.

»Ki, steh da nicht rum und träume. Bring den Pflaumenkuchen raus!«, schimpfte Chylnir, der gerade die Küche betreten hatte.

Ehre. Ki rief sich Tharins Stimme in Erinnerung, als er das schwere Kuchentablett hob. *Was immer ein Knappe tut, fällt stets auf den Herrn zurück, dem er dient. Behalte diesen Gedanken stets in deinem Herzen, gleich, was auch geschieht, dann wirst du immer das Richtige tun.*

Der Gedanke an Tharin half ihm, sich zu beruhigen. Als er schließlich wieder im Speiseraum angekommen war, konnte er Mago und Arius bereits den Tod wünschen, ohne sie gleichzeitig mit finsteren Blicken zu bedenken.

Stattdessen nahm er all seinen Groll am nächsten Morgen mit auf den Exerzierplatz, und so machte er es von da an jeden Tag. Wann immer er konnte, maß er sich mit einem seiner Feinde im Schwertkampf oder im Ringen und ließ seinen Körper für sich sprechen. Auch die anderen waren gute Kämpfer, und er konnte sie nicht jedes Mal besiegen, dennoch lernten sie schnell, Kämpfen mit ihm aus dem Wege zu gehen, so gut sie nur konnten.

Alle, von den älteren Gefährten abgesehen, sahen Tobin und Ki als ebenbürtig an, und Ki war sich nicht sicher, ob sie nicht auch den einen oder anderen dieser Knaben hätten besiegen können, doch Porion wollte es nicht erlauben. Inzwischen bildete sich ein Gedränge, wenn der neue Prinz zum Kampf antrat. Einige der Gefährten, zu denen auch Lutha gehörte, trugen nun auch schlichtere Kleider auf dem Exerzierplatz, wenn sie auch nicht ganz so abgetragen waren wie Tobins altes Wams. Dabei hatte Ki in diesem Punkt sogar schon die Partei von Molay und Lord Orun ergriffen und versucht, Tobin zu überreden, sich seiner Position angemessener zu kleiden, aber er hatte nichts erreicht. Zu Festlichkeiten überall in der Stadt trug er jeden gewünschten feinen Staat, doch in dieser einen Sache blieb er stur, obwohl auch er gehört hatte, wie einige der Zuschauer Scherze gerissen hatten, sie wären nicht einmal imstande, ihn und Ki bei einem Wettstreit der beiden auseinander zu halten. Tatsächlich schienen ihm derartige Kommentare sogar zu gefallen.

Erst viel später erkannte Ki, dass Tobin sich der erbärmlichen Gemeinheiten, die ihnen entgegenschlugen, nicht minder klar und grollend bewusst war wie er selbst, wenn Tobin auch einen eigenen Weg gewählt hatte, sie zu bekämpfen.

Kapitel 44

Der Herbst brach mit einer Reihe schrecklicher Gewitterstürme herein, die von der See her über das Land zogen. Blitze zuckten vom Himmel herab, trafen Gebäude und manchmal sogar Menschen. Regen rann in Strömen von den Dächern und über die Straßen und schwemmte die Abfälle eines ganzen Jahres ins Meer hinaus.

Das schlechte Wetter hielt die Königlichen Gefährten tagelang im Palast fest. Der Festsaal diente als Schwertkampfarena, und in den Korridoren fand so manche wilde Hetzjagd statt, zum großen Bedauern all jener Edelleute, die versehentlich hineingerieten. So einige fanden sich schließlich in den Fischbecken wieder.

Korin hielt in seinem großen Saal Hof, umgeben von Jongleuren und Minnesängern. Er hatte eine ganze Zirkustruppe an Künstlern um sich geschart und piesackte die Herolde alle paar Stunden, in der Hoffnung, dass sie ihm etwas Neues zu berichten hätten. Und er trank.

Ki und Tobin ließen schwitzend eine weitere Lektion im Tanzen über sich ergehen, als ein Page in der gelben Livree der Bediensteten Lord Oruns unter dem tropfnassen Mantel auftauchte und mit Prinz Korin sprach.

»Vetter!«, rief Korin an Tobin gewandt. »Dein Verwalter erbittet unsere Gesellschaft am heutigen Nachmittag. Ich nehme an, wir werden seinem Ruf folgen müssen. Du auch, Caliel. Ich bin sicher, Orun wird auch für dich ein Plätzchen finden.«

»Verdammt«, seufzte Ki.

»Dir wird es hier wohl besser ergehen als mir dort«, grollte Tobin. »Was will er von mir? Ich war doch gerade vor drei Nächten dort.«

Während des tristen Nachmittags trafen noch weitere Boten ein, die andere Knaben fortriefen. Kanzler Hylus verlangte nach seinem Enkelsohn Nikides, der sich von Ruan begleiten ließ. Lutha lag im Fieber, und Barieus wich kaum von seiner Seite. Solchermaßen allein mit Mago und seinen Freunden, beschloss Ki, sich rar zu machen, bis Tobin zurückkam.

Er zog sich in ihr Gemach zurück und suchte dort nach einer Beschäftigung, doch Molay hatte bereits alles in Ordnung gebracht. Sogar Tobins Schnitzbank war zur Abwechslung einmal aufgeräumt und blitzsauber. Schließlich entschloss sich Ki, trotz des Wetters einen Ausritt zu wagen. Er schlüpfte in alte Schuhe und einen dicken Mantel und machte sich auf den Weg zu den Ställen.

»Soll ich nach Eurem Pferd schicken, Sir Ki?«, rief Baldus ihm nach.

»Nein«, entgegnete Ki, dankbar, nach der langen Zeit in geschlossenen Räumen endlich wieder hinauszukommen.

Der Regen hatte nachgelassen, aber ein steifer Wind peitschte ihm den Mantel um die Beine, als er sich aus dem geschützten Bereich des Palastgartens wagte. Bald waren seine Schuhe durchgeweicht, doch das war ihm egal. Der Kampf gegen den kalten Wind und der scharfe Geruch der See brachten sein Blut in Wallung und ließen ihm das Herz leichter werden. Er legte den Kopf in den Nacken und ließ sich den Wind ins Gesicht wehen. Noch blieb ihm genug Tageslicht; vielleicht konnte er sogar Tharin zu einem Ausritt an die Küste überreden.

Von ein paar Stallknechten abgesehen, waren die Stallungen verlassen. Die Männer kannten ihn und verbeugten sich artig, als er in die säuerlich riechende Dunkelheit des Stalles trat, wo ihn zu beiden Seiten hundert glänzende Pferderücken erwarteten; die Boxen von Drache und Gosi befanden sich auf halbem Wege den Mittelgang hinunter auf der linken Seite.

Er war noch nicht weit gekommen, als er merkte, dass er doch nicht allein war.

Ki wirbelte herum und erblickte Mago und Arius, die ihm beinahe direkt auf den Fersen waren. Das Heulen des Sturms hatte ihnen geholfen, ihm heimlich und ungehört nachzuschleichen, als er den Palast verlassen hatte. Und seine eigene Unaufmerksamkeit, wie er sich mutlos eingestehen musste. Weit und breit war nun kein Stallbursche mehr zu sehen. Vermutlich hatten seine beiden Verfolger Verstand genug bewiesen, sie zu bestechen, damit sie sich fern hielten.

»Nanu, du hier, Bauernbursche«, rief Mago vergnügt. »Und wie geht es dir an diesem schönen Nachmittag?«

»Recht gut, abgesehen von der Gesellschaft«, konterte Ki. Sie würden ihn nicht vorbeilassen, so viel stand fest. Es gab noch eine Tür am anderen Ende des Stalles, aber das hieße, den Schwanz einzuziehen und wegzulaufen, und er wollte verdammt sein, wenn er sich zu so einem feigen Verhalten würde hinreißen lassen. Lieber kassierte er Prügel. Andererseits dürften die beiden nicht so närrisch sein.

»Ich hätte nicht erwartet, dass du, was deinen Umgang angeht, so wählerisch bist«, sagte Arius, der mit einem schweren Ring an seinem Finger spielte. »Da du doch so lange in dieser Rattenfalle von einer Festung eingesperrt warst, zusammen mit einem Dämon und

Tharins schlampigen Bauernsoldaten. Und ich bin neurgierig...« Immer und immer wieder drehte Arius den Ring an seinem Finger. »Vielleicht kannst du es mir erklären, schließlich hast du dort gelebt. Ist es wahr, was so über Tharin und Lord Rhius erzählt wird? Ich dachte, du als der Knappe seines Sohnes könntest das wissen.«

Das Blut pulsierte in Kis Ohren. Er hatte keine Ahnung, worauf Arius hinauswollte, aber die Art und Weise, wie er sprach, war mehr als anstößig.

»Vielleicht liegt das in der Familie, genau wie der Wahn«, mutmaßte Mago mit einem giftigen Lächeln. »Du und Tobin, tut ihr es auch?«

Langsam regte sich ein Verdacht in Ki, und er empfand eisigen Zorn, nicht in erster Linie wegen der Beschuldigung selbst, sondern wegen des Umstands, dass diese beiden Pickelgesichter es wagten, zwei so erhabene Männer mit ihrem lüsternen Schmutz zu bewerfen, von Tobin ganz zu schweigen.

»Nimm das zurück«, grollte er und ging drohend auf Mago zu.

»Warum sollte ich? Ihr teilt das Bett, nicht wahr? Wir alle haben euch in jener Nacht gesehen, in der wir zu dem alten Thronsaal gegangen sind.«

»Wo ich herkomme, ist das üblich«, entgegnete Ki.

»Nun, wir alle wissen ja, wo du herkommst, Bauerntölpel, nicht wahr?«, spottete Arius.

»Zwei in einem Bett«, höhnte Mago. »Lord Orun hat mir erzählt, Tharin hätte gewöhnlich den Arsch hingehalten. Wie steht es mit dir? Oder ist Tobin...«

Ki schlug zu, ohne darüber nachzudenken. Er wollte diese Worte einfach nicht hören, und in dem Augenblick, als seine Faust auf die Nase des älteren Knappen traf, fühlte es sich gut an. Mago ging fluchend im feuchten Schmutz des Stalles zu Boden, und Blut strömte aus seiner Nase. Arius packte Ki am Arm und schrie um Hilfe, aber Ki stieß ihn von sich und ging fort.

Die Hochstimmung hielt nicht lange vor. Als er den Stall durch die Tür am Ende des Mittelganges verlassen hatte, wusste er, dass er einen fatalen Fehler begangen hatte, und er fing an zu rennen, wohl wissend, dass es nur einen Ort gab, an den er gehen konnte. Niemand folgte ihm.

Ich habe versagt, verwünschte er sich in Gedanken, als ihm das ganze Ausmaß der Folgen seiner Missetat bewusst wurde. Er hatte Tobin enttäuscht. Und Tharin. Und sich selbst. Dann wieder richtete sich sein ganzer Groll gegen seine Peiniger. Korin hatte Recht; sie alle vermoderten hier. Unflätige, verweichlichte, verleumderische, kriecherische kleine Bastarde wie Mago würden unter wahren Kriegern keinen Tag überleben. Aber das änderte nichts an der Tatsache, dass er Tobin entehrt hatte. Und nun würde alles noch viel schlimmer werden.

Der Himmel öffnete seine Schleusen, und Regen prasselte hernieder, und Ki rannte.

Tobin hasste die Besuche in Lord Oruns Haus. Die Räume waren zu warm, das Essen zu süß und die Diener – ein Rudel schlapper Knaben mit bloßem Oberkörper – übertrieben aufmerksam. Orun bestand jedes Mal darauf, dass Tobin sich neben ihn setzte und sein Mahl teilte, und der Anblick dieser schmierigen, runzligen Finger verdarb dem Prinzen grundsätzlich jeglichen Appetit.

An diesem Tag jedoch war es noch schlimmer. Tobin war bereits mit Kopfschmerzen aufgewacht, und er fühlte einen dumpfen Schmerz im Leib, der ihn ermüdete und seine Sinne trübte. Eigentlich hatte er gehofft, am Nachmittag ein wenig schlafen zu können – bis der Ruf Oruns ertönt war und seine Pläne zunichte gemacht hatte.

Orun bestand zudem jedes Mal darauf, auch Moriel einzuladen. Wenn Tobin es ihm auch verübelte, musste er doch zugeben, dass der blasse Knabe sein Bestes gab, nett zu sein, wann immer sie gemeinsam in diese Situation gerieten. Andererseits würde ihm an Oruns Tafel wohl jeder als nett erscheinen.

Heute saßen dreißig Edelleute am Tisch, und Niryn, der Zauberer des Königs, besetzte den Ehrenplatz zur Linken Tobins. Zwischen den einzelnen Gängen unterhielt er die Gäste mit albernen Tricks und Illusionen, ließ einen gefüllten Kapaun tanzen oder Soßenschalen wie Schiffe über den Tisch gleiten. Als Tobin sich am Tisch umsah, erkannte er, dass Korin und Caliel die Augen verdrehten.

Seufzend lehnte er sich zurück. Niryns Magie war noch witzloser als Arkoniels.

Mühsam hielt sich Ki unter Kontrolle, als Ulies ihn hereinließ und in die Halle führte. Tharin saß in Hemdsärmeln neben dem Kaminfeuer. Koni und einige der anderen Männer waren ebenfalls anwesend und vergnügten sich beim Kartenspiel oder reparierten Zaumzeug neben dem Herd. Alle begrüßten Ki ganz unbefangen, nur Tharin zog die Stirn in Falten, kaum dass er den Knaben sah.

»Was ist los?«, fragte er.

»Können wir unter vier Augen reden?«

Tharin nickte und ging mit Ki in sein Gemach. Dort

angekommen, schloss er die Tür, drehte sich um und fragte: »Was ist passiert?«

Unterwegs hatte Ki bestimmt ein halbes Dutzend Erklärungen erwogen, aber nun schien seine Zunge am Gaumen zu kleben. Hier gab es kein Feuer, und es war ziemlich kalt. Elendig zitternd lauschte er dem Regenwasser, das von seinem Mantel auf den Boden tröpfelte, und suchte nach den passenden Worten.

Tharin setzte sich auf den Stuhl neben dem Bett und winkte Ki zu, zu ihm zu kommen. »Nun gut, erzähl mir, was geschehen ist.«

Ki streifte den Mantel ab und fiel vor Tharin auf die Knie. »Ich habe Tobin und mich entehrt«, brachte er schließlich hervor, während er gegen die Tränen der Scham kämpfte. »Ich habe einen anderen Knappen geschlagen. In den Stallungen. Gerade eben.«

Tharins fahle Augen fixierten ihn, als wollten sie ihn zermürben. »Welchen?«

»Mago.«

»Warum?«

»Er hat . . . Dinge gesagt.«

»Beleidigungen?«

»Ja.«

»Gibt es Zeugen?«

»Nur Arius.«

Tharin stieß ein verächtliches Schnauben aus. »Dieser arrogante kleine Narr. Also schön, raus damit. Was hat er gesagt, das so schlimm war, dass du nicht einfach davongehen konntest?«

Zorn regte sich in Kis Geist. »Ich bin immer wieder einfach davongegangen! Sie nennen mich einen Bauerntölpel und einen Bastard und den Sohn eines Pferdediebs, seit wir hergekommen sind. Und ich habe sie jedes Mal einfach stehen lassen. Aber dieses Mal haben sie mich allein in den Stallungen gestellt, und sie ... sie ...« Alles in ihm sträubte sich dagegen zu wiederholen, was sie über Tharin gesagt hatten. »Sie haben Tobin gekränkt. Und Herzog Rhius. Und Euch auch. Sie haben schmutzige Lügen erzählt, und ich habe die Nerven verloren und Mago geschlagen. Dann bin ich hierher gerannt.« Er ließ den Kopf hängen und wünschte sich, er könnte einfach sterben und alles wäre vorbei. »Was soll ich jetzt tun, Tharin?«

»Du wirst deine Strafe ertragen müssen wie jeder andere Knappe. Aber jetzt möchte ich erst einmal erfahren, was sie gesagt haben, dass du so wütend geworden bist und etwas Derartiges getan hast. Und warum all die anderen Beleidigungen dich nicht so erzürnt haben. Fangen wir einfach damit an, einverstanden?«

Tharin packte Ki an den Schultern und zog ihn hoch. Dann setzte er ihn auf das Bett und schenkte ihm einen kleinen Becher Wein ein. Ki kippte ihn hinunter und erschauerte, als sich der Trunk warm in seinem Bauch ausbreitete. »Ich weiß nicht. Vielleicht, weil ich wusste, dass das meiste von dem, was er über mich und meine Verwandten gesagt hat, wahr ist. Ich bin ein Bauernjunge, aber Tobin stört das nicht, ebenso wenig wie Euch oder Porion, also hat es auch mir nicht so viel ausgemacht. Und dass ich kein Bastard bin, weiß ich. Und das über meinen Vater? Ich weiß es nicht. Vielleicht ist er ein Pferdedieb, aber das kümmert Tobin auch nicht, solange ich keiner bin. Und ich bin keiner, also kann ich darüber stehen.«

»Und worüber kannst du nicht stehen?«

Ki umklammerte den Becher mit beiden Händen. »Mago hat gesagt, Lord Orun hätte ihm erzählt, Ihr und Herzog Rhius ... Ihr ...« Er brachte es nicht über die Lippen.

»Wir hätten das Bett geteilt, als wir noch jung waren? Wir hätten eine Liebschaft miteinander gepflegt?«

Kläglich starrte Ki in den roten Rest in seinem Becher. »Er hat gesagt, er hätte gedacht, Tobin und ich würden das auch tun. Aber er hat es nicht so gesagt ... so wie Ihr es gesagt habt.«

Tharin seufzte, aber Ki entging nicht, dass er wütend war. »Das hatte ich auch nicht angenommen.«

»Tobin und ich tun so etwas nicht!«

»Nun, davon bin ich ausgegangen, aber es ist sehr verbreitet unter jungen Kriegern und nicht nur dort. Ich könnte Mago die eine oder andere Geschichte über seinen eigenen Vater erzählen, die ihn rasch zum Schweigen bringen würde. Bei manchen geht das irgendwann vorbei, andere Männer pflegen derlei Liebschaften ihr ganzes Leben lang. Bei Rhius ging es vorbei.«

Er streckte die Hand aus und ergriff Kis Kinn, um den Knaben zu zwingen, ihm in die Augen zu sehen. »Ich hätte dir das auch selbst erzählt, hättest du mich gefragt. Unter Freunden ist das nicht unehrenhaft, Ki. Sonst müsste sich halb Ero schämen, und auch einige der Königlichen Gefährten, nach allem, was ich gesehen habe.«

Ki war sprachlos angesichts dieser Offenbarung.

»Also hat er dich die ganze Zeit belästigt, und das hat das Fass zum Überlaufen gebracht?«

Ki nickte.

»Sie haben so lange herumgestochert, bis sie einen wunden Punkt gefunden haben, und nun stehst du hier. Was mich am meisten interessiert, ist, dass Mago behauptet hat, Lord Orun hätte ihm das erzählt, Tobins eigener Verwalter. Das war vielleicht mehr, als Orun hätte sagen wollen.«

»Aber warum sagt er so etwas überhaupt?«

»Benutz deinen Verstand, Junge. Wer wollte, dass Moriel Tobins Knappe wird? Wer hatte keinerlei Verwendung für dich, seit er dich zum ersten Mal gesehen hat? Wer hatte das Nachsehen, als Porion Moriel zu deinen Gunsten von den Königlichen Gefährten ausgeschlossen hat?«

»Orun.«

»Und mit wem speist Tobin, soweit mir bekannt ist, gerade in diesem Augenblick?«

Ki ließ den Becher fallen und sprang auf. »Oh, ihr Götter! Kann er mich wegschicken? Ich habe es versaut, nicht wahr? Der alte Scheißkerl wird mich fortschicken!«

»Er kann dich nicht wegschicken, nicht direkt. Aber vielleicht denkt er, dass Tobin nicht imstande sein wird, dich angemessen zu bestrafen, und das würde auf euch beide ein schlechtes Licht werfen. Vielleicht hofft er sogar, dem König möglichst bald genau darüber berichten zu können.«

»Aber warum? Warum kümmert es Orun, wer Tobins Knappe ist?«

»Wer steht Tobin näher als du? Wer könnte Orun nützlicher sein, um Tobin auszuspionieren, als des Prinzen eigener Knappe?«

»Ihr denkt, Orun will ihm schaden.«

»Nein, ich denke, er will ihn unter seiner Kontrolle haben. Und wer, glaubst du, hält Orun unter Kontrolle?«

»Der König?«, wisperte Ki.

»Richtig. Du bist noch viel zu jung, Ki, aber da sie offenbar hinter dir her sind, solltest du es wohl erfahren. Wir alle sind Figuren auf einem großen Spielbrett, und der Einsatz sind Atyion und all die anderen Ländereien und Reichtümer in Tobins Besitz. Du und ich? Wir sind die Wächter, und wir sind dem Gegner im Weg.«

»Aber Tobin ist dem König gegenüber loyal. Er will nichts anderes, als auszuziehen und für ihn kämpfen. Warum kann Orun ihn nicht einfach in Ruhe lassen?«

»Diesen Punkt verstehe ich selbst nicht ganz. Aber es ist nicht an uns, dieses Rätsel zu lösen. Unsere Aufgabe ist es, ihm die Treue zu halten. Und um das zu tun, wirst du Tobin überzeugen müssen, dass er dir morgen eine anständige Tracht Prügel verabreicht. Und du wirst ihm erzählen müssen, was Mago gesagt hat.«

»Nein.« Ki reckte das Kinn vor. »Ich weiß, dass Ihr mir die Wahrheit über all das erzählt habt, aber ich will nicht, dass Tobin weiß, dass einer der Knappen so über ihn und seine Familie gesprochen hat.«

»Dir wird keine andere Wahl bleiben, Ki. Porion wird dich anhören, um ein Urteil über dich zu fällen, und er wird dich fragen, was geschehen ist.«

»Aber das bedeutet, dass ich das vor allen anderen sagen muss. Dann wissen alle, was er gesagt hat, oder nicht?«

»Vermutlich.«

»Das werde ich nicht tun, Tharin. Nein, das werde ich nicht! Einige der anderen machen sich so oder so schon hinter seinem Rücken über ihn lustig. Meinetwegen und wegen der Geister. Außerdem weiß ich nicht, was Tobin tun würde, wenn das alles herauskommt. Er ist nicht wie wir anderen, und das wisst Ihr.« Ki zitterte wieder am ganzen Leib. »Ich will auch gar nicht, dass er so ist wie wir, ich mag ihn genauso, wie er ist. Lasst mich die Dinge auf meine Art regeln, und ich verspreche Euch, ich werde Lord Orun nichts mehr liefern, von dem er dem König berichten könnte. Ich werde sagen, ich hätte ihn geschlagen, weil er meinen Vater beleidigt hat. Dann kassiere ich meine Tracht Prügel, und das ist alles. Um mich als Lügner zu entlarven, müsste Mago eingestehen, was er wirklich gesagt hat, und ich glaube nicht, dass er das tun wird. Nicht vor Porion.«

Angespannt stand er da, während Tharin über seine Worte nachdachte, bereit, die ganze Nacht lang zu diskutieren, sollte es notwendig sein.

Aber Tharin nickte. »Nun gut. Aber sei vorsichtig, mein Junge. Manchen Problemen kann man durch die Hintertür entkommen. Ich glaube, in diesem Fall ist das möglich, in anderen aber nicht. Ehre, Ki, denk immer an die Ehre. Ich will, dass ihr sicher seid, ihr zwei.«

Dankbar ergriff Ki seine Hand. »Ich werde es nicht noch einmal vergessen, das schwöre ich.«

Nach dem Festmahl traten die Schauspieler auf, doch das Stück, das sie aufführten, war eine Art Romanze, die Tobin unverständlich blieb. Das Kinn auf die Hand gestützt, döste er ein wenig, darum bemüht, den Schmerz in seinem Leib zu ignorieren, als ein Bote eintrat und Lord Orun etwas ins Ohr flüsterte.

Orun schnalzte mit der Zunge und beugte sich zu Tobin hinüber. »Ach je, wie es scheint, ist es zu Misshelligkeiten gekommen, in die Euer Knappe verstrickt sein soll.«

Die, die ihnen am nächsten saßen, drehten den Kopf und starrten Tobin an. Auch Korin und Caliel hatten Oruns Worte verstanden.

Tobin erhob sich und verbeugte sich eilends. »Wenn Ihr gestattet, Lord Orun, bitte ich, mich entfernen zu dürfen.«

»Wenn Ihr es für notwendig haltet. Ich an Eurer Stelle würde mich jedoch nicht stören lassen.«

»Ich wünsche es so.«

Tobin konnte sich des Eindrucks nicht erwehren, von jedermann beobachtet zu werden, als er den Raum verließ, und seine Schmerzen waren schlimmer denn je.

Baldus erwartete ihn vor den Palasttoren. Kaum hatte er ihn erblickt, brach er auch schon in Tränen aus. »Eilt, Prinz Tobin! Meister Porion und die anderen haben sich schon im Saal der Gefährten versammelt. Ki hat Mago geschlagen!«

»Oh, ihr Götter! Warum?«, fragte Tobin entsetzt, als sie den Korridor hinunterhasteten.

»Ich weiß es nicht, aber ich hoffe, er hat ihm ein paar Zähne ausgeschlagen!«, brach es mit tränenerstickter Stimme aus dem Knaben heraus. »Er war immer furchtbar gemein zu den Pagen.«

Einige wenige Lampen brannten auf einer Seite des Saales. Ki saß mit trotziger Miene auf einer Bank, Porion stand grimmigen Blickes neben ihm.

Auf einer anderen Bank saß Alben mit Mago und sah kein bisschen fröhlicher aus. Die Nase des Knappen war geschwollen, seine Lippe aufgeplatzt. Quirion und Arius standen hinter ihnen. Der Rest der Königlichen Gefährten hatte auf der anderen Seite des Raumes Haltung angenommen.

»Er hat das getan!«, schrie Alben Tobin entgegen und deutete mit dem Finger anklagend auf Ki.

»Das reicht!«, versetzte Porion.

»Was ist passiert?«, fragte Tobin, der kaum glauben konnte, was er vor sich sah.

Ki zuckte die Schultern. »Mago hat mich beleidigt.«

»Warum hast du nichts gesagt? Warum hast du es

nicht mir erzählt und den Gefährten vorgetragen, wie es von uns verlangt wird?«

»Er hat mich überrascht, Mylord, und ich habe die Nerven verloren. Ich bedaure zutiefst, Euch entehrt zu haben, und ich bin bereit, meine Strafe von Eurer Hand zu empfangen.«

Porion seufzte. »Das ist alles, was er zu sagen bereit ist, Prinz Tobin. Er will uns nicht verraten, was Mago zu ihm gesagt hat.«

»Das ist nicht von Bedeutung«, murmelte Ki.

»Doch, das ist es«, schimpfte Porion. »Es ist eine Sache, wenn er dich allein kränkt, doch falls er etwas über deinen Herrn oder . . .« Er warf Mago einen wutentbrannten Blick zu. »Nun, dann ist das eine ganz andere Geschichte. Prinz Tobin, befehlt ihm zu sprechen!«

»Ki, bitte.«

Ki bedachte Mago mit einem verächtlichen Blick. »Er hat mich Bastard und Bauerntölpel geschimpft. Und er hat meinen Vater als Pferdedieb bezeichnet.«

Porion starrte ihn ungläubig an. »Und deswegen hast du ihn geschlagen?«

»Mir gefiel nicht, wie er es gesagt hat.«

Tobin sah sich unter den Gefährten um und fragte sich, warum Ki von allen den ruhigsten Eindruck machte.

Der Waffenmeister fixierte Mago und Arius mit bohrendem Blick. »Ist das wahr?«

Die beiden Knaben erbebten unter dem gestrengen Blick Porions. »Ja, Waffenmeister. Es ist, wie er sagt.«

Sie lügen, dachte Tobin. Aber warum sollte gerade Ki sie beschützen?

Porion hob die Hände. »Nun gut, Prinz Tobin, ich überlasse Ki Eurer Obhut. Alben, Ihr werdet Euch um Mago kümmern. Morgen, vor dem Opfergang, wird

Prinz Tobin Ki die gerechte Strafe auf den Stufen Sakors erteilen. Für diese erste Missetat ist eine Strafe von zehn Peitschenhieben und ein Tag und eine Nacht Fasten und Wachdienst angemessen. Mago, Fasten und Wachdienst dürfte auch deine aufsässige Zunge zähmen, also gilt das auch für dich. Und nun geht mir aus den Augen!«

Zurück in ihrem Gemach, schickte Tobin die Diener fort und stürzte sich auf Ki. »Was ist passiert? Wie konntest du so etwas tun?«

»Ich bin eben nur ein dummer Bauerntölpel.«

Tobin packte ihn am Kragen seiner nassen Tunika und schüttelte ihn zornig. »Sag so etwas nie wieder! Das bist du nicht!«

Ki legte seine Hände über Tobins und löste sie von seinem Kragen. »Ich habe getan, was mir angelastet wird, Tob. Ich habe die Nerven verloren wie ein dummer Narr. Aber genau das wollten sie. Ich glaube, sie haben mich herausgefordert, um dich in Verlegenheit zu bringen, aber diesen Triumph darfst du ihnen nicht gönnen.«

»Was willst du damit sagen?«, fragte Tobin aufgebracht. »Und wie sollte ich dich bestrafen? Wäre ich dabei gewesen, hätte ich selbst zugeschlagen, dann könnten sie uns jetzt gemeinsam auspeitschen.«

»Ja, ich bin überzeugt, das hättest du, aber das macht es nicht besser. Sie haben meine Hand hervorgezwungen und mich dazu gebracht, etwas zu tun, was ich nicht wollte, und jetzt glauben sie, sie hätten gewonnen.«

Er ging zum Bett und setzte sich. »Ich habe Porion nicht alles erzählt. Das war nicht das erste Mal, und Mago ist nicht der Einzige, der solche Dinge sagt. Ich muss dir nicht sagen, wer noch dazugehört, nicht wahr? Für die bin ich nur ein Bauerntölpel, der im Dreck aufgewachsen ist.« Er blickte auf und rang sich ein müdes Grinsen ab. »Was immerhin wahr ist. Das Gute daran ist, dass das alles deine Position stärken wird. Ruan hat mir erzählt, dass Arius geschrien hat, als er vor einer Weile eine Strafe erhalten hat. Du hast nicht genug Saft in deinen Armen, um mich zum Heulen zu bringen.«

Tobin starrte ihn entsetzt an. »Ich werde dir nicht wehtun!«

Ki schüttelte den Kopf. »Du wirst es wohl versuchen müssen. Wir werden ihnen ein gutes Schauspiel liefern müssen, so wie wir es immer tun. Wenn sie glauben, du wärest zu weich, um mich zu bestrafen, dann könnte der König Zweifel daran bekommen, dass ich der richtige Knappe für dich bin. Das hat jedenfalls Tharin gesagt. Ich habe ihn schon gefragt. Also, gib morgen alles, und zeig denen, dass wir so hart sind wie eine Gebirgseiche.«

Tobin zitterte am ganzen Leib. Ki erhob sich, und packte ihn an den Schultern. »Du tust das für uns, Tob, damit wir zusammenbleiben können. Du willst doch nicht, dass Moriel an meiner Stelle in dieses Gemach Einzug hält, oder?«

»Nein.« Tobin kämpfte gegen die Tränen. Wenn Tharin gesagt hatte, dass sie Ki immer noch wegschicken könnten, dann musste es wohl so sein. »Aber, Ki, ich will nicht ...«

»Das weiß ich. Das alles ist meine Schuld.« Er sank vor Tobin auf die Knie, wie er es schon vor Tharin getan hatte. »Kannst du mir verzeihen?«

Nun konnte Tobin es nicht länger ertragen. Weinend griff er nach Ki und zog ihn in seine Arme.

Ki erwiderte die Umarmung, aber seine Stimme klang

eisern, als er sagte: »Hör mich an, Tobin: So wie jetzt darfst du dich morgen nicht benehmen, hörst du? Das ist genau das, was die wollen, die Bastarde. Diesen Triumph darfst du ihnen nicht gönnen!«

Tobin rückte von Ki ab und blickte ihn an; die gleichen warmen braunen Augen, die goldene Haut und die vorstehenden Zähne unter den von Bartstoppeln umgebenen Lippen, und doch sah Ki plötzlich fast wie ein erwachsener Mann aus. »Hast du keine Angst?«

Ki erhob sich und grinste ihn erneut an. »Ich habe dir doch gesagt, du kannst mir gar nicht wehtun. Du hättest erleben sollen, wie unser Vater uns verdroschen hat. Bei Bilayris Eiern, vermutlich schlafe ich ein, bevor du fertig bist. Außerdem war es das wert, wenn Mago nun endlich sein Schandmaul hält!«

Tobin versuchte, das Grinsen zu erwidern, doch er scheiterte kläglich.

Kapitel 45

Am nächsten Morgen regnete es noch immer. Unter einer grauen Wolkendecke liefen sie zum Tempel. Tobin hielt die schwere Peitsche fest umklammert und versuchte dennoch, nur an das Gefühl der nassen Erde unter seinen Füßen zu denken; nicht an den pulsierenden Schmerz in seinem Leib oder an Ki, der schweigend wie ein Schatten neben ihm rannte.

Keiner von ihnen hatte gut geschlafen, und als der Morgen hereingebrochen war, hatte Tobin erschrocken erfahren müssen, dass sich sein Freund mit einer Decke auf dem Bett in der Nische auf der anderen Seite des Raums zusammengerollt hatte. Tobin hatte beinahe vergessen, dass es dieses Bett überhaupt gab. Ki murmelte etwas von nicht schlafen können, und sie zogen sich schweigend an.

Sie gehörten zu den Ersten an diesem Morgen, und Porion winkte Tobin sogleich beiseite, als sie im Säulengang auf das Eintreffen der anderen Gefährten warteten.

»Das ist kein Spielzeug«, warnte er den Prinzen. »Ki besitzt noch nicht die Muskulatur eines Mannes. Schlägst du zu hart oder zu oft an dieselbe Stelle, wirst du ihm das Fleisch bis auf die Knochen aufreißen, und das will niemand von uns. Stell dich für fünf Schläge zu seiner Linken und für die anderen fünf zu seiner Rechten auf, und achte darauf, dass sie nicht direkt beieinander liegen. Schlag so kräftig zu ...«, Porion schlug Tobin das untere Ende der Peitsche in die Hand, »und die

Spitze wird zehnmal so hart auftreffen. Wenn du fertig bist, muss er, immer noch auf den Knien, deine Hand küssen und dich um Vergebung bitten.«

Schon bei dem Gedanken drehte sich Tobin der Magen herum.

Der Tempel der Vier tauchte vor ihnen im steten Regen auf, klobig und bedrohlich wartete er am oberen Ende der steilen Treppe. Er befand sich mitten im Zentrum des Palastkreises und diente neben der Verehrung der Götter auch der Pflege der Handelsbeziehungen. Zu dieser frühen Stunde jedoch wurde er vor allem von ergebenen Gläubigen besucht, die ihre Opfergaben auf den Altären im Inneren darbringen wollten.

Breite Stufen führten auf allen vier Seiten zum Tempel hinauf. Der Altar des Sakor stand auf der Westseite, und auf den dazugehörigen Stufen versammelten sich die Königlichen Gefährten zu Kis Tortur, nachdem sie ihre Opfer dargebracht hatten. Der Priester Sakors stand am oberen Ende der Treppe in der offenen Tür. »Wer hat den Frieden der Königlichen Gefährten gebrochen und Schande über den Namen seines Herrn gebracht?«, fragte er laut genug, um eine kleine Schar Neugieriger anzulocken.

Tobin sah sich um. Sie waren überwiegend von Soldaten umgeben, aber auch Aliya und ihre Freundinnen waren erschienen, eingewickelt in Schleier und dicke Mäntel, die sie vor dem Regen schützen sollten, genau wie Lord Orun und Moriel. Jegliches Wohlwollen, das Tobin je für diesen Knaben empfunden hatte, löste sich in Nichts auf, als er das hämische Funkeln in dessen Augen erkannte. Tharin war nicht zugegen und auch kein anderes Mitglied von Tobins Haushalt.

»Ich brach den Frieden«, erwiderte Ki mit lauter, fester Stimme. »Ich, Kirothius, Sohn des Larenth, unwürdiger Knappe des Prinzen Tobin, bin schuldig, einen anderen Knappen geschlagen zu haben. Ich bin bereit, meine Strafe zu empfangen.«

Die anderen Gefährten stellten sich auf den Stufen im Kreis um sie herum auf, als Ki Wams und Hemd ablegte. Kniend beugte er sich vor und stützte die Hände auf eine höhere Stufe. Tobin nahm seinen Platz an Kis rechter Seite ein und umklammerte die Peitsche.

»Ich bitte um Vergebung, mein Prinz«, sagte Ki, und seine Stimme trug weit in der klaren Morgenluft.

Tobin legte die Peitschenschnur auf Kis Rücken und erstarrte einen Augenblick lang, unfähig, auch nur zu atmen. Er wusste, was von ihm erwartet wurde, wusste, dass Ki keinen Groll gegen ihn hegen würde und dass es kein Zurück mehr gab. Doch beim Anblick des vertrauten Rückens mit dem weichen, goldenen Flaum, der sich am Rückgrat entlangzog, und der Raubkatzenschultern, die reglos unter der sonnengebräunten Haut verharrten, glaubte er nicht, dass er sich überhaupt würde rühren können, bis Ki plötzlich flüsterte: »Los, Tobin, liefern wir ihnen ein gutes Schauspiel.«

Darum bemüht, seine Kraft einzusetzen, wie Porion es ihm gezeigt hatte, hob Tobin die Peitsche und ließ sie zwischen Kis Schultern auf dessen Rücken niederschnellen. Ki zuckte nicht einmal, aber dort, wo die Peitsche ihn getroffen hatte, erblühte ein zornig roter Striemen.

»Eins«, verkündete Ki laut und deutlich.

»Niemand erwartet von dir, dass du die Schläge zählst«, sagte Porion mit sanfter Stimme zu ihm.

Wieder schlug Tobin zu, dieses Mal ein wenig tiefer, doch der Schlag war zu kräftig; Ki erbebte, und an dem neuen Striemen zeigten sich Tropfen frischen Blutes.

»Zwei«, verkündete Ki so klar wie zuvor.

Jemand in der Menge murmelte etwas. Tobin glaubte, Oruns Stimme zu erkennen, und sein Hass auf den Mann wuchs.

Dreimal noch schlug er von dieser Seite zu, das letzte Mal knapp oberhalb der Hüfte. Beiden lief der Schweiß über das Gesicht, aber Kis Stimme blieb fest und klar, während er jeden neuen Schlag mitzählte.

Tobin wechselte die Seite und fing erneut in der Höhe der Schultern an. Der nächste Schlag kreuzte die bereits vorhandenen Striemen.

»Sechs«, sagte Ki, doch dieses Mal kam kaum mehr als ein Zischen über seine Lippen. Wieder hatte der Schlag Blut gefordert. Die Peitsche hatte sich in das geschwollene Fleisch gebissen, wo der neue Schlag den alten kreuzte, und ein Rinnsal frischen Blutes rann langsam auf Kis Achselhöhle zu.

Du sehen Blut.

Tobins leerer Magen krampfte sich zusammen. Der siebte Schlag fiel zu milde aus, dann folgte der achte und der neunte, so schnell, dass Ki die Zahlen nur hastig keuchen konnte. Bei »zehn« klang seine Stimme rau, aber es war endlich vorbei.

Ki ging in die Hocke und griff nach Tobins Hand. »Vergebt mir, mein Prinz, dass ich Schande über Euch gebracht habe.«

Ehe er ihm die Hand küssen konnte, zog Tobin ihn auf die Füße und ergriff seine Hand, wie es Usus unter Kriegern war. »Ich vergebe dir, Ki.«

Durch diese Abweichung von dem verlangten Ritual verwirrt, bückte sich Ki verunsichert, um die Zeremonie zu Ende zu bringen, und drückte seine Lippen auf Tobins Handrücken, während sie einander gegenüberstanden. Wieder wurde Murmeln in der Menge laut, und

Tobin sah, dass Prinz Korin und Porion sie mit neugierigen, aber auch anerkennenden Blicken bedachten.

Der Priester war ob dieses Bruchs der Zeremonie weniger erfreut, und seine Stimme klang schroff, als er rief: »Komm, auf dass du gereinigt werdest, Knappe Kirotheus.«

Die Umstehenden wichen schweigend zur Seite, und Ki erklomm die restlichen Stufen, den Kopf hoch erhoben. Die Striemen auf seinem blutigen Rücken brannten wie Feuer. Mago folgte, um seinerseits seine Strafe zu empfangen, doch er sah weitaus weniger heldenhaft aus.

Als sie im Innern verschwunden waren, blickte Tobin auf die Peitsche, die er noch immer in der Hand hielt, und dann zu Alben, der bei Quirion und Urmanis stand. Sah er dort ein affektiertes Grinsen, das ihm galt? Ihm und dem, was er getan hatte? Er schleuderte die Peitsche von sich. »Ich fordere Euch heraus, Alben. Stellt Euch mir auf dem Exerzierplatz. Es sei denn, Ihr fürchtet, Eure hübschen Gewänder zu beschmutzen.«

Dann sammelte er Kis abgelegte Kleidung auf, machte auf dem Absatz kehrt und ging davon.

Alben blieb kaum eine anderen Wahl, als sich Tobins Herausforderung zu stellen, obwohl er nicht gerade glücklich darüber zu sein schien.

Der Regen hatte nachgelassen, und als sie einander in dem von Steinen begrenzten Kreis gegenübertraten, nieselte es nur noch ein wenig. Die Menge war ihnen vom Tempel aus gefolgt, um sich den Kampf anzuschauen, der fraglos in ein wütendes Kräftemessen ausarten musste.

Seit seiner Ankunft in Ero hatte sich Tobin Alben

schon oft stellen müssen, und er hatte den älteren Knaben nur selten besiegen können, nachdem jener gelernt hatte, auf mögliche Finten zu achten. Heute aber trieb ihn die angestaute Wut, und die Jahre der Übung mit Ki kamen ihm nun zugute. Wieder und wieder trieb er Alben der Länge nach in den kalten Schlamm. Das hölzerne Schwert fühlte sich in seiner Hand beinahe wie die schwere Peitsche an, und er wünschte, er könnte sie wenigstens ein einziges Mal auf Albens Rücken niederfahren lassen. Stattdessen durchdrang er die Deckung des Älteren und schlug ihm so hart über den Nasenschutz seines Helms, dass seine Nase zu bluten anfing. Alben fiel auf die Knie und gab auf.

Tobin bückte sich, um ihm aufzuhelfen. Als er ihm ganz nah war, flüsterte er so leise, dass nur Alben ihn hören konnte: »Ich bin ein Prinz, Alben, und ich werde mich an dich erinnern, wenn ich erwachsen bin. Bring deinem Knappen bei, seine Zunge im Zaum zu halten. Und Lord Orun kannst du das Gleiche erzählen.«

Alben riss sich wütend los, verbeugte sich anstandsgemäß und verließ den Kampfplatz.

»Ihr.« Tobin deutete mit dem Schwert auf Quirion. »Wollt Ihr gegen mich antreten?«

»Ich habe keinen Streit mit Euch und hege nicht den Wunsch, mir hier draußen im Regen den Tod zu holen.« Er stützte Alben auf dem Weg zurück zum Palast, und ihre Freunde verschwanden mit ihnen.

»Ich werde gegen dich antreten«, sagte Korin und trat in den Steinkreis.

»Korin, nein . . .«, warnte Porion, aber der Prinz winkte ab.

»Nur keine Sorge, Waffenmeister. Nur zu, Tobin, gib dein Bestes.«

Tobin zögerte. Er wollte gegen jemanden kämpfen,

der sich seinen Zorn zugezogen hatte, aber nicht gegen seinen Vetter. Doch Korin stand bereits vor ihm und salutierte, also blieb ihm nichts übrig, als sich zu stellen und die Klinge zu erheben.

Gegen Korin zu kämpfen war, als würde er auf eine Mauer einprügeln. Tobin stürzte sich in den Kampf, darauf erpicht, dem Prinzen alles zu geben, aber Korin blockte jeden Angriff eisern ab. Doch er konterte nicht, sondern ließ Tobin immer wieder angreifen, bis jener vollkommen erschöpft war und keuchend aufgab.

»Nun gut. Fühlst du dich jetzt besser?«

»Vielleicht ein bisschen.«

Korin stützte sich auf sein Schwert und grinste ihn an. »Du musst immer einen eigenen Weg beschreiten, was?«

»Was meint Ihr?«

»Nun, zum Beispiel den Kuss. Du wolltest nicht, dass Ki vor dir kniet.«

Tobin zuckte mit den Schultern. Er hatte nicht planvoll gehandelt. Es war ihm lediglich in jenem Augenblick richtig erschienen.

»So etwas tun nur Ebenbürtige.«

»Ki ist mir ebenbürtig.«

»Das ist er nicht, und das weißt du. Du bist ein Prinz.«

»Er ist mein Freund.«

Korin schüttelte den Kopf. »Was für ein komischer kleiner Kerl du doch bist. Ich denke, ich werde dich zu meinem Lordkanzler machen, wenn ich König bin. Nun komm, lass uns etwas essen. Ki und Mago müssen für ihre Sünden hungern, wir aber nicht.«

»Ich würde lieber noch ein wenig draußen bleiben, wenn Ihr gestattet, Vetter.«

Korin sah Porion an und lachte. »Stur wie sein Vater!

Oder wie meiner. Nun, tu, was dir gefällt, Vetter, aber hol dir bei der Kälte nicht den Tod. Wie ich schon sagte, ich werde dich noch brauchen.« Damit zogen auch Korin und die älteren Gefährten von dannen, gefolgt von ihren Schildknappen.

Lutha und Nikides jedoch blieben zurück. »Möchtest du ein wenig Gesellschaft?«, fragte Lutha.

Tobin schüttelte den Kopf. Er wollte weiter nichts als allein sein und Ki im Stillen vermissen. Am liebsten wäre er zur Küste geritten, doch es war den Königlichen Gefährten verboten, den Palastkreis ohne Begleitung zu verlassen, und er hatte nicht die Nerven, Tharin gerade jetzt aufzusuchen, also verbrachte er den Rest des Tages damit, im Regen durch die Zitadelle zu spazieren, ein düsterer Zeitvertreib, der seiner Stimmung angemessen war.

Um den Tempel machte er einen Bogen, und wenn er sich auch einredete, er wolle Ki nicht in Verlegenheit bringen, indem er ihn bei seiner Wache störte, lautete die Wahrheit doch, dass er sich auch nicht imstande fühlte, Ki gegenüberzutreten. Die Erinnerung an die Striemen auf der glatten, gebräunten Haut reichten vollkommen, um ihm die Galle in die Kehle steigen zu lassen.

Stattdessen umkreiste er das gewaltige Fischbassin der Königin Klia und beobachtete, wie die silbrigen Fische nach Regentropfen schnappten, ehe er sich auf den langen Marsch zum Hain Dalnas auf der Nordseite des Hügels machte. Das Wäldchen war nicht groß, aber die Bäume waren so alt wie die Stadt selbst, und für eine Weile gelang es ihm dort, sich vorzustellen, er wäre wieder zu Hause und unterwegs zu Lhels Eiche. Die seltsame kleine Hexe fehlte ihm schrecklich, und er vermisste Nari und die Diener in der Festung. Er vermisste sogar Arkoniel.

Inmitten des Wäldchens befand sich ein Schrein mit einer Feuerstelle; Tobin wühlte eine hölzerne Schnitzerei aus seiner Hüfttasche hervor und warf sie und ein paar Heimwehtränen zusammen mit einem Gebet, doch bitte bald wieder an den heimatlichen Herd zurückkehren zu dürfen, in die Flammen.

Als Tobin später die königliche Gruft passierte, waren überall in der Zitadelle die Lampen entzündet worden. Seit der Nacht ihrer Ankunft war er nicht mehr hier gewesen. Frierend und mit schmerzenden Füßen ging er hinein, um sich am Altarfeuer aufzuwärmen.

»Vater, ich vermisse dich!«, flüsterte er, während er in die Flammen starrte. Lag seines Vaters Tod wirklich erst ein paar Monate zurück? Es schien kaum vorstellbar. Tobin hatte das Gefühl, seither wären schon Jahre ins Land gezogen.

Er nahm die Kette ab und hielt das Siegel und den Ring seiner Mutter in der Hand. Tränen vernebelten seinen Blick, als er die beiden eingravierten Köpfe im Stein des Rings betrachtete. Er vermisste sie beide. Gerade jetzt wusste er, dass er sogar froh wäre, seine Mutter an einem ihrer schlechten Tage noch einmal zu sehen, wenn er doch nur wieder nach Hause dürfte und alles wieder so wäre wie früher.

Da er nicht den Wunsch empfand, die Toten in der Tiefe der Gruft zu besuchen, beschränkte er sich auf ein langes Gebet für ihre Seelen, und als er fertig war, ging es ihm ein wenig besser.

Inzwischen regnete es wieder stärker, was Tobin zum Anlass nahm, die Bildnisse der skalanischen Königinnen zu studieren, bis der Wolkenbruch vorüber wäre, wobei er sich im Stillen fragte, ob er wohl den Geist wiedererkennen würde, den er ihm Thronsaal gesehen hatte.

Da er selbst ein künstlerisch veranlagter Mensch war, bemerkte er interessiert die verschiedenen Stilrichtungen, in denen die Statuen gehalten waren. Die älteste, Ghёrilain, die Gründerin, war eine steife, leblose Figur mit einem nichts sagenden Gesicht, deren Kleidung und Waffen mit dem Körper verschmolzen waren, als hätte der Bildhauer nicht die Fertigkeit besessen, ihre Gestalt aus dem Stein zu befreien. Dennoch erkannte er das Schwert in Ghёrilains Hand – das gleiche Schwert, das auch alle anderen Statuen hielten. Heute trug sein Onkel dieses Schwert.

War es dasselbe Schwert wie das, das der Geist ihm entgegengestreckt hatte? Langsam drehte er sich um die eigene Achse und musterte all die Gesichter der Statuen. Wer war sie gewesen? Denn eine Königin musste sie gewesen sein. Und falls es *dieses* Schwert gewesen war, warum hatte sie es ihm dargeboten?

Hastig vergewisserte er sich, dass der Priester der Gruft nicht in der Nähe war und flüsterte: »Blut von meinem Blut, Fleisch von meinem Fleisch, Bein von meinem Bein.«

Bruder tauchte vor ihm auf, transparent im Feuerschein. Beschämt fragte sich Tobin, wie lange es her war, seit er ihn zum letzten Mal gerufen hatte. Drei Tage? Eine Woche? Womöglich noch länger. Da waren all die Feste und Tänze und Übungen und dann das Theater mit Ki. Was Lhel wohl dazu sagen würde? Aber daran mochte er im Grunde gar nicht denken.

»Es tut mir Leid, ich habe es vergessen«, murmelte er. »Siehst du? Hier stehen all die großen Königinnen. Du erinnerst dich doch an die, die ich zu Hause in der Schatulle hatte, nicht wahr? Das ist ihre Gruft. Ich habe eine von ihnen gesehen – ihren Geist. Weißt du, wer sie war?«

Bruder fing an, die Statuen zu umkreisen und sich jedes Gesicht genau anzusehen. Am Ende kam er vor einem der Bildnisse zur Ruhe und machte keine Anstalten, sich wieder von ihr zu entfernen.

»Das ist sie? Ist sie diejenige, die ich im Alten Palast gesehen habe?«

»Vergebung, Prinz Tobin?«

Tobin wirbelte herum und erblickte den Zauberer des Königs neben dem Altar. »Lord Niryn! Ihr habt mich erschreckt.«

Niryn verbeugte sich. »Das Gleiche könnte ich sagen, mein Prinz. Ich hörte Euch sprechen, doch ich sehe niemanden, der Euch zuhören könnte.«

»Ich ... ich dachte, ich hätte im Alten Palast einmal einen Geist gesehen, und ich habe mich gefragt, ob es eine der alten Königinnen gewesen sein könnte.«

»Aber Ihr habt laut gesprochen.«

Sollte Niryn Bruder sehen können, so ließ er sich das nicht anmerken. Tobin seinerseits war vorsichtig genug, sich nicht nach dem Geist umzusehen, als er antwortete: »Führt Ihr denn nie Selbstgespräche, Mylord?«

Niryn trat näher. »Nun, möglicherweise. Und habt Ihr Euren Geist hier gefunden?«

»Ich weiß nicht recht. Die Gesichter sind alle nicht so gut geraten, nicht wahr? Vor allem dieses.« Er deutete auf die Statue, vor der Bruder verharrte. »Wisst Ihr, wer sie ist?«

»Königin Tamír, die Tochter von Königin Ghërilain der Ersten, glaube ich.«

»Dann hat sie gewiss einen Grund zu spuken«, kommentierte Tobin, darum bemüht, so leichtherzig wie möglich zu klingen. »Sie wurde von ihrem Bruder ermordet«, fuhr er fort, voller Nervosität die alten Lektionen herunterzurasseln. »Pelis widersetzte sich dem Orakel und beanspruchte den Thron für sich, aber Illior, der Lichtträger, hat das Land dafür bestraft und ihn getötet.«

»Still, Kind!«, rief Niryn entsetzt aus und schlug irgendein undefinierbares Zeichen in die Luft. »König Pelis hat seine Schwester nicht umgebracht. Sie ist gestorben, und er war ihr einziger Erbe. Keine Königin wurde je in Skala ermordet, mein Prinz. So etwas zu behaupten ist überaus unselig. Und Pelis wurde von Meuchelmördern getötet, nicht von den Göttern. Eure Lehrer waren sehr schlecht informiert. Vielleicht ist es an der Zeit für einen neuen Lehrer.«

»Ich bitte um Vergebung, Zauberer«, sagte Tobin hastig, von dem unerwarteten Ausbruch überrascht. »Ich wollte mich an diesem heiligen Ort gewiss nicht versündigen.«

Die gestrenge Miene des Zauberers entspannte sich wieder. »Ich bin überzeugt, die Seelen Eurer Vorfahren werden Nachsicht mit ihrem jungen Abkömmling haben. Immerhin seid Ihr der Zweite in der Reihe der Thronfolger nach Prinz Korin.«

»Ich?« Das überraschte ihn noch viel mehr.

»Aber gewiss. Die Brüder und Schwestern des Königs sind tot und ihre Nachkommen ebenso. Außer Euch gibt es niemanden, dessen Blutsbande so eng geknüpft sind.«

»Aber Korin wird eigene Nachfahren zeugen.« Tobin hatte nie daran gedacht, dass er selbst einmal auf dem Thron Skalas sitzen könnte, sondern stets, dass es seine Aufgabe war, ihm zu dienen.

»Zweifellos. Aber noch ist er ein junger Kavalier, dessen Saat nicht aufgegangen ist. Solange dies nicht geschieht, seid Ihr der Nächste in der Erbfolge. Haben Eure Eltern nie über derartige Dinge mit Euch gesprochen?«

Niryn lächelte auf eine Art, die die Augen nicht berührte, und Tobin empfand ein seltsames Kribbeln in seinen Eingeweiden, als würde jemand mit einem Knochenfinger in seinem Gedärm herumrühren.

»Nein, Mylord. Vater hat nur gesagt, dass ich eines Tages ein großer Krieger sein und meinem Vetter dienen würde, so wie er dem König gedient hat.«

»Ein ehrenvolles Trachten. Ihr solltet Euch stets vor jedem in Acht nehmen, der versucht, Euch von dem Pfad abzubringen, den Sakor Euch bestimmt hat.«

»Mylord?«

»Wir leben in unsicheren Zeiten, mein lieber Prinz. Es sind Kräfte am Werk, die Verrat am königlichen Hause betreiben, die einen anderen Herrscher als den Sohn Agnalains wünschen. Sollte sich Euch eine dieser Personen nähern, so hoffe ich, dass Ihr Eure Pflicht tun und sogleich zu mir kommen werdet. Derartige Untreue darf nicht toleriert werden.«

»Ist es das, was Ihr und Eure Häscher tut, Mylord?«, fragte Tobin. »Verräter zur Strecke bringen?«

»Ja, Prinz Tobin.« Die Stimme des Zauberers schien plötzlich tiefer zu werden und die ganze Gruft auszufüllen. »Als ein Diener des Lichtträgers habe ich geschworen, die Kinder des Thelátimos auf dem Thron von Skala zu beschützen. Jeder wahre Skalaner muss dem Thron dienen, jegliche Falschheit durch die Flamme Sakors geläutert werden.«

Niryn trat an das Altarfeuer und nahm eine Hand voll Flammen heraus. Sie ruhten wie Wasser in seiner Handfläche.

Tobin wich einen Schritt zurück. Die Reflexion dieses

widernatürlichen Feuers in den jaspisfarbenen Augen des Mannes gefiel ihm überhaupt nicht.

Niryn ließ die Flammen durch seine Finger rinnen und verlöschen. »Vergebt mir, Euer Hoheit. Ich hatte vergessen, dass Ihr kein Freund der Zauberei seid. Doch ich hoffe, Ihr werdet Euch meiner Worte erinnern, denn wir leben, wie ich bereits sagte, in unsicheren Zeiten. Allzu oft tritt das Böse in der Maske des Guten auf. Für jemanden, der noch so jung ist, ist es schwer, den Unterschied zu erkennen. Ich bete, dass das Mal an Eurem Arm ein wahrhaftiges Zeichen ist und dass Ihr mich stets zu Euren vertrauenswürdigsten Ratgebern zählen werdet. Und nun wünsche ich Euch eine gute Nacht, mein Prinz.«

Wieder empfand Tobin jenes schaurige Kribbeln in seinem Inneren. Dieses Mal weniger deutlich, und es verschwand, als Niryn die Gruft verließ.

Tobin wartete, bis der Mann außer Sichtweite war. Dann setzte er sich vor den Altar und schlang die Arme um die angezogenen Knie, um das erneute Frösteln zu bekämpfen, das seinen Körper befallen hatte.

Die verschleierten Andeutungen des Zauberers über Verräter ängstigten ihn. Ihm war, als wäre er einer Missetat angeklagt worden, obgleich er wusste, dass er nichts getan hatte, das ihm das Missfallen des Zauberers hätte eintragen können. Er war von ganzem Herzen loyal gegenüber Korin und dem König.

Bruder hockte sich neben ihn. *Hier ist kein Pelis.*

Wieder sah sich Tobin aufmerksam unter den Statuen um. Als er sie gezählt und jedes Gesicht eingehend betrachtet hatte, erkannte er, dass Bruder Recht hatte. Unter den königlichen Toten befand sich kein Abbild von König Pelis. Niryn ging fehl; die Lektionen seines Vaters und Arkoniels hatten ihn die Wahrheit gelehrt.

Aber warum hatte der Zauberer dann sosehr auf dem Gegenteil beharrt?

Wie auch immer, Niryn hatte ihm den Namen der Königin verraten, für die Bruder sich entschieden hatte – eben jene Königin, die Pelis ermordet hatte.

Tobin erhob sich, trat direkt vor die zweite Königin von Skala und legte eine Hand auf das steinerne Schwert, das sie hielt. »Guten Abend, Großmutter Tamír.«

Kapitel 46

Am nächsten Tag kam die Sonne wieder heraus, und Porion ordnete Übungen im Freien an.

Tobin bemerkte den zunehmenden Schmerz in seinem Leib kaum, als sie zum Tempel liefen. Ihn interessierte nur, wie es Ki ergangen sein mochte. Sein Herz tat vor Erleichterung einen Sprung, als Ki herauskam, hungrig, aber mit hoch erhobenem Haupt. Mago sah dafür umso schlechter aus, und Ki vertraute ihm später an, dass er den anderen Knappen während der dunkelsten Stunden der Nacht ununterbrochen angestarrt hatte, ohne einen Ton von sich zu geben, nur um ihm Angst zu machen. Offensichtlich hatte es funktioniert.

Die Priester hatten Kis Striemen mit Heilsalbe behandelt, und er nahm ohne Klagen an den morgendlichen Exerzitien teil, lachte mit seinen Freunden, ignorierte seine Feinde und verrichtete am Abend ordnungsgemäß seinen Dienst bei Tisch. Tobin war überzeugt, dass alles wieder in Ordnung war, bis es Zeit zum Schlafen war und Ki die Vorhänge vor dem Bett in der Nische zurückschlug.

»Willst du wieder dort schlafen?«

Ki ließ sich auf die Kante des schmalen Bettes fallen und faltete die Hände im Schoß. Tobin konnte an seiner Haltung sehen, dass er weit schlimmere Schmerzen ertrug, als er zugeben wollte. »Baldus?«

Der Page richtete sich auf seiner Pritsche auf. »Ja, Prinz Tobin?«

»Geh in die Küche, und frag, ob der Koch einen Schlaftrunk für Sir Ki bereiten kann.«

Baldus huschte davon. Tobin schloss die Tür hinter ihm und ging zu Ki hinüber. »Was soll das alles?«

Ki zuckte mit den Schultern. »Ich habe gehört, dass die anderen Knappen es genauso machen ... nun ... Weißt du, die Leute sehen uns auch schon so komisch an. Ich dachte einfach, wir sollten ein paar Dinge den Gepflogenheiten in Ero anpassen.«

»Korin gefällt es, wenn wir die Dinge auf unsere Art tun, das hat er mir gesagt. Er war gestern stolz auf dich.«

»Tatsächlich? Nun, Korin ist nicht die Leute. Und ich bin kein Prinz.«

»Du bist wütend auf mich.«

»Auf dich? Nie. Aber ...«

Zum ersten Mal, seit der ganze Ärger angefangen hatte, hatte Ki Mühe, die tapfere Fassade aufrechtzuerhalten, und Tobin erkannte den müden, niedergeschlagenen Jungen vom Lande hinter der Maske, der gleichzeitig zusammengesunken und seltsam verspannt vor ihm saß, um sich die Schmerzen erträglicher zu machen.

Tobin setzte sich neben ihn und inspizierte die Rückseite von Kis Hemd. Es war blutgetränkt.

»Du blutest. Das wird kleben, wenn du es anlässt. Lass mich dir helfen.«

Er half Ki aus seinem Hemd und warf es neben sich auf das Bett. Der Schmerz in seinem Leib war in dieser Nacht noch stärker, aber er ignorierte ihn standhaft. Ki war derjenige, der jetzt seine Fürsorge brauchte, nicht umgekehrt.

Die Striemen waren nicht mehr rot, sondern purpurschwarz, und der Schorf brach mit jeder Bewegung, sodass die Wunden immer wieder zu bluten anfingen.

Tobin schluckte heftig, als er an all die Gelegenheiten zurückdachte, bei denen er Nari davon abgehalten hatte, Ki mit der Rute zu verprügeln, und nun hatte er selbst so etwas angerichtet.

»Mir gefällt es hier nicht«, sagte er schließlich.

Ki nickte, und eine Träne fiel von seiner Nasenspitze und landete direkt auf Tobins Hand.

»Ich wünschte, wir hätten einfach mit Vater gehen können. Oder dass die Königlichen Gefährten morgen ausziehen und zum König stoßen würden. Vor allem wünschte ich, ich wäre schon erwachsen und könnte über meinen Besitz gebieten, dann könnte ich dich zum Lord machen. Ich verspreche, das werde ich, Ki. Dann wird dich nie mehr irgendjemand als Bauerntölpel beschimpfen.«

Ki lachte unterdrückt auf und legte unter Schmerzen einen Arm um Tobins Schultern. »Ich ...«

Ein lautes Krachen erklang aus dem Ankleidezimmer, und beide fuhren erschrocken zusammen. Tobin sprang auf, und Ki zuckte zurück und griff nach seinem abgelegten Hemd.

Korin und ein halbes Dutzend der älteren Gefährten und ihrer Schildknappen stolperten aus dem Gang hinter der Täfelung.

»Vetter, wir sind gekommen, um eine Einladung auszusprechen«, brüllte er, und Tobin nahm an, dass er seit dem Abendessen ohne Unterbrechung getrunken hatte. Urmanis und Zusthra grinsten mit gerötetem Gesicht. Orneus hatte die Arme um Luchs gelegt und schmiegte sich an seinen Hals. Caliel sah nicht ganz so betrunken aus, aber der einzig Nüchterne war Tanil, Korins Knappe. Er verbeugte sich mit verlegener Miene vor Tobin.

»Wir werden in die Stadt ziehen, um dem Spiel zu

frönen, und wir laden euch ein, mit uns zu kommen«, fuhr Korin fort und stolperte mitten durch den Raum. »Vor allem aber den unbezahlbaren Ki. Zieh dich an, Junge, und ich werde dir eine Hure spendieren, die dich von deinem Rücken ablenken wird.«

Garol stolperte seitwärts von der Gruppe weg und übergab sich laut. Die anderen verhöhnten ihn.

»Ha, Urmanis, sieht aus, als wäret ihr zwei die nächsten Kandidaten für die Tempelstufen«, sagte Korin kopfschüttelnd. »Dein Knappe hat dich über den ganzen Boden im Gemach meines armen Vetters entehrt. Wo war ich gerade? Ach, ja. Huren. Du bist alt genug, nicht wahr, Ki? Ich habe gesehen, wie du die Mädchen beäugt hast! Bei der Flamme, du bist der Beste in dieser ganzen verlausten Horde. Wir betrinken uns und treten dieses Pickelgesicht Mago aus dem Bett. Und Alben, diesen sodomitischen Mistkerl, auch.«

»Nein, Vetter. Ki ist müde.« Tobin stand zwischen dem Prinzen und seinem Freund und fragte sich, was sie tun sollten, falls Korin sich entschloss, sie zu dem Ausflug zu zwingen. So betrunken hatte er Korin seit ihrer Ankunft noch nie erlebt.

Glücklicherweise erwies sich Tanil an diesem Abend als Verbündeter. »Sie sind zu jung für Eure Feiern, Euer Hoheit. Außerdem hat Ki viel zu starke Schmerzen. Eine Hure wäre an ihn nur verschwendet. Lasst uns lieber verschwinden, ehe Meister Porion Euch erwischt und zurück ins Bett schickt.«

»Verdammt, das wollen wir nicht! Seid alle still!«, grölte Korin. »Komm, Vetter, gib uns einen Kuss, und wünsch uns Glück. Du auch, tapferer Kirothius. Gute Nacht! Gute Nacht!«

Korin wollte sich nicht zufrieden geben, ehe jeder Einzelne Tobin und Ki auf beide Wangen geküsst hatte und auch er geküsst wurde, um das Glück hold zu stimmen, doch am Ende stolperten sie dorthin zurück, woher sie gekommen waren.

Kaum hatte sich Tobin überzeugt, dass sie wirklich fort waren, zerrte er den schwersten Sessel im Raum in das Ankleidezimmer und stellte ihn vor der versteckten Tür auf, ehe er Bruder rief und ihm auftrug, Wache zu halten.

Als er in das Schlafgemach zurückkehrte, wusch Ki gerade sein Gesicht über der Waschschüssel. Er hatte Baldus und Molay hereingelassen, die grummelnd damit beschäftigt waren, Garols säuerlich stinkenden Mageninhalt verschwinden zu lassen.

»Wenn der König in der Stadt weilt, geht es nie so zu«, murrte Molay. »Als Korin jünger war, hatte Porion ihn noch unter Kontrolle, aber jetzt ...! Ich werde ein wenig Weihrauch abbrennen, um den Gestank zu vertreiben. Baldus, geh und hol gewürzten Wein für den Prinzen.«

»Nein, keinen Wein«, widersprach Tobin müde.

Als die Diener fertig waren, schickte Tobin sie fort und zerrte Ki zurück in das große Bett. »Nun hast du gesehen, was passiert, wenn man sich den Gepflogenheiten in Ero anpasst. Schlaf jetzt.«

Seufzend gab Ki auf und legte sich bäuchlings an den äußersten Rand des Bettes.

Tobin lehnte sich an die Kissen und bemühte sich, den Gestank zu ignorieren, der trotz der wabernden Weihrauchwolke noch immer in der Luft lag. »Was hat Orneus dem armen Luchs angetan?«

Ki schnaubte in sein Kissen. »Was hast du gestern getan, während ich mir mit Mago die Knie platt gesessen habe?«

Tobin dachte zurück an jenen langen trüben Tag. »Nichts. Aber gestern Abend bin ich Niryn in der Gruft begegnet.«

»Fuchsbart? Was wollte er von dir?«

»Er hat gesagt, ich wäre der Nächste in der Thronfolge nach Korin, solange der Kronprinz keine eigenen Nachfahren hat.«

Ki drehte den Kopf und starrte ihn nachdenklich an. »Das stimmt wahrscheinlich. Und so, wie Korin heute Nacht herumstolpert, wirst du womöglich tatsächlich deine Chance bekommen.«

»Sag so etwas nicht!«, warnte ihn Tobin. »Wenn die Häscher das hören, und selbst wenn es nur ein Scherz war, dann werden sie dich bestimmt holen. Niryn macht mir Angst. Jedes Mal, wenn er in meiner Nähe ist, habe ich das Gefühl, dass er etwas sucht, als würde er glauben, ich hätte etwas zu verbergen.«

»So sieht er jeden an«, murmelte Ki halb im Schlaf. »Das tun diese weißen Zauberer alle. Ich würde mich freiwillig nicht in ihre Nähe wagen. Aber warum sollten wir uns Sorgen machen. Niemand könnte loyaler sein als wir ...« Und seine Stimme verlor sich in einem leisen Schnarchen.

Tobin lag noch lange wach und dachte an das seltsame Gefühl, das in Gegenwart des Zauberers von ihm Besitz ergriffen hatte, und an die geheimnisvollen Feinde, von denen der Mann gesprochen hatte. Von ihm sollte sich ein Verräter besser fern halten. Auch wenn der rotbärtige Zauberer ihn wenig kümmerte, er würde das Versprechen, das er ihm gegeben hatte, halten, sollte irgendjemand ihn auffordern, den rechtmäßigen Herrscher von Skala zu hintergehen.

Kapitel 47

»Ob es sich für sie gelohnt hat?«, flüsterte Ki Tobin zu, als Korin und die anderen Nachtschwärmer sich am nächsten Tag müde zum Tempel aufmachten. Auch Porion beobachtete sie und sah aus wie eine Gewitterwolke kurz vor einem Regenguss.

Garol hatte die Entleerung seines Magens nicht gerade gut getan; sein Gesicht war ganz grau, und er schwankte bei jedem Schritt. Die anderen waren nicht ganz so unsicher auf den Beinen, gaben sich aber auch auffallend schweigsam. Nur Korin, der am Vorabend betrunkener als alle anderen gewirkt hatte, schien ganz er selbst zu sein, wenn auch sein Morgengruß gegenüber Tobin ein wenig zerknirscht ausfiel.

»Ich hoffe nicht, dass ihr noch einen Gedanken an uns verschwendet habt, nachdem wir euch verlassen haben«, fragte er mit einem verlegenen Blick.

»Habt Ihr Euch in der Stadt gut amüsiert, Euer Hoheit?«, erkundigte sich Ki, ehe Tobin antworten konnte.

»Dieses Mal sind wir bis zum Tor gekommen, ehe Porion uns erwischt hat. Nach den Exerzitien werden wir alle Buße tun müssen, um uns von dem Gift in uns zu reinigen, wie er es auszudrücken beliebt. Und es wird einen ganzen Monat lang keinen Wein bei Tisch geben.« Er seufzte. »Ich weiß nicht, warum ich das tue. Du wirst mir doch vergeben, oder, Tob?«

Zum einen war Tobin gar nicht wütend auf ihn gewesen, zum anderen hätte Korins flehentliches Lächeln das

Eis auf den Flüssen am Tage Sakors zum Schmelzen bringen können. »Mir wäre nur lieber, Ihr würdet durch die Vordertür kommen, das ist alles.«

Korin schlug ihm freundschaftlich auf die Schulter. »Dann herrscht Frieden zwischen uns? Gut. Nun kommt, zeigen wir diesen Faulenzern, wie man läuft.«

Tobin und Ki führten die Meute an diesem Tag mühelos an, nur Korin hielt mit ihnen Schritt und lachte dabei unentwegt. Tobin wusste, dass Ki seine Zweifel an dem Prinzen hatte, doch er selbst mochte Korin wegen seiner Fehler beinahe ebenso sehr wie ohne sie. Sogar betrunken war er niemals grob oder gar grausam, wie es manche der anderen waren, und die Trinkerei schien in seinem Fall keine Nachwirkungen zu haben. Heute sah er so erfrischt aus, als hätte er die ganze Nacht über tief und fest geschlafen.

Als sie ihre Gebete im Tempel beendet hatten, scheuchte Porion sie auf direktem Wege zum Bogenschießen. Es war ein klarer, windstiller Morgen, und Tobin freute sich schon, gegen Urmanis anzutreten, mit dem er einen fortdauernden Konkurrenzkampf pflegte.

Als er seinen Platz vor der Zielscheibe eingenommen und den ersten Pfeil angelegt hatte, fühlte er erneut den Leibschmerz, der ihn schon seit einigen Tagen plagte, doch dieses Mal wurde er von einem plötzlichen scharfen Stechen begleitet, das ihm den Atem raubte, und er ließ die Sehne los, ohne auch nur ansatzweise zu zielen. Der Pfeil flog über eine Gruppe zuschauender Mädchen hinweg, die wie aufgescheuchte Vögel in alle Richtungen auseinander stoben.

»Tobin, habt Ihr die Augen geschlossen?«, brüllte Porion noch immer übellaunig.

Tobin murmelte eine Entschuldigung. Der Schmerz

verging, ließ ihn jedoch angespannt und unkonzentriert zurück.

»Was ist los, Prinz Wildkatze?«, fragte Urmanis kichernd, während er sich auf seinen Schuss vorbereitete. »Ist dir eine Laus über die Leber gelaufen?« Und er jagte seinen Pfeil exakt in die Mitte der Zielscheibe.

Tobin ignorierte die Hänselei und legte einen zweiten Pfeil an. Ehe er jedoch die Sehne spannen konnte, kehrte der Schmerz zurück und bohrte sich wie mit glühenden Klauen in seine Eingeweide. Der junge Prinz schluckte heftig und zwang sich, so zu tun, als wäre alles in Ordnung. Er war nicht gewillt, vor den anderen Gefährten Schwäche zu zeigen. Mit einem gleichmäßigen Bewegungsablauf zielte er und ließ die Sehne los, doch er fand Bruder vor der Zielscheibe vor, kaum dass der Pfeil seinen Flug aufgenommen hatte.

Seit jenem Tag im Haus seiner Mutter war der Geist nicht mehr ungebeten erschienen. Dem Tag, an dem er ihren Ring gefunden hatte.

Bruder sagte etwas, aber Tobin konnte ihn nicht verstehen. Wieder überwältigte ihn ein Krampf, schlimmer noch als zuvor, und er schaffte es mit Mühe, auf den Beinen zu bleiben, bis er vorüber war.

»Tobin?« Urmanis war das Scherzen vergangen, als er sich vorbeugte, um Tobin ins Gesicht zu sehen. »Meister Porion, ich glaube, der Prinz ist krank.«

Sogleich waren Ki und Porion an seiner Seite.

»Es ist nur ein Krampf«, keuchte er. »Ich bin zu schnell gelaufen ...«

Porion legte die Hand auf seine Stirn. »Keine Spur von Fieber, aber Ihr seid blass wie frische Milch. War Euch in der Nacht schon unwohl?«

Bruder stand nun so nahe, dass er ihn hätte berühren

können. »Nein. Das hat erst jetzt angefangen. Nach dem Laufen.«

»Nun, dann solltet Ihr wohl besser für eine Weile das Bett hüten. Ki, du sorgst dafür, dass unser Prinz zu seinem Bett kommt. Dann kommst du zurück und erstattest mir Bericht.«

Während des ganzen Weges bis in ihr Gemach blieb Bruder in Tobins Nähe und betrachtete ihn aus unergründlichen schwarzen Augen.

Molay, dicht gefolgt von Baldus, bestand darauf, Tobin ins Bett zu helfen. Tobin ließ sich von ihnen Wams und Schuhe ausziehen und rollte sich gleich darauf auf dem Bett zusammen, als ein neuerlicher Krampf durch seine Eingeweide jagte.

Ki scheuchte die anderen fort, kletterte neben ihm auf das Bett, legte seinen Handrücken auf Tobins Stirn und schüttelte den Kopf. »Fiebrig bist du nicht, aber du schwitzt. Baldus, geh und hol Sir Tharin her.«

Tobin konnte Bruder hinter Ki stehen und langsam den Kopf schütteln sehen. »Nein«, keuchte er. »Lasst mich nur ausruhen. Vermutlich liegt es an dem Pudding, den wir gestern Abend gegessen haben. Ich sollte die Finger von Feigen lassen.« Er bedachte Ki mit einem reumütigen Grinsen. »Lass mich einfach allein mit dem Nachttopf, ja? Geh zurück, und sag den anderen, dass es mir gut geht. Ich gönne diesem Rudel Trunkenbolde die Schadenfreude nicht.«

»Ist das alles?« Ki lachte erleichtert auf. »Kein Wunder, dass du so schnell geflüchtet bist. Nun gut, ich werde deine Botschaft überbringen und dann zurückkommen.«

»Nein, bleib und nimm an den Übungen teil. Ich bin

bald wieder auf den Beinen, und Porion hat heute schon genug Knappen, über die er sich ärgern muss.«

Ki drückte ihm die Schulter und zog die Bettvorhänge zu.

Tobin hörte, wie Ki den Raum verließ. Dann blieb er ganz still liegen und dachte über das seltsame Gefühl in seinem Bauch nach. Der Schmerz war nun nicht mehr so grausam und schien in Wellen zu kommen, die ihn an die Meereswogen in der Bucht denken ließen. Als die Schmerzen wieder nachließen, folgte ein anderes beunruhigendes Gefühl. Er stand auf und vergewisserte sich, dass sich niemand außer ihm in dem Gemach oder dem Ankleidezimmer aufhielt. Dann kletterte er wieder auf das Bett und zog sich hinter fest geschlossenen Vorhängen die Hose aus. Im Schritt fand er einen kleinen feuchten Fleck. Verwirrt starrte er ihn an. Er war sicher, dass er sich nicht beschmutzt hatte.

Bruder war wieder da und starrte ihn an.

»Geh weg«, flüsterte Tobin mit zitternder Stimme, doch Bruder blieb. »Blut von meinem Blut . . .«

Er unterbrach sich. Seine Kehle war vor Furcht wie zugeschnürt, als ihm die Position des feuchten Flecks bewusst wurde. Mit bebenden Fingern tastete er seine Geschlechtsteile ab, die, verglichen mit den der anderen Gefährten, immer noch klein und haarlos waren. Auf der schrumpeligen Unterseite des Hodensacks fühlte er etwas Klebriges, Feuchtes auf seiner Haut. Entsetzt starrte er seine Fingerspitze an; sogar in diesem schlechten Licht erkannte er, dass Blut an ihnen haftete. Die Furcht raubte ihm beinahe den Atem, als er wieder zwischen seine Beine griff und tastend nach einer Verletzung oder einer wunden Stelle suchte.

Die Haut war unversehrt. Das Blut sickerte einfach durch sie hindurch.

»Oh, ihr Götter!« Er wusste, was das bedeutete.

Die Seuche. Der rot-schwarze Tod.

All der Hokuspokus, den er auf den Straßen gesehen hatte, regte sich in seinem Gedächtnis, zusammen mit den Geschichten, die die Knaben am Kamin erzählt hatten. Erst blutete die Haut, dann bildeten sich große schwarze Pusteln unter den Armen und in der Leistengegend. Am Ende war man so durstig, dass man sogar das Dreckwasser in der Gosse trinken würde, ehe man erbrach, was an Blut noch übrig war.

Lhels Worte drängten sich in sein Bewusstsein. *Du sehen Blut. Du kommen hier zu mir.* Also war es tatsächlich eine Vision gewesen.

»Was soll ich tun?«, fragte er Bruder, obwohl er es längst wusste.

Du niemandem erzählen. Du deinen Freund lieben, du nicht ihm erzählen, so hatte Lhel ihn gewarnt.

Er durfte Ki nichts erzählen. Oder Tharin. Oder irgendjemandem, der ihm am Herzen lag. Sie würden ihm helfen wollen, und dann würden sie selbst krank werden.

Er starrte das Bett an, das er mit Ki geteilt hatte. Hatte er seinen Freund womöglich längst angesteckt?

Du deinen Freund lieben, du nicht ihm erzählen.

Tobin zog die Hose wieder hoch und kletterte aus dem Bett. Ki würde ihn nie allein ziehen lassen. Ebenso wenig wie Lord Orun oder Porion oder Tharin oder wer auch immer. Er schnappte sich seine Tunika und schlüpfte hinein, ehe der Schmerz sich wieder mit glühenden roten Fingern in seinen Bauch bohrte und er sich zähneknirschend zusammenkrümmte. Unter seinem Hemd prallten Siegel und Ring gegen seinen Brustkorb. Er zog sie hervor und umklammerte sie wie einen Talisman. Dennoch fühlte er sich unendlich allein. Er musste zu Lhel.

Als der Schmerz wieder nachließ, ging er in das Ankleidezimmer und schnallte sich das Schwert seines Vaters um. *Ich bin beinahe groß genug, um es zu tragen, und schon muss ich sterben,* dachte er erbittert. *Dann will ich wenigstens mit ihm verbrannt werden, schließlich ist niemand übrig, dem ich es vererben könnte.*

Er hörte die Diener auf dem Korridor reden; auf diesem Wege würde er nicht ungesehen verschwinden können. Tobin warf sich einen alten Mantel über, ging in die Knie und tastete nach der verborgenen Tür zum Zimmer seines Vetters. Wie Korin gesagt hatte, konnte er sie von seiner Seite aus nicht öffnen, aber Bruder konnte, und er tat es.

Bis auf die noch prachtvolleren Vorhänge in Gold und Rot unterschied sich Korins Gemach kaum von seinem eigenen, aber es verfügte über eine Treppe, die vom Balkon in die Gärten hinabführte und Tobin die Flucht ermöglichte.

Wie Ki befürchtet hatte, hielt Porion ihn den halben Nachmittag auf dem Exerzierplatz fest. Die Schatten der schlanken Pinienbäume reichten bereits bis in ihr Gemach, als er endlich zu Tobin zurückkehren konnte.

»Tobin, wo bist du?«

Er erhielt keine Antwort, also trat er an das Bett und zog einen der schweren Vorhänge zurück, in dem Glauben, sein Freund würde schlafen, doch das Bett war leer.

Verwundert sah sich Ki im Zimmer um. Dort lag das abgelegte Wams; Schwert und Bogen hingen noch immer an dem kunstvollen Ständer, auf dem er sie zurückgelassen hatte. Es gab gewiss ein Dutzend Plätze, an denen sich sein Freund aufhalten konnte, und normalerweise wäre Ki damit zufrieden gewesen zu warten, bis er zurückkehrte oder sie sich beim abendlichen Festmahl wieder sahen, aber Tobins plötzliche Erkrankung bereitete ihm arges Kopfweh.

In diesem Augenblick hörte er raschelnde Schritte auf dem Balkon, und als er sich umdrehte, sah er Tobin in der Tür stehen. »Da bist du ja!«, rief er erleichtert. »Dann muss es dir wohl besser gehen.«

Tobin nickte und winkte ihm zu, ihm zu folgen, als er eiligen Schrittes in das Ankleidezimmer ging.

»Wie geht es dir? Du bist immer noch ziemlich blass.«

Tobin sagte nichts, sondern kletterte auf den alten Schrank im Ankleidezimmer.

»Was machst du da?« Allmählich kam es Ki vor, als wäre Tobin nicht er selbst. Vielleicht war er doch krank. Selbst seine Bewegungen wirkten verändert, obwohl Ki nicht recht wusste, warum.

»Tob, was ist los? Was tust du da oben?«

Tobin drehte sich um und ließ einen schmutzigen Stoffbeutel in Kis Hände fallen. Zum ersten Mal, seit er zurückgekommen war, sah Ki den anderen Knaben von Angesicht zu Angesicht.

Er blickte in schwarze starre Augen und fing an zu zittern. Das war nicht Tobin.

»Bruder?«

Einen Lidschlag später stand der andere Knabe direkt vor ihm, kaum eine Handbreit entfernt. Das Gesicht des Geistes erinnerte an eine Maske – es war, als hätte ein grobschlächtiger Schnitzer versucht, Tobins Gesicht zu modellieren, dabei aber jegliche Freundlichkeit und Wärme vergessen. Plötzlich musste Ki an seine eigene tote Mutter denken, die vor so vielen Jahren gefroren auf dem Heuboden gelegen hatte; er hatte die Decke weggezogen und ihr auf der vergeblichen Suche nach dem geliebten Menschen, den er gekannt hatte, in das Gesicht gesehen. Nun, da er Tobin im Gesicht des Dämons suchte, war es beinahe genauso.

Trotz seiner Furcht fand er die Stimme wieder. »Bist du Bruder?«

Der Geist nickte, und etwas wie ein Lächeln huschte über seine schmalen Lippen. Es sah ganz und gar nicht angenehm aus.

»Wo ist Tobin?«

Bruder deutete auf den Beutel. Seine Lippen bewegten sich nicht, aber Ki hörte ein schwaches Wispern, als würde der Wind flüsternd über einen gefrorenen See streichen. *Er geht zu Lhel. Bring dies zu ihm. Rasch!*

Bruder verschwand, und Ki blieb allein in den immer länger werdenden Schatten zurück, einen schmutzigen Stoffbeutel in Händen, der nicht leer war.

Lhel? Tobin war nach Hause gegangen? Aber warum? Und warum war er ohne ihn gegangen? Seine Hand tastete nach dem hölzernen Pferd an seinem Hals, als Ki gegen den Schmerz ankämpfte, der derartige Fragen zu begleiten pflegte. Wenn Tobin ohne ihn gegangen war, musste irgendetwas Schlimmes passiert sein, und wenn das so war, dann war Kis Platz an seiner Seite.

Aber er ist ohne mich gegangen . . .

»Tharin. Ich sollte zu Tharin gehen, vielleicht auch zu Porion . . .«

Nein!

Ki zuckte zusammen, als Bruder ihn aus den Schatten neben der Tür anzischte. Dass er Bruder nun endlich sehen konnte, musste ein Zeichen sein. Wahrscheinlich war Tobin in großer Gefahr, wenn der Geist nun auch ihm erschien. Besser, er tat, was Bruder von ihm verlangte.

Zumindest dabei war das Glück auf seiner Seite. In den Stunden zwischen Pflicht und Festmahl stand es den Knaben frei, zu tun, was immer ihnen gefiel. Niemand würde auf einen Knappen achten, der mit den Waffen seines Herrn und Meisters vom Palast zu den Stallungen ging, als wolle er sie ausbessern lassen.

Nur mit ihren Schwertern und dem Beutel bewaffnet, ging er hinaus zu den Stallungen. Hier fand er seine Befürchtungen bestätigt. Gosi war fort. Wenn Tobin zu Pferde verschwunden war, dann hatte er keine Chance, ihn einzuholen. Alles, was er tun konnte, war, ihm zu folgen.

»Du hättest dich ruhig ein bisschen früher zeigen dürfen«, murrte er, in der Hoffnung, dass Bruder irgendwo in der Nähe war und ihn hören konnte, als er Drache sattelte.

Ein Märchen über einen Botengang in die Stadt stellte die Wachen am Tor des Palastkreises zufrieden, ein anderes brachte ihn an ihren Kameraden am Hafen vorbei. Derweil wurde es schnell dunkel, und Bruder ließ sich nicht dazu herab, ihn zu führen, aber der Mond reichte aus, dass er die Straße erkannte. Ki dirigierte Drache gen Westen und gab ihm die Sporen, dass er die Straße hinaufgaloppierte. Im Stillen betete er zu Astellus, er möge die Hufe seines Pferdes sicher durch die Nacht führen.

Zu dieser Zeit waren nur wenige Reiter auf den Straßen unterwegs und noch weniger, die zierlich genug waren, dass er sie mit Tobin verwechseln konnte , aber Ki hörte nicht auf, sich nach jedem Fremden umzusehen, an dem er vorüberritt.

Kurz vor Mitternacht zügelte er sein Pferd neben

einem Fluss. Erst jetzt kam er auf den Gedanken, einen Blick in den Beutel zu werfen.

Etwa zur selben Zeit öffnete Tharin einem überaus beunruhigten Molay seine Tür.

Kapitel 48

Der Halbmond führte Tobin nach Hause. In seinem Licht ließ er die See zurück und folgte den Flüssen und Straßen, die nach Westen zum Gebirge führten. Vielleicht erinnerte sich Gosi an den Weg, denn sie bogen während des langen Ritts nicht einmal falsch ab.

Die Furcht und der Schmerz, der immer wieder in seinem Inneren anschwoll, während er dem Mond folgte, hielten ihn wach. Manchmal, wenn der Schmerz nicht zu spüren war, trieb er sein Pferd für ein paar Meilen zum Galopp. Dann wieder überwältigten ihn neue Krämpfe, und Gosi schritt gemächlich am Wegesrand entlang. Tobin fühlte sich, als würde ein rotes Feuer gleichsam in einem Becken zwischen seinen Hüftknochen hin- und herschwappen. Mit halb geschlossenen Augen dachte er an Niryn und seine Hand voll Flammen in der königlichen Gruft.

Während die Nacht voranschritt, lebte der Schmerz immer wieder in ihm auf, bohrte sich unter sein Brustbein und breitete sich unter der Haut aus, und sein Fleisch fühlte sich abwechselnd glühend heiß und eisig kalt an. Das Blut in seiner Hose war getrocknet, aber gegen Mitternacht fing seine Brust zu jucken an, und als er sich kratzte, kamen seine Finger feucht und dunkel wieder zum Vorschein.

Seuche, Seuche, Seuche. Im Rhythmus seines Herzschlags hallte das Wort durch seinen Kopf.

Seuchenträger.

Lhel musste ein Heilmittel haben. Darum hatte sie

ihm die Vision geschickt und ihm gesagt, dass er zu ihr kommen solle. Vielleicht kannten die Berghexen Heilmittel, die den Drysiern und den königlichen Heilern von Skala fremd waren.

Sie alle kannten die vielen Geschichten. In den Hafenstädten schlossen die Leichenvögel die Seuchenträger und alle, die das Pech hatten, bei ihnen zu sein, in ihren Häusern ein und vernagelten die Türen. Sollte irgendjemand die Krankheit überleben, so konnte er es beweisen, indem er die Tür von innen aufbrach.

Er war ein Seuchenträger.

Lhel hatte es vorausgesehen.

Würden sie jetzt den Alten Palast zunageln?

In der finstersten Kammer seines Vorstellungsvermögens stürzte sich eine ganze Armee Leichenvögel wie Aaskrähen auf den Palast, wie seinerzeit die Handwerker in der Festung mit Hämmern und Säcken voller Nägel bewaffnet.

Würden sie ihm folgen und auch die Festung vernageln?

Sie könnten ihn in den Turm sperren. Dann könnte er eine ihrer Masken tragen und ein Vogel sein, wie die Vögel, die einst die einzigen Freunde seiner Mutter gewesen waren ...

So kreisten die Gedanken während der ganzen Nacht ohne Pause durch seinen Kopf. Als er vor sich schließlich die Gipfel der Berge sah, die sich wie geborstene Zähne vor dem Sternenhimmel abhoben, war er beinahe überrascht.

Das erste Licht der Morgendämmerung zog hinter ihm am Himmel auf, als er durch das schlafende Alestun ritt. Gosi stolperte schnaubend unter ihm. Zu Tode erschöpft in einem träumerischen Taubheitszustand gefangen, fragte sich Tobin allmählich, ob er sich, würde er die Augen aufschlagen, in seinem Gemach in Ero wiederfinden würde, gefangen, die Tür von Leichenvögeln zugenagelt. Aber vielleicht folgte er auch der Spur seiner Visionen zu dem unterirdischen Raum, der von einem Reh bewacht wurde.

Er ließ die Stadt hinter sich und ritt zwischen den herbstlich verfärbten Bäumen über die vertraute Straße. Beinahe genauso hatte es ausgesehen, als sein Vater ihn vor einer Ewigkeit zum ersten Mal mit nach Alestun genommen hatte. Er war froh, wieder hier zu sein, auch wenn dies sein letzter Besuch war. Besser, er starb hier, nicht in der Stadt. Vielleicht, so hoffte er, würden sie seinen Leichnam irgendwo im Wald begraben. Er wollte nicht in einer steinernen Nische unter steinernen Königinnen enden. Er gehörte hierher.

Als er das Dach des Turmes zum ersten Mal über den Baumkronen sehen konnte, trat Lhel direkt vor ihm aus dem Wald. Tränen der Erleichterung brannten in seinen Augen.

»Keesa, du kommen«, sagte sie und ging ihm auf der Straße entgegen.

»Ich habe Blut gesehen, Lhel.« Seine Stimme klang so schwach wie die von Bruder. »Ich bin krank. Ich trage die Seuche in mir.«

Sie packte sein Fußgelenk und blinzelte zu ihm hinauf. Dann tätschelte sie besänftigend seinen Fuß. »Nein, Keesa. Nicht Seuche.«

Sie zog seinen Fuß aus dem Steigbügel, schwang sich hinter ihm auf das Pferd und nahm ihm die Zügel ab.

An den folgenden Ritt erinnerte er sich später kaum, nur das angenehme Gefühl der Wärme ihres Körpers an seinem Rücken blieb ihm im Gedächtnis.

Das Nächste, woran er sich bewusst erinnern konnte, war, wie sie ihm mit Händen, kühl wie Flusswasser, aus dem Sattel half. Und da war die Hauseiche mit ihren Körben und Regalen und der runden, schimmernden Lache aus Quellwasser gleich dahinter, die wie ein grüngoldener Spiegel funkelte.

Ein lustiges Feuer knisterte vor der Tür. Sie führte ihn zu einem Holzklotz neben dem Feuer, wickelte ihn in eine Fellrobe und drückte ihm einen hölzernen Becher mit Kräutertee in die Hände. Dankbar für die Wärme, nippte Tobin an dem Tee. Das weiche Fell der Robe war beige-braun – das Fell eines Berglöwen. Kis Berglöwe, so dachte er, während er sich im Stillen wünschte, sein Freund wäre bei ihm.

»Was ist mit mir?«, krächzte er.

»Zeigen Blut.«

Tobin zog den Ausschnitt seiner Tunika hinunter, um ihr die feuchte Stelle an seiner Brust zu zeigen. »Ihr sagt, ich sei nicht krank, doch seht! Was sollte das sonst bedeuten?«

Lhel berührte die feuchte Haut und seufzte. »Wir viel von die Mutter verlangt. Zu viel, ich denken.«

»Meine Mutter?«

»Sie, ja, aber Muttergöttin ist, was ich sagen. Du Schmerzen hier?«

»Ein bisschen. Aber vor allem tut der Bauch weh.«

Lhel nickte.

»Andere Stelle Blut?«

Verlegen zog Tobin das Wams hoch und zeigte ihr den ersten Fleck, der den Stoff seiner Hose getränkt hatte.

Lhel legte die Hände auf seinen Kopf und sprach leise in einer Sprache, die er nicht verstand.

»Ach, zu früh, Keesa. Zu früh«, sagte sie dann mit trauriger Stimme. »Vielleicht ich Fehler gemacht, bringen

Bruders Hekkamari so nahe zu dir. Ich müssen rufen Arkoniel. Du essen, während ich fort.«

»Kann ich nicht mit Euch gehen? Ich möchte Nari sehen«, bettelte Tobin.

»Später, Keesa.«

Sie brachte ihm warmen Haferbrei, Beeren und Brot und verschwand zwischen den Bäumen.

Tobin kauerte sich in der Robe zusammen und nahm einen Bissen von dem Brot, das Lhel zweifellos aus Mamsells Küche gestohlen hatte. Der Geschmack machte das Heimweh nur noch schlimmer. Er sehnte sich danach, Lhel hinterherzulaufen und sich in der Küche mit Mamsell und Nari an den Herd zu setzen. So nah und in seinen alten Kleidern war es leicht, sich einzubilden, er wäre nie von zu Hause weggegangen.

Wäre Ki nicht so weit fort gewesen. Tobin strich mit den Fingern über das Berglöwenfell und fragte sich, was er ihm sagen sollte, wenn er zurück wäre. Was mussten Ki und Tharin und all die anderen jetzt denken?

Unwillig verdrängte er die sorgenvollen Gedanken und tastete erneut nach dem Blut an seiner Brust. Er war also doch kein Seuchenträger, aber irgendetwas stimmte dennoch nicht. Vielleicht war es etwas noch Schlimmeres.

Es war schon beinahe hell, als Ki die Straße nach Alestun erreicht hatte, wenngleich er, da er den Weg nur ein einziges Mal zuvor geritten war, die Abzweigung verpasst hatte. Er war schon ein ganzes Stück zu weit geritten, als Bruder plötzlich vor ihm auf der Straße auftauchte und sein Pferd erschreckte.

»Da bist du also!«, murrte Ki und riss an den Zügeln, als Drache scheute.

Der Geist deutete zurück in die Richtung, aus der er gekommen war. Ki machte kehrt und entdeckte das Straßenschild, das er an der Kreuzung übersehen hatte. »Vielen Dank, Bruder«, sagte er mürrisch.

Inzwischen hatte er sich schon fast an den Geist gewöhnt. Oder er war schlicht zu müde, zu hungrig und zu besorgt darüber, was ihn am Ende dieses langen nächtlichen Ritts erwarten mochte, um sich auch noch vor einem Geist zu fürchten. Wie auch immer, er war froh, dass Bruder von nun an bei ihm blieb und ihn nach Alestun führte.

Für Mitte Erasin war es ein warmer Morgen. Nebel stieg über den taufeuchten Bäumen auf und waberte gespenstisch über dem Land.

»Geht es Tobin gut?«, fragte er, in der Hoffnung, dass Bruder wissen musste, wie es seinem Zwilling ergangen war. Doch Bruder drehte sich nicht um und sprach kein Wort, sondern ging nur weiter auf diese seltsam schwebende Art voran. Als Ki ihn eine Weile beobachtet hatte, kam er allmählich zu der Überzeugung, dass er sich ohne ihn vermutlich doch wohler fühlen würde.

Arkoniel blickte von seiner Waschschüssel auf und sah Lhels schemenhaftes Gesicht vor sich.

»Du kommen jetzt«, sagte sie, und ihr Ton verriet deutlich die Dringlichkeit ihres Anliegens. »Tobin sein bei mir. Magie sein gebrochen.«

Hastig trocknete sich Arkoniel das Gesicht ab und rannte hinaus zum Stall. Er machte sich nicht die Mühe, sein Ross zu satteln, sondern schnappte sich nur die Zügel und hielt sich mit den Beinen auf dem Rücken seines Wallachs, als er zu der Bergstraße ritt, um die Hexe aufzusuchen.

Wie gewöhnlich erwartete sie ihn bereits am Waldrand. Er ließ sein Pferd zurück und folgte ihr zu Fuß durch das Gehölz. Dieses Mal kam ihm der Weg kürzer vor als sonst. Zwei Jahre war er nun schon ihr Schüler und Geliebter, und doch hatte sie ihm bis heute den Weg zu ihrem Zuhause nicht offenbart.

Auf der Lichtung sah er Tobin neben dem Feuer sitzen, eingewickelt in ein Berglöwenfell. Das Gesicht des Kindes war angespannt und blass, und er hatte dunkle Ringe unter den Augen. Obwohl im Halbschlaf, blickte er sofort aufgeschreckt um sich, als sie sich näherten.

»Tobin, wie geht es dir?«, fragte Arkoniel und ging vor ihm in die Knie. Bildete er es sich nur ein, oder hatten sich die vertrauten Züge kaum merklich verändert?

»Etwas besser«, erwiderte Tobin mit furchtsamer Miene. »Lhel sagt, ich habe die Seuche nicht.«

»Nein, natürlich hast du sie nicht!«

»Aber dann sagt mir doch, was mit mir geschieht!« Tobin zeigte ihm den verschmierten Blutfleck auf seiner flachen, glatten Brust. »Es sickert immer mehr heraus, und es fängt wieder an wehzutun. Das muss der rot-schwarze Tod sein. Was sonst sollte so etwas bewirken?«

»Magie«, sagte Arkoniel. »Eine Magie, die vor langer Zeit gewirkt wurde und nun vorzeitig ihre Wirkung verliert. Es tut mir sehr Leid. Du hättest das nie auf diese Art erfahren sollen.«

Wie er befürchtet hatte, sah Tobin nun noch verängstigter aus als zuvor. »Magie?«

»Ja. Lhels Magie.«

Tobin bedachte die Hexe mit einem zutiefst enttäuschten Blick. »Aber warum? Wann habt Ihr sie gewirkt? Als Ihr mein Blut mit der Puppe vereint habt?«

»Nein, Keesa. Sein viel länger her. Wenn du geboren, Iya und Arkoniel zu mir gekommen und mich gebeten. Sagen, euer Mondgott es so wollen. Dein Vater es gewollt. Sein Teil deines Kriegerschicksals. Du kommen. Besser zeigen als erzählen.«

Ki hatte vorgehabt, direkt zur Festung zu reiten und Arkoniel zu holen, aber Bruder war anderer Meinung.

Folge mir, verlangte der Geist mit seiner heiseren Flüster-stimme, und Ki wagte nicht, sich ihm zu widersetzen.

Bruder hatte ihn über einen Wildpfad geführt, der die Wiese säumte und in einer Furt stromaufwärts über den Fluss führte.

Ki warf unterwegs einen Blick auf die Stoffpuppe in dem Beutel, und er fragte sich, warum dieses Ding dem Geist so wichtig war. Und das war es offensichtlich, denn Bruder war plötzlich direkt an seinem Steigbügel, und Ki erzitterte am ganzen Körper wegen der Kälte, die der Geist verströmte.

Nicht für dich!, zischte Bruder wütend und umklam-merte sein Bein mit eisigen Fingern.

»Ich will sie gar nicht!« Hastig schloss Ki den Beutel und stopfte ihn zwischen sein Bein und den Sattel.

Auf der anderen Seite des Flusses stieg der Weg steil an. Allmählich kam Ki die Gegend wieder vertraut vor. Er erkannte einen großen Stein wieder, den sie an einem schönen Sommertag bei einem Picknick mit Arkoniel und Lhel als Tisch benutzt hatten. Nun konnte es nicht mehr weit sein.

Obwohl er müde und nicht eben glücklich über Bruders exklusive Gesellschaft war, konnte er sich doch ein Lächeln nicht verkneifen, als er sich vorstellte, wie überrascht sie alle sein würden, ihn zu sehen.

Tobin erschauerte, als er sich über die klare Oberfläche des Quellwassers beugte. Lhel hatte ihn angewiesen, Tunika und Hemd auszuziehen. Als er nun auf das Wasser blickte, konnte er sein Gesicht und den roten Fleck auf seiner Brust erkennen. Insgeheim fragte er sich, ob er ihn abwaschen sollte, doch ihm fehlte der Mut. Lhel und Arkoniel musterten ihn immer noch so eigentümlich.

»Sieh das Wasser«, sagte Lhel erneut zu ihm, während sie hinter ihm mit irgendetwas raschelte. »Arkoniel, du sprechen.«

Der Zauberer kniete neben ihm nieder. »Dein Vater hätte derjenige sein sollen, der dir das alles erzählt. Oder Iya. Und du hättest älter sein sollen und bereit, deinen Platz einzunehmen, aber wie es scheint, haben die Götter andere Pläne.

Du hast gehört, dass die Leute sagen, dein toter Zwilling wäre ein Mädchen gewesen. In gewisser Weise ist das wahr.«

Tobin blickte zu ihm auf und erkannte die tiefe Trauer im Gesicht des Zauberers.

»Deine Mutter gebar in jener Nacht zwei Kinder: einen Jungen und ein Mädchen. Eines starb, wie du weißt. Aber das Kind, das überlebt hat, war ein Mädchen. Du, Tobin. Lhel hat eine besondere Art der Magie benutzt ...«

»Hautmagie«, sagte Lhel.

»Hautmagie, um dich wie ein Junge aussehen zu lassen, und dem toten Knaben – Bruder – das Erscheinungsbild eines Mädchens zu geben.«

Einen Augenblick lang glaubte Tobin, er hätte erneut die Stimme verloren, so wie damals, als seine Mutter gestorben war, dann aber brachte er ein heiseres »Nein!« hervor.

»Es ist wahr, Tobin. Du bist ein Mädchen in der Gestalt eines Knaben. Und es wird eine Zeit kommen, da du diese falsche Gestalt ablegen und deinen Platz in der Welt als Frau einnehmen wirst.«

Tobin zitterte am ganzen Leib, und das hatte nichts mit der Kälte zu tun. »Aber . . . aber . . . *warum?*«

»Um dich zu beschützen, damit du eines Tages Königin sein wirst.«

»Mich zu beschützen? Vor wem?«

»Vor deinem Onkel und den Häschern. Sie hätten dich getötet, hätten sie es gewusst. Der König hätte dich in der Nacht getötet, in der du geboren wurdest, hätten wir nicht getan, was wir getan haben. Er hatte damals schon andere getötet, viele andere, all jene, von denen er fürchtete, sie würden sein Recht auf den Thron anfechten. Und Korins.«

»Niryn hat gesagt . . . Aber er hat von Verrätern gesprochen!«

»Nein, es waren Unschuldige. Und sie hatten einen weit geringeren Anspruch als du, das Kind seiner eigenen Schwester. Du kennst die Prophezeiung von Afra. Du bist eine wahre Tochter des Thelátimos, die letzte von reinem Blute. Die Hautmagie – es war der einzige Weg, der uns einfiel, um dich zu schützen. Und bis jetzt hat es funktioniert.«

Tobin starrte auf sein Spiegelbild im Wasser – seine Augen, sein Haar, die Narbe an seinem spitzen Kinn. »Nein! Ihr lügt! Ich will der sein, der ich bin! Ich bin ein Krieger!«

»Du bist nie etwas anderes gewesen«, sagte Arkoniel sanft. »Aber Illior hat dir ein größeres Los beschieden. Illior hat Iya dein Schicksal offenbart, als du noch im Bauch deiner Mutter warst. Zahllose Zauberer und Priester haben von dir geträumt. Du wirst ein großer Krieger werden. Und eine große Königin, so wie Ghërilain es war.«

Tobin presste die Hände an die Ohren und schüttelte wütend den Kopf. »Nein! Frauen sind keine Krieger! Ich bin ein Krieger! Ich bin Tobin. *Ich weiß, wer ich bin!*«

Der Geruch von Moschus und grünen Kräutern hüllte ihn ein, als Lhel sich auf der anderen Seite neben ihn kniete und ihre starken Arme um ihn schlang. »Du sein, wer du sein. Lhel dir zeigen.«

Sie bedeckte die blutige Stelle an seiner Brust mit ihrer Hand, und einen Augenblick lang kam der Schmerz wie auf hundert winzigen Füßchen zurückgekrochen. Als sie die Hand wegzog, sah er eine vertikale Naht, die genauso aussah wie jene, die Bruder ihm einst gezeigt hatte, winzige Stiche, so zart wie Spinnenfäden. Aber diese Wunde war verheilt und die Narbe verblasst. Nur am unteren Ende blutete sie wie Bruders Wunde.

»Magie schwach geworden. Bann nicht mehr halten. Müssen machen neue Magie«, sagte Lhel. »Noch nicht Zeit für dich zu zeigen deine wahre Gesicht, Keesa.«

Dankbar drängte sich Tobin an ihren Leib. Er wollte sich nicht verändern.

»Aber wie . . .«, setzte Arkoniel zu einer Frage an.

Lhel brachte ihn mit einem erhobenen Finger zum Schweigen. »Für später. Tobin, du besser kennen deine wahre Gesicht.«

»Ich will aber nicht!«

»Ja, wollen. Wissen gut sein. Kommen, Keesa, schauen.«

Lhel drückte mit einem Finger auf die Naht an seiner Brust, und als sie erneut sprach, hörte er ihre Stimme in seinem Kopf; zum ersten Mal waren ihre Worte klar und fehlerfrei. »Muttergöttin, ich löse diese Stiche in deinem Namen, genäht in der Nacht deines zunehmenden Erntemondes, auf dass sie in diesem Mond wieder stark werden, um dieses Kind durch die Bindung einer Gestalt an eine andere zu schützen. Lass diese Tochter, die Tobin genannt wird, ihr wahres Gesicht in deinem Spiegel sehen. Folge dem gewobenen Strang des roten Mondes.« Und während sie sprach, legte sie eine Hand über Tobins Augen und leitete ihn an, sich erneut über die glasklare Oberfläche des Wassers zu beugen.

Furchtsam und unwillig blickte er hinab, um herauszufinden, welch fremde Gestalt zu ihm aufschauen würde.

Sie war gar nicht so fremd.

Es war ein Mädchen – daran, zumindest, bestand kein Zweifel –, aber sie hatte seine dunkelblauen Augen, seine gerade Nase, sein spitzes Kinn, sogar die Narbe war da. Er hatte gefürchtet, in ein weiches, dümmliches Antlitz zu blicken, so wie die Gesichter der Mädchen bei Hofe, aber dieses Mädchen hatte nichts Weiches an sich. Ihre Wangenknochen mochten ein wenig höher sein als die seinen, die Lippen eine Spur voller, aber sie begegnete seinem Blick mit der gleichen Wachsamkeit, die er so oft zu Hause im Spiegel wahrgenommen hatte – und mit der gleichen Entschlossenheit.

»Nicht ›sie‹, Tobin«, flüsterte Arkoniel. »Du. Du *bist* sie. In deinem Spiegel hast du all die Jahre Bruder gesehen. Allerdings nicht nur ihn. Deine Augen gehören dir.«

»Keine Magie das verändern. Und das.« Tobin fühlte, wie Lhel das Weisheitsmal berührte. Dann hörte er die Stimme der Hexe wieder in seinem Kopf. »Dies hat sich seit deiner Geburt nicht verändert. Es war immer ein Teil von dir. Und das . . .« Sie berührte seine Narbe. »Das wurde dir gegeben, und du wirst es behalten. Dein ganzes Leben lang hast du geglaubt, du würdest Sakor folgen, doch Illior hat dich schon vor deiner Geburt gezeichnet.

Und so geschieht es auch mit deinen Erinnerungen, deiner Ausbildung, deiner Kunst und deiner Seele. All jene Dinge wirst du behalten. Aber du wirst mehr sein als das.«

Tobin erschauerte, in Gedanken bei der geisterhaften Königin, die ihm das Schwert dargeboten hatte. Hatte sie es gewusst? Hatte sie ihm das Schwert zum Segen geboten?

»Könnt Ihr mich sehen, Arkoniel?«

»Ja, oh, ja!« Die Stimme des Zauberers bebte vor Freude. »Ich bin so froh, Euch nach all diesen Jahren endlich sehen zu dürfen, Mylady!«

Mylady.

Tobin hielt sich die Ohren zu, wollte das Wort nicht hören. Doch sie konnte den Blick nicht von ihrem Spiegelbild wenden.

»Ich verstehe deine Furcht, Tobin«, sagte Arkoniel mit sanfter Stimme zu ihr. »Aber du kennst all die Geschichten selbst. Bevor dein Onkel den Thron eingenommen hat, waren die Königinnen von Skala auch stets die größten Kriegerinnen, und es hat weibliche Generäle gegeben, weibliche Offiziere, Knappen und Waffenmeisterinnen.«

»Wie Kis Schwester.«

»Ja, wie Kis Schwester. Oder Mamsell zu ihrer Zeit. Sie sind immer noch da draußen bei den Truppen. Aber du kannst sie zurück an den Hof holen. Du kannst ihnen ihre Ehre zurückgeben. Aber nur, wenn du in Sicherheit bist und deine wahre Gestalt verborgen hältst, bis die Zeit reif ist. Und darum musst du nach Ero zurück. Darum musst du für alle anderen Tobin sein. Nari und Iya sind die Einzigen außer uns, die die Wahrheit kennen. Niemand anderes darf davon erfahren. Nicht einmal Ki oder Tharin.«

»Aber warum?«, verlangte Tobin zu wissen. Sie hatte langsam genug von all den Geheimnissen. Und wie sollte sie allein mit dieser enormen Offenbarung fertig werden?

»Ich habe deinem Vater und Iya mein Wort gegeben, dass niemand von deiner wahren Identität erfährt, bis wir das Zeichen erhalten.«

»Welches Zeichen?«

»Das weiß ich jetzt noch nicht. Illior wird es uns offenbaren. Bis dahin werden wir uns alle gedulden müssen.«

Der Vorfall mit der Puppe hatte jede Chance zunichte gemacht, dass Ki sich in Gegenwart des Geistes oder Dämons, oder was auch immer dieser Höllenbruder war, einigermaßen wohl fühlen konnte.

Dennoch war er keineswegs vorbereitet, als der Geist plötzlich auf ihn zustürzte, während sie sich einen steilen, rutschigen Damm hinaufmühten. Er berührte ihn nicht, aber er erschreckte Drache, der sich aufbäumte und Ki abwarf. Hals über Kopf purzelte er den Abhang hinunter. Glücklicherweise war der Boden weich, voller Moos und Farn, aber er begegnete dennoch einigen Steinen und Ästen, bevor er auf halbem Wege an einem Baumstamm landete.

»Verflucht, warum hast du das getan?«, keuchte er, während er noch versuchte, wieder zu Atem zu kommen. Bruder stand oben auf dem Damm. Der Geist hatte den Mehlsack an sich genommen und lächelte dieses ihm eigene beunruhigende Lächeln, als er zu Ki hinabblickte. Von dem Pferd war nichts mehr zu sehen.

»Was willst du?«, brüllte Ki.

Bruder antwortete nicht.

Erbost machte sich Ki auf, den Hang hinaufzuklettern, und als er erneut aufblickte, war Bruder fort.

Hastig kletterte er weiter, und als er oben angekommen war, sah er, dass Bruder ihn von einem Wildpfad aus beobachtete, der nur wenige Schritte entfernt war. Ki tat einen Schritt in seine Richtung, und Bruder wich zurück, um ihn zu führen.

Da er so oder so nicht wusste, was er sonst hätte tun sollen, folgte Ki dem Geist, wohin er ihn auch führen mochte. Immerhin hatte er nun die Puppe.

Schon vor einer Weile hatte Lhel Arkoniel hinter die Eiche geführt, und Tobin allein an dem kleinen Tümpel zurückgelassen. Dort kniete sie nun, starrte das Gesicht im Wasser an und fühlte, wie sich die ganze Welt um sie herum auf den Kopf stellte.

Mein Gesicht, sagte sie sich im Stillen.

Mädchen, Frau, Prinzessin.

Und wieder drehte sich die Welt.

Königin.

Sie berührte ihre Wangen, um festzustellen, ob sie sich nun so anders anfühlten, wie sie im Wasser aussahen, doch bevor sie noch wusste, wie ihr geschah, verschwand das Spiegelbild unter einem nassen Plätschern, das sich vom Gesicht bis zu den Knien ausbreitete.

Ein Stoffbeutel schwamm vor ihr im Quellwasser.

Ein Mehlsack.

»Die Puppe!«, schrie sie und zerrte den Beutel aus dem Wasser, ehe er sinken konnte. Sie hatte sie in Ero vergessen. Bruder kauerte auf der anderen Seite der Wasserfläche und starrte sie an, den Kopf leicht auf die Seite gelegt, als wäre er überrascht, sie so zu sehen.

»Seht nur, Lhel«, rief sie. »Bruder hat sie von der Stadt hierher gebracht!«

Lhel und Arkoniel liefen zu ihr und zogen sie von der Quelle weg. Die Hexe wickelte das Berglöwenfell wie einen Kapuzenmantel um ihren Leib und zog es weit über ihren Kopf bis tief in ihr Gesicht.

»Nein, Bruder kann das nicht getan haben. Nicht allein«, sagte Arkoniel, während sein Blick furchtsam über den Rand der Lichtung wanderte.

»Dann muss Bruder Ki hergeführt haben«, sagte Tobin und versuchte, sich loszureißen. »Ich hatte solche Angst, als ich das Blut gesehen habe, dass ich einfach fortgelaufen bin, ohne an die Puppe zu denken. Bruder muss sie Ki gezeigt und ihm gesagt haben, dass er sie herbringen soll.«

»Ja, der Geist seinen Weg finden«, sagte Lhel, doch sie blickte Arkoniel an, nicht Bruder. »Und Ki finden Weg zu eure Festung . . .«

Der Zauberer war schon zwischen den Bäumen verschwunden, ehe sie zu Ende gesprochen hatte. Lhel schickte ihre Stimme wie selbstverständlich in seinen Geist.

»Nein, du musst ihm nichts tun.«

»Du weißt, was ich geschworen habe, Lhel.«

Lhel wäre ihm beinahe gefolgt, doch sie wusste, dass sie Tobin in dieser Situation nicht allein zurücklassen durfte.

»Was ist denn los?«, fragte Tobin und umklammerte ihren Arm.

»Nichts, Keesa. Arkoniel gegangen finden deine Freund. Wir beginnen heilen während er fort.«

»Nein. Ich will warten, bis Ki da ist!«

Lhel lächelte und legte ihre Hand auf Tobins Kopf. Dann sprach sie den Zauber, den sie in ihrem Geist geformt hatte, und Tobins Leib erschlaffte in ihren Armen.

Lhel fing sie auf und hielt sie fest, dann starrte sie in den Wald. »Mutter, schütze ihn.«

Bruder blieb stets knapp vor Ki auf dem Weg zu Lhels Lichtung, nie nahe genug, dass Ki ihn ansprechen konnte, nie weit genug entfernt, dass er ihn aus den Augen verlor. Dann plötzlich verschwand er, und Ki konnte von seiner Position aus eine Gestalt zwischen den Bäumen erkennen, die aussah wie Tobin.

Er öffnete den Mund, um ihn zu begrüßen, als Arkoniel überraschend vor ihm auftauchte. Der Sonnenschein spiegelte sich gleißend hell in etwas, das der Zauberer in der Hand hielt, und es wurde schwarz um Ki.

Tobin erwachte auf der Pritsche in der Eiche. Es war heiß, und seine nackte Haut war schweißnass. Sein Kopf fühlte sich an, als wäre er mit warmem Schlamm gefüllt, und er war zu schwer, um ihn zu heben.

Lhel saß im Schneidersitz neben ihm und hielt die Stoffpuppe im Schoß.

»Du wach, Keesa?«

Ein stechender Schmerz brachte Tobin wieder ganz zu sich, und er setzte sich mit einem Schrei der Bestürzung auf. »Ki? Wo ist Ki?«

Etwas stimmte nicht mit seiner Stimme. Sie war viel zu hoch. Sie klang wie ...«

»Nein!«

»Ja. Tochter.«

»Wo ist Ki?«, fragte Tobin noch einmal.

»Er draußen. Nun Zeit für lehren dich, was ich dir

sagen vor langer, langer Zeit, als du Hekkamari zu mir gebracht.« Sie hielt die Puppe hoch. »Mondgott von Skala deinen Weg bestimmt. Du ein Mädchen, aber du noch aussehen müssen wie Knabe. Wir jetzt machen neue Magie.«

Tobin blickte an sich hinunter und sah, dass ihr Körper immer noch der eines Knaben war – schlank und knochig mit einem kleinen Penis, der wie eine Maus zwischen ihren Beinen lag. Aber er sah auch einige Spuren frischen Blutes.

»Warum blute ich da?«

»Bindung schwach geworden, als Mondzeit zu dir gekommen. Wir mit Magie bekämpfen.«

»Mondzeit?« Mit Unbehagen erkannte Tobin, dass Lhel von der monatlichen Blutung der Frauen sprechen musste, von der Ki ihr erzählt hatte.

»Frauen Gezeiten in ihre Bauch wie Meer, werden gerufen von Mond«, erklärte Lhel. »Geben Blut und Schmerz. Geben Magie, dass Baby können wachsen in Bauch. Manche auch bekommen andere Magie von Mondzeit, ich bekommen. Und du auch. Geben dir Träume, manchmal, und Auge. Starke Magie. Haben gelöst manche Stiche ich gemacht.«

Lhel schnalzte mit der Zunge, als sie eine schmale silberne Klinge hervorzog und einige der Stiche an der Seite der Puppe auftrennte. »Nie gemacht Bindung für so lange Zeit. Vielleicht soll nicht halten so lang. Haut stark, aber Bein stärker. Wir dieses Mal nehmen Bein.«

»Welches Bein?«

Lhel zog eine Hand voll gelber Wolle und gemörserter trockener Kräuter aus dem Leib der Puppe, bis sie gefunden hatte, wonach sie suchte. Dann streckte sie die Hand aus und zeigte Tobin drei elfenbeinfarbene Gegenstände: ein winziges gebogenes Bruchstück einer

Rippe, das Fragment eines Schädels, gewölbt und so dünn wie eine Eierschale, und einen ganzen Knochen, so klein und zart wie der Flügelknochen einer Schwalbe. »Bruders Bein«, sagte sie.

Tobins Augen wurden riesig. »Seine Knochen sind in der Puppe?«

»Die meisten sind. Ein paar Stücke immer noch im Boden bei Haus deiner Mutter in Stadt. Unter große Baum, nahe bei Kochstelle.«

Tobin griff nach der Kette an ihrem Hals und zeigte Lhel den Ring. »Den habe ich in einem Loch unter einem toten Baum neben der alten Sommerküche gefunden. Tharin sagt, er hat meiner Mutter gehört. Ist er dort begraben worden?«

Lhel nickte. »Ich gerufen, damit holen Knochen aus Erde und Fleisch. Deine Mama . . .« Sie tat, als würde sie in der Erde graben, die Finger zu Klauen verkrümmt. »Sie reinigen Bein und nähen in Puppe, dann können sorgen für Geist.«

Tobin betrachtete die Puppe mit einem Gefühl des Abscheus. »Aber warum?«

»Bruder wütend weil sein tot und doch mit seine Haut gebunden an dich. Sein Geist schlimmer Dämon geworden wäre, schlimmer als du kennen, wenn ich deine Mama nicht gelehrt, machen Hekkamari. Wir diese kleine Knochen genommen und in Puppe gelegt. Ich sie an Puppe gebunden, so wie ich dich gebunden. Du dich erinnern?«

»Mit dem Haar und dem Blut.«

Wieder nickte die Hexe. »Sie auch sein Blut. Seine Mama. Wenn sie gestorben, Puppe dir gehören. Du kennen die Worte. ›Blut von meinem Blut. Fleisch von meinem Fleisch. Bein von meinem Bein.‹ So richtig sein.«

Lhel schabte einen winzigen Splitter von dem Bruch-stück einer Rippe ab und hielt ihn in die Luft. »Ich das in dich legen, dann du wieder gebunden. Dann haben Bruders Gesicht, bis du es herausschneiden und Mäd-chen sein. Aber du jetzt wissen, du innen Mädchen sein, Keesa.«

Tobin nickte kläglich. »Ja, ich weiß. Macht Ihr jetzt, dass ich wieder so aussehe wie vorher? Bitte?«

Lhel drückte Tobin zurück auf die Pritsche und legte die Puppe neben sie. Dann fing sie an, kaum hörbar zu singen. Tobin fühlte sich auf einmal unglaublich schläf-rig, obwohl ihre Augen offen blieben. Bruder trat in die Eiche und legte sich an die Stelle, an der auch die Puppe lag. Sein Körper fühlte sich neben ihr so fest und warm an wie Kis. Sie sah sich zu ihm um und lächelte, aber er starrte geradewegs nach oben, und sein Gesicht war so starr wie eine Maske.

Lhel ließ das bäuerliche Kleid von ihren Schultern gleiten. Im Feuerschein schienen die Tätowierungen auf ihren Händen, ihren Brüsten und ihrem Bauch über ihre Haut zu kriechen, als sie mit der silbernen Klinge und einer Nadel ein Muster, so weiß wie Mondschein, in die Luft zeichnete. Ein Netz aus Licht senkte sich über Tobin und Bruder, als sie fertig war.

Tobin fühlte die kalte Berührung von Metall zwi-schen ihren Beinen und einen scharfen Nadelstich unter ihrem männlichen Hodensack. Dann zeichnete Lhel rote Muster in die Luft, bis es aussah wie . . .

. . . *Blut auf dem Eis eines Flusses.*

Tobin wollte den Blick abwenden, doch sie konnte sich nicht bewegen.

Leise vor sich hin singend balancierte Lhel den winzi-gen Splitter des Säuglingsknochens auf ihrer Messerspit-ze und führte ihn durch die Flammen im Herd, bis sie blau-weiß erglühten. Bruder erhob sich in die Luft und drehte sich um die eigene Achse, bis er Angesicht zu Angesicht über Tobin schwebte. Lhel griff durch seinen leuchtenden Körper hindurch und versenkte den heißen Knochensplitter in der nässenden Wunde an Tobins Brustkorb.

Aus dem brennenden Knochen schossen Flammen unter ihrer Haut hervor und umfingen sie mit ihrer Hitze. Sie versuchte, ihren Schmerz hinauszuschreien, aber Lhels Stimme hielt sie noch immer fest. Weißes Licht blendete sie einen Augenblick lang, dann löste der Schmerz sie von ihrem Lager, bis sie und Bruder gemeinsam zu dem Rauchabzug der Eiche hinaufschwebten und immer höher über die Bäume. Wie ein Falke konnte sie meilenweit sehen. Sie sah Tharin und seine Männer, die im Galopp von Alestun kamen. Sie sah Nari und Mamsell bei der Wäsche im Küchengarten der Festung. Und sie sah Arkoniel über Ki knien, der am Rand von Lhels Lichtung auf dem Rücken am Boden lag und mit blinden Augen zum Himmel hinaufstarrte. Der Zauberer hatte eine Hand auf Kis Stirn gelegt, die andere bedeckte seine Augen, als würde er weinen.

Tobin wollte näher heranschweben, wollte sehen, was dort geschah, aber etwas hob sie noch höher in die Luft, bis sie gen Westen über die Berge zu einem Hafen tief unter einer steilen Klippe flog. Lange Felsenriffe hüteten den Hafen. Sie konnte die Wogen gegen das Gestein donnern hören, konnte die klagenden Rufe der grauen Möwen hören . . .

Hier, flüsterte eine Stimme ihr zu. Das weiße Licht lebte wieder auf und füllte ihr Blickfeld aus. Dann: *Du musst zurück*, und sie fiel und fiel und fiel, zurück in die Eiche, zurück in ihren Körper.

Sie schlug die Augen auf. Bruder schwebte noch

immer über ihr, aber Lhels Singsang hatte sich verändert. Sie hatte das Messer abgelegt und war dabei, die blutigen Ränder der Wunde in Tobins Brust mit ihrer Nadel zu vernähen, so geschickt wie Nari die Risse in ihren Tuniken zu nähen gepflegt hatte.

Nari wusste die ganze Zeit...

Aber nun war Tobin selbst die Tunika und musste zusehen, wie sich die Nadel im Feuerschein hob und wieder senkte und einen kaum sichtbaren Faden, silbrig wie eine Schneckenspur, durch die Luft zog, durch ihre Haut. Doch sie fühlte keinen Schmerz. Mit jedem Aufblitzen, jedem Zug der Nadel fühlte sich Tobin, als würde ihr Selbst verdichtet, als würde es geheilt.

Geflickt, dachte sie benommen.

Mit jedem Stich, schüttelte sich Bruder über ihr, und sein Gesicht verzerrte sich zu einer Maske reinen Schmerzes. Sie konnte wieder die nicht verheilte Wunde auf seiner Brust sehen, konnte sehen, wie das Blut mit jedem Stich, den die Hexe durch Tobins lebendiges Fleisch tat, Tropfen für Tropfen aus ihr hervorsickerte. Seine Lippen zogen sich von den weißen Zähnen zurück. Blutige Tränen fielen aus seinen Augen. Tobin dachte, sie müsse sie auf ihrem Gesicht spüren, doch sie verschwanden irgendwo in der Luft zwischen ihr und Bruder.

Hört auf!, wollte sie Lhel zurufen. *Ihr tut ihm weh! Seht Ihr denn nicht, dass Ihr ihm wehtut?*

Bruders Augen weiteten sich plötzlich, und er starrte zu ihr herab. *Lass mich gehen!*, hallte ein Aufschrei durch ihren Kopf.

»Sein ruhig, Keesa. Tote nicht kennen Schmerz«, murmelte Lhel.

Ihr irrt Euch!, schrie Tobin tonlos. *Bruder, es tut mir so Leid!*

Lhel zog den letzten Stich fest, und Bruder sank langsam auf Tobin herab, dann durch sie hindurch, und für einen Augenblick fühlte sie seine Kälte in ihrem ganzen Körper.

Du musst zurückgehen . . .

Dann war Bruder fort, und Tobin war frei, wich vor Lhels fleckigen Händen zurück, rollte sich in dem weichen Berglöwenfell zusammen und schluchzte mit der heiseren, rauen Stimme eines Knaben.

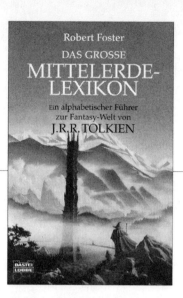

**Personen, Schauplätze, Begriffe, Hintergründe:
das fundierteste Lexikon zur Fantasy-Welt von J.R.R. Tolkien,
bearbeitet und ergänzt von Helmut W. Pesch**

Das Standardwerk zur Welt des »Herrn der Ringe«, des »Hobbit«
und des »Silmarillion«. Mit genauen Worterklärungen aller Namen
und Bezeichnungen. Sachkundig bearbeitet und auf den neuesten
Stand gebracht von einem der führenden Tolkien-Experten
Deutschlands, unter Verwendung von Tolkiens bislang nicht auf
Deutsch erschienenen Manuskripten und Studien zu Mittelerde.
Mit ausführlichen Textverweisen auf die deutschen Ausgaben von
Tolkiens Werken.

*»Robert Fosters Das große Mittelerde-Lexikon stellt, wie ich durch
häufigen Gebrauch herausgefunden habe, ein bewundernswertes
Nachschlagewerk dar.«* Christopher Tolkien

3-404-20453-0

**Illustrierte Neuauflage des Meisterwerks von
Lloyd Alexander**

Taran träumt von Abenteuern, doch das Leben eines
Hilfsschweinehirten ist eher selten aufregend – bis
eines Tages Hen Wen, das Schwein des Zauberers
Dalben, davonläuft und Taran es einfangen will. Die
Jagd durch die Wälder führt ihn weit von zu Hause
fort und hinein in große Gefahr. Denn im Lande
Prydain erwacht das lang vergessene Böse aus seinem Schlaf. Plötzlich findet Taran sich an der Seite
einer ganz ungewöhnlichen Schar von Gefährten
wieder, mitten im Kampf gegen einen diabolischen
Gegner ...

3-404-20470-0